ANNE McCAFFREY
ELIZABETH SCARBOROUGH

Acornas Heimkehr

Buch

Acorna hat es geschafft – endlich kann sie heimkehren zu ihrem eigenen Volk. Lange hat das Mädchen mit dem Horn auf der Stirn und den wundersamen Fähigkeiten warten müssen, um eine Spur zu ihrer Heimatwelt zu finden. Seit es als Kleinkind in einer Raumkapsel aufgefunden wurde, die mutterseelenallein durchs All trieb, ist das Einhornmädchen unter Menschen aufgewachsen und hat schon viele Abenteuer bestehen müssen. Nun jedoch steht Acorna vor der bislang größten Herausforderung ihres Lebens: der Begegnung mit ihren leiblichen Verwandten und dem Erforschen von Kultur, Geschichte und Bräuchen ihres eigenen Volkes …

Autorinnen

Anne McCaffrey wurde in Massachusetts geboren und veröffentlichte 1954 ihren ersten Science-Fiction-Roman. Der große Durchbruch gelang ihr Ende der 60er Jahre, als sie ihre berühmte »Drachenreiter«-Saga begann. In den über 40 Jahren ihrer Karriere hat sie viele weitere Zyklen und Einzelromane veröffentlicht und wurde mit den wichtigsten Preisen des Genres ausgezeichnet. Anne McCaffrey gilt als eine der besten Science-Fiction-Autorinnen der Welt und lebt heute in Irland.

Elizabeth Ann Scarborough, geboren 1947, ist die ebenfalls bereits vielfach preisgekrönte Autorin von mehr als zwei Dutzend Science-Fiction- und Fantasy-Romanen. Sie lebt im US-Bundesstaat Washington.

Bereits erschienen

Anne McCaffrey & Margaret Ball: Acorna – Einhornmädchen vom anderen Stern (24853)

Anne McCaffrey & Margaret Ball: Acorna – Die Fahrt zu den Sternen (24924)

Anne McCaffrey & Elizabeth Ann Scarborough: Acornas Heimkehr (24970)

Weitere Bände sind in Vorbereitung.

Anne McCaffrey
Elizabeth Ann Scarborough

Acornas Heimkehr

Roman

Aus dem Amerikanischen
von Dieter Schmidt

BLANVALET

Die amerikanische Originalausgabe erschien unter dem Titel
»Acorna's People«
bei HarperPrism, New York

Umwelthinweis:
Alle bedruckten Materialien dieses Taschenbuches
sind chlorfrei und umweltschonend.
Das Papier enthält Recycling-Anteile.

Blanvalet Taschenbücher erscheinen im Goldmann Verlag,
einem Unternehmen der Verlagsgruppe Bertelsmann GmbH.

Deutsche Erstveröffentlichung 12/2000

Umschlaggestaltung: Design Team München
Umschlagillustration: Agt. Schlück/Lundgren
Satz: deutsch-türkischer fotosatz, Berlin
Druck: GGP Media, Pößneck
Verlagsnummer: 24970
Redaktion: Marie-Luise Bezzenberger
V. B. · Herstellung: Peter Papenbrok
Printed in Germany
ISBN 3-442-24970-8
www.blanvalet-verlag.de

1 3 5 7 9 10 8 6 4 2

Gewidmet Ryk Reaser,
wissenschaftlicher und
bergungstechnischer Berater

Eins

Auf dem Planeten Laboue, in der prunkvollen Hauptresidenz von Hafiz Harakamian, in einer der vielen hundert kostbaren, aus seltenen Edelhölzern handgefertigten Vitrinen, in denen er seine kleinsten und oftmals wertvollsten Sammlerstücke aufbewahrte, hatte Acorna einmal eine Kollektion von Eiern ausgestellt gesehen, die über und über mit funkelnden Juwelen besetzt und verziert gewesen waren. Vor Hunderten von Jahren von einem Mann namens Carl Fabergé für den Kronschatz eines russischen Zaren geschaffen, der nicht annähernd so wohlhabend gewesen war wie ihr jetziger Eigentümer, hatten diese Eier die Augen des jungen Mädchens förmlich geblendet mit ihren farbenprächtigen Glasuren, ihren goldenen Ziselierungen und Verschnörkelungen, ihrem verschlungenen Dekor und Zierbesatz aus Diamanten und glitzernden Edelsteinen sowie ihren winzigen, beweglichen Teilen – den filigran kunstgeschmiedeten Miniaturdioramen, die sich beim Öffnen aus dem Innern der Eier heraus entfalteten.

Jetzt, unermesslich weit von Onkel Hafiz' Heim entfernt und viele Jahre später, schien es Acorna, als wären diese Eier auf magische Weise zu Riesengröße angeschwollen und hätten sich ins Weltall emporgeschwungen, wo ihre Farben in der Schwärze der Unendlichkeit sogar noch leuchtender strahlten, als es ihr aus ihrer Kindheit in Erinnerung war. Sie bildeten eine festlich geschmückte Flottille, deren majestätischer Anblick den Panoramaschirm der *Balakiire* beinahe zur Gänze ausfüllte.

Die Flottille hatte beständig an Größe zugenommen, seit die *Balakiire* aus dem Wurmloch aufgetaucht war, das sie dicht vor der

Atmosphäre von Narhii-Vhiliinyar, der zweiten Heimatwelt der Linyaari, wieder in den Normalraum entlassen hatte.

Ergänzt wurde das Schauspiel durch eine augenscheinlich nicht enden wollende Abfolge von Linyaari-Raumfahrern, den Insassen dieser leuchtenden Schiffe dort draußen, deren Konterfeis eines nach dem anderen über den Komschirm paradierten, um die heimgekehrte Delegation der *Balakiire* willkommen zu heißen.

Melireenya hatte es übernommen, Acorna jedes Mal, wenn ein neues Gesicht auf dem Bildschirm auftauchte, mit dem betreffenden Offizier bekannt zu machen, sodass Acorna bald das Gefühl hatte, sie befände sich schon jetzt auf einem jener Empfänge oder Gesellschaften, die auszurichten ihr ihre Tante und Melireenya androhten, um sie in die Linyaari-Gesellschaft einzuführen und insbesondere, um ihr Kandidaten vorzustellen, die sich als Lebensgefährten für sie eignen könnten. Acorna war jedoch so hingerissen vom Spektakel der Schmuckeier-ähnlichen Schiffe und dem Anblick der Heimatwelt ihres Volkes, die beinahe unmerklich rotierend hinter der Flottille schwebte, dass sie den Bildern auf dem Komschirm nur mit Mühe Aufmerksamkeit zu widmen vermochte.

Die Linyaari, die sie auf dieser Welt willkommen hießen, sahen ihr alle so ähnlich, dass ihre menschlichen Freunde sie glatt mit Acorna hätten verwechseln können. Die Haut der Gestalten auf dem Komschirm war blass, und sie besaßen golden schillernde, spiralenartig gedrehte, kegelförmige Kurzhörner, die ihnen aus der Stirn sprossen. Ihre Häupter wurden von Mähnen silberfarbigen Haares gekrönt, deren Wuchs sich im Nacken und an ihrem Rückgrat entlang fortsetzte. Genau wie bei Acorna waren auch ihre Beine mit Büscheln feinen, lockigen, weißen Haares bedeckt, das sie von den Knien bis zu den Knöcheln zierte, bis knapp oberhalb ihrer zweizehigen Füße. Ihre Hände besaßen, wie die von Acorna, nur jeweils drei Finger, jeder mit lediglich einem Gelenk in der Mitte und einem zweiten an der Stelle, wo der Finger an der Handfläche ansetzte.

Wenn sie bedachte, dass das einzige Leben, das sie bislang gekannt hatte, das einer Exotin unter lauter Andersgestaltigen gewesen war, konnte sie es kaum fassen, sich nun in der Gesellschaft von so vielen anderen ihrer Art zu befinden. Sämtliche Einrichtungsgegenstände und Gerätschaften, die sie sehen und berühren konnte, waren von vornherein für Geschöpfe wie sie entworfen worden. Nichts brauchte eigens für ihre anatomischen Besonderheiten modifiziert zu werden. Nichts an ihrem Äußeren war für die Linyaari ungewöhnlich.

Trotzdem, so sehr diese Wesen ihr auch glichen, so waren sie doch alle, sogar die Schwester ihrer Mutter und die anderen Anwesenden an Bord der *Balakiire*, immer noch Fremde für sie – Fremde, die ein besitzergreifendes Interesse an ihr bekundeten, ohne sie sonderlich gut zu kennen. Während die Menschen, unter denen sie aufgewachsen war, mittlerweile aufgehört hatten, sie wie ein Kind zu behandeln, schien sie in den Augen ihrer Linyaari-Schiffskameraden kaum mehr als eine Halbwüchsige zu sein.

Das war eine ungewohnte Erfahrung für sie. Acorna war als Kleinkind in einer Rettungskapsel aus dem Raumschiff ihrer Eltern ins All hinauskatapultiert worden, um sie vor jener tödlichen Explosion zu bewahren, die das Leben ihrer Eltern und der attackierenden Khleevi gefordert hatte. Kurz danach war sie gerettet worden und unter Menschen aufgewachsen. Genauer gesagt, sie war von gleich drei Adoptivonkeln aufgezogen worden – Calum Baird, Declan ›Gill‹ Giloglie und Rafik Nadezda. Als diese Acorna damals gefunden hatten, waren sie als Erzschürfer tätig gewesen und hatten in den abgelegensten Sternengebieten am äußersten Rand des von Menschen besiedelten Teils der Galaxis gearbeitet. Mittlerweile hatten sie sich jedoch auf andere Dinge verlegt. Rafik beispielsweise war jetzt das amtierende Oberhaupt des Hauses Harakamian, des mächtigen Wirtschaftsimperiums, das von seinem Onkel Hafiz Harakamian, einem außergewöhnlich gerissenen Handelsbaron und vermögenden Kuriositätensammler, gegründet worden war.

Als Acorna Hafiz das erste Mal begegnet war, hatte er sie seinen vielen Schätzen hinzufügen und sie als seine neueste Kostbarkeit zur Schau stellen wollen, zusammen mit den wunderschönen Fabergé-Eiern oder den unglaublich seltenen Singenden Steinen von Skarrness, die seinen Palastgarten bewachten. Ihren Wert als Sammlerstück hatte sie für Hafiz später allerdings schlagartig wieder verloren, als dieser erfuhr, dass sie keine einmalige Kuriosität, sondern lediglich die Angehörige einer zahlenstarken, nichtmenschlichen Fremdspezies war.

Acornas Beziehung zu Hafiz und jene zwischen Hafiz und Rafik hatten sich in der Folge so sehr verbessert, dass Acorna inzwischen den Namen Harakamian als Familiennamen führte, zusammen mit dem ihres selbstlosen und liebevollen Mentors Herrn Li. Der herzensgute Herr Li war vor ein paar Monaten verstorben, der robustere Onkel Hafiz jedoch hatte erst kürzlich zum zweiten Mal geheiratet und genoss in Gesellschaft seiner Ehefrau nun in vollen Zügen seinen Ruhestand.

Im Verein mit ihren Onkeln und Herrn Li war es Acorna gelungen, die Kinder zu befreien, die in den Sklavenlagern von Kezdet gefangen gehalten wurden, einem Planeten, dessen Wirtschaftskraft zu großen Teilen auf der Ausbeutung von Kinderarbeit gegründet hatte. Sie waren bei dieser Aufgabe tatkräftig von Pal, Judit und Mercy unterstützt worden, den hoch intelligenten und listigen Geschwistern der Kendoro-Familie, die selbst ehemalige Opfer der Sklavenlager waren. Gemeinsam hatten Acorna und ihre Freunde entscheidend dazu beigetragen, die Missstände auf Kezdet zu beseitigen und den Planeten vom Gift des Rattenfängers zu befreien, jenem Rädelsführer, der für die abscheulichsten Misshandlungen der

Kindersklaven verantwortlich gewesen war. In der Folgezeit hatten sie auf Maganos, einem von Kezdets Monden, eine Bergbau- und Schulungseinrichtung aufgebaut, um den Kindern, die sie vor den Gräueln der Arbeitslager gerettet hatten, dort eine neue Heimat zu schaffen und ihnen eine solide Ausbildung angedeihen zu lassen.

Später hatten Acorna und ihr Onkel Calum bei dem Versuch, die Heimatwelt des Einhornmädchens zu lokalisieren, dabei geholfen, eine Meuterei unter den Sternenfahrern niederzuschlagen, einer Gruppe von Menschen, die auf dem Kolonieschiff *Haven* als heimatlose Nomaden durchs All reisten. Nachdem die Kinder an Bord des Generationsraumers zunächst hilflos hatten mit ansehen müssen, wie ihre Eltern von den Meuterern ermordet wurden, waren sie in der Folge gezwungen gewesen, auch noch unfreiwillige Zeugen des weiteren Blutvergießens, Mordens und Raubens zu sein, auf die sich die neuen Herren des Schiffes verlegt hatten. Am Ende war es ihnen mit Acornas Hilfe aber doch gelungen, den Verbrechern die Macht wieder abzuringen und sie auszulöschen. Im Verlaufe dieses Kampfes hatten sie auch den berühmten Meteorologen Dr. Ngaen Xong Hoa gerettet, den Erfinder eines Verfahrens, mit dem man das Wetter beeinflussen konnte. Die Piraten, die das Schiff in ihre Gewalt gebracht hatten, hatten Dr. Hoas Erfindung missbraucht, um die Ökonomie und Ökologie des erst vor kurzem besiedelten Planeten Rushima zu zerstören. Die Meuterer wurden von den siegreichen Heranwachsenden der *Haven* in den Raum hinausgestoßen, als die Kinder die Kontrolle über das Raumschiff zurückeroberten, und erlitten so das gleiche Schicksal, das die Aufrührer auch ihren Opfern zugedacht hatten.

Als sie mit Dr. Hoa zurückkehrten, um den auf Rushima angerichteten Schaden wieder gutzumachen, wurden Acorna, ihre Adoptivfamilie und die Kinder der *Haven* von den Khleevi überfallen, einem bösartigen, käferähnlichen Fremdvolk, das auch für den Tod von Acornas Eltern verantwortlich war. Glücklicherweise war Acornas Tante Neeva mit einer Gesandtschaft von Narhii-Vhiliinyar früh genug eingetroffen, um die Menschheit vor dieser drohenden Invasion zu warnen. So konnten rechtzeitig alle Mittel der Häuser Harakamian und Li aufgeboten werden, um Acorna zu Hilfe zu eilen und die Khleevi in die Flucht zu schlagen.

Im Laufe all dieser Ereignisse war Acorna zu einer regelrechten Meisterin der Verkleidungskunst geworden und hatte ihr mit wundersamen Kräften ausgestattetes Horn ebenso dazu eingesetzt, etwa die vergiftete Bordatmosphäre eines ganzen Raumschiffes oder die Gewässer von Rushima zu reinigen, wie auch die Verwundeten der gewaltsamen Auseinandersetzungen zu heilen, in die sie mehrfach unfreiwillig verwickelt worden war.

Zu ihren einzigartigen Gaben gehörte auch die Fähigkeit, auf scheinbar magische Weise schon aus der Ferne den Mineralgehalt jedes beliebigen Asteroiden bestimmen zu können, den ihre Onkel abzubauen beabsichtigten. Eine Begabung, die ihr bereits großen Respekt eingetragen hatte, als sie noch ziemlich jung gewesen war. In einem vergleichsweise kurzen Leben hatte Acorna also schon eine ganze Menge erlebt und auch geleistet. Sie fühlte sich infolgedessen meistens eigentlich nicht mehr wie ein Kind.

In Neevas Augen freilich, der Schwester von Acornas Mutter, einer Sonderbotschafterin oder *Visedhaanye ferilii* der Linyaari, war und blieb sie ein Füllen. Auch alle anderen Linyaari an Bord der *Balakiire* betrachteten Acorna als Halbwüchsige: Khaari, die Navigationsoffizierin oder *Gheraalye malivii* in der Linyaari-Sprache; Melireenya, die Leitende Kommunikationsoffizierin oder *Gheraalye ve-khanyii;* und ebenso Thariinye, der junge Hüne, dessen genaue Aufgaben an Bord Acorna zwar immer noch nicht so recht klar waren, selbst nach all der Zeit nicht, die sie nun schon gemeinsam durchs All gereist waren, der jedoch trotzdem felsenfest davon überzeugt schien, dass die Mission ohne ihn niemals hätte Erfolg haben können. Ihre wundersamen Fähigkeiten, die bei ihren menschlichen

Freunden als einzigartige Gabe gegolten hatten, waren bei ihrem eigenen Volk augenscheinlich ganz und gar alltäglich. Und viele dieser Fähigkeiten schienen bei den anderen, reiferen Linyaari obendrein auch noch sehr viel ausgeprägter entwickelt und vielfältiger geartet zu sein. So war beispielsweise keiner von ihnen auf Worte angewiesen, um sich untereinander verständigen zu können; sie waren alle mühelos im Stande, die Gedanken der anderen auf dem Schiff zu lesen – einschließlich jener von Acorna, ein Umstand, den sie zuweilen als ziemlich lästig empfand. Sie hatte also offenbar in der Tat noch sehr viel zu lernen, bevor sie sich wahrhaftig zu den Erwachsenen ihrer Spezies zählen durfte. Zum Glück waren ihre Artgenossen, sofern ihre Schiffskameraden typische Vertreter ihrer Spezies waren, anscheinend alle liebenswert und verständnisvoll.

»Khornya, das ist meine Berufskollegin im Gamma-Sektor, *Visedhaanye ferilii* Taankaril«, verkündete Tante Neeva. Khornya war die Linyaari-Version von Acorna, dem Namen, den ihr ihre menschlichen ›Onkel‹ gegeben hatten. Neevas Worte lenkten ihre Aufmerksamkeit wieder von dem fesselnden Anblick der Schiffe auf dem Panoramaschirm ab. Acorna senkte grüßend ihr Horn, was ihr die *Visedhaanye ferilii* nachtat, eine Frau, die genau wie Tante Neeva, Khaari und Melireenya von unbestimmbarem Alter war, jedenfalls unbestimmbar für Acorna.

»Khornya«, fuhr Tante Neeva fort, nickte der Frau auf dem Komschirm zu und übermittelte Acorna die Gedankenbotschaft ihres Gegenübers: »Die *Visedhaanye ferilii* ist Mutter zweier stattlicher Söhne, die ihre Lebensgefährten noch nicht gefunden haben. Sie bedauert, dass sie zwar gerade im Begriff steht, zu einer Mission aufzubrechen, hofft aber, dass du nicht zögern wirst, dich jederzeit an die beiden zu wenden, wenn du Hilfe dabei brauchst, dich in deiner neuen Heimat einzuleben.«

Acorna lächelte und nickte der Frau ein weiteres Mal zu. Es waren keinerlei tatsächliche Worte zwischen ihrer Tante und der Würdenträgerin gewechselt worden. Augenscheinlich konnten die reiferen raumfahrenden Linyaari mit ihren Gedanken sogar die Weiten des Weltraums, zumindest jedoch beträchtliche Distanzen überwinden, um telepathisch miteinander zu kommunizieren. Zuweilen hatte Acorna das Gefühl, dass auch sie allmählich begriff, wie man das anstellte. Aber sie fand die Prozedur sogar mit Leuten, die leibhaftig und mittelbar vor ihr standen, immer noch recht frustrierend. Insbesondere, wenn ihre Telepathiepartner auf Gedanken reagierten, die sie, wenn sie es sich hätte aussuchen können, lieber nicht geäußert hätte. Leider beherrschte sie die Linyaari-Sprache einfach noch nicht fließend genug, um sich ausschließlich auf verbale Kommunikation beschränken zu können. Und die Mannschaft der *Balakiire* empfand die Notwendigkeit, sich mit ihr in gesprochenen Worten verständigen zu müssen, ohnehin als ziemlich beschwerlich. Neeva versicherte ihr zwar, dass sie den Dreh schon bald herausbekommen würde, doch davon war Acorna selbst noch ganz und gar nicht überzeugt.

Das gleiche Spiel wiederholte sich jedenfalls auch im restlichen Verlauf ihrer Heimkehr; im Weltraum um ihre neue Heimatwelt herum tanzten Eierschiffe voller Acorna-ähnlicher Wesen, die ausnahmslos *alle* neugierig auf die ehemals tot geglaubte Tochter der erlauchten Feriila und des kühnen Vaanye zu sein schienen, die sich *alle* höflich erkundigten, wo sie die ganze Zeit über gewesen war und was sie getan hatte, die scheinbar *alle* ungebundene Söhne oder Neffen oder verwitwete Väter und Onkel besaßen, und die der *Balakiire* wie besorgte Hütehunde *alle* das Geleit bis zum Raumhafen gaben, um dort neben ihr zu Boden zu gehen.

Acorna tauchte hinter ihrer Tante Neeva und dicht vor Thariinye aus der *Balakiire* auf. Sie fand sich auf einem Landeplatz wieder, der mit einer unüberschaubaren Menge Linyaari angefüllt war, von denen ein paar sogar ein Willkommenstransparent hochhielten. Hinter den Uniformen tragenden, Acorna-ähnlichen Raumfahrern, die aus ihren Schiffen strömten, um sich der feiernden Menge anzuschließen, drängte eine Masse vielfarbiger Wesen von gleichartiger Gestalt wie jene der Raumfahrer auf die Landefläche vor und klimperte, blies, hämmerte, strich und zupfte auf, in und an einer bunten Vielfalt von Musikinstrumenten herum. Das ganze Raumhafenarsenal war mit fremdartiger, jedoch wundervoll harmonischer und fröhlicher Musik erfüllt.

Noch bevor Tante Neeva das Schauspiel erklären konnte, war Acorna überwältigt vor Glück. Das da war ihr Willkommenskomitee. Die Leute kannten sie nicht einmal und hatten trotzdem das große Blasorchester aufgeboten und den roten Willkommensteppich ausgerollt. Tante Neeva umarmte sie inbrünstig.

»Wir sind alle so froh, dich wiederzuhaben, Khornya«, sagte sie und deutete mit ausholender Geste auf die lächelnden Linyaari. Acorna traten Tränen in die Augen, als sie all denen, die hierher gekommen waren, um sie zu empfangen, ihren Dank zunickte.

Endlich würde sie wahrhaftig dazugehören. Endlich würde sie keine Abnormität mehr sein. Was für eine Erleichterung das sein würde! »Und ich bin so froh, hier zu sein, Tante Neeva«, erwiderte sie. »Ich kann dir gar nicht sagen, wie froh.«

Tante Neeva blickte sie ein wenig verwirrt an, ein Gesichtsausdruck, den sie häufig aufzusetzen schien, wenn sie mit ihrer Nichte zu tun hatte. »Aber das hast du doch gerade getan, Kind«, meinte sie. »Das hast du gerade getan.«

Zwei

Die *Condor* schlingerte und bockte und schleuderte ihren Kapitän und den menschlichen Teil ihrer Mannschaft – beide wurden in Personalunion von Jonas Becker gestellt, dem Generaldirektor der Interplanetaren Bergungs- und Wiederverwertungsgesellschaft Becker mbH – gegen das Brückenschott. Ebenso schnell, wie Becker zu Fall gebracht worden war, wurde er auch wieder freigegeben und schwebte nun wie ein Balletttänzer in Zeitlupe zur Decke empor, derweil der Rest der Mannschaft, eine 20 Pfund schwere betagte, schwarz- und graufarbene makahomanische Tempelkatze, an ihm vorbeitrieb und die ausgefahrenen Krallen des Katers über das schrammten, was von Beckers rechtem Ohr noch übrig war.

»Verdammt noch mal, SB, hast du etwa schon wieder auf die GSS-Konsole gepinkelt?«, stöhnte Becker auf. SB, dessen voller Name Satansbraten lautete, knurrte in seiner Version eines freundlichen Schnurrens zurück. Seine Krallen fuhren rhythmisch ein und aus und kneteten glückselig die Luft, während zwischen seinen mächtigen Reißzähnen dicke Perlen freudigen Katzensabbers hervordrifteten. Sein gesundes Auge war in einem Ausdruck ekstatischer Katzenwonne geschlossen. Becker hatte noch nie eine Katze gesehen, die Schwerelosigkeit so sehr liebte wie SB – freilich hatte er überhaupt noch nie eine Katze gesehen, die auch nur in irgendeiner Hinsicht so gewesen wäre wie SB. Der kurze, kupierte Schwanzstummel des Katers wedelte wie ein Steuerruder hin und her, während er durch den Raum schwebte.

Becker versetzte der Kontrollkonsole des Gravitations-Stabilisierungssystems einen wuchtigen Tritt, als er daran vorbeischwebte. Der Rückstoß ließ ihn unfreiwillig wieder in die Höhe segeln, wo er gegen die Steuerkonsole eines Raumjägers knallte, die über dem Pilotenpult der *Condor* an der Decke festgezurrt war. Es gab in seinem Schiff nämlich nicht übermäßig viel regulären Platz, um Ladung zu verstauen, deshalb nutzte Becker hierfür jeden Kubikzentimeter freien Raum. Allerdings war ihm auf diese Weise keine Stelle mehr verblieben, wo er hätte weich landen können, als die Bordschwerkraft sich nach ein paar weiteren ruckartigen Erschütterungen des Raumers neu aufbaute und stabilisierte, was Becker und SB wieder auf das Deck zurückpurzeln ließ.

Becker massierte sich die Hüfte. Er war damit gegen eine der Packkisten mit Katzenfutter gerammt, die er aus SBs ursprünglichem Heimatschiff geborgen hatte. Der Kater, der an diesen besonderen Frachtbehältern immer sehr interessiert war, zwängte sich zwischen die Kiste und Becker und rieb sich an beiden. Wie gewöhnlich war Becker überrascht, wie samtweich das Fell des Katers war, ganz im Widerspruch zu seinem Charakter. Becker hatte den kleinen Finger seiner rechten Hand verloren, als er seinerzeit versucht hatte, Satansbraten zu bergen. Die Katze war damals natürlich noch namenlos gewesen, der spuckende, fauchende, kratzende einzige Überlebende einer Weltraumhavarie, der zusammen mit den Leichen seiner früheren Schiffskameraden an Bord eines aufgegebenen makahomanischen Raumschiffes zurückgelassen worden war.

Über den Verlust seines zweiten Fingers sprach Becker nicht sonderlich gerne, doch es hatte etwas mit jener Zeit zu tun, die er als ›SBs Eingewöhnungsphase‹ bezeichnete, als der Kater sich so weit von seinen Verletzungen erholt hatte, um anfangen zu können, sich auf der *Condor* heimisch zu fühlen. Als Becker damals, kurz nachdem er Satansbraten aufgenommen hatte, ein paar auserlesene Stücke seines Inventars zum Verkauf zusammenstellen wollte, hatte er feststellen müssen, dass sie von einer gelblichen Flüssigkeit getränkt waren und schlimmer stanken als ein Moschusotter in der Brunft. Die Ursache hierfür war klar gewesen – und ebenso offensichtlich hatte es einer Lösung für dieses Problem bedurft.

Becker hatte deshalb in der Bibliothek nachgeforscht, die er aus einer Mülldeponie auf Clackamass 2 geborgen hatte. Er war ein geradezu fanatischer Sammler von Informationsträgern jeglicher Art: Druckwerken, Datenchips, was auch immer. Das kam ihm oft zugute, wenn er die diversen Gerätschaften aus seinem Lagerbestand identifizieren wollte oder gar herauszufinden versuchte, wie man sie wieder in Gang bringen oder bedienen konnte.

Er hatte sich durch einen erklecklichen Stapel modriger, zerschlissener Bücher wühlen müssen, bevor er endlich die Ausgabe von *Katzenhaltung leicht gemacht* gefunden hatte, die in der Kantine der Reservetoilette verstaut gewesen war. Das Buch behauptete, dass die einzige Möglichkeit, einen Kater wieder davon abzubringen, ›sein Territorium zu markieren‹, indem er es mit Duftmarken absteckte, darin bestünde, diesen Kater zu kastrieren. Infolge seiner Geschäfte war Becker damals gerade lichtjahreweit vom nächsten Tierarzt entfernt gewesen. Doch während seiner Kindheit, die er in einem landwirtschaftlichen Arbeitslager auf Kezdet verbracht hatte, hatte er oft bei entsprechenden Operationen an Kälbern und Ziegen mitgeholfen. Und da sich eine solche Sache seiner Ansicht nach bei einem Kater ja nicht allzu viel anders gestalten konnte, versuchte er kurzerhand, SB mit Bordmitteln in Eigenregie einem chirurgischen Eingriff zu unterziehen. Wie sich allerdings herausstellte, war seine Ansicht gründlich falsch gewesen. Sein Vorhaben endete damit, dass sie sozusagen beide chirurgisch behandelt wurden – SB besaß nun einen Hoden weniger, und Becker besaß an Stelle seines rechten Ringfingers jetzt einen weiteren Stumpf, neben dem Stummel seines kleinen Fingers, den der Kater schon bei seiner ursprünglichen Rettung zerfetzt hatte. Ein Tier wie dieses musste man doch einfach lieben.

»Ist schon gut, mein Junge«, meinte er zu dem Kater und kraulte ihn hinter dem rechten Ohr, das, genau wie Beckers eigenes, nur noch teilweise vorhanden war. Das Schnurren des Katers nahm an Lautstärke zu, bis es sich so anhörte, als sei die Pilotenkabine von einem ganzen Rudel Löwen bevölkert. »Der Bordschwerkraftgenerator taugt ohnehin nichts mehr.«

Er wusste zwar, dass er irgendwo im Durcheinander seines Ladeguts ein Austauschgerät besaß, vermutlich sogar ein Besseres als das jetzige, das er erst vor sechs Monaten neu eingebaut hatte. Das Problem war nur, dass er diese Reparatur nicht im freien Raum vornehmen konnte. Seiner Erinnerung nach war das Ersatzteil, das er benötigte, so tief vergraben, dass er seinen gesamten Frachtraum würde ausräumen müssen, um es zu finden. Wie gewöhnlich war das Schiff nämlich viel zu voll gestopft, als dass es irgendwo in seinem Innern noch genügend Platz gegeben hätte, um das Frachtgut einigermaßen handlich umschichten zu können, während er es durchforstete. Zur Not hätte er natürlich eine diffizile Umstapelaktion vornehmen und es doch irgendwie schaffen können, doch wozu die ganze Mühe?

»Also dann, Kater, es hat ganz den Anschein, als ob wir mal wieder auf 'nen Dreckball runter müssten. Eigentlich hatte ich den nächsten zugemüllten Planeten da draußen ja auslassen und wieder Kurs in Richtung Zivilisation nehmen wollen. Aber so wie es aussieht, werden wir wohl zuerst einen weiteren Werkstatthalt einlegen müssen. Wenn ich den hier mitrechne, dürften wir dann, schätze ich, so ziemlich sämtliche Schiffsteile einmal komplett ausgetauscht haben, seit wir das letzte Mal daheim auf Kezdet waren – wir werden also eine praktisch brandneue *Condor* haben, wenn wir wieder dort landen.«

Das war nicht ungewöhnlich. Im Durchschnitt tauschte er den Großteil der *Condor* jedes Jahr etwa dreimal aus. Das war eine unvermeidliche Begleiterscheinung seines Berufs oder vielleicht auch nur der Persönlichkeitsstruktur jenes Menschenschlags, der Beckers Profession ausübte. Denn er hasste es schlicht, für irgendetwas den vollen Preis zu bezahlen, wenn doch so viele Ersatzteile, nur eben ein bisschen gebraucht, regelrecht auf der Straße herumlagen und man diese Schätze nur aufzusammeln brauchte. Er war Experte in der Kunst der Improvisation, des Umrüstens, der Behelfsreparaturen und der Notlandungen auf gottverlassenen, fernab jeder Zivilisation mitten im Weltraum gelegenen Felsbrocken. Becker hätte viele Reparaturen bei Bedarf zwar auch im freien Raum durchführen können, aber es war eben doch sehr viel leichter, irgendwo zu landen, wo es wenigstens ein bisschen Schwerkraft gab. Wo er einen Raumanzug anlegen und alles Zeug, das er nicht brauchte, einfach aus der Schiffsluke werfen konnte, während er das hervorkramte, was er brauchte. Wo er dann die Luke schließen, im Schiff wieder die nötigen Druck- und Sauerstoffverhältnisse herstellen, seine Reparatur durchführen und hinterher das zuvor ausgelagerte Frachtgut wieder bergen und neuerlich einladen konnte.

Zuweilen musste er bei diesen Reparaturstopps zwar ein paar ziemlich harte Landungen hinnehmen. Doch ein paar Kratzer mehr im Lack der Schiffshülle kümmerten ihn recht wenig, und die *Condor* war nicht sonderlich groß, sodass ihm schon kleinste Flecken flachen Geländes als Landeplatz genügten. Also nahm er nun direkten Kurs auf den Planeten, den er für den vorliegenden, geringfügigen Störfall auserkoren hatte. Sollte die Felskugel eine Sauerstoffatmosphäre aufweisen, würde er sogar das Katzenklo leeren und SB hinauslassen können, damit der Kater sein Geschäft zur Abwechslung mal wieder im Freien verrichten könnte.

Hin und wieder entdeckten sie auf den Himmelskörpern, auf denen sie einen Werkstattstopp einlegten, sogar einige ihrer besten Bergungsgüter. So war Becker erst vor kurzem auf eine ganze Kette von Planeten gestoßen, die zwar einerseits von irgendwem ziemlich gründlich fast all ihrer natürlichen Ressourcen beraubt worden waren, die jedoch andererseits bis zum Rand mit potenziell gewinnträchtigem Schrott und Schutt voll gestopft gewesen waren. Becker lebte für Schrott. Sein größter Kummer war, dass er es noch nicht geschafft hatte, irgendeine Methode auszutüfteln, um Zusatzfracht an der Außenhülle der *Condor* festzumachen. Bislang jedoch hatte er keine Möglichkeit gefunden, dies auf eine Art zu bewerkstelligen, die ihm gestattete, hinterher immer noch durch Planetenatmosphären fliegen zu können, ohne die Huckepack genommene Ladung bei Start oder Landung unfreiwillig gleich wieder zu verbrennen.

Die *Condor* landete auf einer Stelle, die im Umkreis von mehreren Kilometern der einzige Flecken ebener Erde zu sein schien. Rings um diese kleine Insel inmitten der verwüsteten Landschaft herum schien der gesamte Mutterboden und jegliche Vegetation bis auf den felsigen Untergrund hinab abgetragen worden zu sein. Hier jedoch wuchsen noch ein paar bläuliche, grasähnliche Pflanzen – jedenfalls bis die Ladetriebwerke der *Condor* sie versengten. Es war ein rauer Abstieg. Die Atmosphäre war ziemlich turbulent – wirbelnde Wolken verschiedener roter und gelber Gase erfüllten den Himmel. Aber das machte nichts. Seinen Instrumentenanzeigen zufolge – sofern diese ordnungsgemäß funktionierten, und das schienen sie zu tun – konnte man die Luft da draußen trotzdem noch atmen. Und selbst wenn dem nicht so sein sollte, besaß er einen guten Schutzanzug, falls er einen benötigte. Das war der einzige Gegenstand an Bord, den Becker nicht nur fabrikneu aus erster Hand, sondern auch in modernster Ausführung und Qualität gekauft hatte. Er wusste schließlich nie, auf was für Umweltbedingungen er hier draußen im unerforschten Weltraum stoßen würde. Und obwohl er zwar den Großteil des Ausladens, Wiedereinladens und Umschichtens seiner Frachtgüter im Wesentlichen ohne übermäßige Kraftanstrengung mit seiner Robo-Hebebühne erledigen konnte, musste er doch zumindest einen Teil dieser Aufgaben nach wie vor von Hand erledigen, was bei einem minderwertigen Raumanzug fatale Unfallrisiken mit sich gebracht hätte.

Er brauchte anderthalb Tage, um sein Bordgravitationssystem zu reparieren. Den gesamten ersten Tag verwandte er darauf, mit SBs enthusiastischer Beteiligung all die herrenlos aufgefundenen Kleinfähren, Rettungskapseln und Kommandomodule in seinem Lagerbestand zu durchforsten und nach einer Schwerkraftanlage zu suchen, die in besserem Zustand war als jene, die er gegenwärtig benutzte. Wie gewöhnlich landete ein Großteil all dessen, was oben auf die Objekte gestapelt gewesen war, nach denen er suchte, dabei so lange auf dem planetaren Boden außerhalb seines Raumfahrzeugs, bis er fand, wonach er gesucht hatte.

Schließlich trieb er tatsächlich ein Ersatzsystem auf und ersetzte damit seine bisherige Bordanlage. Auch hierbei ›half‹ SB, indem er sich zwischen Becker und das zu drängen versuchte, an dem dieser gerade arbeitete. Jedes Mal, wenn Becker versuchte, an dem Bordtiger vorbeizukommen, brachte ihn SBs leises, drohendes Fauchen wieder davon ab. Als der Kater dieses Spiels müde wurde, setzte er sich neben Becker und hob regelmäßig eine Pranke, um eine einsame Kralle in den Oberschenkel des Mannes zu versenken. Nach einer Weile öffnete Becker schließlich resigniert wieder die Außenschleuse, und der Kater sprang hinaus, ohne auch nur einen einzigen Blick zurückzuwerfen. Danach ging die Arbeit erstaunlich flott voran.

Bevor er daran ging, sein Bergungsgut wieder einzuladen, legte Becker seinen Schutzanzug an. Er achtete nämlich ein wenig sorgsamer auf seine eigene Haut, als der Kater es tat. Er schnappte sich eine Arbeitsleuchte, einen Sammelbeutel, eine Dose Katzenfutter, um seinen umherstreifenden Partner wieder an Bord zurückzulocken, sowie die Fernbedienung der Frachtschleuse und der Robo-Hebebühne. Anschließend öffnete er das Außenluk und verließ das

Schiff. Jetzt brauchte er nur noch seinen Kram wieder zurück ins Schiff zu werfen und Satansbraten zu finden. Während er nach dem Kater Ausschau hielt, konnte er ja ebenso gut einen kleinen Ausflug unternehmen, um ein wenig die Gegend zu erkunden.

Das Gras in der Umgebung der *Condor* war bis auf eine Entfernung von etwa zehn Metern um den Standort des Raumfahrzeugs herum verkohlt, und Becker empfand aufrichtiges Bedauern deswegen. Denn überall im weiteren Umfeld seines Landeplatzes lag lediglich Tiefengestein verstreut, als ob irgendetwas in den Erdboden hineingegriffen, den Felsuntergrund nach oben gerissen und ihn umgerührt hätte. Was für ein öder Schuttplatz! Einzig dieser kleine Flecken wies irgendwelche echten Anzeichen von Leben auf. Natürlich konnte es auch sein, dass der Planet gerade erst damit begann, Leben hervorzubringen, oder es konnte sich um ein gescheitertes Terraforming-Projekt handeln. Doch Becker mutmaßte eher, dass dieser Planet einstmals sehr lebendig gewesen war. Der kleine Flecken, auf dem er jetzt stand, war wahrscheinlich eines der letzten, wenn nicht gar überhaupt das letzte Überbleibsel jenes Lebens. Eine verdammte Schande, das Ganze – ohne Frage. Andererseits wiederum könnte er ohne Ruinen wie diese gar nicht im Geschäft sein. Das Problem war nur, dass die Verwüstung hier so vollständig war, dass selbst für ihn nicht mehr viel übrig geblieben war. Auf den anderen Planeten, auf die sie in letzter Zeit gestoßen waren, hatte es so ziemlich genauso ausgesehen. Jeder von ihnen hatte ein paar nutzlose Überreste aufgewiesen, die ihm den bedrückenden Eindruck vermittelt hatten, dass dort eine zuvor vollkommen intakte Zivilisation erst recht kürzlich vernichtet worden war.

Es war Satansbraten, der ihn aus seinem Sinnieren über die Vergänglichkeit allen Daseins herausriss.

In der Tat, es sah so aus, als ob der Kater etwas ausgegraben hätte und es nun mit den Pfoten hin und her schleuderte. Eine Weltraummaus? Nicht sehr wahrscheinlich, wo es doch in weitem Umkreis nicht das geringste Anzeichen von pflanzlichem oder tierischem Leben gab, mit Ausnahme von ihnen selbst und dem kümmerlichen Flecken Gras, den sie in Beschlag genommen hatten.

Was auch immer es sein mochte, SB war jedenfalls völlig vernarrt in es. Becker konnte zwar nichts hören, doch er konnte sehen, dass die Flanken des Katers sich vor lautem Schnurren heftig pumpend hoben und senkten.

Becker ging zu SB hinüber. Nach ein paar Metern gleißte etwas im Strahl seiner Arbeitsleuchte auf, und Becker bückte sich, um es zu untersuchen. Genau wie der Gegenstand, den SB traktierte, war auch dieses Ding lang und dünn; es war vielleicht einmal an einem Ende konisch spitz zugelaufen, aber diese Spitze war jetzt abgebrochen. Das Ding wies deutliche, wendelförmige Einrillungen auf, sah er, als er die daran haftenden Erdkrumen abwischte. Es funkelte im Licht, brach die von seiner weißen Oberfläche reflektierende Scheinwerferhelle in prächtige Schattierungen von Blau und Grün und tiefem Rot auf. Es sah aus wie ein großer, beschnitzter Opal. Hübsch. Becker stopfte es in den Sammelbeutel und schwenkte seinen Lampenstrahl im Kreis. Das Licht blitzte auf mehreren weiteren Stücken wie dem auf, das er schon hatte. Alle waren zerbrochen und ragten aus dem Boden hervor. Er hob eine Hand voll weiterer Proben davon auf und notierte sich die exakten Koordinaten dieses Ortes, sodass er später jederzeit wieder hier zu landen im Stande sein würde, für den Fall, dass dieser Kram sich als wertvoll erweisen sollte. Dann packte er SB und machte sich auf den Rückweg zum Schiff.

Er beendete das Wiedereinladen seines Bergungsguts. Wie gewöhnlich ließ er dabei ein paar der entbehrlicheren Stücke zurück, um die Masse der Ladung an Bord etwas zu verringern. Auf diese Weise hatte er inzwischen Inventar über die ganze Galaxis verstreut. Zum Glück waren die meisten der Orte, an denen er das Zeug gehortet hatte, unbewohnt, sodass nichts wegkommen würde. Er würde es daher jederzeit wieder einsammeln können, wenn er irgendwann einen Absatzmarkt dafür fand. Als er seine Fracht schließlich wieder sicher an Bord verstaut hatte, schleifte er SB, der seinen neuen Schatz fest zwischen seine Fänge eingeklemmt hatte, auf das Schiff zurück.

Das Wichtigste zuerst, beschloss er. Er berechnete einen Kurs zurück nach Kezdet und hob dann von dem Planeten ab. Es war keineswegs so, dass er sonderlich scharf darauf gewesen wäre, nach Kezdet zurückzukehren. Er hasste diesen verdammten Ort, doch er war nun mal – leider – der Heimathafen der *Condor.* Das Schiff war ursprünglich auf Beckers Pflegevater eingetragen gewesen, Theophilus Becker, der Jonas von einer Arbeitsfarm weggekauft hatte, um ihm mit seinem Geschäft zu helfen, als der Junge zwölf Jahre alt gewesen war. Der alte Mann war zehn Jahre später gestorben und hatte das Raumschiff, seinen Geschäftsbetrieb und seine privaten Navigationskarten aller möglichen anderweitig nirgendwo verzeichneten Schleichwege und Abkürzungen durch verschiedenste Sternensysteme seinem Adoptivsohn hinterlassen. Seither hatte Becker jede nur mögliche Minute im Weltraum verbracht.

Als das Schiff den Gravitationstrichter des Planeten hinter sich gelassen hatte und der vorgesehene Kurs ordnungsgemäß anlag, übergab Becker die Steuerung des Raumers an den Bordcomputer. Zu erschöpft, um sich irgendetwas anderes zu essen zu machen, öffnete er eine weitere Dose von SBs Katzenfutter und aß deren Inhalt, bevor er sich für eine Mütze voll Schlaf niederlegte. Der Kater, den er natürlich sofort gefüttert hatte, nachdem die beiden auf das Schiff zurückgekehrt waren – andernfalls hätte er Becker nie in Ruhe gelassen, um irgendetwas anderes zu erledigen –, hatte es sich bereits auf dem Probensäckchen bequem gemacht, der die seltsamen Steine enthielt, die sie auf dem Planeten aufgelesen hatten.

Becker drückte den Kopf, der die Rückenlehne seines vor der Steuerkonsole verankerten Pilotensessels absenkte, und schlief in der Schiffszentrale. Seine eigentliche Koje war gegenwärtig mit Bergungsgut voll gestopft. Außerdem hätte er wegen der davorgestapelten Säcke voller Saatgut, die er vor ein paar Wochen gefunden und mitgenommen hatte, ohnehin nicht bis zu ihr vordringen können.

Er erwachte schließlich, als eine Pfote auf seiner Wange ihn wissen ließ, dass er sich besser erheben sollte, wenn er sich nicht einen weiteren Klaps einfangen wollte, diesmal mit ausgefahrenen Krallen. Er schaute auf, geradewegs in SBs große grüne Augen. Irgendetwas war anders mit dem Kater, aber er vermochte nicht zu sagen, was genau es war. Er schaffte etwas zu essen für sie beide herbei, überprüfte den Kurs und entleerte den Probenbeutel auf die Steuerkonsole. Zeit, einmal einen genaueren Blick auf das zu werfen, was er da gefunden hatte.

Er glaubte nicht, dass er für den Umgang mit diesen Gesteinsproben Handschuhe anzulegen brauchte, da der Kater ja die ganze Zeit über, seit sie die Dinger gefunden hatten, eine davon im Maul herumgetragen hatte, ohne dass dies irgendwelche schädlichen Auswirkungen gezeitigt hätte. Also kramte er ein paar der wendelgerillten Steinkegel heraus und untersuchte sie mit einem Analysegerät. Keine Strahlung, nichts, was ihn vergiften, verbrennen, verkühlen oder stechen konnte. Doch das wusste er ja schon, nachdem er sie gerade mit bloßen Händen aus dem Beutel geholt hatte, ohne Schaden zu nehmen.

SB schaute aus nächster Nähe zu, als Becker die Objekte untersuchte, sie betastete, in den Händen drehte und mit einem Geologenhammer einen Splitter davon abzuschlagen versuchte. Die Steine fühlten sich irgendwie sonderbar an – gaben fast eine Art Summen von sich, als ob sie lebendig wären. Vielleicht waren sie das ja sogar. Verdammt, wenn das hier intelligente Lebensformen waren, dann würde er sie zurückbringen müssen. Er würde das wohl noch mal von einem Experten überprüfen lassen müssen. Er ließ die Steine wieder in den Probenbeutel zurückplumpsen.

Sehr viel mehr gab es nicht zu tun, also legte er sich wieder schlafen. Als er diesmal aufwachte, fand er SB auf seiner Brust hockend vor. Becker glaubte, dass der Kater wohl auf seinem Arm geschlafen haben musste, weil seine rechte Hand kribbelte, als ob das Gewicht des Katers ihre Nerven abgeklemmt hätte. Sein rechtes Ohr fühlte sich auch komisch an.

In genau dem Moment begriff er plötzlich, was an dem Kater so anders war. *Zwei* grüne Augen erwiderten blinzelnd seinen Blick, das gesunde und dasjenige, das SB bei der Havarie verloren hatte. Das rechte Ohr des Katers war auch wieder ganz und makellos. An diesem Punkt von Beckers Feststellungen stand der Kater auf, drehte sich um, räkelte und streckte sich die halbe Länge von Beckers Bein entlang und fuhr ihm mit dem Schwanz übers Gesicht. Fassungslos erkannte Becker, dass der einstige Schwanzstummel länger geworden war und sich zu einem üppigen und schmucken Körperfortsatz gestreckt hatte, der jetzt recht stattlich hin und her wedelte. *Unter* dem Schwanz, ganz richtig, dieses fehlende Teil war auch wieder dorthin zurückgekehrt.

Becker hob seine rechte Hand und sah, dass die Stummel daran wieder zu vollwertigen Fingern nachgewachsen waren. Seine Hände sahen wieder ganz genauso aus, wie sie es getan hatten, bevor er mit SB aneinander geraten war – ausgenommen, dass die eine oder andere Narbe fehlte. Er griff sich ans Ohr. Das fühlte sich ebenfalls wieder unversehrt an. Was im Namen der drei Monde von Kezdet ging hier vor? Wie hatte das geschehen können – nicht dass er sich etwa beschwerte. Die einzige Antwort, die ihm einfiel, lautete, dass sie auf diesem verwüsteten Planeten auf irgendeine Art von heilender Macht gestoßen sein mussten. Wenn der Planet zu solchen Mirakeln fähig war, war es ja kein Wunder, dass ihn jemand auf den Kopf gestellt hatte, um seinem Geheimnis auf die Spur zu kommen. Sobald er einen Teil seiner Ladung verkauft und sich mit frischer Verpflegung eingedeckt hatte – er hatte das Katzenfutter allmählich satt –, würde er unverzüglich dorthin zurückkehren, um zu sehen, ob er das Rätsel zu lösen vermochte.

»Meine Güte, Satansbraten, wenn wir auf Kezdet ankommen, werden wir beide so verdammt gut aussehen, dass wir regelrecht aufpassen müssen, nicht für die Freudenhäuser einkassiert zu werden.« Nicht dass er nicht die Absicht gehabt hätte, selbst schnurstracks ein solches Haus aufzusuchen. Und er würde Satansbraten mitnehmen. Zur Hölle, schließlich nannte man diese Orte nicht umsonst auch ›Kätzchenhäuser‹. Irgendwo dort mussten sich doch auch eine oder zwei Katzendamen auftreiben lassen, welche die Aufmerksamkeiten eines so stattlichen Weltraumreisenden, wie sein Kumpel es war, zu schätzen wussten.

Die Heimreise war wirklich angenehm. Zum einen stanken die Hauptkabine und der Frachtraum plötzlich nicht mehr. Nicht einmal ein klein wenig. Becker musste sich immer wieder vergewissern, dass Satansbraten nach wie vor an Bord war, weil das ganze Schiff aufgehört hatte, nach Katzenpisse zu stinken. Das war zwar ein Gestank, an den man sich irgendwann gewöhnte, aber es war schon nett, sich wieder daran gewöhnen zu dürfen, ihn auch mal *nicht* zu riechen. Zum anderen kamen sie recht flott voran, obwohl das unkartografierte Gebiet, aus dem sie jetzt zurückreisten, in gewaltiger Entfernung von ihrer – nun, jedenfalls Beckers – Heimatwelt lag.

Theophilus Becker war sehr viel mehr als bloß ein Schrotthändler – ähm – Bergungsgutmakler gewesen. Er war Bergungsgutmakler, Wiederverwertungs-Ingenieur *und* Astrophysiker gewesen. Darüber hinaus hatte Jonas' neuer Herr, der es vorgezogen hatte, ›Vater‹ genannt zu werden, zur Tollkühnheit geneigt. Der Mann hatte nichts so sehr geliebt wie einen wilden Ritt durch ein bockendes Wurmloch, wie das Zähmen unbeherrschbarer Quarks. Er hatte sich darauf verstanden, jene Orte ausfindig zu machen, wo Raum und Zeit sich wie ein Akkordeon zusammenfalteten und die von einem Raumfahrer, der genug Mumm besaß, um sie anzusteuern, als rasante Abkürzungen durcheilt werden konnten. Jonas hatte eine ganze Menge von Theophilus gelernt.

Daher dauerte es nur etwa einen Monat, bis Becker mit SB, der wie ein folgsames Hündchen neben ihm hertrottete, vor dem Eingang zu seinem Lieblingsamüsierbetrieb auftauchte. Ein Mädchen, das er nicht kannte, kam an die Tür. Sie war vollständig bekleidet, mit einem langärmeligen bis zum Hals geschlossenen Overall, ganz und gar nicht die Art von Aufmachung, die er an diesem Ort gewöhnt war.

»Oh mein Gott, nicht schon wieder einer«, stöhnte sie auf.

»Sie hören sich nicht gerade erfreut an, mich zu sehen«, erwiderte er lächelnd und etwas verwirrt. Es war doch noch nie nötig oder gar üblich gewesen, Blumen oder irgendwelches anderes Grünzeugs hierher mitzubringen – sonst hatte es doch immer genügt, ein paar hundert Credits vorzuweisen, um das Werben um die Gunst der Damen hier mit Erfolg zu krönen.

»Wann werdet ihr Männer endlich mitkriegen, dass das hier jetzt ein anständiger Betrieb ist, der Sicherheitsgurte für Schweber herstellt? Die Didis sind Geschichte.«

»Geschichte?« Jonas kapierte gar nichts mehr. »Ich mag Geschichte. Was meinen Sie damit: Geschichte? Wo ist Didi Yasmin?«

»Im Gefängnis, wo sie hingehört. Wo sind Sie denn gewesen? In anderen Sphären?«

»Um die Wahrheit zu sagen, ja«, bestätigte er. »Warum ist sie im Gefängnis?«

»Um Ihnen das zu erklären, habe ich jetzt wirklich nicht genug Zeit«, antwortete das Mädchen. »Aber Sie könnten ja mal versuchen, ein paar der Kinder auf Maganos danach zu fragen – kleine Mädchen, die sie in die Prostitution gezwungen hat.« Voller Verachtung starrte sie ihn an.

»He, mit mir aber nicht! Nein, Sie brauchen mich gar nicht so anzuschauen. Ich mag große Mädchen – erwachsene Mädchen, Frauen, um genau zu sein. Ich habe noch nie – ähm …«

Die Aufmerksamkeit seiner Empfangsdame wurde von Satansbraten abgelenkt, der sich an ihren Fußgelenken rieb. Sie griff nach unten und tätschelte ihn, hob ihn dann auf. »Was für ein hübsches Kätzchen«, säuselte sie.

»Meine Dame, das würde ich nicht tun«, warnte Becker sie. »Er wird Ihnen den Arm abreißen.«

Doch SB, der Verräter, lag friedlich schnurrend in ihren Armen, stupste mit seinem Kopf gegen ihr Kinn und erschlich sich schamlos Streicheleinheiten von ihr. Becker wünschte, er könnte es genauso machen.

»Wie heißt er?«, fragte das Mädchen.

»SB«, wich Becker aus.

»Und wofür steht das?« Jetzt kraulte sie den Wanst des Verräters. Er war ganz weiß. Becker hatte keine Ahnung gehabt, dass der Bauch des Katers weiß war. Bei *ihm* hatte SB noch nie irgendwelche Andeutungen gemacht, dass er gerne gekrault werden würde. Ganz im Gegenteil.

»Süßer Bursche«, log Becker, da er genau wusste, dass die Wahrheit bei ihr nicht gut ankäme. »Ich habe ihn an Bord eines verlassenen Raumschiffswracks gefunden – seine Leute sind bei einem Unfall umgekommen, und ihn hatte es auch ziemlich schlimm erwischt.«

Er hoffte, dass ihn das in ihren Augen von einem gewöhnlichen Kinderschänder zu einem Kinderschänder aufwertete, der offenbar wenigstens zu Tieren anständig war. »Und *mein* Name ist Jonas. Jonas Becker. Wie heißen Sie?«

»Khetala«, gab sie Auskunft.

»Freut mich, Sie kennen zu lernen«, sagte er.

»Das Gleiche kann ich von Ihnen allerdings nicht behaupten, Herr Becker. Sie werden feststellen, dass sich auf Kezdet einiges geändert hat, seit die Didis und der Rattenfänger das bekommen haben, was ihnen gebührte. Vielleicht haben Sie die Bumsschuppen ja für ein harmloses Vergnügen gehalten, aber ich wurde gezwungen, in einem davon zu arbeiten, ehe die Dame Epona uns befreit hat. Ich vermag Ihre Einstellung daher nicht zu teilen.«

»He, das verstehe ich doch. Ich war ja selbst Sklavenarbeiter auf einer Farm, wurde aber dann von dort rausadoptiert. Ich ...« Sie starrte ihn mit versteinerter Miene an. Sogar er wusste, dass das nicht dasselbe war. Schuldbewusst brach er mitten im Satz ab, verstummte verstört und griff stattdessen nach SB, was dieser prompt mit einem abwehrenden Prankenhieb beantwortete. Ungerührt vom Widerstand des Katers löste Becker ihn trotz der schmerzhaften Blessuren, die er dabei erlitt, mit festem Griff aus Khetalas Armen. »Wir – ähm – war nett, Sie kennen zu lernen –, wir machen uns jetzt wohl besser wieder auf den Weg.«

Sie machte auf dem Absatz kehrt und ging zurück ins Haus.

Etwas Gutes hatte die Begegnung mit ihr jedenfalls gehabt. Er war jetzt ganz und gar nicht mehr in der Stimmung für das, was er stets als Liebe hatte durchgehen lassen. Nun denn, es war also an der Zeit, stattdessen wieder an die Arbeit zurückzukehren. Er hatte ja schon immer gemeint, dass Geldverdienen ein recht annehmbarer Ersatz für die meisten Vergnügungen war.

Bevor er sich jedoch der Plackerei unterzog, einen Lastschweber anzumieten und seine Fracht zu löschen, holte er noch ein paar Erkundigungen über den gegenwärtigen Stand der Dinge auf dem Markt ein. Erleichtert stellte er fest, dass die Dame Epona, die den Planeten so gründlich von seinen Übeln gesäubert hatte, offenbar nichts gegen Gerümpel einzuwenden gehabt hatte, vermutlich jedenfalls zumindest so lange nicht, wie dessen Lieferanten damit nicht die Straßen und Plätze verschandelten.

Der Nanowanzenmarkt etwa, den er schließlich ansteuerte, gedieh nach wie vor prächtig. Er machte dort noch rasch einen Rundgang, bevor er sich selbst am Verkauf zu beteiligen gedachte. Wie er dabei missmutig feststellen musste, wurde es zunehmend schwieriger, ein wirkliches Schnäppchen aufzutreiben. Ein Kerl, der früher für die Red-Planet-Sanierungsgesellschaft gearbeitet hatte – eine Firma, die Planeten in ihren unberührten Urzustand zurückversetzen sollte, nachdem sie all ihrer Bodenschätze beraubt worden waren –, bot zwar sogar die von ihm eigenhändig geborgene, originale Marssonde feil, die zudem immer noch in perfektem Zustand war (wahrscheinlich, weil sie von Anfang an nie funktioniert hatte). Doch der Bursche verlangte so viel dafür, dass man damit genauso gut gleich einen von Grund auf neuen Planeten hätte zusammenbauen können. Becker schüttelte den Kopf und zog weiter. Dann entdeckte er noch einen fantastischen Verkaufsstand für Mineralienliebhaber. Vier neue Edelsteinarten, die er noch nie zuvor gesehen hatte, taten es ihm dort besonders an – Bairdit, Giloglit, Nadezdit und Acornit. Bairdit war ein bunt schillerndes, undurchsichtiges Gestein mit einer kiesigen, kristallinen Oberfläche, die kreuzweise rot und gelb schraffiert war – wahrscheinlich Eisen- und Schwefelablagerungen. Giloglit besaß die Farbe von Serpentin, war jedoch halb durchsichtig und wies wolkig-trübe Einschlüsse auf. Nadezdit war ein purpurfarben-transparentes, goldgesprenkeltes Mineral, und Acornit war ein blau-grüner Edelstein, der in seinem Kern zur prächtigsten Tiefentransparenz aufklarte, die er jemals bei irgendeinem Gestein, ob nun natürlichen oder künstlichen Ursprungs, gesehen hatte. Der Klang der vier Mineralnamen kam ihm irgendwie vertraut vor, doch er konnte sich nicht recht erklären, warum.

Hungrig geworden, suchten er und SB die Imbissstände auf. Einer bot ein scharf gewürztes Fleischgericht an, das ein Werbeschild als *die* planetare Spezialität von Ma'aowri 3 anpries. Für Becker roch es ausgesprochen gut, SB allerdings schnupperte nur ein einziges Mal daran und scheute angewidert davor zurück. Als Becker es noch einmal versuchte, bedachte SB ihn mit einem Blick, der sich nur schwer ergründen ließ, der Becker jedoch den Verdacht hegen ließ, dass die Fleischeinlage dieses Gerichts möglicherweise ein wenig allzu artverwandt war – ob nun mit ihm oder mit SB, da war er sich nicht sicher –, um sie bedenkenlos genießen zu können. Danach schlenderte er an Ständen mit merkwürdig geformten Früchten, billigem Fruktosezuckerwerk und wächserner Schokolade, verschiedenen gerösteten Tieren, ein paar ziemlich bizarren Gemüsen und diversen anderen Delikatessen vorbei, die zu fremdartig waren, als dass er sie hätte identifizieren können. Am Ende begnügte er sich mit einer guten, altmodischen Gyrostasche und einer Tasse Kaffee, bevor er zu dem Marktstand zurückkehrte, den er angemietet hatte, und damit begann, den Inhalt seines Lastschwebers auszuladen und auf seiner Verkaufsfläche auszubreiten.

Nachdem Becker seine Waren so verlockend wie möglich zur Schau gestellt hatte, setzte er sich erschöpft in den thronähnlichen Kommandantensessel, den er aus einem ansonsten völlig zerstörten percenezatorianischen Kampfwagen ausgebaut hatte. SB ließ sich auf dem Mineraliensäckchen nieder, das sie bei ihrem letzten Halt gefüllt hatten. Der Probenbeutel war mittlerweile zu seiner bevorzugten Schlafstelle geworden. Er hatte sich zudem gerade mal bereitgefunden, sich vom kleinsten und zersplittertsten Stück dieses sonderbaren opalähnlich aussehenden Minerals zu trennen. Becker bewahrte dieses Bruchstück in seiner Hosentasche auf, als mögliche kostenlose Dreingabe, um den Verkaufsabschluss eines anderen Gegenstands aus seinem Warenangebot zu versüßen. Der Stein war auffällig genug, um eventuell jemanden zu dem Entschluss zu verleiten, dass seine Frau ohne dieses Kleinod nicht mehr leben könne.

Was die Verkäufe anging, ließ sich der Tag allerdings ziemlich langsam an – es kamen bloß die üblichen kaufunwilligen Schaulustigen und ein paar reiche junge Burschen vorbei, die nach Zubehör suchten, um ihre Billigschweber aufzumotzen. Becker überlegte, dass er hier einfach das verscherbeln würde, was er eben losschlagen konnte, und dann nach Twi Osiam weiterreisen würde, wo er ein paar größere Tauschgeschäfte und Vorratskäufe zu tätigen beabsichtigte. Ungefähr zu diesem Zeitpunkt seiner Überlegungen schlenderte *sie* vorbei, mit ihrem Gefolge im Schlepptau.

Sie war eigentlich nicht sein Typ – zu jung, zum einen. Sie hatte eine Figur wie ein zwölfjähriger Junge, der schon vor ein oder zwei Jahren den Hungertod gestorben war. Ihr Haar war hinten lang und lockig und vorne spitzsträhnig. Doch sie war modisch und teuer in die Pelze und Felle diverser, mittlerweile ausgestorbener Tierarten gewandet. Verblüffend, dass Kleidung, die so viel kostete, so wenig von etwas zu verdecken vermochte, was sich, in seinen Augen zumindest, eigentlich überhaupt nicht zu enthüllen lohnte.

Ihr Gefolge bestand aus vier Männern, die ein bisschen älter waren als sie und sich alle aufgeregt hinter ihr her drängten. »Wartet da«, befahl sie ihnen in einem Tonfall, den sich Becker SB gegenüber niemals hätte herausnehmen dürfen, wenn er wusste, was gut für ihn war. »Halloo«, flötete sie ihn zuckersüß an. Also doch, er hatte Recht gehabt! Er hatte seine natürliche, umwerfende Stattlichkeit wiedergewonnen, und jetzt fanden ihn Frauen so unwiderstehlich, dass er dessen bald müde werden würde. Außer bei Khetala vielleicht, merkwürdigerweise. Aber erst mal hierzu.

»Selber halloo«, erwiderte er. »Was kann ich für Sie tun, Prinzessin?«, fragte er in richtiger Einschätzung genau der Artigkeit, die sie bevorzugte. SB hingegen hatte unzweideutig nicht die Absicht, den Versuch zu unternehmen, dieser Kundin zu schmeicheln. Er machte einen Buckel und sträubte aggressiv das Fell. Sein mittlerweile vollständig wieder hergestellter Schwanz hätte eine ausgezeichnete Flaschenbürste abgegeben, seine Augen waren zu Schlitzen zusammengekniffen, die Ohren flach an den Kopf angelegt; und er fauchte wie eine ganze Wanne voll zischelnder Giftvipern. Becker stellte sich vor ihn, um den Blick seines Katers auf diese zweifellos gut betuchte Kundin ebenso zu verstellen wie den Blick der Kundin auf ihn.

»Ich hatte gehofft, Sie könnten mich beraten«, antwortete sie. »Man hat mir gesagt, Sie wüssten einfach alles, was man über geringfügig gebrauchte Ausrüstung nur wissen kann.«

»Nicht alles, aber mehr als die meisten«, stimmte er ihr zu.

»Ich bin gerade dabei, ein bescheidenes Unternehmen aufzubauen, und es wäre mir eine große Hilfe, wenn ich dazu eine winzig kleine Handelsflotte ganz für mich allein hätte. Ein paar sehr preisgünstige Raumschiffe hätte ich zwar schon an der Hand, aber die bräuchten alle hier und da Ersatzteile, und deshalb habe ich mich *gefragt* – habe ich *gehofft,* um genau zu sein –, dass Sie vielleicht ein paar entsprechende Sachen haben.«

»Was denn, zum Beispiel?«

Sie schnippte mit den Fingern, und einer der Männer tauchte auf und trug mechanisch eine ganze Liste von Raumschiffinstrumenten, -ausrüstung, -systemen und -teilen vor. Becker hegte den Verdacht, dass der Mann nicht aus Fleisch und Blut war, sondern ein mit menschlichem Äußeren versehener Roboter. Zum einen hielt er nämlich während der ganzen fünfzehn Minuten, die es dauerte, um die Einkaufsliste der Dame herunterzurattern, nicht ein einziges Mal inne, um Luft zu schöpfen. Zum anderen pinkelte SB ihm auf den Fuß und zerfetzte ihm den Unterschenkel, während er redete, wovon der Kerl nicht die geringste Notiz zu nehmen schien.

»Aber ja, das habe ich alles«, erklärte Becker nach Ende des Vortrags und schaute sich den Kerl nochmals genauer an. Tatsächlich. Ein Androide. Sein Fuß und Unterschenkel qualmten leicht. Also auch noch ein billiges Modell. Lausig schlechte Verkabelung. »Wollen Sie die Sachen selbst abholen, oder soll ich das Zeug zu einem Hangar Ihrer Wahl liefern? Ein Teil davon liegt sowieso noch an

Bord meines Schiffs.« Mit ihrer Wunschliste würde die Dame sein Frachtlager praktisch leer kaufen, ein Umstand, der ihn ein bisschen nervös machte. Bei einem Verkauf dieser Größenordnung würde er genug Geld herausschlagen müssen, um seine Ausgaben so lange abdecken zu können, bis er wieder einen hinreichend großen neuen Warenbestand angesammelt hatte. Zum Glück hatte er ohnehin schon geplant, zu all den verwüsteten Planeten zurückzukehren und sämtliche Sachen aufzulesen, die er das letzte Mal dort zurückgelassen hatte. Und wenn er schon mal dabei war, würde er auch nachsehen, was genau auf jener allerletzten Welt eigentlich diese Heilwirkung auf ihn und SB gehabt hatte.

»Oh«, kommentierte die Dame mit gekünstelter Stimme, »wie viel?«

Becker nannte seinen Preis. Das ungefähr Sechsfache dessen, was das Zeug wirklich wert war. Sie lächelte und machte methodisch ein geradezu lächerlich niedriges Gegenangebot. Er erwiderte mit einem Preis in Höhe von mehr als dem Vierfachen dessen, was die Ware einbringen musste, woraufhin das Feilschen erst richtig losging. Sein Problem dabei war jedoch, dass er hier fast einen Ausverkauf verhandelte. Die Transaktion würde ihn so lange aus dem Geschäft werfen, bis er sich wieder mit Nachschub an Bergungsgut versorgt hatte. Er wollte daher genügend Gewinn herausholen, um sich selbst und SB für eine schöne lange Weile über Wasser halten zu können, plus genug Überschuss, um vielleicht wenigstens ein bisschen Urlaub nehmen zu können, vorzugsweise irgendwo, wo es immer noch Didis oder Freudenhäuser gab.

»Hören Sie, ich sage Ihnen was«, schlug er daher vor. »Eigentlich hatte ich Ihnen das gar nicht zeigen wollen. Aber Sie sind eine hübsche Dame, und ich kann sehen, dass Sie einen ausgezeichneten Geschmack haben. Sie zahlen mir den Preis, den ich ursprünglich gefordert hatte, und ich gebe Ihnen das hier gratis obendrauf.« Er griff in seine Tasche und zog jenes Bruchstück der wendelgerillten

Steine heraus, das SB ihm gelassen hatte. »Geben Sie diesen Edelstein Ihrem Juwelier, der kann ihn zerlegen und ein prächtiges Geschmeideensemble daraus machen, das Sie …«

Die Augen der Frau wurden riesengroß, als sie den Stein sah, und sie riss ihn ihm aus der Hand. Sie begann zu lachen. Schön klang dieses Lachen nicht. »Wo haben Sie das her?«

»Hab's gefunden«, antwortete er mit einem Achselzucken.

»*Gefunden?*« Sie lachte erneut. »An wem? Ich meine, wo?«

»Also, das kann ich Ihnen natürlich nicht verraten«, verweigerte er die Auskunft. »Seien Sie doch einfach froh, dass Sie ihn haben und sonst niemand. Ein seltener Fund, Prinzessin.« Ein Teil von ihm dachte, dass er ihr, wenn sie schon von dem kleinen Brocken so begeistert war, vielleicht auch den Rest der Steine zeigen sollte. Doch das hätte bedeutet, zu versuchen, SB von dem Probenbeutel herunterzubekommen. Und offen gesagt mochte er den Kater sehr viel lieber als diese Frau. Er bedauerte schon jetzt zutiefst, ihr diese Probe umsonst überlassen zu haben – nun ja, abgesehen davon, dass er sie für die Waren, die sie brauchte, sehr viel mehr bezahlen ließ, als sie eigentlich gewollt hatte.

»In der Tat«, bestätigte sie. »Wie schade, dass Sie nicht mehr davon besorgen können. Ich hätte da einen ausgezeichneten Absatzmarkt im Sinn.« Sie schob ihm ihre magere Brust entgegen. »Wir könnten möglicherweise sogar eine Partnerschaft eingehen.«

»Zu blöd, hab ich mal wieder Pech gehabt. Aber Sie wissen ja, wie das ist«, bedauerte er achselzuckend. »Manchmal stolpert man einfach über eine gute Sache und findet sie dann hinterher nie mehr wieder.« Er würde sich von keinem Einzigen dieser Rillensteine mehr trennen, bevor er nicht erfahren hatte, was die Frau darüber wusste, dass sie sich so sehr für den einen interessierte, den er ihr überließ. Die Dinger waren jemand anderem wahrscheinlich eine Menge mehr wert als das, was sie ihm anbot.

»Zu schade«, pflichtete sie ihm bei, die Augen genauso ehern und zusammengekniffen wie die von SB. Aus irgendeinem Grund schien sie an seiner Aufrichtigkeit zu zweifeln. Schön. Das beruhte auf Gegenseitigkeit.

Sie übergab ihm ein dickes Bündel Credits. Sie waren im Namen der Dame Kisla Manjari ausgestellt. Er zählte sie und steckte sie ein.

»Prima. Der Handel gilt.«

»Wenn Sie also beiseite treten würden, werde ich meine Leute Ihren Lastschweber wieder beladen lassen und ihn benutzen, um meine Waren damit abzutransportieren«, forderte sie ihn auf.

»Ist mir recht. Komm her, SB«, wandte er sich an den Kater, ging in die Hocke und griff nach dem Probenbeutel, auf dem SB hockte. Der Kater fauchte und spuckte die Frau erneut an.

»Oh nein, nichts da«, protestierte diese. »Ich habe gerade *alles* gekauft, was sich hier an diesem Stand befindet, einschließlich diesem räudigen Vieh da. Ich kenne nämlich ein Labor, das hoch erfreut sein würde, so ein Exemplar zu kriegen.«

»Tut mir Leid, meine Dame«, widersprach Becker. »Sie haben nur das gekauft, was auf der Liste stand, die Ihr angesengter Androidenfreund hier vorgelesen hat. Und der Kater steht nicht auf dieser Liste. Ich kann ihn unter keinen Umständen verkaufen. Die Föderationsgesetze verbieten das. SB hier ist nämlich keineswegs ein Vieh. Er ist mein Partner. Eine intelligente Lebensform. Das eigentliche Gehirn unseres Geschäftsbetriebs.«

»Ich *will* ihn haben«, forderte die Frau dennoch und gab ihren Männern ein Zeichen. SB hinterließ blutige Kratzspuren auf Beckers Arm, als der Kater blitzschnell an ihm hochkletterte, über Beckers Schulter hinwegsprang und davonjagte, um zwischen den Marktständen zu verschwinden. Becker fasste sich unwillkürlich an den Arm und ließ den Probenbeutel dabei auf seinen Fuß fallen, besann sich jedoch rasch, hob ihn wieder auf und nestelte hastig an der Öffnung des Beutels herum, um ihn wieder zu verschließen, ehe Kisla sehen konnte, was er da in der Hand hatte. Er wagte nicht, sich beim Aufheben allzu gründlich umzusehen, sodass er nicht bemerkte, dass einer der Steine aus dem Beutel gerutscht und unter eine Sauerstoff-Wiederaufbereitungseinheit gerollt war.

»Ich habe Ihnen doch gesagt, dass er Verstand besitzt«, sagte Becker und grinste zu seiner Kundin hoch, um sich zu vergewissern, dass sie weiterhin seinem Blick begegnete und nicht etwa allzu scharf auf etwas anderes starrte. »Tut mir wirklich Leid. Ich würde Ihnen ja helfen, Ihr Zeug aufzuladen, aber ich muss jetzt meinen Partner wieder finden.«

Er richtete sich auf, klemmte den Probenbeutel lässig hinter seinen Gürtel und versuchte, ihn nicht klappern zu lassen, als er davonmarschierte.

Drei

Nichts auf dieser Welt wünschte sich Acorna im Augenblick mehr als leckeres Gras und einen schönen langen Galopp. Doch bevor sie auch nur ansetzen konnte, dies zu sagen, hatten die anderen ihren Gedanken alle schon aufgefangen.

»Eine Mahlzeit? Was für eine großartige Idee«, rief ein nahebei stehender Würdenträger aus, als ob Acorna ihren Wunsch laut ausgesprochen hätte. Man hatte ihn ihr bereits per Bildschirm vorgestellt, doch sie konnte sich nicht mehr erinnern, wer genau er war. Irgendjemand sehr Wichtiger.

»Ja, etwas zu essen und ein schöner Dauerlauf. Was für eine wunderbare Idee!«, pflichtete Thariinye bei, und auch andere stimmten mit nickenden Köpfen und weiteren bejahenden Gesten zu. Der junge Mann hatte ebenfalls laut gesprochen.

Keiner von ihnen hatte anscheinend jenen Teil ihrer Gedanken aufgefangen, in dem es darum gegangen war, dass sie das Galoppieren und Grasen eigentlich ganz für sich allein hatte machen wollen, während der Wind ihr ungestüm durchs Haar wehte, dort drüben in dem Feld unter ihnen. Bedauernd schob sie den Gedanken als ungesellig beiseite, denn so mochte sie nicht erscheinen, insbesondere jetzt nicht, wo sie wirklich einen guten Eindruck auf ihr angestammtes Volk machen wollte.

Also lächelte und nickte sie und achtete darauf, nicht niedergetrampelt zu werden, als die versammelten Massen aus dem Raumhafengelände hinausströmten und sich in die breite Ebene ergossen, die den Landeplatz von der Stadt trennte. Die Ebene war üppig mit lieblichen Gräsern bewachsen, deren Art ihr zwar unbekannt war, die jedoch köstlich nach Zitrone und Pfeffer schmeckten, mit einem Hauch von Zimt.

Die Leute, die sich der Besatzung der *Balakiire* angeschlossen hatten, um deren Heimkehr zu feiern, zupften diese Gräser fröhlich aus und kauten sie genüsslich, während sie von einer Ecke zur anderen schlenderten, miteinander plauderten, lachten und einander zuriefen. Acorna warf aus den Augenwinkeln einen Blick auf einen der Linyaari in ihrer Nähe. Er war nicht weiß wie ihre weltraumfahrenden Reisegefährten, sondern hatte eine tiefrote Körperfarbe, mit einer stattlichen schwarzen Mähne. Andere in der Menge waren schwarz, braun, golden mit weißem Haar, oder grau mit Haupthaaren, die leicht mit einer dunkleren Tönung gesprenkelt waren.

Neeva lächelte ihr zu, als sie ihren Gedanken auffing. »Du hast nicht gewusst, dass es uns in verschiedenen Farben gibt?«

Mehrere der Grasenden warfen ihnen verdutzte Blicke zu und sahen dann höflich wieder weg.

»Wir sollten uns jetzt entweder mit gesprochenen Worten unterhalten, oder du musst deine Gedanken enger bündeln und ganz auf mich konzentrieren, mein Liebes«, forderte Neeva Acorna auf. »Du sendest nämlich ziemlich stark, weißt du, und wirst den halben Planeten an deinen innersten Gedanken teilhaben lassen, wenn du nicht aufpasst.«

»Entschuldigung. Es wird wohl noch eine Weile dauern, bis ich mich daran gewöhnt habe, meine Gedanken so im Zaum zu halten, dass nicht jeder mithören kann. Ich weiß immer noch nicht so recht, was oder auch nur wann ich sende.«

»Du bist eine sehr starke Telepathin, Liebes, auch wenn dir das alles noch ziemlich neu ist. Du neigst dazu – nun, manchmal brüllst du ein bisschen. Die meisten Leute werden zwar nicht absichtlich in deine Gedanken eindringen, aber du musst versuchen, deine telepathische Signalkraft besser zu kontrollieren. Hier ist es nicht mehr so wie an Bord unseres Raumschiffes, wo wir anderen auf Grund der langen Zeit, die wir in enger Gemeinschaft verbracht haben, in ständigem telepathischem Einklang miteinander standen. Die Leute hier auf Narhii-Vhiliinyar hingegen pflegen die Gedankensprache meist nur innerhalb ihrer eigenen Verwandtschaftsgruppen oder unter engen Freunden zu benutzen. Bei Ereignissen wie diesem hier verwenden sie in der Regel die Lautsprache, sowohl um ihre eigene Privatsphäre zu wahren, als auch um zu vermeiden, unfreiwillig in die Gedanken von anderen einzudringen. Die meisten würden ebenso wenig versuchen, deine privaten Gedanken mitzuhören, wie sie versuchen würden, deine laut ausgesprochenen, aber privat gemeinten Kommentare zu belauschen.«

»Ich werde versuchen, künftig besser aufzupassen«, versprach Acorna bedächtig und beobachtete, wie sowohl weiße als auch farbige Linyaari sich mit überkreuzten Beinen auf die Wiese setzten oder sich einfach flach auf den Boden legten und sich weiterrollten, um an einem neuen Fleck zu knabbern, wenn sie ihren alten Platz abgegrast hatten. Niemand schien sich auch nur im Mindesten daran zu stören, wenn dabei seine Kleidung schmutzig wurde. Acorna beschloss, dass es Zeit für einen Themenwechsel war. »Niemand hat mir gegenüber je erwähnt, dass es die Linyaari in verschiedenen Farben gibt. Ich war etwas überrascht, das ist alles. Du und alle anderen Linyaari, denen ich bis heute begegnet bin, sind weiß, genau wie ich. Deshalb habe ich einfach angenommen, dass wir alle die gleiche Farbe hätten.«

Neeva machte ein missmutiges Gesicht. »Die Färbung unserer Körper, oder besser, deren Farblosigkeit, bei jenen unter uns, die den Weltraum bereisen, war noch bis vor kurzem etwas, worauf wir sehr stolz waren. Es zeigt unseren Leuten, wer und was wir sind und wo wir gewesen sind. Die Weißfärbung wird bei uns auch ›das Sternenkleid anlegen‹ genannt, denn wir tragen dadurch das Weiß und Silber der fernen Sterne. Ein Raumfahrer oder eine Raumfahrerin legt seine oder ihre einstige Naturfarbe ebenso stolz ab, wie ein heranwachsendes Kind seine oder ihre Spielsachen beiseite legt. Wir wissen zwar nicht genau warum, aber die natürliche Körperfarbe eines Liinyar bleicht im Laufe seiner oder ihrer ersten Fahrt zu den Sternen stets zu Weiß aus.«

»Das ist also nicht genetisch bedingt, wie die Hautfarbe bei den Menschen?«, fragte Acorna.

»Nicht die weiße Färbung, nein«, bestätigte Neeva. »Seit der Evakuierung allerdings, während derer auch viele Linyaari, die es vorgezogen hätten, ihre ursprüngliche Pigmentierung beibehalten zu können, diese unfreiwillig verloren haben, wurde das Sternenkleid, zumindest in manchen Kreisen, zunehmend als eine Abnormität angesehen, die man behandeln müsse. Unsere Wissenschaftler wurden sogar aufgefordert, die Entfärbung als ein ›Leiden‹ zu erforschen. Soweit ich gehört habe, vertreten sie inzwischen die These, dass der Farbwechsel durch eine Kombination mehrerer Faktoren bewirkt wird: der während einer interstellaren Raumreise über längere Zeit anhaltende Mangel an natürlichem Sonnenlicht, welcher die Zerstörung gewisser fotosensitiver, Pigment produzierender Bestandteile unseres epidermalen Gewebes verursacht; und das Fehlen bestimmter Nährstoffe in unserer Bordnahrung, die ausschließlich in Pflanzen vorkommen, die auf Vhiliinyar heimisch sind und die in hydroponischen Anlagen einfach nicht gedeihen wollen. Zwar können wir diese Pflanzen als Saatgut lagern und mit Raumschiffen zu neuen Welten mit geeigneter Umwelt transportieren, um sie dort wieder in natürlicher Umgebung aufzuzüchten. Während der Raumreise selbst aber müssen wir schlicht und einfach ohne sie auskommen, was besagte Auswirkungen auf unsere Pigmentierung zur Folge hat. Als Ergebnis dieser beiden Prozesse verlieren Linyaari-Raumfahrer im Laufe einer interstellaren Weltraumfahrt üblicher Länge sämtliche Färbung ihrer Haut.«

Acorna schaute auf ihre eigenen Arme und Hände hinunter, versuchte sie sich in Rot oder Schwarz oder irgendeiner der anderen

Farben vorzustellen, die sie rings um sich herum sah. »Werde ich jetzt auch die Farbe wechseln, wo ich doch jetzt in der Sonne bin und die richtigen Nährstoffe zu essen bekomme?«

In rascher Folge stellte Acorna sich selbst erst der Reihe nach in jeder der Farben vor, die sie an den umstehenden Leuten erspäht hatte, und zum Schluss mit einem leuchtend purpurnen Leib und einer violetten Mähne. Ganz im Widerspruch zu dem, was Neeva über höfliches Weghören gesagt hatte, verfolgten in ihrer Umgebung offenbar alle diese Gedankenbilder mit. Um sie herum erhob sich ein allgemeines Gelächter, ein paar Umstehende runzelten aber auch missbilligend die Stirn. Woraufhin sie absichtlich ein Bild von sich selbst ausstrahlte, das sie in allen Regenbogenfarben zeigte. Überall auf der Wiese verstummten die Gespräche, und das Gelächter verwandelte sich in beschämtes Hüsteln. Selbst die Stirnrunzler sahen plötzlich verwirrt aus, und viele starrten sie mit höflich befremdetem Gesichtsausdruck an. Hmm.

Neeva lachte. »Wie du siehst, Khornya, wirst du lernen müssen, deine Sendereichweite genauer zu kontrollieren, wenn du Gedankenbilder ausstrahlst. Einige unserer Leute haben keinerlei Sinn für Humor, und die werden jetzt glauben, dass du gar keine von uns bist, sondern irgendeiner merkwürdigen, nur entfernt mit uns verwandten biologischen Abart der Linyaari entstammst und dein Leben begonnen hast als ein – wie heißt die kleine Eidechse aus diesen Vids? Dieses Reptil, das die Farben wechselt?«

»Ein Chamäleon«, gab Acorna errötend Antwort. »Kann ich eine Entschuldigung senden?«

»Vielleicht wäre es besser, die Sache für den Augenblick einfach auf sich beruhen zu lassen«, erwiderte Neeva, immer noch belustigt. »Andernfalls werden sie dein Erröten sehen und noch glauben, dass du ihnen damit mitzuteilen versuchst, du wärst ursprünglich rosa gewesen. Aber um deine Frage zu beantworten, Schwestertochter: einmal im Sternenkleid, immer im Sternenkleid. Die verschiedenfarbigen Linyaari, die du hier siehst, sind alle jünger als du; sie wurden erst auf Narhii-Vhiliinyar geboren, nach der Evakuierung.« Sie seufzte und stand auf. »Weißt du, seit der Zeit kurz nach dem Verschwinden deiner Eltern habe ich nicht mehr allzu viel Zeit auf diesem Planeten verbracht. Womöglich stehen die Experten, die das Sternenkleid als eine Krankheit betrachten, ja inzwischen schon kurz davor, eine ›Lösung‹ zu finden. Vielleicht könnte ich also wieder grau mit Flecken werden, wenn ich das wollte. Zufälligerweise will ich das aber ganz und gar nicht. Mir gefällt, was ich bin.«

Nachdenklich kaute Acorna auf einem Mund voll des nach Zimt schmeckenden Grases herum. Als sie mehrere unverhohlen verärgerte Blicke auffing, verminderte sie rasch die Intensität ihres Grübelns. Sie hatte den unmissverständlichen Eindruck, dass es rüpelhaft war, gleichzeitig zu kauen und Gedanken auszusenden. Du liebe Güte, jetzt war sie erst so kurze Zeit hier, und schon musste sie befürchten, dass man ihr nachsagen würde, sie wisse sich nicht zu benehmen. Es war wirklich schwer, sich einzugewöhnen, wenn man die Regeln nicht kannte ...

Sie senkte ihre Stimme, trat näher zu ihrer Tante hinüber und versuchte angestrengt, nicht zu laut zu denken. Allmählich begann sie sich ziemlich überfordert zu fühlen. Zum einen empfing sie selbst dann, wenn ihr niemand willentlich Gedanken zusandte, unablässig ein dem hörbaren Geplauder und Gelächter unterlagertes, irritierendes Hintergrundraunen aus zufälligen Gedankenfetzen. Zum anderen hatte ihre Tante ihr zwar erzählt, dass die Evakuierung erst stattgefunden hatte, nachdem Acornas Eltern mit ihr als Kleinkind Vhiliinyar verlassen hatten und zu einem Vergnügungsausflug aufgebrochen waren. Aber irgendwie hatte Acorna doch gedacht, dass Narhii-Vhiliinyar dem Ort, den sie in ihren Träumen sah, etwas ähnlicher sein würde, als es der Fall war – jenem wundervollen Land mit seinen wogenden Hügeln, die sich zu mit Schneekappen gekrönten Gebirgen erstreckten; einem Land, das von kristallklaren Flüssen und Strömen durchzogen war, die sich als Wasserfälle in smaragdgrüne Seen und Tümpel ergossen, wenn sie nicht durch grüne Felder und mit Wildblumen bedeckte Wiesen mäanderten. Niedliche, knuddelige Pelztiere tranken aus den Gewässern jenes Traumreichs, und überall jagten trillernde Vögel durch die Lüfte.

Hier jedoch war es fast völlig flach, gab es kaum Hügel, fehlten auffällig jegliche Gebirge und erstreckten sich die endlosen Ebenen bis zum konturenlos fernen Horizont. Sie sah zudem nur das Volk der Linyaari, keine andere größere Lebensform. Dies hier war zwar trotzdem ein hübscher Ort, doch ihm fehlte die atemberaubende Szenerie und die erstaunliche Vielfalt der Flora und Fauna aus ihren Träumen. Andererseits hatte sie natürlich noch nicht den ganzen Planeten gesehen. Es war ja unwahrscheinlich, dass der gesamte Globus überall so aussah wie hier. Womöglich gab es hier doch noch eine Menge sehr viel interessanterer Landstriche.

Ein älterer weißer Liinyar gesellte sich zu Acorna und Neeva.

»*Visedhaanye* Neeva«, sprach er Acornas Tante an und neigte grüßend den Kopf.

»*Aagroni* Iirtye, welche Ehre, Sie wieder zu sehen.«

»Die Ehre ist ganz auf meiner Seite, *Visedhaanye.*«

»Gestatten Sie mir, Ihnen Khornya vorzustellen, die Tochter meiner Schwester. Khornya, *Aagroni* Iirtye ist einer der Gründer von Narhii-Vhiliinyar. Seine Mannschaft hat diese Welt ausfindig gemacht. Er hat die mit der Umgestaltung des Planeten beauftragte Kommission geleitet, die über das entschieden hat, was unser Volk benötigen würde, um hier überleben zu können. Und er hat all die Programme und Verfahren auf diesen Bedarf zugeschnitten und in die Tat umgesetzt, die erforderlich waren, um ein neues Habitat für uns zu schaffen.«

»Eine beachtliche Verantwortung, *Aagroni*«, meinte Acorna beeindruckt.

»Es freut mich, dass Sie das einsehen, junge Dame«, erwiderte Iirtye. »Ich konnte nämlich nicht umhin mitzubekommen, wie enttäuscht Sie über das Fehlen gewisser topografischer und biologischer Elemente waren, deren Reize uns auf der alten Heimatwelt erfreuten.«

»Oje! So sehr ich mich auch zu lernen bemühe, nicht so laut zu denken, *Aagroni,* scheine ich es einfach nicht zu schaffen, den Lautstärkeregler in meinem Kopf zu finden.« Sie lächelte zerknirscht und hoffte, dass er Sinn für Humor hatte.

Doch den hatte er augenscheinlich nicht: »Ich sehe durchaus keinen Grund, warum Sie Ihre ehrliche Meinung nicht offen verkünden sollten«, antwortete er stirnrunzelnd. »Aber Sie müssen begreifen, wie wenig Zeit wir für die Vorbereitungen hatten. Einige der Landschaftsmerkmale unserer alten Heimatwelt waren nicht nur unnötig, sondern zuweilen sogar gefährlich. Eine möglichst flache und weitgehend eintönige Planetenoberfläche bot unter den gegebenen Umständen die besten Voraussetzungen für eine zügige und effektive Umweltanpassung an unsere Grundbedürfnisse. Dieser Planet bot eine derartige Oberfläche. Und was die Fauna angeht: Die für unser Überleben wirklich wesentlichen Spezies – einzellige Lebensformen, wirbellose Tiere und ein paar der kleineren Wirbeltiere wie beispielsweise Vögel und Reptilien – hatten wir im Zuge der planetaren Umgestaltungsarbeiten bereits sämtlich eingeführt. Und im nächsten Schritt waren wir gerade dabei, Brutpopulationen auch der größeren Wirbeltiere zusammenzustellen, als man uns informierte, dass die Evakuierung unseres Volkes unverzüglich stattfinden müsse. Die Khleevi-Invasoren hatten Caabye erobert ...«

»Das war daheim auf Vhiliinyar der von unserer Sonne aus gerechnet dritte Planet, Khornya«, warf Neeva erklärend ein.

»Wir hatten also keine Zeit mehr zu verlieren. Unser Volk von Vhiliinyar fort und in Sicherheit zu bringen hatte absolute Priorität. Wir mussten dazu unsere gesamte Flotte mobilisieren – genauer gesagt, all jene Raumschiffe, die den Planeten nicht schon verlassen hatten.«

Acorna brauchte nicht in Iirtyes Gedanken einzudringen, um zu erkennen, dass er damit eine posthume Rüge an ihre Eltern richtete, weil sie Vhiliinyar in einer so kritischen Zeit eines wertvollen Fluchtraumers – und obendrein des Direktors der Waffenforschung, was Titel und Amt ihres Vaters gewesen war – beraubt hatten. Obwohl sich Acorna beim besten Willen nicht vorzustellen vermochte, wie ausgerechnet ihre Eltern hätten vorhersehen sollen, dass der kritische Augenblick so rasch kommen würde, wo die Geschwindigkeit der endgültigen Khleevi-Invasion doch auch alle anderen vollkommen überrascht hatte. Ebenso wenig konnte sie sich vorstellen, dass ihre Eltern den Planeten überhaupt verlassen hätten, wenn sie auch nur den Hauch einer Vorahnung von dem Schicksal gehabt hätten, das ihrer im All harrte. Doch sie hatte nicht die Absicht – jedenfalls, sofern sie es vermeiden konnte –, diesen Mann auf eine dieser offenkundigen Feststellungen hinzuweisen.

»In Erwartung einer Khleevi-Invasion hatten wir diese neue Welt hier bereits mit ausreichend Wohngebäuden, Ausrüstung und Vorräten ausgestattet, um uns wenigstens das erste Jahr über die Runden zu bringen. Um den nunmehr tatsächlich vorrückenden Invasoren zu entfliehen, haben wir unser Volk in rasender Eile in die Kolonieschiffe gepfercht. Wir luden zwar auch alles an Tieren ein, was wir noch auftreiben konnten, aber diese Populationen waren sehr klein und gediehen hier nicht, wahrscheinlich mangels ausreichender Genvielfalt. Wir haben deshalb inzwischen Suchschiffe ausgeschickt, um auf anderen Welten ähnliche Lebensformen aufzustöbern, die jene heimischen Tierarten ergänzen und ersetzen könnten, die wir an die Khleevi verloren haben.«

»Ich wollte Sie keineswegs kritisieren, *Aagroni*«, erwiderte Acorna leise. »Sie haben die Last der Verantwortung dafür tragen müssen, unser Volk zu retten und diese neue Welt zu erschaffen. Niemand, am allerwenigsten ich, könnte daran irgendetwas falsch finden. Ich hatte nur über jene Welt nachgedacht, die ich aus meinen Träumen kenne.«

»Ja, das habe ich gesehen«, erwiderte er, machte auf dem Absatz kehrt und stapfte davon.

Neeva und Acorna tauschten Blicke aus.

(Ich hatte geglaubt, telepathisch begabt zu sein bedeutet, dass jeder jeden versteht), *flüsterte* Acorna ihrer Tante zu.

Neeva tätschelte Acornas Schulter und erwiderte – verbal – gleichfalls flüsternd: »Manche Leute können nichts hören außer ihre eigenen inneren Stimmen, die ihnen so laut zubrüllen, dass sie der Einbildung erliegen, dieses Gebrüll käme von anderen. Der *Aagroni* war Zoologe, bevor er dem hiesigen Planetargestaltungs-Projekt zugeteilt wurde. Der Verlust so vieler unserer heimischen Tierarten hat ihn innerlich zerrissen.«

Mitfühlend starrte Acorna dem Mann hinterher, der im Gewühl der Menge verschwunden war.

»Mach dir seinetwegen keine Gedanken, Khornya«, tröstete Neeva sie. »Der Mann ist ein unverbesserlicher Perfektionist. Und all seinen Bemühungen zum Trotz ist diese Welt, genau wie alle Welten, nun mal nicht perfekt. Natürlich war auch Vhiliinyar keineswegs vollkommen, aber daran erinnert sich jetzt niemand mehr. Also zählt der *Aagroni* nicht die Leben, die er gerettet hat, oder die Leben all der Kinder, die auf dieser neuen Welt geboren wurden, wenn er seine Leistungen beurteilt. Stattdessen reagiert er pikiert auf jede noch so geringste Klage über das Wetter, das Fehlen von Tieren, die eintönige Landschaft oder die Umweltstörungen und Naturumwälzungen, wie sie auf einem gerade erst bewohnbar gemachten Planeten nur allzu häufig vorkommen.«

Gerade als Neeva ausgeredet hatte, schlitterte ein junges Mädchen völlig außer Atem auf sie zu und stolperte fast über die eigenen Füße, so eilig hatte sie es, sie zu erreichen.

»Verzeihen Sie, *Visedhaanye* Neeva«, platzte die junge Person heraus. Ihr Leib war von einem hellen Mokkabraun und ihr Haar von einem dunkleren Braun, das von großen weißen Flecken geziert wurde. Vor lauter Hast, ihre Botschaft schnellstmöglich zu übermitteln, stammelte sie beinahe: »Die *Viizaar* Liriili wünscht Sie sofort zu sehen, in einer Angelegenheit von gewisser Dringlichkeit.«

»Die *Viizaar* Liriili?«, entfuhr es Neeva. »Wann ist Liriili denn *Viizaar* geworden?«

»Vor einem *Ghaanye, Visedhaanye* Neeva«, antwortete das Mädchen. »Als *Viizaar* Tiilye zurücktrat, um sich dem *Haarha Liirni* zu widmen.«

Acorna rief sich das Vokabular ins Gedächtnis, das sie vermittels des LAANYE gelernt hatte, eines Übersetzungsgerätes, das Linyaari-Botschafter für gewöhnlich dafür einsetzten, um sich in Lernschlafsitzungen die Sprachen fremder Spezies anzueignen. In ihrem Fall allerdings hatte man einen LAANYE für die andere Übersetzungsrichtung umprogrammiert, damit sie die Linyaari-Sprache schneller erlernen konnte. Ein *Viizaar* war demnach irgendeine Art von hohem politischem Amt. Der andere Begriff, den das Mädchen benutzt hatte, schien ›höhere Bildung‹ zu bedeuten. Und Acorna war bereits geläufig, dass ein *Ghaanye* ein Zeitmaß war, das ungefähr eineindrittel Jahren Galaktischer Standardzeitrechnung entsprach.

»Wir wollten gerade aufbrechen, um Bericht zu erstatten«, meinte Neeva mit besonderer Wärme in ihrer Stimme, um das Mädchen zu beruhigen, einer Wärme, die allerdings in krassem Widerspruch zu der Bestürzung stand, die Acorna in den von ihrer Tante ausgestrahlten Emotionen spürte. »Ich weiß ja, dass Liriili ganz versessen darauf ist, Khornya kennen zu lernen.«

Das Botenmädchen musterte Acorna rasch, sogar ein wenig scheu, von Kopf bis Fuß. »Du bist also die, die von den Khleevi gefangen genommen wurde«, sagte sie. »Wie hast du denn wieder fliehen können, bevor man dich gefoltert und getötet hat?«

»Von den Khleevi gefangen genommen? Aber ich wurde doch gar nicht von den Khleevi gefangen genommen«, widersprach Acorna verwirrt. Die Botin und sie schlossen sich Neeva und Melireenya an, als diese in Richtung der zur Stadt führenden Straße aufbrachen. Khaari hatte im Begrüßungskomitee alte Freunde entdeckt und war, dem lebhaften Mienenspiel nach zu schließen, in eine angeregte Unterhaltung mit ihnen vertieft. Thariinye, flankiert von zwei jüngeren weiblichen Linyaari, folgte Acorna und der Botin.

Acorna fing einen mentalen Wortwechsel zwischen ihrer Tante und Thariinye auf.

(Thariinye, wo könnte dieses Kind bloß die Idee herhaben, dass Khornya eine Gefangene der Khleevi gewesen wäre?), fragte Neeva.

(Von mir nicht! Ich habe nur gesagt, dass die Wesen, die Khornyas Rettungskapsel nach dem Tod ihrer Eltern aufgelesen haben, barbarisch und in mancherlei Hinsicht Khleevi-ähnlich sind. Ich habe nie behauptet, dass man sie gefangen gehalten hätte), redete der junge Mann sich heraus.

Acorna und das Botenmädchen sahen einander an. Acorna selbst konnte die telepathische Kommunikation, die zwischen den Erwachsenen stattfand, nur allzu deutlich mithören. Doch dem zufolge, was Acorna inzwischen gelernt hatte, begann sich die Fähigkeit des Gedankenlesens bei den Kindern der Linyaari erst in der Pubertät zu manifestieren. Und dieses Mädchen hier war unverkennbar noch im vorpubertären Alter.

»Ich wurde nicht von den Khleevi entführt«, sagte Acorna daher zu der jungen Liinyar. »Ich bin bei Angehörigen einer Fremdspezies aufgewachsen, die sich ›Menschen‹ nennen. Meine Adoptivonkel waren sehr nett, genau wie viele der anderen Menschen, denen ich begegnet bin. Ich bin überzeugt, dass auch ihr insbesondere etwa Herrn Li als ausgesprochen … Linyaari-ähnlich empfunden hättet. Ist das das richtige Wort? Es gab zwar auch ein paar andere Menschen, die ziemlich barbarisch waren, das stimmt. Aber mein Kontakt mit den raueren Seiten der Menschheit hat sich in Grenzen gehalten.«

Das Mädchen schien hierüber tief enttäuscht zu sein, und für einen Augenblick meinte Acorna schon, der Grund dafür könnte jene Art von Blutrünstigkeit sein, die sie von den Kindern auf Kezdet her kannte.

»Tut mir Leid, dass ich da etwas missverstanden habe«, entschuldigte sich das Mädchen. »Ich hatte dich nicht kränken wollen. Ich hatte nur gehofft, dass du *tatsächlich* eine Gefangene der Khleevi gewesen wärst. Ich meine, nicht dass ich dir irgendwas Böses wünschen würde. Aber besonders, als ich bemerkt habe, dass du so unversehrt aussiehst, hatte ich gehofft, dass du die Folterungen durchgestanden und sie überlebt hättest, weil ... Na ja, das ist im Augenblick nicht so wichtig. Du hast sie nicht durchmachen müssen, und ich bin froh, dass es dir gut geht. Mein Name ist übrigens Maati. Du bist Khornya, nicht wahr?«

»In deiner – unserer Sprache, ja. Zu Hause hat man mich Acorna genannt«, erläuterte Acorna und machte den sprunghaften Themenwechsel mit, da das Mädchen angesichts ihres Irrtums offenkundig viel zu verwirrt war, um sich sehr verständlich ausdrücken zu können. Acorna hatte große Schwierigkeiten, die Gedanken des Kindes zu lesen, und fragte sich, ob das womöglich daran lag, dass Linyaari-Kinder der Telepathie nicht mächtig waren. Eines machte das Beispiel des Mädchens jedenfalls deutlich: Dieses Unvermögen bedeutete nicht nur, dass die Kinder nicht im Stande waren, fremde Gedanken zu empfangen, sondern auch, dass sie ihre eigenen Gedanken nicht nonverbal auszusenden vermochten, weder bewusst noch unbewusst.

»Acorna? Das ist ja ein sonderbarer Name«, meinte Maati. »Khornya allerdings auch, was das angeht. Was ich meine, ist: Das Wort bedeutet ›ein Horn‹. Aber wir haben doch alle ein Horn, und niemand hat mehr als eins, also was ist so Besonderes daran?«

»Da, wo ich gelebt habe, hat sonst niemand ein Horn gehabt«, klärte Acorna sie auf.

»Kein Horn? Aber wie haben sie sich denn dann geheilt, wenn sie sich verletzt haben oder krank wurden? Und was, wenn das Wasser in dem Bach, aus dem sie trinken wollten, schlammig war, oder wenn es einen Brand gab und ihre Luft voller Rauch war? Wie haben sie das in Ordnung gebracht?«

»Manchmal gar nicht. Wenn sie verletzt oder krank waren und ich nicht zur Hand war, dann sind sie zu Ärzten gegangen, die sie mit allen möglichen Gerätschaften und Tinkturen und Pillen wieder gesund gemacht haben. So gut sie das vermochten, jedenfalls. Und wenn das Wasser schlammig war, haben sie entweder schlammiges Wasser getrunken, oder sie blieben durstig. Wenn die Luft rauchig war, dann haben sie eben die geatmet, oder sie sind woanders hingegangen, wo die Luft sauberer war. Wie gesagt: Außer, wenn ich zur Hand war.«

»Dann bin ich aber überrascht, dass sie dich nach Hause gelassen haben, wenn sie so rückständig sind und du ihnen von so großem Nutzen warst«, sagte Maati eigensinnig.

Acorna seufzte und nahm von weiteren Versuchen Abstand, die menschliche Gesellschaft zu erklären.

Sie überschritten gerade den Rand der Wiese. Der Himmel war von einem klaren, wolkenlosen Türkis. Acorna sah, dass die Straße, die von der Stadt zum Raumhafen führte, jetzt direkt vor ihnen lag. Auf dieser Straße erwarteten sie mehrere Männer in kunstvoll verzierten Uniformen; jede Uniform prangte in einer anderen Farbe. Neben ihnen, von Schabracken bedeckt, die mit Schmuckbändern und Juwelen besetzt waren und farblich zu den Uniformen ihres jeweiligen Betreuers passten, standen vierbeinige Tiere, die ein wenig wie Pferde aussahen – außer dass sie Hörner hatten, genau wie die Linyaari.

»Hohe Dame«, begrüßte sie einer der Männer, wobei er es natürlich auf Linyaari sagte, »unsere Ahnen werden Sie nun zum Domizil der *Viizaar* tragen.«

»Reiten? Auf den *Ahnen*?« Neeva klang schockiert. »Wann haben wir denn angefangen, die Ahnen als Transportmittel zu benutzen?«

»Ahnen?«, erkundigte sich Acorna verblüfft. Sie streckte die Hand aus und berührte die samtene Nase eines der in prachtvolle Schabracken gewandeten Wesen. So aus der Nähe betrachtet erinnerten sie sie immer noch vornehmlich an die Pferde ihres Onkels Hafiz; mit den kleinen Bärtchen am Kinn sahen sie aber auch ein ganz klein wenig wie Ziegen aus. Sie waren zudem etwas leichter gebaut als die Pferde, die sie in den Ställen von Onkel Hafiz gesehen hatte. Ganz eindeutig jedoch waren sie jetzt als etwas anderes identifizierbar, mit dem Acorna von ihren menschlichen Gefährten ihr ganzes Leben lang in Verbindung gebracht worden war. »Das sind ja Herrn Lis *Ki-lin!*«, rief sie aus. Sie schaute Neeva an: »Du hast mir nie von ihnen erzählt.«

»Nun, nein«, gab Neeva zu. »Man spricht außerhalb der Heimatwelt nicht von den Ahnen, noch nicht mal im Kreise der engsten Gefährten. Sie haben etwas dagegen, dass Fremdweltler, wie *linyarii* sie auch sein mögen, von ihnen erfahren. In der Vergangenheit hatten sie gewichtige Gründe, sich vor anderen Spezies zu fürchten. Nicht vor den Linyaari, natürlich. Die Linyaari haben sich, nach der großen Tragödie der Ahnen und ihrer Errettung durch die Beschützer der Ahnen, ja aus ihnen entwickelt, aber ihre Art ist langlebig und anpassungsfähig. Dies sind daher Nachfahren der ursprünglichen Spezies. Die meisten von ihnen sind weitaus älter als irgendeiner von uns. Ihre gesamte Spezies, alle Ahnen, blieben so, wie sie schon immer waren, unverändert seit jenen fernen Tagen, als unsere eigene Art erst noch geboren werden musste.«

An den Mann in der fuchsienfarbenen Uniform gewandt, der neben dem mit einer fuchsienfarbenen Decke ausgestatteten Einhorn stand, wiederholte Neeva jetzt ihre Frage: »*Reiten*? Auf den *Ahnen*?«

Acornas normalerweise so ausgeglichene Tante war unverkennbar so fassungslos, dass sie fast schrie, ohne es zu wollen.

Der fuchsienfarbig gewandete Mann rieb sich die Schläfen und verzog schmerzlich das Gesicht. Ganz langsam und bedächtig, als wäre er es nicht gewöhnt, Worte laut auszusprechen, erklärte er: »Richtig, *Visedhaanye* Neeva. Es ist der ausdrückliche Wunsch dieser Ahnen, dass Sie und Ihre Mannschaft auf den Rücken dieser Ahnen nach Kubiilikhan reiten. So ist es Brauch.«

»Brauch? Seit wann? Mir ist nichts davon bekannt, dass wir jemals auf ihren Rücken geritten wären, seit – nun, seit es die Linyaari überhaupt gibt.«

Der Mann rieb sich nun die Stirn um sein Horn herum, als ob er immer noch gegen Schmerzen ankämpfen musste, und sagte: »Es ist im Laufe der letzten anderthalb *Ghaanyi* Brauch geworden, *Visedhaanye*. Seit die Ahnen bemerkt haben, dass wir immer noch keine Schweber haben und unsere Raumfahrer deshalb zu Fuß vom Raumhafen nach Kubiilikhan gehen mussten. Die Ahnen meinen, dies sei würdelos. Sie finden, dass der Anblick einer Horde von zweibeinigen Wesen, die ohne jegliches Zeremoniell einfach nur die Straße zur Hauptstadt hinuntergehen, nicht den gebührend feierlichen und dem Anlass angemessenen Rahmen bietet, der dem Stellenwert unserer Raumfahrer zukommt.«

»Also, *das* ist seltsam«, wunderte sich Melireenya. »Daheim auf Vhiliinyar haben die Ahnen nie sonderlich viel von Raumfahrern gehalten. Ihnen sind im Weltraum einfach zu furchtbare Dinge zugestoßen, wie ihr ja wisst.«

»Im Laufe der Evakuierung haben die Ahnen erkannt, hohe Dame, welch wichtige Aufgaben diejenigen heutzutage für unser Volk leisten, die den Gefahren des Weltraums so tapfer trotzen.«

»Ich verstehe nicht ganz«, meldete sich Acorna und fühlte sich ein bisschen wie jenes Mädchen, das in einer ziemlich sonderbaren alten Geschichte, die sie an Bord des Prospektorenraumers ihrer Onkel einmal gelesen hatte, in ein tiefes Hasenloch gefallen war. »Diese *Ki-lin* hier sind unsere Ahnen, und sie wollen, dass wir auf ihnen reiten, weil es hier keine Schweber gibt? Warum gibt es denn hier keine Schweber? Ist es nicht furchtbar mühsam, sich auf diesem Planeten von der Stelle zu bewegen, wenn man nur zu Fuß gehen oder womöglich reiten kann – auf den Ahnen?«

Aagroni Iirtye, der ebenfalls zu der Gruppe gehörte, die von den Boten zusammengerufen worden war, um zum Domizil der *Viizaar* geleitet zu werden, ergriff das Wort. Als ob sie schwachsinnig wäre, wollte er von ihr wissen: »Wie viel Platz glauben Sie, gibt es auf einer Raumflotte, die nur eine einzige Chance hat, um das Volk eines ganzen Planeten mit gerade mal dem Allernötigsten zu evakuieren, das ihnen helfen soll, zu überleben? Schweber sind groß. Sie beanspruchen lebenswichtigen Platz, der für andere Fracht besser genutzt ist. Und sie sind leicht ersetzbar, Lebewesen hingegen nicht.«

Acorna konnte nicht anders. Darauf musste sie einfach antworten: »Selbstverständlich müssen die Lebenden an erster Stelle kommen, *Aagroni.* Aber war es nicht schwierig, diesen Planeten zu besiedeln, ohne über irgendeine Art von einfachem Bodentransportmittel zu verfügen?«

»Wir hatten Stufen, Rampen und Leitern ... und wir hatten Beine, junge Dame!«, wehrte sich der Wissenschaftler. »Und jedes Transportschiff hatte eine Orbitalfährenflottille an Bord, die vollkommen ausreichte, um Personen und Versorgungsgüter zwischen den verschiedenen, rund um den Planeten verteilten Ansiedlungsorten hin und her verfrachten zu können. Unsere jetzigen Wohnbauten und Gerätschaften sind nämlich vernünftigerweise mühelos transportabel, und die komplexeren Maschinerien, die wir in unserer heimischen Umgebung brauchen, hat unser Volk schon seit jeher auf ein Minimum beschränkt. Schweber waren deshalb im Chaos der Evakuierung schlicht ein verzichtbarer Luxus; sie hätten wertvollen Platz vergeudet, den wir brauchten, um die Ahnen auf unsere neue Heimatwelt zu transportieren. Die Ahnen sind schließlich empfindungsfähige, intelligenzbegabte Lebewesen. Wir konnten sie wohl kaum der nicht existenten Gnade der Khleevi überlassen.«

Er schüttelte den Kopf angesichts der Dummheit seiner Artgenossen und ließ sich von einem der Einhornbetreuer zu dem ihm zugewiesenen Ahnen führen.

»Und später«, ergänzte jemand mit leiser Stimme, »hat sich der Rat zwar letztendlich doch dazu durchgerungen, neue Schweber zu ordern. Aber das ist jetzt schon fast ein ganzes *Ghaanye* her, und auf die Auslieferung dieser Bestellung warten wir heute noch.«

»Ich verstehe nicht ganz«, wunderte sich Acorna. »Wollen Sie damit sagen, dass seit der Evakuierung drei Jahre vergangen sind und noch nicht einmal ernsthaft damit begonnen wurde, die Schweber zu ersetzen?«

»Schon gut, Liebes«, beschwichtigte Neeva sie. »Du musst nicht alles auf einmal verstehen. Für Erklärungen wird es später noch mehr als genug Zeit geben.«

»Ich bin nur überrascht, dass ... ach, was soll's. Da die Ahnen ein solches Opfer nun einmal bringen möchten, teilt ihnen doch bitte mit, dass ich dies wirklich zu schätzen weiß«, kapitulierte Acorna und nickte mit ihrem Horn in Richtung der Einhörner. Sie drehte sich zu Neeva um und flüsterte ihr als leise Nachbemerkung zu: »Ich war nur überrascht, dass die Linyaari keine gewöhnlichere Bodenbeförderung haben, wo sie doch so eine prächtige, hoch technisierte Raumflotte besitzen.« Sie deutete zu den vielen gelandeten Schiffen hinüber, die sich nicht weit entfernt Rumpf an Rumpf aufreihten wie bunte Eier in einem Eierkarton.

»Die Raumschiffe haben wir bei der Evakuierung notwendigerweise mitgebracht. In der Eile, von unserer alten Heimat wegzukommen, bevor die Khleevi eintrafen, haben wir alles eingesetzt, was irgendwie flugtauglich war. Die Schweber allerdings waren entbehrlich, ebenso wie viele andere technologische Errungenschaften, die wir daheim auf dem alten Planeten tagtäglich benutzt haben. Wir haben uns stattdessen darauf konzentriert, den biologischen Reichtum der Heimatwelt zu retten. Und wie es bei jeder Zwangsumsiedlung der Fall ist, sind natürlich Dinge unterwegs verloren gegangen«, erläuterte Neeva.

»Wir haben alles, was wir brauchen, um überleben zu können«, setzte einer der Einhornbetreuer in ihrer Nähe hinzu, der die leise geführte Unterhaltung mitgehört hatte. »Die Ahnen in ihrer Weisheit offenbaren uns den Pfad der Wahrheit, wie gewöhnlich. Durch ihr Beispiel zeigen sie uns, wie wir das, was wirklich wichtig ist, als Ersatz für jenes einsetzen können, was weniger wichtig ist.«

»Man braucht Zeit und Credits, um eine transplantierte Welt wieder mit allem Nötigen auszustatten«, bekräftigte Melireenya, während ihr, nach einer tiefen Verbeugung vor einem mit einer blauen Schabracke bedeckten Einhorn, dessen Betreuer beim Aufsteigen half. »Zum Glück war unsere Raumflotte den Anforderungen gewachsen, die wir ihr abnötigten, sowohl während der Evakuierung als auch jetzt. Die hochwertige Technik und der Kauf von Qualitätsware hat sich letztlich ausgezahlt, als wir am dringendsten darauf angewiesen waren.«

»Die Schiffe wurden gar nicht auf eurer alten Heimatwelt gebaut?«, fragte Acorna überrascht.

»Nur teilweise. Sie wurden von Fremdherstellern, die uns mit Handelsgütern beliefern, auf anderen Welten zusammengebaut und dann zu uns gebracht, damit Linyaari-Technokünstler sie unserem spezifischen Bedarf und Geschmack entsprechend ausstatten konnten.«

»Ich verstehe. Aber warum auf anderen Welten? In Anbetracht des LAANYE und der anderen Gerätschaften, die ich bei euch gesehen habe, hatte ich gedacht, dass ihr – wir – eine technologisch sehr hoch entwickelte Gesellschaft wären, mit einer Infrastruktur, die eine Industrie von beträchtlichem Ausmaß unterhalten kann.«

»Die Fähigkeit dazu zu haben ist nicht das Wichtigste, Kind«, warf ein anderes Mitglied des Linyaari-Begrüßungskomitees ein.

Der Betreuer des Acorna zugedachten Ahnen räusperte sich und übermittelte: »Die Ehrwürdige Großmutter sagt, dass die Beschützer der Ahnen in den Tagen ihrer eigenen Großmutter eine planetare Schwer- und Fertigungsindustrie in großem Maßstab unterhielten. Aber das war sehr unweltbelastend. Die Produktionsanlagen vernichteten wertvolle Weideflächen und mussten entweder von lebendigen Arbeitern betrieben werden, die eigentlich sehr viel lieber anderswo gewesen wären, oder aber von mechanischen Arbeitern, die selbst auch wieder industriell produziert werden mussten.«

Ein weiterer Einhornbetreuer schaltete sich mit einem rhythmischen Singsang ein, als würde er eine Litanei rezitieren: »Es war ein schädliches System, das im Laufe der Zeit immer mehr und mehr Weidegrund verschlang. Aber zum Glück machten sich die Beschützer der Ahnen die Raumfahrt zu Nutze und verlagerten einen Großteil unserer Fabrikationsindustrie auf andere Welten, deren Bewohner sich nicht daran störten, dass sie dadurch ein Leben ohne angemessene Weideflächen führen mussten. Deshalb verfügen wir heutzutage zwar über eine zahlenstarke Gemeinde von Technokünstlern, die herausragende theoretische Konstrukteure und Ingenieure sind. Der allergrößte Teil unserer tatsächlichen Fertigung aber wird unter Linyaari-Aufsicht auf anderen Welten betrieben.«

»Was sehr gut ist«, unterstrich Melireenya, »weil wir immer einen hohen Bedarf an Weideland haben.«

Eine in ein langes, vielfarbiges Gewand gekleidete Liinyar ergänzte: »Das Beispiel der Beschützer der Ahnen war uns unsere gesamte Geschichte hindurch ein Vorbild. Die meisten unseres Volkes sind davon überzeugt, dass ein Leben, in dessen Mittelpunkt Pflanzen und Lebewesen stehen, sehr viel mehr *linyarii* ist als das Hantieren mit Metallen und Werkzeugen.«

»Unser Volk hat allerdings nichts dagegen, dass *andere* ihr Leben damit verbringen, mit Metallen und Werkzeugen zu arbeiten«, kommentierte Neeva trocken. »Und sogar ein paar Linyaari finden Erfüllung darin, genau das zu tun. Genau wie ein paar von uns ihr Leben im Weltraum oder auf anderen Planeten verbringen. Unser Volk treibt mit anderen Welten Handel, um von dort all jene Waren, Güter, Halbfertigteile oder Techniken zu beziehen, auf deren Fremdherstellung und -belieferung wir angewiesen sind.«

»Und was bieten wir im Gegenzug als Tauschware an, wenn wir selbst gar keine Handelsgüter herstellen?«, wollte Acorna wissen.

»Denk doch mal nach, Acorna«, forderte Thariinye sie auf. »Was für Probleme haben Industriegesellschaften, die wir beheben können?« Er wartete ihre Antwort gar nicht erst ab.

»Umweltverschmutzung natürlich! Bei ihren Herstellungsverfahren entstehen Giftstoffe, die wir neutralisieren können.«

»Aber eingedenk des mahnenden Beispiels der Ahnen«, meldete sich der Betreuer von vorhin wieder zu Wort, »weihen unsere Botschafter, Gesandten und Handelsleute niemanden in das Geheimnis um die wahre Quelle dieser unserer Fähigkeit ein.«

»Selbstverständlich nicht«, pflichtete ein weiteres Mitglied des weißhäutigen Linyaari-Begrüßungskomitees bei. »Unsere Handelspartner wissen nicht, dass die reinigende Macht in unseren Hörnern liegt. Sie glauben vielmehr, dass es sich um ein technisches Verfahren handelt – und von jenen kleinen Geräten ausgeht, die wir stets mit uns führen, um sie glauben zu machen, dass diese die Umweltverschmutzung und Vergiftung auf ihren Welten so wirkungsvoll beseitigen. Natürlich haben sie längst herausgefunden, dass diese Geräte nur in der Hand von Linyaari-Technikern funktionieren.«

»Auf diese Weise, vom Vorbild der Ahnen und der Beschützer der

Ahnen profitierend, kann der allergrößte Teil unseres Volkes einer pastoralen Lebensweise nachgehen, die unbelastet von allen Vorgängen ist, welche jene Dinge beeinträchtigen würden, die wir am höchsten schätzen«, schloss ein goldfarbiger Liinyar die Ausführungen ab.

Mit einer Mischung aus Belustigung und Unmut warf Neeva ein: »Zum Glück für all jene, die ausschließlich eine ländliche Lebensweise pflegen, hat unser Volk aber keine stupide Herdenmentalität. Obgleich wir zuweilen telepathisch miteinander kommunizieren, heißt das keinesfalls, dass wir alle stets derselben Meinung sind oder gar alle genau gleich denken. Es gibt im Gegenteil viele unter uns, die eine endlose Pastoralidylle als geisttötend langweilig und öde empfinden. Manche Linyaari ziehen es daher vor, sich mit den Wissenschaften zu beschäftigen, sich an den Herausforderungen und Abenteuern der Raumfahrt zu erfreuen oder anderen Tätigkeiten technologischer Art nachzugehen. Es gibt unter unseren Artgenossen viele Erfinder, die all jene Geräte, Techniken und Programme entwickeln, die unser Volk benötigt, und die außerplanetarische Technologien für unsere Zwecke anpassen. Wir Raumfahrer dienen unserem Volk als Botschafter und Händler, um neue Märkte für die Fertigkeiten und Handelswaren der Linyaari zu erschließen und jene Bedarfsgüter in unsere Heimat zurückzubringen, die unser Volk nicht selbst herstellen möchte.«

»Und wir sind froh, dass ihr das tut, *Visedhaanye,* und sehr wohl dankbar für die vielen Annehmlichkeiten, Verbesserungen und Neuerungen, die ihr uns bringt – solange ihr nur nicht versucht, eure Arbeit *hier* zu verrichten oder gar von uns verlangt, dass wir uns euch da draußen anschließen«, meinte ein weiterer weißhäutiger Liinyar mit einem leichten Schaudern. »Eine Reise durch die Schwärze des Weltraums dürfte den meisten von uns für ihr ganzes Leben vollauf genügen. Wie ihr es fertig bringt, den Großteil eures Lebens im Innern einer riesigen Maschine zu fristen, ganz gleich, wie wunderschön sie auch ausgestattet sein mag, ist mir wahrhaftig unbegreiflich.«

»Ich muss zugeben«, gestand Khaari ein, »dass auch ich mich nach *Ghaanyi* in einem Raumschiff aufrichtig darauf freue, wieder nach Hause zu kommen – zu dem ländlichen Leben, in dem man nicht in einem Hydroponikbeet, sondern in einem echten Garten grast oder auf einer Wiese mit Käfern und Vögeln und würzigen Leckerbissen in Gestalt von Wildblumen und -kräutern.«

»Allerdings gibt es hier nicht allzu viele Vögel, hohe Dame«, merkte der olivgrün gekleidete Betreuer des mit einer olivgrünen Schabracke behängten Ahnen, auf dem Khaari ritt, bekümmert an. »Der Ehrwürdige Urgroßvater hier vermisst ihren Gesang schmerzlich.«

»So wie ich«, pflichtete ihm der *Aagroni* traurig bei. »So wie ich.«

Vier

Kisla Manjaris Zorn darüber, dass ihr der Schrotthändler und seine Wildkatze als Opfer durch die Lappen gegangen waren, verflüchtigte sich rasch, als ihr sandalenbeschuhter Fuß schmerzhaft gegen einen harten Gegenstand auf dem Boden prallte. »Autsch!«, entfuhr es ihr. Sie bückte sich, um das, was sie für einen im Weg liegenden Stein hielt, aufzuheben und Becker wütend hinterherzuschleudern. Dann jedoch erkannte sie, was es wirklich war.

»*Zwei* Einhorn-Hörner? Das Mädchen hatte doch nur eines, Paps«, wandte sie sich an ihren Vater, eine Gestalt, die nur sie allein wahrzunehmen vermochte. Sie sah ihn so, wie sie ihn inzwischen immer sah, in sein feinstes Festgewand gekleidet, während das Blut gerade erst begann, aus der Wunde in seinem Hals herauszuströmen, so wie es an jenem Tag herausgesprudelt war, als er starb. »Wo ist das andere hergekommen? Der Schrotthändler hat behauptet, er hätte mir das Einzige gegeben. Er hat behauptet, er hätte keine anderen. Er hat gelogen, dieser pöbelgeborene Weltraumabschaum.«

»Du darfst niemals zulassen, dass jemand damit durchkommt, uns anzulügen, Kisla. Du solltest ihn bestrafen«, belehrte ihr Vater sie.

»Oh ja! Das werde ich tun, Paps, selbstverständlich werde ich das tun. Ich werde es ihm schon zeigen. Aber wenn diese Hörner hier echt sind, welches davon ist dann ihres, was glaubst du?«

»Kisla, ich glaube, dass das hier eine gewichtige Angelegenheit ist, die du mit deinem Onkel Edacki besprechen solltest. Er wird dich beraten und dir helfen können.«

»Ja, Paps, genau das werde ich tun«, versprach sie. Sie drehte sich zu ihren Lakaien um. Die Androiden waren Kislas vermeintliche Selbstgespräche gewöhnt und schenkten ihnen daher längst keine Aufmerksamkeit mehr. »Ich will, dass ihr den Lastschweber fertig beladet und danach beim Schiffsregisteramt Halt macht, um den Namen des Schrotthändlers herauszufinden und zu erfahren, wo er seinen Raumer gelandet hat. Wir werden ihm später einen Besuch abstatten. Doch zunächst muss ich meinen Vormund aufsuchen. In der Zwischenzeit bringt ihr die Sachen hier in meinen Privathangar und sorgt dafür, dass die Werftarbeiter unverzüglich anfangen, die brauchbaren Teile in meine Raumschiffe einzubauen. Wartet dort meine weiteren Anweisungen ab.«

»Wie Sie befehlen, Herrin Kisla«, versicherte das neueste Modell unter ihnen beflissen. Da die meisten von Onkel Edackis menschlichen Bediensteten zu langsam und zu dumm waren, um ihren Ansprüchen zu genügen, hatte er ihr stattdessen vier seiner Humanoidroboter als persönlichen Mitarbeiterstab überlassen. Sie waren gefügig und heulten oder bluteten nicht dauernd, wie es die menschlichen Bediensteten taten.

Graf Edacki Ganoosh schenkte seinem Mündel ein gemessenes, anerkennendes Lächeln, als er die Kegelhörner, die sie ihm gebracht hatte, eingehend mit den Händen befühlte. Kisla Manjari litt zwar an einer schweren psychotischen Störung, gewiss, dennoch war sie keineswegs so schwachsinnig, wie viele Leute annahmen. Und vielleicht würde ihre Verrücktheit ja im Laufe der Zeit wieder nachlassen. Es war schließlich auch nicht anders zu erwarten gewesen, als dass es einem jungen Mädchen einen Schock versetzte, wenn es mit eigenen Augen mit ansehen musste, wie ihr Vater zuerst ihre Mutter und danach sich selbst umbrachte, weil er vor den Augen der angesehensten Bürger von ganz Kezdet als Erzkrimineller entlarvt worden war. Edacki war in jener Nacht ebenfalls zugegen gewesen, und ihn hatte es mit Sicherheit schockiert. Da Kisla ein ziemlich egoistisches Mädchen war, hätte man annehmen können, dass der schlimmste Schock dieser Nacht die Enthüllung gewesen wäre, dass sie von ihren Eltern nur adoptiert worden und eigentlich als illegitime Tochter einer Prostituierten zur Welt gekommen war. Doch als sich herausgestellt hatte, dass ihre Eltern gestorben waren, bevor der Staat sämtlichen Besitz ihrer Eltern hatte konfiszieren können, und dass sie, Kisla, die Alleinerbin war, schien sie jenen Teil der Schrecknisse aus ihrem Gedächtnis verdrängt zu haben. Den Großteil des Manjari-Wirtschaftsimperiums hatte die Regierung dann zwar trotzdem beschlagnahmt. Doch Graf Edacki, als der amtlich bestätigte Vormund des Mädchens, hatte erfolgreich angeführt, dass die Jugendliche selbst keine Kriminelle war und man ihr somit gewisse Eigentumsrechte zumindest an den legitimen Geschäften des Barons belassen müsse. Diese stellten ein solides Treuhandvermögen dar, das groß genug war, um Kislas Lebensunterhalt zu sichern, ihre Ausbildung zu bezahlen und für den Rest ihres Lebens ein erkleckliches Einkommen zu garantieren. Im Stillen hegte Graf Edacki allerdings den Verdacht, dass das Mädchen darüber hinaus auch Kenntnis von gewissen geheimen Beteiligungen und Konten hatte, die von der Regierung noch nicht entdeckt worden waren. Beteiligungen und Konten von beträchtlichem Wert, glaubte er. Konkretes hatte er aber noch nicht herausgefunden. Es war aber auch eine schwierige Aufgabe, das Vertrauen eines verwaisten Kindes zu gewinnen. Der Graf war daher aus mehr als nur einem Grund sehr erfreut darüber, dass Kisla beschlossen hatte, ihm die Einhorn-Trophäen zu zeigen.

»Ausgezeichnet, meine liebe Kisla. Das hast du gut gemacht«, lobte er sie, während er mit den Fingern die Hörner liebkoste und sich fragte, ob es stimmte, was die Legenden über solche Gehörne und ihre aphrodisischen Eigenschaften behaupteten.

»Das brauchst du mir nicht zu sagen, Onkel«, brauste Kisla auf. »Du sollst mir helfen, herauszufinden, warum es zwei davon gibt und welches davon diesem Mädchen gehört, das für den Tod meiner Eltern und den Raub meines Eigentums verantwortlich ist.«

»Nicht so hitzig, Kleines«, wies er sie zurecht und legte die Hörner beiseite, um aus dem mit labendem rosafarbenem Gallertschlamm aus den wohlriechenden Sümpfen des haidanischen Regenwaldes gefüllten Badebecken zu steigen. Da er seinen Kammerdiener auf Kislas Verlangen hin aus dem Raum geschickt hatte, war der Graf gezwungen, sich eigenhändig in seinen Bademantel aus purpurfarbenem Plüsch zu wickeln. Danach machte er es sich auf der bettähnlichen Liegestatt bequem, die das Gelbecken ringsum einfasste. »Obwohl es sicherlich möglich ist, dass eines dieser Hörner Acorna gehört hat, glaube ich doch, dass, wenn sie tatsächlich gestorben wäre, uns die Nachricht von ihrem Tod längst erreicht hätte – und das ist nicht der Fall. Allerdings könnten die Hörner sehr wohl von den anderen ihrer Art stammen.«

»Was für *andere*?«, verlangte Kisla zu erfahren.

»Nun, die anderen Einhornwesen natürlich, die vor ein paar Monaten gekommen sind, um das Mädchen abzuholen.«

»Davon weiß ich ja gar nichts!«, entrüstete sich Kisla.

»Mein Liebes, du warst damals noch tief in Trauer. Außerdem warst du mit den juristischen Schwierigkeiten betreffs deines Erbes beschäftigt, die dir dein so tragisch verstorbener Vater hinterlassen hat. Ich fand, dass es damals nicht der richtige Zeitpunkt war, um dich mit diesen Nachrichten zu belasten. Oh ja! Es waren vier andere, soweit ich weiß. Es scheint, dass Acorna doch keine Göttin war, wie die kleinen Kinderarbeiter geglaubt haben, sondern lediglich ein fremdes, nichtmenschliches Wesen. Aber da sie offenbar tatsächlich so hoch entwickelt ist, wie man bei Geschöpfen dieser Art gemeinhin annimmt, hat sie es übernommen, das zu korrigieren, was sie als unsere weniger glücklichen sozialen Verhaltensweisen und wirtschaftlichen Praktiken betrachtet hat.«

»Dann könnten diese Hörner also denen gehört haben, diesen

anderen Einhorn-Fremdwesen, die hergekommen waren, um sie zu holen?«, fragte Kisla. Sie konnte sehen, wie in Onkel Edackis Augen ein Plan zu reifen begann.

»Oh ja. Oder irgendwelchen anderen ihrer Rasse, obwohl sie unserer Spezies ja eigentlich völlig unbekannt waren, ehe deine kleine Freundin hier eintraf.«

»Sie ist keine Freundin von mir«, fauchte Kisla scharf.

»Gewiss nicht, das weiß ich doch. Ich habe nur einen Scherz gemacht. Als Erstes gilt es natürlich den Schrotthändler zu befragen. Wenn es zwei von diesen Dingern hier gibt, dann könnte es auch noch mehr davon geben, und er wird uns verraten müssen, wo er sie herbekommen hat.«

»Um den werde ich mich kümmern«, bot Kisla an.

»Gut, mein Liebes. Aber sei vorsichtig. Wir wollen doch nicht, dass er stirbt, bevor wir alles erfahren haben, was wir wissen müssen. In der Zwischenzeit, denke ich, werden wir wohl oder übel einen dieser Hornkegel opfern müssen, um seine Eigenschaften und seine Zusammensetzung zu ermitteln. Ich habe geradezu märchenhafte Dinge über diese Acorna gehört. Dass ihr Horn heilen und reinigen könnte, und sogar – nein, jetzt bringe ich Gerüchte und alte Legenden durcheinander.«

Kisla hatte sich während dieser Worte auf der Kante der Badeliege direkt neben seinem Kopf niedergelassen; jetzt beugte sie sich über ihn und sprach ihm ins Ohr: »Nicht dass du uns missverstehst, Onkel. Wenn man Profit aus diesen Dingern schlagen kann, dann wollen wir das natürlich tun, Paps und ich. Am allermeisten aber wollen wir dieses Mädchen und ihre gesamte Familie und alle ihre Freunde tot sehen, sie auf die gleiche Weise sterben sehen, wie sie meine Familie umgebracht und alle meine Freunde vertrieben hat.«

Der Graf lächelte zu seinem Mündel hoch. Die Wahrheit war zwar, dass Kisla niemals irgendwelche Freunde gehabt hatte, doch es würde nichts nützen, das zu erwähnen. Oder sie darauf hinzuweisen, dass sie im selben Atemzug einerseits von dem verstorbenen Baron Manjari, ihrem Adoptivvater, gesprochen hatte, als wäre er immer noch am Leben, andererseits jedoch zugleich eingestanden hatte, dass ihre ganze Familie tot war.

Graf Edacki tätschelte Kislas Hand. »Hab keine Angst, Kind. Ich denke, dass man, wenn diese Hörner sich wahrhaftig als so nützlich herausstellen, wie man es von ihnen behauptet, Acorna und ihre Artgenossen schon bald in der ganzen Galaxis jagen wird, so wie man auch auf jede andere Kreatur mit einem eingebauten Schatz Jagd machen würde. Es gibt zwar schon Leute, die nach ihnen suchen. Aber mit denen hier« – er tippte auf eines der Hörner – »und ein paar gründlichen Nachforschungen sowie der geschickten Nutzung von ein paar meiner Verbindungen, denke ich, können wir es so einrichten, dass wir die Ersten sein werden, denen es gelingt, sie zu finden.«

Nachdem das Mädchen verschwunden war und ihre Handlanger Beckers Lastschweber mit den Waren beladen hatten, die sie gekauft hatte, und dann ebenfalls aufgebrochen waren, kroch SB wieder unter dem Tisch hervor, unter dem er sich versteckt hatte, sprang hinauf und verteilte die dort liegenden Steine so, dass er es sich zwischen ihnen bequem machen konnte.

Genau dort fand Becker den Kater später, wie er das Streicheln und Tätscheln der Kinder des Mineralienhändlers genoss und träge einen der kleineren und wertvolleren Edelsteine zwischen seinen Vorderpfoten hin und her kugelte. Der Stein wechselte glitzernd die Farbe, von Blau über Grün zu Aquamarin und dann wieder zurück zu Blau, wenn der Kater ihn von der einen Pranke zur anderen rollte.

»Schöne Katze, mein Herr«, meinte ein etwa fünf Jahre alter Junge. »Was woll'n Sie für die haben?«

Becker zog eine Augenbraue hoch und sah ihn belustigt an. »Das ist schon das zweite Angebot, das ich heute bekommen habe.«

»Du bissja blöd, Deeter«, warf ein Mädchen von ungefähr sieben mit dem gleichen roten Haar und den gleichen Sommersprossen wie der Junge ein. »Man kauft un' verkauft Katzen wie die hier doch nich'. Kannste denn nich' seh'n, dass das 'ne Makahomanische Tempelkatze iss? Die sin' heilig, weißt du. Die gehört wahrscheinlich zu der Religion von dem Herrn hier. Ich wette, er iss'n Priester oder so was.«

»Mindestens Papst«, pflichtete ihr Becker bei. »Er, meine ich. Ich arbeite nur für ihn.«

Der Inhaber des Verkaufsstandes kramte gerade in einer Kiste herum, und als er sich diesmal wieder aufrichtete, erinnerte sich Becker endlich auch an seinen Namen. »Reamer! Du bist Rocky Reamer!«, rief er aus.

»Hast es erraten, Kumpel«, bestätigte der Mann. Es war unverkennbar, dass er der Vater der Kinder war. Er hatte das gleiche rote Haar und die gleichen Sommersprossen. »Und, sag mal, ich dachte, ich hätte dich auch wieder erkannt. Aber wenn du der Kerl bist, den ich meine, dann siehst du ein bisschen verändert aus. Du bist doch Joe Becker, oder?«

»Joe, Jonas, wie du willst«, antwortete Becker. »Stimmt, der bin ich: Becker. Weißt du, was? Gerade ist mir eingefallen, warum mir die Namen dieser Steine da, die ich mir erst vor ein paar Stunden angeschaut habe, so bekannt vorkamen. Was hießen die noch mal? Giloglit, Bairdit und Nadezdit?«

»Stimmt genau«, sagte Reamer. »Die stammen aus neuen Gesteinsablagerungen, die von diesen Kindern da oben auf Maganos entdeckt wurden, und sind nach den Onkeln der Dame benannt. Siehst du den hier, mit dem Rot und Gelb drin, das ein bisschen wie ein Schottenkaro aussieht? Der ist nach Calum Baird benannt, der ist ein kaledonischer Kelte, genau wie ich. Wir waren mal im selben Geologiekurs. Der serpentinfarbene Stein heißt nach diesem irischstämmigen Partner von Calum, Declan Giloglie. Und der Auffällige hier hat den Namen seiner *Neureichheit* höchstselbst, des Erben und jetzigen Geschäftsführers des Hauses Harakamian, Rafik Nadezda.«

Becker grinste. »Hab ich's mir doch fast gedacht! Also hat ihn Rafiks Onkel jetzt endgültig zum Erben eingesetzt, wie? Dabei habe ich nie sagen können, ob er den alten Mann nun eigentlich gehasst oder bewundert hat.«

»Ein bisschen von beidem, schätze ich. Du kennst die Burschen also?«

»Klar doch, wir sind einander schließlich jahrelang um dieselben Felsbrocken herum hinterhergejagt. Allerdings haben sie nach unbewohnten Planeten gesucht, während ich nach bewohnten oder früher mal bewohnten Welten Ausschau gehalten habe. Insofern sind wir einander nicht allzu sehr in die Quere gekommen.«

SB hatte den Edelstein, mit dem er die ganze Zeit gespielt hatte, inzwischen vom Tisch hinuntergefegt und vergnügte sich nun mit einem Bindfaden, den Deeter vor ihm herumbaumeln ließ.

Becker hob den Kristall vom Boden auf. »Und wie hast du den hier genannt?«

»Das ist Acornit.«

»Woher stammt er? Von einem Planeten, auf dem alles pflanzliche Leben gleichzeitig auch mineralisch ist? Kann man daraus womöglich bereits versteinerte Eichen wachsen lassen?«

Eine Sekunde lang war Reamers Gesicht völlig verständnis- und ausdruckslos, dann grinste er und gluckste.

»Nein, du Dummkopf«, antwortete an seiner Stelle das kleine Mädchen. »Weißt du denn gar nichts? Der iss natürlich nach unserer Dame benannt!«

»Ich dachte, sie heißt Epona ...«, wunderte Becker sich. »Sofern wir dieselbe Dame meinen, heißt das. Mir hat man nämlich erzählt, dass das auf Maganos die Dame Epona gewesen sei, und ihr habt doch gesagt, dass Gill und Calum und Rafik sich dieser Tage auch dort rumtreiben.«

Auf diesen Einwand hin wirkte das kleine Mädchen plötzlich etwas verunsichert und wandte sich Hilfe suchend zu ihrem Vater um, der erläuterte: »Nicht doch, das ist sozusagen nur einer ihrer Titel. Siehst du, sie und der alte Herr Li – er ist übrigens dieses Jahr gestorben, wusstest du das?«

»Delszaki Li ist gestorben? Verdammt, und ich dachte, der würde ewig leben, trotz des Schwebestuhls.«

»Nein, am Ende hat es ihn doch erwischt. Wie sich herausgestellt hat, war er der Kopf der Befreiungsbewegung, der wir Kezdets Rettung verdanken. Li hatte schon einiges an Grundlagenarbeit für die Revolution geleistet, aber richtig Bewegung kam erst in die Sache, als Gill und seine Kumpel die Herrin hier runterbrachten. Sie wusste zwar nicht viel über Politik, aber eines wusste sie genau: dass sie es einfach nicht mit ansehen konnte, wie Kinder in die Sklaverei verkauft wurden. Sie hat gerade mal etwa ein Jahr gebraucht, um die Schmuddelhäuser und den Rattenfänger zu Fall zu bringen und das Ausbildungs- und Bergbauzentrum auf Maganos hochzuziehen. Natürlich hat es geholfen, dass sie außerdem ein Bündnis zwischen den Häusern Harakamian und Li geschmiedet hat, sodass sie fast unbegrenzte Finanzmittel zur Verfügung hatte. Jedenfalls sind die Kinder regelrecht abergläubisch, was sie betrifft, und einige von ihnen haben sogar geglaubt, sie wäre eine Art Göttin – je nachdem, was für eine Religion es da gegeben hat, von wo sie hergekommen waren. Also nennen sie sie Epona, Dame Lukia oder die Herrin des Lichts. Ihr richtiger Name aber ist Dame Acorna Harakamian-Li.«

»Vielleicht sollte ich mal bei meinen alten Kumpels vorbeischauen«, meinte Becker. »Diese Dame würde ich zu gerne kennen lernen. Ich war ja als Kind selbst ein Arbeitssklave. Wenn mein Adoptivvater nicht gewesen wäre, wäre ich wahrscheinlich längst krepiert.«

Reamer zerzauste das rote Haar seiner Sprösslinge. »Ich sag dir was, Kumpel: Zu wissen, dass diese Läden dicht gemacht worden sind, lässt mich wahrhaftig besser schlafen. Jetzt muss ich mir nämlich keine Sorgen mehr machen, dass meine Rangen in die Erzgruben geschickt werden, falls mir irgendetwas zustoßen sollte, oder dass sie etwas noch Schlimmeres erleiden.«

Becker dachte eine Minute lang nach, dann zog er den Probenbeutel hervor, fischte sorgsam einen der irisierend schillernden Wendelsteine heraus und hielt ihn in der geschlossenen Hand verborgen, die er erst dann ein kleines bisschen öffnete, als er sie Reamer entgegenstreckte, um diesem einen Blick auf den Inhalt zu gewähren. »Wenn ich schon mal dabei bin: Ich glaube, ich habe gerade einen großen Fehler gemacht, als ich einen davon einem Kunden überlassen habe. Das hier stammt zwar nicht von Maganos, aber ich habe trotzdem noch nie irgendwo irgendwas Ähnliches gesehen. Weißt du vielleicht, was das sein könnte?«

»Hei-ei-eiliges Hämatit!«, stieß Reamer hervor und berührte das Ding so behutsam, als hätte er Angst, dass er sich daran verbrennen könnte. »Wo hast du *das* her, Becker?« Seine Stimme war diesmal nicht sehr freundlich, und seine blauen Augen hatten einen Ausdruck eisiger Kälte angenommen. »Kinder, ich möchte, dass ihr die Katze jetzt mal in Ruhe lasst und euch ein paar Süßigkeiten holen geht«, ordnete er an und ließ jedem eine Creditmünze in die Hand fallen.

»Aber Papa ...«

»Ab mit euch!«

Sie rannten davon, und SB stieß ein enttäuschtes, für seine Verhältnisse jedoch erstaunlich schicksalsergebenes Miauen aus und schaute seinen neuen Freunden nach, als sie in der Menge verschwanden.

»Deswegen siehst du also anders aus. Dir hat ein Ohr gefehlt, als ich dich das letzte Mal gesehen habe!«, stellte Rocky fest. Es klang wie eine Anschuldigung.

»Und was willst du damit sagen?«

»Die Leute erzählen, dass das Horn der Dame heilen kann. Und dann tauchst du hier auf, mit einem Horn wie ihrem, und einem völlig wieder hergestellten Ohr – was glaubst du denn, was ich davon halten soll?«

»Jetzt aber mal halblang, ja? Verdammt! Ich habe es gefunden, mein Wort drauf. Hält deine Dame eigentlich überall den Daumen drauf? Rottet die Kinderarbeit aus, schließt die Freudenhäuser, und jetzt willst du mir an die Gurgel gehen, nur weil sie auch so ein Horn hat wie meines? Na und? Vielleicht hat sie ihres ja am selben Ort gefunden wie ich.«

»Das glaube ich weniger«, erwiderte Reamer eisig.

»Nein? Und warum nicht? Könnte doch sein.«

»Völlig ausgeschlossen. Ihres wächst ihr mitten aus der Stirn. Jedenfalls war es noch so, als sie das letzte Mal von irgendwem gesehen wurde, den ich kenne.«

Fünf

Die Besatzung der *Balakiire* und die Würdenträger des Begrüßungskomitees ritten auf den Ahnen mit allem Gepränge und Zeremoniell in Kubiilikhan ein, das diese ihnen irgend zu verleihen vermochten. Wenn es Würde war, mit der die Ahnen jene auszustatten suchten, denen sie auf ihnen zu reiten erlaubten, fürchtete Acorna jedoch, dass dies in ihrem Fall wohl eine ziemlich hoffnungslose Sache war. Ihre langen Beine baumelten so haltlos unter dem Bauch der Ahnin herum, auf der sie ritt, dass ihre Füße fast bis zu den Spalthufen des Einhorns hinunterreichten.

Die Ahnen zu reiten machte ihre Reise zudem gewiss auch nicht schneller. Sie brauchten vielmehr fast eine Stunde, um die vier oder fünf Kilometer zwischen dem Raumhafen und der Stadt zurückzulegen, die auf den ersten Blick eine reine Zeltsiedlung aus mächtigen, edelsteinfarben getönten, mit Goldborten und prächtigen Quasten verzierten Pavillons in der Größe von Zirkuszelten zu sein schien, wie sie Acorna von den Abbildungen aus den Vids und Büchern ihres Onkels Hafiz her kannte. Auf ihren eigenen Beinen wäre es fraglos sehr viel schneller gegangen. Den *Ki-lin* aus der Legende sagte man nach, dass sie sehr flink zu Fuß wären. Die Ahnen hingegen beschränkten sich auf ein gemessenes Schreiten.

Vielleicht liegt es ja an ihrem hohen Alter, dachte Acorna und spürte prompt, wie diese Unterstellung mit einem mentalen Rüffel beantwortet wurde.

(Wir sind noch genau so rüstig wie immer, du unverschämtes Gör, und könnten dich in einem Wettrennen noch jederzeit und an jedem Ort schlagen – stell uns doch auf die Probe!)

Hoppla! Sie war sich sicher, dass sie ihre Mutmaßung weder besonders laut gedacht noch sie bewusst ausgestrahlt hatte, und es schien auch niemand anderes ihren Gedanken aufgefangen zu haben. Die Ahnin aber, auf der Acorna ritt, wandte den Kopf ein Stück weit um, verdrehte ein Auge zu ihr her, starrte sie ziemlich herausfordernd an und schnaubte.

Der Betreuer der Ahnin bemerkte das Augenrollen. Er beschleunigte seinen Schritt, begab sich von der Seite zum Kopf seines Schützlings, streichelte die Nase der Ahnin und warf Acorna einen vorwurfsvollen Blick zu.

In diesem Moment erreichte die Reiterschar die ersten Bauten der Linyaari-Siedlung. Da der Raumhafen in so unmittelbarer Nähe lag und sie zur *Viizaar* gebracht werden sollten, nahm Acorna an, dass dieser Ort wohl die Hauptstadt des Planeten sein musste, obwohl er gar nicht besonders groß zu sein schien.

Die zirkuszeltähnlichen Gebäude der Stadt ballten sich um ein noch größeres, zentrales Zirkuszelt. Rings um die hohe Mittelspitze dieses Zelts erhoben sich wiederum zeltähnliche Türme aus dem Hauptdach, die genau aus der Mitte der jeweiligen Dachbahndreiecke entsprangen. Aus unmittelbarer Nähe betrachtet, ähnelten die Behausungen von Kubiilikhan jedoch weniger Zelten als vielmehr Pavillons, wie Acorna sie in Vids über mittelalterliche Nomadenlager auf der antiken Erde gesehen hatte. Jeder Pavillon war, genau wie die Gewänder der Einhornbetreuer und der Ahnen selbst, in einem anderen leuchtenden Farbton gehalten und verschwenderisch mit Schleifen, Bändern, Bannern, Bordüren, Fransen und Quasten aus kontrastierenden Metallen, Geweben oder Tauen geschmückt.

Die Pavillons besaßen keine Fenster der Art, wie Acorna sie gewohnt war. Doch jede Wandfläche der vieleckigen Rundformzelte war von einem großen, bogenförmig überdachten, nach außen hin offenen Zugang durchbrochen, und bei manchen Pavillons hatte man einige Wandabschnitte sogar ganz entfernt.

»Schauet das wundervolle Kubiilikhan, unsere größte Stadt, geehrte Dame«, forderte der Einhornbetreuer sie auf.

»Sie ist – *sehr* farbenprächtig«, antwortete Acorna höflich. Und versuchte auch haargenau das Gleiche zu denken. Der Betreuer legte seine Stirn dennoch ein wenig in Falten, was bedeutete, dass ihr einige ihrer geheimen Erwägungen offenbar doch entschlüpft sein mussten. »Aber bei Regen müsst ihr doch schrecklich unter der Feuchtigkeit leiden.«

Maati, die an der Spitze der Prozession dahingetrabt war, hatte sich etwas zurückfallen lassen und lachte nun auf: »Nicht doch, warte nur, bis du absteigst. Verzeih mir, Urgroßmutter, aber das muss sie einfach sehen!«, meinte das Mädchen mit einem liebevollen, aber nicht übermäßig ehrerbietigen Klaps auf die Nase von Acornas Einhorn. Die Ahnin schnaubte, allerdings recht warmherzig, dachte Acorna. Ganz so, wie eine nachsichtige Großmutter sich einem geliebten, wenn auch ungestümen Enkelkind gegenüber verhalten würde.

Acorna stieg mit einem dankbaren, an das Einhorn gerichteten Hornnicken ab, das sie ihrerseits jedoch ignorierte. Sie folgte Maati, die jetzt mit der Hand über eine Wand des großen purpurnen Pavillons strich, die wie Seide aussah. »Fühl mal!«, forderte Maati sie auf.

Acorna streckte die Hand aus und berührte das Gewebe. Überrascht stellte sie fest, dass es hart und unnachgiebig war. Als sie mit einem Fingerknöchel dagegen klopfte, vernahm sie einen metallisch hellen Klang. »Es ist fest?«, fragte sie.

»Ja, und man kann seine Poren so öffnen, dass es mühelos Luft durchlässt – aber keine Feuchtigkeit.«

»Und euch wird nicht kalt, im Winter – ihr *habt* doch eine kalte Jahreszeit hier?«

»Sicher, uns wird kalt, wenn wir draußen grasen. Aber danach können wir einfach wieder reingehen, die Zeltklappen schließen und die Wandgewebeporen so einstellen, dass sie die Luft erwärmen, wenn sie ins Innere strömt. *Sehr* wissenschaftlich, das alles«, erläuterte sie, als hoffte sie, dass dies Acorna gefallen würde.

»Das ist es gewiss«, pflichtete ihr Acorna bei.

Neeva winkte sie ins Zelt. »Komm mit, Khornya. Liriili ist keine sonderlich geduldige Person.«

Acorna folgte ihr, mit Melireenya und Khaari im Schlepptau. Maati hastete nach vorne, um sich vor Neeva an die Spitze zu setzen, und während sich Acornas Augen noch an das trübere Licht im Innern des Pavillons gewöhnten, hörte sie Maati bereits sagen: »Große *Viizaar* Liriili, ich bringe Ihnen *Visedhaanye ferilii* Neeva, die Mannschaft des Raumschiffes *Balakiire* und Khornya, Schwesterkind von *Visedhaanye* Neeva und Tochter der verstorbenen Vaanye und Ferrila, Ehre ihrem Andenken.«

Viizaar Liriili saß, wie Acorna schließlich erkennen konnte, hinter einem Schreibtisch. Wie die anderen Raumfahrer hatte auch sie eine helle Körperfarbe und eine silberne Mähne. Ihre Augen, deren Blick sich mit dem von Acorna kreuzte, waren von einem tiefen, zinnfarbenen Grau. Ihr goldenes Horn war mit glitzernd silbernen Fäden umwickelt, und sie trug eine Robe, die so geschnitten war, dass sie ihrer recht kräftigen Figur schmeichelte, und die aus einem Gewebe bestand, das perfekt mit den Schmuckfäden um ihr Horn harmonierte. Ihre Mähne war um ihr Gesicht herum und in ihrem Nacken kurz geschnitten, und ihr Gesicht war ein bisschen länglicher als das aller anderen Linyaari, denen Acorna bisher begegnet war. Tatsächlich erinnerte ihr Antlitz sogar stark an das der Ahnen.

Thariinye entschlüpfte ein unwillkürlicher Gedanke, den auch Acorna auffing: (Was für eine Schönheit!)

Die Augen der *Viizaar* blitzten auf, als ihr Blick einen Moment lang auf dem stattlichen jungen Mann haften blieb, dann wandte sie ihre Aufmerksamkeit wieder dem Geschäftlichen zu. »*Vised-*

haanye Neeva, meine liebe Melireenya, Khaari, mein Kind, Thariinye, wir sind alle so froh über eure Rückkehr, insbesondere angesichts der schrecklichen Gefahren, denen ihr euch gestellt habt, um andere zu warnen. Und am allermeisten, Khornya, sind wir beglückt, dass du endlich zu uns zurückgekehrt bist.«

»Und ich bin beglückt, hier zu sein«, versicherte Acorna ihr.

»Sie werden sich doch auf dem Empfang heute Abend zu uns gesellen, *Viizaar* Liriili?«, erkundigte sich Neeva.

Liriili lächelte. »*Ich* werde dort sein, aber gewiss, *Visedhaanye* Neeva. Es wird Sie freuen zu erfahren, dass Ihre Anweisungen sämtlich befolgt wurden und alles bereit ist, so wie Sie es wünschten. Unglücklicherweise jedoch werden mit Ausnahme von Thariinye weder Sie noch die Mitglieder Ihrer Rumpfmannschaft dort sein, fürchte ich. Denn gerade, als Sie von Bord Ihres Schiffes gegangen sind, habe ich eine dringende Botschaft von einer unserer Handelsmissionen erhalten. Ich muss dies unter vier Augen mit Ihnen besprechen, und danach werden Sie unverzüglich wieder abreisen müssen, sobald Sie Ihr Schiff neu betankt und mit frischen Vorräten beladen haben.«

»Aber mein Lebensgefährte wartet auf mich!«, rief Khaari aus.

»Er befindet sich auf eben jenem Handelsposten, Khaari«, ließ Liriili sie wissen. »Das ist einer der Gründe, warum ich wünsche, dass gerade die *Balakiire* diese spezielle Aufgabe übernimmt.«

»Aber was ist mit Khornya?«, wollte Neeva wissen.

»Nun, sie wird selbstverständlich hier bleiben und ihr Volk kennen lernen und die Feier besuchen, ganz wie Sie es geplant haben. Aber da sie Ihre lenkende Hand sicherlich schmerzlich vermissen wird, werden in Ihrer Abwesenheit stattdessen wir versuchen, dafür zu sorgen, dass sie sich nicht einsam fühlt und alles lernt, was sie zu wissen braucht.«

»Entschuldigen Sie, *Viizaar* Liriili ...«, Acorna unterbrach die Würdenträgerin so höflich wie möglich. Doch sie konnte es nicht ausstehen, wenn man über sie sprach, als ob sie gar nicht anwesend wäre.

»Ja, Khornya?«

»Es ist nur, dass – nun, obwohl ich mich sehr darauf gefreut hatte, all diese gesellschaftlichen Ereignisse zusammen mit meiner Tante und meinen Freunden zu erleben, würde ich auf die Teilnahme doch lieber verzichten, wenn ich dort ganz allein hingehen soll. Ist es möglich, den Empfang zu verschieben, sodass ich sie auf ihrer Mission begleiten kann?«

Liriili lachte. »Meine liebe Khornya, allein wirst du ganz bestimmt nicht sein! Ich werde dort sein, und Thariinye, und der Großteil der vornehmsten kubiilikhanischen Gesellschaft, einschließlich vieler junger Männer, die nur allzu begierig darauf sind, deine Bekanntschaft zu machen!«

»Schon, Herrin, aber ich würde dennoch lieber bei meiner Tante bleiben. Vielleicht kann ich bei der Mission ja von Nutzen sein.«

»Du bist sehr jung und hast noch viel zu lernen«, entgegnete Liriili, als wäre die Angelegenheit damit abgeschlossen.

»Khornya ist eine sehr tüchtige junge Dame, Liriili«, teilte Neeva der *Viizaar* mit und übermittelte ihr mentale Bilder von einigen der Abenteuer, die Acorna erlebt hatte.

»Ich bin sicher, dass sie das ist, *Visedhaanye* Neeva«, sagte Liriili, wandte sich dann Acorna zu und wiederholte: »Ich bin sicher, dass du das bist, mein Liebes. Aber du bist in unseren Sitten und Gebräuchen noch nicht bewandert genug, um eine so delikate Mission wie diese zu unternehmen, die großes Fingerspitzengefühl verlangt. Und auf der Rückreise wird wahrscheinlich ohnehin kein Platz für dich an Bord sein. Oder für Thariinye, was der Grund ist, warum wir auch ihn nicht mitschicken werden. Deshalb könnt ihr zwei jungen Leute ebenso gut gleich hier bleiben und euch eine schöne Zeit machen. Den Empfang zu verschieben ist zudem schwerlich möglich. Hier haben sich alle so sehr abgemüht, ihn vorzubereiten, dass viele, viele Leute bitter enttäuscht sein würden, wenn du nicht zugegen wärst. Geh also jetzt mit Maati, sei ein braves Mädchen.«

»Entschuldigen Sie meine Beharrlichkeit, *Viizaar*, aber *worum* geht es denn bei dieser Mission?«, ließ Acorna sich nicht beirren. »Vielleicht könnte ich helfen. Ich habe viele gute Freunde in hohen Stellungen.«

Die *Viizaar* bedachte sie mit einem übertrieben geduldigen Blick. »Das mag ja alles sein, Khornya. Aber wen auch immer du kennst und was auch immer du vorher getan hast, ist ohne jeglichen Belang für diese Mission, deren Natur ich nicht mit dir besprechen kann, weil du in der Kunst der mentalen Verständigung einfach nicht erfahren genug bist. Man hat mich nämlich verlässlich informiert, dass du in unbedachten Momenten sogar deine flüchtigsten Überlegungen über den ganzen Planeten ausstrahlst. Du könntest auf diese Weise Informationen enthüllen, die ich zum gegenwärtigen Zeitpunkt nicht verbreitet wissen möchte. Während der Abwesenheit deiner Tante kann Thariinye deine Ausbildung in unseren Kommunikationsarten und -sitten fortsetzen. Jetzt geh *bitte* mit Maati und mach dich frisch. Es ist nicht mehr viel Zeit, bevor deine Schiffskameraden wieder fort müssen, und ich muss sie noch einweisen. Vertraulich.«

»Jawohl, Herrin«, fügte sich Acorna widerwillig, wobei sie sich mehr wie ein Schulmädchen fühlte, als sie dies jemals in dem Alter getan hatte, in dem sie eines hätte sein können.

»Entschuldigen Sie, Liriili«, meldete sich Neeva zu Wort und unterschlug in ihrer Verärgerung den Amtstitel der Würdenträgerin. »Ich würde mich gerne noch von meiner Nichte verabschieden, ehe wir wieder in den Weltraum zurückgeschickt werden – sofern Sie noch ein paar Augenblicke erübrigen könnten, bevor Sie uns unseren Auftrag erläutern. Ich habe dreieinhalb *Ghaanyi* darauf warten müssen, sie zu finden, und wer weiß, wie viel Zeit nun abermals vergehen wird, bevor ich sie wieder sehe!«

»Na schön, aber machen Sie's kurz, bitte. Wir haben viel zu besprechen«, gab Liriili nach und wandte ihre Aufmerksamkeit sodann den anderen Anwesenden zu.

Nachdem sie Acorna aus dem Pavillon nach draußen begleitet hatte, berührte Neeva mit ihrem Horn das ihrer Nichte, und Acorna umarmte ihre Tante impulsiv so fest, als wolle sie sie nie mehr loslassen, was sie in der Tat auch am liebsten getan hätte.

Neevas Augen waren voller Tränen, als sie schließlich doch wieder eine Armeslänge voneinander entfernt standen. »Oh, diese unerträgliche Frau!«, verwünschte sie die *Viizaar.* »Wenn das hier nicht eine wirklich wichtige Mission ist, werde ich sie vor dem Rat zur Rechenschaft ziehen lassen!«

»Du meinst wirklich, dass sie dich ohne guten Grund wieder hinausschicken würde?«, wunderte Acorna sich. »Wo du doch gerade erst so lange fort warst?« Sie runzelte die Stirn. »Ich dachte, dass man, wenn doch jeder die Gedanken und Gefühle des anderen lesen kann, freundlicher miteinander umgehen würde.«

»Das tun wir auch, aber mit den Eifersüchteleien und Unsicherheiten und dem ganzen anderen Ballast, den man eben so mit sich herumschleppt, wenn man ein empfindungsfähiges Intelligenzwesen ist, müssen wir uns gleichwohl immer noch herumschlagen. Und Liriili hat von diesen Gefühlen erheblich mehr abbekommen als nur einen gerechten Anteil. Sie ist zwar keine wirklich schlechte Person und kann außerdem sowieso nicht viel anstellen, ohne dass es vorher vom Rat abgesegnet werden muss. Aber sie ist unserer Familie ganz und gar nicht wohl gesonnen. Ich bezweifle zwar, dass sie versuchen würde, dir vorsätzlich Schaden zuzufügen, aber zähle andererseits auch nicht darauf, dass sie dir helfen wird. Geh ihr einfach so weit wie möglich aus dem Weg, bis wir wieder zurück sind, wenn du kannst.«

»Ich werde mir Mühe geben, Neeva. Aber komm bitte bald wieder zurück, ja?«

Neeva strich ihrer Nichte mit den Fingern liebevoll übers Gesicht und lächelte. »Wir werden unser Bestes tun, mein Kind. Das weißt du doch. Aber jetzt wirst du brav mit Maati in meinen Pavillon hinübergehen und dich für das Fest heute Abend zurechtmachen. Ich habe veranlasst, dass man dir ein paar Sachen vorbeischickt, die du anprobieren kannst. Ich wünschte, ich könnte dabei sein und die Gesichter der jungen Burschen sehen, wenn sie dich zu sehen kriegen!«

»Leb wohl, Mutterschwester, ich wünsche dir eine sichere Reise und eine baldige Rückkehr.«

»Leb wohl, Schwesterkind, bis zum nächsten Wiedersehen.«

»Gehen wir da entlang, durch den Lustgarten«, schlug Maati vor, nahm Acorna bei der Hand und zog sie vom Pavillon der *Viizaar* fort. »Ich nehme immer diesen Weg, wenn ich kann.«

»Warum – oh, ich sehe schon«, entfuhr es Acorna, als das Kind einen Pfad betrat, der gleich mit mehreren Akkordreihen jener Singenden Steine von Skarrness gepflastert war, von denen auch Onkel Hafiz in seiner Wohnanlage auf Laboue einige besaß.

»Genau, schau her«, forderte Maati sie auf und begann, ohne auf ihre Begleiterin zu warten, mit gezielten, spielerischen Hopsern quer durch den Lustgarten des *Viizaar*-Amtszeltes zu hüpfen, wodurch sie eine kleine Melodie zum Erklingen brachte.

Acorna lächelte, klatschte Beifall und tat es Maati mit einer jener Melodien nach, die sie immer auf den Steinen von Onkel Hafiz gehüpft hatte. Es fiel ihr jetzt ebenso schwer, weiterhin unglücklich zu sein, wie es seinerzeit der Fall gewesen war, wenn der Gesang der Steine ertönte.

Maati ging ihr auch auf dem restlichen Weg voran und führte sie zu einem auf der anderen Seite der Stadt gelegenen Pavillon. »Das ist das Heim der *Visedhaanye*. Oooooh, schau dir nur diese Kleider an!«

Als sie den Pavillon betraten, war es, als ob sie in einen überreichlich bestückten, begehbaren Kleiderschrank schreiten würden. Kleidungsstücke jeder Farbe, jeden Schnitts und jeder Art waren auf allen verfügbaren Ablageflächen ausgebreitet und hingen von jedem möglichen Vorsprung herab. In nicht minder großer Fülle lagen dort auch funkelndes Geschmeide und kleine, spitze Gegenstände, die wie Hüte aussahen und die Größe und Form von Acornas Stirnhorn hatten. Sie waren auf verschiedenste Weisen mit Juwelen, Blumen, Bommeln, Schleifen oder Goldfäden und Bändern verziert.

»*Bommeln?*«, brach es fassungslos aus Acorna heraus.

Maati kicherte. »Die sind derzeit der allerletzte Schrei, besonders bei den bunthäutigen Mädchen, die gerade in die Gesellschaft eingeführt werden sollen.« Sie steckte einen der fraglichen Aufsätze auf ihr etwas kleineres Horn. Die gelben und rosafarbenen Bommeln daran wirkten zusammen mit ihrer dunklen Körperfarbe und ihrem marmorierten Haar unbestreitbar festlich und gar nicht mal so albern, wie Acorna gefürchtet hatte.

»Warum schmücken die Leute ihre Hörner überhaupt?«

»Nun, es ist nicht bloß ein Schmuck. Die Hornhauben sind bis zu einem gewissen Grad auch wirksame Telepathie-Dämpfer«, erläuterte Maati. »Das ist recht hilfreich, etwa beim Flirten. Denn wenn beispielsweise ein Mädchen einen Jungen mag, braucht sie das auf diese Weise nicht gleich offen zu zeigen und er umgekehrt auch nicht. Bevor irgendwer die Gedanken eines anderen liest, kann man damit sozusagen erst mal schauen, wie die Person, die man mag, sich so aufführt, oder ob es nicht noch jemand anderen, jemand Interessanteren gibt.«

»Ich verstehe«, meinte Acorna. »Wann fängt das Fest an?«

Maati zuckte die Achseln. »Es beginnt bei Mondaufgang, in etwa drei Stunden.«

»Dann mache ich mich wohl besser an die Arbeit«, stellte Acorna fest. Die Abendroben waren für ihren Geschmack samt und sonders viel zu sehr mit kitschigem Zierrat überladen, mit Schichten um Schichten verschiedenfarbener Röcke, wobei Überkleid und Oberteil teils von oben bis unten mit Rüschen, Spitze, Krausen, Schleifchen und Blumen bedeckt waren. Glücklicherweise hatte das Leben in einer Gesellschaft, in der die Frauen für gewöhnlich sehr viel kleiner waren als sie, und die gelegentliche Notwendigkeit, ihr Horn mit einem kunstvollen Kostüm zu tarnen, Acorna gelehrt, sich als geschickte Änderungsschneiderin zu betätigen. Sie kniff die Augen zusammen, um die verwirrende Überfülle der Ornamente auf den Gewändern zu verwischen und stattdessen eine Vorstellung von ihrer Grundfarbe zu bekommen. Sich langsam um die eigene Achse drehend, erspähte sie ein liebliches, dezent malvenrosafarbenes Brokatgewebe und griff danach. Es war das Unterkleid eines Gewands, das aus zahllosen, übereinander getürmten Lagen schrill regenbogenfarbener Rockschichten bestand, die sich von der Taille bis zu den Fußgelenken wie ein Ballett-Tutu aufbauschten.

Ohne diese überlagernden Rauschröcke war das Unterkleid allerdings doch ein bisschen zu durchsichtig. Also sah sie sich nochmals um, bis sie entdeckte, dass einer der fließenden, schleierähnlichen Überröcke einer anderen Robe eine wunderschöne Fliederfarbe aufwies, die sowohl ihren eigenen Körperteint als auch die Farbe des malvenrosanen Unterkleides aufs Prächtigste ergänzte. Das würde gehen.

Als sie schließlich gebadet und ihr Haar getrocknet hatte, schlüpfte sie in das malvenrosafarbene Kleid und legte sich einen langen Streifen des fliederfarbenen Stoffs um. Wie eine Schärpe führte sie diese Textilbahn unter dem einen Arm hindurch und heftete sie nach einigem Ausprobieren auf der gegenüberliegenden Schulter mit einer eindrucksvollen Brosche zusammen, auf der mit Silber eingefasste, fahle Amethyste und Rhodolitgranate prangten. Zu dieser Brosche gab es sogar passende Ohrringe.

Danach gelang ihr noch, in der Masse der Schuhe, die überall dort, wo keine Kleider oder Juwelen lagen, verteilt waren, fliederfarbene Slipper aufzustöbern.

»Und dein Horn?«, erinnerte Maati sie.

»Oh, richtig«, dankte ihr Acorna und schnappte sich die fliederfarbene Hornhaube, die zu ihrer Schärpe passte. »Das bedeutet also dann, dass niemand anderes mehr meine Gedanken lesen kann?«

»Nun, zumindest nicht mehr sehr deutlich. Du weißt schon, wenn man beispielsweise daran denkt – also, über Fortpflanzung und so, du weißt schon, dann kann die andere Person nicht ...«

Der Versuch des jüngeren Mädchens, erwachsen zu klingen, als sie von Paarungsritualen sprach, mit denen sie noch gar nichts zu schaffen hatte, ließ Acorna belustigt aufglucksen. »Ich glaube, ich verstehe, was du meinst. Ich werde also versuchen, meine Gedanken nicht zu laut auszustrahlen, damit ich die Dämpfungswirkung der Hornhaube nicht übertöne.« Sie nahm die Einhornkappe noch einmal genauer in Augenschein. »Aber dieses Blauregen-Umgebinde hier muss noch weg.«

»Vielleicht wenigstens ein paar Blüten am Stirnansatz deines Horns?«, schlug Maati vor, als sie bestürzt mit ansehen musste, wie die Zierbommeln und die purpurnen Blütentrauben der *Lii*-Blume, die Acorna offenbar Blauregen nannte, achtlos zu Boden fielen.

»Ja, das sieht nett aus. Danke.«

»Dabei ist dieser Hornschmuck doch so hübsch«, sagte Maati traurig, als sie die ausgesonderten Blumen aufhob.

Acorna blieb unerbittlich. »Weniger ist mehr«, erklärte sie.

Maatis verblüffter Gesichtsausdruck zeigte, wie ganz und gar unfassbar ein derartiger Gedanke für sie zu sein schien.

Kaum hatte sich Acorna fertig angekleidet, als auch schon eine ganze Schar von Schneiderinnen, Juwelieren und Schustern über den Pavillon hereinbrach, um die von ihr nicht benötigte Ware wieder fortzuschleppen.

»Gleich morgen früh werden wir Ihnen noch unsere Kollektionen für Tageskleidung zur Begutachtung vorbeibringen, Khornya.«

»Oh, machen Sie sich bitte keine Umstände«, lehnte die Angesprochene ab. »Wenn Maati mir zeigt, wo Ihre Werkstätten liegen, werde ich liebend gerne selbst bei Ihnen vorbeischauen und mir ansehen, wo Sie diese hübschen Sachen anfertigen.«

Sie hatte sich ihre Hornbedeckung mittlerweile schon fest aufgesetzt und konnte sich eine diplomatische Flunkerei somit gefahrlos leisten. Die Schöpfer der beiden Kleider, die Acorna ausgeschlachtet hatte, um daraus ihre eigene Kreation zusammenzustellen, versuchten ihre Missbilligung zu verbergen, ein paar der anderen jedoch betrachteten sie mit unverhohlen prüfender Miene.

Als auch der Letzte der Bekleidungslieferanten mitsamt seinen Waren abgezogen war, was einen nunmehr ungehinderten Blick auf Neevas Möbel ermöglichte und dem Pavillon zumindest den Anschein einer wohnlichen Behausung zurückgab, traf Thariinye ein.

»Oh, tut mir Leid, Khornya«, entschuldigte er sich – was ihm sichtliche Mühe bereitete – mit verbal geäußerten Worten. »Ich dachte, du wärst inzwischen fertig mit dem Ankleiden.«

»Aber ich *bin* doch fertig angezogen!«, protestierte sie und drehte sich rasch einmal um die eigene Achse. »Gefällt es dir?«

Einen Moment lang sagte er gar nichts, dann bemerkte er mit einem Ausdruck der Erleichterung auf seinem Gesicht, dass sie ihre Hornkappe trug, wie sie ihren ornamentalen Gedankenschild im Geiste nannte. Er schenkte ihr ein breites, falsches Grinsen und nickte so heftig mit dem Kopf, dass sie schon befürchtete, er würde sich das Horn herunterschütteln. Nun ja, er war schließlich erst ein *heranreifender* Diplomat. Hier im Herzen der Linyaari-Kultur gab es wohl wenig Gelegenheit zur Lüge, und so war er in dieser Kunst eben noch recht ungeübt. Vermutlich sollte sie es ihm schon hoch anrechnen, dass er überhaupt merkte, wann ein wenig höfliche Schwindelei angebracht war.

Hastig setzte Thariinye eine eigene Hornkappe auf, die perfekt zu seinem Kostüm passte. Genau auf der Kappenspitze thronte ein dreidimensionaler, stilisierter roter Stoffvogel, der das Dekorelement all der anderen Vögel wiederholte, die auf seinem wallenden Wams und der um seine Taille geschlungenen Bauchbinde aufgesteppt, aufgestickt und aufgenäht waren sowie in gepolsterter Variante wie Epauletten auf jeder seiner Schultern und nicht zuletzt keck auf einer übergroßen Schamkapsel hockten.

Acorna täuschte höflich einen plötzlichen Hustenanfall vor, um jenen Teil ihrer Reaktion auf diesen Anblick zu kaschieren, der nicht von ihrer Hornkappe verborgen wurde. An den Modegeschmack der Linyaari würde sie sich wohl erst noch gewöhnen müssen. Seltsam – auf all ihren bisherigen Reisen quer durch die Galaxis hatte sie doch noch nie auch nur einen Augenblick lang eine ethnozentrische Haltung an den Tag gelegt, hatte sie nie auch nur in Erwägung gezogen, dass die Bekleidung oder Sitten anderer lächerlich sein könnten. Sie vermutete, dass die Linyaari-Sitten sie deswegen sehr viel mehr berührten, weil diese ja letzten Endes *ihre* Sitten waren und man von ihr erwartete, dass sie sich diese ebenfalls zu Eigen machte. Eine ihrer Verkleidungen als Didi hätte hier wohl nicht das mindeste Aufsehen erregt, ihr eigener, natürlicher Stil hingegen tat das zweifelsohne.

»Ich habe unsere Mannschaftskameraden noch verabschiedet, als sie zu ihrer neuen Mission aufgebrochen sind«, wechselte Thariinye das Thema. Acorna war froh, dass sein Ton so ernst ausfiel. Das half ihr, die Fassung endgültig wiederzugewinnen. Sie hörte jedoch auch eine Andeutung von Kritik aus seiner Stimme heraus, als ob sie selbst auch hätte dort sein müssen, um ihren Freunden auf Wiedersehen zu sagen. Aber Thariinye hatte doch sicherlich mitbekommen, wie die *Viizaar* ihr ausdrücklich befohlen hatte, sich auf das anstehende Ereignis vorzubereiten?

Sie sprachen kein Wort, als sie abermals die Singenden Steine überquerten. Stattdessen genossen sie deren Melodie, die harmonisch mit der aus einem Pavillon herausdringenden Linyaari-Musik verschmolz, der sogar noch größer war als jener, den die *Viizaar* bewohnte. Dieser hier war auf der Außenseite mit Unmengen von Blumengebinden dekoriert, und flatternde Wimpel und Stoffbänder ergänzten die üblichen goldenen Quastenverzierungen. Leute strömten scharenweise hinein – treffender war es vielleicht zu sagen, dass sich von Linyaari-Leibern gebildete Blütenkonglomerate formten und in den Pavillon hinein oder nach draußen auf die Tanzfläche drifteten, die sich rings um das Festzelt herumzog, sodass das Ganze wie ein sich drehendes Karussell aussah, das ausschließlich aus Einhörnern bestand.

So lächerlich die Kleider der Frauen und die Gewänder der Männer einzeln betrachtet auch aussehen mochten, in ihrer Gesamtheit boten sie einen geradezu atemberaubenden Anblick; sie erinnerten an ein fruchtbares Feld aus vielfarbigen Blüten, das mit funkelnden Edelsteinen gesprenkelt und sogar von Bändern durchzogen war, die verblüffend echt wie fließendes Wasser wirkten.

Etliche der Männer hatten ähnliche Vogelkostüme an wie Thariinye, während die Gewandungen anderer andere Tiere oder auch Naturelemente wie Feuer und Wasser zum Thema hatten. Ein oder zwei Trachten waren auch mit Stickereien bedeckt, deren Muster an die der Linyaari-Raumflotte erinnerten. Ein paar hatten Sternenhimmelmotive für ihre Bekleidung gewählt. Die Gesamtwirkung all dessen war sehr viel ansprechender, als Acorna es sich vorgestellt hätte.

Zu ihrer Überraschung diente das riesige Zelt selbst nicht zum Tanzen, sondern wurde lediglich für das Empfangsdefilee und das Festessen benutzt. Die sättigende Wirkung der Äsung vom Nachmittag hatte schon wieder nachgelassen, und so sahen die Futterbeete und -terrassen, auf denen alle möglichen Arten von Pflanzen direkt aus dem Mutterboden wuchsen, mit dem das Innere des Pavillons bedeckt war, geradezu köstlich aus. In der Mitte wies der Pavillon an Stelle des üblichen Zeltdachgewebes ein großflächiges Rund aus durchsichtigem Material auf, das tagsüber Sonnenlicht einließ. Jetzt waren die Dreiecksfassetten dieses weiten Oberlichts sogar nach außen geklappt, um eine frische Brise hereinzulassen und einen ungehinderten Ausblick auf den Sternenhimmel zu gewähren, der noch bis vor kurzem Acornas Heimat gewesen war.

»Ah, Khornya, Thariinye«, hieß die *Viizaar* sie willkommen. »Bitte stellt euch neben mich, um eure Gäste zu begrüßen. Mein Adjutant wird euch jeden einzeln vorstellen.«

Thariinye rettete sie beide, indem er erwiderte: »Gewiss, *Viizaar* Liriili. Aber gönnen Sie uns zuvor noch einen Augenblick, um uns ein wenig zu stärken? Ich habe – das heißt, weder Khornya noch ich haben seit unserer Landung etwas gegessen.«

Die *Viizaar* strahlte ihn erneut gewinnend an. »Aber natürlich, mein lieber Junge. Allerdings fürchte ich, dass die Schlange der Wartenden, die Acorna kennen lernen möchten, schon ziemlich lang ist. Warum pflückst du also nicht einfach ein paar Happen der saftigsten Kräuter für sie und bringst sie ihr zum Probieren?«

Thariinye widersprach aufs Zuvorkommendste: »Das würde ich liebend gerne tun, *Viizaar.* Aber leider macht es mir Khornyas eigentümliche Kinderstube gänzlich unmöglich zu erraten, was wohl ihren Geschmack treffen könnte.«

Die *Viizaar* warf einen anzüglichen Blick auf Acornas Garderobe. »Ich sehe, was du meinst. Na schön. Aber kommt rasch wieder zurück. Die Warteschlange wird immer länger.«

Der ausgestreckten Hand der *Viizaar* folgend, welche auf eine Reihe von Festgästen deutete, die schon aus dem Pavillon hinaus ins Freie und quer über die Tanzfläche mäanderte, erkannte Acorna, dass die *Viizaar* nicht übertrieben hatte.

»Also dann eben nur ein kleiner Happen«, versprach Acorna versöhnlich. Doch die *Viizaar* reagierte nicht auf ihre Bemerkung.

Das Innere des Pavillons war eindrucksvoller angelegt als jeder von Hafiz Harakamians Palastgärten, erkannte sie, als sie Thariinye durch die Menge folgte, die sich nur mäßig an den prachtvollen Blumen und dem blattreichen Grünzeug labte, das vom Boden bis zum Dach auf raffiniert gestalteten Stufenplattformen spross und blühte, wobei kleine Rampenwege die Ebenen miteinander verbanden wie Pfade, die einen Hügel hinaufführten. Ein Springbrunnen im Zentrum des Landschaftsgebildes plätscherte und sprudelte und bewässerte funkelnd ein paar besonders saftig aussehende Schilfpflanzen und Gräser. Thariinye hätte sich keine Sorgen wegen Acornas Nahrungsvorlieben zu machen brauchen. Ihr schmeckte alles davon. Wenigstens die heimischen Speisen ihres Volkes trafen Acornas Geschmack voll und ganz.

Nachdem sie ein paar der Pflanzen auf der unteren Ebene probiert und eine Hand voll davon zum Mitnehmen gepflückt hatte, um sie zu kauen, während sie die lange Gästeschlange begrüßte, sagte sie schließlich pflichtbewusst zu Thariinye: »Ich schätze, dass wir jetzt wohl besser wieder zurückgehen.«

»Nur keine Eile«, widersprach der gelassen. »Das dort ist ohnehin nur eine reine Formsache. Der *Viizaar* ist sehr wohl klar, dass du und ich für einander bestimmt und dass die anderen nur dazu da sind, um das Auswahlverfahren deines Lebensgefährten gerecht erscheinen zu lassen.«

Acorna blickte zu ihm auf, blinzelte mehrmals ungläubig und sagte das Erstbeste, das ihr in den Sinn kam, einen Ausspruch jener Art, die Delszaki Li zu verwenden pflegte, wenn er sich mit etwas völlig Absurdem konfrontiert sah. »Wirklich? Das ist ja interessant.« Plötzlich erschien ihr eine Rückkehr zur Gästeschlange eigentlich sehr verlockend.

»Die anderen Gäste …?«, wiederholte sie mit einer hochgezogenen Augenbraue und einer Handbewegung zurück zum Empfangsdefilee. »Wir wollen doch nicht, dass sie uns für taktlos halten.«

»Ja, natürlich – halt, warte! Sind das etwa *Rapunzeln*? Ich frage mich, wo sie die herhaben! Ich glaube nicht, dass sie auf dem alten Planeten heimisch waren. Möchtest du einmal etwas wahrhaftig Himmlisches probieren?«

»Später vielleicht«, lehnte sie ab und setzte sich in Richtung auf die Schlange in Bewegung.

»Ganz wie du möchtest«, sagte er. »Geh doch schon einmal vor. Mich kennen ja bereits alle. Du bist es, mit der sie Bekanntschaft schließen wollen.«

Acorna war zugleich belustigt und verärgert. Wie schnell die Prioritäten des jungen Mannes sich doch ändern konnten! Sie schlüpfte zurück zum Empfangsdefilee, wo sie sich neben der *Viizaar* einreihte, die gerade widerwillig in ein Gespräch mit der ältesten Liinyar vertieft war, die Acorna je gesehen hatte. Das Antlitz der Frau wies wahrhaftig Runzeln auf, und die Haut ihres Nackens und ihrer Wangen hing ein wenig altersschlaff herab. Acorna fand dieses Zeichen von Sterblichkeit inmitten so vieler glatter und makelloser Gesichter sonderbar beruhigend. Der Adjutant der *Viizaar* – ein weiß- und silberfarbener Raumveteran wie Acorna selbst, die *Viizaar* oder die betagte Dame – nahm ihre Rückkehr mit Erleichterung zur Kenntnis.

»Großmama Naadiina hat die Schlange die ganze Zeit aufgehalten, während Sie fort waren. Der Rest der Leute ist schon am Verhungern«, flüsterte der Sekretär. Der männliche Liinyar vor ihr war genauso jung oder sogar noch jünger als sie, wie Acorna sehen konnte, da seine Haut goldfarben und sein Haar von einem blassen Cremeton war. »Nun denn, Khornya, dies hier ist der Erbspross des Klans Rortuffle«, begann er aus dem Gedächtnis zu zitieren, ohne von einer Liste ablesen zu müssen. »Hiirye, dies ist Khornya.«

Acorna versuchte ihr Bestes, huldvoll zu Hiirye zu sein, und schenkte ihm ein breites Lächeln. Er trat verstört einen Schritt zurück und schlug ihre ihm entgegengestreckte Hand aus. Stattdessen zog er den Adjutanten beiseite und flüsterte ihm eilig etwas zu, ehe er sich zurückzog. Auch mehrere andere männliche Linyaari verließen die Warteschlange und folgten ihm.

Acorna wünschte sich wieder einmal, sie wäre besser im Gedankenlesen. »Was war denn mit dem los?«, fragte sie den Adjutanten, doch der Sekretär hatte sich schon zur *Viizaar* umgewandt und eine in hektischem Flüsterton geführte Beratung mit ihr begonnen. Großmama Naadiina machte derweil kehrt, um den Platz in der Reihe einzunehmen, der von dem jungen Hiirye aufgegeben worden war. Acorna sah, dass der Junge, anstatt sich zum Essen hinüber zu begeben, die Warteschlange entlang zurückmarschiert war und sich aufgeregt mit anderen Leuten darin unterhielt. Jede Person, mit der er sprach, verließ abrupt das Fest.

»Also wahrhaftig, Kind«, tadelte Großmama sie. »Diese Veranstaltungen, die Liriili uns so beharrlich aufdrängt, sind zwar schrecklich ermüdend. Aber musstest du wirklich so feindselig werden?«

»Feindselig?«, wunderte sich Acorna verblüfft.

»Du hast diesem Jungen gegenüber auf äußerst aggressive Weise deine Zähne entblößt. Ich bin sicher, er hält dich jetzt fälschlicherweise für einen dieser ...« Großmama sah sich um, um sich zu vergewissern, dass niemand anderes mithörte, brachte dann ihre Lippen nahe an Acornas Ohr und raunte: »... Khleevi. Du hast den armen Burschen zu Tode erschreckt.«

»Ach du meine Güte!« Jetzt erinnerte Acorna sich wieder an das Befremden über den eigenartigen Brauch der Menschen, ihre Zähne zu fletschen, das sie in einigen Gedankenbildern ihrer Tante und ihrer Schiffskameraden beiläufig mitbekommen hatte. Neeva und die anderen hatten auf Grund ihres Kontaktes mit Acornas Menschenfreunden allerdings längst begriffen, dass ein offenes Lächeln bei den Hornlosen als eine Geste des guten Willens galt. Wäre Thariinye nur nicht seinem Appetit erlegen, er hätte dies hier auf der

Stelle aufklären können! Sein Lächeln und seine galante Lüge über ihr Kleid vorhin hatten ihr seine Bereitschaft gezeigt, versuchsweise einige der ihr vertrauten Sitten zu übernehmen, um ihr all das hier leichter zu machen. Zumindest hatte sie das zu diesem Zeitpunkt noch geglaubt. Jetzt allerdings war sie sich da nicht mehr so sicher. Womöglich hatte er seine Zähne in Wirklichkeit doch im Linyaari-Sinne dieser Geste entblößt?

Was konnte sie bloß tun, um den verheerenden Eindruck zu korrigieren, den sie gerade zu hinterlassen schien?

»Beruhige dich, Mädchen. Du siehst ja aus, als würdest du gleich in tausend Stücke zerbrechen«, riet Großmama ihr.

»Aber was werden sie bloß von mir denken?«

Großmama schnaubte abfällig. »Nichts anderes, als was du selbst von ihnen denken solltest, insbesondere von Liriili – dich für diese Geschichte hier in die Öffentlichkeit zu zerren, bevor du auch nur ein Mindestmaß an Muße und Zeit hattest, um dich von deiner Reise zu erholen und einen Happen zu essen! Und bevor man dich ordentlich in deine neue Heimat eingeführt hat und du Gelegenheit hattest, die Leute auf normale Weise kennen zu lernen! Es war einfach unverzeihlich, dass sie Neeva und die anderen fortgeschickt und dich, abgesehen von diesem eingebildeten jungen Hengst Thariinye, unter völlig Fremden allein gelassen hat.« Sie schnaubte erneut. »Diese jungen Leute machen immer so ein Aufhebens um ihre Kultiviertheit, dabei ist doch schlichte Rücksichtnahme und Freundlichkeit die unabdingbare Voraussetzung jeglicher Kultiviertheit. Das habe ich Liriili auch gerade unmissverständlich gesagt, als du diesem jungen Esel deine Zähne gezeigt hast. Zwar ist es natürlich nicht sein Fehler, aber ich glaube, an deiner Stelle hätte ich genau das Gleiche getan.«

»Oh, aber sehen Sie, ich habe doch gar nicht versucht, jemandem die Zähne zu zeigen – ich meine, sicher, ich habe meine Zähne entblößt. Aber da, wo ich herkomme, bei den Leuten, bei denen ich aufgewachsen bin, zeigt man eben seine Zähne, wenn man freundlich oder glücklich ist – es ist ein Ausdruck der Begrüßung und der Herzlichkeit, ganz und gar nicht einer der Feindseligkeit. Eigentlich hat man mir zwar gesagt, dass dies bei Ihrem – unserem – Volk nicht so gesehen wird, aber ich war ein wenig verwirrt, und …«

»Na, na, Kind. *Mir* musst du das doch nicht erklären.«

Sie packte Acorna entschlossen am Ellbogen und führte sie auf das allerhöchste Terrassenbeet, dorthin, wo die köstlichsten Pflanzen wuchsen. Mit einem langen und ziemlich schrillen Linyaari-Ausruf, der etwas schauerlich wie »Hööört her!«, klang, gebot Großmama Naadiina der Musik, den Tänzern und den Gesprächen Einhalt und zog damit sämtliche Blicke auf sich und Acorna.

Acorna entdeckte, dass derweil sowohl die *Viizaar* als auch ihr Adjutant den Pavillon mit besorgten Gesichtern hastig verließen. Sie hatte plötzlich das Gefühl, dass die Reaktion der Menge mehr mit Liriilis Abgang als mit ihrem eigenen gesellschaftlichen Fehltritt zu tun hatte.

»Meine Kinder, ihr habt euch alle hier versammelt, um unsere lang verloren geglaubte Anverwandte Khornya kennen zu lernen, die Tochter der so beklagenswert umgekommenen Feriila und Vaanye. Sie ist erst heute Nachmittag – wie viele von euch wissen, weil ihr ja selbst dort wart – auf diesem Planeten eingetroffen, nach einer viele Monate währenden Reise. Ihre engste Verwandte und ihre einzigen Bekannten unter uns mussten sofort wieder zu einer neuen Mission aufbrechen und das Kind hier bei uns zurücklassen. Sicher, ihr Akzent ist fremdartig und ihr Kleid eher ein bisschen altmodisch. Und weil sie nicht anständig unterwiesen wurde, hat sie einen möglichen Lebensgefährten mit einem Gesichtsausdruck begrüßt, der bei jener Kultur, aus der sie kommt, anders gedeutet wird als in unserer eigenen. Aber sie ist ein anständiges Mädchen, das kann ich sehen, ein liebenswertes Mädchen, und sie würde sich freuen, einen jeden von euch später kennen zu lernen, sobald sie Gelegenheit gehabt hat, sich auszuruhen, ihre Gedanken zu sammeln, sich hier zurechtzufinden und ein oder zwei anständige Mahlzeiten in den Magen zu kriegen.«

Als Großmama diese Worte sprach, hörten viele Leute auf zu tanzen. Doch statt ihre Aufmerksamkeit der alten Dame zuzuwenden, starrten sie auf die Wandklappen des Pavillons, durch die Liriili verschwunden war, als ob sie darauf warten würden, dass dort irgendetwas passierte. Etwas für sie weitaus Wichtigeres als Großmamas tadelnder Klaps auf ihre kollektiven Finger. Sie warteten wohl darauf, dachte Acorna, dass Liriili zurückkehrte und erklärte, welche dringende Angelegenheit sie dazu veranlasst hatte, sich davonzustehlen.

Sechs

Kisla, mein Schatz, du siehst arg erschöpft aus«, bemitleidete sie Onkel Edacki.

»Stimmt, ich gestehe, dass dieser schreckliche Schrotthändler und sein bösartiges Vieh mich ziemlich aus dem Gleichgewicht geworfen haben, Onkel. Er hat mich betrogen – hat behauptet, er würde alles verkaufen, und dann doch die Katze behalten und dazu noch mehr von diesen Hörnern, von denen er angeblich keine weiteren besessen hat. Man kann heutzutage wirklich niemandem mehr trauen.«

»Nein, wahrhaftig nicht, Liebes. Es ist eine raue, grausame Welt da draußen, und es betrübt mich, dass du das schon so früh in deinem Leben hast erfahren müssen. Aber zum Glück bin ja ich da, um dich zu beschützen und dafür zu sorgen, dass du dich nicht unnötig verausgabst. Wenn du nämlich diesen Schrotthändler haben willst, dann brauchst du doch nur deine Androiden loszuschicken, um ihn und seine Katze einzukassieren und seine Computerdateien nach Informationen darüber zu durchsuchen, wie er an diese Hörner gelangt ist. Es gibt keinen Grund, warum du deswegen selbst losziehen solltest.«

»Aber ich darf doch dabei sein, wenn er verhört wird, oder, Onkel? Und diese abscheuliche Katze behalten, um damit zu spielen?«

»Was auch immer du möchtest, Liebste. Aber du willst dazu bestimmt in Bestform sein, also troll dich jetzt und lass deinen Onkel Edacki die Sache in die Hand nehmen.«

»Ich bin überzeugt, dass du am besten weißt, wie man so etwas macht.«

»Ich werde aber die Hörner dazu brauchen, mein Schatz.«

Ihr Gesicht nahm jenen gerissenen, berechnenden Ausdruck an, der ihn so sehr an ihren unbeweint verstorbenen Vater erinnerte. »Eins kann ich dir überlassen, schätze ich. Das andere werde ich behalten.« Sie händigte ihm das stärker beschädigte der beiden aus: »Hier, du bekommst das da. Ich glaube, das andere Horn, das ich hier habe, ist wahrscheinlich ihres.«

Er seufzte und lächelte ganz so, als ob es ihm nichts ausmachen würde, dass er ihr dieses Mal nachgab. »Eins wird sicherlich genügen, danke, Kisla. Und jetzt ab mit dir. Überlass den Rest mir.«

Als sie gegangen war, machte er sich sofort auf seine ureigene Weise ans Werk. Als erste Maßnahme zog er ihre Maschinenmenschen aus dem Hangar ab, wo sie Kislas frisch erworbene Waren ausgeladen hatten.

»KEN637, wie ich von deiner Herrin erfahren habe, hattet ihr Anweisung, den Aufenthaltsort eines Raumfahrzeugs herauszufinden, das einem gewissen Händler von Bergungsgütern gehört?«

»Es liegt im Außenbezirk des Raumhafens, auf Landeplatz Nummer Vier Neun Acht, Herr«, berichtete der Roboter.

»Sehr schön. Ich möchte nun, dass du zusammen mit deinen Freunden diesem besagten Herrn einen Besuch auf seinem Schiff abstattest und ihn in mein Lagerhaus einlädst, das in der Todo-Straße Nummer neunzehn.«

»Ich weiß, welches Sie meinen, Herr.«

»Gut, und bringt auch sein Haustier mit. Aber zuerst soll er euch noch sämtliche Zugriffskodes zu seinen Computerdateien verraten. Und falls er nicht da ist, wenn ihr bei seinem Schiff ankommt, verschafft euch diesen Zugriff selber. Eure Herrin wünscht nämlich zu erfahren, wo er das Horn erworben hat, das er ihr gegeben hat.«

»Gewiss, Herr. Welchen Grad an Gewalt sollen wir dabei anwenden?« Im Unterschied zu den Robotern in den antiken Science-Fiction-Epen besaßen die bei Edacki Ganooshs diversen Wirtschaftsunternehmen beschäftigten Androiden keinerlei lästige Programmierungen, die sie daran gehindert hätten, menschlichen Wesen Schaden zuzufügen.

»Solange keine der Komponenten unwiderruflich beschädigt wird, dürft ihr bis zum Maximum gehen.«

»Verstanden, Herr.«

Danach rief Ganoosh mit einer Berührung seiner Fingerspitze die umfangreichen Datenbestände über das Einhornmädchen und ihre Verbündeten auf. Viele dieser Dateien waren noch von Kislas verstorbenem Vater, dem Baron, zusammengestellt worden.

Edacki filterte eine ganze Reihe nützlicher Querverbindungen aus dem Material heraus. Der erste Name, der ihm auffiel, war der von Admiral Ikwaskwan, dem Anführer der Roten Krieger von Kilumbemba, einer Söldnertruppe, die Ganoosh von Zeit zu Zeit schon selbst angeheuert hatte. Der Grund, warum dieser Name seine besondere Aufmerksamkeit erregte, lag darin, dass er ohnehin schon seit einiger Zeit die Absicht gehabt hatte, in einer anderen Angelegenheit mit dem Admiral Verbindung aufzunehmen.

Es wäre im Kilumbemba-Imperium zwar jetzt schon später Abend. Doch der Admiral war Geschäftsmann, sodass er, sofern er derzeit nicht schon anderweitig verdingt war, zweifelsohne auch um diese Tageszeit höchst erfreut sein würde, von Ganoosh zu hören. Zunächst lieferte der Komschirm ein paar Augenblicke lang nichts als statisches Rauschen, dann jedoch offenbarte er einen Teileinblick in einen augenscheinlich menschenleeren Raum, und plötzlich ertönte auch Ikwaskwans Stimme. In einem Tonfall, der Ganoosh verriet, dass der Komruf den Admiral gerade bei irgendetwas gestört haben musste, hörte er Ikwaskwan von außerhalb des Vidbildes her fluchen: »Nadhari! Bei den Göttern, Frau, das ist geschäftlich. Kannst du mich nicht verdammt noch mal erst losbinden, bevor du eingehende Komgespräche annimmst?«

»Aber klar doch, Ikky«, schnurrte eine tiefe, sinnliche Frauenstimme. »Und wenn ich das tue, dann darf ich doch annehmen, dass ich dein Wort habe?«

»Sicher, Gebieterin. Ich werde nie wieder einschlafen, wenn du meinen Rücken mit Ölen eingerieben hast, bevor ich nicht auch das Gleiche mit dir gemacht habe.«

»Na also, es geht doch!« Jetzt war ein Kussgeräusch zu hören. »Ich weiß ja, dass es dir schwer fällt, Ikky, dich nach all den Jahren des Vergewaltigens und Brandschatzens noch daran zu erinnern, dass wir Frauen auch unsere Bedürfnisse haben. Aber in einer Verbindung wie der unseren ist es unabdingbar, dass du diese beachtest und ausgiebig befriedigst. Nun gut, dann will ich deine Würde mal wieder herstellen.«

»Bitte, meine heißblütige Blume.« Das Geräusch eines weiteren, längeren Kusses erklang. Eines sehr viel längeren Kusses. Ganoosh räusperte sich vernehmlich.

»Ah! Nadhari, darf ich vorstellen: Graf Edacki Ganoosh. Graf, haben Sie meine Stellvertreterin schon kennen gelernt, Oberst Nadhari Kando?«

»Habe ich«, erwiderte Ganoosh. »Wenngleich wir einander nie offiziell vorgestellt wurden.« Die Frau hatte an der Seite von Delszaki Li gestanden und ihn die ganze Zeit über mit bedrohlich finsterer Miene angestarrt, als sie einander begegnet waren. Sie hatte ausgesehen, als ob sie mit Freude jedem den Kopf abbeißen würde, der auch nur einen einzigen schiefen Blick in Richtung ihres Arbeitgebers zu werfen wagte. Jetzt stand sie nackt und unübersehbar weiblich, wenn auch auffallend muskulös, hinter Ikwaskwan. Ganoosh war von ihrem Anblick allerdings sexuell ebenso wenig berührt, als wenn er irgendein anderes gefährliches Raubtier betrachtet hätte. Sie musterte ihn mit einem langen Starren, das ihm das Gefühl gab, als ob er derjenige wäre, der unbekleidet war, oder als ob er zwar angezogen sein mochte, jedoch nur so, wie man eine Jagdbeute oder Mahlzeit ausstaffierte. Dann hüllte sie ihre geschmeidigen Muskeln langsam in ein mit glitzernden Feuerwerksmotiven gemustertes Gewand.

»Hmm«, knurrte sie in seine Richtung, murmelte dann Ikwaskwan zu: »Die Offiziere werden wohl schon auf ihre Einweisung warten«, wandte sich um und verschwand.

Ikwaskwan zeigte Ganoosh ein ziemlich albernes Grinsen, zwinkerte und zuckte die Achseln, als wollte er sagen: »Frauen!«

Ganoosh antwortete mit einem höflichen Glucksen, das sehr viel nachsichtiger war, als ihm tatsächlich zu Mute war. Nicht einmal hart gesottene Söldner waren heutzutage noch vom gleichen Kaliber wie früher.

»Admiral, ich will gleich zur Sache kommen. Wie Sie wissen, hat unsere Regierung hier auf Maganos eine tief greifende, gegen ihre korrupten Elemente gerichtete Säuberungswelle hinter sich, sodass wir dank der guten Werke von Delszaki Li und seinem Mündel endlich von der Tragödie der Kindersklaverei befreit wurden.«

»Ich hatte schon geraume Zeit vor, diesbezüglich meine Glückwünsche zu übermitteln, Graf«, meinte der Admiral trocken. »Aber ich habe einfach noch nicht die passende Grußkarte gefunden, um meiner Begeisterung angemessen Ausdruck zu verleihen.«

»Na, na, Sie haben doch keinen Grund, verbittert zu sein, bloß weil das Ihre Leute um die profitablen Einkünfte gebracht hat, die sie dafür erhalten haben, dass sie unsere Einrichtungen von Zeit zu Zeit mit Kriegswaisen belieferten. Sicherlich haben Sie doch auch erkannt, dass dieses schreckliche Unrecht uns zwar von einer moralischen Verwerflichkeit geläutert, aber gleichzeitig auch ein gewaltiges Loch in das Arbeitskräfteangebot unserer Planetarwirtschaft gerissen hat.«

»Soweit ich verstanden hatte, wollten Sie doch zu verstärkter Automatisierung übergehen?«

»Was aber grauenhaft teuer ist, wie Sie wissen. Einigen von uns – mir zum Beispiel – ist daher der Gedanke gekommen, dass wir, statt hochwertige Maschinen für Arbeiten einzusetzen, die sehr viel preiswerter von Menschen geleistet werden könnten, vielleicht lieber eine andere Quelle für Arbeitskräfte ausfindig machen sollten. Womit Sie ins Spiel kämen. Sie haben doch von Zeit zu Zeit Anlass, in Kriegen zu kämpfen, bei denen die eine oder die andere Seite anschließend vollkommen vernichtet am Boden liegt.«

»Wenn meine Truppen beteiligt sind, ist das unweigerlich der Fall«, bestätigte der Admiral.

»Statt nun die Verwundeten zu exekutieren oder die Überlebenden, sofern es überhaupt welche gibt, entweder abzuschlachten oder verhungern zu lassen, warum bringen Sie sie nicht einfach zu uns? Wir könnten sie umerziehen und in nützlichen neuen Berufen ausbilden. Wir würden dadurch Leben retten und das Universum zu einem besseren Ort machen. Dagegen könnte doch wahrhaftig niemand Einwände erheben!«

»Hmpf«, sinnierte der Admiral und strich mit den Fingerknöcheln über seinen Schnurrbart. »Das einzige Problem dabei ist, dass ein derartiges Vorgehen meinen Truppen ein gewisses Maß an Zurückhaltung und Milde abverlangen würde. Wenn wir sonst mit der Verliererseite abgeschlossen haben, sind die nämlich für gewöhnlich nicht mehr in der Verfassung, für sich selbst oder irgendjemand anderen zu arbeiten.«

»Das bringt mich auf etwas anderes. Eigentlich eher eine Frage. Ich habe Gerüchte gehört – möglicherweise alles Raumfahrergarn – über irgendwelche Heilkräfte, die dieses Einhornmädchen unter Beweis gestellt haben soll, Sie wissen schon, das Mündel des verstorbenen Herrn Li.«

»Sie war, nicht zu vergessen, zugleich auch das Mündel von Hafiz Harakamian«, mahnte ihn der Admiral. »Die Dame Acorna ist jemand, mit dem wahrlich nicht zu spaßen ist, wie ich aus eigener Erfahrung sehr wohl weiß.«

»*Wirklich?* Erzählen Sie mir davon, unbedingt!«

»Zum einen ist sie nicht bloß irgendein Mädchen. Sie gehört zu einer nichtmenschlichen Spezies von Einhornwesen. Eines sehr hoch entwickelten Fremdvolks, von dem niemand auf dieser Seite des Universums je zuvor gehört hatte, das aber augenscheinlich schon seit geraumer Zeit Kontakte zu anderen Welten geknüpft hat. Meine Truppen hatten ein Bündnis mit Li und Harakamian geschlossen, gegen einen alten Feind dieser Linyaari, wie sie sich nannten. Zusammen haben wir einen Planeten namens Rushima befreit. Hinterher – ich konnte es selbst kaum glauben – haben die Dame Acorna und die anderen ihrer Spezies die Verletzungen sämtlicher Verwundeten so spurlos geheilt, als ob es sie nie gegeben hätte. Ich habe gehört, dass sie ein- oder zweimal sogar jemanden von den Toten wieder erweckt haben soll, allerdings war ich bei diesen Vorkommnissen nicht persönlich zugegen. Aber nicht nur das, ein paar junge Renegaten an Bord eines Raumschiffs der Sternenfahrer hat man auch sagen hören, dass sie die vergiftete Luft an Bord ihres Schiffes gereinigt hätte. Und die Leute von Rushima behaupten, dass sie ihnen ein magisches Gerät gegeben habe, um das verunreinigte Wasser zu klären, das ihre Welt überflutet hatte. Sie haben damit die gesamte Wasserversorgung des Planeten gereinigt. Wie ich höre, soll es ihr Stirnhorn sein, womit sie das alles bewirkt.«

Ganoosh schnurrte innerlich geradezu vor Entzücken. »Wie wunderbar! Wie märchenhaft! Denken Sie doch nur, wenn Sie einen Linyaari-Heiler in Ihren Reihen hätten, oder jemanden, der über die Macht ihrer Hörner verfügte, dann könnten Sie alle Ihre Verwundeten jederzeit augenblicklich heilen und Schlacht um Schlacht immer wieder dieselben Krieger in den Kampf zurückschicken. Ihre Truppen wären praktisch unsterblich.«

»Hmmmm, richtig ...«

»Und diese armen Seelen, die Sie mir zur Umschulung schicken würden, ebenso. Offen gesagt, einige der Arbeiten, für die bislang Kinder eingesetzt wurden, dürften für Erwachsene ein wenig risikobehafteter sein. Das könnte zu einer erhöhten Anzahl von Arbeitsunfällen und -verletzungen führen. Wie wunderbar wäre es deshalb auch hier, wenn wir derartige Heilkräfte besäßen, um uns diese Arbeiter allzeit gesund und produktiv zu erhalten.«

»Soweit ich weiß, geben sich die Angehörigen von Acornas Volk für derartige Dinge aber nicht her, Graf. Ich denke, Sie machen sich da ganz und gar falsche Hoffnungen.«

»Vielleicht hat ihnen nur noch niemand das richtige Angebot gemacht?«

»Sie sind«, der Admiral spuckte aus, »Pazifisten. Sie wollten ja noch nicht einmal kämpfen, um ihren eigenen Planeten vor diesen riesigen Käferwesen zu retten, die wir vernichtet haben, um Rushima zu befreien. Allerdings haben sie wirklich eine Heidenangst vor denen.«

»Hmmm – ob diese Käferwesen wohl irgendwelche Verbündete haben, frage ich mich?«

»Wie man mir berichtet hat, ist die einzige Verwendung, die die für Verbündete haben, die einer Bereicherung ihres Speisezettels.«

»Nun, möglicherweise ist es ja auch gar nicht erforderlich, ein Mitglied dieser Fremdspezies zur Verfügung zu haben, zu dem das Mädchen gehört, um die ihnen zugeschriebenen Wunder zu bewirken. Wenn die Macht allein in ihren Hörnern liegt, dann bräuchte man doch lediglich eben so ein Horn.«

»Schon, aber wo sollte man denn eines dieser Dinger herbekommen?«

Ganoosh grinste. »Ich bin ein findiger Mann. Und ich weiß unsere kleine Unterhaltung sehr zu schätzen, Admiral. Denken Sie doch einfach mal über das nach, was ich gesagt habe. Schauen Sie, ob Sie nicht mit einem Vorschlag, einem Angebot für eine Lösung dieser kleinen Probleme aufwarten können. Unterdessen werde ich weitere Nachforschungen in dieser Sache anstellen.«

»Das werde ich tun, Graf. Aber – ähm – verwenden Sie, wenn es

Ihnen nichts ausmacht, beim nächsten Mal doch bitte den Kode, den wir damals gemeinsam ausgearbeitet haben, als ich den letzten Auftrag für Sie erledigt habe. Nadhari ist ziemlich weichherzig und gefühlsduselig im Hinblick auf ihre früheren Gefährten. Ich würde sie ungern aufregen …«

»Ich verstehe vollkommen, Admiral. Einen guten Tag, und ähm, Sieg und Ruhm Ihren Armeen.«

»Das Gleiche wünsche ich Ihnen auch, Graf.«

Hafiz Harakamian, wie? Es gab ein oder zwei interessante Fußnoten zu seiner Person in Manjaris Dateien. Zum Beispiel war da seine erste Frau, deren Tod Manjari vorzutäuschen geholfen hatte, als die Dame von ihrer Ehe enttäuscht war, weil ihr Ehemann ihr zu wenig Aufmerksamkeit und Zuwendung spendete. Sie hatte deshalb gewünscht, in das Scheinwerferlicht der Sexindustrie zurückzukehren, das sie vor ihrer Ehe gerade erst zu erobern begonnen hatte, jenes Geschäftszweigs, der eine der Säulen von Manjaris Imperium gewesen war. Eben diese Ehefrau hatte sich, als ihre Schönheit zu schwinden begann, schließlich in eine profitable Position als Didi in einem Freudenhaus zurückgezogen. Sie war dort eine besondere Favoritin von Manjari gewesen, weil sie zugleich im Besitz eines umfangreichen Schatzes an Informationen über ihren früheren Gemahl gewesen war, etwa über dessen Geschäfte und Partner, und weil sie – wie äußerst hilfreich – sogar die Baupläne und Sicherheitssysteme seines Anwesens auf Laboue gekannt hatte.

Auf Betreiben des Mündels ihres einstigen Ehemanns musste das arme Mädchen inzwischen gemeinsam mit den anderen Didis im Gefängnis schmachten. Ganoosh schnalzte mit der Zunge. Wie traurig. Wie unsagbar traurig. Glücklicherweise würde er, Graf Edacki Ganoosh, jedoch im Stande sein, am Ende doch noch alles gut für sie ausgehen zu lassen.

Er ließ sich auf seine Liegestatt zurücksinken, die Hände auf dem Bauch gefaltet und mit einem selbstzufriedenen Lächeln auf dem

Gesicht. Familienzusammenführungen hatten immer etwas so Rührendes an sich. Er musste wahrhaftig dafür Sorge tragen, dass es auch zu einem solchen Wiedersehen zwischen dieser armen, vom Schicksal übel entlohnten Dienerin und ihrem als Witwer hinterbliebenen Ehemann kam, der sich, wie unglückselig für die Dame, erst kürzlich neu verheiratet hatte.

Die Informationen, die sie Manjari im Laufe der Jahre geliefert hatte, würden sich als nützlich erweisen, um diese Wiedervereinigung als eine gebührende Überraschung zu gestalten, wie sie derartige Ereignisse so unvergesslich machten.

Und selbstverständlich würde sie ein Hochzeitsgeschenk dabeihaben müssen. Ganoosh nahm das Einhornstück in die Hand, hielt es hoch und spielte damit, stellte sich vor, dass er spüren konnte, wie dessen viel gerühmte Heil- und Läuterungsenergie durch seinen Körper strömte. Das konnte er jetzt gar nicht gebrauchen, nicht wahr? Geläutert zu werden war wahrlich das Letzte, was er wollte. Er ergriff ein schweres, kristallenes Raumornament und zerstampfte das Horn zu Pulver. Na also. Das war doch schon ein Anfang. Ein bisschen behielt er für sich selbst – möglicherweise wirkten die aphrodisischen Kräfte des Horns ja in Pulverform ebenso gut, zudem konnte man das Mittel auf diese Weise sehr viel leichter in das Getränk eines ahnungslosen Opfers mischen. Er selbst brauchte selbstverständlich kein solches Stimulans. In anderen deren niedrigste emotionale und körperliche Reaktionen hervorzubringen genügte ihm zu diesem Zweck vollauf.

Mit einer Prise eines chemischen Zusatzes vermengt, der aus einem seiner anderen Geschäftszweige stammte, und zusammen mit einem bisschen jener Art von Verlockung, der Harakamian bekanntermaßen gerne zu erliegen bereit war, war das hier der perfekte Köder. Wenn irgendjemand wusste, wo das Einhornmädchen und ihre Artgenossen waren oder wie man den Planeten finden konnte, auf dem sie lebten, dann war es Harakamian.

Mit dem richtigen Überbringer, dem richtigen Köder und einer gebührend dramatisch übermittelten Fabel um die Herkunft des Geschenks – natürlich keiner allzu übertriebenen Geschichte, nur gerade wirkungsvoll genug, um Edackis Rivalen in die richtige Richtung zu lenken – würde Harakamian sich ziemlich wahrscheinlich hinreichend Sorgen um das Wohl und Wehe seines Mündels machen, um sich persönlich von ihrem Wohlbefinden überzeugen zu wollen. Und wo Harakamian hingehen konnte, da konnte auch Ganoosh hingelangen. Oder Kisla. Die liebe kleine Kisla, die *sooo* dringend vom Schmerz über den Tod ihrer geliebten Eltern geheilt werden musste und die nicht zögern würde, jedes einzelne Einhornwesen eigenhändig im Schlaf zu ermorden.

Nadhari Kando nahm noch rasch eine Dusche, ehe sie ihre Uniform anzog, um ihre Truppen zu inspizieren. Als die Ultraschallwellen ihre Haut von allen Schweiß- und Sexspuren säuberten, verspürte sie den Drang, sich auch von noch etwas anderem reinzuwaschen. Edacki Ganoosh, hmm? Also, welchen Grund mochte der wohl haben, Ikky anzurufen?

Ganoosh war zwar nicht vom gleichen Kaliber wie der Rattenfänger – zumindest war er das zu Manjaris Lebzeiten noch nicht gewesen –, und die Ermittlungen im Umfeld der illegalen Kinderarbeits- und Sexindustrien hatten nichts Handfestes zu Tage gefördert, was die geschäflichen Aktivitäten von Ganoosh mit denen von Manjari in Verbindung gebracht hätte. Doch er war der testamentarisch eingesetzte Vormund von Manjaris Adoptivtochter, diesem völlig verkorksten kleinen Luder. Außerdem verwaltete er die wenigen legitimen Unternehmen, die der Kezdeter Rat Kisla Manjari zu behalten erlaubt hatte, um ihren Lebensunterhalt zu sichern. Denn man hatte peinlich genau darauf geachtet, nicht etwa das Kind für die Verbrechen ihrer Adoptiveltern zu bestrafen.

Und jetzt rief ausgerechnet dieser Mann Ikky in privaten Geschäften an. Das klang gar nicht gut für die Hoffnungen, die sie mittlerweile in den Admiral gesetzt hatte. Sie schüttelte den Kopf über ihre eigene Verblendung. Er war ein gut aussehender Mann, topfit, stählern wie sie selbst und recht geschickt in jener Art Spiele, an denen sie Gefallen fand. Mit ihm das Lager zu teilen, in der weitesten Bedeutung dieses Ausdrucks, war ein bisschen wie ein guter Tag in der Schlacht, hielt den Körper in Form und den Geist wach. Überdies hatte sie, als sie ihn dazu genötigt hatte, sich den Schiffen von Li und Harakamian im Kampf gegen die Khleevi anzuschließen gespürt, dass es ihm letztlich sogar doch ein gewisses Vergnügen bereitet hatte, den vergleichsweise wehrlosen Siedlern von Rushima zu helfen. Dass es ihm Spaß gemacht hatte, zur Abwechslung einmal einer von den Guten zu sein oder zumindest für die Seite der Guten zu arbeiten – die ihm ausnahmsweise einmal das lukrativere Angebot gemacht hatten. Es war diese Feststellung, mehr als die Erpressung oder seine Attraktivität, die ihre flüchtige Affäre zu mehr, zu einem Bund hatte werden lassen.

Nichtsdestotrotz hatte sie sehr wohl gemerkt, dass er in letzter Zeit wieder ruheloser geworden war. Und auch von den Männern hatte sie einige Dinge erfahren, die ihr nicht sonderlich gefielen. Sie hatte daher in der Tat schon seit einigen Tagen ernsthaft darüber nachgedacht, ob sie sich nicht besser absetzen sollte.

Sie steckte die Hosenbeine militärisch ordentlich in die Schäfte ihrer Stiefel und nahm den rückwärtigen Weg hinunter zum Innenhof, wo ihre Männer wohl schon auf sie warten würden. Der Komraum lag auf dem Weg dorthin. Sie überlegte, dass es klug wäre, den Kindern auf Maganos eine Nachricht zukommen zu lassen und vielleicht auch Harakamians Sicherheitskräfte zu benachrichtigen, und diese zu bitten, nach neuen Aktivitäten seitens Ganoosh Ausschau zu halten.

Aber als sie auf der Höhe der Tür zur Kommunikationszentrale anlangte, hörte sie Ikkys Stimme. Das war eine der unvermeidlichen

Begleiterscheinungen, wenn man Kommandierender Offizier war. Die eigene Stimme neigte dazu, ziemlich weit zu tragen, wenn man jahrelang Befehle brüllte.

»Was ich von euch will«, erläuterte Ikky ungehalten, »ist, dass ihr euch unsere Datenbanken noch mal vornehmt. Sucht sämtliche Aufzeichnungen über den Hyperfunkverkehr heraus, den wir von diesem Linyaari-Schiff empfangen haben, damals, als wir alle auf Rushima waren und gegen die Käfer gekämpft haben. Analysiert die Daten, isoliert ihr charakteristisches Sendemuster, und weist alle unsere Verbündeten an, ab sofort nach solchen Sendemustern Ausschau zu halten und diesen Suchauftrag auch ihrerseits überall hin weiterzugeben, so lange, bis wir eine aktuelle Linyaari-Funksendung aufgefangen haben.«

»Und wenn man eine derartige Sendung entdeckt, Admiral?«

»Dann belegt sie mit Störfunk und verfolgt sie bis zu ihrem Ursprung zurück. Haltet mich ständig auf dem Laufenden, und wenn wir erst einmal Kontakt haben, werde ich weitere Anweisungen erteilen.«

»Zu Befehl, Admiral.«

Nadhari gelang es zwar, den langen Korridor eine geraume Strecke weit hinunterzueilen und so einen deutlichen Abstand zwischen sich und die Komraumtür zu bringen, bevor Ikky in den Gang hinaustrat. Doch sie spürte dennoch seine misstrauischen Blicke zwischen ihren Schulterblättern, und sie wusste, dass er wusste, dass sie alles gehört hatte. Normale Leute würden vielleicht keine solch sprunghaften Schlussfolgerungen ziehen. Doch sie und Ikky waren beide von denselben Leuten ausgebildet worden, und so dachten sie in ziemlich genau den gleichen Bahnen. Er wusste es. Sie musste sich anstrengen, sich nicht zu versteifen, während sie darauf wartete, dass er ihr nachrief oder vielleicht sogar auf sie schoss, wenngleich Letzteres auch weniger wahrscheinlich war. Was er stattdessen tat, war, wieder in der Komzentrale zu verschwinden.

Als sie schließlich die Inspektion ihrer Truppen beendet hatte und in den Komraum zurückgekehrt war, um »ihren Funkbrief nach Hause zu schreiben«, gab Feldwebel Erikson vor, dass die Computer alle abgestürzt seien, obwohl sie nur allzu deutlich sehen konnte, dass sie samt und sonders in vollem Betrieb waren. Er hielt seine Hand ständig in der Nähe seiner Dienstwaffe, als er das sagte. Daran erkannte sie, dass dies die noch leidlich respektvolle, nichtsdestotrotz aber unerbittliche Art des Feldwebels war, sie wissen zu lassen, dass Ikky die Komzentrale für sie zum Sperrgebiet erklärt hatte.

Sieben

Die humanoid gestalteten KEN-Robotermodelle Nummer 637 bis 640 standen am Landeplatz 498 und starrten die *Condor* an. Die Situation war ihnen so unbegreiflich, dass ihre Elektronenhirne zu streiken drohten.

»Ich habe es mit den ordnungsgemäßen Kodes versucht«, stellte KEN637 fest, »aber das Luk öffnete sich nicht.«

»Ich habe es mit einer manuellen Prioritätseingabe sämtlicher bekannten Computerkodes zur Öffnung von Fahrzeugluken versucht, mit dem Ergebnis, dass wir jetzt zwar Zugang zu jedem anderen Raumschiff, Schweber, Lastgleiter und Pizzakurierfahrzeug auf dem gesamten Planeten haben, aber das Schleusenluk öffnet sich nach wie vor nicht«, berichtete KEN638.

»Ich habe mit sämtlichen meiner nichtorganischen Extremitäten gegen die Schiffshülle gehämmert«, ergänzte KEN639, »aber das Luk geht trotzdem nicht auf.«

»Vielleicht wäre ein Büchsenöffner von Nutzen«, schlug KEN640 vor, der Roboter mit dem durchnässten und qualmenden zerfetzten Hosenbein. Zum Glück für die anderen KEN-Modelle gehörten bei keinem von ihnen Geruchssensoren zur Standardausstattung.

»Was ist ein Büchsenöffner?«, wollte KEN637 wissen.

»Ein antikes Werkzeug, um Zugang zum Luk von Nahrungsmittelbehältern zu erlangen und sie zu öffnen«, antwortete KEN640.

»Wo können wir so einen herbekommen?«, erkundigte sich KEN639.

KEN640 öffnete eine Klappe in seinem Unterarm, und sein eigenes Sammelsurium nichtorganischer Werkzeuge schwang in Sicht: Metallsäge, Stemmeisen, Nagelfeile, Schere, Schraubendreher, zwei verschiedene Messerklingen und ein Rotationswerkzeug mit mehreren daran befestigten Bohrern. Und ein Korkenzieher. Sowie schließlich ein flaches Metallstück mit einem spitzen Oberteil und einem halbmondförmig ausgestanzten Unterstück. »Hier!«, verkündete KEN640.

»Ach, dazu ist das Ding also gut?«, meinte KEN637 und öffnete seinen eigenen Unterarm. »Ich hatte mich schon gewundert. Mir ist das schon früher mal bei dir aufgefallen, und ich hatte mich gefragt, was das wohl sein könnte und warum wir früheren Modellnummern nicht damit ausgestattet sind.«

»Ich glaube, ich wurde auf Kundenwunsch beim Bau modifiziert und mit einer Sonderausstattung versehen. Mein ursprünglicher Dienstherr hatte ein paar ziemlich altmodische Interessen.«

KEN637 schlug vor: »Dann solltest du das Werkzeug vielleicht tatsächlich mal am Luk ausprobieren. Denn meinen Beobachtungen zufolge würde ich sagen, dass Jonas Becker, Generaldirektor der Interplanetaren Wiederverwertungs- und Bergungsgesellschaft Becker mbH, ebenfalls eine Vorliebe für Antikes hat.«

Bereitwillig kletterte KEN640 das fahrbare Arbeitsgerüst hinauf, das die Maschinenmenschen vom Zentralgebäude des Frachthafens mitgebracht hatten. Bei modernen Raumfahrzeugen war die Zugangsschleuse in aller Regel stets an der gleichen Stelle und bequem erreichbar in Bodennähe angebracht. Die älteren Raumer jedoch waren häufig von einer ganzen Schar von Herstellern mit einer ebenso großen Vielfalt an unterschiedlichen Spezifikationen gebaut worden.

KEN640 war immer noch dabei, die nicht benötigten Hilfswerkzeuge in seinen Unterarm zurückzuklappen, während er gleichzeitig an dem Gerüst emporstieg, als plötzlich sein Fuß, der infolge von SBs Aufmerksamkeiten ein in unregelmäßigen Abständen auftretendes, unkontrollierbares Zucken entwickelt hatte, von der obersten Leitersprosse abrutschte. Der Roboter warf sich gegen das Gerüst, um seinen Sturz abzufangen und keinen Schaden zu erleiden. Das Arbeitsgerüst knallte hart gegen das Schiffsluk, das daraufhin aufflog und mehrere Tonnen Computerersatzteile, uralte Schiffsbugkonen, Schweberzubehör und einen langen Streifen Metall ausspie, die sich allesamt scheppernd über die anderen KEN-Modelle ergossen, die direkt unter ihm gestanden hatten und nun nach oben blickten, um nachzusehen, was es mit dem Lärm auf sich hatte.

KEN640 verlor den Halt und warf ein letztes Mal seinen Arm nach vorne, um irgendetwas zu fassen zu kriegen, das seinen Absturz noch verhindern könnte – und fand sogar etwas. Seine Finger verkrallten sich in die untere Rahmenkante des nunmehr aufklaffenden Schleuseneinstiegs. Er verstärkte seinen Griff um diesen Zufallshalt, schwang schließlich seinen ganzen Körper daran hoch und hievte sich so ins Schleuseninnere. Als er von der Eingangsöffnung weg und tiefer ins Schiff hineinschlüpfte, schloss sich das Luk plötzlich wieder hinter ihm. Er fuhr herum und hämmerte dagegen. Nichts. Er stemmte sich mit seiner ganzen Kraft dagegen. Die Außenluke blieb fest verriegelt.

»Hilfe!« Er richtete seine Vokalisierungsanlage so aus, dass sie bis zu den anderen Robotereinheiten unter ihm hinunterreichen musste. »Ich brauche Hilfe. Meine Sensoren können keinerlei zugängliche Durchgänge ausmachen, die von hier aus tiefer ins Schiff hineinführen, und auch keine Möglichkeit, um das nach draußen führende Schleusenluk zu öffnen. Bitte leistet mir sofort Unterstützung!«

Als die Zeit verstrich und er weder Unterstützung erhielt noch irgendeinen Mechanismus zu entdecken vermochte, der es ihm ermöglicht hätte, entweder tiefer ins Innere des Raumers oder wieder ins Freie hinauszugelangen, beschloss er, sich abzuschalten, um Energie zu sparen. Kisla Manjari schätzte es nicht, wenn ihre Roboter sinnlos Energie verschwendeten.

Doch kurz bevor seine Sichtsensoren vollständig den Dienst einstellten, spielte ihnen der temporäre Viddatenspeicher noch mal ein flüchtiges Bild vor, das er kurz zuvor wahrgenommen hatte – ein Blick von oben auf den aus dem Schiffsluk herausgepolterten Schutt, wie dieser sich über den zu Boden gestreckten Gestalten der anderen KEN-Roboter auftürmte, die in diesem blitzlichtartigen Rückblick einen uncharakteristisch zweidimensionalen Eindruck machten, als wären sie statt ihres gewohnten Selbst nunmehr lediglich auf den Landeplatzbelag geschmetterte Kleckse aus Plasthaut, Maschinenteilen und diversen Schmiermitteln.

Auf dem Nanowanzenmarkt trug Becker derweil Reamer und dessen Familie zum wiederholten Male seine komplette Lebensgeschichte vor, um Reamer davon zu überzeugen, dass er nicht zu der Art von Kerlen gehörte, die arglose, idealistische junge Einhorndamen hinterrücks meuchelten, um an ihre Gehörne heranzukommen. Schließlich hatte er doch noch nicht einmal gewusst, was diese Dinger eigentlich waren, bevor er sie Reamer gezeigt hatte, oder etwa nicht?

Der rothaarige Gesteinshändler fing gerade an, seine Verdächtigungen wieder etwas zurückzunehmen, als Beckers Alarmmelder losblökte. Da sich das anhörte wie das Signalhorn eines alten Fahrrads, das die ersten Takte von »Dixie« anstimmte, bekamen es auch sämtliche Umstehenden mit. SB knurrte übellaunig.

»Das dürfte wohl die magere kleine Prinzessin mit ihren schweren Metalljungs sein, die sich Zutritt zur *Condor* zu verschaffen versuchen«, erläuterte er Reamer. »Ich hasse es, wenn Leute das tun. Vielleicht habe ich ja vergessen, das KEIN-ZUTRITT-Schild aufzustellen. Oder vielleicht ist sie aufgetaucht, weil ich noch nicht zurückgekommen bin, um ihr den Rest ihrer Einkäufe nachzuliefern.«

»Kisla Manjari ist niemand, der mit sich spaßen lässt«, warnte

Reamer ihn. »Wenn ich du wäre, würde ich so lange dort wegbleiben, bis sie hat, was sie will, und erst danach zurückgehen, um die Einzelteile deines Schiffs wieder zusammenzuklauben.«

»Ein guter Rat, hm, SB?«, meinte Becker und überdachte das Ganze kurz. Doch dann wehrte er ab: »Nein, eines Mannes Raumschiff ist seine Burg. Außerdem kommt sie ohne das hier sowieso nicht hinein.« Er klopfte auf seine Fernbedienung, die auch die Quelle des Alarmsignals war. »Komm mit, SB.« Der Kater hopste auf Beckers Schulter, und Becker trabte zu dem Reitschweber hinüber, den er als persönliches Bodenbeförderungsmittel zum Markt mitgebracht hatte.

»Warte mal«, rief ihm Reamer nach und brachte ihn dadurch wieder zum Stehen. »Manjari und ihre Roboter könnten deinen Weg über den Markt zu uns zurückverfolgen. Und ich habe wenig Lust, mitten in der Nacht aufzuwachen und festzustellen, dass *diese* Frau sich irgendwo in der Nähe eines Bettes oder meiner Kinder aufhält und darauf besteht, dass ich jede Menge Fragen über dich beantworte, wo ich doch gar nichts weiß, was ich ihr erzählen könnte.«

»Dann solltest du wohl besser mitkommen und alle meine Geheimnisse herausfinden, damit du auch was Deftiges zu erzählen hast, mit dem du eurer aller Arsch retten kannst, richtig?«, schlug Becker vor. »Also komm schon!«

Reamer wandte sich zu der Frau um, die den benachbarten Verkaufsstand mit ogonquonischem Zierrat betrieb, rief: »Du passt für mich auf die Kinder auf, in Ordnung, LaVoya?«, und sprintete dann hinter Becker her.

Becker war mit seinem Raumer absichtlich auf dem entlegensten Landeplatz des Raumhafengeländes niedergegangen, den er hatte finden können, weil er es nicht leiden konnte, wenn ein Haufen überneugieriger Zollinspektoren in seinem Schiff herumschnüffelte. Das Problem dabei war allerdings, dass es dafür so weit draußen auch um die Sicherheit nicht sonderlich gut bestellt war. In dieser Ecke des Raumhafens waren nämlich eine ganze Menge halbwracker Seelenverkäufer untergebracht, die dort darauf warteten, entweder überholt oder verschrottet zu werden. Und es war von außen ziemlich schwierig zu beurteilen, ob die *Condor* auch eines dieser Schiffe war oder nicht. Wenn jemand an ihr vorbeigekommen wäre, hätte er jedenfalls zumindest den Eindruck gewonnen, dass die *Condor* offenkundig von einer ziemlich schlampigen Crew bemannt war, da sich auf einer Seite des Raumers ein enormer, aus allem möglichen Technikmüll bestehender Stapel Gerümpel auf dem Boden des Landeplatzes auftürmte.

»Sieht wahrhaftig so aus, als ob die Prinzessin tatsächlich vorbeigeschaut hätte«, meinte Becker und kratzte sich am Kinn. »Schätze, dass sie wieder abgezogen ist, um sich Verstärkung zu besorgen. Was auch immer sie gesucht haben mag, scheint für diese Jungs da jedenfalls etwas zu schwer gewesen zu sein.«

»Machst du Witze?«, wollte Reamer wissen und meinte die Frage völlig ernst, weil man das bei Becker zuweilen nicht so recht sagen konnte. »Die hat ihre Schläger hergeschickt, um in dein Schiff einzubrechen! Ich wette, dass sie hinter den Hörnern her war ...«

»Schhh, nicht so laut!«, fiel ihm Becker ins Wort und hob einen Finger an die Lippen. »Jetzt, wo ich weiß, was das für Dinger sind, wünschte ich, ich hätte sie nie zur Sprache gebracht. Tatsächlich werde ich mich jetzt wohl allerschleunigst aus dem Staub machen müssen, bevor ihre Hoheit mit noch mehr von ihren Handlangern zurückkommt. Hör mal, ich sag dir was – behalt du das.« Er drückte Reamer ein Hornstück in die Hand. »Ich schwöre dir, dass ich es niemandem Lebendigen abgenommen und noch nicht mal irgendwelche Leichen gesehen habe. SB und ich haben diese Dinger gefunden, wie sie einfach so auf einem verwüsteten Planeten herumlagen. Entscheide du, was damit zu tun ist. Ich jedenfalls hau jetzt hier ab.«

Er drückte mit dem Daumen auf seine Fernbedienung, die daraufhin eine andere Melodie abspielte, die Reamer nicht erkannte. Gleichzeitig öffnete sich in seinem Raumschiff etwas, das wie der Auswurfschacht eines mytheranischen Giftmülltransporters aussah, und eine breite Hebebühne senkte sich herab, die Becker und SB sogleich betraten.

»Du wirst nicht hochgebeamt?«, wunderte sich Reamer, als die Hebebühne Becker und SB wie mit einem mechanischen Fahrstuhl in die Höhe und in den Auswurfschacht hineinhob.

»Nee, so was macht den Kater zu nervös«, antwortete Becker. »Sag den Kindern auf Wiedersehen von uns.«

»Wird gemacht!«, rief Reamer winkend zurück. Becker hatte vergessen, seinen Reitschweber an Bord zu holen, also kletterte Reamer kurzerhand selbst darauf und beschloss, so schnell wie möglich so viel Abstand zwischen sich und den Stapel Schrott mit den ganz zuunterst liegenden zerschmetterten Robotern zu bringen, wie er nur konnte.

Reamer dachte angestrengt nach, während er durch Nebenstraßen zurückraste und versuchte, einen Weg zu nehmen, der keine klaren, zum Nanowanzenmarkt und seinen Kindern führende Spuren hinterließ. Denn trotz seiner für gewöhnlich arglosen Art hatte ihn die raue Schule des Lebens durchaus ein gesundes Maß an Paranoia gelehrt. Verdammt auch, warum musste er bloß so ein verfluchter Rotschopf sein? Mit dieser Haarfarbe und seiner Größe war er eine ziemlich auffällige Erscheinung. Und falls jemand gesehen hatte, wie er auf Beckers Reitschweber mitgefahren war, bestand leicht die Gefahr, dass dieser Jemand ihn an Kisla Manjari verriet. Deshalb würden von jetzt an weder er noch seine Kinder mehr sicher sein. Selbst wenn ihn auf dem Weg zu Beckers Schiff niemand gesehen haben sollte, war allein schon der Nanowanzenmarkt eine einzige Gerüchteküche. Kisla Manjari würde ihre Geldbörse daher um keinen sonderlich großen Betrag erleichtern müssen, um herauszufinden, dass Becker ziemlich viel Zeit an Reamers Verkaufsstand verbracht hatte. Um das nette, anonyme Leben, das er für sich und seine Kinder aufgebaut hatte, indem er es stets sorgsam vermieden hatte, irgendwelche Aufmerksamkeit zu erregen oder gegen die Gesetze zu verstoßen, während er gleichzeitig darauf achtete, dass er nichts besaß, was irgendjemand anderes heftig genug begehren mochte, um ihn deswegen zu bedrängen, war es jetzt geschehen. Nun, solche Dinge passierten eben. Vielleicht war es ja auch an der Zeit dafür. Wichtig war jetzt in erster Linie, die Kinder in Sicherheit zu bringen und danach Baird, Giloglie und Nadezda die Sache mit den Hörnern wissen zu lassen.

Reamers Herz kehrte wieder an den angestammten Platz in seiner Brust zurück, als er sah, dass seine Kinder ganz wie immer die über den Markt strömende Menge begutachteten und die aussichtsreichsten Kunden für den ogonquonischen Zierrat mit der gleichen Sachkunde heraussiebten, mit der sie für gewöhnlich ermittelten, wer von den Schaulustigen am ehesten zum Kauf der Gesteine und Mineralien ihres eigenen Marktstandes verlockt werden könnte.

»Auf geht's, Deeter und Turi, wir müssen sofort zusammenpacken und weg von hier.«

»Aber Paps, wir ham' unseren Standplatz doch schon für die ganze Verkaufssaison im Voraus bezahlt!«, wandte Turi, seine kleine Geschäftsführerin, ein.

»Kind, habe ich dir nicht immer gesagt, dass es wichtigere Dinge im Leben gibt als Geld? Und jetzt macht schon!«

Er überlegte hastig, wohin sie von hier aus gehen sollten. Auf die Behörden war kein Verlass, die waren selbst in diesen Reformzeiten nur nach außen hin sauber. Kisla Manjaris Vormund, der Graf, war ein Mann von erheblichem Einfluss, und viele der Ordnungshüter, die durch die Stadt streiften, standen auf seiner Lohnliste. Bei diesen lief Reamer daher sehr viel eher Gefahr, unter irgendeinem Vorwand verhaftet und zu Kislas freier Verfügung festgehalten zu werden, als dass sie eine Hilfe für ihn darstellen könnten. Als die Dame und ihre Onkel noch selbst hier gelebt hatten, war das anders und alles in Ordnung gewesen, doch ohne ihre persönliche Anwesenheit …

Reamer fiel plötzlich die kleine Geschichte wieder ein, die Becker erzählt hatte, wie er zu dem Freudenhaus gegangen und mit Khetala zusammengestoßen war. Reamer hatte selbst einmal eine ähnliche Begegnung mit ihr gehabt, aus ähnlichen Gründen. Doch sie war eine von den Gefolgsleuten der Dame, eines jener Kinder, die Acorna aus den Erzgruben gerettet hatte. Khetala würde wissen, was wegen des Horns zu tun war. Sie konnte ihm und den Kindern auch helfen, von Kezdet zu fliehen. Sie *würde* ihnen helfen. Sie musste einfach.

Acht

Die Augen jeder Person im Pavillon waren wie gebannt auf den Seiteneingang gerichtet. Die Zeltwandklappen schwangen weit auf. Überall hielten die Tänzer inne, obgleich die Musik noch weiterspielte. Dann jedoch verstummte auch die Kapelle abrupt, als Liriili mit unbedecktem Stirnhorn durch die draußen versammelte Menge und dann durch die Menge drinnen schritt. Sie stieg auf die Orchesterbühne, wo sie sich des winzigen Festzeltmikrofons bemächtigte und über die Pavillonlautsprecher verkündete: »Ich berufe eine sofortige Notversammlung aller Ratsmitglieder im *Viizaar*-Pavillon ein. Außerdem ergeht an alle Bereitschaftsmannschaften sämtlicher Raumfahrzeuge der Befehl, sich unverzüglich auf ihren Schiffen einzufinden und sich auf einen Alarmstart vorzubereiten. Alle anderen Schiffsmannschaften werden sich auf Abruf bereithalten. Die Kommandanten der Raumschiffe und sämtliche Botschafter, Gesandten und Raumkuriere werden aufgefordert, bitte ebenfalls an der Ratssitzung teilzunehmen.«

Dann rauschte sie davon. Eine große Zahl der weißhäutigen Linyaari heftete sich an ihre Fersen oder verließ gleich nach ihr das Fest.

Großmama, die sich anscheinend auch von bedeutsamen Staatsangelegenheiten nicht darin beirren ließ, die Leute an ihre gesellschaftlichen Pflichten zu erinnern, geleitete Acorna von der Höhe der Weideplattformen hinunter und ging dann selbst zur Orchesterbühne hinüber, wo sie das Pavillonmikrofon ergriff. »Meine Kinder, diejenigen unter euch, deren Anwesenheit nicht anderswo gefordert ist: Bleibt bitte und tanzt mit euren Lieben, solange ihr mögt.

Es gibt immer noch jede Menge erlesener Speisen auf den Grünplattformen, und viele von euch haben Khornya noch gar nicht kennen gelernt.«

Acorna protestierte: »Aber es scheint doch ein ernster Notfall eingetreten zu sein. Ob die Leute mich nun kennen lernen oder nicht, ist da im Augenblick doch schwerlich von Bedeutung.«

Doch aus mehreren Richtungen konnte sie leises Gemurmel hören, dessen einheitlicher Tenor lautete: »Sie scheint Ärger mitgebracht zu haben.«

»Anstand und Sitte sind immer wichtig«, widersprach Großmama ihr unbeeindruckt. »Außerdem bietest du den Leuten dadurch etwas, das sie von Besorgnis erregenderen Angelegenheiten abzulenken vermag. Jetzt muss ich aber zur Ratsversammlung hinüber, mein Kind«, teilte Großmama ihr mit. »Die kleine Maati kann dir den Weg zu meinem Quartier zeigen, wenn du hier fertig bist.«

»Ich möchte auch mitkommen«, forderte Acorna. »Falls irgendetwas mit der *Balakiire* geschehen ist, mit Neeva und den anderen, dann will ich das wissen.«

»Ich bezweifle, dass man dir gestatten wird, teilzunehmen, Kind. Aber wenn der Notfall tatsächlich die *Balakiire* betreffen sollte, dann sei versichert, dass ich es dich wissen lasse, sobald ich zurückkehre, und dass ich dafür sorgen werde, dass man dir auf einem der ausfliegenden Schiffe einen Platz reserviert. Wenn du mich jetzt entschuldigen würdest?«

Acorna hatte keine andere Wahl, als sich damit abzufinden.

Die Feststimmung war zwar durch Liriilis Bekanntmachung ziemlich wirkungsvoll abgewürgt worden, trotzdem jedoch blieben die meisten Gäste, standen ratlos herum und harrten der weiteren Entwicklungen. Endlich kehrten Liriili und die anderen Ratsmitglieder, darunter auch Großmama, in den Festpavillon zurück, und die *Viizaar* wandte sich erneut an die in krassem Kontrast zu ihrer albernen Gewandung längst sehr ernst dreinblickende Menge.

»Mein Volk, es tut mir Leid, wenn ich euch unnötig in Aufregung versetzt haben sollte. Nach dem Dafürhalten des Rates liegt unserer Kenntnis nach zwar doch kein größerer Notfall vor, und es besteht kein Anlass, sich übermäßig Sorgen zu machen. Es mag aber dennoch ein sofortiges Handeln angeraten sein, um möglichen Ernstfällen schon im Voraus entgegenzuwirken. Die *Balakiire* ...«

Acorna hielt den Atem an.

»Die *Balakiire,* die gerade erst ausgesandt wurde, um einem beunruhigenden Bericht von einem unserer Handelsposten nachzugehen, hat uns mitgeteilt, dass sie nicht in der Lage sei, irgendwelche Kombotschaften von dem fraglichen Handelsposten oder irgendeinem unserer anderen Schiffe oder Missionen aufzufangen, die gegenwärtig in den Tiefen des Weltraums oder auf anderen Welten unterwegs sind. Unser Oberster Kommunikationsoffizier ist zu der Ansicht gelangt, dass irgendein universales technisches Versagen der Komanlagen für dieses Schweigen verantwortlich sein muss. Aus diesem Grund, ebenso sehr um die Nachrichtenverbindungen so schnell wie möglich wieder herzustellen, wie um die Sicherheit unserer im Weltraum und auf fremden Welten weilenden Brüder und Schwestern zu gewährleisten, sowie um diese, falls sie doch in Gefahr sein sollten, so bald wie möglich zu evakuieren, werden wir den hier verbliebenen Rest unserer Flotte aussenden, um gleichzeitig zu sämtlichen unserer Außenposten sowie den uns bekannten, letzten Raumpositionen und Zielorten unserer anderen Schiffe zu fliegen. Dort werden sie aller Wahrscheinlichkeit nach lediglich bei der Reparatur der Komsender unserer Kameraden mitwirken müssen. Aber falls ihre Hilfe doch auf andere Arten vonnöten sein sollte, werden sie zur Verfügung stehen, um auch diese Unterstützung zu leisten. Aus diesem Grund ist der Landurlaub für das gesamte Raumflottenpersonal ersatzlos gestrichen, und alle Betroffenen sollten sich bis spätestens morgen zur Mittsonne bei ihren Dienststellen einfinden.«

Sofort stürzten Acorna und Thariinye vor, um sich beide als Freiwillige anzubieten und sich den ins All Aufbrechenden ebenfalls anzuschließen. Doch die *Viizaar* lächelte Thariinye nur an und behauptete ablehnend: »Du wirst hier gebraucht.« Auf Acorna ging Liriili gar nicht erst ein, stattdessen wandte sie sich zum Gehen. Mit zwei raschen Schritten verstellte Acorna der *Viizaar* den Weg. »Wenn meine Tante in Gefahr ist, dann will ich helfen. Ich muss einfach auf einem dieser Schiffe dabei sein.«

Liriili starrte sie mit geringschätzigem, kühlem Blick an. Acorna sah, dass die *Viizaar* ihre Hornkappe mittlerweile wieder aufgesetzt hatte, aber auch ohne diese Abschirmung schien die *Viizaar* ihre Gedanken sehr viel besser verbergen zu können als die meisten anderen Linyaari. »Wenn es nötig werden sollte, dass die ausgesandten Schiffe unsere Landsleute aus dem Weltraum oder von anderen Planeten evakuieren, kann überflüssiges Personal an Bord Leben kosten. Ich kann unmöglich die Verantwortung für ein derartiges Risiko übernehmen, bloß um dir zu erlauben, deine Neugier zu befriedigen, Khornya. Ich hoffe sehr, dass du, wenn du erst einmal mehr Zeit bei uns verbracht hast, irgendwann weniger ichbezogen und trotzig sein wirst. Bei den Barbaren mag deine Linyaari-Intelligenz dich ja möglicherweise dazu qualifiziert haben, Entscheidungen zu fällen und Expeditionen anzuführen. Aber hier bist du unter deinesgleichen und nicht mehr als ein Kind, verglichen mit uns Älteren und Weiseren. Deine Tante hat dich in unserer Obhut zurückgelassen, damit du unsere Sitten und Gebräuche erlernst. Also schlage ich vor, dass du dich auf eben dieses Ziel konzentrierst und die Krise denjenigen unter uns überlässt, die darin geschult sind, sich mit dergleichen zu befassen.«

Zum Glück gesellte sich in diesem Augenblick Großmama wieder zu Acorna und bekam Liriilis letzte, beißende Worte gerade noch mit.

»Komm mit, Khornya. Ich habe den Rat zwar davon zu überzeugen versucht, dass man dich auf einem dieser Schiffe, die jetzt entsandt werden, mit hinausschicken sollte, aber ich wurde überstimmt. Ein paar besserwisserische junge Grünschnäbel haben Liriili beigepflichtet, dass du noch nicht ausreichend Gelegenheit gehabt hättest, dich weit genug zu entwickeln, um auf einer Weltraummission schon von Nutzen zu sein. Hmpf! Nun, auch wir Älteren werden von einigen unserer angeblich respektvollen Abkömmlinge als Relikte einer weniger entwickelten Zeit angesehen, weißt du.« Sie verzog das Gesicht. »Deshalb habe ich überlegt, dass es dir, solange du hier festsitzt, vielleicht angenehmer wäre, wenn du bei mir wohnen würdest. Wir unterentwickelten Typen sollten zusammenhalten, findest du nicht?«

Acorna erklärte sich dankbar einverstanden.

»Wenigstens wissen wir, da die Information über die Fehlfunktion – oder was auch immer es sein mag, das sich da draußen abspielt und verhindert, dass unsere Leute Verbindung mit uns aufnehmen können – ja von der *Balakiire* stammt, dass Neeva und ihre Mannschaft wohlauf sind. Als Vorsichtsmaßnahme werden die Komanlagen aller jetzt hinausgehenden Schiffe mit speziellen neuen Entstörfiltern und Verstärkern ausgerüstet. Außerdem haben sie ausreichend Reparaturmittel und Bauteile an Bord, um auch alle bestehenden Komgeräte da draußen ebenso umrüsten zu können. Mit neuen Kom-Computerprogrammen werden die Bodenmannschaften die Bordgeräte ebenfalls noch heute Nacht ausstatten. Auch hiervon bekommen die Suchschiffe Duplikate mit, für unsere Außenposten und Raumer, die bereits draußen sind. Zu guter Letzt werden natürlich auch alle planetaren, orbitalen und stellaren Hauptempfänger, -sender und Komcomputer gründlichst daraufhin durchgeprüft, ob das Raumfunk-Relaissystem irgendwelche Fehler aufweist.«

»Was meinst du, was könnte die Ursache für das Problem sein?«, fragte Acorna sie.

»Ich weiß es nicht. Vielleicht ein Meteorsturm zwischen uns und der nächsten Komstation im Relaisnetz? Vielleicht irgendeine gerätetechnische Störung in den Sende- und Empfangsanlagen selbst – oder sogar ein Fehler in ihrer Programmierung? Eine irgendwo zur Nova gewordene Sonne? Liriili hat in einem Recht – auch ich bin überzeugt, dass das Problem, worum auch immer es sich handeln mag, von einer Art ist, mit der unsere fachkundigen Schiffsbesatzungen fraglos auch auf sich gestellt zurechtkommen werden.«

»So wie du dich anhörst, glaubt offenbar niemand wirklich daran, dass tatsächlich irgendeine Notwendigkeit bestehen könnte, unsere Leute, die sich anderswo aufhalten, zu evakuieren. Du klingst eher so, als ob ihr Schweigen ein rein technisches Problem wäre. Aber wenn das der Fall ist, warum werden die Hilfsschiffe dann nicht nur in jene Gebiete ausgeschickt, die für die Ursache des Störfalls am wahrscheinlichsten in Frage kommen? Falls hier nämlich doch ein größeres Problem vorliegen sollte, könnte es bei dem gegenwärtig vorgesehenen Plan dazu kommen, dass alle eure – unsere – Schiffe von der Kommunikation mit dieser Welt abgeschnitten werden, womöglich sogar von jeder Verbindung untereinander. Und wir hätten dann keine Ahnung, was da draußen vor sich geht. Wäre es deshalb nicht klüger, etwas weniger Personal zu riskieren?«

Die lebhafte Zuversichtlichkeit wich aus Großmamas Gesicht, und ihre Lippen bildeten eine schmale, ernste Linie. »Wir *hoffen* jedenfalls, dass das alles ein rein technisches Problem ist. Hiervon ausgehend, zielen die Überlegungen des Rates darauf ab, dass die Angelegenheit umso rascher behoben sein wird, je mehr Schiffe wir an möglichst viele Orte zugleich entsenden. Die interstellaren Kommunikationsverbindungen sind eine unverzichtbare Lebensader zu unseren Raumschiffen und vermittels dieser zu unseren Verbündeten, ebenso wie eine überlebensnotwendige Rettungsleine auch für uns selbst. Es wäre daher buchstäblich unmöglich, jemals *zu viele* Kräfte und Mittel für ihre Aufrechterhaltung aufzubieten. Und auch für den Fall, dass hier doch eine unheilvollere Bedrohung vorliegt« – Acorna nahm mehr mit ihrem Geist denn mit ihren Ohren wahr, dass der Rat eine tief verwurzelte Angst vor einem neuen, ohne jegliches Vorzeichen erfolgten Überraschungsangriff der Khleevi hegte –, »müssen wir sämtliche verfügbaren Optionen so schnell wie möglich erkunden, damit wir die Art der Bedrohung herausfinden und wenn möglich denen helfen, die von dieser Gefahr bereits betroffen sind, sowie jene evakuieren, die es noch nicht sind, und dann unsere Schiffe nach Hause holen können.« Sie hielt inne und ergänzte dann: »Nicht zum Zwecke einer Evakuierung von Narhii-Vhiliinyar allerdings. Wir verfügen zum jetzigen Zeitpunkt nämlich nicht über eine besiedlungsfähige Ausweichheimat, sodass eine Evakuierung dieses Planeten nicht zur Debatte steht.«

»Aber – wenn es gar nicht anders geht, dann könnten die Linyaari doch nach Kezdet, Maganos oder Rushima umsiedeln. Die Menschenwelten sind schließlich alle auch für unsere Spezies bewohnbar.«

Großmama holte tief Luft, stieß sie dann wieder aus und sagte: »Sicher. Und es gäbe auch noch andere Welten. Aber bevor wir nicht genau wissen, ob uns tatsächlich Gefahr droht, und falls ja, aus welcher Richtung sie kommt, können wir auch schwerlich sagen, wohin wir fliehen sollten, nicht wahr? Das Personal auf unseren Raumschiffen und Außenposten könnte deshalb letztlich schon jetzt möglicherweise in größerer Sicherheit sein als wir hier auf Narhii-Vhiliinyar. Die eine Option scheint gegenwärtig ebenso gut zu sein wie jede andere. Wenn nicht einmal dieser Ort hier sicher ist, Khornya, welcher Ort ist es dann überhaupt?«

Sie schauderte, und Acorna begriff, dass die Älteste nicht nur besorgt, sondern zutiefst verängstigt war. Da es im Augenblick wenig zu geben schien, was irgendeiner von ihnen an der Sachlage zu ändern vermocht hätte, wandte Acorna ihre Gedanken entschlossen etwas anderem zu.

Das fiel ihr gar nicht mal so schwer, als sie erst einmal bei Großmamas Wohnpavillon angekommen waren. Er schimmerte im Licht der zwei Monde von Narhii-Vhiliinyar, eines blauen und eines goldenen, und ein silbernes Band umschloss das Blaugrün seiner Außenhaut. Obwohl das Großzelt nichts an sich hatte, was es vertraut oder wohnlich hätte aussehen lassen, strahlte es doch eine bezaubernde Wärme und eine heimelige Aura aus.

Großmama Naadiina machte eine Handbewegung, und weiches Licht drang aus wunderschön gemusterten Glassäulen, welche die Mitte und die Ecken ihres Pavillons stützten. Die Dachklappen des ganz auf der anderen Seite des Pavillons gelegenen Innenbereichs standen offen, sodass auch dort wieder die Monde und alle Sterne sichtbar waren. Naadiina forderte Acorna mit einer Geste auf, ihr zu jener Zeltseite zu folgen, wo drei weiche Betten zu einer Ruheecke angeordnet waren. Auf einem davon lag Maati und schlief tief und fest.

»Ich wende mein Gesicht beim Schlafen gerne den Sternen zu und meinen Erinnerungen an meinen Lebensgefährten auf der Alten Welt«, raunte Großmama, während sie sich aus ihrem Festgewand schälte und dann unter die Oberdecke ihres Bettes schlüpfte. Dankbar, ihren improvisierten Festputz ebenfalls wieder loswerden zu können, tat Acorna es ihr gleich.

»Maati lebt auch hier?«, erkundigte sich Acorna leise.

»Ja«, bestätigte Großmama. »Ich glaube, ihre Eltern dachten seinerzeit, dass ich Hilfe gebrauchen könnte und dankbar für eine kräftige junge Person wäre, die mir meine Besorgungsgänge abnimmt. Als schließlich klar wurde, dass sie nicht mehr zurückkehren würden und Maati somit zur Waise wurde, ist sie ganz bei mir geblieben. Sie kann sich kaum noch an sie erinnern und macht sich inzwischen auch als Botin für Liriili und andere Regierungsmitglieder nützlich.«

»Das tut mir schrecklich Leid«, meinte Acorna mitfühlend. »Was ist denn aus ihren Eltern geworden?«

»Sie wurden mit dem Verlust ihrer zwei Söhne Aari und Laarye einfach nicht fertig. Sie haben es versucht – sie haben fast zwei *Ghaanyi* auf dieser Welt gelebt und hatten Zeit, Maati zu zeugen und zu gebären. Aber danach verfiel ihre Mutter in eine tiefe Traurigkeit, und schließlich verkündeten die beiden, dass die einzige Möglichkeit, diese Traurigkeit zu heilen, darin bestünde, auf unsere alte Heimatwelt zurückzukehren und zu versuchen, in Erfahrung zu bringen, was aus ihren Söhnen geworden ist. Seit damals hat man nichts mehr von ihnen gehört. Das könnte durchaus ein gutes Zeichen sein. Die Khleevi haben nämlich nicht versucht, uns mit Vidbildern davon zu unterhalten, wie sie die beiden oder ihre Söhne zu Tode foltern. Maatis Eltern könnten daher auf dem Weg nach Vhiliinyar auf etwas gestoßen sein, was sie von ihrem Kummer abgelenkt hat. Oder womöglich wurden ihre Jungen ja auf irgendeine Art gerettet, und sie sind ihnen immer noch auf der Spur.«

»Aber – ich dachte, dass alle entkommen wären, als ihr die alte Heimat verlassen habt. Zumindest hat Neeva mir diesen Eindruck vermittelt. Willst du damit etwa sagen, dass ihr Kinder zurückgelassen habt?«

»Was hätten wir denn tun können? Die Notwendigkeit einer planetenweiten Evakuierung hat sich ziemlich plötzlich ergeben. Und sie waren bereits junge Männer, keine Kinder mehr. Wir haben natürlich schon vorher über die Khleevi Bescheid gewusst und daher längst diesen Planeten hier als Zufluchtswelt ausgesucht und auch unsere Fluchtpläne fertig ausgearbeitet. Aber wir haben es nicht geschafft, ausnahmslos alle rechtzeitig für die Evakuierung zu versammeln. Ein paar – sehr wenige, darf ich glücklicherweise hinzufügen – wurden zurückgelassen, um die weit überwiegende Mehrheit zu retten. Maatis Eltern sind nicht damit fertig geworden, dass man ihre Söhne bei der Evakuierung nicht hatte finden können. Sie wären sogar zurückgeblieben, um weiter nach ihnen zu suchen. Aber das konnten wir natürlich nicht zulassen, zu sehr war es uns zuwider, diesen Ungeheuern auch nur irgendetwas zurückzulassen. Es war ohnehin eine einzige Qual, überhaupt fortzugehen. Ich konnte es selbst kaum ertragen, dass ich das Grab meines Lebensgefährten auf einem Planeten zurücklassen musste, auf dem bald auch die Khleevi sein würden.«

»Erzählst du mir von deinem Lebensgefährten und davon, wie es auf der alten Welt war?«, bat Acorna.

»Ja, natürlich. Aber bist du denn nicht müde nach deiner Reise und diesem so genannten Empfang?« Acorna brauchte keine sonderlich gute Gedankenleserin zu sein, um die im Tonfall der alten Dame enthaltene Missbilligung über jene Veranstaltung zu spüren.

»Nicht wirklich«, antwortete sie. »Aber ich fühlte mich tatsächlich ziemlich überwältigt. Und ich glaube, die *Viizaar* mag mich nicht.«

»Die *Viizaar* war schon voreingenommen gegen dich, lange bevor du überhaupt hier eingetroffen bist, meine Liebe«, erwiderte Naadiina. »Denn der Lebensgefährte, den Liriili sich bereits fest als den ihren in den Kopf gesetzt hatte, hat seinerzeit deine Mutter vorgezogen. Unglücklicherweise teilte Vaanye nämlich ganz und gar nicht Liriilis Ansicht, ihr Eigentum zu sein.«

»Ah, das war es dann wohl, was sie gemeint hatte. Neeva hat nämlich erwähnt, dass Liriili irgendetwas gegen meine Familie hätte. Aber mir scheint es wenig vernünftig, das an mir auszulassen.«

»Voreingenommenheit und Eifersucht sind selten vernünftig. Liriili besitzt kein sonderlich anpassungsfähiges, aber dafür ein ziemlich nachtragendes Naturell.«

»Ich hätte gedacht, Leute, die Gedanken lesen können, wären zu einer derartigen Engstirnigkeit nicht fähig.«

Die alte Dame grunzte. »Außer wenn sie ihre Heilkräfte anwenden und sich ausdrücklich darauf konzentrieren, ihr Mitgefühl auszustrahlen, oder sie irgendeine Krise ihrer Nächsten und Liebsten bewältigen wollen, ist die telepathische Kommunikation bei den meisten Leuten zu einer ziemlich oberflächlichen Kunst verkommen. Die Gedanken und Gefühle jedes Wesens weisen viele Schichtungen auf, zuweilen stehen diese sogar miteinander im Widerstreit. Und selbst beim direkten Gedankenaustausch sind manche Leute verschlossener als andere – oder unterdrücken ihre Regungen vielleicht auch nur stärker. Liriili ist gewohnt, ihren Kopf mit allem möglichen Verwaltungskram voll zu haben, und versteht es, diesen Wust zu nutzen, um ihre Gefühle sogar vor sich selbst zu verbergen, wie sie es zweifellos auch in deinem Fall tut.«

»Oh. – Da wir gerade von Gefühlen sprechen: Ist es wirklich bereits beschlossene Sache, dass Thariinye und ich Lebensgefährten sein werden?«

Großmama johlte, und in der Dunkelheit funkelten ihre Augen wie Sterne, als sie sich auf die Seite rollte und Acorna angrinste, wobei sie ihre Zähne aber nur ein ganz kleines Bisschen entblößte. »Wer hat dir das denn eingeredet? Thariinye? Ich sehe schon, er war's! Natürlich hat niemand irgendetwas Derartiges beschlossen! Außer ihm selbst vielleicht! Du hast in dieser Hinsicht nicht das Geringste zu befürchten.«

»Da bin ich aber froh«, sagte Acorna erleichtert. »Ich möchte nämlich, dass es sich – richtig anfühlt.«

»Du bist ein sehr kluges Mädchen. Bist du sehr müde?«

»Nein, nicht wirklich. Ich fühle mich sogar ziemlich ruhelos, um die Wahrheit zu sagen.«

»Dann sind wir schon zwei. Würdest du einer alten Dame eine Freude machen und ein bisschen aus deinem Leben erzählen? Neeva hat in ihren Berichten angedeutet, dass du schon einige Abenteuer hinter dir hast. Darüber würde ich liebend gerne Näheres erfahren. Seit wir hierher gekommen sind, waren unsere Leute nämlich ein ziemlich langweiliger Haufen, und ich liebe gute Geschichten.«

»Gern«, fand sich Acorna bereit und begann mit ihren frühesten Erinnerungen an ihre Onkel und deren Bergbauraumschiff.

Sie war noch nicht ganz am Ende angelangt, als sie beide sanft einschlummerten.

Am Morgen erwachte Acorna zum Klang singender Vögel und eines vorbeigluckernden Bächleins. Sie richtete sich auf.

Das Rinnsal strömte geradewegs hinter ihrem Kopf vorbei, genauer gesagt, an einer der Glassäulen herab und dann quer über den Boden in die Mitte des Pavillons, wo es auf ein entgegenkommendes Gewässer traf, das von einem an dem Glaspfeiler auf der gegenüberliegenden Seite des Fußbodens hinabströmenden Wasserfall herrührte. Acorna formte eine Hand zu einer Schale, um etwas Trinkwasser von ihrer Glassäule abzuschöpfen, und musste feststellen, dass das Wasser von einer kaum erkennbaren Glasabdeckung bedeckt war. Das galt auch für die Singvögel, die von einem weiteren Glaspfeiler herabflatterten, zum Pavillondach emporflogen, quer durch den Raum und schließlich in der Glassäule verschwanden, die jener gegenüberlag, an der ihr Flug begonnen hatte. Auf der Flugbahn der Vögel trieben auf unsichtbaren Luftströmen Wolken vorüber, und auch die Zweige der Büsche an den Füßen der Zeltpfeiler schienen sich in einer Brise zu wiegen.

Acorna gähnte und reckte sich. Die Schlafstatt neben ihr war leer. Dann bemerkte sie, dass die Türklappe in der Zeltwand jenseits der Vogelsäule heruntergelassen war und von der anderen Seite her Stimmen hereindrangen.

Sie stand auf und zog das Unterkleid vom Abend zuvor über, wobei sie sich jedoch wünschte, dass sie ihren Bordanzug noch hätte.

Die Eingangsklappe öffnete sich, und Großmama Naadiina betrat den Pavillon. Auf ihren Armen schleppte sie einen ganzen Stapel verschiedenster Dinge herein: bunte Wildblumen-Sträuße, Grußkarten und Garben diverser essbarer Gräser und großblättriger Gemüsearten.

»Warte, lass dir helfen!«, sagte Acorna und eilte zu ihr hinüber, um ihrer Gastgeberin einen Teil ihrer Last abzunehmen.

»Du kannst ebenso gut gleich alles nehmen. Mir haben schon seit langer Zeit keine jungen Männer mehr solche Morgengaben überbracht.«

»Du meinst, dass die alle für mich sind? Aber – warum?«

»Dein Willkommensempfang wurde unterbrochen, und deine Gäste wurden dir nicht ordentlich vorgestellt. Ich nehme an, dass diese Geschenke eine Art Entschuldigung, wenn nicht gar eine Einladung von Seiten einiger deiner Gäste sind. Vielleicht sind ein paar von ihnen Burschen, die den Planeten jetzt verlassen müssen und vor ihrer Rückkehr keine Gelegenheit mehr haben werden, dich kennen zu lernen.« Sie hielt inne. »Außerdem scheinen zumindest die Ahnen viel von dir zu halten, ganz gleich, was Liriili dazu meint. Die Ansichten der Ahnen haben großes Gewicht bei unserem Volk.«

Acorna schüttelte ungläubig den Kopf, als sie einige der Esswaren – auch die Wildblumen waren essbar – auf einem der niedrigen, in der Nähe der Ostwand des Pavillons stehenden Tische verstaute. Es gab hier drinnen weder eine Küche noch eine Toilette. Wie Acorna auch, pflegten die Linyaari natürlich draußen zu grasen, wenn sie essen wollten, und sie nahmen ohnehin nur frisches Gemüse und Gräser zu sich, sodass ein eigener Bereich für die Essenszubereitung gänzlich überflüssig war. Und ihre Ausscheidungen vergruben sie entweder auch draußen im Boden oder entsorgten sie in einem Bereich der Hydroponikgärten, genau wie Acorna und ihre Schiffskameraden es an Bord ihres Raumschiffs getan hatten. Diese Angelegenheit war mit keinerlei Tabu belegt. Linyaari verdauten ihre Nahrung mit einem so hohen und sauberen Wirkungsgrad, dass ihre Ausscheidungen einen ausgezeichneten Dünger abgaben, wie Neeva ihr erzählt hatte. Acornas menschliche Erziehung machte ihr das Fehlen jeglicher Scheu hinsichtlich dieser Körperfunktion zwar ein wenig suspekt. Doch schließlich bereiteten auf langen Weltraumreisen häufig auch die Menschen ihren Urin wieder zu Trinkwasser auf, und im Falle der Linyaari war die Wiederaufnahme als

Nahrung sogar mindestens eine Zwischenstufe weiter vom Ausgangsprodukt entfernt.

»Ich bin froh, dass ich doch Anklang bei ihnen gefunden habe«, freute sich Acorna. »Ich wurde nämlich nicht so recht schlau aus ihnen.«

»Das geht fast allen von uns so, ausgenommen ihren Betreuern. – Du runzelst die Stirn. Warum? Was beschäftigt dich?«

»Nur, dass ich mich gestern Abend zum Narren gemacht habe und dass es dann diesen Notfall gab, aber jetzt stehe ich hier und bekomme Geschenke, obwohl doch alle ganz andere Sorgen haben. Ich will nicht, dass die Leute mir Sachen schenken, weil sie sich schuldig oder eingeschüchtert fühlen. Ich möchte wirkliche Freundschaften schließen und unser Volk richtig kennen und verstehen lernen.«

»Du bist ein sehr mitfühlendes Mädchen, und deine Einstellung ehrt dich. Nichtsdestotrotz waren letzte Nacht viele Leute auf dem Fest, einschließlich unserer Führerin, äußerst unhöflich zu dir, und ihre Geschenke zeigen lediglich, dass sie dies inzwischen eingesehen haben. Der unerwartete Krisenfall hat zweifellos nicht wenige von ihnen davor bewahrt, sich unsterblich zu blamieren. Diese Geschenke sind daher ein eigentlich durchaus gesundes Zeichen – dass nämlich ein paar von ihnen trotz der angespannten Lage genug Verständnis für dich aufbringen, um sich zu entschuldigen. Früher wäre das ganz und gar nicht so ungewöhnlich gewesen, aber unser Volk hat sich seit der Evakuierung sehr verändert.« Traurig verebbte ihre Stimme. Als sie schließlich wieder zu sprechen ansetzte, wechselte sie abrupt das Thema: »Nun denn. Erzähl mir mehr von deinen Abenteuern.«

Acorna war überrascht. Sie war es eigentlich gar nicht gewöhnt, so viel zu reden, wie sie es in der Nacht zuvor getan hatte. Doch es war wirklich einfach, sich mit Großmama zu unterhalten. Das Komische daran war, dass Acorna zuweilen spürte, dass Großmama nicht nur ihre Worte hörte – sondern dass sie auch Acornas Erinnerungen teilte, die ihre Schilderungen begleiteten. Dass sie mitfühlte, was Acorna fühlte, wenn sie sich in die Vergangenheit zurückversetzte, wenn sie abermals das empfand, was sie damals gefühlt hatte, als sie jene Ereignisse durchlebt hatte, die ihr Gedächtnis nun wiedergab. Bei Großmama Naadiina brauchte sich Acorna nicht den Kopf zu zerbrechen, was von ihrer Unterhaltung sie in Gedanken und was sie in Worten ausdrückte. Sie wusste ohne jeden Zweifel, dass Großmama alles verstand, was sie ihr zu übermitteln versuchte, egal, auf welche Art Acorna nun mit ihr kommunizierte. Und dass es gerade diese Bereitschaft und diese Fähigkeit von Großmama war, vorurteilslos auf ihren Gast einzugehen und ihn wirklich zu verstehen, die Acorna aus sich herausgehen ließ. Auf gewisse Weise war es auch mit Neeva und den anderen schon so gewesen. Doch diese hatten letztlich doch immer auch ihre Vorbehalte gehabt, ihre Ansichten darüber, was *linyarii* war und was nicht, die einem tiefer gehenden Verstehen im Weg standen.

Großmama lächelte Acorna in der kurzen Pause an, die das Mädchen nach Naadiinas Bitte machte, bevor sie nickte und sagte: »Ich sehe schon, du hast mir erst mal genug erzählt. Es war mir ein wirkliches Vergnügen, deinen Geschichten zuzuhören. Sie sind so anders als alles, was man auf diesem Planeten hier sonst von unseren Leuten zu hören bekommt. Hab niemals Furcht, meine Enkelin, dass du unwürdig sein könntest. Unser Volk kennt und versteht dich zwar noch nicht richtig, aber das wird es schon noch lernen.«

Acorna holte tief Luft und straffte sich. »Nicht, wenn ich nicht auch meinerseits den Versuch mache, sie besser kennen zu lernen, Großmama. Bei der Krise im Weltraum kann ich augenscheinlich nicht behilflich sein. Aber vielleicht kann ich ja wenigstens denen Trost anbieten, die hier auf dem Planeten zurückbleiben mussten. Die Geschenke haben mir eine Möglichkeit dazu eröffnet. Zuerst muss ich versuchen herauszufinden, wer welches Bündel geschickt hat, und den Absendern danken und ihnen einen Besuch abstatten und dabei vor allem darauf achten, nicht mehr die Zähne zu fletschen.« Ihre Mundwinkel hoben sich zu einem Lächeln, die Lippen jedoch hielt sie mit voller Absicht fest geschlossen. »Ich muss auch mit den Leuten reden, die die Gewänder entworfen haben, die sie mir so freundlich geschickt haben – und für die beiden bezahlen, die ich umgeändert habe.«

»Das ist nicht nötig, weißt du. Auf Neevas Anweisungen hin wurden alle Kosten schon aus ihrem Konto bestritten.«

»Trotzdem fürchte ich, dass ich diese Leute gekränkt habe. Und nachdem ich gesehen habe, wie alle anderen gestern Abend gekleidet waren, verstehe ich die Absichten der Modegestalter jetzt besser. Das würde ich ihnen gerne auch sagen.«

»Das wäre ausgenommen reizend, Schätzchen. Allerdings sind sie *wahrhaftig* reichlich albern, diese Modetollheiten.«

Wenn sie aufrichtig bleiben wollte, konnte Acorna diesem Einwurf zwar nicht widersprechen, trotzdem fuhr sie fort: »Wie dem auch sei, man hat mir gesagt, es bestünde die Möglichkeit, dass ich eines Tages als Botschafterin der Linyaari nach Kezdet und Maganos und zu meinen Menschenfreunden zurückkehren könnte. Was diplomatisches Geschick angeht, scheine ich bis jetzt aber noch keinen guten Start hingelegt zu haben. Da ich noch nicht so genau weiß, was es eigentlich heißt, eine Liinyar zu sein, sollte ich deshalb vielleicht anfangen, mich damit vertraut zu machen. Währenddessen kann ich mich ja gleichzeitig als Botschafterin üben, indem ich versuche, die Kultur, aus der ich komme, auf eine positivere Art und Weise zu vertreten, als ich das allem Anschein nach bislang getan habe.«

»Bravo!«, begeisterte sich Großmama Naadiina. »Das ist eine großartige Einstellung, mit der du da ans Werk gehen willst, das muss ich schon sagen. Und vielleicht wirst du mit deiner reichen praktischen Kenntnis anderer Welten auch im Stande sein, einige der Ängste zu beschwichtigen, die viele Leute um ihre im All weilenden Lieben hegen.«

Acorna war schon so sehr damit beschäftigt, ihren weiteren Tagesablauf zu planen, dass sie Großmamas Anerkennung nur mit einem schlichten Kopfnicken quittierte. »Außerdem würde ich gerne einige dieser Technokünstler kennen lernen, von denen Maati mir erzählt hat. Die Leute, die eure technischen Importgüter den Erfordernissen der Linyaari entsprechend umrüsten und anpassen.«

»Die leben eigentlich gar nicht hier, sondern in einer eigenen Gemeinde, abseits von Kubiilikhan. Aber es ist kein allzu weiter Fußmarsch bis dorthin, wenn auch der Pfad zu ihnen ein wenig verwildert ist. Du musst allerdings wissen, dass viele von ihnen einen beträchtlichen Teil ihrer Zeit auf anderen Gastwelten verbringen, wo sie die technologischen Grundlagen ihrer Arbeit erlernen und sich über die neuesten Entwicklungen auf dem Laufenden halten. Ein paar von ihnen werden wohl auch den abreisenden Schiffsmannschaften angehören, aber natürlich längst nicht alle.«

»Sie verbringen also eine Menge Zeit im Weltraum?«, hakte Acorna nach. »Das ist ja interessant. Weil an keinem einzigen Ort, an dem ich je gewesen bin, jemals irgendjemand ein Wesen meiner Art gesehen hat, bevor die *Balakiire* kam, um mich zu suchen.«

»Tatsächlich? Dabei sind wir in einigen Teilen der Galaxis ein ziemlich häufiger Anblick, weißt du. Aber das sind natürlich alles friedliche Regionen, und wenn sie aufhören, friedlich zu sein, dann hören wir ebenfalls auf, uns dort sehen zu lassen.« Ihr Tonfall hatte einen eigenwilligen Beiklang, der Acorna – zu ihrer nicht geringen Überraschung – plötzlich bewusst machte, dass diese Worte gedacht und nicht gesprochen worden waren. Denn sie erblickte unvermittelt ein Bild mehrerer in Ausbildung befindlicher Linyaari-Technokünstler, die überstürzt einen Fremdvolk-Planeten verließen, auf dem gerade Feindseligkeiten ausbrachen.

»Kann ich mich darin eigentlich blicken lassen, wenn ich meine

Anstandsbesuche mache?«, erkundigte Acorna sich und deutete auf das Gewand, das sie schon am Abend zuvor getragen hatte.

»Mein Liebes, es würde nicht mal dann den geringsten Anstoß erregen, wenn du völlig unbekleidet nach draußen gingest. Wir machen hier wegen solcher Äußerlichkeiten nicht viel Aufhebens, jedenfalls nicht um der Schamhaftigkeit willen. Aber es kommt auf dieser Welt häufig zu plötzlichen Wetterumschwüngen. Gestatte mir daher, dir etwas zu leihen. Es wird dich freuen zu hören, dass unser Modegeschmack nur bei formeller Kleidung Kapriolen schlägt. Bei unserer Alltagskleidung hingegen pflegen wir eher den Sinn fürs Praktische.«

Großmama klappte die Abdeckplatte eines der niedrigen Kastentische hoch, in dem sich eine Auswahl sorgsam zusammengefalteter Kleidungsstücke verbarg. Daraus wählte sie eine schlichte, knielange Tunika mit langen Ärmeln und einem im Rücken tief hinabreichenden Nackenausschnitt aus, welcher Platz für die lange Mähne ließ, die auf Acornas Rückgrat spross, ebenso wie auf dem jedes anderen Liinyar. Acorna zog sich das Gewand über den Kopf.

»Es ist sehr bequem«, bedankte sie sich.

»Ja, aber eine Kleinigkeit fehlt noch. Für dich ist das Kleid eigentlich ein bisschen zu weit. Hier, damit müsste es gehen.« Großmama reichte ihr den prächtigsten Gürtel, den Acorna jemals gesehen hatte. Seine Kanten waren mit kunstvoll verwobenen Borten aus irgendeinem kräftigen, aber schmiegsamen Material umflochten, während die Breitfläche des Riemens mit unzähligen farbenprächtigen, fassettiert geschliffenen Edelsteinperlen bestickt war, deren Muster Vögel und Gewässer und Blumen und ein im Hintergrund aufragendes Gebirge darstellten, aus dem ein Strom entsprang, der sich über die gesamte Länge des Gürtels erstreckte. Acorna musste das Kleinod einen Moment lang bewundernd befühlen und betrachten, ehe sie den Gürtel um ihre Taille schnallte. Das Koppelschild der Gürtelschließe griff das Dekor des Riemens auf und setzte es in Gestalt der auf Breite angelegten Abbildung eines sehr hohen Berges fort, auf dessen einer Seite eine Sonne unterging, während auf der anderen Seite eine zweite Sonne aufging.

Großmama lächelte. »Er steht dir. Niciirye hat ihn für mich gefertigt, als er mir seinerzeit den Hof gemacht hat. Der Gürtel war ein Geschenk, das ich bei unserer Vereinigungszeremonie tragen sollte. Leider ist er inzwischen ein paar *Diich'se* zu kurz für meinen jetzigen Taillenumfang. Die Bilder darauf zeigen, wie du vielleicht schon erraten hast, Landschaftsszenen aus unserer ursprünglichen Heimatwelt. Es war die einzige Heimat, die Niciirye kannte.«

»Was ist aus ihm geworden?«, erkundigte sich Acorna. »Oder schmerzt es dich zu sehr, es mir zu erzählen?«

»Ganz und gar nicht. Er war um etliches älter als ich und starb friedlich in seinem Bett. Er war zwar stets wohlauf und zudem ein hervorragender Heiler, aber am Ende waren doch immer mehr seiner Körperteile schlicht verbraucht. Ich beginne dieses Problem mittlerweile auch am eigenen Leibe zu spüren. Nichtsdestotrotz vermisse ich ihn – seine Torheit ebenso sehr wie seine Führung. Nun ja. Ich hoffe, du wirst eines Tages ebenfalls jemanden finden, der dir in gleichem Maße am Herzen liegt und der seinerseits auch dir ebenso sehr zugetan ist.«

Acorna seufzte. »Im Augenblick würde es mir schon vollauf genügen, wenn ich mich nicht selbst zu einer Ausgestoßenen mache.«

»Ich bin überzeugt, dass die Leute, wenn sie dich erst richtig kennen lernen, aufrichtig froh sein werden, dass du gekommen bist. Ich glaube, dass du sehr viel mehr Glück haben wirst, sie für dich einzunehmen, wenn du nur mit einem oder zweien von ihnen auf einmal sprichst. Du bist eben keine oberflächliche Person, und belangloses Geplauder ist in großer Gesellschaft nun mal eine nur allzu oberflächliche Form der Kommunikation. Aber darauf kannst du ja völlig verzichten, wenn du mit anderen Individuen allein bist.

Sei einfach du selbst und offen dafür, jede Person so zu akzeptieren, wie sie oder er sich dir gegenüber zeigt, dann wirst du ohne Probleme zurechtkommen.«

»Ich bin sicher, dass du Recht hast«, meinte Acorna. »Nun, wie finde ich diese Orte?«

»Ich werde nach Maati schicken.« Großmama steckte den Kopf aus dem Zelt und wollte schon nach ihr rufen.

»Nein, nicht doch!«, unterbrach Acorna sie. »Angesichts der gegenwärtigen Krisenlage wird die *Viizaar* sie heute sicherlich mehr brauchen denn je. Wirklich, wenn du mir einfach nur sagst, wo ich hin muss, werde ich den Weg schon selbst finden. Ich möchte Lirili nicht noch einen weiteren Vorwand liefern, um böse auf mich sein zu können.«

Jetzt war Großmama Naadiina an der Reihe zu seufzen. Sie kam wieder zurück ins Zelt. »Ich schätze, du könntest Recht haben. Na schön, dann werde ich dir eben eine Karte zeichnen. Wenn du so weit bist, die Technokünstler besuchen zu wollen, dann komm hierher zurück, und ich werde dich selbst zu ihnen bringen. Ich habe ohnehin noch ein Heizgerät bei Kaakiri liegen, das mittlerweile eigentlich fertig repariert sein müsste.«

Neun

Hafiz Harakamian stierte seine zweite Frau, seine so höchst appetitlich wunderschöne Braut, mit an Panik grenzender Bestürzung an. »Karina, mein kleines Granatäpfelchen, du wirst ja immer dünner und blasser!«

In der Tat, schon fast ihr halbes Doppelkinn war verschwunden, und die allerliebste kleine Bauchspeckrolle zwischen dem lückenlos mit Amethysten besetzten, lavendelfarbenen Büstenhalter und Bolero und der halbdurchsichtigen fliederfarbenen Harem-Pluderhose, die sie trug, war von der gewohnten Vollmondrundung zu nur noch wenig mehr denn einer Viertelmondform geschwunden.

»Verrate mir doch, oh mein Garten der Wonne, warum welkst du zu einem Gerippe dahin? Gibt es irgendeinen Wunsch, den ich dir nicht erfüllt habe? Irgendeine Speise, nach der es dich gelüstet und die ich nicht aus den fernsten Winkeln des Universums für dich habe heranschaffen lassen, um deinen zarten Gaumen zu verzücken? Irgendein Gewand, das du begehrst, um deine wunderbar liebliche Figur zu umschmeicheln« – er sabberte beinahe, als er das sagte, da seine neue Braut all das verkörperte, was er sich jemals von ihr zu erhoffen gewagt hatte –, »das ich noch nicht für dich habe anfertigen lassen, von den begabtesten und geschicktesten Kunstschneiderinnen, die es gibt? Irgendeine Umgestaltung vielleicht, die du an unseren Häusern vorzunehmen wünschst?«, forschte er mit zunehmender Verzweiflung nach, als er auf seine ersten beiden Fragen außer einem leichten Beben ihrer Unterlippe und einem Flattern ihrer Wimpern keinerlei Antwort erhielt.

»Oh, Haffy, du mein goldig-prachtvoll-knuddliger Gemahl«, erwiderte Karina schließlich, die sich ihrerseits nicht lumpen ließ, wenn es galt, ihren wohlhabenden Ehemann mit verstiegenen Komplimenten zu überschütten, der zwar vielleicht nicht unbedingt gut aussehen mochte, aber dennoch eine wundervoll liebenswürdige Persönlichkeit, eine überragende Vitalität, eine enorme Ausstrahlung, ziemlich erstaunliche Qualitäten im Schlafzimmer und einen fantastischen Geschmack im Hinblick auf Frauen besaß – ganz zu schweigen von Unmengen über Unmengen an herrlichem Geld, »du hast zwar alles getan, um meinen Leib zufrieden zu stellen, die Bedürfnisse meines Geistes aber bleiben doch unerfüllt.«

»Wie kann das sein, oh meine Geliebte, deren Antlitz herrlicher ist als das einer aufblühenden weißen Rose, deren Augen heller leuchten als die funkelnden Sterne, deren ...«

Sie würgte seinen Wortschwall ab, indem sie das Gesicht in ihren mit Ringen überladenen Händen vergrub. »Ich fürchte, dass ich mich von der Plötzlichkeit unserer Leidenschaft dazu habe hinreißen lassen, von meiner ganz persönlichen spirituellen Lebensreise abgelenkt zu werden. Ich war so überwältigt von der jungfräulichen Erfahrung unserer Liebe, dass ich blind wurde für das, was ich doch als meine wahre Bestimmung erkannt hatte, als meine größte spirituelle Aufgabe – Acorna und ihrem Volk zu helfen und sie darin zu unterrichten, ihre Energien zu kanalisieren und ihre Gaben auf eine geziemende« – und profitable, denn Karina hielt Reichtum für sehr geziemend – »Art und Weise einzusetzen.«

»Aber, meine kleine Oase der fleischlichen Geselligkeit, Acorna ist doch gerade deswegen zu ihrem Volk gereist, um dessen Wesensart zu erlernen, und wird sicherlich bald zu uns zurückkehren. Da brauchst du dich doch gewiss nicht zu grämen?«

Sie seufzte tief. Sie saßen neben dem Springbrunnen im Innenhof ihres Anwesens, wo sie gerade ein traumhaftes Mahl zu sich genommen hatten. Schon beim dritten Gang hatte sie fast keinen Appetit mehr gehabt, nur noch ein paar Bissen gekostet und beim Dessert sogar das Sorbet kaum angerührt. Dennoch schob sie sich noch eines dieser kleinen Trüffelschokoladeneier in den Mund. Hafiz hatte schließlich Recht. Sie musste bei Kräften bleiben. »Oh, Hafiz, du mein weiser und listenreicher Krieger in der Welt der Reichen, du bist ein so edelmütiger Kamerad, so bewandert in der Kunst des Handels und des Kampfes um den Markt, dass du in den herrlichen Linyaari im Geiste deiner Großherzigkeit ohne Zweifel dir artverwandte Wesen gesehen und sie für ebenso welterfahren gehalten hast, wie sie erhaben sind.

Ich aber, die ich mich mit ihnen sowohl auf eine tiefere Weise als auch auf einer höheren Ebene ausgetauscht habe als jeder andere aus unserer eigenen Spezies, kann mich sehr gut an ihre kindliche Unschuld erinnern und daher die Notwendigkeit erkennen, sie zu erleuchten und sie darin zu unterrichten, wie auch sie auf dem großen spirituellen Pfad wandeln können, den zu bereisen mir so viele lange Jahre vergönnt war. Denn ihre unglaublichen heilenden und reinigenden Kräfte bedürfen eines wahrlich strengen Haushaltens, damit sie sich nicht dadurch verausgaben, dass sie all diese wertvollen Wunder unentgeltlich verrichten.

Mir war es eigentlich bestimmt, in eben dieser Hinsicht Acornas Mentorin zu sein. Aber nun ist unsere liebliche Dame aus dem Licht fort, hat ihre Leute zu dieser fernen Heimatwelt ihres Volkes begleitet, einem so abgelegenen Ort, dass niemand ihn zu finden vermag, einem Ort, an dem unsere geliebte Acorna und all ihr Potenzial verloren ist – ganz zu schweigen vom Potenzial eines ganzen Planeten voller Wesen, die alle über die gleichen Kräfte verfügen wie sie! –, verloren für mich wie auch für alle anderen, die sie lieben.«

Hafiz kratzte sich das bärtige Kinn und grübelte über die Worte seiner Frau nach, Worte, die viele Ebenen der Weisheit enthielten, wie er mittlerweile zu schätzen gelernt hatte.

Dann zuckte er die Achseln, als wäre das Ganze nur eine Bagatelle. »Acorna hat gesagt, sie würde zurückkehren, und ihre Artgenossen waren der Überzeugung, dass man sie unter ihresgleichen mit Ehren und hohem Rang auszeichnen und dass man sie uns als diplomatische Gesandte zurückschicken würde. Ich bin deshalb überzeugt, dass sie mitsamt ihren Freunden schon bald wieder bei uns sein wird, oh mein Butterherz. Und diese Heimat, wo ihr Volk lebt, liegt doch nur im Weltraum, meine Allerliebste, nicht in jenem Reich, in dem unser geschätzter Freund und Kollege Li nun residiert. Wenn demzufolge Acornas Artgenossen im Stande sind, die Raumposition ihrer Welt im All zu bestimmen, dann können die besten Techniker und Navigatoren in meinen Diensten dies allemal – die wohlgemerkt zudem die Allerbesten ihrer Zunft bei uns Menschen überhaupt sind. Dieser Planet könnte im Bedarfsfalle also jederzeit aufgesucht werden. Insbesondere von einem Freund.«

»Freund? Himmel, du bist doch nicht nur ihr Freund, sondern praktisch die einzige Familie, die sie hat! Abgesehen von deinem Neffen und seinen Kameraden hatte sie doch sonst nur noch Herrn Li. Und obgleich ich zwar weiterhin in ständiger Verbindung mit ihm stehe, ist ihr dennoch seine Führung für immer verloren gegangen. Tatsächlich«, setzte sie listig hinzu, »ist gerade seine lenkende Hand in dieser Sache, sein beharrliches Drängen, dass Acorna und ihr Volk auch weiterhin Zugriff auf unseren Rat und unseren Beistand haben sollten, der wahre Grund, warum ich meine Ernährung vernachlässigt habe, weil ich stattdessen über diese Angelegenheit nachsinnen musste.«

Hafiz entflammte einen Augenblick lang in rechtschaffenem Zorn. »Du hast dich auf heimliche Stelldicheins mit Delszaki Li eingelassen, meinem alten Rivalen, und darüber auch noch vernachlässigt, jenen Leib zu nähren, den ich mit so viel Liebe überschüttet habe?«

»Er ist *tot,* Haffy«, appellierte sie an seine Vernunft.

»Aber du lässt dich von ihm beraten!«

»Mein Liebling, es ist meine Bestimmung und eine mir vom

Schicksal auferlegte Pflicht, solcherlei Geistern dabei zu helfen, die Kommunikationskanäle zwischen den Ebenen offen zu halten. Ich bin ebenso wenig im Stande, die Geister zurückweisen, wie du einen Profit abzulehnen vermagst!«

»Aber Li hat ihre Abreise doch selbst organisiert, ihr Raumschiff ausgerüstet …«

»Schon, aber er versichert, dass er stets die Absicht hatte, einen oder mehrere ihrer Beschützer mit ihr mitzuschicken. Wenn sie nicht verfrüht abgeflogen wäre, hätte ich sie rechtzeitig abgefangen und wäre an Bord jenes Raumschiffs gewesen, das sie das erste Mal ins All hinausgetragen hat. Ihrer Tante ist dann später natürlich nicht in den Sinn gekommen, mich einzuladen, mit ihnen zu reisen. Wo wir doch gerade erst frisch verheiratet waren und all das.« Sie errötete leicht, mit einer Blutwallung, die einen rosigen Schatten auf die aus ihrem Mieder herausquellenden, entblößten Rundungen legte.

Hafiz, der sich an keinem Verhandlungstisch, nicht einmal dem der Liebe, je den geringsten Vorteil entgehen ließ, griff nach ihr. »Wahrscheinlich bin ich im Augenblick viel zu sehr von meiner Sorge um deine Gesundheit abgelenkt, als dass ich diese Dinge gegenwärtig gebührend durchdenken könnte, mein kleiner Kuskus. Komm her, ich vermag von alledem nicht weiterzusprechen, solange ich nicht noch einmal persönlich den Schaden in Augenschein genommen habe, den dein Nahrungsentzug deinem herrlichen Leib angetan hat.«

Karina fügte sich nur allzu bereitwillig, war sie doch der neuen Erfahrung längst noch nicht überdrüssig, einen Mann zu haben, der so hingerissen von ihr war, dass er zwar darauf bestand, dass sie in der Öffentlichkeit weite, verhüllende Gewänder trug, der jedoch wünschte, dass sie sich in trauter Zweisamkeit für ihn und nur für ihn allein ausschließlich in, sofern überhaupt etwas, dann in so knappe kleine Körperbedeckungen wie dieses Nichts kleidete, das sie jetzt gerade trug, um sich daran lüstern zu ergötzen. Seine Hände waren äußerst geschickt, und der Blick in seinen Augen ließ sie wie immer beinahe ohnmächtig werden und rief auch in ihr ein Gefühl tiefer Begierde wach.

Außerdem war er hinterher immer sehr viel zugänglicher.

Was Hafiz betraf, so war er diesmal sogar noch erregter als üblich, da er sich nämlich die Worte seines drallen Eheweibes in Erinnerung rief, jene Worte, mit denen sie darauf hingewiesen hatte, dass mit den Gaben von Acorna und ihrer Spezies ein großer Profit zu machen war. Seine Karina war nicht nur ungemein liebreizend, sondern hatte auch Sinn fürs Geschäft – endlich eine wahrhaft verwandte Seele!

Bevor er jedoch Gelegenheit hatte, diese Seite von ihr zusammen mit den anderen näher zu erforschen, veranlasste ihn ein diskretes Hüsteln hinter ihm, sich in Richtung des kunstvollen Gitterwerks jener Tür umzuwenden, die vom Haus in den Garten hinausführte, in dem er und Karina sich gerade aufhielten. »Ich bitte um Vergebung, Herr und Meister und gnädigste Herrin, aber es hat sich eine Angelegenheit von großer Dringlichkeit ergeben, die Eure unverzügliche Anwesenheit verlangt, Herr. Eine Sache, der Ihr und nur Ihr allein Euch widmen müsst.«

»Und das werde ich auch tun, sobald es mir passt«, fauchte Hafiz mit einem finsteren Blick auf den Diener, der schon von Kindesbeinen an in den Diensten des Hauses Harakamian gestanden hatte und es daher hätte besser wissen müssen, als Hafiz ausgerechnet dann zu stören, wenn dieser damit beschäftigt war, sich den ehelichen Freuden hinzugeben. »Und wie dir eigentlich klar sein sollte, passt es mir *jetzt* ganz und gar nicht.«

»Gewiss, Hoher Herr. Aber ich schwöre Euch bei den Drei Büchern und bei den Drei Propheten, dass Ihr meine Dreistigkeit, Euch solcherart zu stören, vielleicht mit tausend Peitschenhieben vergelten werdet, dass Ihr diese Strafe aber fraglos noch verdoppeln würdet, wenn ich meine Pflicht vernachlässigte, Euch über diese Angelegenheit unverzüglich zu informieren.«

»Ach ja?«, erkundigte sich Hafiz, nunmehr doch etwas beunruhigt. Er hatte seine jetzige Machtposition schließlich nicht dadurch erklommen, dass er dringende Geschäftsangelegenheiten einfach ignorierte, wenn sie ihm zur Kenntnis gebracht wurden, nicht einmal dann, wenn die Sache so fürchterlich ungelegen kam, wie es jetzt der Fall war.

»Ohne den geringsten Zweifel, Höchster Herr und Meister«, bekräftigte der Diener mit einer Verbeugung.

»Na schön, wenn's unbedingt sein muss.« Er küsste Karina zärtlich auf die Wange – sie auf die Lippen zu küssen, wagte er nicht, weil er sich sonst bestimmt nie hätte von ihr losreißen können –, streichelte sehnsüchtig, aber schicksalsergeben ein letztes Mal über ihren Bauch, drückte ihr die goldene, mit Nachtigallen ziselierte Schale, in der ein gewaltiger Stapel aus Trüffelschokoladeneiern angehäuft war, in die Hände und forderte: »Iss, mein so herrlich zierliches Reh. Du wirst alle deine Kräfte brauchen, wenn ich wiederkomme.«

»Genau wie auch du, mein Liebster«, erwiderte sie mit einer sinnlichen Stimme, die ihn beinahe in den Wahnsinn trieb.

Didi Yasmin, die sich gezwungen sah, sich als arbeitslos zu betrachten, seit die vereinten Kräfte von Delszaki Li und diesem sonderbaren gehörnten Mädchen sämtlichen Freudenhäusern auf Kezdet das Handwerk gelegt hatten, trug immer noch Trauer. Und das bekümmerte sie außerordentlich, da Schwarz ganz und gar keine Farbe war, die sie vorteilhaft kleidete. Doch ein Sohn war nun mal ein Sohn, und der ihre war gestorben. Ein Todesfall, mit dem ihr Gatte und vermeintlicher Witwer ohne jeden Zweifel etwas zu tun hatte. Dafür sollte er teuer bezahlen. Würde er teuer bezahlen!

Und wahrscheinlich würde er den Betrag noch nicht mal vermissen, dachte sie, als sie sich umschaute und die dicken, rot gemusterten Teppiche betrachtete; die mit karmesinroter und smaragdgrüner Seide bezogenen Kissen des Diwans; die endlosen Reihen der auf Hochglanz polierten, aus exotischen Edelhölzern gefertigten Kabinettschränke, die mit gleichermaßen auf Hochglanz polierten, exotischen Schätzen gefüllt waren; die Unmengen frisch gepflückter Blumen, die aus seinen eigenen, von nicht weniger als einem Tausend sprudelnder Springbrunnen gekühlten Gärten stammten.

Doch das war er ihr schuldig. Schließlich hatte sie ihm ja pflichtschuldigst den Sohn und Erben geboren, den er von seiner Ehefrau gefordert hatte. Und er hatte den Jungen auf dem Gewissen und hatte sein Imperium diesem asteroidenhüpfenden Neffen in den Rachen geworfen. Das Allerschlimmste jedoch war, dass er die Unverfrorenheit besessen hatte, sich wieder zu verheiraten, ohne auch nur den geringsten Gedanken darauf zu verschwenden, sich mit letzter Gewissheit davon zu überzeugen, dass sie, seine wahre Ehefrau, auch wirklich tot war.

Sicher, sie hatte sich außerordentlich viel Mühe gegeben, ihren Tod so glaubhaft wie nur irgend möglich vorzutäuschen, damit sie zu ihrer einträglichen Karriere in der Sexindustrie zurückkehren konnte. Doch es hatte sie nichtsdestoweniger immer gewurmt, wie beiläufig und mit welch offenkundiger Erleichterung er die übertriebenen Berichte von ihrem Dahinscheiden für bare Münze genommen hatte. Er war damals ausgesprochen froh gewesen, den Jungen endlich ganz für sich allein zu haben. Sie war damals natürlich auch ihrerseits heilfroh gewesen, ihren Sohn endlich loswerden zu können. Denn sie hatte ihre Mutterschaft als in höchstem Maße anstrengend empfunden, trotz eines ganzen Bataillons von Kinderschwestern, und hatte schon damals den Gedanken gehasst, dass irgendwer annehmen könnte, sie wäre alt genug, um irgendjemandes Mutter zu sein!

Doch es war ihren Zwecken und jenen ihrer Arbeitgeber dienlich gewesen, dass sie sich über ihren Gatten und ihren Sohn auch nach ihrem Fortgang weiterhin stets auf dem Laufenden hielt. Was nicht sonderlich schwierig gewesen war, hatte ihr Sohn doch regelmäßig die Häuser ihrer Kolleginnen frequentiert und bei ein paar Gelegenheiten auch ihr eigenes Etablissement beehrt, wenngleich er sie dabei natürlich nicht wieder erkannt hatte.

Ein feiner Junge, ein strammer Bursche. Zu schade, dass er den Frauen, die er benutzte, stets so viel Schaden zugefügt hatte, dass sie hinterher ersetzt werden mussten, was natürlich hohe Kosten verursachte. Infolgedessen hatte sie ihn widerstrebend des Hauses verweisen müssen. Und was ihren lieben Gatten anging, so wurde sie über dessen Bewegungen und Interessen immer sehr ausführlich von jenen seiner Feinde auf dem Laufenden gehalten, denen sie freudig detaillierte Karten seines Anwesens, eine Inventarliste seiner wertvollsten Besitztümer und die Namen aller seiner persönlichen Leibwächter, an die sie sich zu erinnern vermochte, sowie andere gewinnträchtig veräußerbare Informationen hatte zukommen lassen.

Genau diese Leute waren es auch, die schließlich dafür gesorgt hatten, dass man sie aus dem Gefängnis entließ. Eben diese Leute hatten danach ihre Einschleusung in dasselbe Anwesen bewerkstelligt, in dem sie einstmals die Hausherrin gewesen war, hatten sie an den Wachen vorbeigelotst und sie mit noch einer weiteren Kleinigkeit versorgt.

Hafiz beglückte sie damit, dass er sie mit so weit offen stehendem Mund anstarrte, als wäre sie tatsächlich ein Spuk aus jenem Totenreich, in dem er sie die ganze Zeit gewähnt hatte.

»Yasmin!«, keuchte er entgeistert, als seine wohl genährte und prunkvoll gewandete Gestalt die glitzernden Perlenschnüre teilte, mit denen der Eingang verhängt war, durch den er auftauchte.

»Sei gegrüßt, mein Gemahl«, flötete sie zuckersüß. »Wie man mir berichtet hat, hast du dich kürzlich neu verheiratet. Daraus muss ich wohl schließen, dass du dir offenbar die Bräuche der Reformierten Neo-Hadithianer zu Eigen gemacht hast und ein Anhänger der Vielweiberei geworden bist – letztendlich sind wir in den Augen des Gesetzes ja nach wie vor durch das Band der Ehe in trauter Zweisamkeit miteinander vereint.« Sein Gesicht nahm haargenau jene scharlachrote Färbung an, die sie zu sehen gehofft hatte. Sie lächelte süßlich. »Nein, nein, mein geschätzter Gemahl, du musst nicht befürchten, dass ich etwa irgendwelche Einwände hätte. Eine Hauptfrau kann eine junge Nebenfrau schließlich immer gebrauchen, um sie von einigen ihrer beschwerlicheren Ehepflichten zu entlasten. Aber ich bin doch überrascht, dass sie nicht hier ist, um mich ihrerseits willkommen zu heißen. Ist dein neues Mädchen womöglich indisponiert? Ich hatte so sehr gehofft, sie kennen zu lernen und zu sehen, ob sie meinem Niveau und meinen Ansprüchen zu genügen vermag – und natürlich, um sie in ihren Pflichten mir gegenüber zu unterweisen, als deiner ersten Frau und *Khadine*.«

Hafiz stierte Yasmin, von der er einst für kurze Zeit so sehr betört gewesen war und die er längst für tot gehalten hatte, weiterhin völlig fassungslos an. Er hatte ihren Tod zwar nie so betrauert, wie es sich geschickt hätte, das stimmte, denn trotz der äußerlichen Schönheit und der scheinbaren Leidenschaftlichkeit, die sie als junge Frau noch besessen hatte, war sie kein sonderlich gutes Eheweib gewesen. Vielmehr war sie bösartig, eitel und nicht besonders intelligent gewesen. So sehr, dass, wie bei vielen Kleinkriminellen, ihre ureigenen, gefühlsbedingten Unzulänglichkeiten Yasmin bei dem Versuch, ihre Habgier zu befriedigen, häufig selbst im Wege gestanden hatten. Und Yasmin war eine sehr habgierige Frau gewesen.

Unglücklicherweise hatte es den Anschein, als wäre sie überdies auch noch am Leben, da sie, selbst wenn sie noch so glaubwürdig wie ein leibhaftiges Gespenst aussehen mochte, durchaus zu atmen schien. Ihr einstmals bezauberndes Gesicht war wiederholt chirurgisch umgestaltet worden, sie hatte ihre Altersrunzeln offenbar so oft durch Gifte und mit Messerklingen entfernen lassen, dass ihre Haut aussah, als hätte man sie straff über ihre Schädelknochen gespannt, so wie man ein gegerbtes Ziegenfell auf eine Trommel aufspannte. Ihr derart malträtiertes Gesichtsgewebe glänzte zwar, jedoch nicht vor jugendlicher Feuchte und Frische, sondern vielmehr, so schien es, durch irgendeine Art von Einpökelverfahren, das die Haut dick und grobporig aussehen ließ. Und auf ihren Wangen schimmerte bläulich ein Netzwerk aus geplatzten kleinen Blutgefäßen durch.

Ihr Mund war aufgedunsen von all den Injektionen, mit denen sie ihre Lippen künstlich aufpumpte, um zu verhindern, dass sie wieder so schmal wurden, wie die Natur es eigentlich vorgesehen hatte – doch selbst wenn ihr Mund damals möglicherweise tatsächlich etwas allzu schmallippig gewesen sein mochte, so war er jedoch zum Ausgleich dafür wenigstens stets zu ausgelassenem Gelächter bereit gewesen; und genau dies hatte einen Teil dessen ausgemacht, was ihn einst zu ihr hingezogen hatte. Jetzt hingegen sah es so aus, als ob es ihr schon Schmerzen bereiten würde, wenn sie ihre Lippen nur zum Sprechen bewegte. Ihre Augenlider waren chirurgisch gestrafft worden, und auf die Jochbögen darüber hatte sie sich künstliche Brauen tätowieren lassen.

Dicke, künstlich implantierte Lidhaare ließen ihre eigenen, echten Wimpern fülliger erscheinen. Doch nichts von alledem täuschte über den steinern stumpfen, glanzlos starren Ausdruck in ihren Augen hinweg. Eingerahmt wurde dieses ganze Gesichtsgebilde von einem auf geschmacklose Art mit schwarzem Flitter besetzten schwarzen Kopfschleier, unter dem ihr mit goldfarbener Metalltönung brettsteif eingefärbtes Haupthaar durchschimmerte.

»Yasmin, du bist tot, wenn wohl auch nicht tatsächlich, so aber doch in den Augen des Gesetzes. Und selbst wenn du durch dein Wiederauftauchen immer noch meine Frau bist, dann doch lediglich dem Namen nach. Sogar das wird nicht mehr lange der Fall sein, nachdem ich jetzt weiß, dass es dieses Problem gibt. Hätte ich schon früher gewusst, dass du noch am Leben bist, hätte ich mich zwar auch damals um unseres Sohnes willen nicht von dir scheiden lassen, solange er noch gelebt hat. Aber nun, wo er gestorben ist …«

»Nicht gestorben, ermordet!«, flüsterte Yasmin mit zu Schlitzen verengten Augen. »Niederträchtig ermordet – und trotzdem höre ich, dass du, sein eigener Vater, nicht das Geringste unternommen hast, um ihn zu rächen! Stattdessen hast du, wie man sich erzählt, ihn als Erben in unziemlicher Hast einfach durch diesen asteroidenhüpfenden Neffen von dir ersetzt.«

»Tapha hat es nicht anders vedient. Er war unser Sohn, das ist wahr. Aber ebenso wahr ist, dass er ein bösartiges und ignorantes Schwein war.«

»Von meiner Seite der Familie hatte er das aber nicht!«

Mit einer verächtlichen Handbewegung tat Hafiz diesen Einwurf achtlos ab. »Spielt keine Rolle. Es gibt schon längst keine ›deine‹ Seite der Familie mehr. Deine Seite der Familie ist restlos ausgestorben, augenscheinlich ja auf dein eigenes Betreiben hin. Du bist schon seit vielen Jahren kein Mitglied meiner Familie mehr. Und es betrübt mich, dir mitteilen zu müssen, liebste verblichene Mutter unseres unbeweint verstorbenen Sohnes, dass ich Tapha selbst dann enterbt hätte, wenn er noch leben würde. Der Junge hat es nämlich geschafft, sich trotz seiner legitimen Geburt während unserer Ehe zu einem Bastard der schlimmsten Sorte zu entwickeln.«

»Du hast nicht den geringsten Familiensinn! Daher ist es wohl ganz gut, dass ich zurückgekehrt bin, um meine Rolle als deine *Khadine* wieder einzunehmen und deine Zweitfrau hierin zu unterweisen.«

Hafiz sah aus, als stünde er im Begriff zu explodieren, und antwortete mit bedächtiger, gefährlicher Stimme: »Du wirst nicht mit ihr sprechen, du wirst sie nicht einmal zu Gesicht bekommen. Du bist keine *Khadine*. Du bist noch nicht mal mehr meine Frau.«

Er holte tief Luft und griff auf die altehrwürdige Methode der Hadithianer zurück, mit der man sich im Schnellverfahren aus unerwünschten ehelichen Bindungen lösen konnte, indem er auf zeremonielle Weise zu rezitieren begann: »Ich verstoße dich, ich verstoße dich, ich ...«

Bevor er es auch das dritte und entscheidende Mal sagen konnte, fiel sie ihm mit einem schrillen, hohen Winseln und Wehklagen ins Wort, das er beim besten Willen nicht ignorieren konnte.

»Du glaubst, du kannst mich einfach so rauswerfen – so mir nichts, dir nichts meinen Sohn umbringen, eine andere Frau heiraten und mich vor die Tür setzen, als wäre ich nicht im Geringsten von Belang?«

»Ich bin just dabei, genau das zu tun«, versicherte Hafiz ihr.

»Es ist nicht nötig, gleich so unfreundlich zu werden. Wie du dich erinnern wirst, war ja ich es, die dich verlassen hat. Ich habe dich nur auf die Probe stellen wollen«, behauptete sie mit einem giftig-süßlichen Lächeln. Sie zog ein wunderschönes juwelenbesetztes Kästchen aus ihrem Gewand hervor und streckte es ihm entgegen. »Wie ich zugeben muss, habe ich schon befürchtet, dass du auf genau diese Weise reagieren würdest. Dass der Schock meiner Wiederauferstehung sich als zu viel für dich erweisen würde und dass die Jahre, die wir getrennt verbracht haben, eine zu große Belastung für deine Zuneigung zu mir dargestellt haben. Aber obgleich ich die Art und Weise nicht schätze, wie du mich behandelt hast, bin ich nichtsdestotrotz eine weltoffene Frau mit großem Verständnis. Und nur um dir zu zeigen, dass ich dir nichts nachtrage, habe ich dir ein Hochzeitsgeschenk mitgebracht. Eines, von dem ich weiß, dass es von großem Interesse für dich sein wird.«

»Ich habe kein Interesse an deinen Geschenken – aber, ahhh – ist das etwa eine seltene terranische Schnupftabakdose mit Zinnober- und Jade-Intarsien aus dem frühen neunzehnten Jahrhundert, ähnlich jenem vom Hof des französischen Kaisers Napoleon Bonaparte?« Einen derartigen Schatz musste er doch zumindest näher in Augenschein nehmen. Seine Finger juckten regelrecht danach, so wie sie es bei allen edlen und seltenen Sammlerstücken taten. Vielleicht bildete er sich das hämische Grinsen, zu dem sich Yasmins rote, geschwollene Lippen flüchtig verzogen, ja auch nur ein?

»Genau die ist es. Der Kaiser höchstselbst hat seine imperiale Nase aus just diesem Gefäßlein mit Tabak gestopft, oh du mein begieriger Gemahl. Und jetzt birgt er eine neue Rarität, einen Schatz von ganz besonderer Bedeutung für dich. Nur zu, nimm sie.«

Er setzte schon dazu an, ihr das Behältnis aus der Hand zu nehmen, besann sich dann jedoch eines Besseren. »Nein, öffne du es. Zeig es mir. Es würde ganz zu dir passen, wenn du es mit irgendeinem vergifteten Verschluss versehen hättest ...«

»Du tust mir Unrecht, Geliebter«, bestritt sie die Anschuldigung und fragte sich, woher der Mann, der ihr die Tabatiere verkauft hatte, wohl gewusst haben mochte, dass Hafiz ihr genau diesen Vorwurf machen würde. Sie drückte auf den Verschluss, und der Deckel der Tabakdose sprang auf. »Siehst du? Nichts drin außer feinem, funkelndem Pulver, wie zermahlener Mondstein oder Opal.«

»Ich handle nicht mit Drogen, Yasmin«, erboste sich Hafiz. Tat er wahrhaftig nicht. Nicht mehr. Seit vielen Jahren schon nicht mehr. Nun, zumindest nicht mehr regelmäßig. Man konnte ohnehin nicht mehr sonderlich viel Geld damit machen.

»Aber nicht doch, mein Gemahl, das ist keine Droge von der Art, auf die du anspielst. Das hier ist wahrlich ein ganz besonderes Pülverchen. Es heilt jede beliebige Wunde, neutralisiert Gifte und ist ein bei Mann und Frau gleichermaßen verblüffend wirkungsvolles Aphrodisiakum; schon wenn man nur ein paar Körnchen davon mit einem Getränk oder einer Speise zu sich nimmt.«

»Ist das wahr?«, fragte Hafiz misstrauisch. »Dann wäre das fürwahr eine märchenhafte Sache, Mutter meines verdientermaßen verstorbenen Sohnes. Und etwas, das ich mit Freuden annehmen werde, wenn du mir nur verrätst, warum du mich hiermit beglücken solltest. Wo du doch, soweit ich dessen je gewahr werden konnte, mal abgesehen von meinem Reichtum, niemals auch nur für irgendeinen Teil meiner Person irgendwelche liebevollen Gefühle gehegt hast? – Als Geschenk annehmen werde, meine ich«, beeilte er sich hastig hinzuzufügen. Ein Geschenk war schließlich und endlich ein Geschenk, obschon er für eine Medizin mit derart beeindruckenden Eigenschaften, wie Yasmin sie diesem Pulver zuschrieb, allemal auch bereitwillig eine recht gehörige Summe bezahlt hätte.

»Weil, mein lieber Gemahl, es heißt, dass dieses Pülverchen vom Horn eines humanoiden Wesens stammt, dem ein einzelnes, kegelförmiges Horn aus der Mitte ihrer Stirn wächst. Und da du einem solchen Wesen einstmals deine Gunst bezeugt hast …« Sie lachte, holte tief Luft und blies das Pulver aus der offenen Dose Hafiz ins Gesicht und in die Augen, was ihn mit einem sternenfunkelnden Wirbel blendete und ihn gleichzeitig auf irgendeine Weise verstummen ließ und ihm alle Sinne raubte. Sodass er sich, als er das Bewusstsein wiedererlangte, mitten auf dem Zentralmuster des Paradiesgarten-Teppichs liegend wieder fand, während der lebende Geist seiner verstorbenen Frau verschwunden war.

Er war eins mit seiner Heimatwelt, graubraun und gebrochen, und für einen Betrachter wäre er vom Schutt fast nicht zu unterscheiden gewesen. Er wusste längst nicht mehr, was Fels und Boden und was Teil seines eigenes Leibes war, vom Schmerz einmal abgesehen. Als das Schiff das erste Mal landete, hatte er deshalb auch keine Angst, dass das kleine pelzige Tier oder das lästige Ungeheuer, das fortwährend Dinge aus seinem Vehikel hinaus- und dann wieder hineinwarf, ihn bemerken könnte.

Als sie jedoch das zweite Mal landeten, beobachtete er dies mit sehr viel größerem Argwohn und war gleichzeitig erleichtert darüber, dass er das seiner Obhut anvertraute heilige Gut bereits von seinem bisherigen Ruheort fortgeschafft hatte. Denn zweifellos war es dieser Schatz, der die Fremden hierher gelockt hatte.

Zehn

Die Chemiker des Hauses Harakamian berichteten, dass es sich bei dem Pulver um eine Mischung aus zermahlenen Pollen der seltenen wahanamoianischen Schlafblüte und einer weiteren, allerdings schwer zu analysierenden Substanz handele, die kalzifiziertes Gewebe irgendeiner Tierhornart zu sein schien. Mehr könnten sie darüber nicht sagen, außer dass die Wunde eines Laboranten, der sich kurz zuvor versehentlich geschnitten hatte, spontan verheilt war, als er zufällig mit dem Pulver in Berührung gekommen war.

Karina gegenüber ließ Hafiz kein einziges Wort von alledem verlauten. Denn solange er die Scheidung von seinem tot geglaubten ersten Weib nicht endgültig zum Abschluss gebracht hatte, wollte er seine neue Ehe auf keinen Fall dadurch gefährden, dass er die höchst lästige Quicklebendigkeit seines ehemaligen Eheweibes seiner jetzigen Frau gegenüber zur Sprache brachte.

Etwas anderes jedoch verstörte ihn in der Tat sehr. Gewiss, Yasmin hatte sich das Pulver fraglos über ihre Verbindungen zur kriminellen Unterwelt verschafft. Hafiz war überzeugt davon, dass sie über derartige Kontakte verfügen musste. Denn wer sonst hätte sie all diese Jahre hindurch finanziert, während derer sie sich in einem Gewerbe abmühte, von dem sie offenbar geglaubt hatte, dass es sie irgendwann berühmt machen würde? Doch wenn es diese Leute tatsächlich auf irgendeine Weise fertig gebracht hätten, Acorna und die von ihrem Heimatplaneten entsandten Botschafter zu ermorden, dann hätten sie ihm dies auf sehr viel weniger umständliche Weise mitgeteilt, dessen war Hafiz sich sicher – er an ihrer Stelle hätte es schließlich ebenso gehalten, obwohl er oftmals ein äußerst umständlicher Mann war. Demzufolge war dieses Pulver wohl vielmehr als Warnung gedacht gewesen. Und doch – wo konnte das Hornmaterial hergekommen sein?

Ein widerwärtiger Gedanke schoss ihm durch den Kopf. Bevor er den Linyaari persönlich begegnet war, hatten sie Laboue als Warnung Vids übermittelt, auf denen zu sehen gewesen war, wie die Khleevi Linyaari-Gefangene zu Tode folterten. War womöglich irgendeine Gruppe jenes Gewürms, mit dem Yasmin zu verkehren pflegte, derartig skrupellos, dass diese Kreaturen wahrhaftig Verbindungen zu den Khleevi unterhielten, die ihnen Linyaari-Hörner verkauften?

Wenn dies stimmen sollte, war das eine sehr ernste Angelegenheit. Acorna und ihr Volk mussten unverzüglich davon erfahren. Hafiz beschloss, seinen Neffen und Erben von der Angelegenheit in Kenntnis zu setzen, entschied nach reiflicher Abwägung allen Für und Widers jedoch, dass es wohl ratsamer war, dies von Angesicht zu Angesicht zu tun, als die Nachricht den interstellaren Komverbindungen anzuvertrauen. Hafiz war viel zu bodenständig, um zu übermäßigem Heldenmut zu neigen, und Yasmins Befähigung, ohne sein Wissen und Zutun in seinem Haus ungehindert ein und aus gehen zu können, hatte ihn bis ins Mark erschüttert. Er fühlte sich auf Laboue einfach nicht mehr sicher.

Er verbot seinem Hauspersonal strengstens, Karina von dem ungebetenen Überraschungsbesuch zu erzählen, ehe er nicht entschieden hatte, wie er es ihr selbst berichten konnte, und befahl, das gesamte Anwesen nach seiner verblichenen Frau abzusuchen. Wie er schon vermutet hatte, war sie jedoch unauffindbar verschwunden, ohne die geringste Spur zu hinterlassen, während er noch von Drogen betäubt auf dem Fußboden seines eigenen Hauses gelegen hatte.

Schließlich, kaum mehr als drei Stunden nach dem Zeitpunkt, an dem er das letzte Mal an Karinas Seite geweilt hatte, tauchte Hafiz wieder in ihrem gemeinsamen Schlafgemach auf, wo seine Gattin sich auf ihrer ehelichen Liegestatt räkelte. Sie hatte geschlafen, glaubte er, war jedoch beim Klang seiner Schritte wieder erwacht.

»Karina«, begann er, »du hast mich überzeugt. Unser Schiff wird gerade vorbereitet, und schon bald werden wir zur Heimatwelt der Linyaari abfliegen, um Acorna und die anderen zu besuchen.«

Karina hätte auch dann sofort gewusst, dass irgendetwas nicht stimmte, wenn sie nicht schon zuvor einer zutiefst verstörten und zweifelsohne geistig umnachteten Frau begegnet wäre, die Hafiz' wahre Ehefrau zu sein behauptet hatte. Karina war selbstverständlich sofort zu dem Schluss gelangt, dass diese Frau ein Geist sein musste, denn die erste Frau von Hafiz war ja tot. Natürlich hätte sie auch eines dieser Hologramme sein können, von denen Hafiz ständig neue Varianten zusammenbastelte, um einen in den unmöglichsten Ecken und Winkeln des Anwesens zu überraschen. Aber warum sollte er ausgerechnet ein abgrundtief hässliches Hologramm schaffen, das behauptete, seine Ehefrau zu sein? Es konnte somit nur ein Geist sein. Karina hatte zwar versucht, die Gespensterfrau zu beschwichtigen und zu trösten, sie dazu zu bewegen, wieder in die Sphäre des Lichts zurückzukehren, doch die Spukgestalt hatte sie lediglich verärgert angesehen. Dann war das Phantom wieder weitergezogen, vermutlich um Hafiz heimzusuchen, oder vielleicht war die Geisterfrau auch gerade von ihm gekommen. Denn als Karina Hafiz das nächste Mal zu Gesicht bekam, benahm er sich sehr sonderbar ... wie es typisch für manche derjenigen war, die Besuch von Wesen von der anderen Seite erhalten hatten.

Vor allem jedoch redete Hafiz Karina zum einen mit ihrem richtigen Namen an, statt sie mit einer seiner langatmigen Kosebezeichnungen zu begrüßen. Zum anderen gab er ihrem Ansinnen, Acornas Volk aufsuchen zu wollen, plötzlich auf ganzer Linie nach, ohne auch nur den geringsten Versuch zu machen, eine neckische Gegenleistung dafür einzufordern, was ihm nun ganz und gar nicht ähnlich sah. Und zum Dritten tat er kaum jemals etwas in derartig überstürzter Eile, sondern ging seine Unternehmungen stets nur in gemessenem Tempo und mit von langer Hand wohl überlegten Vorbereitungen an.

Seine aus heiterem Himmel kommende Einwilligung erschreckte Karina deshalb so sehr, dass sie sogar unwillkürlich ein Stückchen vor ihm zurückwich.

»Mein Liebling, vielleicht sollten wir doch noch ein klein bisschen warten«, wandte sie ein und zog ihn mit einem leichten Zupfen an seiner Hand sanft neben sich auf die Bettkante herab. »Du siehst aus, als wäre dir nicht wohl. Du schwitzt, und deine Gesichtsfarbe sieht gar nicht gesund aus. Ich glaube, du brauchst eine kleine Kur mit einigen meiner speziellen Kräutertees, und vielleicht sollten wir heute die Nacht auch eine Zimtkerze brennen lassen, um dir Linderung ...«

»Pack alles zusammen, Geliebte!«, fiel er ihr im Befehlston ins Wort. »Pack meinetwegen alles an Tee und Kerzen ein, was du willst. Pack alle deine Kleider und Juwelen ein, deine Karten und Steine und deine Kristallkugel. Aber wir dürfen Acorna und ihrem Volk deine spirituelle Führung nicht einen einzigen Tag länger vorenthalten!«

In erster Linie, dachte er insgeheim, wollte er nicht einen einzigen Augenblick länger warten und riskieren, dass Yasmin wieder zurückkehrte und Karinas und seine Flitterwochen noch mehr verdarb, als sie es bereits getan hatte. Hafiz befürchtete nämlich, dass seine erste Frau das nächste Mal noch sehr viel schlimmere Unruhe stiften würde – was sich dann endgültig nicht mehr vor Karina verheimlichen ließe. Das würde er auf keinen Fall zulassen. Denn wer wusste schon, wie Karina darauf reagieren mochte? Frauen waren schließlich hochgradig schwer zu begreifen, selbst für einen Mann mit seiner beträchtlichen Erfahrung in Liebesdingen. Was ihm jedoch mehr noch als Yasmins Ränke Sorgen bereitete, war der Umstand, dass die Sicherheit seines eigentlich wie eine Festung geschützten Heims verletzt worden war. Wenn er schon fortgehen musste, dann geschah dies deshalb besser in allergrößter Eile, bevor womöglich auch noch Yasmins widerwärtige Hintermänner ihr hierher folgten.

Um dies in Zukunft ausschließen zu können, hatte er zwischenzeitlich bereits eine vollständige Überprüfung und Neuregelung seiner sämtlichen Sicherheitsmaßnahmen befohlen, einen Austausch aller Schließanlagen, Kodes und Passwörter. Außerdem hatte er eine grundlegende Umgestaltung des Anwesens und die Verstärkung seiner Verteidigungssysteme angeordnet. In der ersten Zeit seiner Zuneigung – na schön, Wollust – für Yasmin hatte er ihr seinerzeit leider alles gezeigt – *alles*.

Das bereute er jetzt zutiefst, denn obwohl er seit der Zeit seiner ersten Ehe etliche neue Sicherheitseinrichtungen hinzugefügt und bestehende verändert hatte, wusste sie immer noch über viel zu vieles Bescheid. Er und Karina würden sich deshalb hier – in seinem eigenen Haus! – so lange nicht mehr wirklich sicher fühlen können, bis Yasmin ein für alle Mal kaltgestellt worden war.

Sein persönliches Raumschiff wurde ohnehin ständig auf Abruf für ihn bereitgehalten und war stets reichlich mit allen erforderlichen Vorräten und Annehmlichkeiten ausgerüstet, um ihm die Weltraumreisen zu den meisten seiner üblichen Zielorte allzeit so angenehm wie nur möglich zu machen. Er befahl daher, es unverzüglich für einen ausgedehnten Langstreckenflug startbereit zu machen, und ließ obendrein sämtliche Kursdaten, die Calum Baird und Acorna für ihre ursprünglich geplante Suche nach der Linyaari-Heimatwelt berechnet hatten, in den Bordcomputer überspielen.

Als Besatzung würden sie nur mitnehmen, was für den reibungslosen Betrieb des Raumschiffs absolut unabdingbar war: Pilot, Navigator, Bordarzt und Kommunikationsoffizier plus je einem vertrauenswürdigen persönlichen Diener sowohl für ihn und Karina als auch für jeden der Schiffsoffiziere, damit diese ebenfalls von Alltagsbanalitäten unbelastet blieben, um dadurch ihren eigentlichen Aufgaben besser nachgehen zu können.

Hafiz war zwar selbst ein kompetenter Raumpilot, doch für eine derart lange Weltraumreise und zudem eine, die von niemandem aus seinem Bekanntenkreis je zuvor tatsächlich erfolgreich bewältigt worden war, zog er es doch vor, auf einen erfahrenen Spezialisten zurückzugreifen.

Gerne hätte er auch noch seinen persönlichen Küchenchef mitgenommen sowie seinen Frisör und den Maßschneider, seine Maniküre und die Masseurin, seinen Kammerdiener, die Zofen und all die anderen Bediensteten, an die er und Karina gewöhnt waren. Doch das meiste von deren Aufgaben konnte entweder von den Privatlakaien übernommen oder aber mühelos elektronisch und mechanisch von den zahlreichen Bordeinrichtungen und Schiffssystemen geleistet werden. Zur Unterhaltung würden ihnen seine Hologramme zur Verfügung stehen, die für ihre Kurzweil sorgen und die Atmosphäre an Bord mit ein bisschen Würze und Abwechslung bereichern würden. Hologramme hatte er schon den Großteil seines Erwachsenenlebens lang gesammelt und auch selbst geschaffen, zunächst aus rein geschäftlichen Gründen, inzwischen jedoch vornehmlich als eines seiner kleinen Hobbys. Sie waren leicht, nahmen keinen Platz weg und konnten zudem überraschend nützlich sein.

Im Interesse der höchstmöglichen Sicherheit – sowohl ihrer eigenen als auch jener der Linyaari – beschloss er daher, auf sämtliches Luxuspersonal zu verzichten und sich auf dieser Reise eben einmal mit ein paar Unbequemlichkeiten abzufinden. Seine Rumpfmannschaft war von ihm persönlich handverlesen worden und bestand ausschließlich aus innerhalb des Hauses Harakamian aufgewachsenem und ausgebildetem Personal. Diese zumindest waren somit loyal und über jeden Verdacht erhaben.

Als weiteres Problem kam allerdings hinzu, dass er das Gefühl hatte, er sollte im Interesse gleich von Beginn an möglichst ungetrübten Beziehungen zu Acornas Volk diesmal wohl besser weder das übliche Waffenarsenal noch irgendwelche offensichtlichen Sicherheitsleute an Bord mitführen. Zwar besaßen auch seine Schiffsmannschaft und Lakaien eine gründliche Ausbildung in Sicherheitsdingen, doch das war nun einmal nicht ihre Hauptaufgabe. Möglicherweise war es ja ausgesprochen töricht, sich ohne ausreichende Bewaffnung oder eine Armee im Rücken ins Unbekannte hinauszuwagen. Andererseits jedoch gab es ja noch die im Schiff fest eingebauten Verteidigungssysteme, die sie im Notfall einsetzen konnten. Er war zuversichtlich, dass nicht einmal die misstrauischsten Linyaari deren Existenz argwöhnen würden. Wie auch immer, in Anbetracht seiner Mission hieß es ohnehin: entweder diesen Weg beschreiten oder aber das Ganze gleich bleiben lassen.

Im unwahrscheinlichen Fall, dass Acornas Volk die Verteidigungsanlagen seines Raumschiffes doch entdecken sollte, würden die Linyaari das einfach hinnehmen und einsehen müssen. Er versuchte schließlich aufrichtig und ehrlich, in Frieden zu kommen – sehr wahrscheinlich zu Lasten der Sicherheit seiner Leute und sogar seiner eigenen. Blieb nur zu hoffen, dass ihr Abflug zügig und überraschend genug erfolgen würde, damit Yasmin oder wer auch immer es war, für den sie arbeitete, nicht im Stande wäre, ihnen Verfolger hinterherzuschicken.

Karina war während ihrer Reise von Laboue nach Maganos ungewöhnlich schweigsam und in sich gekehrt.

»Was hast du, meine Liebe?«

»Meine spirituellen Ratgeber aus dem Jenseits sind beunruhigt. Sie werfen ständig besorgte Blicke über ihre ektoplasmatischen Schultern, Liebling. Bestimmt versuchen sie mir auf diese Weise mitzuteilen, dass ich irgendetwas Wichtiges auf Laboue habe liegen lassen, oder vielleicht, dass wir vergessen haben, irgendein Haushaltsgerät abzuschalten …«

»Mir scheint, du erlebst bloß einen Rückfall in längst vergangene Zeiten, als du noch Entbehrungen und Armut erdulden musstest, du Blume meiner Seele. Vergiss nicht, du hast jetzt Bedienstete, die sich um derartige Dinge kümmern!«

Sie schenkte ihm die Andeutung eines müden Lächelns. »Das haben wir wirklich, oh mein Geliebter. Trotzdem, ich wünschte, meine Kommunikation mit der Lichtebene wäre etwas deutlicher. Aber es ist für Wesen aus dem Jenseits eben sehr desorientierend, von einem Planeten zu einem anderen mitreisen zu müssen, weißt du? Sie entwickeln nämlich starke Bindungen an den Ort, von wo aus sie auf die andere Seite übergetreten sind.«

»Tatsächlich? Du bist ein wahrer Quell der Informationen, du holdeste aller Frauen. Davon hatte ich keine Ahnung.«

»Doch, das stimmt!«

»Verrat mir, du Liebe meines Lebens, zählt auch Delszaki Li immer noch zu deinen andersweltlichen Freunden?«

»Aber natürlich, ja!«

»Dann richte ihm aus, dass dein Gatte fordert, er solle sich auf der Stelle unmissverständlich erklären und sofort damit aufhören, dir Kummer zu bereiten, du wertvolle Perle der psychischen Wahrnehmung!«

Karina kicherte. »Oh Hafiz, du bist so süß, wenn du dich entrüstest. *So was* könnte ich Herrn Li doch nie sagen. Aber ich werde ihm mitteilen, dass auch du dir Sorgen machst, und sehen, ob er uns nicht eingehender zu erleuchten vermag. Dazu muss ich aber ganz allein sein, um meditieren und ungestört meine Energien sammeln zu können. Hmm, wo ist denn bloß wieder dieser zwanzigkarätige Amethystkristall geblieben, den du mir geschenkt hast?«

»Ich glaube, du hast ihn unserem Bordarzt ausgeliehen, damit er versuchen kann, mit Hilfe des Kristalls ein Zwiegespräch mit seinen Bakterienkulturen zu führen, mein Schatz.«

»Stimmt. Nun, dann werde ich ihn mir eben einfach wieder

zurückleihen müssen. Ohne die richtigen Utensilien kann ich mein Gewerbe schließlich nicht ordentlich ausüben. Kannst du denn überhaupt eine Weile ohne mich auskommen, Geliebter?«

»Jeder Augenblick wird wie ein Dolch in meinem Herzen sein, meine süße und saftige Gemahlin, aber ich werde die Qual tapfer erdulden.«

Sie küssten sich, und sie verschwand.

An den Kommunikationsoffizier gewandt, ordnete Hafiz an: »Bitte benachrichtigen Sie die Maganos-Mondbasis, dass mein Neffe sich bereithalten soll, wenn wir eintreffen.«

Schon wenige Augenblicke später drang die Antwort des Maganos-Funkoffiziers aus dem Lautsprecher der Interstellarkomanlage. Mit der zwischen Fistel- und Basstönen wild hin und her schwankenden Stimme eines Jungen, der gerade in der Pubertät und im Stimmbruch zu sein schien, was zweifellos auch zutraf, da der Mond mittlerweile eine Schulungsstätte für Jugendliche war und die Schüler gleichzeitig auch das Personal für fast den gesamten Stationsbetrieb stellten, meldete er: »*Shahrazad,* hier spricht die Maganos-Zentralbasis. Wir haben Herrn Harakamian gar nicht erwartet!«

»Das ist uns bekannt, Maganos-Mondbasis. Deshalb möchte Herr Harakamian ja auch mit seinem Neffen sprechen. Könnten Sie ihn bitte ausfindig machen und ihn auf den Komschirm durchstellen?«

»Ich werde es versuchen, *Shahrazad.* Bleiben Sie dran.«

Das Gesicht, das schließlich auf dem Komschirn auftauchte, gehörte jedoch nicht Rafik, sondern Calum Baird. Hafiz schob sich vor seinen Komoffizier, sodass nun sein eigenes Gesicht und seine Stimme auf Bairds Vidschirm zu sehen und zu hören sein würden.

»Ah, das ältere und hässlichste Weib meines Neffen – wie geht es dir?«, erkundigte Hafiz sich und freute sich königlich darüber, wie Calum das Blut vom Hals über seinen roten Bart hinaus ins Gesicht schoss. Hafiz spielte auf die erste Begegnung der beiden an, als Calum ebenso wie Acorna einen Gesichtsschleier und ein langes Frauengewand getragen hatte, um der Täuschung Vorschub zu leisten, dass Rafik zur fundamentalistischen Sekte der polygamen Neo-Hadithianer übergetreten wäre.

»Gar nicht mal so schlecht, Sie Räuberbaron, der Ali Babas vierzig Wegelagerer wie blutige Amateure aussehen lässt«, gab Calum mit gleicher Münze zurück. »Aber ich muss Ihnen leider mitteilen, dass Rafik gezwungen war, nach Rushima abzureisen. Dr. Hoa hatte dort ein paar Probleme, die er dringend mit ihm persönlich besprechen wollte.«

»In diesem Fall braucht ihr nicht mehr auf uns zu warten, mein Freund. Wir werden stattdessen umschwenken und direkt nach Rushima weiterfliegen, denn auch ich muss mit meinem Neffen unter vier Augen reden. Ähm – Baird?«

»Ja?«

»Wie geht es der jüngeren Frau meines Neffen? Hat jemand etwas von ihr oder den anderen Mitgliedern des Harems gehört?«

Zuerst sah Calum zutiefst verwirrt aus, antwortete dann jedoch bedächtig: »Die letzte Nachricht, die wir von ihnen erhielten, ist ungefähr zwanzig Tage alt, als sie diesen Quadranten verlassen haben. Es ging ihnen allen gut, und sie, ähm – freuten sich darauf, bald wieder mit ihren Familien vereint zu sein.«

»Ich verstehe. Und, Baird?«

»Ja?«

»Deine letzte Kreuzfahrt mit der jüngeren Gemahlin – hätten eure Pläne euch an das Ziel gebracht, das ihr angesteuert hattet? Haben die anderen Haremsangehörigen dir diesbezüglich einen Hinweis gegeben?«

»Nun ja, in der Tat, das haben sie. Wir wären bis in – ähm – den Vorraum des Serails gekommen, um es mal so auszudrücken. Warum?«

»Ach, nur so. Ich war nur neugierig. Eine kleine Wette mit meinem Navigator. Nichts von Bedeutung.«

»Sicher«, brummte Calum in einem Tonfall, der unmissverständlich ausdrückte: »Mich kannst du nicht auf den Arm nehmen.«

»*Shahrazad* Ende«, verabschiedete sich Hafiz gut gelaunt.

»Ich wünsche eine gute Reise«, erwiderte Baird zuckersüß und mit einem übertrieben femininen Winken seiner Finger. Seine buschigen Augenbrauen allerdings waren voller Besorgnis zusammengezogen, und Hafiz begriff, dass der Kaledonier ahnte, welcher Art die Geschäfte sein mochten, die Hafiz mit Rafik zu besprechen beabsichtigte.

Die *Condor* besaß gewisse Modifikationen und Zusatzeinrichtungen, die durchaus nicht allein aus bautechnischen Notwendigkeiten heraus entstanden waren. Direkt vor der Kontrollkonsole der Bordzentrale etwa war als nachträglicher Einbau ein ganzer Instrumentenblock mit Multifrequenz-Scannern untergebracht. Nach der Ladung, und abgesehen vom Kapitän und dem ersten Maat, waren diese Ortungsgeräte das Wichtigste an Bord des Raumers.

Denn mit Hilfe dieser Anlage hielt Becker ständig ein halbes Auge und Ohr nach Notsignalen offen, achtete auf Funkimpulse, wo es keine Funkimpulse geben sollte, Peilsender und jegliches andere Anzeichen, dass irgendwo eine Weltraumstation, ein Raumschiff, ein Asteroid oder was auch immer gerade in Schwierigkeiten stecken oder in jüngster Vergangenheit mit Problemen gekämpft haben könnte. Selbstverständlich besaß Becker auch eine Erste-Hilfe-Ausrüstung an Bord und war jederzeit anstandslos bereit, eventuelle Überlebende zu versorgen, wenn es sich als nötig erweisen sollte. Doch sein Interesse war nicht in erster Linie humanitär – oder extraterresträr, wie auch immer es sich gerade ergeben mochte.

Hauptsächlich wollte er schlicht erfahren, wo es Schwierigkeiten gegeben hatte, wo man möglicherweise ein Raumschiff oder eine Siedlung aufgegeben hatte, oder wo man wertvolle Ausrüstung und anderen, für einen geschäftstüchtigen Bergungsgutsammler interessanten Krempel zurückgelassen haben mochte. Seine Empfangsgeräte wurden noch durch weitere Sensoranlagen ergänzt, mit denen Becker das Vorhandensein größerer Gegenstände in der Nähe der *Condor* orten konnte oder auch – was nicht minder nützlich war – umgekehrt das Fehlen allen üblichen Weltraumschutts feststellen konnte, was ein Hinweis darauf war, dass sich womöglich eines dieser so hilfreichen Löcher oder Spalten im Raum-Zeit-Kontinuum in der Nähe befand. Während man die Position von manchen dieser Phänomene vorherberechnen konnte, tauchten andere zuweilen an Orten auf, an denen sie nie zuvor gesichtet worden waren. »Weltraummotten«, hatte Becker Senior dann zu behaupten gepflegt. »An diesem Sektor ham' wieder mal welche von diesen verdammten Weltraummotten geknabbert. Sollen wir mal nachsehen, wo uns das Mottenloch hier hinführt, mein Junge?«

Es war keineswegs so, dass Theophilus Becker nie auf den Gedanken gekommen wäre, er könnte die *Condor* dabei womöglich einmal in eine jener tückischen kleinen Abkürzungen hineinsteuern, die das Leben der Astrophysiker interessant machten, und nie wieder herausfinden. Vielmehr war es so, dass weder er noch Jonas einen konkreten Terminplan oder dergleichen hatten, auf den sie hätten Rücksicht nehmen müssen. Sie waren gänzlich ungebunden, und daher stand es ihnen frei, nach Belieben ausgiebig in allem herumzustochern, was sie aufstöberten. Zwar war es sicherlich möglich, dass sie auf diese Weise irgendwann einmal in der Unendlichkeit verloren gehen mochten, wie es die alten Vids immer so dramatisch schilderten. Doch der alte Becker war stets der festen Überzeugung gewesen, dass dem Auftauchen dieser Raum-Zeit-Falten in einem gegebenen Raumsektor ein vorhersagbares Muster zu Grunde läge. Es war eine Ansicht, die er mit kaum jemandem geteilt hatte, ausgenommen mit Jonas, der sich dachte, dass, was gut genug für Paps war, auch gut genug für ihn sein würde, und deshalb gegenüber Wurmlöchern und dergleichen, seien es nun neue oder gebrauchte, das gleiche unbekümmerte Verhalten an den Tag legte wie sein Adoptivvater.

Für gewöhnlich riss sich Becker zwar kein Bein aus, um seinen Ortungsinstrumenten mehr als beiläufige Beachtung zu schenken, solange sie nur ordnungsgemäß arbeiteten. Denn falls er es mal nicht bemerkte, wenn die Geräte etwas Interessantes zu melden hatten, kümmerte sich meistens SB darum, dem die Ortersignale selten entgingen und der dann mit demonstrativ gebanntem Blick so lange vor dem einen oder anderen Anzeigenschirm hockte, bis auch Becker es ihm endlich nachtat.

Diesmal allerdings war er sowohl ein wenig besorgt, dass Kisla Manjari und ihre Kumpane ihm ins All gefolgt sein könnten, als auch begierig darauf, sein Warenlager so bald wie möglich wieder aufzufüllen.

Kaum hatte er Kezdet und dessen Monde hinter sich gelassen, wandte er seine volle Aufmerksamkeit daher seinen Fern- und Nah-Scannern zu. Er hatte im Grunde nicht damit gerechnet, tatsächlich schon so bald verfolgt zu werden. Doch aus dem Signalumsetzer eines der Kurzstreckenortungsgeräte war hartnäckig ein sich stetig wiederholendes »Biep ... Biep ...« zu hören. Obwohl dessen Quelle sich in unmittelbarer Nähe befinden musste, konnte Becker sie dennoch auf keinem der anderen Ortungsschirme entdecken.

»Verdammt noch mal!«, fluchte er. »Wo versteckst du dich bloß, du kleiner Zirper?«

Wieder ein »Biep ...« Immer noch nichts auf dem Panoramaschirm, obwohl er blitzartig hinübergesehen hatte, als ob er erwartete, dass die visuelle Manifestierung des Ortertons Verstecken mit ihm spielen würde.

Als die *Condor* das Sonnensystem von Kezdet schließlich hinter sich gelassen und sogar durch eine Reihe von Wurmlöchern gesprungen war, ohne dass Becker es geschafft hätte, den unsichtbaren Verfolger abzuschütteln, wurde er des unablässigen »Biep ... Biep ...« gehörig überdrüssig. Überdies war ihm aufgefallen, dass SB sich schon seit einiger Zeit nicht mehr auf dem Hauptdeck herumtrieb. Als sie nach einer Weile wieder auf Lauschposten durch ein Raumgebiet kreuzten, das für gewöhnlich vollkommen ruhig und leer war, ging Becker daher mit einer Dose Fisch, die er auf Kezdet noch auf dem Weg zum Freudenhaus rasch eingekauft hatte, unter Deck und hoffte, dass SB diese Opfergabe seines gegenwärtigen Schicksalsgefährten gnädig annehmen würde. Es würde nämlich noch eine geraume Weile verstreichen, ehe die *Condor* das nächste ›Schwarzwasser‹ erreichte, wie Theophilus Becker jene faltenreichen, löchrigen Bereiche des Weltraums gerne genannt hatte, wo er seine besten Schleichwege fand.

»SB? He, Kater! Wo zur Hölle steckst du?«

Am Ende waren es der Geruch und der Lärm, die ihn auf die Spur des Katers brachten. Seit sie jenes Säckchen Wunderhörner aufgelesen hatten, hatte Becker SBs persönliche Duftnote nirgends mehr gerochen, im Augenblick jedoch stank das ganze C-Deck danach. Was ihn daran erinnerte, dass SB jetzt wieder ein voll funktionstüchtiger Kater war, mit allen dazugehörigen Zeugungsfähigkeiten und -vorrechten, falls es eine Katzendame an Bord gegeben hätte, die auch ihrerseits interessiert gewesen wäre.

Was zum Glück jedoch nicht der Fall war. Becker wollte noch nicht einmal an ein Schiff *denken,* in dem gleich eine ganze Bande kleiner Satansbraten-Klone zwischen dem Frachtgut herumtollte und Verstecken spielte.

Und wenn der Kater in Ermangelung anderweitiger Triebbefriedigung jetzt wieder das Schiff einzunebeln beabsichtigte, musste Becker eben Nasenstöpsel tragen oder ständig ein Dufttüchlein dabeihaben, das mit etwas Angenehmerem getränkt war, um SBs Gestank zu überdecken – mit Knoblauch vielleicht. Wenn das gegen Vampire half, würde es ja vielleicht auch gegen Katzen helfen.

Becker hoffte inständig, dass Letzteres der Fall war, denn Satansbraten würde seine wieder hergestellte körperliche Unversehrtheit verdammt sicher auch in Zukunft behalten. Unter keinen Umständen war Becker bereit, ein *zweites* Mal zu versuchen, daran etwas zu ändern. Seine beiden vormals fehlenden und nun größtenteils wieder nachgewachsenen Finger schmerzten schon beim bloßen Gedanken an den ersten Versuch.

Endlich führte ihn der Gestank zu dem Kater, der mit den Krallen wie wild am Zugangsluk eines jener Frachträume der *Condor* kratzte, die ein eigenes Außenluk besaßen. Der fragliche Laderaum war einmal die Schleusenkammer eines archaischen antireanischen Raumschiffs gewesen und hatte perfekt in ein Loch gepasst, das Becker während einer seiner spontanen Umgestaltungsmaßnahmen der *Condor* gerade mit irgendwas hatte ausfüllen müssen.

»Mmhiiaauuu!«, beschwerte sich SB und sah vorwurfsvoll zu Becker hoch, als ob er sagen wollte: »Es wird aber auch langsam Zeit, dass du endlich hier aufkreuzt, du verdammter Trottel. Jetzt hilf mir gefälligst mal, ja?«

Becker hatte den Frachtkammerzugang mit einer behelfsmäßigen, aber stabilen Klappluke verschlossen, die sich nur zum Schiffskorridor hin öffnen ließ. Diese Luke war von oben bis unten mit SBs persönlicher Testosteron-Mischung besudelt.

»Ist ja gut, Kater, warum hast du dich denn nicht schon eher gemeldet?«, wollte Becker wissen, woraufhin ihm allerdings einfiel, dass er die ganze letzte Zeit entweder mit den Brückenkonsolen beschäftigt gewesen war oder geschlafen hatte. Außerdem war SB ohnehin für gewöhnlich ein ziemlich schweigsamer und eigenständiger Bursche. Wenn er wirklich einmal Beckers Aufmerksamkeit wollte, wusste er recht gut, wie das anzustellen war. Offensichtlich hatte er es also einfach vorgezogen, bis jetzt allein zu arbeiten. Und Becker musste zugeben, dass *er* das, was SB mit dem Frachtraumluk angestellt hatte, selbst auch nicht besser hingekriegt hätte. Es war gründlich und ausgiebig eingesprüht – auf seine ureigene Weise ein echtes Katzenkunstwerk. Becker war gezwungen, sich zuerst einen Lappen zu besorgen, um die ganze Schweinerei abzuwischen, ehe er den Tastschalter drücken konnte, der die Zugangsluke öffnete.

Das Klappluk krachte ihnen mehr entgegen, als dass es aufglitt. Und gab den Blick in das Innere des Frachtraums frei, wo auf dem Boden etwas lag, das wie ein toter Mann aussah.

Ein vertraut aussehender toter Mann – aber nicht nur vertraut *aussehend*. Becker erkannte den Kerl tatsächlich wieder, an seinem zerfetzten und stinkenden Hosenbein.

»Kein Wunder, dass du unbedingt hier rein wolltest«, meinte Becker laut zu Satansbraten. »Das ist dein alter Kratzbaum, der sich als blinder Passagier eingeschlichen hat.«

Er hakte die Hände unter den Schultern hindurch in die Achselhöhlen des Maschinenmenschen und begann ihn aus dem Frachtraum herauszuschleifen. Da war ein Pulsschlag zu spüren. Merkwürdig. Diese älteren Modelle besaßen doch gar keinen künstlichen Blutkreislauf. Der Pulsschlag hatte jedoch etwas sonderbar Vertrautes an sich, und nachdem Becker den Kerl auf das Kommandodeck gewuchtet hatte und dort wieder das leise, regelmäßig aus der Bordzentrale herüberdringende »Biep ... Biep ...« des Nahbereichsorters hörte, wusste er plötzlich, um was es sich bei dem Pulsieren handelte.

»Sieh mal einer an, SB, da haben wir unseren geheimnisvollen Zirper ja, und mit jedem Schlag seines schwermetallenen Herzens gibt er aller Welt unsere Position preis. Scheiße! Ich frage mich, ob man seine Fährte auch durch Wurmlöcher hindurch verfolgen kann?«

Kisla Manjari bekam einen Tobsuchtsanfall, als sie sah, was aus ihren mechanischen Handlangern geworden war. »Er hat sie umgebracht!«, beklagte sie sich bei ihrem Onkel. »Hat sie mit seinem Schrott zerschmettert und ist dann einfach mit einem von ihnen davongeflogen – hat ihn gestohlen. *Meinen* KEN-Roboter gestohlen! Damit wird er aber nicht durchkommen – oh nein!«

»Gewiss nicht, mein Liebes«, beschwichtigte Onkel Edacki sie sanft. Er konnte die fragliche Szene sogar selbst betrachten, da Kisla sie mit der Kamera ihres tragbaren Vidkoms erfasst hatte. »Das war wahrhaftig höchst unklug von ihm.«

»Ich frage mich, warum KEN640 keine Antwort gibt, wenn ich versuche, ihn anzufunken«, meinte Kisla. »Laut seinem Pulsgeber ist er immer noch voll funktionsfähig. Eigentlich müsste er also antworten und meinem Befehl Folge leisten, den Schrotthändler zu töten und sein Schiff hierher zurückzubringen.«

»Hmmm, vielleicht«, sinnierte Onkel Edacki. »Aber Kisla, mein Schatz, bist du sicher, dass wir damit wirklich das Beste aus dieser Situation machen würden, die uns der Zufall da so glücklich in die Hände gespielt hat?«

»Was heißt hier glücklich? Das waren *meine* Roboter, die da draufgegangen sind! Wer wird mir jetzt helfen, meine Flotte zusammenzubauen?«

»Ich besorge dir ein paar neue. Aber zunächst: Du sagst, dass du das Peilsignal von 640s Pulsgeber immer noch empfängst und dass 640 vermutlich mit Becker in seinem Raumschiff unterwegs ist – wohin wohl? Zu ihrem nächsten Ziel, natürlich. Und welcher Ort wird das wohl sein – was meinst du?«

»Zurück dorthin, wo er die Hörner gefunden hat?«, mutmaßte sie, als ihr endlich ein Licht aufging.

»Und der Pulsgeber, mit seiner winzigen Fähre aus Elektronen ...«

»Wird mir ermöglichen, ihm zu folgen und dann ...!«, rief Kisla ganz aufgeregt aus. »Oh, Onkel, *darf* ich?«

»Aber sicher, Süße. Du warst heute schon so erfolgreich – hast zuerst die Hörner gefunden und es dann geschickt so gedreht, dass Becker deinen KEN-Roboter entführt, sodass wir sein Schiff dank des Pulsgebers verfolgen können. Allein schon dafür darfst du dir eine eigene Mannschaft zusammenstellen und den Befehl über die *Midas* übernehmen, um Beckers Fährte zu verfolgen.«

»Ach, Onkel, du bist doch der Beste!«

»Unsinn, mein Liebes, dies Vorrecht hast du dir ehrlich verdient.«

Edacki Ganoosh beendete das Gespräch mit dem Gefühl tiefer Befriedigung über einen wohl gelungenen Streich. Jetzt würde er seine Hörner auf jeden Fall bekommen, auf die eine oder die andere Weise: Entweder über Kisla, die sich an die Fersen ihres Maschinenmenschen heftete, um Beckers Quelle aufzustöbern. Oder aber dank der *Pandora,* die er ausgesandt hatte, um der Spur eines jener Pulsgebers zu folgen, die er in seine Schlüsselmitarbeiter zu implantieren pflegte – wie etwa Yasmin, deren Pulsgeber schon seit geraumer Zeit ein stetes Peilsignal aus ihrem Versteck an Bord der *Shahrazad* abstrahlte.

Also ehrlich, was eine Frau nicht alles anstellen musste, nur um sich ihre Befreiung aus dem Gefängnis zu erkaufen! Ihrem Fast-Ex-Ehemann gegenüberzutreten war dabei noch das geringste Übel gewesen. Zum einen hatte hierbei schließlich immer eine durchaus überdurchschnittliche Chance bestanden, dass er versuchen würde, sich mit Geld von ihr freizukaufen. Dann nämlich, wenn sie es geschafft hätte, ihre Betroffenheit und Trauer über den Tod des armen Tapha glaubhaft genug darzustellen. Nun, das war ihr zwar nicht gelungen. Doch Tapha war nun einmal wirklich für niemanden ein großer Verlust gewesen. Zum anderen hätte sie für die Gelegenheit, den Ausdruck auf Hafiz' Gesicht zu sehen, als er begriff, woraus das zermahlene Horn bestand, glatt mit ihrem eigenen Geld bezahlt. Denn schon allein dieser Anblick machte all den Spott und Hohn ob ihrer Schauspiel- und Tanzkünste wieder wett, den sie sich von ihm hatte gefallen lassen müssen, als sie noch miteinander verheiratet gewesen waren.

Da man sie mit sämtlichen Sicherheitskodes versorgt hatte, die sie nicht ohnehin bereits kannte, war es auch kein Problem gewesen, sich an Bord der *Shahrazad* zu schmuggeln, ganz wie ihre Bosse es ihr aufgetragen hatten. Yasmins Missmut rührte auch nicht daher, dass etwa ihr Versteck nicht komfortabel genug gewesen wäre – wenngleich sie sehr wohl der Ansicht war, dass sie als Hafiz' erste Frau eigentlich Anspruch darauf haben müsste, in der Luxussuite des Schiffseigners zu residieren, statt sich mit jenem bescheidenen Quartier begnügen zu müssen, das für gewöhnlich der Pediküre zugewiesen wurde. Sie hatte sich diese Kabine selbst ausgesucht, weil die Fußpflegerin eine der rangniedrigeren Bediensteten war und ihr Quartier somit am weitesten von jenen der Eignerfamilie und der anderen Besatzungsmitglieder entfernt lag. Hier konnte sich Yasmin verkriechen wie ein kleines Mäuschen, während gleichzeitig die Pulsgeber, die sie überall auf der *Shahrazad* zu verteilen gedachte, Peilsignale abgeben und eine Elektronenfährte legen würden, um es ihren Bossen zu ermöglichen, den Kurs des Raumschiffs zu überwachen.

Doch was Yasmin wirklich und wahrhaftig auf die Palme brachte, war die unerträgliche Grausamkeit ihrer Bosse, sie dazu zu zwingen, Hafiz und diese große Kuh, die er geheiratet hatte, um *sie* zu ersetzen, ausgerechnet auf einer ›Flitterwochenreise‹ zu begleiten.

Sei's drum. Sie würde den beiden ihr trautes Eheglück schon noch gründlich versalzen. Denen sollte es nicht besser gehen als damals ihr. Für sie war ihre Ehe mit Hafiz schließlich auch keine sonderliche Freude gewesen. All diese Sticheleien, mit denen Hafiz sie verhöhnt hatte, etwa mit welchem Körperteil sie eigentlich dächte; all die Sorgen und Mühen, die sie sich gemacht hatte, um sich ihr gutes Aussehen zu bewahren, damit ihr reicher Gemahl nicht auf komische Ideen kam. Sich ihr gutes Aussehen bewahren, ha! Wenn sie nur an all die Diäten dachte, denen sie sich unterzogen hatte, um ihre Figur zu halten, und jetzt turtelte er mit dieser – diesem – Nilpferd-Wal in Purpurkleidern herum!

Obwohl man ihr eingeschärft hatte, unter keinen Umständen aufzufallen, sich nur im Hintergrund zu halten und es ganz der *Shahrazad* zu überlassen, ihre Bosse zum Planeten dieser Einhornleute zu führen, wo die Bosse dann die Bestrafung von Hafiz und seinem neuen Betthäschen in *ihre* Hände legen würden, konnte Yasmin nicht widerstehen, den beiden schon jetzt ein paar kleine Streiche zu spielen. Nun, wenn sie schon nicht öffentlich einen draufmachen konnte, dann wollte sie doch wenigstens ein bisschen klammheimlichen Spaß haben.

Natürlich hatte sie das Liebesnest der Eheleute verwanzt. Sie hätte sich gar nicht vorstellen können, das irgendwo einmal nicht zu tun, war es doch eine in jedem Freudenhaus geradezu selbstverständliche Sicherheitsmaßnahme. Das hielt die Mädchen davon ab, ihre Didi zu betrügen, indem sie Trinkgelder für sich selbst einbehielten, oder die Kunden davon, sich in ein bestimmtes Mädchen zu vergucken und dann mit ihr davonzulaufen.

Es bereitete ihr höchste Genugtuung, aus dem Kissengeplauder zwischen ihrem Gemahl und seiner neuen ›Frau‹ zu erfahren, dass keiner von beiden dem anderen von seiner jeweiligen Begegnung mit Yasmin erzählt hatte. Diese kleinen Heimlichkeiten voreinander auf Seiten der beiden eröffneten Yasmin zahlreiche aufregende Möglichkeiten, Unruhe zu stiften.

Ihre Vertrautheit mit Hafiz' Vorlieben und Gewohnheiten erwies sich hierzu als ebenso nützlich wie Karinas Hang zur ›Meditation‹ und ihr Glaube an diesen mystizistischen Unsinn über Träume, Botschaften von den Toten und dergleichen Dinge.

Yasmin mochte zwar nicht gerade eine Intelligenzbestie sein, dafür jedoch war sie auf ihre eigene Weise eine recht praktisch veranlagte Frau, der jegliche Gefühlsduselei völlig fremd war. Sie glaubte stattdessen an das Körperliche und daran, was sich kaufen und verkaufen ließ. Falls irgendwer sich etwa einbildete, räsonierte sie, dass sie womöglich *eifersüchtig* auf Hafiz' neue Ehefrau oder gar das gemachte Luxusbett wäre, in das Karina sich gelegt hatte, dann sollte dieser Jemand das besser noch mal überdenken. Denn schließlich hatte sie, Yasmin, dies alles ja bereitwillig aufgegeben, um ihr ganz persönliches Lebensziel zu verfolgen.

Doch sie empfand es sehr wohl als tiefe Kränkung, dass Hafiz im Stande gewesen war, sie zu vergessen, sie durch jemanden zu ersetzen, den er tatsächlich mehr zu begehren behauptete als sie! Dabei war von seinen beiden Frauen doch unstrittig allein sie selbst, Yasmin, die unvergessliche Schönheit, der Sukkubus, der durch die Träume der Männer spukte. Wie konnte irgendeine andere Frau nur ernsthaft zu glauben wagen, dass sie Yasmins Platz in Hafiz' Bett ausfüllen könnte!

Natürlich war Yasmin, verglichen mit dem, was sie inzwischen gelernt hatte, trotz ihrer beträchtlichen vorehelichen Erfahrungen kaum mehr als eine begabte Amateurin gewesen, als sie Hafiz geheiratet hatte. Aber sie vermochte trotzdem nicht zu begreifen, wie es Hafiz ertragen konnte, nachdem er einmal von Yasmins Liebreizen gekostet hatte, auch nur einen einzigen Blick an diese fette, hässliche, reizlose Kuh zu vergeuden, die nicht einmal würdig war, Yasmins Füße zu küssen!

Als Karina wieder einmal ihren ›Meditationsraum‹ aufsuchte, um ihre spiritistischen Ratgeber zu befragen, wie sie es schon mehrfach getan hatte, war auch Yasmin auf dem Deck über ihr zur Stelle und belauschte sie vermittels eines Replikators, der mit einem identischen zweiten, an der gleichen Stelle eine Ebene tiefer angebrachten Gerät verbunden war. Sie hatte durch Zufall entdeckt, wie einfach es war, Karinas Geister beschwörendes Geschwätz mitzuhören, als sie kurz nach dem Start der *Shahrazad* einen ihrer Pulsgeber in dem Replikator versteckt hatte.

Karina neigte nämlich dazu, laut zu ›meditieren‹, wenn niemand in der Nähe war.

»Juhu, Herr Li! Ich bin's, Karina, Ihre liebe Freundin und getreue Anhängerin. Ich bitte Sie, mir die Antwort auf ein paar Fragen zu offenbaren. Hafiz – das ist mein Gatte, Sie kennen ihn doch, Hafiz Harakamian, Sie haben zu Lebzeiten Geschäfte miteinander gemacht? Er möchte wissen, was wir Ihrer Ansicht nach tun sollten. Sehen Sie, Herr Li, ich habe immer wieder diese Vision von Ihnen, wie Sie Blicke über Ihre Schulter werfen. Beunruhigt Sie womöglich etwas, hochverehrter Geist? Fühlen Sie sich verloren, weil wir uns immer weiter von Ihrem Heimatplaneten entfernen? Oder ...«, die fette Frau hielt inne, und ihre Stimme geriet ins Wanken, als sie fragte: »Versuchen Sie, uns vor irgendetwas zu *warnen*?«

Yasmin fiel dazu keine passende Antwort ein, also wartete sie schweigend weiter ab. Und wartete.

Das tat auch Karina, bis sie endlich doch fortfuhr: »Herr Li, Sie wissen doch: Mir können Sie es ruhig verraten. Kommen Sie schon, worüber machen Sie sich Sorgen? – Seltsam, aber ich kann nicht einmal ein Bild empfangen. Ganz so, als ob irgendein Einfluss den Äther stören würde. – Na schön, vielleicht ist Ihnen ja heute auch einfach nur nicht nach Geselligkeit zu Mute. Hmmm. Sind dann vielleicht irgendwelche anderen Ratgebergeister anwesend, die mit mir Verbindung aufnehmen möchten? Ich bin hier, um euch zu helfen.«

Yasmins Lippen verzogen sich zu einer wölfisch grinsenden Grimasse, die ihr eine heftige Strafpredigt ihres Schönheitschirurgen dafür eingefangen hätte, dass sie seine Schöpfung mit hässlichen Knitterfalten verunstaltete. Obwohl es zutraf, dass Yasmin keine sonderlich einfallsreiche Frau war, wenn sie sich in aufrechter Stellung befand, war sie auf gewisse Weise doch eine Art Unterhaltungskünstlerin und hatte als solche eine ausgeprägte Ader fürs Dramatische entwickelt. Eine solche Gelegenheit konnte sie daher auf keinen Fall ungenutzt verstreichen lassen.

Am liebsten hätte sie jetzt jene Gazeschleier gehabt, die sie in einer ihrer alten Tanznummern so kunstvoll abzulegen pflegte, um sich Karina damit noch glaubwürdiger als Spukgestalt zeigen zu können. So jedoch gab sie sich eben damit zufrieden, ihre tiefe Stimme durch den Replikator poltern zu lassen. »Hüüütee diich …«, raunte sie und versuchte, möglichst tot und gespenstisch zu klingen.

»Nun ja, gewiss«, erwiderte Karina. »Mir ist schon bewusst, dass ich mich vor sehr vielen Dingen hüten muss. Aber ich fürchte, du musst noch ein wenig deutlicher werden – ähm – Entität. Kannst du mir sagen, wer du bist? Einem Geist, der in einem Replikator haust, bin ich nämlich bisher noch nie begegnet.«

Yasmin war natürlich viel zu klug, um ihren eigenen Namen zu verraten, insbesondere da sie Karina schon in sehr lebendigem Fleisch und Blut gegenübergetreten war, auch wenn diese es immer noch unterlassen hatte, jenen Besuch Hafiz gegenüber zu erwähnen. Aus diesem Versäumnis schloss Yasmin, dass Karina sie offenbar schon damals irrtümlich für eine ihrer weniger körperhaften Bekanntschaften gehalten hatte. Diese fette Idiotin hatte anscheinend wahrhaftig geglaubt, sie wäre ein Geist gewesen.

Yasmin zog schnell alle vier Ringe von ihrem rechten Ringfinger, die sie dort zusätzlich zu jenem armseligen Goldreif in Gestalt einer Schlange aufgesteckt hatte, den ihr Hafiz einst gekauft und zur Hochzeit geschenkt hatte, nahm dann auch diesen Ehering ab und ließ ihn durch den Replikatorschacht hinunterfallen. Auf der Innenseite des Rings war ihr Name zusammen mit dem von Hafiz eingraviert, und ebenso ihr Hochzeitsdatum. Yasmin ging es zwar einerseits zutiefst gegen den Strich, sich von Gold zu trennen, so unbedeutend dessen Menge auch sein mochte. Andererseits jedoch war es ihr fast Karinas Gewicht in Gold wert, miterleben zu dürfen, wie die Selbstgefälligkeit dieser dämlichen Zuchtkuh einen kräftigen Dämpfer erhielt.

Yasmin sah, wie Karinas feiste Finger mit dem mittelgroßen, von Mondsteinen eingefassten Amethystring daran im Ausgabefach des Replikators herumtasteten und schließlich den Ehering herausholten. »Äh, danke«, sagte die solcherart Beschenkte. »Eine Schlange – ein, ähm, sehr schönes Symbol für die Muttergöttin, auf eine irgendwie hintersinnige, verschlungen krauchende Art jedenfalls. Aber ich bin doch etwas verwirrt, oh Geist. Ich sehe einfach nicht, was das auch nur ansatzweise mit unserer jetzigen Lage zu tun hat.«

Yasmin versuchte, sich einen gebührend kryptischen Hinweis auszudenken, irgendeinen Orakelspruch, der andeuten würde, dass Hafiz sie ermordet habe, und vielleicht auch noch einen ganzen Harem von anderen Mädchen dazu, und dass er ihre Leichen irgendwo in einem tiefen Keller verborgen habe. Irgendetwas in der Art, um diesem selbstzufriedenen kleinen Frauchen einen richtig schönen Schrecken einzujagen. Doch noch bevor sie auch nur den Hauch eines weiteren Gespensterstöhnens hervorbringen konnte, klopfte jemand an die Tür des Raums unter ihr. »Madame Harakamian, bitte begeben Sie sich zu Ihrem Gemahl auf die Brücke und bereiten Sie sich dort auf die Landung vor.«

»Ich höre und gehorche«, erklärte Karina.

Hastig legte Yasmin ihrerseits Sicherheitsgurte an, um sich für die bevorstehende Landung bereitzumachen. Es würde sehr hilfreich sein, wenn die ganze Bande das Schiff verließ und ihr dadurch Gelegenheit geben würde, überall an Bord weitere Pulsgeber anzubringen. Es tat ihr jetzt zwar ein bisschen Leid wegen des umsonst hergegebenen Ringes – Gold war schließlich immer noch Gold. Aber die dämliche Schlampe würde ihn wahrscheinlich ohnehin schon bald irgendwo ablegen, sodass Yasmin ihn sich wieder zurückholen könnte.

Der rushimanische Administrator, der zwar gerade in intensiven Verhandlungen mit Rafik Harakamian steckte, bestand nichtsdestotrotz darauf, ein festliches Bankett für Rafiks Onkel und dessen neue Braut auszurichten. Hafiz hatte schließlich eine entscheidende Rolle bei der Aufstellung jener Streitkräfte gespielt, die Rushima seinerzeit geholfen hatten, die Invasion der Khleevi zurückzuschlagen. Und es war sein Mündel gewesen, Rafiks ›Nichte‹, welche die fauligen Gewässer des Planeten gereinigt und am Ende dafür gesorgt hatte, dass Dr. Ngaen Xong Hoa, der zum Wettermanipulationszauberer gewordene Meteorologe, das Klima des Planeten heilen half.

Das gleiche Klima übrigens, das überhaupt erst mit Hilfe der von Dr. Hoa entwickelten Technologien geschädigt worden war, als der Mann sich noch in den Händen einer Verbrechergruppe befunden hatte, die jedoch schließlich ebenfalls von Harakamians Mündel zu Fall gebracht worden war. Hafiz hatte es also vor allem diesen seinen Verbindungen und weniger seinem Reichtum und seiner Macht zu verdanken, dass man ihn auf Rushima so herzlich willkommen hieß. Mit dem für ihn so typischen Scharfsinn erkannte er diesen Unterschied sehr wohl. Und war hierfür auf eine für ihn ganz uncharakterische Weise sogar ausgesprochen dankbar, vor allem im Hinblick auf die Gefahr, die seinem Mündel möglicherweise drohte, dem er so sehr zugetan war, wie es ihm überhaupt möglich war.

Seine Geschäfte mit Rafik hatten natürlich trotzdem erst einmal Vorrang. Und weil er diese nicht im Beisein von Karina besprechen wollte, hatte er sich insgeheim mit dem Kapitän der *Shahrazad* und dessen rushimanischen Verwandten verschworen und gewisse Vorkehrungen getroffen, um seine Herzensdame abzulenken und zu beschäftigen, während er anderweitig tätig war.

Als sie von Bord gingen, gab Hafiz dem Kapitän deshalb ein Zeichen, woraufhin dieser Karina ansprach: »Weise und erleuchtete Herrin, während Ihrer Meditationen habe ich Verbindung mit meiner Schwester aufgenommen, die sich hier auf dieser abgeschiedenen Welt niedergelassen hat. Es herrscht bei den Leuten hier ein großer Hunger nach geistiger Führung und spirituellen Einsichten. Im Auftrag einer Abordnung der besonders Verstörten dieser Welt hat meine Schwester daher gehofft, dass Sie vielleicht so gnädig sein könnten, Ihre Gaben mit jenen zu teilen, die dieser in besonderem Maße bedürfen.«

»Aber gewiss, Kapitän, es wäre mir eine Freude«, antwortete Karina mit einem huldvollen Kopfnicken und einem majestätischen Winken zu dem kunterbunt zusammengewürfelten Volk, das sich am Raumhafen versammelt hatte, um sie willkommen zu heißen. »Und da das Gesuch von einem Ihrer Angehörigen stammt, werde ich meine Dienste mit Freuden zu einem sehr großzügigen Rabatt zur Verfügung stellen.«

»Als Bezahlung sind hier aber nur Tauschwaren üblich, Madame«, klärte sie der Kapitän auf.

»Hmmm«, überlegte Karina. In den alten Zeiten, als sie auf ihrer Heimatwelt noch von einem Jahrmarkt zum Nächsten herumgereist war, hatte sie im Gegenzug für ihre Sitzungen jede Menge kleiner Schmuckstücke und aus Glasperlen gefertigte Kinkerlitzchen, handgeschnitzte Salatgabeln und einmal ein mytheranisches Reißzahn-Reinigungsgerät bekommen. Inzwischen jedoch war sie eine Person mit beträchtlichen finanziellen Mitteln, sodass dergleichen Dinge jetzt eher eine Last als einen Gewinn für ihr wohl geordnetes Heim darstellen würden.

»Also schön, Kapitän, ich mache Ihnen einen Vorschlag. Angenommen, Sie regeln das mit den Zahlungsmitteln. Was ich nicht selbst gebrauchen kann, weil wir ja derzeit auf Reisen sind und der uns zur Verfügung stehende Raum gegenwärtig einigermaßen begrenzt ist, könnten wir vielleicht in Guthaben auf künftige Tauschgeschäfte mit diesem Planeten umwandeln. Wie man mir zu verstehen gegeben hat, waren die hiesigen Ernten, bedingt durch die Wirren der Kriegshandlungen, die sich erst kürzlich hier ereignet haben, heuer nicht sonderlich ergiebig. Ich möchte zu diesem Zeitpunkt niemandes Kinder ihrer Nahrung berauben.« Und natürlich würde sie ihre Tauschgüter zu einem späteren Zeitpunkt auch aus einem zweifelsohne sehr viel reichhaltigeren und besseren Warenangebot auswählen können.

»Meine Herrin ist zu gütig, wie immer«, erklärte sich der Kapitän einverstanden. »Ich schätze mich glücklich, diese Aufgabe für meine Herrin und die Bürger der Wahlheimat meiner Schwester übernehmen zu dürfen.«

Zunächst jedoch eilte Rafik auf sie zu, so flink und gewandt wie immer, um sowohl Karina als auch seinem Onkel einen Kuss auf jede Wange zu drücken. Mercy Kendoro war an seiner Seite und begrüßte Hafiz und Karina ebenfalls, wenn auch ein wenig förmlicher. Sie gehörte schließlich nicht zur Familie, obschon Hafiz der Ansicht war, dass sie sicherlich eine echte Bereicherung darstellen würde. Breite Hüften, gut fürs Kinderkriegen. Dazu ein recht liebreizender Anblick, wenn auch auf eine insgesamt eher zartgliedrige Art, und obendrein noch ausgesprochen intelligent. Rafik bewies bei der Wahl seiner weiblichen Bekanntschaften augenscheinlich eine sehr viel glücklichere Hand, als Hafiz selbst es getan hatte – jedenfalls im Falle seiner ersten Gemahlin. Hafiz stellte dies mit Erleichterung fest, da es ein weiteres Zeichen dafür war, dass der Junge durchaus geeignet war, dereinst die Leitung des Hauses Harakamian voll verantwortlich zu übernehmen.

Karina und der Kapitän trennten sich von der Hauptgruppe, um die Schwester des Kapitäns zu begrüßen, die man zusammen mit ihren ebenfalls Erleuchtung suchenden Gleichgesinnten schon im Voraus darin unterwiesen hatte, was sie Karina vorspielen sollten. Der Rest der Besatzung der *Shahrazad* wurde in den Gemeindesaal von Rushimas Hauptsiedlung eingeladen, und Hafiz hieß sie mit einer Geste, dieses Angebot anzunehmen. Schließlich deuteten alle

Anzeichen darauf hin, dass ihre weitere Reise sich ziemlich lang hinziehen würde. Und wer wusste schon, wann sich wieder eine Gelegenheit zum Landurlaub ergeben mochte? Die Mannschaft wurde angewiesen, rechtzeitig wieder zurück zu sein, um frischen Treibstoff und ein paar weitere Vorräte bunkern zu können, mit denen der auf Laboue in reichlich bemessenen Mengen an Bord geladene Schiffsproviant ergänzt werden sollte.

Als er sich sicher sein konnte, dass sie allein waren, erzählte Hafiz seinem Erben Rafik von Yasmins Besuch.

Er kam dabei natürlich nicht geradeheraus auf den Punkt, sondern schmückte die Begebenheit geziemend aus und baute erst einmal die gebührende Spannung auf, sodass der an dramatische Darbietungen dieser Art von seinem Onkel gewöhnte Rafik ebenfalls große Augen bekam, als Hafiz schließlich abwehrend die gespreizten Hände hochriss, um zu zeigen, wie seine Reaktion auf das Pulver ausgesehen hatte, das ihm Yasmin ins Gesicht gepustet hatte, und wie er danach das Bewusstsein verloren hatte.

»Ich nehme doch an, dass all dies – dich aus deinem Heim zu vertreiben, aus deinen Flitterwochen herauszureißen und in den Weltraum hinauszuscheuchen – noch eine Pointe hat, Onkel, und dass mehr dahinter steckt als der bloße Wunsch deiner früheren Frau, dir einen Besuch abzustatten und dich in Schlaf zu versetzen?«, argwöhnte Rafik.

»Neffe, hat die Verantwortung, die ich deinen Schultern aufgeladen habe, dich etwa ungeduldig und unhöflich werden lassen? Ich komme ja schon auf den Punkt, warte doch erst mal ab, dann wird dir schon alles klar werden. Siehst du, ich habe das Pulver nämlich analysieren lassen. Neben dem Betäubungsmittel darin enthielt es zusätzlich noch zermahlenes Horn – und dieses Hornpulver hat, als es mit der Wunde eines der Labortechniker in Berührung kam, der die Substanz analysierte, diese Wunde heilen lassen.« Den letzten Satz ließ Hafiz frei im Raum stehen, damit die Bedeutung dieser Information seinem Neffen ins Gehirn sickern konnte wie Regen in ausgedörrten Erdboden.

»Linyaari-Hornsubstanz? Aber wie sind sie da rangekommen?«

»Leider war Yasmin nicht geneigt, mir diese Information zu enthüllen, obgleich ich dir versichere, dass ich sie bestimmt vom Gegenteil überzeugt hätte, wenn sie nicht spurlos verschwunden gewesen wäre, als ich wieder zu mir kam.«

Für jemanden, dessen Haut üblicherweise die gleiche goldene Bräune aufwies wie die von Hafiz, wurde Rafik geradezu leichenfahl, als es ihm dämmerte: »Acorna?«

Hafiz schüttelte den Kopf, eine kleine, reiflich bedachte Geste. Er konnte die Mischung aus Grauen und Zorn sehen, die in den Augen seines Neffens aufkeimte, und beschwichtigte ihn: »Das ist nicht gesagt, Rafik. Das Universum ist groß – das Horn könnte von überallher stammen. Aber auf jeden Fall werden Karina und ich Acornas wiedergefundenen Artgenossen einen Höflichkeitsbesuch abstatten. Wir werden uns der Sternkarten und Kursberechnungen bedienen, die Calum Baird und Acorna seinerzeit für ihre Expedition mit der *Acadecki* vorbereitet hatten. Sobald wir uns vergewissert haben, dass alles in Ordnung ist, kommen wir wieder zurück.«

»Und wenn nicht alles in Ordnung ist?«, wollte Rafik wissen. »Ich sollte dich begleiten.«

Hafiz schüttelte den Kopf und winkte mit beiden Händen heftig ab. »Nein, nein, nein, mein Neffe, der du mir wie ein Sohn bist. Du bist mein Erbe, das zukünftige Oberhaupt meines Haushaltes. Denk doch nur an die vielen Geschäfte, die scheitern würden, an die unzähligen Leute, die ihren Arbeitsplatz verlieren würden, an die hämische Freude unserer Feinde, wenn wir gleich beide von der Bildfläche verschwänden oder gar umkämen. Du wirst hier gebraucht, genau hier. Und wenn wir deiner doch noch bedürfen sollten, werden wir dich benachrichtigen.«

»Wie denn? Noch nie hat irgendjemand auch nur den kleinsten Hyperfunkpieps von Acornas Heimatwelt empfangen. Es ist sehr wahrscheinlich, dass unsere interstellaren Sender und anderen Kommunikationsmittel gar nicht bis in jene fernen Tiefen des Alls vordringen können, in denen der Linyaari-Planet liegt.«

Hafiz zuckte die Achseln. »Stimmt, das ist möglich. Aber vertrau mir, ich werde mir schon etwas einfallen lassen. Ich habe die Sterne schließlich schon lange vor deiner Geburt bereist, du Welpe. Ich weiß mir durchaus zu helfen.«

»Auch wieder wahr«, gab Rafik zu. »Aber ...«

»Mein Sohn, steht es nicht in den Drei Büchern geschrieben, dass, gleichgültig, wie klein das Kieselsteinchen auch sein und wie zufällig man es auch aufgelesen haben mag, es nichtsdestotrotz genau ins Schwarze zu treffen im Stande ist, wenn man es nur zielsicher genug und mit hinreichend entschlossener Absicht schleudert?«

»Trotzdem, Onkel, ich würde mich sehr viel wohler fühlen, wenn du noch eine ganze Armee weiterer Kieselsteinchen mitnehmen würdest.«

»Und wenn mit Acorna und den Linyaari am Ende doch alles in Ordnung ist? Glaubst du denn, dass dieses Volk, das so viel Wert auf seine Privatsphäre legt, eine Armee willkommen heißen würde? Einen einzelnen alten Mann und seine ihm frisch angetraute Gemahlin vielleicht, womöglich sogar noch die Besatzung ihres Raumschiffs, aber gleich eine ganze Armee? Täusche ich mich etwa, wenn ich mich zu erinnern glaube, dass dieses Volk den Frieden so sehr liebt, dass es nicht einmal gegen die schrecklichen Khleevi kämpfen wollte?«

Rafik lächelte und legte seinem Onkel die Hand auf die Schulter. »Vielleicht täusche ich mich ja, wenn ich mich zu erinnern glaube, dass Vidbilder eben dieser Khleevi einem älteren Verwandten von mir einen derartigen Schrecken eingejagt haben, dass er sein Anwesen nicht mehr zu verlassen wagte, ganz zu schweigen davon, ihnen gar ohne eine Armee im Rücken gegenüberzutreten? Wirst du mit dem Alter etwa gefühlsselig, Onkel Hafiz?«

Hafiz zuckte die Achseln und kratzte sich am Kinn. »Möglicherweise. Oder vielleicht glaube ich einfach nur nicht, dass diese Khleevi, so bestialisch sie auch sind, Yasmin das Hornpulver gegeben hätten, ohne sich im Austausch dafür Teile von Yasmin anzueignen. Deshalb habe ich das deutliche Gefühl, dass wir es hier nicht mit den Khleevi zu tun haben.

Da ich zudem die Auffassung vertrete, dass alles und jeder, das oder der weniger barbarisch ist als die Khleevi, gekauft werden kann, schätze ich die Gefahren als nicht ganz so dramatisch ein. Auch meine liebe Karina scheint davon, dass Acorna irgendetwas zugestoßen wäre, nichts erspüren zu können. Daher betrachte ich diese Reise einerseits als Möglichkeit, mir und ihren anderen Adoptivverwandten Gewissheit darüber zu verschaffen, dass unser Mädchen wirklich in Sicherheit ist, andererseits als eine großartige Gelegenheit, um neue Handelsbeziehungen anzubahnen. Eine Chance, die ich mir nicht durch die Anwesenheit einer Armee verderben möchte, denn wer weiß schon wirklich bei jedem einzelnen Soldaten so genau, wem seine wahre Treue gilt? Nein, mein Sohn, dieses Kieselsteinchen muss ganz allein fliegen – um bei diesem Bild zu bleiben. Aber meine Treffsicherheit ist ebenso groß wie die Zuverlässigkeit der von Acorna und deiner hässlichen Altfrau aufgestellten Sternkarten. Und meine Absichten, wenn sie auch etwas vielschichtiger sein mögen als jene, von denen die Drei Bücher sprechen, sind nicht weniger rein. Ich bleibe daher bei meiner Überzeugung, dass dies die beste Vorgehensweise ist. Karina und ich und unsere handverlesene Mannschaft werden allein gehen. Natürlich werden wir mit aktivierten Tarn- und Schutzschirmen fliegen, und wenn wir auf irgendwelche Gefahren stoßen, zurückkehren und Hilfe holen.«

Rafik hatte immer noch Sorgenfalten auf der Stirn, und Hafiz erkannte verblüfft, dass es nicht nur Acorna war, um die sich sein designierter Erbe ängstigte, sondern auch sein gewitzter Onkel Hafiz, der seinem Neffen nicht nur deswegen den Vorzug vor seinem Sohn gegeben hatte, weil dieser Sohn so dämlich gewesen war, sich umbringen zu lassen, sondern auch weil sein Neffe das einzige Familienmitglied war, das ihn an Gerissenheit noch zu übertreffen vermochte.

Der Gedanke ließ eine flüchtige, sentimentale Träne in Hafiz' Augen treten, die er als unproduktive Verschwendung von Feuchtigkeit jedoch rasch wieder fortblinzelte. Vielleicht wurde er tatsächlich gefühlsselig. Na schön, dafür waren eine neue Heirat und der Rückzug in den Ruhestand ja da. Einstweilen jedoch war es noch nicht an der Zeit, in seiner Wachsamkeit nachzulassen oder seinen scharfen Verstand abzuschalten. Er klopfte Rafik auf den Rücken: »Komm, mein Sohn, lass uns nachschauen, wie es deiner neuen Tante beim Deuten der Schicksale unserer Ackersleute hier ergangen ist.«

Karina hatte mit dem Lesen der Zukunft ihrer Klienten schon ein Guthaben angesammelt, dessen Höhe dem Gegenwert folgender Tauschwaren entsprach: vier ausgemergelte Hühner; ein Korb mit diversen, halb verdorbenen Früchten; ein primitives, handgefertigtes Musikinstrument aus Holz, dessen Töne stark an ein quiekendes Schwein erinnerten; das quiekende Schwein, an welches das Musikinstrument erinnerte; sowie ein Satz von Geschirrtüchern, die mit den Wappen aller Zweige des Föderationsdienstes bestickt waren, die der Nochbesitzer dieser Stickwerke, ein vierschrötiger, vollbärtiger, ein Meter achtzig großer Traktormechaniker mit butterfarbenen Haaren und rasiermesserscharfen Augen, im Zuge seiner Karriere durchlaufen hatte.

»Bitte«, wandte sich Karina erschöpft an den Kapitän. »Meine Visionen kosten mich jedes Mal große Kraft, und die vielen Konsultationen heute haben mich schon fast völlig ausgelaugt. Also keine weitere Sitzung mehr, bitte, wir machen Schluss.«

»Nur noch eine, Madame Harakamian, oh bitte, nur noch eine«, flehte sie ein kleiner Junge an, der eine anscheinend hoch betagte und ziemlich gebrechliche Person an der Hand führte, die aussah, als ob das, was von ihrem Haar noch übrig war, noch nie im Leben Bekanntschaft mit einem Haarwaschmittel gemacht hätte. »Meine Oma muss Sie wirklich furchtbar dringend seh'n, hohe Dame. Sie hat schon seit Wochen un' Wochen auf Sie gewartet. Tut mir echt Leid, wenn wir spät dran sind, aber sie hat nun mal ganz schön mächtige Schwierigkeiten mit'm Laufen.«

»Ach, jetzt hör aber auf!«, fuhr Karina ein ganz klein wenig entnervt in die Höhe. Sie hatte es so genossen, sich an den Müßiggang und Luxus ihres neuen Lebens zu gewöhnen, und jetzt hatten diese Einheimischen ihr für ein paar Pfund Abfall, den sie selbst zu ihren armseligsten Zeiten nur bei außergewöhnlich großem Hunger hinuntergewürgt hätte, einen grauenvoll anstrengenden Tag zugemutet. »Wie sollte es denn möglich sein, dass sie mich schon seit Wochen und Wochen erwartet? Mein Gemahl und ich haben unsere Reise ziemlich überraschend beschlossen; seit unserem Aufbruch erst vor wenigen Tagen haben wir zum ersten Mal wieder Kontakt mit irgendjemand anderem als unserem Bordpersonal gehabt, und überhaupt sind wir noch gar keine Wochen und Wochen unterwegs!«

»Trotzdem, Herrin, sie hat Sie erwartet. Oma weiß so was eben, ja, das tut'se. Also, Oma, setz dich 'n Weilchen un' berate dich mit der hübsch'n Dame hier.«

Karina zögerte. Eigentlich schien der Junge ein recht *gescheiter* Bursche zu sein, besaß er doch einen ausgezeichneten Geschmack und einen scharfen Blick. Also deutete sie einladend auf den Stuhl, den ihr letzter nach Erleuchtung suchender Klient gerade erst wieder frei gemacht hatte, und der Junge half der alten Frau, darauf Platz zu nehmen.

»Nun denn, meine Gute«, begann Karina und erriet scharfsinnig, dass die alte Dame wahrscheinlich nicht wissen wollte, wann sie der Liebe ihres Lebens begegnen würde. »Kann ich Ihnen helfen, Verbindung zu der Seele irgendeines Verblichenen aufzunehmen, von dessen Wohlergehen im Jenseits Sie sich überzeugen möchten?«

Die alte Frau fixierte sie mit einem trüben und einem noch ziemlich klaren grünen Auge und erwiderte mit beleidigend spöttischer Stimme: »Nee, meine Liebe, Se brauch'n mir kein' Kontakt zu irgend'nem Toten verschaff'n. Das würd' ich auch ganz allein hinkrieg'n, wenn mir danach wäre.«

Wie um alles in der Welt kamen diese Leute bloß zu ihrem grausigen Nuschelakzent? Schließlich hatten die meisten von ihnen doch als unabdingbare Voraussetzung dafür, auf diesem Planeten siedeln zu dürfen, eine recht hohe Vor- und Fachausbildung vorweisen müssen, was doch noch gar nicht so lange her war. Und wie war diese Frau nur derart *alt* geworden? Die ursprüngliche Siedlergeneration hatte doch bestimmt aus sehr viel höherwertigem Genmaterial bestanden als dem, was diese Vettel zu bieten hatte!

Als könnte sie Karinas Gedanken lesen, belehrte die alte Frau sie glucksend: »Keine noch so guten Gene nich' könn' verhinnern, dass man alt aussieht, wenn man hunnertdrei Jahre alt iss, meine Liebe. Ham' freilich verhinnert, dass ich Fett angesetzt hab', als ich noch jünger war. Ihnen annererseits steht das ganz gut, wenn ich mal so sagen darf, un' Ihrem Mann gefällt's ja auch. Oh, schön, da kommt er ja gerade selbst. Er soll ruhig mithören, was ich Ihn' zu sagen hab'.«

Karina war froh über die Gegenwart von Hafiz, der sich jetzt hinter sie stellte und eine ihrer Hände in seine nahm.

»Wenn Sie von mir also nicht möchten, dass ich mich mit Ihren lieben Verblichenen in Verbindung setze, was wollen Sie denn dann von mir?«, erkundigte sich Karina mit in Anbetracht der Umstände ausnehmender Liebenswürdigkeit.

»Ich will, dass Sie endlich mit dem Gefasel aufhör'n un' mich das sagen lassen, weswegen ich hergekomm' bin. Ich möcht' Ihnen nämlich 'nen Draht zu den Lebenden verschaffen, Mädchen. Ich weiß Bescheid, dass Sie un' Ihr Mann aufgebroch'n sin', um dem einhornköpfigen Mädel zu helfen, das vor 'ner Weile hier war, um uns vor diesen Piraten un' diesen scheußlichen Käfern zu retten. Un' ich weiß auch, dass Ihr Mann Kontakt zu einer von sein' Toten hatte, bloß dass die gar nich' tot war, und dasse auch mit Ihnen Verbindung aufgenomm' hat.«

»Wie? Was meinen Sie damit?«

»Sie ham' sich doch gerade 'nen neuen Goldring zugelegt, der die Form hat vonner Giftschlange, oder etwa nich'?«

Karina griff in ihre Gewandtasche und zog den besagten Ring daraus hervor.

»Gucken Sie doch mal die Innenseite an, dummes Gör!«

Hafiz stöhnte auf, streckte rasch die Hand aus und versuchte Karina den Ring wegzuschnappen, was ihm jedoch misslang, weshalb er mit derselben Hand stattdessen seine untere Gesichtshälfte bedeckte.

»Hafiz und Yasmin – auf ewig vereint«, war auf der Innenseite des Fingerreifs eingraviert.

»Ein *Ehering*?«, entfuhr es Karina.

Hafiz stöhnte abermals auf. »Ja, Geliebte. Aber ich kann das alles erklären, mein Herz.«

Karina wandte sich wieder der Stelle zu, an der die alte Frau und ihr Enkel eben noch gewesen waren. Aber der Stuhl war jetzt leer, der kleine Tisch verwaist. Woraufhin sie, nunmehr wahrhaftig fassungslos, wieder zu Hafiz herumfuhr.

»Aber – wie hast du – wo ist sie hin?«, wollte Karina von Hafiz und dem Kapitän wissen.

»Wo ist wer hin, Madame?«, fragte der Kapitän zurück.

»Die steinalte Frau, die gerade noch hier war? Zusammen mit ihrem Enkel?«

»Ich habe niemanden dergleichen gesehen, Herrin Harakamian«, behauptete der Kapitän.

Seine Schwester ergänzte: »Maschinist Johansson war Ihr letzter Klient, Madame. Seitdem war niemand mehr hier, bis Herr Harakamian eintraf.«

Karina sah verdrossen vom einen zum anderen Sprecher. »Sie irren sich. Erst vor wenigen Augenblicken waren noch ein kleiner Junge und eine sehr alte Frau hier. Sie hat behauptet, sie wäre hundertdrei Jahre alt.«

Die Geschwister wechselten verblüffte Blicke mit einer Hand voll der anderen umstehenden Personen, die sich ihre Zukunft bereits hatten deuten lassen. »Das kann doch nicht sein!«

»Was kann nicht sein?«, verlangte Karina zu erfahren. »Wer war sie? Woher wusste sie von dem Ring? Wo ist sie hin?«

Auf den Gedanken, dass doch sie hier die Hellseherin zu sein behauptete und es deshalb eigentlich nicht nötig haben dürfte, Fragen stellen zu müssen, kam sie nicht.

Ebenso betreten wie verstört antwortete die Schwester des Kapitäns: »Ich – ich kann es nicht mit Bestimmtheit sagen, Madame. Aber die einzige Person, die jemals hier gelebt hat und auf die Ihre Beschreibung passt, war die alte Alison Ward, die früher mal die Kräuterfarm betrieben hat.«

»Ja, schon, Naima, aber ihr Enkel ist doch bei diesem Erdrutsch umgekommen, viele Jahre, bevor auch die alte Alison gestorben ist.«

»Gestorben?«, wiederholte Karina. »Tut mir Leid, aber gerade eben war sie noch hier, hockte quicklebendig auf genau dem Stuhl da.«

»Na ja, das tut 'se von Zeit zu Zeit schon mal, die alte Alison, wenn 'se meint, dass da was iss, worüber unsereiner Bescheid wissen sollte. Lassen Sie sich davon bloß nich' irre machen, Madame«, versuchte ein knochiger Bauer sie mitleidig zu beruhigen. »Das iss so ihre Art.«

Obgleich dem nun auch alle anderen Einheimischen mit Bemerkungen wie »so 'ne Frau lässt sich eben nie kleinkriegen« oder »Alison hat schon immer überall ihren Senf dazugem' müssen« beipflichteten, stritten sie nichtsdestotrotz beharrlich weiterhin ab, die alte Frau oder ihren Enkel gesehen zu haben. Karina, die fand, dass sie weitaus mehr verunsichert war, als sie es von einer Begegnung erwartet hätte, die sich augenscheinlich wieder einmal als waschechte Geistererscheinung herausgestellt hatte, wandte sich Hilfe suchend zu Hafiz um.

»Aber du hast sie doch gesehen, oder nicht, Liebling?«

Hafiz schüttelte zögernd den Kopf und deutete dann auf den Ring. »Aber dafür sehe ich umso deutlicher diesen Fingerreif. Das ist zweifellos genau der Ring, den ich meiner ersten Frau geschenkt hatte, die ich bis vor kurzem noch für tot gehalten habe. Verrate mir doch, Karina, wo du ihn gefunden hast und wann, und warum hast du mir nichts davon erzählt?«

Daraus entspann sich eine hitzige Debatte – ihr allererster Ehestreit! – darüber, warum keiner dem anderen etwas von Yasmin erzählt hatte. Zum Glück ließ sich Hafiz von seiner Verärgerung über die Unterlassung seiner jetzigen Gemahlin, ihm von ihrer Begegnung mit seiner ersten Ehefrau zu berichten, nicht so sehr ablenken, als dass er versäumt hätte, unverzüglich den Befehl zu erteilen, die *Shahrazad* vom Bug bis zum Heck auf den Kopf zu stellen.

Schon wenig später tauchte Yasmin, die schwerlich zu jener Sorte Leute gehörte, die sich womöglich dazu bequemt hätten, einen mühsamen Fluchtversuch durch irgendwelche Belüftungsschächte zu unternehmen, aus dem Raumschiff auf und wurde von drei Mannschaftsmitgliedern und in Begleitung von vier oder fünf begeistert mitmarschierenden Einheimischen unsanft zu den Harakamians hinübergeführt. Dort angekommen, strich sie sich ihr leicht zerknittertes Gewand wieder glatt und starrte ihren Gegenübern trotzig ins Gesicht.

»Nimm deine Griffel von meinem Mann, du fette Kuh«, fuhr sie Karina an.

Hafiz donnerte: »Ihr alle seid meine Zeugen! Yasmin, ich verstoße dich, ich verstoße dich, ich verstoße dich! So, jetzt sind wir endgültig geschieden! Also, was hast du an Bord der *Shahrazad* getrieben, und wo hattest du dieses Pulver her, das du mir ins Gesicht geblasen hast?«

»Genau, Süße, was ist denn los?«, forschte Karina in einem Tonfall nach, den sie seit ihrer Schulzeit nicht mehr eingesetzt hatte. »Hattest du kein Geld für eine Schiffskarte? Hast du dich deswegen als blinder Passagier an Bord geschlichen?«

»Mir tut nur Leid, dass wir deine Anwesenheit auf dem Schiff nicht schon entdeckt haben, bevor wir gelandet sind«, sagte Hafiz. »Die übliche Bestrafung für blinde Passagiere ist nämlich ein Weltraumspaziergang ohne Raumanzug. Es hätte mir die allergrößte Freude bereitet, dich mit eigenen Händen durch die Luftschleuse zu stoßen.«

»Rohling!«, entgegnete Yasmin. »Aber du wirst dein Fett schon noch abkriegen, wenn meine Freunde dich erst mal eingeholt haben.«

»Wo hast du das zermahlene Horn her, das du mir ins Gesicht geblasen hast, du Tochter bösartiger, aber idiotischer Dämonen?«

»Das ist mein Geheimnis, finde es doch selbst heraus«, verweigerte Yasmin jede Auskunft.

Hafiz wandte sich höflich an Rushimas Planetaren Administrator und erkundigte sich: »Hätten Sie wohl eine möglichst stumpfe Axt, vielleicht so eine wie die, mit der Sie sonst Ihr Kaminholz hacken?«

»Aber gewiss doch, Herr Harakamian.«

Während der Administrator jemanden losschickte, um das gewünschte Werkzeug herbeizuschaffen, meinte Hafiz flüsternd zu Rafik: »Ich bedauere jetzt schon die Notwendigkeit, dass wir Acornas Volk unbewaffnet aufsuchen müssen, um unsere Achtung vor ihren Bräuchen und möglicherweise ihren religiösen Überzeugungen zu demonstrieren, du verstehst?«

»Unter den gegebenen Umständen kann ich dieses Bedauern nur allzu gut verstehen«, versicherte Rafik ihm.

»Leider hatte ich nicht die Spur einer Ahnung von Yasmins Anwesenheit und ihren Aktivitäten an Bord. Um sich gegen einen Feind zu verteidigen, von dem man weiß und den man kennt, gibt es auch andere Mittel und Wege als nur die herkömmlichen Waffen, wie du gleich sehen wirst, sobald sie mir diese Axt gebracht haben. Aber angesichts dieser Verletzung unserer Sicherheit werde ich unsere internen Abwehrmaßnahmen wohl ein weiteres Mal einer gründlichen Überprüfung unterziehen müssen.«

Als die Axt schließlich eintraf, wurde sie Hafiz unverzüglich ausgehändigt, der sich huldvoll vor dem Überbringer verbeugte, um sich für die Großzügigkeit der Person oder Personen zu bedanken, die ihm die Axt ausgeliehen hatten. An den Administrator gewandt, erkundigte er sich mit so lauter Stimme, dass ihn alle deutlich hören konnten: »Ich hoffe, es gibt hier keine dieser absonderlichen planetaren Gesetze oder Bräuche, die das Hinrichten von Kriminellen verbieten? Ich versichere Ihnen, dass meine frühere Frau in einer Vielzahl von Fällen zahlloser ruchloser Verbrechen überführt und dafür auch rechtskräftig verurteilt wurde.«

»Aber nein, mein Herr. Bei uns hier, so weit draußen und so weit weg von der Zivilisation, können wir uns den Luxus übertriebener Nachsicht nicht leisten. Machen Sie ruhig weiter, Herr Harakamian.«

Karina sah, wie ihr Gemahl das Gewicht der Axt prüfte. Dann nickte er dem Kapitän und Johansson zu, die Yasmin zwischen sich nahmen, sie jeder an einem Arm packten und sie in die richtige Stellung brachten: am Boden kniend, mit nach vorn gebeugtem Oberkörper, den entblößten Hals gewaltsam auf einen praktischerweise in der Nähe befindlichen Baumstumpf gedrückt.

Karina hielt den Atem an. Sie konnte nicht glauben, dass er das hier tatsächlich tun würde, ohne ein ordentliches Gerichtsverfahren mit Richter und Geschworenen.

Die Besatzung der *Shahrazad* und die Siedler von Rushima hingegen schienen das Ganze vollkommen gelassen hinzunehmen.

Hafiz holte tief Luft und schwang die Axt in hohem Bogen über seinen Kopf.

Yasmin, die ihn noch aus seinen jüngeren und ungestümeren Jahren kannte, nahm die Situation ganz und gar nicht gelassen hin. »Warte! Halt! Das kannst du doch nicht machen!«

Hafiz ließ die Axt wieder sinken und grinste: »Es sei dir versichert, du Ausgeburt eines syphilitischen Kamels, dass ich es tun kann und dass ich es tun werde, wenn du meine Fragen weiterhin nicht beantwortest.«

»Ich weiß nicht, wo das Pulver ursprünglich herstammt«, log sie und richtete sich auf, als ihre Wärter den Griff um ihre Arme ein wenig lockerten. »Ich habe es von dem Anwalt bekommen, der meine Freilassung aus dem Gefägnis bewerkstelligt hat. Er hat mir aufgetragen, es dir zu geben und dir dann zu folgen.«

»Mir zu folgen?«

»Na ja, mich auf deinem Raumschiff zu verstecken.« Sie griff in ihren Ausschnitt und holte etwas hervor, das wie ein winziges Juwel aussah. »Ich habe die ganze Zeit das hier bei mir getragen, siehst du. Damit sie dir folgen konnten.«

»Mir folgen? Aber warum?«

»Ich weiß nicht – um dich auszurauben, schätze ich.« Hafiz hob erneut die Axt, und Yasmin kreischte auf: »Nicht! Ich – ich glaube, dass sie auch nicht wissen, wo das Hornpulver herkam. Deshalb wollten sie ja, dass du sie unwissentlich zu dem Einhornmädchen führst.«

»Aha!« Jetzt ergab die Sache einen Sinn. Sie waren geschäftliche Konkurrenten, diese Hintermänner seiner früheren Frau, und wollten aus ruchlosen Gründen in Erfahrung bringen, wo die Linyaari lebten. Sie hatten gehofft, dass Hafiz sie zu Acornas Volk führen würde. Das ergab sogar sehr viel Sinn.

»Administrator, hätten Sie vielleicht Verwendung für eine neue Hilfskraft bei der Feldarbeit?«, schlug er vor. »Solange Sie Sorge dafür tragen, dass sie immer in Ketten bleibt, könnte die hier von Nutzen für Sie sein. Aber passen Sie auf, dass sie sich immer nur unter Frauen aufhält. Wenn man sie nämlich mit Männern allein lässt, hat sie sich keinen Lidschlag später schon auf den Rücken gelegt.«

Yasmin spuckte ihn an und wurde daraufhin in die Arrestzelle geführt, wo man ihr ein neues Kettengeschmeide anpassen würde. Karina rief ihr hinterher: »Überleg doch nur, wie viel karmische Reinigung du fortan ableisten darfst, Liebes! Das wird dir in deiner nächsten Inkarnation ungeheuer zustatten kommen!«

»Möge diese recht bald kommen«, knurrte Hafiz. Er ordnete an, das Raumschiff gründlich nach weiteren Pulsgebern zu durchsuchen, was schließlich auch derer vier zu Tage förderte.

Danach wandten die Harakamians und ihre Mannschaft ihre Aufmerksamkeit ganz der Willkommensfeier zu, die ihnen zu Ehren veranstaltet wurde. Karina trug dazu etwas sogar noch Luftigeres und Lavendel- und Silberfarbeneres als gewöhnlich, und Hafiz war der Ansicht, dass sie niemals strahlender ausgesehen hatte. »Du bist eine kostbare Perle unter den Frauen, mein Herz«, huldigte er ihr. »Geringere Frauen hätten mir eine Strafpredigt dafür gehalten, dass ich eine nicht-ganz-frühere Ehe verheimlicht habe.«

Sie kniff ihn liebevoll in die Wange. »Hafiz, manchmal bist du *richtig* süß. Ganz offensichtlich wolltest du dich doch von ihr scheiden lassen – und hast das auch sofort getan, nachdem du erfahren hast, dass sie gar nicht tot war. Ich habe eine intime Verbindung zu den Geheimnissen des Universums, weißt du«, erklärte sie. Außerdem kannte sie den Tratsch der Dienerschaft und die Vergleiche, die das Gesinde zwischen der jetzigen Frau Harakamian und ihrer Vorgängerin anstellte – und die zu ihren Gunsten ausfielen, wie sie freudig vernommen hatte. »Ich habe gewusst, dass du schon einmal verheiratet warst. Ich finde es nur um deinetwillen ein bisschen bedauerlich, dass du dir ausgerechnet jemanden mit so viel plutonischen Problemen ausgesucht hast, wie diese Frau sie zweifelsohne hat. Aber andererseits haben wir ja alle unsere Lektionen zu lernen, nicht wahr?«

»Nur zu wahr, meine Herzallerliebste.«

Karina seufzte und schaute ihm tief in die Augen. »Dennoch, oh du mächtiger Fels der Männlichkeit, obgleich du nun kein Witwer und auch kein Bigamist mehr bist, sondern ein hinfort ordnungsgemäß geschiedener Mann, hast du dich nichtsdestoweniger die ganze Zeit unter Vorspiegelung eines falschen Ehebunds mit mir verlustiert. In Wahrheit war ich überhaupt nie rechtmäßig mit dir verheiratet und bin auch jetzt nur deine Konkubine, dein Spielzeug, dein ...«

Er erwiderte ihren Blick und schaute nun seinerseits ihr in die Augen, wobei es ihm allerdings in den Fingern juckte, es nicht nur beim bloßen Augenkontakt zu belassen. »Das ist wahrhaftig eine bedenkliche Sache, du prachtvoll dralle, Sinnlichkeit versprühende Sklavin meiner Wollust. Eine Angelegenheit, die wir auf der Stelle ausdiskutieren sollten, am besten vielleicht in unserem Gemach an Bord der *Shahrazad*?«

»Um mich vor den Augen all dieser guten Leute hier noch mehr mit Schande zu beladen?«, hauchte sie begehrlich, wich jedoch tapfer einen Schritt zurück. »O Gebieter, du bist zu grausam.«

Hafiz schnippte mit den Fingern, und der Planetare Administrator, Rafik und der Raumschiffkapitän kamen herbeigeeilt. »Ich wünsche meine Frau auf der Stelle noch einmal zu heiraten. Kapitän? Administrator? Sie werden die Zeremonie abhalten.«

»Wir sind aber im Augenblick nicht an Bord, Herr«, wandte der Kapitän ein.

Der Administrator hingegen schien keine derartigen Bedenken zu haben; er trat schnell vor und fragte schlicht: »Sie haben einen Ring?«

Karina zog ihren Amethyst-Hochzeitsring vom Finger und gab ihn dem Rushimaner, der daraufhin verkündete: »Kraft der mir übertragenen Amtsgewalt erkläre ich euch hiermit zu rechtmäßig verbundenen Eheleuten.«

»So wurde es gesprochen, so wird es geschrieben stehen, und so wollen wir es denn auch tun«, bekräftigte Hafiz. »Bist du jetzt befriedigt, meine Blume der weiblichen Tugend?«

»Noch nicht«, hauchte sie und schenkte ihm ein Augenzwinkern, das seiner ersten Frau Yasmin in ihrer hitzigsten Jugend würdig gewesen wäre. »Aber ich erwarte, dass ich es bald sein werde, wenn wir erst wieder an Bord sind.«

Die Erwiderung ihres abermals angetrauten Gemahls bestand darin, ihre Hand abzuküssen, wobei seine Küsse immer höher und höher wanderten, ihren Ärmel hinauf bis zu ihrer Schulter, den Hauch von Stoff entlang, der diese Schulter bedeckte, bis er an ihrem Hals angelangte, wo er schließlich durch die Aufforderung unterbrochen wurde, dass sie sich nun zum Festbankett begeben sollten – es sei angerichtet.

Der Gemeindesaal von Rushimas Hauptstadt war nicht groß genug, um alle Siedler aufnehmen zu können, die aus der ganzen Umgebung teils kilometerweit herbeigeströmt waren, um an der Feier teilzunehmen, sodass man auch draußen Tische aufgestellt hatte. Das Wetter war für eine derartige Freiluftveranstaltung geradezu ideal, dank entsprechender Eingriffe in die örtliche Witterungslage durch Dr. Ngaen Xong Hoa.

»Sehr hilfreich, diese Wetterzauberei«, lobte Hafiz und kratzte sich den Bart.

Nach ein paar Umplatzierungen und kleineren Korrekturen an der Sitzordnung nahmen Hafiz, Karina, Mercy und Rafik an einem gemeinsamen Tisch Platz, wo sich alsbald auch Dr. Hoa und Rushimas Administrator zu ihnen gesellten. Wenig später erforderte jedoch irgendeine Angelegenheit die persönliche Aufmerksamkeit des Administrators, weshalb er abberufen wurde.

Dr. Hoa nutzte diese Gelegenheit, beugte sich vor und trug den drei Mitgliedern des Hauses Harakamian ein vertrauliches Anliegen vor: »Ich möchte mit Ihnen fliegen, Herr und Frau Harakamian. Meine Arbeit hier ist getan, und ich habe tatsächlich alle Schäden beheben können, die ich in meiner Zeit als Gefangener an Bord der *Haven* anzurichten gezwungen war. Mein einziger Wunsch ist jetzt, mich an einen Ort zurückzuziehen, wo mir niemand mehr abverlangt, meine Erfindung auch weiterhin anzuwenden.«

Bevor Hafiz etwas sagen konnte, hob Rafik die Hand, um ihm Einhalt zu gebieten, und ergriff selbst das Wort: »Onkel, mir ist Dr. Hoas Wunsch, von hier fortzugehen und sich an einen Ort zu begeben, wo er und seine Erfindung in Sicherheit sind, schon seit einiger Zeit bekannt. Er möchte genau dorthin – wo du hingehst, und bedauert sehr, dass es ihm nicht schon damals möglich war, unsere gemeinsame Freundin dorthin zu begleiten, als sich die Gelegenheit das erste Mal bot.« Rafik bediente sich natürlich absichtlich einer gestelzten Redeweise und blumiger Umschreibungen, für den Fall, dass jemand ihre Unterhaltung belauschte. »Deshalb habe ich mir die Freiheit genommen, ihn über das Ziel eurer Reise zu unterrichten.«

»Solange er der einzige Mitwisser ist, Neffe«, billigte Hafiz diese Eigenmächtigkeit und erklärte sich mit einem Nicken in Dr. Hoas Richtung einverstanden. Eine lange gemeinsame Reise mit dem Mann mochte ihm Gelegenheit bieten, den Doktor vielleicht doch dazu zu überreden, dem Haus Harakamian zu gestatten, zumindest einen kleinen Teil seiner beneidenswerten Entdeckung zu vermarkten. »Dr. Hoa ist natürlich jederzeit in meinem Heim willkommen, ob es sich nun gerade an Land oder im All befinden mag.«

»Sie sind zu gütig, Herr.«

»Und wie der Zufall es will, schlage ich mich da gerade mit einem gewissen Dilemma herum, das sich aus den feinfühligen Rücksichtnahmen auf die Glaubensgrundsätze unserer lieben kleinen Acorna und ihres Volkes ergeben hat, zu denen meine Frau und ich uns verpflichtet fühlen. Vielleicht können Sie mir diesbezüglich ja einen Rat geben.«

Dr. Hoa nickte hilfsbereit, obschon er zugleich ein wenig argwöhnisch dreinblickte. Hafiz hingegen war zuversichtlich, dass die schlichte Lösung, die ihm für sein Sicherheitsproblem vorzuschweben begann, Dr. Hoas Grundsätzen ebenso wenig zuwiderlaufen würde wie jenen von Acornas Volk.

Kurz nachdem das Bankett zu Ende gegangen war, verabschiedeten sie sich von ihren Gastgebern und flogen wenig später wieder ab. Dr. Hoa hatten sie im Schutze ihrer als geschlossene Gruppe an Bord gehenden Besatzung heimlich ins Schiff geschmuggelt, um zu vermeiden, dass es zu irgendwelchen peinlichen Auseinandersetzungen kam – oder zu rührseligen Abschiedsszenen.

Keiner von ihnen ahnte, dass die Detektoren, die von der Mannschaft eingesetzt worden waren, um die von Yasmin versteckten Pulsgeber aufzuspüren, nicht im Stande gewesen waren, die Signale aller Sender aus der von gewissen anderen Geräten abgegebenen Hintergrundstrahlung herauszufiltern – beispielsweise der eines Replikators.

Elf

Khetala ließ Rocky Reamer und seine Kinder keinen Augenblick aus den Augen, nicht einmal dann, als sie alle glücklich auf der Maganos-Mondbasis eingetroffen waren. Sie hatte der Entscheidung, die Kinder aus ihrem bisherigen Zuhause herauszulösen, nur unter großen Bedenken zugestimmt – es lag ihr für gewöhnlich sehr am Herzen, dass Kinder ein Zuhause hatten und dass ihnen dies auch erhalten blieb, da sie selbst nie eines gekannt hatte.

Doch Turi und Deeter hatten ihre fürsorglichen Fragen danach, was die beiden zurücklassen mussten, übergangen und stattdessen mit gespannten Gegenfragen beantwortet, was denn vor ihnen läge. Sie waren des Nanowanzenmarktes längst überdrüssig gewesen und waren ohnehin schon von Säuglingsbeinen an mit Rocky ungebunden auf dem ganzen Planeten herumgezogen und hatten in einer kunterbunten Abfolge gebrauchter Freizeit-Wohnfahrzeuge gelebt, deren Inneres jeweils geschmackvoll als Mischung aus Schlafgelegenheit und Lagerraum für die Mineralien und Edelsteine ihres Vaters eingerichtet gewesen war. Sie hatten aus dieser Wohnstatt beide nur etwas Kleidung zum Wechseln, eine Hand voll ihrer Lieblingssteine und Rockys Werkzeugkasten mitgenommen. Den Rest ihrer ohnehin spärlichen Habe hatten sie zur freien Auswahl den anderen Händlern überlassen.

Rocky verspürte keinerlei Bedauern hierüber. Besitztümer kamen und gingen nun mal. Seine Familie aber hatte er bei sich, und sie würden alle gemeinsam in Sicherheit gebracht werden, und das war das Einzige, was wirklich zählte. Darüber hinaus hatte er ja Becker helfen können und half jetzt der Dame Acorna und ihren Angehörigen – und von der Richtigkeit dieser Handlungsweise war er vorbehaltlos überzeugt. Soweit es ihn betraf, betrachtete er es als großartige Fügung, zugleich in Sicherheit sein *und* das Richtige tun zu können. Er atmete schon sehr viel leichter, seit Khetis kleines Raumfahrzeug den Planeten hinter sich gelassen hatte, und er und die Kinder genossen diesen Ausflug in den Weltraum in vollen Zügen, den Ersten, den sie je gemeinsam unternommen hatten.

Jana, Chiura und die anderen Kinder, die Khetala zu jener Zeit beschützt hatte, als sie alle noch Arbeitssklaven im Bergwerk gewesen waren, hatten vom Dienst habenden Kommunikationsoffizier der Tagesschicht erfahren, dass ihre Freundin auf die Mondstation zurückkehrte, und erwarteten sie bereits. Stürmisch eilten sie ihr entgegen, um sie zu begrüßen. Reamers Kinder hüpften auf und ab vor Aufregung darüber, so viele andere Kinder aufgeregt auf und ab hüpfen zu sehen, auch wenn sie nicht so recht wussten, worum es bei dem ganzen Gewese ging.

Dicht auf den Fersen der einstigen Kindersklaven näherten sich Acornas ›Onkel‹ Calum Baird und Declan Giloglie, in Begleitung von Judit Kendoro.

Giloglie und Reamer nickten einander zurückhaltend zu, um beiderseitig zu bekunden, dass sie sich an ihre vor langer Zeit in einem Geologiekurs gemachte Bekanntschaft erinnerten. Khetala stellte alle anderen einander vor, erklärte die Sachlage und bat Reamer dann, das Linyaari-Horn hervorzuholen.

Reamer zögerte einen Moment lang. »Meinst du wirklich – vor all diesen Kindern? – Na ja, es ist doch eine ziemlich ernste Sache, und nach dem, was ich gehört habe, halten sie die Dame Acorna praktisch für so eine Art Göttin.«

Kheti wandte ihm ihr hartes braunes Gesicht zu und erklärte trocken: »Diese Kinder, wie du sie nennst, haben den Großteil ihrer Illusionen längst verloren. Wenn Acorna wirklich in Gefahr ist, werden sie es erfahren und ihr helfen wollen, auf welche Weise es ihnen auch möglich ist. Falls dieses Horn ihr oder irgendeinem der anderen Linyaari gehört, werden die Verantwortlichen auf die harte Tour herausfinden, dass wir alle mehr als erwachsen genug sind, um sie teuer dafür bezahlen zu lassen, dass sie unseren Freunden Schaden zugefügt haben.«

Also zeigte Reamer das Horn herum, und alle starrten es erschüttert an. Einige wollten es berühren, andere legten die Hände auf den Rücken und machten ängstliche Gesichter. Eines der Mädchen, Jana, begann leise zu weinen.

»Ich erinnere mich noch, wie man mich im Bergwerk so schlimm verprügelt hatte, dass ich mich kaum noch bewegen konnte, und wie Acorna meine Wunden mit ihrem Horn berührt und mich geheilt hat. Das war seit vielen Jahren der erste Trost, den mir jemand gespendet hatte. Das hier *kann* einfach nicht ihres sein, Kheti. Das kann einfach nicht sein.«

Calum Baird musterte Reamer misstrauisch. »Sie haben das Horn schnurstracks zu Khetala gebracht, die Sie damit dann hierher geflogen hat?«

»Richtig, genau so war's. Becker selbst hatte nämlich Schwierigkeiten mit einer Dame, die ihn entweder bestehlen oder umbringen wollte. Also sind er und der Kater lieber abgehauen.«

»Nun, das würde erklären, warum er uns nicht selbst aufgesucht hat. Das und der Umstand, dass er wohl zu der Erkenntnis gelangt sein dürfte, dass die Hörner wertvoll sind, weshalb er bestimmt schleunigst seine Bezugsquelle sichern wollte«, spekulierte Baird. »Wer war die fragliche Dame? Hat Ihr Freund zufällig irgendetwas davon erwähnt, dass er Hafiz Harakamian aufsuchen wolle?«

»Nicht eine Silbe. Was die Dame angeht, wobei diese Bezeichnung eigentlich schon viel zu viel der Ehre ist – tut mir Leid, wenn ich mich so abfällig über sie auslasse, aber es stimmt nun mal –, die hat wirklich nicht mehr alle Nuggets im Beutel. Ihr Name ist Kisla Manjari. Ihr Vater war früher ein ziemlich hohes Tier.«

»Wir wissen nur zu gut Bescheid über Kisla und ihren Vater«, knurrte Baird kurz angebunden.

»Oh.« Reamer tippte sich an die Stirn. »Aber natürlich. Ihr und die Dame Acorna habt doch mitgeholfen, ihn zu Fall zu bringen, nicht wahr? Nun, wie dem auch sei, Becker und sein Kater dachten jedenfalls, dass sie sich besser verziehen sollten. Aber er hat keine Silbe davon gesagt, dass er zu Herrn Harakamian wolle. Er hat jedoch erzählt, dass er euch Burschen kennt, also hat er ihn ja vielleicht durch euren Partner Rafik kennen gelernt.«

»Das ist möglich«, bestätigte Baird nachdenklich. »Laxmi, kannst du uns bitte einen abhörsicheren Hyperfunkkanal schalten, über den wir mit Rafik reden können? Onkel Hafiz hatte Kurs auf Rushima genommen. Schauen wir doch mal, ob er schon dort angekommen ist.«

Nachdem der ganze Tross sich hierzu in die Komzentrale der Mondbasis begeben hatte, erfuhren sie von Rushima, dass die *Shahrazad* gerade eben schon wieder weitergeflogen war und dass man einen Spion an Bord entdeckt habe. Als Rafik ihnen offenbarte, wer dieser Spion war, stieß Gill einen leisen Pfiff aus. Etwa zu der Zeit, als sein Vetter Tapha getötet worden war, hatte Rafik seinen Partnern nämlich ein paar aufschlussreiche Anekdoten und Geschichten über Taphas liebe verblichene Mutter zum Besten gegeben, sodass seine Kameraden über die erste Frau von Onkel Hafiz recht gut Bescheid wussten.

»Sie ist also immer noch am Leben, wie? Offenbar sind in dieser Familie wirklich *alle* bemerkenswert schwer totzukriegen!«, stellte Gill fest. »Nun ja, Yasmins Auftauchen ist dann wahrscheinlich auch die Erklärung für diese unerwartete Reise, zu der Hafiz und Karina mitten in ihren Flitterwochen aufgebrochen sind.«

»Ganz richtig«, bestätigte Rafik. »Meine verehrte Tante hat Onkel Hafiz nämlich ein Pülverchen ins Gesicht geblasen, dessen chemische Untersuchung ergeben hat, dass es teilweise aus zermahlener Linyaari-Hornsubstanz bestand. Ihr könnt euch daher sicherlich gut vorstellen, wohin Hafiz jetzt unterwegs ist.«

»Ich denke schon. Aber hältst du es denn für klug, dass die *Shahrazad* sich ganz allein dorthin aufmacht?«, zweifelte Calum.

Woraufhin Rafik ihnen ausführlich jene Diskussion schilderte, die er über eben dieses Thema schon selbst mit Hafiz geführt hatte, und zum Abschluss die Information hinzufügte, dass Dr. Hoa sich entschlossen hatte, die Harakamians zu begleiten.

Nach Beendigung ihres Interstellargesprächs schüttelte Judit den Kopf. »Das gefällt mir nicht. Das gefällt mir ganz und gar nicht. Möglicherweise ist es ja wirklich keine gute Idee, gleich eine ganze Armee mitzunehmen. Aber Hafiz und Dr. Hoa beide in einem und demselben Raumschiff, und ganz ohne Begleitschutz – das ist für skrupellose Leute wie die Tochter des Rattenfängers doch nur eine umso größere Verlockung.« Sie bezeichnete Kisla Manjaris Vater mit dem Namen, den die versklavten Kinder ihm gegeben hatten, als er noch ihrer aller Schicksal auf Kezdet als anonymer Drahtzieher des Bösen aus dem Hintergrund gelenkt hatte.

Schon einen Augenblick später kündigte das Komgerät unerwartet eine neue, diesmal von Rushima aus geschaltete Interstellarübertragung an, und Mercy Kendoros Gesicht erschien auf dem Vidschirm. »Judit? Ich denke, es ist an der Zeit, dass wir uns mit unserem Bruder und den Sternenfahrern in Verbindung setzen, meinst du nicht auch? Wenn es der Tochter des Rattenfängers und einigen seiner alten Seilschaften gelungen ist, sogar die Verteidigungswälle des Hauses Harakamian zu durchbrechen, müssen wir uns dringend Gedanken über unsere eigenen Sicherheitsvorkehrungen machen. In dem Zusammenhang: Hat eigentlich in letzter Zeit irgendwer mal was von Nadhari Kando gehört?«

Im weiteren Verlauf ihres mit ernsten Worten geführten Gesprächs, dessen besorgte Untertöne nichts Gutes verhießen, unterhielten sie sich noch über eine Menge weiterer Leute, die Reamer zum größten Teil höchstens dem Namen nach kannte. Das Ganze ging ihm inzwischen jedoch ohnehin alles viel zu weit. Er hatte ja das Seine getan: Er hatte das Problem den richtigen Leuten zur Kenntnis gebracht, die bestimmt in der Lage waren, es auch ohne ihn zu lösen, und hatte es dadurch geschafft, sich und seine Kinder aus der Schusslinie zu bringen. Mehr wollte er von der ganzen Sache gar nicht hören. Mehr wollte er auch überhaupt nicht *wissen*. Er zählte sich nämlich zu jener friedfertigen Sorte Mensch, die froh war, wenn sie sich ungestört um ihre eigenen Angelegenheiten kümmern konnte, und sich nicht einmischte, wenn die anderen Leute sich um ihren Kram kümmerten.

Alles was er wollte, war ein Ort, an dem er sich auf anständige Weise seinen Lebensunterhalt verdienen und seine Kinder aufziehen konnte, ohne dass jemand sie drei umzubringen oder ins Gefängnis zu stecken versuchte. Sicherheitsvorkehrungen überließ man seiner Ansicht nach am besten den Leuten, die es genossen, ständig in Alarmbereitschaft zu leben. Er selbst jedenfalls gehörte nicht dazu.

Also ließ er sich bescheiden in die hinteren Ränge der dicht gedrängten Schar aus Erwachsenen und Kindern zurückfallen, die sich um den Komschirm versammelt hatten. Dort fiel das Auge eines Jungen, der zu klein war, als dass er über die Köpfe der vor ihm Stehenden hätte hinwegschauen können, stattdessen bewundernd auf Reamers Gürtelschließe, da sich wenigstens dieser Blickfang genau auf seiner Gesichtshöhe befand.

»Das ist echt 'ne wunderschöne Schnalle, die Sie da haben. Was ist denn das für ein Stein da in der Mitte?«

»Ein Türkis. Ziemlich selten heutzutage.«

»Mir gefällt die Einfassung, in der er sitzt. Ist das echtes Silbermetall?«

»Ja, und sogar alles mit meinen eigenen Händen gefertigt.«

»Echt stark! Ich wünschte, so was könnte ich auch.«

Reamer zuckte die Achseln. »So schwer ist das doch gar nicht.

Ich habe mein Handwerkszeug und ein paar Rohmaterialien mit hier heraufgebracht. Möchtest du, dass ich dir beibringe, wie man damit umgeht?«

»Oh Mann, das wäre echt toll! Ich würde furchtbar gerne auch so was Ähnliches machen, aber dann mit 'nem Acornit in der Mitte. Das würde mir das Gefühl geben, ihr irgendwie – Sie wissen schon, näher zu sein.«

Und so blieben Reamer und seine Sprösslinge auf Maganos. Reamer begann den auf dem Mond lebenden Kindern Unterricht zu erteilen. Er brachte ihnen mehr darüber bei, wie man nach Mineralien, Kristallen und Edelsteinen Ausschau hielt, und führte sie in die Kunst ein, diese Fundstücke in handgeschmiedete Edelmetallfassungen zu setzen und zu Schmuckstücken zu verarbeiten. Sogar Baird und Giloglie schauten ab und zu bei seinem Unterricht vorbei und bedauerten stets, dass sie nicht genug Zeit hatten, um selbst bei Reamer in die Lehre gehen zu können.

Auch Khetala blieb auf der Maganos-Mondstation, auf das hartnäckige Drängen der Kendoro-Schwestern hin, die fürchteten, dass der jungen Frau von Kisla Manjaris Unterweltkumpanen Gefahr drohen würde, wenn sie sogleich wieder nach Kezdet zurückkehrte.

Eines Tages, als Reamer dem kleinen Jungen, der als Erster Interesse daran bekundet hatte, das Kunstschmieden zu erlernen, gerade den Umgang mit dem Laserschweißgerät zeigte, ersuchte ein Raumschiff um Landeerlaubnis für Maganos. Der Dienst habende Offizier, an diesem Tag war es Jana, informierte per Lautsprecherdurchsage die anderen, die sich gegenwärtig in dem unter anderem als Komzentrale, Gemeindehalle, Schule und Verwaltungszentrum dienenden Hauptgebäudekomplex aufhielten. Es handelte sich um die *Haven*. Jemand sollte auch besser schnell Mercy – Rafik und Mercy waren mittlerweile von ihrer Dienstreise nach Rushima zurückgekehrt – und Judit holen. Schließlich war ihr Bruder an Bord des Sternenfahrerschiffs.

Auch Reamer begab sich zum Landehangar der Mondbasis, um nachzuschauen, was der Anlass für die ganze Aufregung war. Er traf gerade rechtzeitig dort ein, um mitzuerleben, wie die *Haven* sich einschleuste. Die Ausstiegsluke des Raumschiffs öffnete sich, und heraus strömten Dutzende von Kindern jeden Alters sowie ein Kerl, der ein bisschen jünger war als Reamer selbst, und ein zweiter Bursche, der ein gehöriges Stück älter und ihm sehr vertraut war.

»Johnny Greene!«, entfuhr es Reamer freudig überrascht, als er seinen alten Freund erkannte.

»Also, ich werd nicht mehr – wenn das nicht Rocky Reamer ist!«, rief Greene nicht minder verblüfft zurück, ging auf ihn zu, schüttelte ihm heftig die Hand und klatschte ihm auf den Rücken. »Wer hat dir denn so viel Sprengmittel unter dem Hintern hochgejagt, dass es dich nach all diesen Jahren noch mal ins All verschlagen hat? Ich dachte, du hättest längst auf irgendeinem Dreckball Wurzeln geschlagen.«

Reamer erklärte ihm die Sachlage.

Er war Greene vor ein paar Jahren zum ersten Mal begegnet, hatte ihn über ein paar gemeinsame Freunde kennen gelernt, die ebenso wie Reamer Mineralienliebhaber waren. Greene hatte ihn damals für irgendeine Dame, an der er seinerzeit interessiert gewesen war, ein Schmuckstück anfertigen lassen. Sie hatten sich auf Anhieb prächtig verstanden und waren einander im Laufe der nachfolgenden Jahre immer wieder einmal über den Weg gelaufen, wenn Greene gerade auf einem Planeten weilte und seiner Leidenschaft frönte, auf Nanowanzenmärkten herumzustöbern, oder wenn er wieder einmal eine neue Preziose brauchte oder irgendwelche interessanten Mineralienproben geschürft hatte, die er Gewinn bringend veräußern wollte. Obwohl Reamer bis vor kurzem ein unsteter Weltenbummler und Greene ein nicht minder weit umherreisender Raumfahrer gewesen war, hatten sich ihre Wege oft genug gekreuzt, um zu wissen, dass sie einander mochten. Wenn man ähnliche Interessen und ein paar Freunde teilte, konnten die Weiten des Weltalls letzten Endes doch ein ziemlich kleines Universum sein.

»Ich wusste gar nicht, dass du Kinder hast«, stutzte Johnny, als Rocky ihm Turi und Deeter vorstellte. »Wann hast du denn geheiratet?«

»Gleich nachdem du das letzte Mal auf Kezdet warst«, antwortete Reamer und tat so, als müsste er plötzlich unbedingt die Scheitel seiner Kinder studieren, um das heftige Blinzeln zu verbergen, mit dem er die Tränen vertrieb, die ihm auch heute noch jedes Mal in die Augen traten, wenn er über Almah sprach. »Eine Weile hatten wir ein richtig gutes Leben zusammen.« Er versuchte ein Grinsen aufzusetzen und schaffte es sogar. »Jetzt muss Turi dafür sorgen, dass wir nicht völlig verwahrlosen.«

»Was einen ganz schön auf Trab hält«, bemerkte Turi mit trockener Verdrossenheit, die Johnny zum Lachen brachte.

»Dabei hast du doch selbst gut reden«, meinte Reamer und zeigte anzüglich auf die Unzahl junger Leute und Kinder, die weiterhin aus der *Haven* heraus in die Mondbasis strömten. »Sind das alles deine?«

»Das nun wirklich nicht«, verneinte er. »Die *Haven* ist ein Sternenfahrerschiff. Die Kinder hier sind alle die Überlebenden der ursprünglichen Besatzung. Der Raumer hatte ein paar Banditen an Bord genommen, die sich als Flüchtlinge ausgegeben hatten. Die haben dann die Erwachsenen überwältigt, die das Raumschiff geführt hatten, und sie ohne Raumanzug ins All hinausgestoßen. Zum Glück ist es Calum dort drüben« – Johnny hob den Arm und winkte Baird zu, der sich gerade durch die Menge schob, um sich zu ihnen zu gesellen – »und Acorna gelungen, meinem Kumpel Markel zu helfen, Dr. Hoa zu befreien, der von den Banditen gefangen gehalten wurde, und dann für genügend Ablenkung zu sorgen, dass die Sprösslinge des ursprünglichen Sternenfahrerrates Gelegenheit bekamen, die Kontrolle über ihr Schiff zurückzuerobern und den

Mördern ihrer Eltern das Gleiche angedeihen zu lassen, was sie dem Rat angetan hatten. Ich war schon vorher an Bord gewesen, als Mitglied der betriebstechnischen Mannschaft, und die Banditen hatten mich nicht behelligt, sodass ich Markel und den anderen helfen konnte, als sich die Gelegenheit ergab. Pal Kendoro kam später auch an Bord, um den Kindern zu helfen. Jetzt hat er eine Botschaft von seinen Schwestern erhalten, und das ganze Schiff fand, dass es ohnehin mal wieder Zeit für einen Landurlaub wäre. Und da sind wir nun.«

Reamer schüttelte lachend den Kopf. »Langeweile kennst du wohl gar nicht, Johnny, wie?«

»Nicht, wenn ich es vermeiden kann. Obwohl es, um ehrlich zu sein, schon hin und wieder Zeiten gab, in denen ich mir gewünscht habe, dass das Leben etwas weniger aufregend wäre«, gab Greene zu.

Als die Mondbasis-Gemeinde sich später im großen Speisesaal versammelte, um dort ihr gemeinsames Abendmahl einzunehmen, lud man auch alle Sternenfahrer dazu ein. Andreziana, Pal Kendoro, Johnny Greene, sein Freund Markel und weitere Mitglieder des Sternenfahrerrates saßen mit Baird, Giloglie, Nadezda und den Kendoro-Geschwistern an einem Tisch. Normalerweise hätte die erwachsene Führungsriege der Maganos-Basis sich über den ganzen Speisesaal verteilt und damit bekundet, dass sie jederzeit ansprechbar war, um sich Probleme oder Beschwerden der Schüler und anderen Mondbewohner anzuhören. Heute aber blieben sie unter sich, wofür die Kinder und Jugendlichen um sie herum vollstes Verständnis hatten. Mittlerweile wussten alle über die Linyaari-Hörner Bescheid, die man gefunden hatte, und ihrer aller einzige Sorge galt nur der Frage, ob es Acorna und ihrem Volk gut ging und ihnen kein Leid zugefügt worden war.

Auf Einladung von Baird und Gill setzte sich Reamer ebenfalls an den Ehrentisch, an dem auch schon Khetala saß. Er lächelte ihr zu, als er sich setzte, was sie erwartungsgemäß nicht erwiderte, denn Kheti schien nie zu lächeln. Er vermutete, dass das, was ihr in den Sklavenarbeitslagern – und danach, als die Didis sich ihrer bemächtigt hatten – zugestoßen war, wohl ziemlich schrecklich gewesen sein musste und sie deshalb immer so düsterer Stimmung war.

Die anderen Kinder aus ihrem einstigen Lager hatten ihm erzählt, wie Khetala sie damals beschützt und immer wieder freiwillig Prügel eingesteckt hatte, um sie den Jüngeren und Schwächeren zu ersparen. Und als sie dann zu groß geworden war, um noch in den engen Bergwerksstollen arbeiten zu können, war sie an die Didis verkauft worden. Nachdem Acorna die Kindersklaven von Kezdet befreit hatte, war Khetala schnurstracks in den Bumsschuppen zurückgekehrt, wo man sie misshandelt und vergewaltigt hatte, um den anderen Mädchen dort zu helfen, neue Fertigkeiten zu erlernen, die ihnen ermöglichen sollten, sich ihren Lebensunterhalt zu verdienen, ohne dafür ihren Körper verkaufen zu müssen.

Reamer schämte sich, dass er früher nie wirklich darüber nachgedacht hatte, dass die Mädchen, mit denen er sich in der Vergangenheit zuweilen vergnügt hatte, selbst bestimmt ganz und gar kein Vergnügen daran gehabt hatten. Er hatte sich auch nie Gedanken darüber gemacht, was man ihnen angetan haben mochte, um sie zu gefügigen und willigen Gespielinnen jeder Laune zu machen, die ihm als Freier in den Sinn kam. Sein Gesicht wurde jetzt jedes Mal, wenn er Kheti erblickte oder bemerkte, dass sie ihn ansah, vor Scham ebenso tiefrot wie sein Haar.

Turi und Deeter saßen an einem anderen Tisch, um den sich auch ein paar der jüngeren Sternenfahrer versammelt hatten. Mit großen Augen lauschten Reamers Sprösslinge den abenteuerlichen Geschichten, die die Weltraumnomaden von ihren jüngsten Reisen erzählten. Die armen Kinder. So sehr er es ihnen auch gegönnt hätte, hatte es Reamer doch immer an den nötigen finanziellen Mitteln gefehlt, um mit ihnen von Kezdet wegzukommen. Seine größte Sorge war stets gewesen, dass er es nach Almahs Tod irgendwann einmal nicht mehr schaffen würde, ihren Lebensunterhalt zu verdienen, und dass man sie ihm dann wegnehmen und in die Lager schicken würde.

»Rocky, würdest du bitte noch einmal auch 'Ziana und Pal erzählen, was du uns über das Horn berichtet hast?«, bat Judit Kendoro ihn. Das Kegelhorn, das Reamer auf die Mondstation mitgebracht hatte, machte an ihrem Tisch gerade ausgiebig bestaunt die Runde.

Reamer wiederholte seine Geschichte. Die Mienen der Sternenfahrerkapitänin, ihrer Ratgeber und der Ratsmitglieder wurden zunehmend besorgter, je länger sie ihm lauschten.

»Und du sagst, dein Onkel ist wirklich ganz allein aufgebrochen, um Acorna zu suchen?«, erkundigte sich 'Ziana bei Rafik, als ob sie das nicht recht fassen könne. Sie war eine blitzgescheite junge Dame und eine ziemlich attraktive Erscheinung noch dazu, dachte Reamer bei sich. Er konnte unschwer sehen, dass Pal Kendoro diese Ansicht vollauf teilte.

Rafik nickte. »Er fliegt zwar mit einem großen Schiff, hat aber keine zusätzliche Bewaffnung mitgenommen, weil er befürchtet, er könne es sich sonst mit den Linyaari verderben. Selbstverständlich verfügen seine Leute alle über eine hervorragende Nahkampfausbildung, und die *Shahrazad* ist mit gewissen Waffensystemen von großer Reichweite ausgestattet, die fast unmöglich stillzulegen wären. Aber trotzdem, gegen Bedrohungen wie jene, die Yasmin oder ihre Auftraggeber darstellen, verfügt er nicht über allzu viele Verteidigungsmittel. Ich konnte zwar sehen, dass ihm das durchaus Sorgen bereitet hat. Aber mir gegenüber hat er behauptet, dass er schon damit fertig werden würde.« Rafik zuckte die Achseln. »Und wenn überhaupt irgendwer unter egal welchen Umständen auf sich aufpassen kann, dann ist das zweifellos Hafiz.«

»Trotzdem«, wandte 'Ziana ein, »sie sollten irgendeine Rückendeckung haben. Nicht um auf Narhii-Vhiliinyar einzufallen, natürlich. Nur um sicherzustellen, dass sie keinem Hinterhalt zum Opfer fallen.«

»Ich wünschte, uns stünden immer noch die Kampftruppen von Herrn Li zur Verfügung«, meinte Pal.

»Das Haus Harakamian verfügt zwar über diese Art von Machtmitteln«, stellte Rafik fest. »Aber ich glaube nicht, dass mein Onkel es schätzen würde, wenn ich seine Entscheidung unterliefe, indem ich der *Shahrazad* einen bewaffneten Begleitschutz hinterherschicke.«

»Nein«, pflichtete Mercy ihm bei. »Es wäre Acornos Volk gewiss nur schwer begreiflich zu machen, dass ein Harakamian, der zunächst unbewaffnet auf ihre Welt kommt, dem dann aber eine waffenstarrende Eskorte des Hauses Harakamian auf dem Fuße folgt, nicht das Gleiche sein soll wie ein von vornherein bewaffneter Harakamian. Davon abgesehen ist die Gefahr, dass Hafiz von ungebetenen Verfolgern belästigt wird, ja so groß nun auch wieder nicht. Schließlich ist der von Calum und Acorna seinerzeit ausgetüftelte Suchkurs nach Narhii-Vhiliinyar kein aller Welt bekanntes Gemeingut. Das sollte es jedenfalls nicht sein.«

»Aber die *Haven* könnte doch hinterherfliegen«, schlug 'Ziana vor. »Acorna und die anderen Linyaari, die bei ihr waren, kennen uns schließlich. Außerdem mögen wir zwar Waffen an Bord haben, sind aber letztlich doch bloß eine Schiffsladung voller Kinder. Uns wird also niemand verdächtigen, dass wir versuchen könnten, einen Krieg anzuzetteln oder jemandem Gewalt anzudrohen. Trotzdem könnten wir Rafiks Onkel beschützen.«

»Wir schulden Acorna und euch allen hier eine ganze Menge«, bekräftigte Markel. »Nicht nur dafür, dass wir uns durch eure Hilfe von den Mördern unserer Eltern befreien konnten, sondern auch für die Heilung unserer Verwundeten. Und dafür, dass ihr uns in Gestalt von Dr. Hoa geholfen habt, den guten Namen der Sternenfahrer wieder reinzuwaschen und den Schaden wieder gutzumachen, den sein Wetterbeeinflussungegerät angerichtet hatte, als wir unter der Knute von Nueva Fallona und ihrer palomellanischen Verbrecherbande standen.«

Pal warf ein: »Das mag ja alles stimmen, Markel. Aber auch wenn die jetzige Besatzung der *Haven* ein paar Schlachten gewonnen hat und über ein paar Waffen verfügt, so seid ihr dennoch weder eine Armee noch eine Polizeitruppe. Wie du selbst gesagt hast, seid ihr letzten Endes nicht mehr und nicht weniger als ein Raumschiff, das fast ausschließlich von Kindern bemannt wird.«

»Aber gerade das gereicht uns doch zum Vorteil«, strich 'Ziana heraus. »Wir sind Sternenfahrer. Wir ziehen in der ganzen Galaxis umher, und das weiß auch jeder. Niemand wird argwöhnen, dass wir der *Shahrazad* mit Absicht nachfliegen, um uns ihr als Begleitschutz anzuschließen. Man wird uns vielmehr Glauben schenken, wenn wir behaupten, dass wir ihr rein zufällig begegnet seien.«

»Da hast du wohl Recht«, sah Pal ein. »Aber wir sind trotzdem nach wie vor weder Soldaten noch Polizisten. Viele in unseren Reihen sind noch nicht mal zwölf Jahre alt!«

»Einige der wildesten Kämpfer der Geschichte waren Kinder«, entgegnete Markel.

Kheti war die ganze Zeit über sehr schweigsam gewesen, jetzt aber ergriff sie das Wort: »Es ist gut, wenn man sich auch aufs Kämpfen versteht, um sich selbst und andere vor Feinden zu schützen. Aber Pal hat Recht. Keiner von uns ist ein professioneller Krieger, und wenn Kisla Manjari und ihr Onkel sich teilweise derselben Seilschaften bedienen, auf die sich früher schon ihr Vater gestützt hat, dann sind das auf jeden Fall alles Berufskämpfer.«

»Wir brauchen bloß ein bisschen Training«, widersprach 'Ziana. »Das und vielleicht ein paar Ratschläge. Und die Koordinaten des Ortes, an dem Sie die Heimatwelt der Linyaari vermuten, Herr Baird. Ihre Kursdaten dorthin brauchen wir nicht.« Sie warf Johnny

Greene einen Blick zu. »Wir Sternenfahrer haben da so unsere eigene Art der Raumnavigation.«

Die restlichen Ratsmitglieder der *Haven* pflichteten ihr alle kopfnickend bei. Reamer konnte sehen, dass Pal und die anderen überstimmt waren. Pal seufzte und gab sich geschlagen: »In Ordnung, aber wenn *dieser* Ratgeber euch noch einen weiteren bescheidenen Rat geben darf – das militärisch wertvollste Mitglied von Herrn Lis Kommandostab, das noch zur Verfügung steht, ist, soweit ich weiß, Nadhari Kando. Wenn ihr einen Ausbilder und militärischen Ratgeber braucht, dann ist sie genau die Richtige.«

»Soweit ich zuletzt gehört habe, hält sie sich derzeit im Stammlager von Admiral Ikwaskwan auf, wo sie ihm hilft, seine Truppen auszubilden«, sagte Mercy.

»Also, das ist ja praktisch«, freute sich Pal. »Wenn wir zusätzliche Feuerkraft brauchen sollten, hätten wir sie dort jederzeit zur Hand. Wir könnten doch auch den Admiral von der Situation in Kenntnis setzen. Mit Hilfe deiner Harakamian-Finanzvollmachten, Rafik, könnten wir die Roten Krieger sogar gleich anheuern, um sich auf Abruf bereitzuhalten, für den Fall, dass dein Onkel in größere Schwierigkeiten gerät.«

»Das ist eine gute Idee, Pal«, stimmte ihm Rafik zu. »In der Zwischenzeit kann ich mich mal mit ein paar Föderationsbeamten über eine mögliche Verletzung der Grundrechte intelligenter Lebensformen unterhalten. Schwarzhandel mit den Gehörnen eines zwar nicht der Föderation angehörenden, aber doch als hochintelligent bekannten Volkes zu treiben muss doch gegen irgendein Gesetz verstoßen.«

»Und ich kann den Behörden auf Kezdet Beine machen und eine Untersuchung von Ganooshs illegalen Aktivitäten veranlassen«, ergänzte Gill.

»Ich denke, dass man auch schlicht versuchen könnte, sich der abhörsicheren Kanäle des Interstellarkomnetzes zu bedienen, statt in alle möglichen Richtungen ins All davonzudüsen«, schlug Judit trocken vor.

Calum schüttelte den Kopf. »Ich habe mich auch schon gefragt, warum Hafiz das nicht auch so gemacht hat, statt Rafik persönlich aufzusuchen. Aber selbst als er mit mir über Kom gesprochen hat, hat er sich nur verschlüsselt ausgedrückt. Mir wurde schon damals klar, dass er den Verdacht hegte, sein Abhörschutz könnte durchbrochen worden sein. Als Vorsichtsmaßnahme habe ich daraufhin auch *unsere* Komausrüstung und -programme mal genauer unter die Lupe genommen. Sie wurden samt und sonders von Kezdet-Kom hergestellt, die eine hundertprozentige Tochtergesellschaft von Interlay Enterprises sind, die ihrerseits wiederum einer anderen Firma gehören, welche sich im alleinigen Besitz von Ganoosh befindet. Und auch alle unserer anderen Sicherheitsprogramme wurden von weiteren seiner Marionettenfirmen geliefert.«

»Man findet heutzutage einfach keine anständige Hilfe mehr«, knurrte Gill.

»Wir werden selbst losziehen, um Acorna zu finden«, entschied 'Ziana endgültig.

Kheti erklärte: »Ich werde euch begleiten. Pal ist schon viel zu lange aus den Sklavenlagern raus. Ich hingegen habe Manjaris perverse Kumpane noch recht frisch im Gedächtnis und kann für Nadhari und den Admiral eine ganze Reihe von ihnen identifizieren, falls das nötig werden sollte. Wenn die Spießgesellen des Rattenfängers wieder anfangen, Ärger zu machen, dann möchte ich eigenhändig Sorge dafür tragen, dass ihnen Einhalt geboten wird. Keiner von uns wird sich sicher fühlen können, bevor nicht deren gesamte Maschinerie ein für alle Mal vernichtet worden ist.«

»Ich glaube zwar, dass dies den Rahmen unserer Mission ein wenig sprengen würde, Khetala, aber du bist herzlich willkommen«, erklärte sich Markel einverstanden. Auch die anderen Ratsmitglieder stimmten kopfnickend zu.

»Paps, wir sollten auch mitgehen«, erhob sich plötzlich Turis Stimme. Reamer war so sehr damit beschäftigt gewesen, die Vorgänge an seinem Tisch zu verfolgen, dass er überhaupt nicht gemerkt hatte, wie seine Kinder herübergekommen waren und sich hinter ihm aufgestellt hatten, wo sie augenscheinlich ebenfalls gierig jedes Wort aufgeschnappt hatten. »Das Horn gehört uns. Herr Becker hat es uns gegeben, um der Dame Acorna und ihrem Volk zu helfen. Also sollten wir auch diejenigen sein, die es ihr überbringen.«

Reamer mochte Auseinandersetzungen gleich welcher Art nicht sonderlich, und die Vorstellung, dass Kinder in die Schlacht gegen Leute wie Edacki Ganoosh zogen, jagte ihm eine Heidenangst ein. Doch das galt auch für die Vorstellung, dass seine Kinder von Kisla Manjari und ihrem Onkel wie reife Früchte gepflückt werden könnten, um mit ihnen anzustellen, was auch immer ihnen beliebte.

Wenn es auf der *Haven* Unterricht für Kinder und Jugendliche geben würde, wie man sich zur Wehr setzte, und diese Schulung überdies von einer ehemaligen Offizierin der berüchtigten Roten Krieger von Kilumbemba wie Nadhari Kando abgehalten werden würde, dann sollten Turi und Deeter wohl besser daran teilnehmen. Er selbst auch. Nicht dass er viel für den Kampf taugte. Doch vielleicht könnte er ja Waffen reparieren oder so etwas. Irgendeine Möglichkeit, um sich auf die eine oder andere Weise nützlich zu machen, würde er bestimmt finden. Und obendrein hörte sich das Ganze nach einem aufregenden Abenteuer an.

Johnny Greene bestätigte ihn in seinem Entschluss, indem er Reamer ins Ohr brummte: »Wenn der Pferdemist auf Kezdet erst mal richtig am Dampfen ist, werden du und die Kinder schon weit weg und in Sicherheit sein, wenn ihr uns zu Nadhari und dem Admiral begleitet. Du glaubst doch wohl nicht, dass die Kendoros und Acornas Onkel damit einverstanden wären, die Sternenfahrer zu dieser Rekrutierungsmission aufbrechen zu lassen, wenn sie nicht davon überzeugt wären, dass dies die beste Möglichkeit ist, sie aus der Schusslinie zu bringen und in Sicherheit zu wissen, oder doch?«

»Also gut«, entschied Reamer und hoffte, dass er das nicht eines Tages bereuen würde. »Du kannst auf uns zählen – wir kommen auch mit.«

Zwölf

Die gesamte Stadt – oder richtiger das Dorf, denn größer wirkte der Ort auf Acorna eigentlich nicht – war vom Raunen derer erfüllt, die einander Lebewohl sagten, dem Anblick von Leuten, die sich mit den Hörnern berührten, und von einer langen Schlange Abreisender, die zu dem in der Ferne liegenden Raumhafen davonstapften und denen die Ahnen pflichtschuldig ein würdiges Ehrengeleit entboten, indem sie in ihrer üblichen bedächtigen Gangart so träge an der Seite der Linyaari einhertrotteten, dass es jeden Raumfahrer in den Fingern jucken würde, schnellstmöglich wieder Fahrt mit Überlichtgeschwindigkeit aufnehmen zu können. Nach ein oder zwei Stunden hatte sich der zuvor an ein Fabergé-Eierfeld erinnernde Raumhafen vollständig geleert.

Großmama Naadiina, die am Abend zuvor noch so unerschütterlich zuversichtlich gewesen war, wirkte plötzlich beträchtlich gealtert, als sie den Blick himmelwärts richtete und den Eiern nachschaute, die in die Höhe schnellten und hinter den Wolken verschwanden. Dann hantierte sie eine ganze Weile lang geradezu hektisch in ihrem Quartier herum. Maatis Unterlippe zitterte. »Was ist, wenn sie nicht mehr zurückkommen?«, fragte sie laut.

»Die ganze Flotte? Nicht zurückkommen? Red keinen solchen Unsinn, Kind«, fuhr ihr Großmama schroff über den Mund, doch Acorna begriff, dass die alte Dame kaum minder aufgewühlt war als das Mädchen.

Da tauchte unvermittelt Thariinye an der offenen Zelteingangsklappe auf. »Ich dachte, ich schaue mal bei den Damen rein, ob alles in Ordnung mit euch ist. Liriili meinte, es wäre wichtig, dass wenigstens ein verantwortungsbewusster, weit gereister Mann auf dem Planeten zurückbleibt. Um nach den Frauen und Kindern zu sehen und den anderen Männern ein Beispiel an Führerschaft zu sein.«

Großmamas Mundwinkel zuckten gereizt.

Thariinye jedoch fuhr unverdrossen fort: »Natürlich hätte ich mir auch jeden beliebigen Posten in der Flotte aussuchen können, aber da ich Liriilis Wünsche achten wollte, habe ich mich ihr am Ende doch gebeugt. Die arme *Viizaar* ist ja schon ganz niedergeschlagen, so viel stürzt im Augenblick auf sie ein.«

»Sie ist ja wohl schwerlich die Einzige, der es so geht«, fuhr Großmama scharf auf. »Eigentlich hatte Khornya ja heute Morgen vorgehabt, ihre Antrittsbesuche bei den anderen Familien zu machen, aber ich glaube kaum, dass die Leute gegenwärtig in der Stimmung für Gäste sein werden. Wahrscheinlich könnte sie die Zeit vorerst sinnvoller nutzen, wenn sie stattdessen die Siedlung und Anlagen der Technokünstler besichtigt. Thariinye, vielleicht könntest du uns ja einen kleinen Beweis deiner ach so mustergültigen Führungsqualitäten liefern, indem du Khornya den Weg dorthin zeigst?«

»Aber gewiss, Großmama«, willigte er mit einem Eifer ein, der verriet, dass Zeit mit Khornya zu verbringen genau das war, was er sich wünschte.

Der Fußmarsch dauerte zwar nicht lange, war jedoch schrecklich öde. Thariinye schwafelte lang und breit über seine bedeutende Rolle in diversen Organisationen und Familienverbänden. Acorna erspähte unterwegs eine hoch wachsende, blaue Grasart, nach der sie ihn gerne näher befragt hätte. Doch er war gerade mitten in einer Geschichte darüber, wie es dazu gekommen war, dass man ihn zum *Giirange* des Irriinje-Ordens gewählt hatte, wobei er sich sogar zu erklären herabließ, dass dies der Name eines sehr vornehmen Vogels sei, der einst auf ihrer ursprünglichen Heimatwelt gelebt habe, und dass nach ihm auch das Ehrenamt der nicht minder vornehmen Mitglieder dieser Organisation benannt wäre. Sein Geschwätz ging ihr ziemlich auf die Nerven, doch Acorna kannte ihn gut genug, um zu durchschauen, dass dies zumindest teilweise daran lag, dass die im Weltraum eingetretene Notlage zwar seinen Tatendrang angefacht hatte, dass man ihm jedoch keine Aufgabe zugewiesen hatte, mit der Thariinye sich hätte nützlich machen können. Seine aufgestaute Energie fand kein Ventil. Wäre Acornas Kopf nicht mit so vielen anderen Dingen und Sorgen voll gewesen, hätte sie womöglich ähnlich reagiert wie er.

Nachdem sie jedoch das Wohngebiet der Technokünstler erst einmal erreicht hatten, wurde es doch noch ein ausgesprochen interessanter Ausflug. Die Pavillons hier hatten die Ausmaße von Raumschiffhangars und waren mit jeder Menge blank poliert blitzenden Maschinerien und zahllosen Komschirmen angefüllt, dazu mit riesigen Vorratsbehältern mit allen möglichen Metallen, Erzen, Mineralien und Edelsteinen. Besonders begeistert war Acorna vom Zentralbereich des gigantischen Hauptpavillons der Zeltstadt, wo ein gewaltiges eiförmiges Raumschiff wie eine riesenhafte brütende Glucke über eine Schar emsiger Technokünstler thronte, die gerade damit beschäft waren, das Gefährt mit einem prunkvollen Außenschmuck zu versehen. Es sah beinahe so aus, als würde hier das Ei über die Hühnerschar gebieten statt umgekehrt.

»Der Schiffskörper selbst wurde zwei Pavillons entfernt von hier geformt«, erläuterte der Leitende Technokünstler. Er war ein Bruderschaftskamerad von Thariinye, der ihr als Naarye vorgestellt worden war.

Jenseits des im Endstadium seines Baus befindlichen Schiffes lauerten ganz im Hintergrund zwei weitere gigantische Schiffskörper mit offen stehenden Außenluken, die den Blick auf das höhlenartige Innere freigaben. Obwohl es sich geradezu um titanische Kolosse handelte, waren sie Acornas Aufmerksamkeit zunächst entgangen, da der eigentliche Werftbetrieb direkt vor ihnen stattfand und die beiden Riesen im hinteren Pavillonbereich völlig links liegen ließ, als ob sie überhaupt nicht vorhanden wären. Im Unterschied zu dem Raumschiff im Zentrum des Pavillons, das im Vergleich zu den Monstren dahinter wie ein Kleinstschweber wirkte, besaßen die Leviathane lediglich einen schlichten, einfarbig dunklen Außenanstrich, jedoch keinerlei sonstiges Schmuckwerk.

»Ich habe noch nie gesehen, dass die Linyaari so riesige Schiffe benutzt hätten«, staunte Acorna und deutete hinüber. »Wofür sind die gut? Sollen sie hier repariert werden? Ist das der Grund, warum sie nicht drüben auf dem Raumhafen stehen?«

Naarye schüttelte den Kopf. »Nein, die da sind ein Stück echter Linyaari-Geschichte, junge Dame. Es ist nur so, dass sie zufällig zu den Stücken der Geschichte gehören, die derzeit keiner mehr anschauen möchte. Dies sind die beiden Evakuierungs-Großtransporter, mit denen die Einwohner unserer schönen Stadt seinerzeit von Vhiliinyar nach Kubiilikhan gebracht wurden. Der Raumhafen wurde erst nach unserer Ankunft errichtet, und sie sind sowieso zu groß, um dort untergebracht werden zu können; außerdem will sie niemand ständig vor Augen haben. Dabei sind sie eigentlich ziemlich eindrucksvoll. Man braucht eine Mannschaft aus mindestens zwanzig voll ausgebildeten und einsatzfähigen Raumfahrern, um diesen besonderen Schiffstyp fliegen zu können sowie sehr viel mehr Treibstoff, als wir kurzfristig zusammenkratzen könnten.«

Dass diese Ungeheuer tatsächlich im Stande waren, der Schwerkraft des Planeten zu entkommen, vermochte Acorna kaum zu glauben und sich noch weniger bildlich vorzustellen.

»Wir könnten sie zwar wieder in Betrieb nehmen, wenn es unbedingt sein müsste. Aber es würde geraume Zeit und eine Menge Muskelkraft kosten, ihre Triebwerke zu überholen, die Schiffe aufzutanken und sie aus dem Zelthangar herauszubringen, insbesondere wenn wir dabei weder sie noch den Pavillon in Mitleidenschaft ziehen wollen. Wir lagern sie eigentlich nur noch deswegen hier, weil das Bewusstsein, dass sie zur Verfügung stehen, unseren Leuten ein gewisses Gefühl der Sicherheit gibt. Aber gleichzeitig wollen dieselben Leute nicht durch ihren ständigen Anblick daran erinnert werden, dass sie sie irgendwann einmal tatsächlich wieder brauchen könnten.«

Naarye war mehr als liebenswürdig zu ihr, doch auch ihm machte es unverkennbar zu schaffen, dass er den Transportschiffen so viel Aufmerksamkeit widmen musste. Also erwiderte Acorna seine Freundlichkeit, indem sie das Thema wechselte.

»Ich bin sehr beeindruckt von den kunstvollen Außenbemalungen auf diesem Schiff, an dem Sie gerade arbeiten, und auf den anderen Linyaari-Raumern, die ich bislang gesehen habe. Die Ornamentierung der *Balakiire* zum Beispiel sah ganz anders aus. Legen Sie diese Farbmuster alle persönlich fest?«, erkundigte sie sich. Auf dem Gefährt vor ihnen wurde gerade eine große Anzahl vielfarbener Abdeckplatten angebracht, die zusammen eine Art Flammenmuster bildeten, dessen Konturen mit Goldfarbe nachgezogen zu sein schienen.

Naarye strahlte über das ganze Gesicht und gestikulierte mit der Hand stolz in Richtung des Raumfahrzeugs. »Wunderschön, nicht wahr? Das sind die Farben und Muster des Klanbanners der Haarilnyah, unseres ältesten, noch heute bestehenden Familienverbandes. Und um deine Frage zu beantworten, wir« – und an dieser Stelle benutzte er ein Linyaari-Wort, das Acorna, obschon ihr die Linyaari-Sprache mit jedem Tag glatter von der Zunge ging, nicht auszusprechen im Stande war. Sie verstand jedoch, dass es ›Außenhüllen-Verschönerungs-Spezialisten‹ bedeutete – »legen Farben und Muster des Hüllenschmucks auf Grundlage der Hausbanner unserer Klans fest oder leiten sie zuweilen auch von den persönlichen Insignien eines einzelnen Liinyar ab, wenn er bedeutend genug ist, um ein eigenes Banner zu führen. Das machen wir reihum, in Abstimmung zum einen mit der in Relation zu den Stellungen der Monde bewerteten, sowohl geografischen als auch astrologischen Position des Klan-Stammsitzes auf Vhiliinyar, sowie zum anderen mit den Geschichtsdaten der Klans, in jeweils umgekehrter Reihenfolge. Wir führen da sehr sorgfältige Unterlagen. Es soll sich ja niemand gekränkt fühlen.«

»Selbstverständlich nicht«, pflichtete sie ihm bei. »Ich fürchte zwar, dass meine Kenntnis der Art und Weise, wie Ihre – unsere – Gesellschaft im Innersten funktioniert, noch nicht ausreicht, um die Bedeutung dieser Reihenfolge zu begreifen, die Sie da anführen. Aber ich bin überzeugt, dass es dabei sehr gerecht zugeht.«

»Um die Wahrheit zu sagen«, räumte Naarye mit einem verschmitzten Augenzwinkern ein, »ist die ganze Sache eigentlich ganz und gar willkürlich und soll nur so kompliziert wie möglich klingen. Es ist lediglich eine nebulöse Ausrede, mit der wir, wenn sich doch mal irgendjemand brüskiert fühlen sollte, weil seine Hausfarben noch nicht berücksichtigt worden sind, den Betreffenden so sehr verunsichern können, dass wir ihn schnell wieder los sind. Und er dabei noch zutiefst dankbar ist, dass er sich keine weitschweifenden Erklärungen darüber anhören muss, wie man es anstellt, eine geografische und astrologische Position in Bezug auf Monde zu berechnen, die wir längst nicht mehr sehen können, und das dann auch noch in irgendeine Art von zeitlicher Reihenfolge umzusetzen. Das ermöglicht es uns, ganz nach unserem Gutdünken diejenige Außengestaltung zu wählen, die für das jeweilige Schiff unserer Ansicht nach am besten passt und am schönsten aussieht.«

Sie kicherte.

Naarye, erfreut über die Reaktion auf seine Gewitztheit, warf Acorna einen unverhohlen neugierigen Blick zu. »Du bist also immer noch dabei, unser Wesen und unsere Art kennen zu lernen, wie?«

»Ja«, bestätigte sie.

»Ich habe dich auf dem Empfang gestern Abend zwar gesehen,

aber es hat sich keine Gelegenheit ergeben, dich zu begrüßen«, entschuldigte er sich. »Vor der Evakuierung habe ich mit deinem Vater zusammengearbeitet, an der Entwicklung von Verteidigungswaffen gegen die Khleevi. Unglücklicherweise ging aber deine Familie verloren, und die Invasion hat uns überrascht, ehe wir sie testen konnten. Er und deine Mutter waren gute Leute.«

»Danke«, sagte Acorna.

»Hast du gewusst, dass deine Urgroßmutter für die Entwicklung unserer Raumschiffe verantwortlich war?«

»Tatsächlich?«, staunte Acorna und stellte fest, dass sie ausgesprochen begierig war, mehr über ihre Familie zu erfahren. »Wie war ihr Name? Ist sie auch auf fremde Welten gereist, um dort zu studieren? Hat sie viele Kinder gehabt? Und wie haben ihre Bannerfarben ausgesehen?«

Der Technokünstler lächelte. Ebenso wie bei Acorna und der Mehrzahl der anderen Leute in diesem Hangarpavillon war sein Körper weiß und seine Mähne silbern. Seine Gesichtszüge allerdings waren nicht ganz so regelmäßig wie jene von Thariinye, und seine Gesichtshaut sah ziemlich rau und trocken aus, mit leichten Wülsten, wo seine eng anliegende Schutzbrille auf die Wangen und knapp unter seinem Horn auf die Stirn drückte. Seine Hände waren geschwärzt und seine Kleidung mit Farbspritzern übersät – Purpur und Fuchsienfarbe in der obersten Schicht, dazu kamen kleinere Flecken irgendeines Glitzerpigments.

Er antwortete: »Ihr Name war Niikaavri, aus dem Klan Geeyiinah. Sie hat, soweit ich weiß, erst spät in ihrem Leben einen Lebensgefährten gefunden, nachdem sie viele *Ghaanyi* lang den Weltraum bereist und auf anderen Planeten fremde Technologien kennen gelernt und studiert hatte. Sie hat den allerersten Prototypen unserer eiförmigen Raumschiffe konstruiert und dessen Außenhülle mit den Bannerfarben ihres Lebensgefährten geschmückt, als Geschenk für ihn und zum Zeichen ihrer Verbundenheit miteinander. Ihre eigenen Bannerfarben – ta da! – siehst du gerade hier vor dir.«

»Seltsam, hätten die denn nicht längst für eine der allerersten Schiffsbemalungen verwendet werden müssen?«, meinte Acorna.

Schelmisch drohte Naarye ihr mit dem Finger. »Jetzt fang du nicht auch noch an! Die Wahrheit ist schlicht, dass sie nie erfahren hat, wie dieses Muster aussieht. Herausragenden historischen Persönlichkeiten wird häufig erst nach dem Tode ein besonderes Banner verliehen. Und das hier ist ein noch ziemlich neues Motiv, das erst entstanden ist, nachdem wir Vhiliinyar verlassen haben und auf diese Welt gekommen sind. – Ansonsten verstehst du aber doch, nicht wahr, dass unsere Außenhüllenverschönerungen neben ihrer rein dekorativen Wirkung natürlich auch eine ganz handfeste Funktion als Hitze- und Abriebschutzschilde erfüllen?«

»Nein, das wusste ich nicht.«

Diese Information fesselte ihre Wissbegier ebenso sehr wie die vielen anderen neuen Erkenntnisse, die Acorna im Laufe ihrer Gespräche mit den Technokünstlern gewann, während sie ihren Rundgang fortsetzten und die faszinierenden, wenn auch oftmals kuriosen oder zuweilen völlig unverständlichen Tätigkeiten und Verrichtungen besichtigten, denen die Linyaari hier nachgingen. Die unterhaltsamsten Techniker waren dabei jene Kletterkünstler, die auf der Außenhülle von fast fertig gestellten Raumschiffen herumturnten, um die großen Ummantelungsplatten und Zieraufbauten der Hüllendekoration darauf festzustampfen – eine Tätigkeit, der sie mit Händen und Füßen gleichzeitig nachgingen, wobei sie spezielle Fausthandschuhe trugen, die genau wie ihre Fußbekleidung vorne klobige, schwere Hammerklötze aufwiesen, mit denen sie die Segmente der Rumpfummantelung an den vorgesehenen Stellen festklopften. Ihre Arbeit ähnelte einer Art wildem Trampeltanz, den sie mit großer Konzentration und Präzision, zugleich jedoch auch mit einem Hauch von Belustigung über ihre eigenen Possen zelebrierten. Acorna klatschte ihnen begeistert Beifall, wofür sie sich mit einer huldvollen Verbeugung in ihre Richtung bedankten, bevor sie wieder mit ihrer Arbeit fortfuhren.

Im nächsten Werkspavillon waren andere Technokünstler damit beschäftigt, brandneue Schweber zu konstruieren. »Ah, dann werden Sie also doch noch welche bekommen?«, fragte sie.

»Aber ja«, versicherte der Chefkonstrukteur ihr. »Den ersten Prototypen haben wir schon fast fertig. Es ist ein in jeder Hinsicht umweltbelastungsfreies Fahrzeug und ein ausgesprochen herrlicher Anblick dazu. Sobald es endgültig fertiggestellt ist und wir dem Modell den letzten Schliff verpasst haben, um es exakt auf unsere Bedürfnisse hier zuzuschneiden, werden wir es nach Kaalin bringen, wo wir seine Komponenten nachbauen und in Serie herstellen lassen werden. Diese Bauteile werden anschließend wieder zu uns hier nach Narhii-Vhiliinyar verschifft, wo wir sie dann endgültig zusammenbauen.«

Acorna bewunderte die Form des Schwebers, die einen Liinyar, der sich damit in die Lüfte erhob, aussehen lassen würde, als wäre er ein geflügeltes Fabelwesen, dessen gespreizte Schwingen knapp hinter den Schultern des Piloten ansetzten, wo die gewölbte, glasklare Pilotenkuppel nahtlos in den Rumpf des Gefährts überging. Die Flügel waren natürlich reine Zierde, doch Formschönheit und dekoratives Beiwerk spielten bei der Technologie der Linyaari eine sehr große Rolle, wie Acorna immer mehr begriff. Alles, was die Technokünstler der Linyaari schufen, war von beispielloser Schönheit.

Was das Thema Schönheit anging, kam Thariinye bei den jüngeren Frauen, die auf dem Areal arbeiteten, ebenfalls ausnehmend gut an. Acorna fürchtete anfangs schon, dass man sie und Thariinye wieder zum Gehen auffordern könnte, wegen der Unruhe, die ihr Begleiter überall verursachte. Doch die Technokünstler schienen sogar froh über die Ablenkung zu sein. Sie sprach mit vielen von ihnen über ihre Verwandten oder Freunde, die gegenwärtig auf anderen Planeten weilten, um dort Studien nachzugehen oder Handel zu treiben, und konnte die Sorgen, die sich die Technokünstler um ihre Lieben machten, beinahe greifbar spüren.

Als sie schließlich zu Großmamas Zelt zurückkehrte, nachdem sie Thariinye mit einer hübschen Technokünstlerin an jedem Arm seiner eigenen Wege hatte ziehen lassen, war es schon dunkel geworden.

Großmama war nicht zu Hause, und Maati schlief bereits. Acorna brauchte eine geraume Weile, um selbst zur Ruhe zu kommen, doch noch ehe sie richtig eingeschlafen war, kehrte Großmama zurück, berührte zur Begrüßung ihr Horn mit dem ihren und merkte Acornas Sorgen. »Ich bin zu einer weiteren Vollversammlung des Rates abberufen worden, Liebes«, berichtete sie erschöpft. »Unsere Komverbindungen zu den Schiffen, die wir heute Morgen ausgeschickt haben, funktionieren immer noch einwandfrei. Aber bislang konnte keines von ihnen herausfinden, warum wir kein einziges Signal mehr von unseren weiter entfernten Außenposten empfangen können.«

Am folgenden Morgen versuchte Acorna, jene Leute zu Hause aufzusuchen, die ihr am Vortage Geschenke vor Großmamas Zelttür hinterlassen hatten.

Sie sammelte als Friedensangebot zunächst sorgsam eine Garbe der schönsten Gräser, die sie finden konnte, und machte sich dann auf den Weg zu dem jungen Liinyar, den sie angegrinst hatte. Vor der Eingangsklappe seines Pavillons blieb sie stehen und fragte laut, ob sie auf einen kurzen Besuch eintreten dürfe.

Nach ein paar Augenblicken wurde die Zeltklappe von einer älteren Frau geöffnet, die ihr verkündete, dass ihr Sohn fortgegangen sei, um eine ehemalige Schulkameradin zu besuchen. Sie übermittelte ihr telepathisch das Bild einer wunderschönen, schwarzhaarigen und schwarzhäutigen Liinyar mit einer weißen Blesse, die von ihrem Hornansatz über die ganze Kopfmähne bis zur Mitte ihres

Rückens hinunterreichte. In dem Gedankenbild klang obendrein die unterschwellige Auffassung mit, dass die ausdrucksvolle Körperfärbung, das lang gestreckte Gesicht mit der ausgeprägt abwärts gerichteten, etwas breiten Nase und die geraden Arme und Beine des Mädchens weitaus hübscher seien als Acornas blasse Körperfärbung und deutlich kürzere Kinnlinie und Nase.

»Es freut mich, das zu hören, gnädige Frau«, antwortete Acorna. »Ich wollte mich nur für meinen Fehltritt auf dem Empfang entschuldigen. Dort, wo ich aufgewachsen bin, ist das Entblößen der Zähne für gewöhnlich eine Geste der Freundlichkeit und ein Willkommensgruß und nicht ein Ausdruck der Feindseligkeit, wie es hier der Fall zu sein scheint.«

»Du musst ja bei ziemlich merkwürdigen Leuten aufgewachsen sein«, bemerkte die Frau und zog die Augenbrauen hoch.

»Bei sehr anständigen Leuten. Aber, nun ja, ich bin froh, dass Ihr Sohn Zeit mit seiner Freundin verbringen kann und nicht ...«

»Nicht in den Weltraum musste?«, beendete die Frau trocken ihren Satz. »Er übt hier eine wichtige Aufgabe als planetarer Kommunikationsoffizier aus und ist daher unabkömmlich. Unsere Leute treiben sich nun mal *nicht* im Weltraum rum, wenn wir die Wahl haben. Es ist zwar nett von dir, dass du dich entschuldigst, aber ganz und gar unnötig. Wir haben natürlich alle deine Eltern sehr geschätzt, und auch Neeva ist eine honorige Dame. Als wir daher hörten, dass du zu uns zurückkehren würdest, waren wir sehr daran interessiert, dass unser Sohn das Mädchen kennen lernt, das aus einem so vornehmen Stall kommt. Wir hatten gehofft, dass er in dir einige jener bewundernswerten Qualitäten entdecken würde, die den Rest deiner Familie so sehr auszeichnet. In Anbetracht deines, nun, sagen wir mal, ungewöhnlichen Hintergrundes fürchte ich allerdings, dass du für unseren Sohn einfach nicht in Frage kommst. Du brauchst uns also künftig nicht weiter zu behelligen. Wenn du mich jetzt entschuldigen würdest, ich habe viel zu tun. Guten Tag.«

Acorna war froh, dass man Zeltklappen nicht zuknallen konnte.

Von dieser Ausnahme einmal abgesehen, war niemand sonst wirklich unhöflich zu ihr. Doch da die Pavillons alle sowohl eine nach vorne als auch eine nach hinten gerichtete Eingangsklappe hatten und die Leute, denen Acorna einen Besuch abzustatten beabsichtigte, sie ohne Frage schon lange kommen hören konnten, bevor sie eintraf, hatte es stattdessen den Anschein, als ob schlichtweg jeder, den sie besuchen wollte, gerade außerordentlich beschäftigt war und dringend seinen oder ihren Alltagsverpflichtungen nachgehen musste, wie auch immer diese bei den Linyaari aussehen mochten. Soweit Acorna es beurteilen konnte, schien die Hauptbeschäftigung dieser Linyaari jedenfalls das Grasen zu sein. Irgendwo weit weg. Sie seufzte und knabberte an dem Bündel Gräser, das sie in der Hand hielt. Hier neue Freundschaften zu schließen würde wohl noch einige Zeit dauern.

Sie gelangte irgendwann sogar zu dem Schluss, dass man sie, so irrational das auch sein mochte, irgendwie für den ganzen Ärger verantwortlich zu machen schien, nur weil ihre Ankunft zufällig mit dem Eintreten der Krise zusammenfiel.

Großmama Naadiina wurde ganz und gar von Ratsangelegenheiten in Anspruch genommen und kam häufig erst sehr spät nach Hause. Sie hielt Acorna zwar stets über die neuesten Entwicklungen auf dem Laufenden, aber eigentlich gab es nicht viel zu berichten. Der Hauptgrund dafür, dass die Ratsversammlungen immer so viel Zeit verschlangen, war das Bestreben der Linyaari, alle Entscheidungen einvernehmlich und einstimmig zu treffen, was eine Vielzahl von Debatten und das (zumindest theoretische) Ausprobieren verschiedenster Lösungsansätze erforderte, bis sich endlich alle auf einen Beschluss geeinigt hatten, der funktionierte. Im vorliegenden Krisenfall jedoch konnte ohne neue Erkenntnisse seitens der außerhalb des Planeten nachforschenden Personen naturgemäß nicht allzu viel Handfestes entschieden werden. Großmama Naadiina war daher ein wenig angewidert. »Es ist ein Wunder, dass wir es überhaupt jemals geschafft haben, von Vhiliinyar wegzukommen, bevor die Khleevi eintrafen«, schimpfte sie. »Ich wette, dass die weniger Zeit dafür gebraucht haben, unsere Welt zu erobern und sie in Schutt und Asche zu legen, als der Rat für die Entscheidung gebraucht hat, wie wir diesen Planeten hier nennen sollen.«

Auch Maati war immer ganz erledigt, wenn sie spätabends nach Hause kam, nachdem sie den ganzen Tag für den Rat unterwegs war, um Besorgungen zu erledigen oder Botschaften hin und her zu tragen.

Acorna verbrachte daher einen großen Teil ihrer Zeit damit, die Technokünstler zu besuchen, die es nicht zu stören schien, wenn sie ihnen bei der Arbeit über die Schulter sah oder ihnen Fragen stellte. Wenn sie einmal nicht dorthin konnte, wurde es ein schwieriger Tag für sie, obwohl sie sich weiterhin beharrlich bemühte, auch über den Rest ihres Volkes alles zu lernen, was sie in Erfahrung bringen konnte.

Doch die Linyaari schienen in der Öffentlichkeit immer nur paarweise oder in größeren, vertraulichen Gruppen unterwegs zu sein. Und wenn Acorna sich ihnen näherte, waren sie stets in konzentrierte Gespräche über Angelegenheiten vertieft, von denen Acorna viel zu wenig Kenntnis hatte, um auch nur eine einzige halbwegs intelligente Frage zum Thema stellen zu können. Bei den seltenen verzweifelten Gelegenheiten, wenn sie solche Passanten trotzdem einmal zu unterbrechen versuchte, pflegten die Leute sich stets höflich, aber entschieden zu entschuldigen und ihr den Rücken zuzukehren, um ihre Unterhaltung von Acorna unbehelligt fortführen zu können. Sogar die Geschäfte und Läden schienen zufälligerweise immer gerade dann zu schließen, wenn sie sich ihnen näherte.

»Gibt es denn keine Schule, die ich besuchen könnte, keinen Kurs, den ich belegen könnte, oder keinen Lehrmeister, der mir beibringen könnte, was ich über die Kultur der Linyaari wissen muss?«, wandte sich Acorna schließlich Rat suchend an Großmama Naadiina.

Die alte Dame sah sie mitleidig an. »Was es über unsere Kultur zu wissen gilt, lernen wir von unseren Eltern und indem wir von klein auf darin aufwachsen. Es hat noch nie zuvor einen Außenstehenden unter uns gegeben – demzufolge bestand auch nie die Notwendigkeit, jemandem aus unserem eigenen Volk Unterricht darin zu erteilen, wie man ein Liinyar wird. Außerdem stellst du dich in meinen Augen ohnehin ganz großartig an – ehrlich! Mit Ausnahme dieses Lächelns auf dem Empfang könnte ich dir nicht eine einzige konkrete Sache nennen, die du falsch gemacht hättest. Wenn du von vornherein unter uns aufgewachsen wärst, würde niemand auch nur eines deiner Worte oder irgendeine deiner Handlungen kritisieren. Aber siehst du, du bist nun mal nicht hier aufgewachsen. Deshalb sehen viele unserer Leute, trotz der unleugbaren Tatsache, dass auch du eine Liinyar bist, dich zwar vielleicht nicht als ausgesprochene Barbarin an, aber doch zumindest als jemanden, der eben *keine* waschechte Liinyar ist. Und weder ich noch die Ahnen vermögen sie vom Gegenteil zu überzeugen. In manchen Dingen sind wir nun mal leider ein ausgesprochen *engstirniges* Volk.«

»Ich verstehe«, sagte Acorna. Und das tat sie auch, doch gefallen wollte es ihr trotzdem nicht. Gleichgültig, wie sehr sie sich auch von den Leuten unterschieden hatte, unter denen sie aufgewachsen war, so waren viele Menschen dennoch bereit gewesen, ihr eine Chance zu geben und wenigstens den Versuch zu machen herauszufinden, wer sie war. Sie hatten Acorna nicht nur ernährt und gekleidet und erzogen – sie hatten sie geliebt, trotz des Umstandes, dass sie ihr Aussehen und ihr Verhalten als außerordentlich fremdartig empfunden haben mussten. Sie hatten sich einfach bemüht, die Unterschiede zwischen ihnen und ihr zu überwinden und ihr geholfen, sich in der Welt der Hornlosen zurechtzufinden. Hier hingegen, wo sie genau wie alle anderen aussah, fühlte sie sich plötzlich so andersartig wie noch nie zuvor in ihrem Leben. Die Erinnerung an Gill, Calum, Rafik, den liebenswerten Herrn Li, die klugen Kendoros und den listigen Onkel Hafiz trieb ihr vor Sehnsucht nach den Freunden beinahe Tränen in die Augen.

Nachdenklich schüttelte sie den Kopf. Nie hätte sie gedacht, dass ihr eigenes Volk, ausgerechnet jene Leute, von denen Neeva und die anderen behauptet hatten, dass sie ebenso empfindsam Gefühle lesen und Wunden heilen könnten, wie sie selbst es vermochte, so schwer für sie zu erreichen sein würden. »Man könnte fast meinen, sie haben Angst vor mir«, klagte sie Großmama ihr Leid.

»Vielleicht haben sie das ja sogar«, meinte Großmama Naadiina. »Deine Rückkehr hat mir gezeigt, dass unser Volk seit unserem Exodus von Vhiliinyar sehr schreckhaft und fremdenscheu geworden ist. Ich weiß wirklich nicht, was ich dir noch raten könnte, Liebes, außer weiterhin geduldig mit ihnen zu sein.«

Acorna nickte und tat ihr Bestes.

Als sie zum fünften Mal den Vorstoß unternahm, die Schneiderwerkstatt aufzusuchen, um ihre Festgarderobe zu bezahlen, fand sie das Geschäft wieder geschlossen vor, wie es jedes Mal der Fall gewesen war, wenn sie sich genähert hatte. Und das, obwohl der Pavillon neben den Schneidern geradezu Hochbetrieb hatte, wie sie feststellte. Zwei Schlangen Linyaari führten dort hinein und heraus.

Die langsamere Warteschlange bestand aus blasshäutigen und silbermähnigen Linyaari wie sie selbst. Diese gingen hinein.

Die andere, herauskommende Kundenschar wurde von farbenprächtigeren und mutmaßlich jüngeren Linyaari gestellt, mit gefleckten, braunen, schwarzen, roten, grauen, goldenen und einer bunten Vielzahl weiterer Körper- und Haarfarben.

Da sie ohnehin nichts Besseres zu tun hatte und diese Leute ausnahmsweise mal nicht in private Gespräche versunken zu sein schienen, beschloss Acorna, sich einfach ganz leise und sorgsam darauf achtend, keine fremden Gedanken irgendeiner Art auszustrahlen, in die Schlange einzureihen.

Sie hielt sich selbst dazu an, einfach nur aufnahmebereit zu sein und dadurch herauszufinden, was es mit dieser Schlange auf sich hatte. Was sie auf diese Weise erlauschte, waren Bemerkungen der Art: (Fantastisch! Ich weiß wirklich nicht, warum nicht schon längst jemand auf diese Idee gekommen ist!) (Es ist der letzte Schrei. Alle tun es. Außer denen, die – ihr wisst schon – *ständig* dort hinausfahren.) (Kann man sich vorstellen, dass – erinnert ihr euch noch, als wir Kinder waren? – früher einmal alle so aussehen *wollten*? Ganz farblos und ausgebleicht? Dabei ist dieses Aussehen hier doch so viel gesünder!) (Ich glaube, das liegt nur daran, dass man damit so viel jünger aussieht – vielleicht weil die Umstände uns eingeprägt haben, in den farbigen Linyaari jene Jüngeren zu erkennen, die das Leid der Evakuierung nicht durchmachen mussten und die keine Erinnerung an die Heimatwelt haben.)

Als Acorna den Pavillon schließlich erreichte, begann ihr aufzufallen, dass einige der vielfarbenen Linyaari, die aus dem Zelt herauskamen, die gleiche Kleidung trugen wie die von Kopf bis Fuß weißen Linyaari, die vor ihr hineingegangen waren. Aha! Sie konnte sich ein Lächeln nicht verkneifen. Gill hätte vielleicht gesagt, dass sie jetzt gehörnte Pferdeleute aus einem anderen Stall seien. Als sie an der Reihe war, bot ihr eine Kundenbetreuerin, die eine Hornkappe trug, einen Kittel an. Das war interessant. Acorna hatte bislang geglaubt, dass man Hornkappen nur bei formellen Anlässen und zu festlicher Kleidung trüge. Doch vielleicht setzten sich ja manchmal auch jene Linyaari Hornhauben auf, die viel Publikumsverkehr hatten, um sich vor der andernfalls allzu überwältigenden Flut einer Vielzahl von Gedanken, Gefühlen und Gesinnungen zu schützen, die gleich aus mehreren Richtungen auf sie einstürmten.

»Bitte begeben Sie sich in den Kleinpavillon dort drüben, legen

Sie Ihre Kleidung ab und diesen Kittel an, wenn Sie es wünschen, und läuten Sie nach Ihrer persönlichen Koloristin, wenn Sie so weit sind«, wies die Gehilfin sie an. Acorna ging weiter, als sie das vierte Mal gehört hatte, wie die Gehilfin ihren Spruch auf die haargenau gleiche Weise vor nacheinander vier neu hinzugekommenen Kunden herunterleierte. Das wäre doch eher eine Aufgabe für einen Roboter statt für ein empfindungsfähiges Wesen! Oder für ein Regal voller Kittel und eine Bandansage!

Folgsam begab sie sich in die ihr zugewiesene Umkleidekabine, legte ihr Kleid und den wunderschönen Gürtel ab, zog den Kittel über und klingelte nach ihrer ›persönlichen Koloristin‹.

Die Koloristin hatte eine rötlich-braune Körperfärbung und eine von weißen Strähnen durchzogene, goldene Mähne. »Mit welcher natürlichen Hautfarbe sind Sie Ihrer Erinnerung nach geboren worden?«, erkundigte die Beraterin sich.

Der zuvorkommenden Art nach zu schließen, in der sie Acorna ansprach, hatte sie ihre Kundin nicht als das erkannt, was Acorna in den Augen der meisten war, die Paria des Planeten. Acorna antwortete wahrheitsgemäß: »Ich wurde im Weltraum geboren und hatte daher schon von Anfang an diese Farbe.«

»Sie sind also eine Schiffgeborene und wollen trotzdem eine Färbung ausprobieren?«

»Ja. Ist – ist das etwa verboten, oder verstößt es irgendwie gegen die guten Sitten?«, fragte sie nach und fürchtete schon, dass sie im Begriff stand, eine weitere gesellschaftliche Entgleisung zu begehen.

»Aber nein, meine Liebe. Nur ziemlich mutig. Schließlich war die in das Sternenkleid gewandete Raumfahrerkaste doch immer ziemlich, sagen wir mal – stolz – auf ihre Farblosigkeit, jedenfalls bis zur großen Umsiedlung. Jetzt allerdings, wo auch die meisten anderen von uns durch diese Reise ausgebleicht sind …« Die Koloristin breitete die Arme aus, zuckte die Achseln und sah Acorna aus ihren goldenen Augen mitleidig an.

»Sie auch? – Sie hatten früher die gleiche Farbe wie ich?«

»Habe ich auch jetzt noch, Liebes, unter all der Schminke und den Färbemitteln. Morgen könnte ich schon schwarz sein, wenn mir danach wäre, oder feuerrot. Heute jedoch bin ich mein wahres Selbst. Also dann: Was, denken Sie, könnte denn Ihr wahres Ich sein?«

»Ich weiß nicht recht. Gibt es – irgendwelche Regeln hinsichtlich der zulässigen Farbauswahl?«

»Eigentlich nicht. Natürlich werden vielfach bevorzugt Farbtöne genommen, die sich aus den ererbten Körperfarben der eigenen Sippe und Rasse ableiten; diese Art von Auswahlkritierien kommen schon vor. Aber was das Geblüt einer Person angeht, sind wir Linyaari ohnehin schon seit Generationen ziemlich aufgeschlossen. Man kann daher im Grunde alles sein, was einem gefällt. Ich selbst zum Beispiel trage auch nicht gerade meine ursprünglichen Naturfarben.« Sie warf den Kopf zurück, sodass die Stirnhaarfransen über ihrem goldenen Horn einen kecken Luftsprung machten. »Ich nenne diese Aufmachung Aurales Fuchsrot. Niemand von uns wurde jemals mit einem derartigen Aussehen geboren, aber – na und? Darin besteht ja gerade meine Kunst, dass ich die Natur zu übertreffen vermag. Also, Kindchen, wie steht's mit Ihnen? Was soll es werden?«

Acorna hatte ihre ein ums andere Mal vergeblichen Anstrengungen, sich brav und unaufdringlich einzufügen, mittlerweile gründlich satt. »Streifen«, forderte sie daher. »Zebrastreifen.«

»Zebra?«

Acorna übermittelte ihrer Gesprächspartnerin telepathisch ein Gedankenbild des Tieres, von dem sie einmal Vids gesehen hatte, als sie noch ein Kind auf dem Schürferraumschiff ihrer Adoptivonkel gewesen war. Die Koloristin kicherte belustigt und machte sich an die Arbeit.

»Damit werden Sie bestimmt Aufsehen erregen«, stellte sie fest. »Aber ich muss zugeben, es ist eine recht reizvolle Aufmachung.«

»Ich scheine ohnehin immer Aufsehen zu erregen, ob ich das nun will oder nicht«, rechtfertigte Acorna sich.

Eigentlich hatte sie ihrer Umwelt mit ihrem neuen, bewusst auffällig gewählten Äußeren mehr oder minder unverblümt zeigen wollen, was sie davon hielt, dass ihre Artgenossen sie die ganze Zeit über schnitten. Doch ihre ungewöhnliche Erscheinung hatte letztlich die genau gegenteilige Wirkung, zumindest bei einigen der jüngeren Linyaari. Man machte ihr Komplimente wegen der Streifen, erkundigte sich nach dem Sinn und Vorbild dieser Körperkolorierung und lud sie schließlich sogar zu einem Ringwurf-Turnier ein.

Den Jungen und Mädchen zuzuschauen, wie sie mit ihren Stirnhörnern kleine Blumenkränze auffingen und sie einander mit schwungvollen Kopfbewegungen wieder zuwarfen, stets darauf bedacht, sie nicht der gegnerischen Mannschaft in die Hände fallen zu lassen, gab Acorna das unbeschwerte Gefühl, ungewohnt jung und albern zu sein. Ein Gefühl, das so lange anhielt, bis ein lauter Donnerschlag einen strömenden Gewitterregen mit roten und grünen Blitzen ankündigte, die den Himmel über ihnen wie Speere spalteten, so wie ein Erdbeben den Boden unter ihnen aufreißen mochte. Urplötzlich prasselten wahre Sturzfluten auf die Turnierteilnehmer und Zuschauer hernieder, wuschen ihre farbenprächtigen Körperbemalungen ab und spülten sie ins Gras, drückten die Blumenringe in den rasch zu glitschigem Schlamm aufgeweichten Untergrund und machten jeden Schritt zu einer regelrechten Schlitterpartie, sodass viele Leute bei ihrer hastigen Suche nach einem Unterschlupf ins Stolpern gerieten und zu Boden stürzten.

Dann kam auch noch ein mächtiger Sturm auf, mit so heftigen Böen, dass Acorna ernsthaft damit rechnete, die Pavillons jeden Moment wie Räder über den Boden taumeln zu sehen. Doch natürlich sahen die Zeltbauten nur so aus, als bestünden sie bloß aus dünnen Stoffbahnen und zerbrechlichen Stützstangen. In Wirklichkeit waren sie bemerkenswert stabil. Der Sturm verschaffte

Acorna vielmehr sogar die Gelegenheit, eine weitere Eigenschaft der Gebäude mitzuerleben. Als der Erdboden nämlich zunehmend überflutet wurde, hoben sich die Fußböden der Pavillons entsprechend an, und Rampen schoben sich aus dem darunter sichtbar werdenden Unterbau, die weiterhin einen ungehinderten Zugang zu den nunmehr erhöhten Innenböden ermöglichten. Gleichzeitig wurden alle Hauptmasten der Pavillons, die bislang über die Zeltdächer hinausgeragt hatten, ein Stück weit ins Zeltinnere eingezogen, um nicht durch ihre exponierte Stellung womöglich Blitze anzuziehen. Stattdessen tauchten entlang der Außenbereiche des Zeltareals plötzlich andere Masten auf, die eigens dafür ausgefahren wurden, um eben diese Blitze auf sich zu ziehen und Einschläge in die Pavillons zu verhindern.

»Energiekollektoren«, klärte sie eine ziemlich nasse Großmama Naadiina auf. Sie kam kurz nach Acorna ins Zelt und lachte lauthals, als sie die schwarzen Striemen sah, die das vom Regen ausgespülte Färbemittel beim Herabrinnen in Acornas Haaren und auf ihrem ganzen Körper hinterlassen hatte. Großmama war zwar auch selbst bis auf die Haut durchweicht, doch nachdem sie sich alle drei – Maati hatte noch leidlich Glück gehabt und war dem Pavillon am nächsten gewesen, als der Sturm losbrach – herzhaft mit Handtüchern abgerubbelt hatten und jede einen Becher heißen Kräutertee in den Händen hielt, wies Acorna wieder ihre ursprüngliche Haar- und Hautfarbe auf, und sie waren alle ein gutes Stück trockener.

Es wurde eine ziemlich geräuschvolle Nacht, doch die wundersamen Poren des Pavillongewebes hielten die Feuchtigkeit und den Wind ab und ließen nur ein paar Ionen herein, was die Luft im Zeltinnern elektrostatisch auflud und auf die Insassen eine belebende, fast ein wenig berauschende Wirkung hatte.

»Erzähl uns eine Geschichte, Großmama«, bettelte Maati. »Erzähl uns davon, wie die Ahnen ihre alte Heimat verließen, um nach Vhiliinyar zu kommen.«

»Also gut«, war Großmama einverstanden. »Vor langer Zeit, vor *sehr* langer Zeit, noch bevor der erste Liinyar geboren war, lebten die Ahnen auf einem fernen Planeten mit einer anderen Spezies zusammen. Genau wie sie es jetzt noch tun und wie sie es an die Linyaari weitervererbt haben, als ihr Vermächtnis an uns, besaßen die Ahnen Stirnhörner mit der Macht, heilen sowie Luft und Wasser reinigen zu können.

Sie waren, so wie auch wir, friedfertige Geschöpfe, die sich nichts anderes wünschten, als in Harmonie untereinander und im Einklang mit all den anderen Tieren zu leben. Sie waren äußerst scheue Wesen und ergriffen schon beim geringsten Anzeichen von Schwierigkeiten die Flucht. Zum Kampf stellten sie sich nur dann, wenn sie sich selbst oder einander verteidigen mussten, und zuweilen auch, um ein schwächeres Tier zu schützen, dem ein Stärkeres nachstellte. Sie lebten hoch in den Bergen und tief in den Wäldern, und ihre Kräfte wurden von allen hoch geschätzt, sodass sie keinerlei natürliche Feinde hatten.

Und dann kam eines Tages eine neue Spezies in die Wälder und auf die Berge, die auf ihren Hinterbeinen ging, so wie wir es auch tun, und in ihren einstigen Vorderbeinen nun Werkzeuge und Waffen führte. Diese Wesen waren nicht übermäßig klug, sie waren nicht freundlich, aber sie waren sehr, sehr selbstherrlich. Sie holzten Wälder ab und leiteten Ströme und Flüsse um. Sie rodeten weite Flächen und merzten dort alles Grün aus, bis nur noch das blanke Erdreich übrig war, das sie dann mit Gewächsen ihrer eigenen Wahl bepflanzten. Einige dieser Ackergewächse fanden auch die anderen Geschöpfe jener Welt, einschließlich der Ahnen, recht schmackhaft. Doch die Neuankömmlinge waren selbstsüchtig und wollten nicht teilen, sodass sie jedes Tier, von dem sie befürchteten, dass es sich an ihren Ernten gütlich tun könnte, auf der Stelle töteten, wenn sie seiner habhaft wurden.

Die Ahnen dachten, dass da irgendein Missverständnis vorläge.

Denn sie glaubten, dass alle Geschöpfe Vernunftgründen zugänglich seien, so wie sie es waren, und abgesehen von der zur Befriedigung ihrer Nahrungs- und Fortpflanzungsbedürfnisse unabdingbaren Gewalt friedfertig seien, so wie sie es waren. Diesen neuen Wesen jedoch – diesen Menschen, wie sie genannt wurden – mangelte es ganz augenscheinlich am Verständnis für ihren Platz in der Ordnung der Dinge.

Die Ahnen beschlossen daher zu versuchen, eine Verständigung mit den Menschen herbeizuführen. Aber sie fürchteten die Männer dieser Spezies, also suchten sie stattdessen die Begegnung mit den jüngeren Frauen der Menschen, und selbst das nur dann, wenn sie diese allein antrafen. Dann versuchten sie mit diesem Mädchen zu reden, ihr zu zeigen, wie rein die Luft und das Wasser sein könnten, ihr zu zeigen, wie ihre Wunden geheilt werden könnten. Das war meistenteils ein folgenschwerer Fehler.

Denn die jungen Menschenfrauen schilderten ihre Begegnungen den Männern, die es alsbald als höchst misslichen Umstand ansahen, dass diese wundertätigen Hörner, die ihrem Besitzer solche Macht verliehen, an großen, flinken, scheuen Geschöpfen hafteten, die selbst entscheiden wollten, wo und wann sie ihre Kräfte anzuwenden gedachten. Folglich begannen die Menschenmänner systematisch Jagd auf die Ahnen zu machen, bis viele von ihnen tot oder gefangen waren.

Von diesen gefangen genommenen Ahnen wurden manche getötet, einige entkamen jedoch auch wieder, nachdem sie die Lebensweise der Menschen in ihren Behausungen hatten beobachten können. Diese Ahnen fanden, dass auch einige der Dinge, die die Menschen zu vollbringen im Stande waren, sehr große Macht bedeuteten.

Auf jeden Fall aber waren unsere Ahnen in einer zutiefst tragischen Lage, und so nutzten sie eine weitere Fähigkeit, die sie schon immer besessen hatten, sich nämlich mit anderen Spezies und untereinander auf geistigem Wege verständigen zu können, und riefen um Hilfe. Je erbitterter sie gejagt wurden und je mehr sie in Bedrängnis gerieten, desto lauter und verzweifelter drang ihr Ruf ins All, bis er schließlich erhört wurde.

Gewaltige Raumschiffe von einer anderen Welt trafen ein und boten den Ahnen eine Zuflucht an, nahmen sie an Bord und verursachten gleichzeitig eine atmosphärische Störung, die eine große Flut hervorbrachte, welche schließlich den ganzen Planeten bedeckte. Die Ahnen waren voller Trauer darüber, mit ansehen zu müssen, wie dabei viele ihrer Mitgeschöpfe umkamen – auch die Menschen zu betrauern fiel ihnen allerdings schwer.

Die Wesen, bei denen sie Unterschlupf gefunden hatten, waren die Beschützer der Ahnen. Auch diese verständigten sich untereinander in der Gedankensprache, aber im Unterschied zu den Ahnen standen sie auf ihren Hinterbeinen, ganz wie die Menschen. Die Beschützer nahmen die Ahnen mit auf ihre Heimatwelt Vhiliinyar. Im Laufe der Jahre begannen die Beschützer wegen der tiefen Liebe, die sich zwischen den beiden Spezies entspann, sich genetisch mit den Ahnen zu vermischen. Am Ende entstand eine neue Spezies, die das Beste sowohl der Beschützer der Ahnen als auch der Ahnen selbst in sich vereinte – die Linyaari. Ganz allmählich ging das raumfahrende Volk der Beschützer schließlich völlig in dem unseren auf oder starb vielleicht einfach nur aus, denn die Beschützer waren kurzlebiger als die Ahnen.

Die Linyaari jedoch blieben, und auch viele unserer Ahnen überdauerten die Zeit, und gemeinsam hielten wir die Erinnerung in uns wach. Um uns allzeit an die Gefahren zu erinnern, denen die Ahnen sich auf jener anderen Welt einst gegenübergesehen haben. Und um daraus die Lehre zu ziehen, dass wir unsere Gaben zwar zuweilen mit anderen teilen müssen, dass wir aber zugleich allzeit wachsam bleiben und unsere Heimat vor anderen verborgen halten müssen, damit unsere Feinde uns nicht abermals finden.«

»Wir sind die *Ki-lin!*«, rief Acorna aufgeregt aus. »Oder vielmehr, die Ahnen sind es! Mein Oheim Delszaki Li hat mir von den Ahnen aus der Sicht der Menschheit berichtet. Er stammte aus einem sehr alten Menschenvolk, dessen Erinnerung bis vor die Zeit jener großen Flut zurückreichte, von der du gesprochen hast. Sie haben die Ahnen beinahe so sehr verehrt, wie die Linyaari es heute tun.«

Großmama gähnte. Der Kräutertee zeigte allmählich Wirkung. »Es freut mich, dass unsere Geschichte dir gefällt, Khornya. Ich habe dich noch nie so lebhaft gesehen, seit du hier angekommen bist.«

»Ich glaube, ich fange endlich an, mich einzugewöhnen«, gab Acorna ihr schläfrig Recht.

Als sich Acorna am nächsten Morgen gerade auf den Weg zur Siedlung der Technokünstler machen wollte, fing eine atemlose Maati mit weit aufgerissenen, feuchten Augen sie ab: »Khornya, Khornya, ich bin gleich losgelaufen, als ich es gehört habe, um es dir sofort zu erzählen. Wir empfangen die Routinesignale der *Balakiire* nicht mehr.«

»Seit wann?«, wollte Acorna wissen.

»Seit heute früh, vor etwa drei *Kii.*« Ein *Kii* entsprach rund 57 Minuten Galaktischer Standardzeit, hatte Acorna gelernt. »Die Nachricht verbreitet sich gerade überall, aber ich wollte auf jeden Fall selbst herkommen, damit du es zuerst von mir erfährst«, fuhr Maati fort. »Khornya, es tut mir so Leid.« Das junge Mädchen begann zu weinen, was Acorna half, ihre eigenen Ängste so weit im Zaum zu halten, um das Kind in die Arme nehmen zu können und es tröstend an sich zu drücken und zu wiegen.

»Na, na, Maati. Wahrscheinlich haben sie lediglich das gleiche Problem, das auch die Komverbindung zu den anderen Außenposten verhindert – eben das Problem, weswegen all die Schiffe doch überhaupt erst aufgebrochen sind, um es zu beseitigen. Großmama sagt, dass es sich höchstwahrscheinlich nur um irgendeine technische Fehlfunktion der Komsysteme handelt und dass die Sache rasch behoben sein wird, sobald eine der ausgeschickten Mannschaften die genaue Ursache herausfindet, und dass wir dann auch wieder von allen hören werden.«

»Meinst du wirklich?«, fragte Maati.

Acorna war heilfroh, dass Linyaari-Kinder noch nicht telepathisch begabt waren, sodass Maati nicht spüren konnte, was für große Sorgen sie sich um Neeva und die anderen machte. »Ganz bestimmt. Wenn die *Balakiire* den Kontakt zu uns verloren hat, bedeutet das doch nur, dass sie der Quelle des Problems umso näher gekommen ist. Die anderen Raumschiffe werden bestimmt auch nicht mehr lange brauchen, um ihre eigenen Zielorte zu erreichen. Also wird uns wahrscheinlich schon bald eines von ihnen eine Rückmeldung geben können.«

Die einzige Rückmeldung jedoch, die sie erhielten, als ein ergebnisloser Tag nach dem anderen verstrich, war Schweigen und die bittere Erkenntnis, dass sie die Verbindung mit einem Raumschiff nach dem anderen verloren. Die Verwandten und Freunde der betroffenen Besatzungen wurden jedes Mal umgehend informiert, wenn man von einem weiteren Schiff keine Signale mehr empfing. Im Interesse ihrer aller Sicherheit schickte man Schiffen, von denen keine Antwort mehr zu hören war, zudem vom Planeten aus auch keine Signale mehr hinterher. Denn wie alle nur allzu gut wussten, bestand andernfalls die Gefahr, dass derartige Impulse von den Khleevi aufgefangen und bis nach Narhii-Vhiliinyar zurückverfolgt werden könnten. Dieses Risiko konnte und wollte niemand eingehen. Überall in ganz Kubiilikhan, überall auf ganz Narhii-Vhiliinyar richteten sich Augen zum Himmel, suchten die Planetenbewohner das Firmament ab, das sich jedoch, abgesehen vom Donnerhall der Gewitter und dem Prasseln von Regen oder gelegentlichem Hagel, in Schweigen hüllte.

Es schien, als ob die immer noch über Kubiilikhan wütenden Gewitterstürme sie alle mit einer so unentrinnbaren Wolke aus Beklemmung, Kummer, Furcht und Sorge umhüllten, dass Acorna wie ein eingesperrtes Tier ruhelos auf und ab wanderte.

»Großmama, ich fühle mich so überflüssig. Ich brauche etwas zu tun, ich möchte mich irgendwie nützlich machen. Du und Maati, ihr kommt jede Nacht völlig erschöpft nach Hause. Kann ich euch nicht irgendwie einen Teil eurer Last abnehmen? Und falls nicht dir, dann vielleicht Maati? Wenn schon ein Kind ihre Arbeit machen kann, dann müsste ich das doch gewiss auch können.«

»Hmmm«, seufzte Großmama ausgepumpt und ließ sich auf ihr niedriges Nachtlager sinken, das dank des erhöhten Pavillonbodens immer noch trocken war. Das Innere des Wohnzeltes war jetzt dunkel und wirkte durch die wegen des Regens allseits geschlossenen Zeltklappen eher beengend als heimelig. »Ein ausgezeichneter Vorschlag, Khornya. Unser Volk verlangt jetzt mehr denn je, auf dem Laufenden darüber gehalten zu werden, was vor sich geht, wie es um die Krise steht, was die Regierung dagegen unternimmt und wie es um die anderen in unserer Gemeinschaft bestellt ist. Ich jedenfalls würde deine Hilfe sehr begrüßen.«

Auf dem Weg nach Nirii lenkten sich die Besatzungsmitglieder der *Balakiire* von ihren Sorgen über das, was sie an ihrem Ziel wohl erwarten mochte, dadurch ab, indem sie sich all die Festlichkeiten auf Narhii-Vhiliinyar ausmalten, die sie auf Grund ihres Auftrages nicht miterleben konnten.

(Ich hoffe nur, dass wir rechtzeitig wieder zurück sind, um wenigstens noch an Acornas Vereinigungszeremonie teilnehmen zu können), scherzte Khaari.

(Ich denke, dass du da ein bisschen voreilig bist), wandte Neeva ein. (Ich fürchte nämlich, dass mein Schwesterkind, wenn es nach der neuen *Viizaar* geht, dazu verdonnert werden wird, mit der Hand Grassamen zu sammeln und sie einzeln wieder einzupflanzen, oder zu irgendeiner anderen Schikane. Da Liriili selbst immer noch keinen Lebensgefährten hat, gönnt sie anderen dieses Glück auch nicht.)

(Ich hatte eigentlich den Eindruck, dass sie ihre Ungebundenheit durchaus schätzt), widersprach Khaari. (Ich glaube, du urteilst ein wenig zu hart über sie.)

(Nicht vorsätzlich jedenfalls), wehrte sich Neeva. (Aber Liriili ist nun mal eine ziemlich komplizierte Person. Ich fürchte, dass ihre wahren Überlegungen und Motive ihr nicht einmal selbst alle bewusst sind – womöglich ist es ja gerade das, was sie zu so einer guten Verwaltungsleiterin macht. Sie könnte sich selbst stets mühelos einreden, dass was auch immer sie tut oder lässt, nur zu Khornyas Wohl oder dem Wohl des ganzen Planeten geschieht.)

(Wenn du darauf anspielst, dass sie uns nach Nirii geschickt hat, dann haben wir wenigstens den Trost, das wir uns diesbezüglich in zahlreicher Gesellschaft befinden. Wie wir gehört haben, wurden kurz nach unserer Abreise ja noch jede Menge Schiffe in alle möglichen Richtungen entsandt), warf Melireenya ein.

(Ich frage mich, warum sie nicht einen größeren Teil der Flotte auf Narhii-Vhiliinyar zurückgelassen haben), grübelte Neeva. (Was ist, wenn die Khleevi plötzlich angreifen, während unsere Raumschiffe alle unterwegs sind?)

Ihnen schauderte bei dieser Vorstellung, und sie versuchten alle, die unwillkürlich aufkommenden Bilder davon zu unterdrücken, wie die auf dem Planeten Zurückgebliebenen Selbstmordkapseln zerbissen und hinunterschluckten.

(Das wird nicht passieren), verkündete Neeva mit Nachdruck. (Die Khleevi haben bei Rushima eine Dosis ihrer eigenen Medizin zu schmecken bekommen und werden nie wieder glauben, dass wir noch einmal leichte Opfer wären.)

(Jedenfalls nicht in näherer Zukunft), pflichtete ihr Melireenya bei. (Aber sobald wir die gegenwärtige Krise erst einmal bewältigt haben, wird unsere Regierung sich mal wieder ein bisschen mehr Gedanken über Verteidigungsstrategien und -waffen machen müssen.)

(Und wir müssen eine neue Fluchtwelt finden, auf die wir unser Volk notfalls abermals evakuieren können. Es genügt nicht, lediglich die erforderlichen Raumschiffe und das entsprechende Personal auf Abruf bereitstehen zu haben, für den Fall, dass eine erneute Evakuierung nötig werden sollte. Wir brauchen auch einen Ort, wohin wir gehen können), stellte Khaari fest.

(Nein), widersprach Neeva. (Wunschdenken ist kein Ersatz für die Art von Verteidigungswillen, die wir über Rushima erlebt haben. Wir können einfach nicht ewig so weitermachen, von Welt zu Welt davonlaufen und hinnehmen, dass die Khleevi alles zerstören, was wir zurücklassen. Wenn wir wieder nach Hause kommen, meine ich, dass wir mit der Forderung an den Rat herantreten sollten, unsere Handelsverbündeten davon zu überzeugen, sich mit uns Linyaari zu einer ähnlichen Föderation zusammenzuschließen wie jene, die Khornyas Volk gebildet hat. Ich glaube, dass es an der Zeit ist, uns endlich zur Wehr zu setzen.)

Als sie schließlich in ihrem Zielsystem eintrafen und sich Nirii näherten, kamen sie überein, dass Neeva als Botschafterin allein mit einer Landefähre auf den Planeten hinunterfliegen und auf Niriis Hauptkontinent in dem von Linyaari bewohnten Areal der Hauptstadt landen würde. Der Rest der Besatzung würde in einer Umlaufbahn um Nirii an Bord der *Balakiire* verbleiben.

Da die Mannschaft der *Balakiire* nicht wusste, was sie hier erwartete, hatte das Raumschiff nicht, wie es sonst eigentlich üblich war, wenn jemand von Neevas Rang einen diplomatischen Besuch abstattete, Kontakt mit der Komstation des unter ihnen liegenden Planetensektors aufgenommen. Doch unter den gegebenen Umständen erachteten sie eine derartige Voranmeldung als unnötiges Risiko und hatten sie demzufolge unterlassen.

Auf Nirii eingetroffen, trat Neeva aus ihrer Fähre in den abgesehen von ihrem Beiboot völlig leer stehenden Landehangar hinaus. Normalerweise hätten hier ständig zwischen fünf und zehn Raumfähren stehen müssen. Als sie sich in der weiträumigen Halle umsah, wurde Neeva daher sofort klar, dass hier irgendetwas ganz und gar nicht Gutes geschehen sein musste.

Sie war mit eingeschaltetem Tarnschirm und im Schutze der Dunkelheit gelandet. Es war eine mondlose Nacht, aus einem zinngrauen, lichtquellenfreien Himmel fiel etwas Schnee. Der Rest der Stadt hingegen erstrahlte in vollem Lichterglanz und wurde überall von weißen, kleinen und anscheinend in ordentlichen Rastern und Linien aufgereihten Laternen erhellt. Zu dieser Nachtzeit waren die Straßen und der Himmel wie ausgestorben. Obwohl es auf Nirii keine nächtliche Sperrstunde gab und die Planetenbewohner auch nicht sonderlich abergläubisch waren, verhielten sich die Leute hier nichtsdestotrotz ausgesprochen konservativ und eigenbrötlerisch. Tagsüber gingen sie ihren Geschäften nach, und nachts blieben sie zu Hause und widmeten sich ihrer Familie – Punktum. Ganz wie die Linyaari waren auch sie der Gedankensprache mächtig, benutzten sie jedoch nur unter Freunden und innerhalb der Familie. In der Öffentlichkeit hingegen schirmten sie sich stets mit schweren Mentalschilden voneinander ab. Schon seit einer ganzen Reihe von Jahren hatte es auf dieser Welt kein Verbrechen und auch keinen Krieg mehr gegeben, was die Bewohner dieses Planeten zu idealen Handelspartnern für die Linyaari machte, besonders, da sie obendrein ein wissenschaftlich und technologisch hoch entwickeltes Volk waren.

Die in einem eigenen Fremdenviertel der Stadt untergebrachten Linyaari brauchten sich den Gebräuchen der Niriianer zwar eigentlich nicht zu unterwerfen, taten es Neevas Erfahrung nach aber meist trotzdem. Obschon es somit durchaus nicht ungewöhnlich war, wenn auch hier im Linyaari-Viertel weitgehend Nachtruhe herrschte, ging es dennoch nicht mit rechten Dingen zu, dass sie nirgends das geringste Lebenszeichen ausmachen und in der dünnen Schneeschicht, die auf allen Wegen und Häusern lag, nicht die kleinste Fußspur entdecken konnte, als sie eine Straße entlangging, die zwischen zwei der vier großen Gebäude hindurchführte, welche einander rund um einen großen Platz gegenüberstanden. Im Mittelpunkt dieses Platzes befand sich eine Grünanlage, in der tagsüber Sportveranstaltungen, Lesungen, Vorführungen und Versammlungen stattfanden. Die Häuser ringsum schienen, zumindest von außen betrachtet, völlig verlassen zu sein. Sie trat auf die Eingangstür des Gebäudes zu ihrer Linken zu. Der Zugang war unverschlossen, und die Irisblendentür öffnete sich bereitwillig, als Neeva sie berührte. Das war nicht sonderlich überraschend. Die Einwohner von Nirii pflegten ihre Türen eigentlich nie abzuschließen.

Das Gebäude wirkte steril, bar jeden Lebens oder auch nur irgendeines Anzeichens dafür. Die Türen, die von den Fluren in die einzelnen Innenräume führten, waren alle entfernt worden, und die Öffnungen klafften ihr wie tote Höhleneingänge entgegen, als sie an ihnen vorüberging und in leere Zimmerfluchten blickte, die keinerlei Möbel, persönliche Gegenstände oder Geräte irgendeiner Art enthielten. Jedes Linyaari-Gebäude enthielt acht Wohneinheiten, und diese waren alle samt und sonders leer, in jedem der Gebäude. Neeva vermochte nirgends auch nur das Flüstern eines Gedankens wahrzunehmen, nicht den Funken irgendeiner Gefühlsregung.

Sie kehrte wieder ins Freie zurück und bekam eine Gänsehaut angesichts der unnatürlichen Stille und Leere dieser Orte, wo vor kurzem noch einige der Besten und Klügsten ihres Volkes gelebt hatten, ihren Studien nachgegangen waren, die Niriianer an ihrem Wissen hatten teilhaben lassen und Handel mit ihnen getrieben hatten.

Als sie schließlich ratlos das Gelände der zentralen Grünanlage betrat, wühlten ihre Füße die Schneeschicht auf, die auch dort den Erdboden bedeckte. Sie stellte fest, dass die mit einheimischen Gräsern bepflanzten Flächen, die ihre Artgenossen dort angelegt hatten, verwildert und abgestorben waren. Auch im Innern der Wohneinheiten, in denen die Linyaari für gewöhnlich üppig sprießende Zimmergärten hegten, war kein Hälmchen Nahrung mehr zurückgeblieben. Man hätte dort sogar nicht einmal mehr sagen können, welcher Raum einst welchem Zweck gedient hatte, so gründlich leer gefegt waren die einstigen Unterkünfte gewesen.

Unter ihren Füßen jedoch begann das Erdreich, so schneebedeckt es auch sein mochte, ihr endlich eine Geschichte zu erzählen. Es sprach zu ihr von Wut und Furcht, Verwirrung, unterbrochenem Schlaf, gestörtem Liebesspiel, der Sehnsucht nach geliebten Personen, die nicht da waren, dem Weinen verängstigter Kinder und sogar von einem gewissen Maß – wenn auch nicht viel, so doch genug, um jeden Widerspenstigen einzuschüchtern – an wahrhaftigem, körperlichem Schmerz.

Sie war so sehr damit beschäftigt, diese Eindrücke in sich aufzunehmen, dass sie die vom Schnee gedämpften Schritte des Trupps, die sich ihr von hinten näherten, erst wahrnahm, als es schon zu spät war, um zu ihrer Fähre zurücklaufen zu können.

Angeführt wurde die Schar von der hoch gewachsenen, doppelgehörnten und kräftig gebauten Gestalt ihres alten Freundes und maßgeblichsten Verhandlungspartners auf dieser Welt, Runae Thirgaare, der von ein paar anderen Niriianern begleitet wurde, die ihr jedoch alle unbekannt waren. Und hinter ihnen standen vier weitere uniformierte Personen, die große Ähnlichkeit mit jenen Wesen aufwiesen, die einst Khornya Obhut gewährt hatten.

»*Visedhaanye ferilii* Neeva«, sprach sie der Runae mit sehr viel weniger Wärme in der Stimme an, als er sonst in seine Begrüßung zu legen pflegte. »Ich fürchte, dass wir Sie und Ihresgleichen nicht mehr länger hier bei uns willkommen heißen können.«

»Warum nicht?«, wollte Neeva wissen. »Wo sind all die anderen?«

Einer der uniformierten Fremden trat aus dem Hintergrund nach vorne und stellte sich neben den Sprecher der Niriianer. »Wir werden Sie zu ihnen führen, *Visedhaanye ferilii* Neeva«, erklärte die hornlose Frau, die beinahe so groß war wie der Runae. »Wir gehören zu einer Abteilung der Föderationssstreitkräfte und haben Ihre Leute in Gewahrsam genommen, um uns bei unseren Untersuchungen zu unterstützen, hinsichtlich gewisser krimineller Unregelmäßigkeiten, denen wir gegenwärtig nachgehen.«

(Runae, bitte reden Sie selbst mit mir. Was ist hier los? Sie wissen, dass ich gerade erst von meiner Heimatwelt hier eingetroffen bin und keinerlei Kenntnis von den Vorgängen hier habe. Welche Verbrechen sollen unsere Leute denn begangen haben? Sie kennen uns doch ebenso gut wie Ihr eigenes Volk!)

(Ganz so gut nun auch wieder nicht, *Visedhaanye*. Ihr Volk hat wirklich eine Neigung zu einer gewissen Wildheit und zu sonderbaren Praktiken. Ihre Leute sind unberechenbar. Auf unserer Welt herrscht eine streng geregelte Ordnung. Wir haben keine Ahnung, welche Verfehlungen Sie anderswo begangen haben könnten. Von Wesen, die ohne den charakterfestigenden Einfluss eines zweiten Horns auskommen müssen, kann man aber wohl auch nichts anderes erwarten. Trotzdem: Ich bin überzeugt, dass Sie sich keine Sorgen zu machen brauchen. Diese Leute hier gehören einer Abteilung von Ordnungshütern einer großen Föderation an, die aus vielen miteinander verbündeten, weit von hier entfernt liegenden Welten besteht. Unsere Regierung erwägt zurzeit, ob wir ihr Angebot wahrnehmen und ebenfalls Mitglied dieser Föderation werden sollen. Sie sehen gewiss ein, dass wir dem Begehren auf Auslieferung Ihrer Landsleute unter diesen Umständen natürlich stattgeben müssen.)

»Welche kriminellen Unregelmäßigkeiten werden uns vorgeworfen?«, verlangte Neeva nunmehr von den hornlosen Wesen zu erfahren.

»Das werden wir Ihnen alles unterwegs erklären«, antwortete die Frau.

Sie kam Neeva sehr bekannt vor. Insbesondere ihre Uniform sah vertraut aus. War das nicht ziemlich genau die gleiche, die damals auf Rushima von jenen Streitkräften getragen worden war, die dort mitgeholfen hatten, den Angriff der Khleevi zurückzuschlagen?

Neeva grübelte hierüber nach, während man sie an ihrer Raumfähre vorbeiführte, die man anschließend an denselben Ort flog, an den man auch sie selbst verbrachte, zu einem ziemlich großen Raumschiff mit ein paar amtlich wirkenden Schriftzeichen auf der Außenhülle. Erst als die uniformierte Frau sie in die Eingangsschleuse des Raumers zu schieben begann und dabei ihren Kopf niederdrückte, damit Neevas Horn nicht an der Oberkante des Lukrahmens hängen blieb, fiel ihr wieder ein, dass jene auf Rushima mitkämpfenden Hilfstruppen überhaupt nicht mit irgendeiner Föderation im Bunde gestanden hatten. Es hatte sich vielmehr um eine private Söldnerarmee gehandelt, die unter dem Befehl eines gewissen Admirals Ikwaskwan stand.

Dreizehn

Großmama hielt Wort. Acorna verstärkte die aus Maati und einer Hand voll anderer Kuriere bestehende Schar der Amtsboten und trug fortan Botschaften zwischen dem Regierungsbezirk und den verschiedensten Bürgern hin und her. Trotz der großen Sorgen, die sie sich wegen der Lage im Weltraum machte, fühlte sich Acorna jetzt, wo sie sich nützlich machen konnte und sich auf wenn auch nur bescheidene Weise am Gang der Dinge beteiligen konnte, viel besser, als sie es seit ihrer Ankunft getan hatte. Als Regierungsbotin unterwegs zu sein verschaffte ihr eine genauere Vorstellung von den Linyaari-Gemeinden in der Umgebung sowie von dem Ausmaß der Besiedlung von Narhii-Vhiliinyar, als es ihre Versuche, auf sich allein gestellt Kontakte zu knüpfen, vermocht hatten.

Neben dem zentralen Areal von Kubiilikhan, das vornehmlich aus den Wohn- und Arbeitspavillons der Regierungsbeamten und -mitarbeiter sowie deren Familien bestand, die oft ein oder zwei Angehörige hatten, welche gegenwärtig als Botschafter der Linyaari auf fremden Welten weilten, und neben dem großflächigen Areal der Technokünstler gab es noch eine ganze Reihe weiterer Blütenblätter, die in ihrer Gesamtheit jenen Flor ausmachten, der das besiedelte Gebiet von Narhii-Vhiliinyar darstellte.

Natürlich war Acorna schon vorher bewusst gewesen, dass es auf dem Planeten sehr viel mehr Leute geben musste, als ihr bislang begegnet waren. Bereits bei ihrem Landeanflug hatte sie aus der Luft etwas gesehen, das wie ein riesiger Blumengarten gewirkt hatte, der sich über den ganzen Kontinent erstreckte, auf dem die *Balakiire* niederging.

Jetzt erkannte sie, dass dieser Blumengarten nichts anderes war als eine einzige Blüte. In der Mitte lag das Regierungsareal, und von dort aus erstreckten sich, durch Straßen und öffentliche Weiden, Ackerflächen und Brachebenen miteinander verbunden, das Areal der Technokünstler, ein Akademisches Areal (vornehmlich für jene, die außerplanetarische Kulturen studieren wollten – zu Acornas Leidwesen ging alle Welt davon aus, dass es unter den Linyaari keine Nachfrage dafür gäbe, dort auch noch zu lernen, wie man ein Liinyar wurde), eine weiträumige, landwirtschaftliche Versuchsanlage, auf der neue Nahrungspflanzen entwickelt und getestet wurden, sowie etliche weitere Funktionssiedlungen.

Ein Außenareal beispielsweise war hauptsächlich hoch betagten Senioren vorbehalten, die dort nichts anderes taten, als sich mit höherer Philosophie und Mathematik zu beschäftigen. Der Rest ihrer Siedlung war von jüngeren Leuten bevölkert, die bei den Ältesten in die Lehre gingen und für ihr tägliches Wohl sorgten. Großmama Naadiina sagte, dass sie diese Phase schon vor fünfzig *Ghaanyi* hinter sich gebracht habe und dass sie es viel unterhaltsamer fände, bei dem jüngeren Volk im Zentralareal zu leben. Die seien sehr viel lustiger – und zu lachen, erklärte sie, half ihr jung zu bleiben.

Es gab auf Narhii-Vhiliinyar nur sehr wenig Fabrikationsindustrie und keinerlei Bergbau, ungeachtet der in den Fertigungspavillons der Technokünstler lagernden Vorratsbehälter voller Rohstoffe. Diese waren alle importiert.

Rings um die zentral liegenden Zeltstände waren stattdessen Gemeinden angesiedelt, mit deren Arbeitskraft und Fachkunde die verschiedenen Unternehmungen durchgeführt werden konnten. Jenseits davon erstreckte sich eine Vielzahl von kleineren Siedlungen, zu halbkreisförmigen Haufen gruppierte Pavillondörfer, die unabhängig voneinander andere Waren herstellten und die Linyaari-Gemeinden in weitem Umkreis mit Dienstleistungen versorgten. Noch weiter draußen, am anderen Ende der großräumigen Brachebenen, stieß man auf niedrige Gebirge, und dort, so wurde ihr gesagt, lebten die Ahnen, wenn sie einmal nicht jene zeremoniellen Funktionen ausübten, die sie den Linyaari anzubieten beschlossen hatten.

Acorna konnte mittlerweile gut verstehen, warum Maati am Ende des Tages immer so erschöpft war. Sie konnte jetzt auch verstehen, warum das junge Mädchen nicht zur Schule zu gehen brauchte. Denn zwischen all den verschiedenen Wohnsitzen, Geschäftsbetrieben, Dienststellen und anderen innerhalb der Zentralareale liegenden Botschaftsempfängern und Nachrichtenaustauschstationen hin und her zu pendeln, zuweilen sogar zu rennen, war schon für sich allein lehrreich genug.

Thariinye beklagte sich bitterlich, dass Acorna kaum noch Zeit hätte, mit ihm spazieren zu gehen und sich seiner ›Führerschaft‹ anzuvertrauen. In der Tat war sie, wenn sie keinen Dienst hatte, viel zu froh, einmal die Füße hochlegen und sich ausruhen zu können, als dass sie mit irgendwem irgendwohin hätte spazieren gehen wollen. Daher war sie ziemlich überrascht, dass ihr eines Tages, als sie mit einer Botschaft zu den Agrarversuchspavillons kam, von einer jungen Frau ein massiver Schwall feindseliger Gedanken entgegenschlug. Die junge Linyaar hatte rosige Haut und schwarzes Haar und sortierte gerade Saatgut in kleine Päckchen, um es für den planetenweiten Vertrieb versandfertig zu machen.

Acorna konnte sich beim besten Willen nicht vorstellen, womit sie die junge Frau so sehr gegen sich aufgebracht haben mochte – abgesehen natürlich von den üblichen Vorurteilen, die man ihr vom Tag ihrer Ankunft an entgegengebracht hatte.

Dabei hatte sogar diese Unduldsamkeit mittlerweile einigermaßen nachgelassen, nachdem man nun regelmäßig sah, wie sie einen wichtigen Dienst für ihr Volk leistete. Acorna vermutete allerdings, dass ein weiterer Grund darin bestand, dass man ihr jetzt schwerer aus dem Weg gehen konnte und dass sie selbst die meiste Zeit über viel zu beschäftigt war, um irgendeinen ihr weiterhin entgegengebrachten Mangel an Freundlichkeit überhaupt zu bemerken.

Der gegen Acorna gehegte Zorn und Abscheu traten jedoch nicht nur in den unausgesprochenen Gedanken der Frau zu Tage, sondern auch in der steifen Haltung, zu der sie sich verkrampfte, der wutentbrannten Art, mit der sie das Saatgut in die Päckchen stopfte und diese verschloss, als wollte sie die für schuldig befundenen Samen lebenslänglich einsperren. Ihre Gefühle offenbarten sich im Aufblitzen ihrer großen grünen Augen, als sie Acorna bohrende Blicke zuwarf, während diese der Agrartechnikerin pflichtbewusst die mündliche Botschaft von Liriili ausrichtete, und im schnippischen Ton ihrer Stimme, als sie Acorna nach vollbrachtem Auftrag wieder fortzuschicken versuchte.

So jedoch gedachte sich Acorna nicht abspeisen zu lassen. »Habe ich irgendetwas getan, was dich gekränkt hat?«, fragte sie daher schließlich.

»Ist das nicht offensichtlich? Zuerst schleppst du uns einen solchen Ärger an, dass mein Vater ins All hinausgeschickt wird, um die Sache zu klären ...«

»Warte, warte mal. Was für Ärger? Und wer ist dein Vater?«

»*Aagroni* Iirtye. Er hat dir bloß die Meinung gesagt, und schon hast du deinen Einfluss spielen lassen und durchgesetzt, dass man ihn fortschickt.«

»Meinen *Einfluss*?«, entfuhr es Acorna. »Du kannst gerne in meinen Gedanken nachforschen. Ich habe hier keinerlei Einfluss. Wenn überhaupt, dann habe ich das genaue Gegenteil von Einfluss. Und ich habe nicht das Mindeste mit den Problemen zu tun, derentwegen man deinen Vater auf einen fremden Planeten geschickt hat.«

Falls die Frau Acornas Angebot wahrnahm, so tat sie dies nur sehr kurz, blickte danach verwirrt einen Augenblick lang zu Boden, fasste sich jedoch rasch wieder und hob den Blick abermals. »Und außerdem … außerdem ist da noch Thariinye. Warum gibst du ihn nicht frei?«, verlangte sie zu erfahren.

»Ihn freigeben?«, wiederholte Acorna völlig perplex.

»Dir liegt doch gar nichts an ihm, du magst ihn ja noch nicht einmal, das sehe ich dir an. Warum willst du ihn dann zu deinem Lebensgefährten machen? Er bedeutet dir doch nicht das Geringste, m-mir aber be-bedeutet er *alles*!«

»Damit bist du bei mir aber an der völlig falschen Adresse!«, erwiderte Acorna. »Ihm solltest du das sagen, wenn du so für ihn empfindest! Ich erhebe nicht die allergeringsten Ansprüche auf ihn. Er war der erste männliche Liinyar, dem ich je begegnet bin, und ist ein alter Schiffskamerad, mit dem ich die Erinnerung an ein paar gemeinsam durchgestandene Abenteuer teile. Aber es ist ganz und gar seine Idee, dass wir Lebensgefährten sein sollten, nicht meine!«

Das Mädchen sah sie verstört an und wischte sich die Tränen der Wut und des Schmerzes fort, die ihr die Wangen hinunterrannen. »Ich kann spüren, dass du die Wahrheit sagst, aber ich dachte …«

»Weißt du, was *ich* denke?«, fiel ihr Acorna mit einer plötzlichen Eingebung ins Wort. »Ich denke, dass Thariinye nicht mehr an mir interessiert ist, als du zu glauben scheinst, dass er es an dir wäre. Ich glaube, dass er die Aufmerksamkeit genießt, die ihm all die jungen Frauen entgegenbringen, aber dass er sich noch nicht auf eine Einzige festlegen möchte. Ich glaube, dass er – indem er vorgibt, mich erwählen zu wollen, wo er doch genau wissen muss, dass ich ihm keinerlei Gefühle dieser Art entgegenbringe – sich einfach nur etwas Zeit verschaffen will, um in aller Ruhe eine andere, für ihn sehr viel geeignetere Wahl zu treffen, als ich es wäre. Im Grunde ist er nämlich nicht herzlos, und ich bezweifle, dass er überhaupt eine Ahnung davon hat, dass er dir solche Pein bereitet.«

»Es stimmt, er … er weiß nicht, was ich für ihn empfinde. Ich habe gedacht, er wäre dir versprochen. Deshalb habe ich meine wahren Gedanken vor ihm verschleiert, habe immer krampfhaft ans Pflügen und Pflanzen gedacht, wenn er in der Nähe war, und« – sie errötete – »ich vermute, dass er meine Metapher nur wortwörtlich genommen hat.« Sie seufzte. »Er ist so ein *aufregender* Bursche, es war sehr hart, ich meine schwer, ich meine …«

Acorna konnte nur mühsam ein Grinsen unterdrücken und meinte belustigt: »Ich denke, dass Thariinye ganz eindeutig derjenige ist, mit dem du reden solltest. Viel Glück.«

Ihre gute Laune schwand jedoch alsbald wieder, als sie ihre weiteren Botengänge erledigte. Es stimmte zwar, dass Thariinye für sie nicht als Lebensgefährte in Frage kam. Doch auf einem ganzen Planeten voller Wesen, die alle von der gleichen Art waren wie sie selbst und von denen viele Männer im passenden Alter waren, hatte sie trotzdem bislang noch keinen Einzigen kennen gelernt, der auch in ihren eigenen Augen für sie in Frage kam.

Tatsächlich wurde es ihr sogar bei Pal Kendoro, der nicht einmal derselben Spezies angehörte wie sie, wärmer ums Herz als bei fast jedem anderen, dem sie bis jetzt hier begegnet war, mit Ausnahme von Großmama und Maati.

Wenn also einen Gefährten für sie zu finden zumindest einen Teil der Gründe ausgemacht hatte, die sie bewogen hatten, überhaupt hierher zu kommen, dann lief es ganz und gar nicht nach Wunsch. Viel lieber hätte sie ihr Glück dort draußen versucht, sich mit ihrer Tante und dem Rest ihrer Kameraden von der *Balakiire,* oder auch mit jeder anderen Schiffsmannschaft, einem ungewissen Schicksal gestellt, als hier unten festzusitzen, ohne irgendein richtiges Ziel und ohne jegliche Möglichkeit, auf die Leute oder Ereignisse hier Einfluss zu nehmen.

Was, wenn die Khleevi zurückgekehrt waren? Was, wenn die Funkstille daher kam, dass die Schiffe, die Besatzungen, ja selbst die anderen Planeten allesamt vernichtet oder erobert worden waren?

Acorna schüttelte energisch den Kopf und verbannte diese düsteren Gedanken aus ihrem Verstand. Es brachte nichts, sich wegen solcher Dinge Sorgen zu machen. Zum ersten Mal in ihrem noch kurzen Leben nützte es überhaupt nichts, sehr viel mehr zu unternehmen als abzuwarten, die Augen offen zu halten und auf das Beste zu hoffen. Sie glaubte nicht, dass sie sonderlich gut darin sein würde.

»Was meinen Sie mit ›in Gewahrsam zu nehmen‹?«, verlangte Melireenya von dem Regierungsvertreter auf dem Komschirm zu erfahren. Es fiel ihr schwer zu glauben, dass sie dieses Gespräch tatsächlich führte, dass dies nicht alles nur ein böser Traum war. Die Niriianer waren die Letzten, von denen sie je erwartet hätte, dass sie sich gegenüber den Botschaftern oder Handelsvertretern der Linyaari auch nur eine bloße Taktlosigkeit herausnehmen würden. Niriianer waren, ganz wie die Linyaari selbst, ein höfliches und ethisch hoch stehendes Volk; sie waren fast schon übertrieben pedantisch auf Umgangsformen und moralisches Verhalten bedacht.

»Wir bitten aufrichtig um Vereihung, *Gheraalye,* aber die Umstände entzogen sich gänzlich unserer Kontrolle, wie wir schon *Visedhaanye* Neeva erläutert haben. Wahrscheinlich wird Ihr Schiff nur so lange beschlagnahmt bleiben, wie es dauert, um Ihre ursprünglichen Botschaftsvertreter aufzunehmen, und Ihnen dann wieder zurückgegeben werden. Aber bis dahin sind unsere Befehle ganz klar.«

»Mir nicht«, widersprach Melireenya. »Dabei verstehe ich mich recht gut aufs Gedankenlesen. Also klären Sie mich bitte auf. Was genau besagen Ihre Befehle?«

»Alle Linyaari, die sich in unseren Einflussbereich begeben, sind aus diplomatischen Gründen in Gewahrsam zu nehmen. Ich fürchte, dass ich nicht in die Überlegungen eingeweiht bin, die der Grund für diese von unserer Regierung erlassene Anweisung sind. Es tut mir schrecklich Leid, der Überbringer solch betrüblicher Kunde zu sein, *Gheraalye.* Sie waren uns seit vielen Jahren eine gute Freundin.«

Melireenya beruhigte sich ein wenig. Die Stimme des jungen Amtsträgers verriet aufrichtige Betroffenheit, und seine Hörner schienen vor Scham schlaff herabzuhängen. »Wie auch Sie es mir stets waren, Snoraa. Ich nehme an, dass es keine andere Möglichkeit gibt, als unseren alten Freunden ein weiteres Mal zu vertrauen?«

»Keine, fürchte ich. Aber ich werde es als eine Angelegenheit meiner persönlichen Ehre ansehen, dafür Sorge zu tragen, dass weder Ihnen noch Ihrer Mannschaft ein Leid geschieht.«

»Ich weiß diese Zusicherung zu schätzen, Snoraa. Haben Sie meinem Lebensgefährten die gleiche Liebenswürdigkeit erwiesen?«

Seinem Schweigen entnahm Melireenya, dass Snoraa dies getan hatte – oder sich zumindest um das Schicksal von Hrronye und seinen Studenten gekümmert hatte.

»Kann ich mit der *Visedhaanye* sprechen, bitte?«, fragte sie höflich. Neeva war mit der Landefähre auf die Oberfläche des Planeten hinuntergeflogen. Sie hatte es für eine kluge Vorsichtsmaßnahme gehalten, zunächst allein vorzugehen, bis sie in Erfahrung gebracht hatte, was aus den vermissten Linyaari geworden war und warum sie ein Notsignal nach Hause geschickt hatten.

»Die *Visedhaanye* wurde ebenfalls in Gewahrsam genommen und darf zurzeit keinerlei Verbindung zur Außenwelt aufnehmen, *Gheraalye.* Bitte bringen Sie Ihr Schiff auf Landeplatz Eins Eins Vier zu Boden und stellen Sie sich mit Ihrer Mannschaft dann den Wächtern, die Sie dort empfangen werden. Ich werde tun, was in meiner Macht steht, um Ihnen zu helfen. Aber zum gegenwärtigen Zeitpunkt ist es meine Pflicht, darauf zu bestehen, dass Sie sich den mir auferlegten Befehlen fügen. Das verstehen Sie sicher.«

Melireenya hatte noch während ihres Gesprächs mit Snoraa einen weiteren Versuch unternommen, eine Nachricht nach Narhii-

Vhiliinyar abzusetzen und die Heimatwelt über die Vorgänge hier in Kenntnis zu setzen. Doch genau wie bei all ihren früheren Versuchen, von der Umlaufbahn um Nirii aus eine Komverbindung zu ihrem Heimatplaneten aufzubauen, hatte sie auch diesmal auf ihre Funkbotschaften keine Antwort bekommen.

Da es nicht gelang, Hyperfunkkontakt mit ihrer Heimatbasis aufzunehmen und dort neue Anweisungen einzuholen, und da sie sich große Sorgen darüber machte, was mit Neeva geschah, sah sie keine andere Möglichkeit, als sich zu fügen. Den Kombotschaften, die sie von den anderen Raumschiffen der Linyaari aufgefangen hatten, hatten sie und Khaari entnommen, dass mittlerweile der größte Teil der Schiffe, wenn nicht gar die gesamte Heimatflotte ins All geschickt worden war. Im Unterschied zur *Balakiire* untersuchte der Rest der Schiffe jedoch keinen auf Narhii-Vhiliinyar eingegangenen Notruf, sondern sollte vielmehr im Gegenteil herausfinden, warum die auf den verschiedensten Fremdwelten stationierten diplomatischen, Handels- und Forschungs-Außenposten der Linyaari seit kurzem keine Hyperfunknachrichten mehr aussandten. Melireenya öffnete als letzten Versuch sämtliche Schiff-zu-Schiff-Komkanäle, um vielleicht wenigstens diese anderen Raumer erreichen und sie von dem eigenartigen Verhalten der Niriianer unterrichten zu können, bekam jedoch nur das gleiche Schweigen zu hören, in dem auch ihre an die Heimatbasis gerichteten Hyperfunkversuche vergeblich verhallten. Irgendetwas war hier ganz und gar nicht in Ordnung.

Sie setzte einen allgemeinen Notruf ab, auf den jedoch ebenfalls nicht die geringste Rückmeldung kam. Ihr einziger Trost war, dass all dies nicht die entfernteste Ähnlichkeit mit jenen Taktiken aufwies, die sie als charakteristisch für Angriffe oder Invasionen der Khleevi zu erkennen gelernt hatten.

Doch als sie sich darauf vorbereitete, die *Balakiire* auf Nirrii zu landen, übermannte sie ein so heftiger Anfall von Panik, wie sie es noch nie zuvor erlebt hatte. Sie spekulierte, dass die Ahnen sich einstmals ganz genauso gefühlt haben mussten, als sie, wie es in den alten Geschichten hieß, versucht hatten, Kontakt mit einer feindseligen Spezies aufzunehmen ... indem sie mit deren am wenigsten gefährlichen Mitgliedern kommunizierten, den jungen Frauen, und sich dann stattdessen von bewaffneten Männern jener Spezies umzingelt gesehen hatten und in eine Gefangenschaft verschleppt worden waren, deren Sinn und Zweck sie bis zum heutigen Tage nicht wirklich verstanden.

Ihre Befürchtungen erwiesen sich als nur allzu begründet. Kaum waren sie gelandet, enterte auch schon ein Trupp uniformierter Personen das Schiff, die keine Niriianer waren, sondern ganz wie Angehörige jenes Volkes aussahen, bei denen Khornya gelebt hatte, als die *Balakiire* sie gefunden hatte. Zwei von ihnen rissen sie mit Gewalt aus dem Pilotensessel, während zwei weitere Khaari vom Navigatorpult fortzerrten und wiederum andere zügig die Kontrollen ihrer beider Brückenkonsolen übernahmen und von ihnen die Herausgabe der Zugriffskodes für die Bordcomputer verlangten.

»Wer sind Sie?«, wollte sie stattdessen ihrerseits wissen. »Was gibt Ihnen das Recht, sich eines souveränen Linyaari-Raumfahrzeugs zu bemächtigen? Ich verlange, auf der Stelle Runae Thirgaare zu sprechen!«

»Nur keine Aufregung«, beschwichtigte ein vierschrötiger junger Mann sie, der keinerlei Haare auf dem Kopf zu haben schien. »Sie wurden von einer Ordnungsmacht der Föderation in Arrest genommen, und Ihr Schiff wird beschlagnahmt.«

(Keine Sorge, Melireenya), schickte Khaari ihr eine telepathische Botschaft. (Es wird ihnen ziemlich schwer fallen, die *Balakiire* in Beschlag zu nehmen, solange wir nicht kooperieren.)

(Warum habe ich dann das deutliche Gefühl, dass wir wieder aufsteigen?), gab Melireenya zurück.

(Oje! Das muss einer dieser Traktorstrahlen sein, von denen wir gehört haben, mit dem wir von einem anderen Schiff in Schlepp genommen werden können. Dabei habe ich gar kein anderes Schiff gesehen, du etwa?)

(Nein. Aber sie könnten sich in einen Tarnschirm gehüllt haben.)

Über die Komanlage konnten sie jetzt Snoraas Stimme hören, die hartnäckig verlangte, dass die *Balakiire* zuerst um eine Startfreigabe ersuchen müsse, bevor sie wieder von Nirii fortgebracht werden dürfe. Doch die uniformierten Fremden beachteten ihn nicht.

»Was wird uns überhaupt vorgeworfen?«, wollte Melireenya wissen. »Und wo wir schon mal dabei sind, was genau sind das für mysteriöse Verbrechen, die unsere Leute auf Nirii angeblich begangen haben sollen?«

Sie empfing ein Mischmasch aus Gefühlen und wirren Gedanken von ihren Wärtern, die sich über sie und ihre Schiffskameradin zumeist gewalttätig, wütend oder begehrlich, über die rinderartigen Niriianer dagegen lediglich verächtlich äußerten. Sie logen, so viel konnte sie aus dem Wust mit Sicherheit entnehmen. Alle von ihnen logen. Doch sie befolgten nur Befehle, das war eben das, womit sie ihren Lebensunterhalt verdienten.

»Also, schauen wir mal, Gnädigste, was waren das noch für Anklagen? Widerstand gegen die Festnahme, Flucht aus verordnetem Gewahrsam, unterlassene Hilfeleistung in einer medizinischen Notlage, Weigerung der Bekanntgabe des Wohnsitzes sowie Unterlassungsverbrechen gegen verschiedene unter dem Schutz der Föderation stehende Umwelten. So viel für den Anfang. Wenn uns noch mehr einfallen sollte, werden wir es Sie wissen lassen.«

»Das ist blanker Unsinn!«, rief sie aus. »Narhii-Vhiliinyar gehört doch gar nicht zu Ihrer Föderation!«

(Wenn man bedenkt, dass wir uns gerade erst darüber unterhalten haben, ob wir dazugehören *sollten* oder nicht), bemerkte Khaari gedanklich.

»Ach, richtig, und hier sind die weiteren Anklagen«, fuhr der uniformierte Grobian ungerührt fort. »Hausfriedensbruch, Eindringen in den Föderationsraum ohne Einreisevisum und Entführung eines Föderationsbürgers.«

»Entführung? Die einzige Person, die uns nach Hause zurückbegleitet hat, war die Nichte von *Visedhaanye ferilii* Neeva, und die kam aus freien Stücken mit und hat sich darauf gefreut, ihre Heimatwelt kennen zu lernen.«

»Wir würden nur gerne Gelegenheit erhalten, die Richtigkeit dieser Behauptung nachzuprüfen, Gnädigste«, entgegnete er. »Ich schlage daher vor, dass Sie mit diesem Ei wieder Kurs auf eben diese Heimatwelt nehmen, dann können wir die besagte Bürgerin dort selbst befragen.«

»Das können wir nicht tun«, lehnte Khaari ab.

Sie hatte die Frau genau beobachtet, die Khaaris Platz auf der Brücke eingenommen und die ganze Zeit über versucht hatte, Zugriff auf das Navigationssystem zu erhalten.

(Lenk sie irgendwie ab, Melireenya), wies Khaari sie an.

Melireenya kreischte unvermittelt auf und sprang vorwärts, fuchtelte wild in der Luft herum und brüllte den Uniformierten die Strophen eines Linyaari-Gedichts entgegen, das sie noch aus ihrer Jugendzeit in Erinnerung hatte.

Khaari machte sich dieses Ablenkungsmanöver zu Nutze und glitt unauffällig näher an die Frau heran, die an der Navigationskonsole hockte und sich jetzt umgedreht hatte, um nachzusehen, was es mit dem plötzlichen Aufruhr hinter ihr auf sich hatte. Khaari gelang es, blitzschnell zwei Tasten auf dem Pult niederzudrücken, bevor die Frau sich wieder zurückdrehte.

(Das war's!), triumphierte Khaari. (Danke.)

(Hast du es geschafft, die Kursdaten zu löschen?)

(Selbstverständlich. Wenn wir das Herunterfahren der Bordsysteme nach unserer Landung noch vollständig hätten beenden können, bevor sie uns geentert haben, dann hätte der Bordrechner das längst selbst erledigt. Es hat schon was für sich, dass wir Linyaari ein so gutes Gedächtnis für Navigationsdaten haben.)

Die Frau am Navigatorpult stieß einen abstoßenden, wüsten Fluch aus.

»Was ist denn los, Brill?«, fragte der Mann ohne Haare.

»Es ist alles weg!«, schimpfte sie. »Ich hatte fast schon Zugriff auf die Kursdaten, als … du hast sie gelöscht!«, warf sie Khaari erbost vor.

»Es ist ein selbstlöschendes Sicherheitssystem«, berichtigte Khaari sie, was sogar vollkommen der Wahrheit entsprach. »Schließlich wissen wir ja auch so, wo wir schon mal waren.«

»Ja, aber woher wisst ihr, wie ihr wieder dorthin zurückfindet?«, versuchte der Mann sie aus der Reserve zu locken.

»Das ist eine Angelegenheit unserer planetaren Sicherheit«, ließ Melireenya ihn abblitzen. (Wenn die wie bornierte Bürokraten schwafeln können, dann können wir das schon lange.) »Und wo gerade die Rede von Entführungen ist: Wenn Sie die Leute sind, die unseren Botschafter und die anderen Mitglieder unseres diplomatischen Korps auf Nirii entführt haben, dann müssen wir darauf bestehen, dass Sie diese und uns unverzüglich freilassen.«

»Ja, also, dann verraten Sie uns doch mal, wer uns dazu zwingen will und wie wir mit denen ins Gespräch kommen, dann werden wir das vielleicht sogar tun«, verhöhnte sie der Mann.

Khaari starrte die angeblichen Ordnungshüter an. (Das sind nicht die Uniformen der Föderationstruppen, Melireenya.)

(Das habe ich auch schon festgestellt. Es sind die gleichen Uniformen, wie sie von den Kampftruppen bei Rushima getragen wurden. Söldner. Was meinst du, haben die vor?)

(Ich habe das ungute Gefühl, das wir das nur allzu bald herausfinden werden.)

Vierzehn

Beckers Verstand sagte ihm ohne den leisesten Zweifel, dass er den Androiden eigentlich auf der Stelle in den Weltraum hinauswerfen müsste. Diese verdammten Dinger hatten spezielle Pulsgeber eingebaut, die nicht nur fortwährend ihren gegenwärtigen Standort in alle Welt hinausposaunten, sondern auch überall auf ihrem Weg eine unauslöschliche Fährte von charakteristischen Elektronen hinterließen. Diesem Ariadnefaden konnten ihre Besitzer bei einem Verlust, Diebstahl oder in dem allerdings nur sehr selten vorkommenden Fall, dass eines dieser Geschöpfe beschloss, eigene Wege zu gehen und seinem Herrn davonzulaufen, sogar über interstellare Distanzen hinweg folgen. Zu allem Überfluss gab es keinerlei Möglichkeit, derartige Signalgeber zu entfernen, jedenfalls keine, von der Becker je gehört hätte. Selbst wenn er den Roboter vollständig zerlegte oder zerstörte, würde dieses verdammte Gerät das einfach ungerührt wegstecken und seine Funktion munter weiter erfüllen.

Wenn er den Maschinenmenschen allerdings in einem Stück ausschleuste, würde auch der Signalgeber im All landen, und dann konnte dieses Luder Kisla ihm seinetwegen gerne bis in alle Ewigkeit nachjagen.

Das einzige Problem war, dass Becker es schlichtweg nicht übers Herz bringen konnte, einfach etwas wegzuwerfen, das so nützlich, ein so viel versprechendes Bergungsgut war. Und auch noch ein außerordentlich Wertvolles! Außerdem hatte er noch nie tatsächlich *versucht*, den Spurgeber eines Humanoidroboters zu deaktivieren. Derartig teure Besitztümer warfen die Leute nur äußerst selten auf den Müll, weshalb Becker auch noch nie einen gefunden hatte. Auch wenn es irgendwann vorgekommen wäre, dass ein Android als einziger Überlebender einer unglückseligen Weltraumhavarie geborgen wurde, wäre es höchst unwahrscheinlich gewesen, dass irgendjemand später der Elektronenfährte des Blechmenschen nachgespürt hätte – auch wenn der glückliche Finder keinen legalen Anspruch auf das Bergungsgut erheben könnte. In beiden Fällen hätte sich ein Ausbau des Geräts also erübrigt. Wenn er es jedoch wirklich versuchen würde, davon war Becker zwar überzeugt, dann könnte er es auch schaffen. Andererseits wiederum war Kisla Manjari beileibe kein Feind, den man auf die leichte Schulter nehmen durfte.

SB sprang dem Roboter auf die Brust und knetete ihm mit den Krallen große Risse in sein Gewand. Gleichzeitig sabberte der Kater nach Leibeskräften, rieb seinen Kopf schnurrend am Kinn des Maschinenwesens und rieb dann auch seine schnurrbartbewehrten Wangen überall an ihm, mit verzückt nach oben gezogenen Katzenlefzen, als ob er irgendetwas Widerliches röche.

»Meinst du nicht, dass du dieses Ding jetzt genug markiert hast, hm?«, fragte Becker ihn. »Komm schon, Kater, wir müssen den Burschen hier in den Weltraum verfrachten.«

Doch als Becker den Roboter ein zweites Mal anzuheben begann, um ihn in eine Luftschleuse zu wuchten, hieb SB mit einem jähen Schwinger nach ihm, der Becker wohl die Hand aufgeschlitzt hätte, wenn er SBs krallenbewehrter Pranke nicht erschrocken ausgewichen wäre. Der Kater machte einen Buckel, sträubte empört das Fell und richtete den Schwanz steil auf.

»Na hör mal! – Schau, ich weiß, dass er uns bis nach Hause gefolgt ist, aber du kannst ihn nun mal nicht behalten, verdammt, und ich auch nicht. Er ist verwanzt!«

Für einen Kater, der in dem Geschäft tätig war, in dem SB arbeitete, und der es somit eigentlich hätte besser wissen müssen, schien das vierbeinige Mitglied ihrer Schiffsmannschaft rein technische Schwierigkeiten widersinnigerweise keinesfalls als hinreichenden Grund dafür anzusehen, eine Verletzung seiner Eigentumsrechte an etwas zu dulden, auf das er Besitzansprüche geltend gemacht hatte. Er fauchte bedrohlich, legte die Ohren flach an den Kopf, verengte die Augen zu Schlitzen und krallte die Hinterpfoten auf ähnliche Weise rhythmisch in die Brust des Androiden, wie man es von Kampfstieren kannte, die auf dem Boden scharrten, bevor sie blindwütig zur Attacke vorpreschten.

Becker fluchte und ließ sich auf die Fersen zurücksinken, lauschte mit einem Ohr dem aufgebrachten Kater und mit dem anderen dem steten »Biep ... Biep ...« des Nahbereichorters. »Ich hätte nicht übel Lust, euch beide auf irgendeinem Felsbrocken auszusetzen und es künftig *ihm* zu überlassen, für dein Wohl zu sorgen, wenn du so wild auf ihn bist«, drohte Becker. Den Kater beeindruckte das wenig. Sie wussten schließlich beide nur zu genau, dass Becker das niemals tun würde, ganz gleich, wie unvernünftig sich SB auch aufführen mochte. Denn der Signalgeber des Roboters würde früher oder später Kisla Manjari zu sich locken, und deren Aufmerksamkeiten würde Becker nicht einmal seinem ärgsten Feind an den Hals wünschen, ganz zu schweigen von seinem üblicherweise durchaus mehr oder weniger geselligen Schiffskameraden.

»Schon gut, schon gut. Lässt du mich ihn wenigstens auf die Brücke rüberschaffen, damit ich im Auge behalten kann, wo wir hinfliegen, und wahrscheinlich bald auch, wer hinter uns herfliegt, während ich versuche, die Wanze unschädlich zu machen?«

Der Kater benetzte den Roboter mit einer weiteren Duftmarke, hüpfte dann leichtfüßig auf Beckers Schulter und schlang sich ihm schnurrend um den Nacken, wobei er seine Pranken ständig in der Nähe von Beckers Kehle behielt, nur für den Fall, dass dieser auf komische Ideen kam. Becker wuchtete seinen Hintern sowie den aller anderen gerade rechtzeitig in die Bordzentrale, um eines jener seltenen Wurmlöcher zu erspähen, die auf keiner Karte verzeichnet waren, ausgenommen denen von Theophilus Becker.

»Du bist eine echte Schönheit, Baby!«, jubilierte er und warf dem Wurmloch eine Kusshand zu, als er die *Condor* darauf zusteuerte und schließlich hineintauchte.

Er wusste zwar nicht genau, wie wirkungsvoll diese Elektronenfährten auch durch Wurmlöcher hindurch verfolgt werden konnten, aber wenn sie nur ein bisschen Glück hatten, konnte er sich und SB auf diesem Wege vielleicht wenigstens einen kleinen Vorsprung verschaffen.

Das Wurmloch spie sie in demselben malträtierten Teil der Galaxie aus, wo er jenen in Trümmer gelegten Planeten mit den hornähnlichen Katzenspielzeugen entdeckt hatte.

Becker wandte seine Aufmerksamkeit wieder dem Roboter zu. Jetzt würde er die Wanze aber wirklich schleunigst unschädlich machen müssen. Er stürzte sich in die vor ihm liegende Arbeit. Der Kater sah ihm mit der besorgten Miene eines werdenden Vaters dabei zu.

Insgeheim hoffte Becker immer noch, dass, wenn er nur lange genug herumfuhrwerkte, der Kater am Ende doch das tun würde, was er für gewöhnlich immer tat: des Spielchens überdrüssig zu werden und irgendwohin abzuziehen, um ein Nickerchen zu machen. Doch natürlich war dies das, was *Becker* wollte, also dachte SB selbstredend nicht im Traum daran, ihm diesen Gefallen zu tun.

Becker konzentrierte sich so intensiv auf seine Aufgabe, dass er richtig ins Schwitzen geriet. Und die ganze Zeit über blieb unablässig dieses nervtötend regelmäßige, leise »Biep ... Biep...« zu hören. Nach einer Weile kühlte sich SBs überhitzte Besitzgier weit genug ab, dass auch der Kater die Signaltöne des Nahbereichorters zu registrieren und Interesse dafür zu bekunden begann. Ein eindringliches Interesse. Der Kater wanderte wachsam an der lang auf dem Boden ausgestreckten Gestalt des Roboters auf und ab, stolzierte quer über die in der Brust des Maschinenmenschen aufklaffende Wartungsklappe und wedelte mit seinem neuen flauschigen Schwanz unter Beckers Nase herum, wenn er zwischen Becker und dem vorbeischlich, woran dieser zu arbeiten versuchte.

»Hör mal, Kater, es wäre ganz nett, wenn du auch ein wenig mithelfen würdest, indem du mir nicht dauernd zwischen den Beinen rumläufst.«

Sehr zu Beckers Überraschung rückte SB ein Stück weit von ihm ab, hockte sich mit beleidigter Miene hin und begann seine rechte Vorderpfote zu lecken. Seine Ohren, jetzt wo er wieder zwei davon hatte, waren beide in spitzem Winkel nach vorne ausgerichtet. Becker hielt einen Moment lang in seiner Arbeit inne und beugte sich dann wieder über die geöffnete Wartungsklappe.

Als er wenig später wieder aufsah, zuerst einen kurzen Blick auf ihren Panoramaschirm und danach auf SB warf, bemerkte er, dass die Ohren des Katers bei jedem »Biep« des Ortungsgeräts leicht zuckten und dass er sich in der Zwischenzeit auf alle viere niedergekauert und eine Lauerstellung eingenommen hatte, wobei sein Hinterteil vor mühsam unterdrückter Erregung angespannt hin und her schwänzelte, ganz als ob er jeden Augenblick einen Satz nach vorne machen würde.

»Lass dich nicht stören, Katerchen. Aber sofern unser digitales Navigationssystem nicht schon wieder eine Macke hat, liegt jetzt der Planet wieder auf unserem Kurs, auf dem wir diese spitzen Kegelhörner gefunden haben. Was meinst du? Sollen wir noch mal einen Abstecher dorthin machen? Ich denke, dass wir inzwischen einen ausreichend großen Vorsprung herausgeholt haben, um den Pulsgeber in aller Ruhe zum Schweigen bringen zu können. Wir sind nun schon lange genug durch ein Wurmloch nach dem anderen gejagt. Kisla und ihre Kumpane dürften wohl noch eine Weile brauchen, bis sie auch hierher finden. Ich bin dafür, dass wir landen, die Sache hier zu Ende bringen und dann endgültig abhauen.«

SB gab seine Stimme nicht laut ab, sondern sprang stattdessen geräuschlos dem Roboter ins Genick, wo er mit Zähnen und Klauen über die Plasthaut des Maschinenwesens herfiel und daran herumzubeißen und herumzukrallen begann.

»Ach, kommen die Peilsignale des Spurgebers etwa von *da*?«, staunte Becker. »In Ordnung. Wenn du deinen pelzigen Kadaver ein wenig zur Seite bewegen würdest, werde ich mal schauen, ob ich das Teufelsding deaktivieren und den Burschen hier ein wenig umprogrammieren kann.«

Nach einiger Überzeugungsarbeit und dem Argument, dass der Zweibeiner doch nur zu tun beabsichtige, was der Vierbeiner ohnehin von ihm wolle, gab SB schließlich tatsächlich nach, und es gelang Becker, sich voll und ganz auf die Arbeit an dem Roboter zu konzentrieren – sich in der Tat so sehr zu konzentrieren, dass er jegliches Gefühl für Zeit und Raum verlor. Als er irgendwann Hunger bekam, schnappte er sich nur hastig eine Hand voll Katzenfutter. Weil er jedoch danach mühsam etliche Brocken davon wieder aus den Innereien des Roboters herausklauben musste, verzichtete er hinfort gänzlich auf weitere Naschereien.

Er hatte den größten Teil der Bordsysteme der *Condor* auf Sprachsteuerung umgestellt, um dem Schiff auch Befehle erteilen zu können, ohne am Steuerpult sitzen zu müssen. Der Hauptrechner gab Becker seine Rückmeldungen hierzu mit der Stimme von Buck Rogers. Eine Zeit lang hatte sich zwar auch Becker den üblichen Spaß gemacht, den Computer mit einer erotisch-rauchigen Frauenstimme sprechen zu lassen, hatte jedoch bald festgestellt, dass dies seiner Arbeitsleistung höchst abträglich war. Denn er war damals ständig zum nächst erreichbaren Raumhafen geeilt, um ein Freudenhaus aufzusuchen, statt sich auf sein Geschäft zu konzentrieren. Deshalb bediente er sich für die Sprachausgabe des Bordrechners mittlerweile der Stimme eines klassischen Raumfahrerhelden. Er sah hierin einen Ansporn, dessen Vorbild nachzueifern und stolz und glücklich zu sein, dass auch er als freier Abenteurer von Stern zu Stern ziehen und das Universum bereisen konnte.

Mit Bucks Unterstützung, der ihn von allen Routineabläufen des Raumschiffbetriebs entlastete, und fest entschlossen, die Entwanzung und Umerziehung des Maschinenmenschen erfolgreich zu meistern, widmete Becker dieser Aufgabe seine volle Aufmerksamkeit. Die Hauptachse des Pulsgebers zu lokalisieren, war nicht das einzige Problem. Das verdammte Ding war auch noch fest in sämtliche elektronischen und mechanischen Haupt- und Untersysteme des Roboters integriert. Er würde die Verdrahtung des Androiden fast vollständig entfernen und neu schalten müssen, und zwar auf eine Weise, die dem KEN-Roboter so wenig Schaden zufügte wie nur möglich.

Becker war ziemlich gut in dieser Art von Dingen, wenn er sich wirklich bemühte. Es war eines seiner Talente, sich über lange Zeit intensiv auf ein einziges komplexes Problem konzentrieren zu können. Zu seinem Leidwesen musste er diesmal jedoch zumindest einen Teil seines Gehirns gleichzeitig noch für die Steuerung seines Raumschiffs abstellen. Der Bordrechner übernahm zwar alle Steuerungs- und Regelungsaufgaben an Bord ebenso wie den größten Teil der Navigation und Flugkontrolle und informierte Becker selbsttätig über alle Wurmlöcher und Schwarzwasser, Raumfalten und Zeitknoten in der Umgebung. Von Zeit zu Zeit musste Becker aber trotzdem noch selbst eingreifen und den Pilotenstuhl lange genug besetzen, um das Schiff per Handsteuerung durch die gemeldeten Phänomene hindurch oder um sie herum zu lenken. Was er allerdings fast wie im Halbschlaf tat, da der aktivste und größte Teil seines Verstandes sich ganz mit dem Problem beschäftigte, das auf seinem Schiffsdeck lag. Er wusste wirklich nicht, wie lange ihn diese Tüftelei eigentlich schon fesselte, sodass er zunächst gar nicht registrierte, dass die *Condor* sich dem Planeten, auf dem sie die Hörner gefunden hatten, mittlerweile bis auf Orbitaldistanz genähert hatte.

Als ihm gerade gelang, die letzte Komponente des vertrackten Geräts auszubauen, musste ihn der Computer der *Condor* daher mit einer dringenden Warnmeldung aus seiner Versunkenheit in das Roboterproblem herausreißen: »Kapitän Becker, wünschen Sie auf dem Planeten zu landen? Oder ziehen Sie es vor, in einem dramatischen Feuerball zu explodieren, wenn wir schließlich auf der Planetenoberfläche aufprallen, nachdem wir so lange in seiner Umlaufbahn gekreist sind, bis uns der Treibstoff ausgegangen ist.«

Becker blickte verwirrt von seinem Werk auf. Die Deaktivierung der lästigen Wanze war gelungen. Das »Biep ... Biep ...« war endlich nicht mehr zu vernehmen, obwohl er beinahe glaubte, es wie ein schwaches Hintergrundecho immer noch in seinem Kopf nachhallen hören zu können, so lange hatte er dem Geräusch schon unfreiwillig lauschen müssen. SB war endlich eingeschlafen und hatte nur träge ein Auge geöffnet, als die Stimme des Bordrechners ertönte.

»Was? Oh, ich schätze, wir sollten bruchlanden. – Nein, keine Angst, das war nur ein Scherz, Buck.«

»Er war aber überhaupt nicht komisch, Becker. Sie haben mir zwar einen Sinn für Humor einprogrammiert, aber ich fand das trotzdem ganz und gar nicht amüsant. Ich hatte nämlich schon wunschgemäß einen Kollisionskurs angelegt, als Sie dann doch wieder ›Nein‹ sagten!«

»Natürlich habe ich dir einen Sinn für Humor verpasst – andernfalls hätte ich dich wohl schon vor Jahren mit einer Brechstange bearbeitet. Der Kater lacht nämlich nicht sonderlich oft über meine Witze, da musst eben du herhalten.«

»Ich warte, Kapitän Becker. Der Planet unter uns tut das allerdings nicht. Er ist immer noch unermüdlich dabei, seine Gravitationskräfte auf mich auszuüben.«

»So? Na schön, in Ordnung. Gehen wir doch wieder auf diesem grünen Flecken runter, wo wir das letzte Mal diese Hörner gefunden haben – du hast die entsprechenden Koordinaten doch noch, oder?«

»Suche läuft ... ich scheine sie nicht finden zu können, Kapitän Becker. Wäre Ihnen vielleicht stattdessen dieser aktive Vulkankrater dort drüben recht?«

»Was? Wie? Bist du verrückt geworden? Natürlich nicht!«

»Nur ein Scherz. Ich habe die gesuchten Daten natürlich schon vor unzähligen Nanosekunden aufgerufen!«

»Jetzt weiß ich auch wieder, warum ich das Schiff normalerweise selbst steuere und mich lieber mit dem Kater unterhalte!«

Er schätzte, dass er jede Menge Zeit haben würde, um den Roboter wieder zusammenzubauen, wenn sie erst einmal gelandet waren. Und damit, den nunmehr deaktivierten Pulsgeber irgendwo im Weltraum über Bord zu werfen und ihn dadurch endgültig loszuwerden, würde er eben noch eine Weile warten müssen. Hier in der Nähe wollte er das keinesfalls tun, um nicht zu riskieren, dass die Wanze Kisla Manjari womöglich doch noch irgendwie zu diesem Planeten führte. Vorerst jedoch, rief er sich zur Ordnung, sollte er sein Augenmerk lieber wieder auf den Landevorgang richten.

»Wie läuft's, Buck?«, befragte er den Computer.

»Alles in bester Ordnung, Kapitän. Da wäre nur eine winzige Kleinigkeit, von der ich allerdings annehme, dass Sie womöglich in Kenntnis darüber gesetzt zu werden wünschen.«

»Und was wäre das?«

»Aus der äußeren Atmosphäre scheint sich das Heck eines weiteren Raumschiffs herabzusenken. Sieht aus, als ob es die Absicht hätte, direkt neben uns zu landen.«

»Ich nehme nicht an, dass wir noch irgendwelche Ausweichmanöver fliegen könnten?«

»Das war wieder ein Scherz, richtig? Wie sollten wir das anstellen? Auf den letzten paar Zentimetern – na ja, jetzt nicht einmal mehr das – Atmosphäre, die zwischen uns und dem Boden noch verblieben sind? Tut mir Leid, Kapitän, wir sind soeben gelandet. Das andere Raumschiff muss sich bis eben in einen Tarnschirm gehüllt haben, sonst hätte ich es schon früher bemerkt.«

»Ich nehme nicht an, dass wir über die gleiche Möglichkeit verfügen, oder?«

»Ich fürchte nein. Außerdem wissen die doch schon längst, wo wir sind«, stellte das Schiffsgehirn fest.

»Nun, dann machen wir es eben anders.« Er aktivierte den Komschirm. »He, Sie da, mit dem runterbaumelnden Heck, identifizieren Sie sich! Hier spricht Kapitän Jonas Becker von der *Condor,* Flaggschiff der Interplanetaren Bergungs- und Wiederverwertungsgesellschaft Becker mbH. Meine Firma hat bereits den Daumen auf ... Bergungsrechte angemeldet, meine ich, auf diesen Planeten. – Ähm ...«, fuhr er fort, als er keine Antwort erhielt, »... ich nehme nicht an, dass Sie ein in Raumnot geratener Havarist auf der Suche nach einem Abschleppdienst sind, oder?«

Auf dem Komschirm tauchte jetzt höhnisch grinsend Kisla Manjaris Gesicht auf.

»Also nicht. Hatte ich mir schon gedacht«, beantwortete Becker seine Frage angewidert selbst. »Was ist los, Prinzessin? Haben Sie vergessen, sich eine Quittung ausstellen zu lassen?«

»Aber nein, Kapitän Becker. Ich wollte mich Ihnen nur anschließen, weil Sie so interessante Orte ansteuern und so interessante Dinge finden. Ich hatte meine Androiden losgeschickt, um herauszufinden, wohin Sie als Nächstes zu fliegen beabsichtigten, aber Sie haben die Ärmsten ja umgebracht. Nun ... jedenfalls alle bis auf den einen, dessen Fährte wir gefolgt sind.«

»Siehst du, SB, was habe ich dir gesagt?«, beschwerte sich Becker bei seinem Kater. »Da hast du uns ja wieder mal einen schönen Schlamassel eingebrockt!«

»Ach, ist das niedliche Kätzchen auch da? Ich möchte wirklich immer noch zu gerne mit ihm spielen«, behauptete Kisla. »Ich habe schon so oft gehört, dass es mehr als eine Methode gäbe, um einer Katze das Fell über die Ohren zu ziehen, und das würde ich wahrhaftig gerne einmal ausprobieren.«

Mittlerweile konnte Becker die *Midas,* die sich ihres Tarnschirms nunmehr vollständig entledigt hatte, in voller Pracht auf seinem Panoramaschirm sehen, als stetig größer werdenden Punkt am vielfarbigen schillernden, in Zwielicht getauchten Himmel dieses Planeten.

»Sie sind eine echt kranke Zicke, das wissen Sie doch, oder?«, warf Becker ihr vor.

»Das ist aber nett, danke sehr!«

Becker hatte inzwischen per Fernschaltung den Katzen-Notausstieg in der Bodenschleuse seines Raumers aktiviert. Der unvermeidliche Höhenunterschied von dieser Schleuse bis hinunter zum Boden welches Planeten auch immer, auf dem sie gerade gelandet waren, stellte in der Regel eine auch für SB durchaus nicht unerhebliche Distanz dar, was ihn in der Regel davor zurückschrecken ließ, sie mit einem lässigen Sprung in die Tiefe zu überwinden. Stattdessen zog es der Kater für gewöhnlich vor, sich hierfür der Robo-Hebebühne zu bedienen und diese auf die gleiche Weise als Fahrstuhl zu benutzen, wie Becker es zu tun pflegte. Doch für Fälle wie diesen hatte Becker eine Katzen-Notrutsche gebastelt – nicht dass es schon viele Fälle wie diesen hier gegeben hätte, doch Becker besaß nun einmal eine lebhafte Fantasie und neigte zu einem gesunden Maß an Paranoia. Also schaltete er den Komschirm aus, schnappte sich SB und stopfte ihn, ohne dem Kater irgendeine Gelegenheit zur Widerborstigkeit zu geben, in den Gleitschacht, der mit einem steilen, aber dennoch mehr oder minder ungefährlichen Gefälle in das Unterdeck hinabführte und dort unmittelbar vor der Katzenklappe im äußeren Schleusenschott mündete. Dann griff er zu seiner Hand-Fernbedienung und öffnete den Katzen-Notausstieg. Nur wenige Augenblicke später zeigte ihm eine zu Boden gerichtete Außenkamera der *Condor* ein Vidbild von SB, der draußen im Gras hockte und sich zunächst einmal gründlich sauber leckte. Als dann jedoch ganz in der Nähe das andere Raumschiff zur Landung ansetzte, machte er einen Satz und schoss auf die traurigen Überreste der einstigen Landschaft zu, die sich außerhalb des kleinen Fleckens Grün ihrer Landestelle erstreckten. Becker wusste, dass SB klug genug war, auch ohne entsprechenden Hinweis seinerseits einen weiten Bogen um die Manjari zu machen, so lange jedenfalls, wie es ihm gelang, in Freiheit zu bleiben. Becker war sich zwar ziemlich sicher, dass er sie noch ausmanövrieren könnte, doch es war trotzdem besser, wenn SB sicherheitshalber nicht in der *Condor* eingesperrt war. Er überlegte, dass er selbst sein Schiff am besten auch verlassen sollte; womöglich gelang es ihm draußen ebenfalls, sich Kislas Zugriff zu entziehen, und womöglich kam sie auch nicht auf die Idee, sich stattdessen an der *Condor* abzureagieren. Schließlich waren die Hörner doch das Einzige, das sie von ihm wollen könnte – zumindest fiel ihm nichts ein, was sie sonst noch von oder an ihm interessieren könnte. Und genau dies war ja der Ort, wo die Hörner herstammten. Also hatte sie jetzt, was sie wollte. Wenn sie ihn nicht finden konnte, dann war es doch mehr als wahrscheinlich, dass sie sich einfach die Beute schnappen und wieder damit verschwinden würde, um zu tun, was auch immer sie mit den Hörnern vorhatte. Eine aus höherwertigen Gebrauchtteilen zusammengebastelte Flotte damit finanzieren, vielleicht.

Dieses Mal legte er keinen Raumanzug an. Der würde ihn nur behindern, und er wusste ja bereits, dass er ihn in dieser Atmosphäre nicht benötigte. Doch er schlüpfte in seine Antigravstiefel, die er auf Planeten zu tragen pflegte, deren Schwerkraft sehr viel höher war als jene auf Kezdet. Er wollte sich nämlich nicht die Zeit nehmen, erst umständlich die Hebebühne runterzufahren. Stattdessen öffnete er einfach die Bodenschleuse und sprang durch den vorgebauten Schacht ins Freie. Die Stiefel ließen ihn nach Bodenberührung ein paar Meter hoch in die Luft zurückprallen, was er ausnutzte, um sich in weiten Sprüngen ins Hinterland abzusetzen, als trüge er Siebenmeilenstiefel wie in einem der alten Märchen. Vater hatte ihn ermutigt, neben seinen Physikbüchern ab und zu auch mal Unterhaltungsliteratur dieser Art zu lesen, und damit versucht, Becker ein wenig jener Kindheit zurückzugeben, die man ihm im Arbeitssklavenlager gestohlen hatte.

Eigentlich sollte es ihm auf diese Weise möglich sein, weit genug zu fliehen, bevor Kisla aus ihrem Schiff herauskam, dachte er und kam sich ziemlich gewitzt vor, als er die Grasfläche hinter sich ließ und in die felsige Trümmerlandschaft hinaussprang. Erst als der Strahl eines in die Außenhülle der *Midas* eingelassenen Betäubungsstrahlers ihn zu Boden streckte, dämmerte ihm in einem letzten Aufflackern seiner bewussten Gedanken, dass Kisla es wahrscheinlich überhaupt nicht nötig hatte, ihr Schiff zu verlassen, um ihn zur Strecke zu bringen.

Keiner der fremden Eindringlinge, die den Frieden dieses heiligen Ortes störten, vermochte ihn zu sehen, so vollkommen verschmolz er mit seiner Umgebung. Er jedoch sah sie. Sah, wie das erste Raumfahrzeug landete und wenig später das kleine pelzige Tier, das Gleiche, das schon einmal hier gewesen war, zuerst im freien Fall aus dem Bauch des Gefährts herausstürzte und sich dann geschickt mitten in der Luft herumwarf und auf allen vier Pfoten landete. Es putzte sich kurz und rannte dann los – schnurstracks auf ihn zu. Von den Fremden hatte ihn keiner gesehen, die kleine pelzige Kreatur jedoch jagte ohne zu zögern geradewegs auf ihn zu, aus dem heiligen Ort heraus und in die Felslandschaft hinein, wo er verborgen lag.

Dann stürzte plötzlich ein zweites Raumschiff aus dem All herab, und noch während es im Abstieg begriffen war, sprang ein Zweibeiner aus demselben Schiff, dem auch das Tier entstiegen war, und hopste in hohen Sprüngen davon. Das zweite Schiff landete, und ein

Lichtblitz schoss aus ihm heraus, auf den Davoneilenden zu. Der flüchtende Zweibeiner war gerade mitten in seinem dritten Sprung und hatte sich dadurch fast schon in Sicherheit gebracht, hinter einem der unzähligen Schutthaufen, die die Khleevi damals aufgeworfen hatten, als sie diese Welt verwüsteten. Der Zweibeiner war derselbe, den der kleine Vierbeiner dabeigehabt hatte, als er das erste Mal auf diesem Planeten gewesen war. Er hatte dasselbe runde Gesicht und dieselbe glatte Stirn wie der Begleiter des Pelzwesens beim letzten Mal. Er sah nicht aus wie ein Khleevi und handelte auch nicht wie ein Khleevi. Khleevi rannten nicht in Panik davon. Sie lösten bei anderen Panik aus.

Inzwischen hatte das Tier den heimlichen Beobachter erreicht, hatte ihn mit sanften Umgarnungen und lautem Gerumpel begrüßt und Zuflucht bei ihm gesucht. Es hatte mit großen Augen mitverfolgt, wie der Zweibeiner von dem Lichtblitz gefällt worden war. Es hatte seine Gestalt verändert, war plötzlich zu doppelter Größe angeschwollen und hatte seine spitzen Ohren flach an den Kopf angelegt. Das Gerumpel hatte einem Geräusch Platz gemacht, das entstand, wenn Luft aus den Lungen von jemandem entwich, dem man einen wuchtigen Hieb in die Magengrube versetzte.

Das zweite Raumschiff landete. Vier Leute stiegen aus, ein kleiner Zweibeiner mit einer lauten Stimme und drei Größere. Die kleine Gestalt bewegte sich mit großer Selbstsicherheit, die anderen zeigten weniger davon.

Der kleine Zweibeiner marschierte geradewegs auf den zu Boden Gestreckten zu, deutete auf ihn und wies die anderen an, ihn aufzuheben und fortzutragen. Das taten diese dann auch, trugen den Regungslosen zurück auf die Grasfläche zwischen den beiden Schiffen. Dort begann die kleine Gestalt, den leblosen Körper mit aller Kraft zu treten.

Genau in diesem Augenblick schoss das kleine Tier wieder hinter der felsigen Deckung des Beobachters hervor und stürmte über das Gras und mitten in die Schar der Eindringlinge hinein, die zwar genauso aussahen wie der erste zweibeinige Ankömmling, ihren Taten und ihrer … Energie … nach zu schließen aber offenbar doch Khleevi zu sein schienen.

Der versteckte Beobachter erschauerte, und ihm wurde übel. Er würde die Khleevi nicht noch einmal ertragen können, er war ganz sicher, dass er das nicht könnte. Sie hatten ihn schon das letzte Mal unheilbar zerschunden. Er konnte ihnen einfach nicht noch einmal entgegentreten, nicht einmal, um ihr neues Opfer zu retten, denn er wusste nur zu genau, dass er es nicht retten konnte.

Das kleine Tier jedoch hatte anscheinend weniger Erfahrung mit den Khleevi. Es fegte wie ein heulender, wütend tosender Wirbelsturm mitten in ihre Gruppe hinein und verwandelte den Haufen in ein chaotisches Knäuel aus Raserei, Blut, Geknurre und Geschrei. Das Blut schien größtenteils zu dem kleinen Zweibeiner in der Mitte zu gehören. Der Lärm schien von allen zugleich zu stammen.

Und dann, ganz unvermittelt, blitzte ein zweiter Lichtstrahl auf, und das pelzige Wesen stürzte reglos zu Boden. Schweigen legte sich über die Zweibeinergruppe.

Die noch stehenden Leute sahen jetzt völlig verändert aus. Ihre Kleidung war zerfetzt, einer von ihnen hielt sich mit der Hand ein Auge zu, und ihre Gesichter waren eine einzige Kreuzschraffur aus Kratzern. Die kleine Zweibeinerfrau – denn ihre Stimme schien dem Beobachter weiblich zu klingen – presste eine Hand gegen ihre Kehle, und rotes Blut quoll zwischen ihren Fingern hervor.

Sie versetzte dem Leib des kleinen Vierbeiners hasserfüllt einen so wuchtigen Tritt, dass er in hohem Bogen bis an den Rand der Grasfläche flog.

Dann fing sie wieder an, den bewusstlosen Mann zu treten, bis ihr einer der anderen Männer Einhalt gebot.

Der heimliche Beobachter wiegte den Oberkörper mechanisch vor und zurück, weinte leise, quälte sich und überlegte, ob er nicht vielleicht – ganz vielleicht – das kleine Tier retten könnte, ohne dass die Kleevi ihn entdeckten. Ihm stand ganz in der Nähe eine hinreichend mächtige Quelle heilkräftiger Energien zur Verfügung, um den pelzigen Vierbeiner wieder ganz gesund zu machen, sofern seine Verletzungen nicht bereits tödlich gewesen waren.

Den Körper so flach wie nur irgend möglich an den Boden gedrückt, schlängelte sich der versteckte Beobachter auf den Rand der Grasfläche zu, wo der kleine Leib regungslos lag.

Fünfzehn

Becker hatte eindeutig schon bessere Tage erlebt. Die pulsierenden Schmerzen in seinem Bein waren fast nicht auszuhalten. Die Auswirkungen von Kislas Fußtritten erinnerten ihn fatal an jenen leidigen Vorfall, als er sich einmal unbeabsichtigt einen dieser myrathenianischen Morgensterne auf den Fuß hatte fallen lassen, weil er das verdammte Ding ausgerechnet auf einem zu hoch angebrachten Regalbord verstauen wollte. Jede Menge kleiner, stechender Schmerzherde. Was allerdings das anging, so hatte es den Anschein, dass Kisla und ihre Bande auch selbst über eine Menge kleiner, stechender Schmerzen klagen konnten. Augenscheinlich war SB zurückgekommen; ihre Gesichter jedenfalls trugen unverkennbar seine Handschrift. Aber wo war das kleine Mistvieh jetzt eigentlich? Becker hob den Kopf und sah sich um. Mit dem ihm noch verbliebenen Auge – das andere war gerade dabei zuzuschwellen – entdeckte er, dass der kleine pelzige Leib seines Geschäftspartners am Rand der ... sich bewegenden? ... Felslandschaft lag.

Aus dem Augenwinkel heraus sah er, dass Kislas nächster Tritt auf sein Kinn zielte. Gerade noch rechtzeitig fing Becker ihren Fuß mit einer Hand ab und verdrehte ihn ruckartig. Sie verlor das Gleichgewicht und fiel auf ihr Hinterteil. Zu seiner Überraschung richteten Kislas Handlanger daraufhin zwar drohend ihre Waffen auf ihn, schritten jedoch ansonsten nicht ein. Wenn er es sich andererseits recht überlegte, war er doch nicht so überrascht, dass sie nichts unternahmen. Das hier waren schließlich Menschen, keine Roboter. Für Kisla zu arbeiten war wahrscheinlich mit ein paar unangenehmen Begleiterscheinungen verbunden.

»Erschießt ihn!«, kreischte Kisla.

»Ganz ruhig bleiben, Prinzessin. Was habe ich Ihnen denn getan?«, fragte er. Seine Aussprache war ein wenig undeutlich. Offenbar hatten ein paar ihrer Fußtritte doch mehr Schaden angerichtet, als er bislang angenommen hatte.

»Sie haben mich betrogen – das haben Sie getan! Und Sie haben meine Androiden zerstört ...«

»Was für eine blühende Fantasie!«, entgegnete er.

»Und Sie haben mich angelogen, was die Hörner betrifft! Sie haben behauptet, es gäbe nur das Eine! Sie haben gelogen! Ich habe noch eins gefunden. Wo sind die anderen?«

Er seufzte schmerzerfüllt. Er musste sie wirklich schleunigst loswerden und nach dem Kater sehen. »Genau hier – sie liegen überall um uns herum. Ich habe nur ein, zwei Proben aufgelesen.«

»Er lügt«, meldete sich eines ihrer Besatzungsmitglieder zu Wort. »Da ist nichts. Ich habe schon nachgesehen.«

Kisla robbte rückwärts ein Stück von Becker fort und stand dann auf, hielt jedoch weiterhin deutlich Abstand. »Also gut, es ist an der Zeit, ihn zum Reden zu bringen! Nehmen wir ihn mit ins Schiff.«

»Bevor wir uns womöglich jede Menge völlig überflüssiger Arbeit machen, sollte ich nicht lieber zuerst mal einen Blick in die Datenbanken seines Bordrechners werfen und nachschauen, wo er die Hörner gefunden hat und ob das hier wirklich der richtige Planet und die richtige Stelle ist? Sie können ihn ja erst mal auf Eis legen, während wir die Gegend noch einmal etwas gründlicher nach den Hörnern durchforsten«, schlug ein vernünftig klingender Mann vor, den auf seiner Uniform prangenden Abzeichen nach zu schließen, ein ziemlich hochrangiges Mitglied von Kislas neuem Handlangerstab.

»Ich erteile hier die Befehle«, maßregelte Kisla ihn.

»Natürlich, Herrin. Ich versuche nur, einen Vorschlag zu machen, wie wir auf schnelle und unkomplizierte Weise überprüfen können, was der Mann uns erzählt hat.«

Kisla gab zwar gerne den Ton an, war aber nicht dumm. Was der Bursche sagte, war durchaus vernünftig. Sie zögerte.

»Also dann, mit Ihrer Erlaubnis ...«, sagte der Mann, wobei er den Satz eindeutig nicht als Frage formulierte, und wandte sich zum Gehen.

Mühsam richtete Becker sich auf und hakte die Fernbedienung von seinem Gürtel los. »Hier, Kumpel, das wirst du brauchen. Rot, Grün, Blau, Rot.« Mit vernünftigen Leuten konnte er kooperieren. Es hatte keinen Sinn, Kisla neuerlich zu provozieren.

Das war ein geschickter Schachzug. Die beiden anderen Mannschaftsangehörigen schnürten Becker zu einem Bündel zusammen – besser gesagt, klebten ihn zu einem Bündel zusammen, fesselten seine Hände und Füße mit silbernem Klebeband, das sie anscheinend eigens zu diesem Zweck mitgebracht hatten. Sie ließen Kisla ihm nur noch zwei weitere Tritte versetzen, bevor sie ihren Boss dadurch von Becker ablenkten, dass sie theatralisch auffällig im Gras herumstocherten und nach Hörnern suchten. Während sie damit beschäftigt waren, bemerkte Becker, dass SB nicht mehr dort lag, wo er eben noch gewesen war. Das war ja interessant. War der kleine Bursche etwa im Stande, nur so zu tun, als sei er verletzt? Nein, das war gewiss unmöglich!

Nach einer Weile – wie lange, vermochte Becker nicht zu sagen, weil er diese Zeit in einer Art Dämmerzustand verbrachte, bei der seine bewusste Wahrnehmung immer wieder aussetzte und von Ohnmachtsphasen unbestimmbarer Dauer abgelöst wurde – kam der Raumfahrer, der in die *Condor* gegangen war, wieder zurück. Er hatte den Beutel in der Hand, der die restlichen Hörner enthielt, die Becker bei seinem ersten Aufenthalt hier gefunden hatte. Becker stieß einen Seufzer aus. Er hatte sich schon so an den Duft der frischen, sauberen, insbesondere katzengestankfreien Luft gewöhnt, die sein Raumschiff in letzter Zeit durchzogen hatte, und irgendwie gehofft, dass Kisla die Wunderhörner nicht entdecken würde, sodass er sie selbst behalten könnte.

»Und?«, wollte die Manjari wissen.

»Es stimmt, das hier ist tatsächlich der richtige Ort. Der Planet ist zwar auf keiner unserer Karten vermerkt, aber die Koordinaten sind zweifellos dieselben, die er schon mal in seinem Logbuch aufgeführt hat. Und hier sind die Hörner. Sind das alle, die es hier gab, Kumpel?«

»Ich dachte eigentlich, nein«, antwortete Becker wahrheitsgemäß. »Deswegen bin ich ja auch hierher zurückgekommen. Aber die Lichtverhältnisse hier sind nicht gerade berühmt. Vielleicht haben wir beim ersten Mal doch schon alle aufgelesen.« Er versuchte die Achseln zu zucken, aber seine Muskeln waren schon viel zu steif geworden, als dass sie ihm noch gehorcht hätten.

»Ihr Androide ist nur noch ein einziger Trümmerhaufen«, fuhr der Raumfahrer mit seinem Bericht an Kisla fort. Er zeigte zum Beweis ein ebenfalls mitgebrachtes wüstes Knäuel aus Drähten und Synthetikgewebe vor, das Becker aus dem Maschinenmenschen entfernt hatte. »Das hier war der Spurgeber, der uns hierher geführt hat. Sie wissen, dass Ihr Onkel ... dass Sie, wollte ich sagen, sich ja schon gedacht hatten, dass unser guter Becker schnurstracks dorthin zurückfliegen würde, wo er die Hörner gefunden hat. Mit großer Wahrscheinlichkeit ist dies hier der fragliche Ort.«

»Vielleicht«, zweifelte sie. Jetzt hatte sie den Beutel und kramte darin herum. »Wo haben Sie die gefunden, Schrotthändler?«

»Lagen hier einfach so auf dem Boden rum. Fragen Sie mich nicht, wieso. Ich habe sie jedenfalls nicht von irgendeinem lebendigen Mädchen abgesäbelt, falls es das ist, was Sie denken.«

»Zu schade – aber dem kann man ja später noch Abhilfe schaffen«, erwiderte Kisla.

Und genau in diesem Moment erschütterte ein Serie von Explosionen den Boden und rissen in einer mehr oder weniger geraden, direkt auf die *Midas* zuführenden Linie eine Anzahl Fontänen aus Dreck und Feuer in die Höhe.

»Was zur Hölle ist das?«, fragte einer von Kislas Mannschaftsmitgliedern.

»Asteroidenschauer?«

»Wie man unschwer erkennen kann, muss dieser Planet vor nicht allzu langer Zeit irgendeinem destabilisierenden Einfluss unterworfen gewesen sein«, stellte der Bursche fest, der an Bord der *Condor* gewesen war. »Ich glaube daher, dass wir uns lieber nicht mehr allzu lange hier rumtreiben sollten. Möchten Sie, dass wir den guten Becker hier mitnehmen, Herrin?«

Kisla grinste und ließ ihre scharfen kleinen Zähne aufblitzen, als eine neuerliche Explosion sowohl die *Midas* als auch die *Condor* heftig durchschüttelte. »Nein«, beschloss sie. Sie riss dem Fragesteller Beckers Fernbedienung aus der Hand, warf das Gerät zu Boden und trampelte darauf herum, zermalmte es unter ihrem Absatz. »Wir werden ihn einfach hier lassen. Hier gibt es nirgends Wasser oder Nahrung, außer auf seinem Schiff, in das er jetzt nicht mehr reinkommt. Er wird wohl die Katze fressen müssen ... he, wo ist das Mistvieh hin?«

Bevor sie eine Antwort bekommen konnte, brach der Boden ein weiteres Mal auf, diesmal unmittelbar neben ihr. Erschrocken hielt sie den Mund, als ihre Leute sie hastig an Bord der *Midas* führten und den Raumer in Rekordzeit für einen Alarmstart klarmachten. Wie eine verbrühte Katze jagte das Schiff ins All zurück.

Wo gerade von Katzen die Rede war ...

Becker verlor das Bewusstsein und erwachte erst wieder, als etwas Nasses sein Gesicht berührte. Katzensabber. SB, der wieder wie neu aussah, hockte ihm auf der Brust und knetete sie mit scharfen Krallen. Becker selbst lag nicht mehr neben der *Condor.* Es war dunkel, und er hatte keine Schmerzen mehr, nirgends.

Wenn jemand Edacki Ganoosh angeboten hätte, ihn zum König oder Kaiser des Universums zu machen, hätte er dies rundheraus abgelehnt. Er strebte nicht nach absoluter Macht oder absoluter Verantwortung oder absoluter Aufmerksamkeit. Er zog weitaus mehr Befriedigung daraus, den im Hintergrund agierenden Puppenspieler zu geben und zu seinem heimlichen Vergnügen an jenen Drähten zu ziehen, mit denen sich Menschen und Ereignisse manipulieren ließen. Im Augenblick war er daher sowohl sehr zufrieden als auch äußerst vergnügt.

Er hatte die Tentakel seines Spinnennetzes weit über seine üblichen Spielfelder hinaus ausgedehnt, in neue, ferne Sternengebiete, wo seine Verbündeten über Verbündete verfügten, die wiederum Verbündete hatten. Und jene Verbündeten besaßen ihrerseits Verbündete, die regen Umgang mit Leuten hatten, auf welche die Beschreibung der Linyaari perfekt passte. Sinnigerweise sagte man diesen speziellen Leuten das Gleiche nach wie den Linyaari: durchweg recht hoch entwickelte und von Natur aus friedfertige und gesetzestreue Völker zu sein. Ganoosh, der es zwar nicht mochte, sich selbst an Regeln zu halten, schätzte es sehr, wenn andere das taten. Solche Leute waren umso leichter zu manipulieren. Bisweilen wünschte er sich deshalb sogar, dass auch sein Mündel etwas gesetzestreuer wäre. Andererseits, wenn sie das wirklich gewesen wäre, würde sie jetzt wahrscheinlich längst nicht mehr am Leben sein. Sie hätte ihm dann zwar sehr viel weniger Ärger gemacht, wäre jedoch zugleich auch sehr viel weniger nützlich gewesen.

Tatsächlich wartete er gegenwärtig sogar voller Ungeduld darauf, endlich wieder etwas von dem lieben Mädchen zu hören. Die *Midas* hatte sich nämlich schon sehr lange nicht mehr gemeldet. Wahrscheinlich versuchte das eigensinnige Kind zwar nur, ihren lieben Vormund zu ärgern und im Dunkeln tappen zu lassen. Dennoch behagte es ihm wenig, einfach nur untätig abwarten zu müssen.

Darüber, wie schnell Ikwaskwan sich als Herr der Lage erwiesen hatte, war er hingegen hoch erfreut. Seine Söldner traten derzeit höchst patriotisch als von der Föderation ausgesandte Friedenshüter auf und waren zu all jenen in weiter Ferne liegenden, nicht zur Föderation gehörenden Welten unterwegs, über die Ganooshs Informantennetz in Erfahrung gebracht hatte, dass es dort Außenposten der Linyaari gäbe.

Auf die uniformierten Truppen der Roten Krieger war eben Verlass. Sie würden die besagten Planeten unmissverständlich wissen lassen, dass jede weitere Hilfe und Unterstützung, die man den schändlichen Linyaari gewährte, als Vorschubleistung von Verbrechen gegen die Föderation gewertet werden und bedauerlicherweise eine nachhaltige Machtdemonstration der Föderalen Friedenshüter nach sich ziehen würde. Denn die Föderation könne es selbstverständlich nicht zulassen, dass ein derart gesetzloses Gesindel wie die Linyaari sich einfach ungestraft der gerechten Strafverfolgung entzog, nachdem die Flüchtigen jene interessante Sammlung von Gesetzesübertretungen begangen hatten, die Ikwaskwan und die anderen sich zusammengesponnen hatten. Wie Ganoosh vermutet hatte, waren die von den Linyaari frequentierten Welten ebenso ordnungsliebend, friedfertig und gesetzestreu wie die Linyaari-Besucher des Einhornmädchens es von ihrer eigenen Heimatwelt behauptet hatten.

Ganoosh fand es ausgesprochen schade, dass die Khleevi, die seinerzeit mit Hilfe von Ikwaskwans Männern auf Rushima besiegt worden waren, offenbar keine ihm bekannten Verbündeten hatten und augenscheinlich auch weder eine gemeinsame Sprachbasis mit irgendeiner anderen Spezies besaßen, noch den geringsten Kommunikationskontakt mit irgendwelchen Ganoosh zugänglichen Welten pflegten. Er war davon überzeugt, dass eine so mörderische Wildheit, wie sie sie dem Vernehmen nach an den Tag zu legen pflegten, für seine Geschäfte von hohem Wert sein könnte.

Mitten in diese Überlegungen hinein platzte plötzlich seine

Komanlage und erwachte mit einem lauten Geprassel jenes statischen Rauschens zum Leben, das bei diesem Gerät gemäß Herstellergarantie niemals zu hören sein würde. Dann drang zuerst Kislas Stimme aus den knatternden Lautsprechern, und schließlich war auch ihr verschwommenes Abbild auf dem Komschirm zu sehen. »Ach, Onkel Edacki, wir haben auf ganzer Linie versagt! Paps ist schrecklich wütend auf mich, fürchte ich, und sagt, ich würde nicht dazu taugen, ein Sternenschiff zu befehligen. Bitte, bitte, bitte sei nicht auch noch du böse auf mich. Eigentlich ist ja sowieso die Mannschaft an allem schuld. Diese Schlappschwänze haben kalte Füße gekriegt, als ich Becker foltern wollte. Sie wollten mir noch nicht einmal erlauben, ihn richtig zu treten oder diese widerwärtige Katze zu töten.«

»Jetzt beruhige dich erst mal, Süße, und erzähl Onkel Edacki alles schön der Reihe nach. Du musst bedenken, dass die Besatzung der *Midas* nun mal ganz gewöhnliche Firmenangestellte sind und keine Informationsbeschaffungs-Spezialisten. Ich hätte daran denken sollen, dir einen mitzuschicken, aber ich hatte diesbezüglich ganz auf deine angeborenen Talente gesetzt. Ich kann kaum glauben, dass du den Mann in die Finger gekriegt und trotzdem nicht herausbekommen hast, wo er die Hörner herhat, oder uns mehr davon beschaffen konntest.«

»Doch, doch, das habe ich schon geschafft. Zumindest habe ich den Ort gefunden, wo er die ersten Hörner herhatte. Aber dort waren keine mehr, und auch in seinem Beutel hatte er bloß noch ungefähr ein Dutzend davon.«

»Ich habe da so eine Ahnung, dass er dir noch längst nicht alles gesagt hat, Schatz. Frag ihn doch einfach ganz freundlich noch einmal.«

»Das ge-he-het nicht«, heulte sie auf.

»Er ist dir entkommen?«

»Nein – ich habe ihn irgendwie, na ja …« Sie machte das

Geräusch eines Laserstrahls nach, der sich durch Fleisch brannte. Das konnte sie sehr gut, dabei war es eigentlich ein ziemlich schwierig nachzuahmendes und unangenehmes Geräusch.

»Hast du dich etwa von deinem Eifer hinreißen lassen, bevor du alles aus ihm rausgeholt hast, Kisla Manjari?«, wollte Ganoosh mit strenger Stimme von ihr wissen.

»Neiiin! Ehrlich, Onkel! Wir haben seinen Bordcomputer auf den Kopf gestellt, und dessen Datenbanken zufolge war es der richtige Planet und die richtige Stelle. Aber nachdem ich ihn niedergeschossen hatte, gingen plötzlich überall diese kleinen Explosionen hoch, und fast wäre auch die *Midas* getroffen worden. Also sind wir gestartet und haben ihn liegen lassen. Wir können aber jederzeit wieder dahin zurück, wenn du möchtest, dass wir das tun, und uns sein Schiff schnappen und die Computerdateien noch mal durchgehen.«

»Nein, nein, Liebes, das würde höchstwahrscheinlich überhaupt nichts bringen. Ich hätte wissen müssen, dass Leute wie der jüngst verstorbene Herr Becker eben doch keine wirklich wertvollen Funde machen, die sie mit uns teilen könnten, ganz gleich, wie nett du ihn gefragt hast.«

»Du bist doch nicht böse, oder, Onkel? Vielleicht könntest du mich ja auf diese Schule schicken, du weißt schon, wo deine Informationsbeschaffungs-Spezialisten ihr Handwerk lernen. Ich weiß bestimmt, dass ich bei dieser Arbeit sehr nützlich sein könnte, wenn du mir noch eine zweite Chance gibst.«

»Nicht doch, mein Goldstück, zerbrich dir deswegen nur nicht dein kleines Köpfchen. Natürlich bin ich nicht böse mit dir. Du hast doch mehr von den Hörner beschafft. Alle Hörner, die Herr Becker hatte. Und ich hege nicht die geringsten Zweifel, dass du, wenn es so eine Schule für Informationsbeschaffungs-Spezialisten gäbe, abgesehen von deinem kleinen Hang zur Ungeduld, im Handumdrehen die Klassenbeste wärst. Ich bin tatsächlich sogar überzeugt, dass du bei deinem Naturtalent dort mühelos als Ausbilderin tätig sein könntest.«

Er konnte sie inzwischen deutlich genug auf dem Komschirm sehen, um zu erkennen, dass sie vor Stolz über das Lob rot anlief. Positive Verstärkung funktionierte wirklich gut bei diesem Mädchen.

»In der Tat habe ich so viel Vertrauen in dich, dass ich dich und die *Midas* sogar mit einer neuen Mission beauftragen möchte.«

»Au, fein! Worum geht es denn? Darf ich dabei auch wieder Informationen aus jemandem rauskitzeln?«

»Aber gewiss, mein Schätzelchen, und das auch noch aus einem reichen, verhätschelten, frisch vermählten Flitterwöchnerpärchen, dessen eine Hälfte ein sehr enger persönlicher Freund eines deiner engsten persönlichen Feinde ist ...«

»Von welchem?«, forschte sie begierig nach, und Edacki konnte sehen, wie sie im Geiste die Liste sämtlicher Leute durchging, auf die eine derartige Beschreibung zutraf. »Oh, Onkel, du meinst doch nicht etwa diesen gewieften alten Scheich, oder doch?«

»Na, wer hier wohl gewieft ist? Du hast es auf Anhieb erraten. Kluges Mädchen. Braves Mädchen. Ja, ich fürchte, diese dumme Kuh Yasmin hat sich entdecken lassen. Um ihren Kopf zu retten, hat sie auch noch das Verfolgerschiff verraten, das ich ihr und Harakamian nachgeschickt hatte. Nun ja, wenn ich ehrlich bin, hatte ich eigentlich auch nichts anderes von ihr erwartet. Jedenfalls hat Harakamians Schiff, die *Shahrazad,* gerade den Orbit von Rushima mit unbekanntem Ziel verlassen. Zum Glück hat es Yasmin aber anscheinend wenigstens nicht für notwendig erachtet, ihren Häschern auch von allen Reserve-Pulsgebern zu erzählen, die sie im Schiff verteilt hat. Wir sind also auch weiterhin ohne Schwierigkeiten in der Lage, die Spur der *Shahrazad* jederzeit wieder aufzunehmen.«

»Darf ich Yasmin für dich töten, wenn wir wieder zurück sind?«, bettelte Kisla. »Sie hätte das mit unserem Überwachungsschiff wirklich nicht ausplaudern dürfen.«

»Ich werde es mir überlegen. Hab mehr Geduld, vergiss das nicht, Liebling. Yasmin mag zwar ihre Fehler haben, aber sie könnte sich trotzdem noch einmal als nützlich für uns erweisen, falls es mir gelingt, sie aus der Hand dieser Siedler zu befreien – am besten aber erst, nachdem sie zur Strafe eine Zeit lang als Zwangsarbeiterin schuften musste; um sie daran zu erinnern, wer ihre wahren Freunde sind. Nein, ich möchte stattdessen, dass du die *Shahrazad* verfolgst, sorgsam hinter deinen Tarn- und Schutzschirmen verborgen, natürlich, bis du sie gefahrlos entern und die Harakamians gefangen nehmen kannst. Danach darfst du gerne jedes beliebige Mittel anwenden, das dir einfällt, um den vollständigen Kurs in Erfahrung zu bringen, den Hafiz einzuschlagen beabsichtigt, um die Heimatwelt des Einhornmädchens zu erreichen.«

Kisla strahlte: »Onkel Edacki, du bist einfach der *Beste.* Ich werde das unverzüglich für dich herausfinden.«

»Gut so, tu das, Zuckerstückchen. ... Und, Kisla? Herzchen?«

»Ja, Onkel?« Schon war ihr wieder die für sie so typische Ungeduld anzusehen, zusammen mit einer gewissen Abwehrhaltung, wie die eines Hundes, der Angst bekommen hat, dass man ihm den Leckerbissen, den man ihm gerade erst hingereicht hat, wieder wegnehmen könnte.

»Wenn du es herausgefunden hast, wirst du auf keinen Fall selbst dorthin fliegen. Übermittle mir einfach nur die Informationen, und behalte die Harakamians danach so lange in Gewahrsam, bis ich dir weitere Anweisungen erteile.«

»Oochh, *Onkel*!«

»Kisla!«, sagte er warnend.

»Also gut, in Ordnung. Aber darf ich ihnen wenigstens wehtun, während ich sie für dich festhalte? Auch dann, wenn ich die Informationen auf irgendeine andere Weise herausbekomme?«

»Dazu wird es noch reichlich Gelegenheit geben, mein Herzblatt, wenn wir erst einmal die Informationen haben, die du uns jetzt verschaffen sollst. Hafiz Harakamian hat viele Geheimnisse, und ich bin sicher, dass du viel Freude dabei haben wirst, ihm gut zuzureden und ihn dazu zu bringen, sich dir ganz anzuvertrauen. Du wirst gewiss alles aus ihm herausholen, was ich sonst noch von ihm wissen möchte und was ich dir zu gegebener Zeit noch sagen werde. Aber das kann erst mal warten. Und jetzt, husch, ab mit dir. Du hast einen Auftrag zu erledigen, Kommandantin Kisla!«

»Zu Befehl!«, bestätigte sie stolz und warf ihm noch einen Kuss zu, bevor der Komschirm schwarz wurde.

Einige Aspekte von Ganooshs Plänen liefen sogar besser, als er je hätte hoffen können.

Seine Suchschiffe hatten gleich eine ganze Kette von Planeten entdeckt, die von den Khleevi zerstört worden waren. Obgleich die Planeten selbst betrüblicherweise alle keinerlei kommerziellen Wert mehr hatten, besaß einer von ihnen einen für Ganooshs Zwecke recht brauchbaren Mond. Mit Hilfe von schlüsselfertig gelieferten und bereits voll bezugsfähigen Biosphärenmodulen war er in der Lage, dort in kürzester Zeit eine ausreichend große Militär- und Experimentalstation zu errichten, um sämtliches Personal aufzunehmen, das er für seine weiteren Vorhaben benötigte. Ganoosh brachte dort seine Wissenschaftlerteams und Sicherheitskräfte unter. Den Ersteren wurde mitgeteilt, wonach sie bei ihren Untersuchungsobjekten Ausschau zu halten hatten, und den Letzteren, von wo sie die besagten Untersuchungsobjekte herbeischaffen sollten. Nichts hätte einfacher sein können.

Admiral Ikwaskwan erstattete ihm über eine relaisstationgestützte Fernstrecken-Komverbindung regelmäßig Bericht, und diese Meldungen fielen sowohl für Ganoosh als auch den Admiral stets höchst zufrieden stellend aus.

Nach und nach wurden immer mehr Völker und Welten ausfindig gemacht, zu denen die Linyaari Handelsbeziehungen unterhielten – zuweilen auf Grund von Informationen, die man den in Gewahrsam genommenen Linyaari entlockt hatte, sehr viel häufiger jedoch auf Grund von Hinweisen der Linyaari-Verbündeten selbst. Ein paar der aufgestöberten Einhorn-Freunde hatten sich zwar anfangs noch ein wenig widerspenstig gezeigt. Doch ein bisschen Überredungskunst, der man mit Hilfe einer geeigneten Machtdemonstration durch Ikwaskwans Truppen Nachdruck verlieh, brachte sie stets rasch zur Einsicht und dazu, den vorgeblichen Föderationsstreitkräften ihre Linyaari-Gäste bereitwillig auszuliefern sowie überdies die Positionen aller weiteren Himmelskörper preiszugeben, von denen ihnen bekannt war, dass dort Außenposten der Linyaari bestanden.

Inzwischen waren bereits zwei große, gut bewachte und gesicherte Wohntrakte der Mondstation fast bis an die Grenze ihres Fassungsvermögens mit den weißen, einhörnigen Humanoiden belegt. Wenn die Dinge weiter so gut liefen, würden bald noch sehr viel mehr hinzukommen. Je mehr Einhörner sie hatten, desto größer war die Wahrscheinlichkeit, dass bald einer der Linyaari ihnen endlich die Position ihrer Heimatwelt offenbaren würde.

Als gerade wieder einmal eine neue Schiffsladung der weißen, silbermähnigen Geschöpfe wie eine Herde Schlachtvieh in die Gefangenenkuppel der Experimentalstation getrieben wurde, war dort zufällig auch Admiral Ikwaskwan zugegen, der sich ungehalten die Beschwerden der Wissenschaftler anhören musste. Die fantasielosen Forscher lamentierten, dass ihnen mittlerweile zwar jede Menge Versuchsobjekte zur Verfügung stünden, dass es ihnen jedoch nicht möglich sei, irgendwelche Fortschritte zu erzielen, wenn sie die Versuchsobjekte nicht endlich leibhaftig dabei beobachten könnten, wie sie das taten, wozu die Einhornwesen angeblich im Stande waren. Für eine friedfertige Spezies erwiesen sich die Linyaari augenscheinlich als außergewöhnlich störrisch. Sie schienen in der Lage zu sein, völlig ohne Worte miteinander zu kommunizieren, und gaben den Wissenschaftlern ständig das Gefühl, dass die Einhörner ausgiebig über sie diskutierten, statt umgekehrt, wie es eigentlich geplant gewesen war. Und das, obwohl die Linyaari, sobald sie einmal begriffen hatten, was die Weißkittel von ihnen wollten, in Gegenwart der Wissenschaftler nie auch nur ein einziges Wort sprachen, nicht einmal um sich zu beschweren.

»Setzt sie meinetwegen unter Drogen«, schlug Ikwaskwan vor. »Oder packt sie in Kälteschlafbehälter, bis ihr sie braucht. Das ist mir völlig egal.«

»Das habe ich mir doch gedacht!«, schallte eine laute, nasale Linyaari-Frauenstimme durch die Biosphärenkuppel. »Admiral Ikwaskwan! Sind das hier Ihre Leute? Da muss irgendein schrecklicher Irrtum vorliegen. Sie wissen, wer ich bin. Bitte weisen Sie Ihre Männer an, mich und meine Mannschaft und den Rest unserer Leute auf der Stelle freizulassen.«

Ikwaskwan erkannte die Dame zuerst nicht. Für einen kurzen Augenblick stand ihm das Herz still, und er glaubte schon, wahrhaftig Harakamians Nichte Acorna gefangen zu haben. Doch nein, die Frau hatte irgendetwas ... Älteres an sich. »Gnädige Frau, ich fürchte, Sie sind mir gegenüber im Vorteil. Kennen wir uns irgendwoher?«, rätselte er mit einer höhnischen, gezierten Verbeugung.

»Dann werde ich Ihrer Erinnerung eben auf die Sprünge helfen«, antwortete sie und zerrte ihre Wärter näher zu Ikwaskwan hin. Dieser bedeutete ihnen, sie loszulassen. »Ich bin *Visedhaanye ferilii* Neeva aus dem Volk der Linyaari von Narhii-Vhiliinyar. Ich verlange auf der Stelle zu erfahren, was diese unerhörte Einkerkerung meiner Person und meiner Landsleute zu bedeuten hat. Die aufgebauschten Anklagen, die Ihre Handlanger als Vorwand benutzt haben, um uns hierher zu entführen, sind so offenkundig lächerlich, dass ich höchst verwundert darüber bin, wie es Ihnen überhaupt gelungen ist, uns mitzunehmen, ohne dass unsere Gastgeber scharfen und förmlichen Protest eingelegt haben.«

»Ihre Gastgeber hatten bei diesen Transaktionen eine Menge zu gewinnen, *Visedhaanye,* wenn Sie wissen, was ich meine«, erwiderte Ikwaskwan. »Außerdem waren wir im Stande, sie davon zu überzeugen, dass sich Ihr Volk in Ihrem eigenen Raumsektor hier ja möglicherweise nichts zu Schulden kommen lassen hat, dass Sie in unserem Sternenreich aber unbestreitbar einen in höchstem Maße kriminellen, zerstörerischen Einfluss ausgeübt haben. Man kann Ihnen nur dazu gratulieren, so viele hoch moralische, rechtschaffene Verbündete gefunden zu haben.«

»Neeva, spar dir deinen Atem«, warf eine andere der Neuankömmlinge ebenso laut wie ihre Vorderrednerin ein, als ob die Linyaari sie alle für schwerhörig hielten. »Hier liegt kein Irrtum vor. Es ist doch ganz offensichtlich: Er ist kein uns wohl gesonnener Verbündeter mehr.«

»Sehr scharfsinnig beobachtet, werte Dame. Ich stelle die Dienste meiner vortrefflichen Söldnertruppen nun einmal stets demjenigen zur Verfügung, der mir das höchste Angebot zu machen vermag. Und wie Sie sehen können, hat der höchste Bieter seit unserer letzten Begegnung gewechselt. So läuft das Geschäft eben.«

(Neeva! Bist du es wirklich? Oh, meine geliebte Gefährtin, wie ich mich danach gesehnt habe, dich wieder zu sehen, wenn auch nicht hier und jetzt!)

Ikwaskwan fand es recht belustigend zu beobachten, wie der Kampfgeist Neeva urplötzlich verließ, als ihre Aufmerksamkeit von den anderen ihrer Art gefesselt wurde, die schon länger in der Mondstation waren. Er hoffte sehr, dass die Wunderdinge, die man sich über diese Spezies erzählte, wofür ein handfester Beweis jedoch bislang noch ausstand, auch wirklich zutrafen. Andernfalls stellten sie, zumindest soweit es ihn betraf, nichts als eine völlig überflüssige Vergeudung von wertvoller Luft und Nahrung dar.

Er zuckte die Achseln und überließ sie den Wissenschaftlern. Er fand es höchste Zeit, wieder einmal für eine Weile in sein Stammlager zurückzukehren und dort ein Wiedersehen mit Nadhari zu feiern. Er hatte da nämlich ein paar recht spezielle Pläne im Sinn, für die er sie gut gebrauchen konnte. Er beabsichtigte, sie in den Dienst von Ganoosh zu stellen, ob sie nun damit einverstanden war oder nicht.

Mit dem prickelnden, wenn auch zuweilen etwas allzu ablenkenden Machtkampf zwischen ihnen beiden wäre es zwar dann zumindest für den Augenblick vorbei. Aber sie wieder und immer wieder zu brechen, würde fraglos ein noch berauschenderes Gefühl sein. Natürlich läge der eigentliche Sinn und Zweck des Ganzen darin herauszufinden, wie vollständig diese angeblich zu wahren Wundern der Medizin fähigen Linyaari sie wieder würden zusammenflicken können. Und sie würde ihm das natürlich niemals vergeben, doch genau das machte ja einen Teil des Spaßes aus. Denn das eigentliche Vergnügen bei der Eroberung einer Frau bestand schließlich darin, stets die Oberhand zu behalten und sie sich so gefügig zu machen, dass sie am Ende völlig zerschlagen war. Und zerschlagen würde Nadhari bald schlimmer sein, als sie es je zuvor in ihrem Leben gewesen war. Um aber auch wirklich sicherzustellen, dass er derjenige blieb, der die Oberhand behielt, und es nicht etwa andersherum ausging, nahm er eine Abteilung der besten Soldaten mit, die er hatte und die *nicht* von ihr ausgebildet worden waren.

Als der im Stammlager der Roten Krieger noch verbliebene Kommunikationsoffizier das Komgerät in ihrem Quartier summen ließ, um Nadhari mitzuteilen, dass ein Komgespräch für sie eingegangen sei, und sich zu erkundigen, ob er es zu ihr durchstellen solle, fragte sie zunächst: »Der Admiral, nehme ich an?«

»Eigentlich nicht, Frau Oberst, nein«, antwortete der Offizier. »Es ist jemand anderes. Aber der Admiral hat gestattet, dass Ihnen die Komverbindung weitervermittelt wird und Sie mit den Leuten reden dürfen, sofern Sie es wollen.«

»Stellen Sie schon durch«, befahl sie barsch. Seit dem Tag, an dem Ganoosh jenes Komgespräch mit Ikky geführt hatte, hatte sie mit niemandem in der Außenwelt mehr Kontakt aufnehmen dürfen und war unter Aufsicht gestellt worden. Ikky hatte zwar die ganze Zeit so getan, als wäre überhaupt nichts Besonderes los, doch ihr war natürlich nicht entgangen, dass er plötzlich mit der Vorbereitung irgendeines Großeinsatzes beschäftigt war, den er vor ihr verheimlichte. Sie hatte das böse Spiel dennoch mitgemacht und versucht, sich so unbeteiligt wie möglich zu geben, während sie mit sämtlichen Sinnen auf eine Gelegenheit gelauert hatte, das Blatt wieder zu wenden, zu fliehen oder zumindest eine Nachricht abzusetzen, um die Kendoros von der unheiligen Allianz zwischen Ganoosh und Ikwaskwan in Kenntnis zu setzen.

Zum Glück musste sie die Fassade eines folgsamen Soldaten und vergleichsweise gefügigen Weibchens nicht allzu lange aufrechterhalten, weil Ikky nicht lange danach mit fast allen Truppen und Schiffen zu einem unbekannten Ziel aufgebrochen war.

Sie bestätigte die Freigabetaste ihres Komgeräts. »Oberst Kando?« Die unsichere Frage kam von einem jungen Sternenfahrermädchen, an das Nadhari sich noch von dem Überfall der Khleevi auf Rushima her erinnerte.

»Ja?«

»Wir würden uns gerne Ihrer Dienste als Kampfausbilderin versichern, bitte«, sagte das Mädchen.

Nadhari sah, wie sich eine zweite Gestalt auf den Komschirm drängte. Als das Gesicht richtig zu sehen war, erkannte sie voller Erleichterung, dass es Pal Kendoro gehörte.

Ihr war natürlich klar, dass Ikky das Gespräch von seinen Vertrauensleuten überwachen ließ, deshalb überlegte sie krampfhaft, was sie ihren Freunden auf dem Schirm sagten könnte, um sie über die Lage hier zu informieren, ohne dass man ihr die Verbindung mitten im Wort kappte.

»Hallo, Pal, lange nicht gesehen. Betreibst du heutzutage etwa eine Kindertagesstätte?«, frotzelte sie.

»Das weißt du doch besser, Nadhari«, verneinte Pal. »Hör zu, wir sind hergekommen, weil wir deine Hilfe in Anspruch nehmen möchten, und auch die des Admirals, wenn er verfügbar ist. Wir würden gerne bei euch landen und von Angesicht zu Angesicht mit dir reden, wenn das möglich ist.«

»Ich glaube nicht, dass das eine gute Idee ist, Pal. Es steht mir im Augenblick nicht frei, Gäste zu empfangen, und der Admiral ist sowieso nicht da.«

»Wie dem auch sei, wir sind den ganzen weiten Weg hierher gekommen, nur um mit dir zu reden, und werden jetzt nicht einfach wieder unverrichteter Dinge abziehen. Wir bitten daher dringend um Landeerlaubnis. Wir haben Grund zu der Annahme, dass Acorna und ihr Volk in Gefahr schweben. Das Haus Harakamian hat uns bevollmächtigt, deine Dienste und die des Admi...«

»Dies ist kein guter Zeitpunkt, um darüber zu reden, Pal«, fiel ihm Nadhari ins Wort. »Der Admiral weiß bereits ...«

Ihre Verbindung wurde plötzlich unterbrochen, und stattdessen schaltete sich die geschmeidige, freundliche Stimme von Feldwebel Erikson ein: »Landeerlaubnis gewährt, *Haven*. Kommen Sie einfach rein, und bringen Sie Ihr Schiff vorsichtig runter. Wir haben derzeit jede Menge freie Plätze.«

Verdammt! Wie konnte sie die *Haven* jetzt noch warnen?

Erfreut und überrascht stellte sie fest, dass sich die Irisblendentür ihres Quartiers auf ihre Berührung hin wie gewohnt öffnete, also hatte man sie nicht unter Hausarrest gestellt. Hinter dieser ganzen Geschichte steckte irgendeine Falle. Das wusste sie genau, und wenn sie irgendwie verhindern konnte, dass die *Haven* da hineintappte, dann musste sie es auch versuchen. Sie spurtete zum Haupthangar hinüber.

Das Hangardach stand offen, und die *Haven* setzte bereits zur

Landung an, noch ehe sie damit fertig war, ihren Raumanzug und die Schwerkraftstiefel überzuziehen. Sie winkte dem Schiff durch das Panoramafenster zwischen dem Hangar und der Personenschleuse mit beiden Armen zu und versuchte, die *Haven* dazu zu bringen, wieder abzudrehen. Doch natürlich verstand man sie nicht. Dort glaubte man wahrscheinlich, dass sie das Schiff begrüßen wollte. Verdammt! Wenn sie einen Felsbrocken gehabt hätte, hätte sie ihn jetzt geworfen. Die *Haven* setzte schließlich so vertrauensselig auf wie ein Kind, das sich auf dem Schoß seiner Mutter niederließ.

Unmittelbar danach tauchte wie durch Zauberei plötzlich Ikwaskwans Flaggschiff über dem Raumschiffdock auf. Es hatte die ganze Zeit über in seinen Tarnschirm gehüllt dort gewartet, begriff sie. Wahrscheinlich hatte Ikky die anfliegende *Haven* schon aus einiger Distanz geortet und sich dann auf die Lauer gelegt. Offenbar hatte er irgendetwas mit der *Haven* vor, denn Erikson hätte den Sternenfahrern natürlich niemals eine Landeerlaubnis erteilt, wenn ihm nicht Ikky ausdrücklich den Befehl dazu gegeben hätte.

Was führte der Admiral nun schon wieder im Schilde?

Im Landehangar gab es einen riesigen Komschirm mit Lautsprechern. Dieser leuchtete jetzt auf und zeigte Ikkys Gesicht. Nadhari setzte ihren Helm auf und trat durch die Schleuse in die Raumschiffhalle hinaus. Trotz ihres massigen Druckanzuges fühlte sie sich irgendwie nackt, so ganz ohne Feuerwaffe.

Das riesenhafte Gesicht auf dem Komschirm blickte auf sie nieder, als wäre sie ein Bakterium unter dem Mikroskop. »Nadhari, du hast mir ja gar nicht gesagt, dass du Besuch erwartest. Sonst hätten wir doch versucht, schon früher zu Hause zu sein. Heute ist wirklich mein Glückstag! Ich werde dich wieder sehen, und obendrein noch diese tapferen Sternenfahrerkinder.«

Tapfer? Oh Gott, wenn er sich so verlogen freundlich gab, dann war es auch um die Kinder geschehen. Doch wenn er sein falsches

Spiel tatsächlich weiterhin durchziehen wollte, dann konnte sie ebenso gut versuchen, noch einen eigenen Beitrag beizusteuern. Ihr Helmmikrofon funktionierte und hatte Funkkontakt mit dem Komschirm. »Das kam ganz überraschend. Sie sind im Auftrage des Hauses Harakamian hier, um sich unserer Dienste zu versichern. Sie haben uns ein bemerkenswertes Angebot mitgebracht, Admiral«, erklärte sie, und hoffte fast, dass ihr Versuch tatsächlich klappen könnte. Geld war schließlich Ikkys Muttersprache. Womöglich konnte ihn das Haus Harakamian ja bestechen und Ganoosh überbieten?

Doch als das Flaggschiff neben der *Haven* zur Ruhe gekommen war und sich das Dachschott des Hangars über beiden Raumern geschlossen und die Halle sich wieder mit Luft gefüllt hatte, betätigte Ikky vom sicheren Cockpit seines Schiffes aus eine Waffe, deren Existenz Nadhari nicht einmal geahnt hatte. Die Atmosphäre in der Landhalle wurde plötzlich sonderbar grünlich, und ein stark giftig riechender Nebel füllte nach und nach die gesamte Halle.

Voll entsetzter Faszination starrte sie auf die Schwaden, als Erikson und fünf weitere Söldner aus dem Basisinnern in die Luftschleuse traten. Sie trug einen klobigen Raumanzug und war in ihrer Bewegungsfreiheit eingeschränkt. Die sechs Neuankömmlinge trugen lediglich Atemschutzmasken und waren bewaffnet. Einem von ihnen riss sie die Maske herunter, und Erikson brach sie ein Bein, trotzdem schossen sie nicht auf sie. Stattdessen wurde sie von dreien der Söldner gepackt und festgehalten, während der Vierte ihr den Helm abnahm. Dann richtete er seine Waffe auf sie und drückte ab. Als der Betäubungsstrahl sie traf, war das Letzte, das sie sah, bevor die Welt um sie herum schwarz wurde, Eriksons selbstgefälliges Grinsen.

Sie war nicht bei Bewusstsein, als Ikwaskwans Leute die *Haven* enterten, nachdem Rote Krieger mit Atemschutzmasken ihre Hauptschleuse aufgebrochen hatten, damit das Gas in der Landehalle auch ins Innere der *Haven* dringen konnte. Einer nach dem anderen wurden die Sternenfahrer aus ihrem eigenen Schiff herausgetragen und an Bord des Admiralraumers verbracht, während Nadhari von Ikwaskwan höchtpersönlich sanft aufgehoben und später ebenso sanft auf der Koje in seinem Quartier an Bord des Flaggschiffs angekettet wurde. Davon bekam sie ebenfalls nichts mit. Danach brach das Flaggschiff mitsamt der unerwartet hinzugekommenen menschlichen Fracht wieder zu Ganooshs Stützpunkt im Linyaari-Raumsektor auf. Die *Haven* blieb allein im Hangar zurück, einsam und augenscheinlich leer.

Sechzehn

Satansbraten!«, schrie Becker auf, und der Kater machte einen Satz rückwärts, als ob er sich verbrüht hätte. Doch dem Vierbeiner fehlte nichts. Überhaupt nichts. »He, Kumpel, ich hab mächtig Prügel bezogen, und soweit ich sehen konnte, hast du auch ganz gut was abgekriegt. Warum tut uns dann nichts weh? Und falls wir schon gestorben und im Himmel sein sollten, dann ist es hier oben aber um einiges dunkler, als in der Werbung behauptet wird.«

»Sahtiisbatiin?«, wunderte sich eine Stimme. Die Stimme des Katers war es nicht. Der war gerade vollauf damit beschäftigt, sich inbrünstig zu putzen und argwöhnisch nachzuprüfen, ob noch alles an ihm in unversehrtem Zustand war. Eine graue, sich ungelenk bewegende, klobige Gestalt tauchte auf und beugte sich über Becker. Das Gesicht war lang gestreckt, und die Stirn machte einen eingebeulten Eindruck. Verfilztes, verdrecktes Haar umrahmte das Antlitz. Die Gestalt deutete auf den Kater.

»Nicht doch, Mann, Satansbraten. Satans Braten. Es ist ein Scherz.«

»Sahtas Bahtiin.« Die Gestalt bemühte sich nach Kräften, doch ihre Zunge schien ihr nicht recht gehorchen zu wollen.

»So ungefähr. Aber wie gesagt, eigentlich ist es nur ein Scherz. Sicher, man könnte auch sagen, ein Schimpfwort. Aber bestimmt nicht böse gemeint. Eher irgendwie als Spitzname. Du weißt schon, wie Teufelsviech, Höllenkröte, Kratzbürste, so in der Art. Als ich SB hier – oder Sahtas Bahtiin, wenn du darauf bestehst – damals gefunden habe, hat er sich aufgeführt wie der Leibhaftige und mich ganz schön malträtiert, dabei wollte ich ihm doch nur helfen. Na ja, und so bin ich halt auf den Namen gekommen. Dem hat er eigentlich seither auch alle Ehre gemacht. Obwohl, wenn man ihn etwas näher kennt ... aber lassen wir das.«

Die Gestalt streichelte SB über den Rücken, und der Kater richtete sich auf, um sich der zertrümmert und missgestaltet wirkenden Hand entgegenzurecken. Becker hatte vorhin schon gedacht, dass mit dieser Hand irgendetwas nicht stimmte, und jetzt sah er, dass jedem Finger ein Gelenk fehlte und dass die Hand nicht genug Finger aufwies. Die Füße des Burschen sahen auch ganz verwachsen aus. Sie ähnelten eher Ziegenfüßen – Spalthufen – als den Füßen eines Menschen.

»Sahtas Bahtiin Khleevi?«, wollte die Gestalt wissen – ein Kerl, entschied Becker, der gesamten Körperhaltung und Statur des Wesens nach zu schließen.

»Nein, Sahtas ... Satansbraten ist nicht, was auch immer du gesagt hast. Satansbraten ist ein Kater. Ein Makahomanischer Tempelkater, um genau zu sein. Makahomanische Tempelkatzen sind die reinrassigen Nachfahren eines uralten Katzengeschlechts, das irgend so ein uralter Makahomanischer Katzengott erschaffen hat. Sie sind die Beschützer der Tempel von ... äh ... Makahoma. Deshalb sind sie auch so wilde Kämpfer. Ich schätze, dass SB die *Condor* inzwischen irgendwie als seinen Tempel betrachtet und mich – ich muss für ihn dann wohl so was wie der Papst gewesen sein – mindestens! Deswegen ist der kleine Bursche auch mitten in Kislas Bande reingestürmt, obwohl er sich doch mühelos hätte in Sicherheit bringen können. *Braves* Kätzchen«, lobte er und tätschelte SB, der seinerseits jedoch nur ein wenig knurrte.

Erst in diesem Augenblick bemerkte Becker, dass der merkwürdige Bursche ein kleines, kastenförmiges Gerät besaß, das er zwischen sich und Becker gelegt hatte. Becker berührte es. »Was ist das?«

Sein Gegenüber deutete auf Beckers Mund, verknotete seine Finger und warf das Schattenbild einer aufgeregt schnatternden Ente an die Wand, die vom flackernden Schein des in – der Höhle? – brennenden Feuers beleuchtet wurde. Vermutlich war es eine Höhle, in der sie sich befanden. Aber wann hatte der Bursche eigentlich das Feuer angezündet? Becker konnte sich an kein Feuer erinnern. Vielleicht hatte er sich ja doch noch nicht hundertprozentig erholt. Anscheinend hatte er immer noch Aussetzer durch Ohnmachtsanfälle.

Also – Beckers Mund, der schnatterte – oder vielleicht auch sprach – und dann machte der Mann mit beiden Händen eine schwungvolle Bewegung, die unmissverständlich einen Austausch bedeutete – und deutete schließlich auf seinen eigenen Mund. »Linyaari.«

»Ist das dein Name? Linyaari? Ich heiße Becker. … Ich. Becker«, wiederholte er und kam sich dabei vor wie die Hauptfigur aus einem dieser uralten Meisterwerke des klassischen Films: Tarzan. Er deutete auf sich: »Becker.« Auf den Kater, der sich neuerlich erhob, um sich wieder streicheln zu lassen: »Satansbraten.« Wieder auf sich: »Becker.« Dann deutete er noch einmal auf den Mann und fragte: »Linyaari?«

Jetzt bewegte der Mann beide Hände und beide Arme gleichzeitig und machte eine ausladende Geste, die wohl entweder die ganze Höhle oder womöglich den ganzen Planeten darstellen sollte. »Linyaari.« Dann deutete er auf sich. »Aari.«

»Ari? Du heißt Ari? Hallo, Ari. Jonas Becker. Vielen Dank auch für die Rettung.«

»Viiliin Thaank!«, erwiderte Aari. »Haalo, Biickir.« Feuchte Rinnsale zogen sich durch den Schmutz auf seinem Gesicht und glitzerten im Feuerschein. »Haalo, Sahtas. Bahtiin.« Der Kater kletterte auf Aaris überkreuzte Beine und begann zu schnurren.

Im Laufe der Zeit – wie viel Zeit genau verstrich, vermochte Becker allerdings nicht zu sagen – verbesserten sich Aaris Kenntnisse der bei den Menschen gebräuchlichen interstellaren Verkehrssprache immer mehr. Aari ermutigte Becker, möglichst viel zu sprechen, und fügte die neuen Worte, die Becker dabei ins Spiel brachte, seinem Wortschatz erstaunlich schnell hinzu. Für Becker allerdings war Aaris Übersetzungs- und Sprachlerngerät – denn darum handelte es sich bei dem kleinen Kasten, den Aari gleich zu Anfang hervorgezaubert hatte – keine sonderliche Hilfe bei seinen Bemühungen, sich im Gegenzug Linyaari anzueignen. Wobei dieses Wort, wie Becker mittlerweile herausgefunden hatte, sowohl Aaris Muttersprache als auch das Volk bezeichnete, dem er angehörte, jenes Volk, das einst auf diesem Planeten gelebt hatte.

Der Groschen fiel endlich, nachdem Becker ausreichend Schlaf nachgeholt hatte, um wieder leidlich klar denken zu können. Auf diesem Planeten hier hatte er die Hörner gefunden. Jene Hörner, von denen Reamer und auch andere anfangs irrtümlich angenommen hatten, dass eines davon ein ganz besonderes Horn wäre – das der Dame Acorna, des Einhornmädchens. Dies musste ihr Volk sein. Die Linyaari. Das gleiche Volk wie das von Aari.

Abgesehen davon, dass dieser Bursche hier kein Horn auf der Stirn hatte. Vielleicht hatten nur Linyaari-Frauen Hörner? Unwahrscheinlich – ausgesprochen ungern betrachtete sich Becker die Verletzung auf Aaris Stirn etwas genauer. Dann erbrach er, was von der letzten Hand voll Katzenfutter noch übrig gewesen war. Na großartig, bald würde er wohl auch noch Haarbälle auswürgen.

Was er beim Betrachten von Aaris Stirn unverkennbar gesehen hatte, war eine Stelle, an der wahrscheinlich doch einmal ein Horn gesessen hatte. Jetzt war da nur noch ein tiefer, teilweise vernarbter Krater, der den Burschen so aussehen ließ, als ob seine Stirn gewaltsam eingedellt worden wäre.

Aari bemerkte seine Blicke und zog sein verfilztes Haar so tief über die Wunde herab, wie es nur irgend ging. Er schüttelte den Kopf und weinte wieder.

»Aari, Kumpel, was ist hier geschehen? Was ist mit dir passiert?«

»Khleevi«, antwortete er und machte dann dort, wo sein Horn hätte sein müssen, ein paar Handbewegungen, die Becker erneut einen heftigen Brechreiz verursachten. Nur hatte er jetzt nichts mehr im Magen, das er hätte erbrechen können, genau wie es da nichts mehr auf Aaris Stirn gab, mit dem irgendjemand ihn hätte foltern können.

»Wie zum Teufel bist du bloß entkommen? Wie hast du überlebt?«, fragte Becker nach.

»Vhiliinyar«, war das einzige Wort von Aaris Antwort, das Becker eindeutig hörte, und danach verstand er den Rest dessen, was geschehen war, auf irgendeine komische Weise, ohne sich erinnern zu können, dass Aari etwas gesagt hätte. Zuerst glaubte Becker schon, dass Aaris Universalübersetzerkasten womöglich *doch* in beide Richtungen funktionierte. Dann jedoch ließ irgendetwas ihn begreifen, dass er und Aari vielmehr wechselseitig ihre Gedanken lasen – und die eines dritten Geistes ebenfalls.

Ganz vorsichtig hakte SB eine einzelne Kralle tief in Beckers Bein, was Becker über jeden Zweifel erhaben deutlich machte, dass SB ihrer beider Gedanken sowohl hören als auch verstehen konnte und ihnen auch Gedanken von sich zu übermitteln im Stande gewesen wäre, wenn er Wert darauf gelegt hätte. Doch der Kater bevorzugte eben die Körpersprache. So wie es aussah, wollte SB schlicht, dass Becker endlich den Versuch machte, die Katzensprache zu erlernen. Es war wahrscheinlich unter der Würde einer Katze, die Sprache der Menschen zu sprechen. Und dann traf es ihn wie ein Blitz.

»He, du bist ein Telepath! Und wir sind auch welche, wenn wir mit dir zusammen sind!«

Aari schüttelte den Kopf und hob eines der Hörner auf, machte eine fließende Bewegung mit seinen Händen und eine Austausch bedeutende Geste zwischen seinem Kopf, dem von Becker und jenem von SB. Dann deutete er auf seine Stirn, machte mit der Hand eine wischende, verneinende Geste und ließ den Kopf sinken.

»Wir verstehen einander also nur wegen der Hörner telepathisch, wie?«, fragte Becker.

Aari seufzte tief, schüttelte den Kopf, um anzuzeigen, dass dies nicht der Fall war, zuckte die Achseln und blickte Becker ratlos an. Wieder hakte SB seine Kralle in Beckers Bein und fixierte ihn abermals mit einem starren Blick, der Beckers mittlerweile gehörig durchgerütteltem Verstand sagen zu wollen schien, dass SB seine Gedanken schon immer gelesen hatte; nur kümmerte ihn einfach nicht sonderlich, was Becker dachte. Und dass nun auch er selbst die Gedanken des Katers zu lesen vermochte, schätzte Becker, lag wohl schlicht daran, dass – nun, dass in Wirklichkeit auch er SBs Gedanken immer schon gelesen hatte, sich dessen jedoch erst jetzt bewusst geworden war, weil er einfach nichts Besseres zu tun hatte.

Aari lächelte ein wenig, woraus Becker schloss, dass der Linyaari seine Überlegungen mitverfolgt hatte.

Aari übermittelte ihm telepathisch in paar behutsame Bilder, die ihn mit seinem Horn zeigten, wie er sich wortlos mit anderen Leuten verständigte, die genau wie er aussahen. Also war er doch ein Telepath gewesen, als er sein Horn noch besessen hatte. Auch gut.

Becker fragte kein zweites Mal nach, was mit dem Horn ihres Lebensretters passiert war. Aari jedoch zeigte ihnen mit grimmiger Entschlossenheit von sich aus, wie es gewesen war, als die Khleevi ein Ende mit ihm zu machen beschlossen hatten und ihm, da sein Leib schon zerschunden war, nun sein Horn herausschnitten, auf eine besonders langsame und schmerzhafte Weise. Dann machte er einen Sprung zurück, um ihnen zu zeigen, wie er in Gefangenschaft geraten war. Aari war während der Khleevi-Invasion auf Vhiliinyar zurückgeblieben, um seinem Bruder zu Hilfe zu eilen, der schwer verwundet hier in dieser Höhle festgesessen hatte – viel zu weit vom

Raumhafen entfernt, als dass sie noch Hilfe von den während der großen Evakuierung mit dem gesamten Rest ihres Volkes abfliegenden Schiffen hätten herbeiholen können. Und auch Aari hatte ihn nicht rechtzeitig erreichen können, um ihn zu heilen.

Die Khleevi hatten Aari erwischt, als er gerade draußen unterwegs war, um für die Bergung seines Bruders ein Seil zu beschaffen. Dann hatten sie mit den langen, langen Folterungen ihres Gefangenen begonnen, hatten ihn die ganze Zeit mit Sonden und immer wieder neuen Sonden malträtiert, ganz als ob sie sich an seiner Qual weiden wollten. Sie hatten von früheren, ihnen von den Linyaari entgegengesandten Diplomatenschiffen ein paar dieser Übersetzerkästen erbeutet – LAANYE nannte Aari die Geräte – und sie dazu eingesetzt, um sich mit ihm zu verständigen, um ihn zu verhören, wobei sie jedoch letztlich wenig erfuhren, was von irgendeinem Nutzen für sie sein konnte. Jenes Wissen hingegen, das sie möglicherweise wirklich aus ihm herausholen wollten, hatte er nicht preisgegeben.

Über seinen Bruder oder den neuen Planeten, den sein Volk gefunden hatte, hatte Aari nichts verraten. Die alles andere in seinem Verstand überlagernden Gedanken waren sein unendliches Leid gewesen. Sein Bruder musste seinen Verletzungen inzwischen erlegen sein, und so trauerte er seinetwegen und trauerte umso mehr, je schlimmer die Khleevi ihn misshandelten, genau wie auch seinen Planeten. Er trauerte um den Verlust seines Volkes, die gleichzeitige Zerstörung seines eigenen Leibes und des Leibes seiner Heimatwelt, ihn quälten seine Schmerzen und die Erinnerungen an bessere Zeiten. Und die ganze Zeit über standen die Khleevi daneben, machten sich lustig über ihn und weideten sich an der methodischen Verwüstung der Schönheit und Lebenskraft eines ganzen Planeten und eines seiner Kinder, des Einzigen, dessen sie habhaft geworden waren.

»Haben sie auch all diese anderen Leute umgebracht?«, wollte Becker wissen. »Ich habe doch all diese Hörner gefunden.«

»Nein«, erklärte Aari, was Becker zutiefst erleichterte, und ging dann mit einem brennenden Holzspan als Leuchte tiefer in die Höhle hinein. Der hintere Teil war über und über mit Hörnern und Knochen angefüllt, die, wo immer es möglich gewesen war, sorgsam zu einzelnen Skeletten zusammengelegt waren. »Das hier sind die Gebeine meiner Vorfahren. Als du das erste Mal hier gelandet bist, hast du unseren Friedhof entdeckt. Die Restenergie der Hörner hat diesen einen Flecken am Leben erhalten, während der Rest der Welt unterging. Die Khleevi haben von diesem heiligen Ort nie erfahren, und ich habe ihnen nichts erzählt. Als sie mich erwischt haben, war ich weit genug von hier entfernt.

Als die zunehmende Instabilität von Vhiliinyar, die sie mit ihren Zerstörungen ausgelöst hatten, sie wieder von hier vertrieb, ließen sie mich zurück – sie dachten, ich wäre bereits tot. Ich habe mich dann hierher zurückgeschleppt und bin zwischen den Hörnern auf dem Gräberfeld zusammengebrochen. Im Schlaf heilten die Hörner die meisten meiner Wunden – du kannst dir nicht vorstellen, in welchem Zustand ich vorher war. Ich hatte nicht mehr die geringste Ähnlichkeit mit einen Liinyar. Aber die Khleevi hatten mir irgendetwas angetan, das verhinderte, dass die Hörner mich vollständig heilen konnten, wenn auch umgekehrt nichts, was die Khleevi getan haben, die Heilkraft der Hörner völlig zu unterbinden vermochte.

Und so …« Seine Augen rollten ein wenig nach oben, dorthin, wo einst sein Horn gewesen war. »Und so hat selbst die Heilkraft der Hörner mich nicht völlig wiederherstellen können, denn die Heilkraft der Linyaari liegt nicht allein in ihren Hörnern, sondern auch in der lenkenden Intelligenz und dem Mitgefühl des Heilers. Nach all den Folterungen, die mir die Khleevi angetan hatten, war ich nicht mehr im Stande, aktiv an meiner Heilung mitzuwirken. Die Hörner haben daher lediglich wieder das zusammengefügt, was zerbrochen war. Mit Ausnahme meines eigenen Horns. Selbst sämtliche Hörner unserer Toten zusammengenommen vermochten nicht, mir mein eigenes Horn zurückzugeben.

Dennoch, meine Heilung war weit genug gediehen, dass ich ein paar der Hörner aufsammeln konnte, die ganz zuoberst auf dem Boden lagen, und zu dieser Höhle zurückkehren konnte. Aber die Khleevi hatten mich lange festgehalten, und mein Bruder hatte lange verletzt in der Höhle gelegen und auf meine Rückkehr gewartet, darauf, dass ich käme, ihn zu retten und zu heilen. Er war daher schon bei den Ahnen, selbst die Hörner konnten nichts mehr für ihn tun.«

»Aber du kannst auch ohne dein Horn immer noch Gedanken lesen und all das, richtig? Weil du schon vorher ein Telepath warst, und …«

»Die Hörner sind wie … ähm … Dinger auf Geräten zur drahtlosen Kommunikation?« Aari hielt die Hände hoch, um mit ihnen eine Stabantenne anzudeuten, und Becker nannte ihm das gesuchte Wort. »Sie strahlen unsere Gedanken ab, die eigentliche Fähigkeit dazu liegt jedoch in den Linyaari. Ohne mein Horn kann ich mich telepathisch nicht bemerkbar machen. Ich weiß nicht, wie. Aber von so vielen, vielen Hörnern umgeben, habe ich viele Antennen. Und du hast hier auch Antennen, und Sahtas Bahtiin auch.«

»Ich glaube, ich verstehe allmählich«, meinte Becker. »Aber sag mir doch, warum du dich nicht bemerkbar gemacht hast, als ich das erste Mal hier war?«, wunderte er sich. »Ich hätte dir doch geholfen. Ich hätte dich zu deinem Volk bringen können, auf ihrer neuen Welt.«

»Du hast die Gräber unserer Vorfahren geschändet und beraubt«, erklärte Aari mit einem kleinen Achselzucken. »Ich dachte, du bist womöglich ein Khleevi, nur mit einer anderen Gestalt. Außerdem empfinde ich … Scham … über mein Aussehen. Ich möchte mein Volk nicht wieder sehen … nun, genauer gesagt, möchte ich nicht, dass sie mich so sehen, wie ich jetzt bin. *Sie* würden vor meinem Anblick zurückschrecken. Aber ich konnte nicht zulassen, dass die sterblichen Überreste unserer Vorfahren noch einmal geschändet würden. Als du wieder abgeflogen bist, habe ich deshalb die Gebeine ausgegraben und hierher, an einen neuen Ort, umgebettet.«

»Also *deshalb* waren dort keine Hörner mehr. Weißt du, Aari, es ist sehr gut, dass du das getan hast – wegen dieses Görs, das du ja gesehen hast, als sie mich als Fußball missbraucht hat. Sie ist ganz wild auf die Hörner, sie hat irgendetwas mit ihnen im Sinn, und ich kann dir beinahe garantieren, dass es nichts Erfreuliches ist. Nur gut, dass dein Heimatplanet hier rechtzeitig beschlossen hat, ihr mit ein paar Explosionen Feuer unterm Hintern zu machen …«

Aari deutete erneut auf sich selbst.

»Du hast das gemacht?«, staunte Becker. »Wie?«

Aari ging in den hinteren Bereich der Höhle und holte dort etwas hervor, das augenscheinlich eine gemeingefährliche Waffe war. Er deutete darauf, sagte: »Khleevi«, machte ein detonationsähnliches Geräusch und legte das Gerät danach wieder weg.

»Übrigens, gibt es hier irgendwo vielleicht etwas zu essen?«

»Oh, aber natürlich. Entschuldige bitte meine grobe Unhöflichkeit.« Aari beugte sich zu Boden, es gab ein rupfendes Geräusch, und dann kehrte er mit einer großen Hand voll Gras zurück.

SB drückte es besser aus, als Becker das vermocht hätte. Er sah das Gras nur kurz an und miaute jämmerlich.

Aari schien am Boden zerstört, und abermals erhaschte Becker den Eindruck überwältigender Scham.

»Du wirst verhungern, weil ich dich nicht mit dem versorgen kann, was du zum Überleben brauchst. Sahtas Bahtiin wird auch verhungern«, entsetzte Aari sich.

»Nicht, wenn wir etwas dagegen unternehmen können. Wir müssen nur einen Weg finden, um irgendwie wieder in die *Condor* reinzukommen. Auf meiner Fernbedienung hat unser Schätzchen Kisla ja leider einen Stepptanz hingelegt.«

Die drei kehrten zu dem ehemaligen Linyaari-Gräberfeld zurück. Das Gras dort war bereits im Absterben begriffen, wurde ohne die Leben spendende Kraft der Hörner überall braun und brüchig. Becker fand die Bruchstücke seiner Fernbedienung genau dort wieder, wo Kisla sie hatte liegen lassen. Das Gerät war so vollständig zertrümmert, dass nicht einmal er es mehr zu reparieren vermochte.

Versuchsweise probierten sie auch ein paar Hörner durch, doch erwartungsgemäß schienen selbst Hörner bei elektronischem Gerät machtlos zu sein. Nun denn, eigens für solche Notfälle hatte Becker ja immer noch ein paar alternative Zugangsmöglichkeiten parat. Keine einfachen, keine bequemen, doch er hatte sie.

Indem er sich auf Aaris Schultern stellte, bekam er eine Heckflosse der *Condor* zu fassen und konnte sich daran bis in Reichweite eines speziellen, in der Nähe der Hauptschleuse gelegenen Bereichs der Außenhülle hochhangeln.

Er berührte die Stelle und pfiff gleichzeitig die ersten Takte von »Dixie«, was sein Öffnungskode war. Der hier von außen unsichtbar in die Schiffshülle eingebaute Tonumsetzer verwandelte Beckers Pfeiftöne in einen digitalen Code. Danach brauchte er sich nur noch wieder schnell genug an der Heckflosse entlang zurückzuhangeln und sich zu Boden fallen zu lassen, ehe die Robo-Hebebühne sich aus dem der Schleuse vorgebauten Schacht auf seinen Schädel herabsenkte.

Becker und SB kletterten an Bord und fielen mit Heißhunger über die Kombüse her. Danach schnappte er sich die Ersatz-Fernbedienung, die er in einem Ventilationsschacht versteckt hatte, und schließlich kehrten er und SB mit einem Beutel voll gefriergetrocknetem Gemüse wieder zu Aari auf den Planetenboden zurück.

Der Liinyar war gerade emsig damit beschäftigt, sorgfältig gehäufte Armladungen Gebeine zur *Condor* zu schleppen.

»Ich muss meine Scham endlich überwinden und euch bitten,

mich nach Narhii-Vhiliinyar zu bringen, der neuen Heimat meines Volkes. Ich muss die sterblichen Überreste unserer Vorfahren von hier fortschaffen. Diese Welt ist inzwischen sogar für die Toten kein sicherer Ort mehr.«

Für Markel waren die Luftschächte der *Haven* fast so etwas wie seine Heimat. Hier, in diesem Labyrinth aus Kriechgängen, Ventilationstunneln und Zu- sowie Abluftkanälen hatte er sich versteckt und durch das ganze Schiff bewegt, nachdem die palomellaischen Verbrecher seinen Vater ermordet hatten.

Ob sie nun eine Kampfausbildung genossen haben mochten oder nicht, einen Vorteil hatten die Sternenfahrer gegenüber den Roten Kriegern allemal: Sie kannten ihr Raumschiff in- und auswendig. Als offenkundig geworden war, dass sie in eine Falle getappt waren, hatte Markel als Versteck für die jüngeren Kinder und die ›Gäste‹ der *Haven* natürlich gleich das Lüftungssystem vorgeschlagen. Also verkrochen sich er, Johnny Greene und Khetala, zusammen mit der Reamer-Familie und allen Sternenfahrern unter fünf Jahren, in größter Eile in den voluminösen, von Deck A nach Deck D führenden Haupt-Luftschächten, die man ohne größeren Aufwand vom Rest des Schiffes abschotten und behelfsmäßig mit einer eigenen Sauerstoffversorgung ausstatten konnte.

Von allen, die sich dort versteckten, war sich allein Markel bewusst, dass in diesem Bereich des Ventilationssystems seinerzeit viele der Meuterer den Tod gefunden hatten, als sie versucht hatten, ihm, Acorna, Calum Baird und Dr. Hoa durch die Luftschächte zu folgen, nachdem Markel Acorna aus ihrer Gefängniszelle befreit hatte. Die Palomellaner waren hier durch eben jenes Giftgas umgekommen, das sie eigentlich Markel und seinen Freunden zugedacht hatten. Als er nun, flach an den Boden gedrückt, ohne zu sprechen und vor lauter Anspannung sogar kaum atmend, in dem horizontal verlaufenden Belüftungstunnel lag, zusammen mit vielleicht hundert anderen Leibern, die sich in der gleichen Weise über die ganze Länge dieses Untersystems der Luftversorgungsanlage verteilt hatten, vermeinte er, den Gestank des damals hier eingesetzten Giftgases immer noch riechen zu können. Doch natürlich war das Unsinn. Es war viele Monate her, seit sie die Palomellaner überwältigt, vergast oder in den Weltraum gestoßen hatten.

Er wartete auf die Schreie seiner Schiffskameraden unter ihm – auf die Stimmen von ’Ziana und Pal, die Befehle brüllten, eine Kapitulation anboten, irgendetwas. Ihre Gesichter waren auf dem Komschirm zu sehen gewesen, als sie mit Nadhari Verbindung aufgenommen hatten, deshalb konnten sie sich nicht auch vor den Angreifern verstecken. Sonst hätten ihre Gegner vielleicht erkannt, dass sie im Inneren des Raumschiffes gar nicht alle Sternenfahrer vorgefunden hatten. Doch er hörte nur sehr wenig von unten zu sich heraufdringen – keine Schreie, keine Rufe, nur Seufzer und leise schlurfende Geräusche, bevor schließlich die Stiefel der Feinde über die Decks der *Haven* stampften und sich danach mit noch schwererem Tritt wieder zurückzogen.

Wenig später spürte er, wie der Lärm eines eilig startenden Raumschiffs den Boden der Landehalle draußen erbeben ließ. Von unmittelbar unter ihm jedoch war immer noch kein Laut zu hören.

Markel hatte sich strategisch günstig über einigen Ausrüstungsschränken auf die Lauer gelegt, ein wenig abseits von den anderen, sodass er, falls man ihn entdeckte, glaubhaft behaupten könnte, dass er allein sei. Oder dass er, falls man die anderen entdeckte, umgekehrt diesem Schicksal entgehen und somit seinen Kameraden helfen könnte, zu fliehen.

Johnny Greene lag unmittelbar über seinem Dienstraum, der Rechen- und Navigationszentrale der *Haven*. Khetala, Reamer und ein paar der älteren Kinder hatten sich gleichmäßig zwischen den jüngeren Kindern verteilt, um sie ruhig zu halten. Nicht dass es selbst unter den Allerjüngsten viele gegeben hätte, die nicht zu kämpfen und auch in Belastungssituationen außerordentlich besonnen zu handeln vermocht hätten. Doch die jüngeren Kinder waren nun einmal zugleich die Kleinsten und somit für die mehr als ausgewachsenen Roten Krieger auch am leichtesten zu überwältigen.

Markel holte tief Luft, hielt den Atem an und öffnete die luftdichte Wartungsklappe im Boden des Luftschachts, die den Zugang in den Raum unter ihm darstellte. Der beißende Gestank irgendeines Gases stieg empor, drang ihm in die Nase, ließ ihm das Wasser in die Augen schießen und machte ihn sogar mit angehaltenem Atem schläfrig. Es gelang ihm, die Wartungsklappe schnell wieder zu verschließen, ehe noch mehr Gift hereindrang. Dann stieß er die angehaltene Luft erleichtert wieder aus und wartete ab, bis seine Benommenheit nachließ, wobei er sich gleichzeitig überlegte, was er als Nächstes unternehmen sollte.

Er wusste nicht, um was für eine Art Gas es sich handelte – seiner eigenen Reaktion darauf nach zu schließen, war es dazu gedacht, die Betroffenen zu betäuben, wenn nicht gar umzubringen. In den Schränken des Raumes unter ihm lagerten unter anderem auch Atemschutzmasken. Wenn es ihm also gelang, den Atem lange genug anzuhalten, um hinunterzusteigen, sich eine dieser Gasmasken zu besorgen und sie anzulegen, dann könnte er sich welche für die anderen besorgen. Er könnte auch nach dem Verbleib ihrer Schiffskameraden forschen und nachsehen, welchen Schaden die *Haven* genommen hatte.

Gerne hätte er seinen Plan noch einmal mit Johnny durchgesprochen, doch der war eine gehörige Strecke weit weg, und die Zeit drängte. Bevor sie sich in ihre Verstecke begeben hatten, hatten sie sich ohnehin alle darauf verständigt, dass alle anderen so lange warten würden, bis sie etwas von Markel hörten, oder dass sie wenigstens zuerst jemanden losschicken würden, der in seinem Schlupfwinkel nachsah, bevor irgendjemand außer ihm etwas unternahm.

Denn darüber waren sich alle einig gewesen: Markel war der anerkannte Experte der Mannschaft, was das Lüftungssystem der *Haven* anging. Der Admiral der Schachtratten, sozusagen.

Der Schachtrattenadmiral hielt neuerlich den Atem an und öffnete die Wartungsklappe ein zweites Mal. So schnell es ging, stieg er hindurch und ließ sich hinuntergleiten, wobei er gleichzeitig die Wartungsklappe hinter sich zufallen ließ, um nicht zu viel Gas in das Belüftungssystem eindringen zu lassen, in dem seine Kameraden sich versteckten.

Das ganze Manöver war recht knifflig und kostete ihn wertvolle Sekunden. Grünliche Gasschwaden durchzogen den Raum. Er hielt weiterhin krampfhaft den Atem an, legte sich flach auf den Boden und kroch zu einem der unteren Ausrüstungsschränke hinüber. In Bodennähe war die Luft immer besser, falls er doch atmen müsste, bevor er sein Ziel erreicht hatte. Er rechnete damit, dass genau das eintreten würde. Denn die Wartungsklappe, durch die er hereingekommen war, lag in der Mitte des Lagerraumes, und die Gerätespinde waren an den Wänden entlang aufgereiht. Er konnte sie von hieraus nicht sehen.

Dann stieß seine Hand, die er nach vorne gestreckt hatte, um die Gasbrühe um ihn herum mit einer Art schwimmendem Kriechen zu durchqueren, an etwas Weiches und Warmes. Er hob den Kopf, bis seine Augen auf gleicher Höhe waren wie seine Hand. Annella! Vor ihm lag Annella Carter, von dem Gas zu Boden gestreckt, jedoch zum Glück immer noch atmend, wenn auch nur sehr flach. Als er näher kroch und sich fragte, wie um alles in der Welt er es schaffen sollte, seinen Atem auch nur eine einzige Sekunde länger anzuhalten, sah er, dass sie eine Atemschutzmaske in der ausgestreckten Hand hielt. Ihre andere Hand umklammerte zwei weitere Gasmasken und lag in der Nähe einer offenen Spindtür. Er begriff sofort, dass sie diese Masken geholt hatte, um sie ihm und den anderen im Belüftungssystem zu bringen, was ihr aber nicht mehr gelungen war, da sie schon zu viel von dem Gas eingeatmet hatte. Es hatte sie das Bewusstsein verlieren lassen, noch bevor sie ihre eigene Atemmaske aufsetzen konnte.

Er setzte sich eine ihrer Masken auf, rückte sie sorgfältig zurecht und legte dann auch ihr eine an. Sobald er Johnny und ein paar der anderen einen ebensolchen Atemschutz gebracht hatte, konnten diese sich darum kümmern, die Giftschwaden aus dem Schiff abzusaugen und durch frische Atemluft zu ersetzen sowie Annella wieder wachzubekommen, falls das ihrer Maske nicht schon allein gelang. Zuvor jedoch musste er versuchen, die anderen Giftopfer zu retten. Er lud sich so viele Atemmasken auf, wie er tragen konnte, huschte geduckt in den Korridor hinaus und dann den nächsten Gang entlang, der zur Rechen- und Navigationszentrale führte. Nirgendwo sah er weitere Körper liegen, weder lebend noch tot. Die Tür zu dem Lagerraum mit den Ausrüstungsschränken war hinter ein paar davorgelehnten Röhren verborgen gewesen, deshalb hatten die Roten Krieger sie – und Annella – übersehen, als sie die *Haven* geentert hatten. Markel wünschte, er wüsste, was hier geschehen war, während sie in ihrem Versteck gehockt hatten. Ehrlich, er würde mal mit Johnny darüber reden müssen, die Lüftungsschächte künftig mit Vidüberwachungsgeräten auszurüsten. Vielleicht auch noch mit ein paar Kojen und fließendem heißem und kaltem Wasser und mit batteriebetriebener Beleuchtung. Er musste angesichts dieser Vorstellung selber grinsen.

In der Rechen- und Navigationszentrale angekommen, stieg er auf einen Stuhl, klopfte gegen die auch hier in der Raummitte angebrachte Wartungsklappe des darüber hinwegführenden Ventilationstunnels und wartete, bis sie von innen aufgezogen wurde. Schnell streckte er Johnny eine Atemschutzmaske entgegen, der sie packte und sogleich auch nach den anderen Gasmasken griff, die ihm Markel darbot. Dann schloss sich die Luke wieder – Markel nahm an, dass da oben jetzt alle die Masken überzogen. Kurz darauf begannen endlich Johnny und weitere maskierte Sternenfahrer von der Decke herunterzufallen. Markel schickte sie zu dem Raum, in dem Annella lag, um für ihre in den Luftschächten verbliebenen Kameraden weitere Atemschutzausrüstungen zu holen.

All dies vollzog sich in einer unheimlichen, grünen Stille. Die einzigen Geräusche im Schiff waren die wie Kettengeklirr klingenden Laute, die beim Öffnen und Schließen von Schranktüren, Schachtklappen und Schleusenschotten entstanden, sowie das leise Rascheln, das die phantomgleichen Bewegungen von Markels Schiffskameraden begleitete – vielleicht auch die elfengleichen Bewegungen, im Falle einiger der kleineren Kinder.

Markel selbst brach in Richtung der Hauptschleuse auf, ständig auf der Hut und mit einem gezückten Handlaser bewaffnet, den er sich zwischenzeitlich besorgt hatte. Er hielt Ausschau nach irgendwelchen Eindringlingen, die womöglich an Bord zurückgeblieben waren. Es gab keine. Ebenso wenig hatten sie einen seiner Freunde zurückgelassen.

Außerhalb des Raumschiffs war das Gas sogar noch dichter als drinnen, stellte Markel fest, als er sich ausschleuste. Sorgfältig schloss er das große Hauptluk der *Haven* wieder hinter sich und machte sich dann auf die Suche nach den Ventilationskontrollen des Landehangars. Es dauerte nicht lange, bis er die rundum transparente und mit einer eigenen Personenschleuse ausgestattete Überwachungskabine des gewaltigen Hangars entdeckte. Wie er schon von außen erkennen konnte, war diese gasfrei. Er schleuste sich ein und konnte drinnen endlich wieder unbeschadet seine Maske abnehmen. Er sah sich gründlich um, studierte die Kontrollkonsolen und fand nach ein paar Versuchen schließlich die Bedienelemente, mit denen sich das im Hangardach eingelassene Riesentor öffnen und schließen ließ, das den Raumschiffen gestattete, im Hangar niederzugehen und wieder daraus abzuheben.

Dieses Tor öffnete er jetzt. Mit rasender Geschwindigkeit wurde das gefährliche Gas aus der Hangarhalle in das darüber herrschende Vakuum des Weltraums hinausgesaugt. Als sich schließlich auch die letzte grüne Schwade verflüchtigt hatte, schloss Markel das Hangardach wieder, stellte die Sauerstoffgemisch- und Druckregler auf die üblichen Normwerte und aktivierte die Belüftungsrotoren und Filteranlagen. Kurz darauf war die Luft in der Raumschiffhalle wieder einwandfrei. Zufrieden mit seinem Erfolg kehrte Markel zur *Haven* zurück und ließ die Innen- und Außenschotten ihrer großen Hauptschleuse diesmal alle gleichzeitig aufgleiten, um den starken Luftumwälzungsanlagen der Landehalle zu ermöglichen, das noch im Innern des Raumschiffs verbliebene Betäubungsgas herauszusaugen und auszufiltern. Nach kurzer Zeit tauchte Johnny Greene an der Schleuse auf, um zu berichten, dass die Bordluft inzwischen fast überall wieder nahezu giftfrei war. Außerdem meinte er: »Rocky hat das heilende Horn benutzt, um Annella zu helfen. Sie wird bald wieder auf den Beinen sein.«

»Schön. Hier ist auch alles klar. Ich bin schon mindestens zehn Minuten hier draußen, und es hat immer noch keiner versucht, mich umzubringen. Ich glaube nicht, dass wir hier noch allzu viele von Ikwaskwans Handlangern antreffen werden.«

»Umso besser. Sollten wir die Gastfreundschaft, die uns der Admiral so freundlich angeboten hat, dann vielleicht nicht doch noch annehmen?«

Mit Johnnys Hilfe öffnete Markel die vom Landehangar in den eigentlichen Stützpunkt führende Luftschleuse und durchsuchte vorsichtig zwei der angrenzenden Stationsräume. Sie waren leer, genau wie alle weiteren Räumlichkeiten, auf die sie stießen. Offenbar hatte der Admiral seine Roten Krieger hier tatsächlich bis auf den letzten Mann abgezogen. Diesen letzten Mann fanden sie schließlich auch noch: Johnny hatte entdeckt, wo die Sicherheitszentrale der Station lag, und den Wächter, der dort Dienst tat, konnten sie mühelos überwältigen. Es gab nur diesen einen. Er hatte sich gerade eine Vidaufzeichnung des Überfalls auf die *Haven* angesehen. Wie gelähmt standen Johnny und Markel minutenlang über dem Körper ihres bewusstlosen Gefangenen und starrten gebannt auf den Vidschirm, der zeigte, wie zuerst Nadhari Kando überwältigt und dann ihre Schiffskameraden mit Gas betäubt und an Bord von Ikwaskwans Flaggschiff geschleppt oder getragen wurden, auf dessen Hülle die – wahrscheinlich gefälschten – Insignien eines Raumschiffes der Föderationsstreitkräfte angebracht worden waren. Das also hatten die Stiefelschritte zu bedeuten gehabt, die Markel in seinem Versteck vernommen hatte. Von ohnmächtiger Wut erfüllt legten Markel und Johnny sämtliche Überwachungssysteme der Sicherheitszentrale lahm und durchsuchten dann den Rest des Söldnerlagers. Sie sammelten alle Waffen und Lebensmittelvorräte zusammen, die sie finden konnten, und darüber hinaus – eine nachträgliche Eingebung von Johnny – auch sämtliche Uniformen, die sie aufzustöbern vermochten. Aus den Nebenräumen des Landehangars nahmen sie schließlich noch alle Raumanzüge mit. Johnny überspielte eine Kopie der im Hauptcomputer der Sicherheitszentrale gespeicherten Kursdaten von Ikwaskwans Flaggschiff auf einen mobilen Datenträger. Der Wächter dort war immer noch bewusstlos, also fesselten sie ihn und nahmen ihn mit.

Sie mussten dreimal zwischen der *Haven* und dem Stationsinnern hin und her pendeln, um ihre Beute auf das Sternenfahrerschiff zu schaffen. Nach ungefähr 45 Minuten verschwand Markel schließlich mit der letzten Ladung im Arm endgültig in der *Haven*. Johnny, der hierfür einen der erbeuteten Raumanzüge angelegt hatte, öffnete von der Hangar-Überwachungskabine aus das Ausflugstor der Landehalle und kehrte dann über die Luftschleuse wieder in die *Haven* zurück, um den Start einzuleiten. Als das Sternenfahrerschiff sich weit genug von der Söldnerstation entfernt hatte, legte Johnny einen neuen Kurs an, um dem Flaggschiff der Roten Krieger zu folgen.

Siebzehn

Außer vor seinem Vater hatte Becker in seinem ganzen Leben noch nie Ehrfurcht vor jemandem empfunden – bis er Aari begegnet war. Seine Hochachtung vor dem verstümmelten Liinyar nahm während ihrer Reise von der alten zu der neuen Heimat der Linyaari von Tag zu Tag zu. Aari wusste genau, wie man dort hingelangte. All den Foltern zum Trotz, die er hatte erdulden müssen und die jeden anderen in den Wahnsinn getrieben hätten, hatte er das Wissen um die Fluchtroute der Linyaari, das ihm seit seiner frühesten Jugend eingehämmert worden war, nicht nur fehlerfrei im Gedächtnis behalten, sondern es auch mit eisernem Willen vor den Khleevi geheim gehalten.

Um die Gebeine der Linyaari in Beckers Schiff verladen zu können, hatte Aari als Erstes die *Condor*, die dank Kisla Manjari ja derzeit fast leer war, gründlich aufgeräumt. Becker besaß noch immer das Geld, das Kisla ihm daheim auf Kezdet gezahlt hatte, jenes Geld, mit dem sie nahezu den gesamten Warenbestand aufgekauft hatte, der sich in den Laderäumen der *Condor* befunden hatte. Wenn er jetzt so darüber nachdachte, war Becker allerdings fast bereit, zu wetten, dass mit Kislas Credits auch irgendetwas faul war. Dieser giftigen kleinen Irren traute er inzwischen alles zu.

Als er die Frachträume und anderen Staumöglichkeiten ausreichend gesäubert und vorbereitet hatte, ging Aari dazu über, die bereits vor der *Condor* bereitliegenden Gebeine einzuladen und danach auch den Rest aus der Höhle zu holen, in der er sie zeitweilig in Sicherheit gebracht hatte. Im Schiff bahrte er sie überall dort, wo er ein geeignetes Plätzchen finden konnte, ehrfurchtsvoll nebeneinander auf – jedes der Linyaari-Skelette, angefangen vom jüngsten, dem seines Bruders, bis hin zu den allerältesten Bruchstücken. Becker half ihm dabei, bis Aari den Roboter entdeckte. Beide Männer begriffen sofort, wie nützlich der Androide bei der gegenwärtigen Aufgabe sein konnte. Also konzentrierte Becker sich im Folgenden darauf, die wegen seiner zweiten Landung auf Vhiliinyar unterbrochene Instandsetzung des Roboters zu Ende zu bringen. Die Elektronik musste er weiterhin auf herkömmliche Weise reparieren, doch diesbezüglich war Beckers Tüftelei ja ohnehin schon ziemlich weit gediehen. Beim Flicken der zerfetzten Plasthaut hingegen war ihm die Heilkraft der Linyaari-Hörner nun eine große Hilfe. Und so war der umprogrammierte, nunmehr ästhetisch ausgesprochen gefällige und vor allem äußerst hilfsbereite KEN640 alsbald wieder im Geschäft, diesmal jedoch nicht mehr als Handlanger von Kisla Manjari, sondern als offizieller Hilfswärter der *Condor*-Gebeinkammern. Mit KEN640s Hilfe konnten die restlichen Skelette im Rekordtempo in die Frachträume der *Condor* umgebettet werden. Aari schlief jede Nacht dort, umgeben von den Gebeinen seiner Vorfahren, als deren Hüter er sich betrachtete.

Doch auch tagsüber fühlte sich Aari außerhalb der Gebeinkammern nicht sonderlich wohl, da es ihm ohne die Gegenwart der dortigen Hörner sichtlich schwerer fiel, sich mit Becker zu unterhalten. Er versuchte jedoch weiterhin beharrlich, seine Kenntnisse der Menschensprache zu verbessern, ebenso wie Becker beharrlich versuchte, die Sprache der Linyaari zu erlernen, während Satansbraten weiterhin keinerlei Interesse bekundete, irgendetwas anderes als Katzisch zu sprechen. In der Zwischenzeit behalfen sich Aari und Becker bei einem Großteil ihrer Gespräche eben mit Körper- und Zeichensprache. Und da selbst dies eine sehr viel angeregtere Konversation darstellte, als er es in den Jahren der trauten Zweisamkeit mit seinem Kater gewohnt gewesen war, genoss Becker die Reise und besonders die Gesellschaft Aaris sehr.

SB empfand das augenscheinlich ebenso. Denn er bezeugte Aari jene Art von verschmuster Zuneigung, die er Becker zu gewähren bislang als noch nicht angemessen erachtet hatte. Ständig hockte er auf Aaris Schoß und schlief auch nachts zunehmend häufiger neben ihm, im bordeigenen Linyaari-Friedhof.

Der KEN-Roboter wiederum erwies sich neben seinem Dienst als Friedhofswärter auch sonst als große Hilfe, etwa beim regelmäßigen Entleeren und Säubern des Katzenklos. Er war zwar nicht gerade der schlaueste Androide im Universum, doch dank der neuen Programmierung, die Becker ihm verpasst hatte, stellte er inzwischen wenigstens keine Fragen mehr wie: »Möchten Sie, dass ich ihm den Arm aus dem Schultergelenk reiße, oder ziehen Sie es vor, wenn ich ihm auf schmerzvolle und verstümmelnde, wenn auch noch nicht lebensbedrohliche Weise ein Auge ausschlage, Herrin Kisla?« Es hatte Aari und Becker erheblich mehr Zeit und Mühe gekostet, KEN640 einige dieser sozial ganz und gar unverträglichen Äußerungen und Geisteshaltungen auszutreiben, als Becker für die rein technische Reparatur seines Körpers hatte aufwenden müssen. Androiden seiner Art mochten zwar Computer mit Beinen und greiffähigen Händen sein, doch ihr Computer diente nur dazu, eben diese Beine und Hände auf eine leidlich nützliche Weise einzusetzen. Ansonsten war KENS Zentralprozessor jedoch geradezu ein Idiot, verglichen beispielsweise mit dem Schiffscomputer der *Condor.*

Mit KEN konnte Becker außerdem Gin Rommee spielen, wenn Aari einmal nicht nach Gesellschaft zu Mute war, was ziemlich häufig vorkam. Nun, man brauchte ja auch kein Raumschiffwissenschaftler zu sein, um zu begreifen, warum ein Bursche, der von seinem Volk zurückgelassen worden war, der seinem Bruder gegenüber versagt zu haben glaubte, weil dieser gestorben war, während er selbst von fremdartigen Invasoren, die zugleich seine Heimatwelt zerstört hatten, langsam zu Tode gefoltert worden war – warum ein solcher Bursche dann und wann ein bisschen Zeit für sich allein brauchte. Und Becker *war* sogar Raumschiffwissenschaftler, wenn auch ein idiosynkratisch privat und autodidaktisch ausgebildeter Raumschiffwissenschaftler.

Allerdings verbrachte Aari beileibe nicht seine gesamte ungesellige Zeit damit, sich in Selbstmitleid zu ergehen. Seine Kenntnisse der Menschensprache machte vielmehr sprunghafte Fortschritte, wenn er sich beispielsweise stundenlang uralte Kinofilme oder moderne Vidserien anschaute, die in den Datenspeichern des Bordcomputers in großer Auswahl zur Verfügung standen, oder wenn er in den gedruckten Büchern aus Beckers Sammlung stöberte.

»Kennst du das hier, Joh?«, fragte er nach einer dieser Lesestunden beispielsweise einmal, wobei er Beckers Vornamen als eine Art durch die Nüstern geblasenes Schnauben aussprach. Er fuchtelte mit dem Buch *Katzenhaltung leicht gemacht* herum. Becker, der sich vorsichtshalber rasch umblickte, stellte zu seiner Erleichterung fest, dass SB im Augenblick einmal nicht wie ein pelziger Blutegel an dem Liinyar hing.

»Klar. Überspring aber lieber den Teil über die Einmischung in das Sexualleben von Katzen. Ich habe es versucht, und SB fand das gar nicht lustig, was wiederum mir wenig Freude bereitet hat. Wenn er richtig schlecht gelaunt ist, könnte unser Kater hier nämlich selbst diesen Khleevi-Käfern den Marsch blasen.«

Aari sah ihn verwirrt an und zog sich wieder in eine der jetzt von Gerümpel befreiten Kojen der neu verteilten Mannschaftsquartiere zurück, um dort seine Studien darüber fortzusetzen, wie man vor ein paar Hundert Jahren Katzen zu halten pflegte.

Becker erkannte seine *Condor* inzwischen fast nicht mehr wieder. Denn nach Aari hatte der KEN-Roboter das Schiff so gründlich aufgeräumt, dass jetzt sämtliches Inventar ordentlich verstaut und katalogisiert war und es mittlerweile wahrhaftig Platz gab, um sich überall frei bewegen zu können. Becker war sich allerdings gar nicht so sicher, ob ihm das überhaupt gefiel. Früher war es irgendwie heimeliger gewesen.

Nach einer Weile stellte er zudem fest, dass ihm die Anwesenheit von zwei zusätzlichen – na ja, eineinhalb zusätzlichen – Leuten an Bord auf Dauer doch irgendwie zu viel war. Also wies er den KEN-Roboter an, sich nach Erledigung seiner täglichen Haushaltspflichten jeweils so lange abzuschalten, bis man ihn erneut brauchte. Aari wiederum war die meiste Zeit ohnehin mit Studieren oder Brüten (oder beidem) beschäftigt, sodass er kein sonderliches Problem darstellte. Am meisten störte Becker jedoch, dass SB neuerdings den größten Teil seiner Zeit mit Aari verbrachte – Becker ging der lästige Kater tatsächlich doch sehr ab.

Er begann bereits, sich als ziemlichen Trottel anzusehen, weil er geglaubt hatte, SBs Versuch, ihn vor Kisla und ihren Männern zu retten, bedeutete, dass der Kater Zuneigung für ihn empfand. Dabei hatte der treulose Kerl seine Schmusekätzchen-Seite etwa Khetala gegenüber schon bei ihrer allerersten Begegnung oder auch jetzt diesem Burschen Aari gegenüber weitaus mehr offenbart, als er es Becker gegenüber jemals getan hatte. Just als Becker diese Überlegungen anstellte, fühlte er plötzlich einen vertrauten Schmerz in seinem Schenkel und schaute nach unten, wo er SB erblickte, der freudig mit dem Schwanz hin und her wedelte und Becker von unten herauf erwartungsvoll anstarrte.

Kaum hatte Becker ihm die gewünschte Aufmerksamkeit zuteil werden lassen, sprang ihm der Kater auf die Schultern, räkelte sich um seinen Nacken und schnurrte mit einer Lautstärke und in einer Tonart, die dem rostigsten Klapperkasten-Triebwerk eines schrottreifen Alteisen-Transportraumschiffs alle Ehre gemacht hätte. »Nanu, SB, seit wann bist du denn auch bei mir so verschmust? Hast du etwa doch was für mich übrig?«

SB beugte sich vor, rieb sein Gesicht kosend über das von Becker und markierte ihn damit als sein Eigentum – allerdings auf eine der weniger Anstoß erregenden Weisen aus seinem Repertoire. Becker wurde plötzlich bewusst, dass es eigentlich wenig verwunderlich war, wenn SB sich ihm so selten von dieser Seite zeigte, da er sich um derartige Gunstbezeugungen des Katers ja im Grunde bisher noch nie wirklich bemüht hatte. Ihre Beziehung war bislang von einem eher rauen und spröden Umgang miteinander geprägt gewesen. Wie es je nach Sichtweise zwischen harten Kerlen oder stolzen Katern eben üblich war, die einander zwar mochten, dies jedoch selten auch offen zu bekunden wagten. Selbstverständlich *mochte* Satansbraten ihn, sogar sehr. Andernfalls hätte sich der Kater doch sofort ein neues Quartier gesucht, als die *Condor* nach seiner Rettung aus dem Havarieraumer das erste Mal wieder auf einem besiedelten Planeten niedergegangen war.

Becker stellte ferner überrascht fest, dass er in vielem sogar zu denken pflegte wie eine Katze, und er musterte SB misstrauisch. Der Kater, dessen Fell von einer dünnen weißen Knochenstaubschicht aus den Linyaari-Gebeinkammern bedeckt war, blinzelte ihm dreimal fröhlich zu und verstärkte sein Schnurren noch.

Nach dieser Begebenheit verbrachte der Kater im restlichen Verlauf der Reise ein wenig mehr Zeit auf der Brücke, und nach einer Weile tat Aari das auch, stellte Becker Fragen über die Dinge, die er gerade studierte, und probierte neu erlernte Wörter an ihm aus, um seine Aussprache zu verbessern. Becker versuchte im Gegenzug, mehr Linyaari-Wörter und -Sätze zu lernen. Der kleine, auf Linyaari LAANYE genannte Kasten übersetzte, nachdem Becker mit technischer Unterstützung durch Aari ein wenig daran herumgebastelt hatte, hierzu jetzt in beide Richtungen gleichzeitig.

Schließlich gelangten sie in Rufweite von Narhii-Vhiliinyar. »Soll ich sie selbst anfunken, oder wird es sie weniger in Panik versetzen, wenn du das übernimmst?«, fragte Becker Aari. »Meine Aussprache in Linyaari ist noch nicht so gut, wie sie es eigentlich sein sollte.«

»Ich werde mit ihnen sprechen, aber lass die Bildübertragung ausgeschaltet«, erwiderte Aari. Er hatte sich, als er sich das erste Mal in Beckers Rasierspiegel selbst erblickt hatte, völlig entsetzt bei seinen Knochen verkrochen und war von dort mehrere Tage lang nicht mehr wegzulocken gewesen. »Ich ... ich möchte mein Volk nicht erschrecken.«

Er tat es trotzdem.

Becker wurde zum ersten Mal eines weiblichen Liinyar angesichtig, als die Dienst habende Kommunikationsoffizierin des Planeten, ein weißhäutiges, weißhaariges Mädchen mit einem hübschen, glänzend wendelgerillten Kegelhorn, das ihr aus der Stirn spross, Aari aufforderte: »Bitte justieren Sie Ihre Vidübertragung nach, *Condor,* wir empfangen kein Bild von Ihnen.«

»Narhii-Vhiliinyar Raumhafen, hier spricht Aari vom Klan Nyaarya«, wiederholte Aari. »Die Bilderfassungseinheit unserer Komanlage ist derzeit nicht funktionsfähig. Wir bitten um Landeerlaubnis.«

Zunächst herrschte eine Zeit lang Schweigen, in der die Komdiensthabende vermutlich mit jemand anderem Rücksprache hielt, dann war ihre Stimme mit einem sehr ungläubigen Unterton wieder zu hören: »Aari vom Klan Nyaarya ist im Zuge der Evakuierung von Vhiliinyar vor dem Angriff der Khleevi verloren gegangen. Bitte justieren Sie Ihre Vidübertragung nach und identifizieren Sie sich ordnungsgemäß.«

Aaris Stimme war äußerst angespannt, als er erklärte: »Ich wurde auf Vhiliinyar von den Khleevi gefangen genommen, konnte ihnen jedoch wieder entkommen und wurde erst vor kurzem vom Kapitän und der Mannschaft der *Condor* gerettet. Ich habe die Gebeine unserer Vorfahren aus dem heiligen Gräberfeld geborgen, um sie vor Plünderern in Sicherheit zu bringen und sie ihren Kindern zurückzubringen, damit diese sie wieder unbehelligt und würdig bestatten können. Jetzt erteilen Sie uns bitte Landegenehmigung, damit ich zu meiner Familie zurückkehren kann.«

»*Wirklich?*« Die Funkerin vergaß vor lauter Verblüffung die Funkdisziplin und die förmliche Amtssprache und verfiel stattdessen ins alltagssprachliche Linyaari: »Du konntest den Khleevi wahrhaftig wieder entfliehen, nachdem sie dich schon in ihren Klauen hatten? Ich werde mich zuerst noch mal bei offizieller Stelle rückversichern müssen, wegen der Landeerlaubnis, aber ... willkommen daheim, Aari! Alle werden furchtbar froh sein, dich wieder zu sehen!«

Als ihr Abbild endlich wieder auf dem Komschirm auftauchte, hatte der schon bei ihrem Anflug zur Neige gehende Treibstoffvorrat der *Condor* einen mittlerweile bedrohlichen Tiefstand erreicht.

Die Kommunikationsoffizierin hatte wieder ein verschlossen amtliches Gesicht aufgesetzt und teilte ihnen mit: »Aari, das Schiff darf lange genug landen, um dich abzusetzen und es einem euch entgegengeschickten Empfangskomitee zu ermöglichen, deine Identität zu überprüfen. Aber sämtliches Nicht-Linyaari-Personal an Bord des Raumfahrzeugs muss an Bord verbleiben, und das Schiff selbst muss unverzüglich wieder abfliegen, sobald du ordnungsgemäß identifiziert wurdest und man uns deine mitgebrachte Fracht ausgehändigt hat.«

»Sag ihr, dass wir keinen Treibstoff mehr haben«, warf Becker ein.

»Die *Condor* muss aber Treibstoff nachtanken«, leitete Aari weiter.

»Erlaubnis verweigert«, lehnte die Kommunikationsoffizierin barsch ab.

»Gib mir das Ding«, fuhr Becker auf und nahm Aari das tragbare Komgerät aus der Hand. »Hören Sie, werte Dame, ich weiß ja, dass ihr Leute eine Menge durchgemacht habt«, begann er im besten Linyaari, das er zu Stande brachte. »Aari hat mir das alles erklärt. Aber er hat durch was auch immer es sein mag, das ihr Leute als Hölle verwendet, gehen müssen, und auch ich und meine

Mannschaft haben eine Menge durchgemacht, um ihn hierherzubringen. Sie könnten also zumindest so viel Anstand besitzen, uns nicht zuzumuten, mit nicht mal genug Treibstoff wieder starten zu müssen, um damit wenigstens den nächsten Hafen erreichen zu können.«

Es folgte ein weiteres langes Schweigen, bevor die Liinyar wieder auftauchte, um zu erklären: »Landegenehmigung erteilt. Bereiten Sie sich darauf vor, dass wir an Bord kommen, sobald sie aufgesetzt haben.«

Die *Condor* wurde von der Flugkontrolle auf einem Feld außerhalb des regulären Raumhafens zu Boden dirigiert, da die Landeplätze der Linyaari allesamt tiefe, eiförmig ausgeschachtete Hohlgruben waren, die sich zwar hervorragend zur Aufnahme der gleichfalls eiförmigen Linyaari-Raumer eigneten, auf Grund der falschen Heckform der *Condor* jedoch für das Schiff des Bergungsguthändlers nicht in Frage kamen. Nach der Landung setzte Becker von der Brücke aus die in einem Vertikalschacht vor seiner Hauptschleuse installierte Robo-Hebebühne in Betrieb und begann sie zu Boden zu lassen. Er war in ein Gespräch mit Aari vertieft und bemerkte daher nicht, wie SB in den Gleitschacht sprang, der zur Fluchtkappe des Katzen-Notausstiegs hinabführte. Vor dem äußeren Hauptluk angekommen, betätigte er den per Drucktaste auslösbaren Öffnungsmechanismus der Fluchtklappe, sprang hinaus und landete elegant draußen auf der Plattform des sich absenkenden Schleusenfahrstuhls, um dort sein eigenes Begrüßungskomitee zu bilden.

An Bord der *Condor* ließ Aari Becker derweil wissen, dass er froh darüber war, dass der Inspektionstrupp der Linyaari zu ihm an Bord kommen würde und es nicht andersherum erforderlich sein würde. Er hatte augenscheinlich fast ebenso viel Angst davor, seine eigenen Leute wieder zu sehen, wie er sich je vor den Khleevi gefürchtet hatte.

Becker schaltete die Außenbordkamera der Hauptschleuse ein

und sah auf dem von ihr übertragenen Bild, wie Satansbraten von der Schleusen-Hebebühne nach unten getragen wurde. Unten am Boden standen vier der weißen Einhornwesen, drei Frauen und ein Mann, zwei braune männliche Linyaari sowie eine kleine, scheckige weibliche Liinyar und sahen verblufft zu, wie der Kater sich allmählich zu ihnen herabsenkte. Die kleine Scheckige klatschte begeistert in die Hände, pflückte rasch ein paar Blumen und streckte sie SB entgegen. Dann hob eine weiße Liinyar ihn auf und übergab ihn an die Kleine, woraufhin etliche der Umstehenden ihn zu streicheln begannen. Kurz darauf stiegen eine der weißen Frauen sowie der weiße und die beiden braunen Männer auf die Hebebühne. Die Männer sahen aus, als seien sie nicht übermäßig glücklich darüber.

Mitten in der Nacht tauchte Thariinye vor der Eingangsklappe von Großmamas Pavillon auf und bestand darauf, dass Großmama, Acorna und Maati alle drei Hals über Kopf aufstehen, sich für einen langen Marsch ankleiden und auf der Stelle mit ihm zum Pavillon der *Viizaar* hinübereilen müssten.

Als sie dort ankamen, waren *Viizaar* Liriilis Augen um die Pupillen herum ganz weiß, und Acorna konnte ihren Angstschweiß riechen, eine durchdringende, ziegenhaft stechende Ausdünstung.

Großmama wollte wissen: »Was im Namen der Ahnen ist jetzt schon wieder los?« Keiner von ihnen fragte, ob das Problem nicht auch bis zum Morgen warten könne.

»Ein fremdes Raumschiff dringt in unsere Atmosphäre ein«, berichtete Liriili. »Es weigert sich, Bildkontakt mit uns aufzunehmen. Aber die Person, die uns als Erste angefunkt hat, behauptet, Maatis Bruder Aari zu sein, der seit der Evakuierung zusammen mit Maatis anderem Bruder Laarye als auf Vhiliinyar verschollen gilt. Du weißt ebenso gut wie ich, Großmama, wie absolut unvorstellbar es ist, dass irgendjemand den Khleevi oder der Vernichtung des Planeten entkommen sein könnte.«

Acorna räusperte sich. »Ich bin entkommen.«

»*Was?*«, entfuhr es Liriili, was Acorna mühelos als das auffasste, was es in Wirklichkeit bedeuten sollte: »Wie kannst du es wagen, mich zu unterbrechen?«

»Jeder hatte geglaubt, dass bei der Explosion des Raumschiffs meiner Eltern alle an Bord umgekommen seien, aber ich habe trotzdem überlebt. Vielleicht ist das Maatis Bruder ja auch gelungen.«

Maati, die ihre Brüder nie kennen gelernt hatte, warf verstörte Blicke von einem Erwachsenen zum anderen. Die Aufregung hatte jegliche Schläfrigkeit von ihr abfallen lassen.

»Ich glaube, es ist ein Trick«, behauptete Liriili.

»Wie sollte das denn möglich sein?«, widersprach Großmama. »Niemand weiß von Aari und Laarye, nur ein paar von unseren eigenen Leuten.«

Liriili schüttelte heftig den Kopf. »Jeder, den wir ins All hinausgeschickt haben, ist schlagartig spurlos verschwunden, ohne auch nur ein Abschiedssignal senden zu können«, stellte sie fest. »Ich bin daher genötigt, davon auszugehen, dass ihnen etwas zugestoßen ist. Wenn sie nicht den Khleevi in die Hände gefallen sind, dann sind sie wahrscheinlich Opfer irgendeines anderen bösartigen Fremdvolks geworden, eines Feindes, der etwas über uns erfahren will. Man könnte einige unserer Leute gefangen genommen und verhört haben, alles aus ihnen herausgeholt haben, was ihren Peinigern helfen könnte, um an unseren Verteidigungssystemen vorbeizukommen.«

»Sicher«, räumte Großmama ein. »Das könnte sein. Aber es kann genauso gut sein, dass Aari tatsächlich irgendwie den Weg nach Hause gefunden hat. Auch wenn ich mir nicht vorstellen kann, wie.«

»In einem fremden Fahrzeug, mit einem sehr übellaunigen Fremden, der ein grauenhaft schlechtes Linyaari spricht, wie Saari uns wissen ließ, die Komdiensthabende am Raumhafen. Hier ist eine Aufzeichnung des Komgesprächs.«

Sie spielte ihnen das Vid vor.

»Das ist ein Mensch!«, meinte Acorna, als sie Beckers radebrechende Stimme vernahm.

Liriili starrte sie finster an. »Das hatte ich mir schon gedacht. Einer von *deinen* Leuten. Wer ist es?«

»Woher soll ich das wissen?«, fragte Acorna. »Nach einem meiner Freunde klingt er ebenfalls nicht.«

»Nicht?« Liriili war überrascht. Acorna fühlte beinahe gegen ihren Willen eine gewisse Belustigung in sich aufsteigen. Die *Viizaar* hörte sich an wie eine Figur aus einem alten Witz, den sie einmal gehört hatte: »Hallo, ich bin Mirajik. Ich komme vom Mars.« »Hallo, ich bin Sarah von der Erde.« »Von der Erde? Ach, sag mal, ich habe einen Freund, der auch von da kommt. Kennst du John Smith?« Die *Viizaar* schien nicht einsehen zu können, dass Acorna, nur weil sie ein paar Menschen kannte, nicht automatisch auch diesen kennen musste, den es irgendwie vor die Haustür von Narhii-Vhiliinyar verschlagen hatte.

»Nein«, wiederholte Acorna, wobei sie versuchte, in ihrer Antwort weder ihre Belustigung noch ihre freudige Erregung mitschwingen zu lassen. Es wäre *schön*, sich wieder mit jemandem in der Sprache unterhalten zu können, mit der sie aufgewachsen war. »Aber wenn Sie einen Dolmetscher brauchen, *Viizaar*, würde es mich freuen, Ihnen auf jede nur mögliche Weise behilflich zu sein.«

»Du wärst zweifellos von großem Nutzen, Khornya«, sagte Großmama. »Ich bin überzeugt, dass die *Viizaar* dich auch aus genau dem Grund zu dieser Beratung hinzugezogen hat. Ich bin als die Älteste des Rates hier; und Maati, weil sie, sollte es wahrhaftig Aari sein, der da in unsere Mitte zurückkehrt, natürlich nicht fehlen darf, um ihren Bruder daheim willkommen zu heißen. ... Und Thariinye?« Das Letzte war eine an Liriili gerichtete Frage.

»Thariinye beherrscht die Sprache von Khornyas Adoptivvolk ebenfalls und kann somit als zweiter Dolmetscher aushelfen.«

Acorna gab ein protestierendes Geräusch von sich. Was Liriili wirklich meinte, war, dass Thariinye kontrollieren sollte, ob sie wahrheitsgemäß übersetzte oder nicht.

»Ich halte diese Gruppe bewusst klein«, fuhr die *Viizaar* fort. »Als Begleitschutz werden wir noch ein paar kräftige junge Männer mitnehmen. Ansonsten besteht keinerlei Veranlassung, dass gleich der ganze Planet hiervon erfahren sollte, ehe wir nicht die genauen Absichten dieses Eindringlings herausgefunden haben. Sicherheitshalber habe ich allerdings meine Vize-*Viizaar* beauftragt, sich bereitzuhalten und die Stadt notfalls zu evakuieren, falls wir hier wahrhaftig den Vorboten einer neuen Invasion vor uns haben. Ich kann nur hoffen, dass wir unsere Flucht dann noch rechtzeitig einleiten können.«

»Was ist mit den Schiffen, die Khornya und ich neulich gesehen haben, Liriili?«, fragte Thariinye. »Ich bin ein guter Pilot. Ich könnte bestimmt jedes von ihnen fliegen. Und eine Mannschaft dafür könnte ich aus den Senioren der Raumflotte zusammenstellen, die sich aus dem aktiven Dienst in den Ruhestand zurückgezogen haben.«

»Ich hoffe zwar sehr, dass es nicht nötig werden wird, dich zu einem entsprechenden Versuch aufzufordern, aber es ist ein lobenswerter Gedanke«, meinte Liriili.

»Ehe wir alle in verschiedene Richtungen davonrennen, denke ich, wir sollten besser zuerst einmal nachschauen, was da eigentlich auf uns zukommt«, ergänzte Großmama besonnen. »Es besteht keine Veranlassung, die Ahnen jetzt schon zu beunruhigen. Außerdem bewegen sich die Ahnen selbst bei einem Notfall in einem gemächlichen Tempo.«

»Stimmt«, bestätigte Thariinye. »In einem so gemächlichen Tempo, dass eine Großinvasion uns längst alle ausgelöscht hätte, bevor wir auch nur in die Nähe des Raumhafens gekommen sind.«

Mit einem angedeuteten Nicken pflichtete Liriili seiner scherzhaften Bemerkung bei – aber auch nur, weil sie von Thariinye kam, dachte Acorna – und neigte dann huldvoll den Kopf, um ihre Zustimmung zu Großmamas Vorschlag zu bekunden. Daraufhin brachen sie gemeinsam auf: die *Viizaar,* Großmama, Thariinye, Maati, Acorna und zwei junge Burschen, die den von Liriili erwähnten Begleitschutz stellten.

Als sie das Raumschiff niedergehen sah, entspannte sich Acorna. Das Heck sah nach einem herkömmlichen Föderationsraumer aus, doch was da ein Stück weit aus der Rumpfunterseite herausragte, war ganz eindeutig ein mytheranischer Giftmüll-Auswurfschacht, und die Schiffshülle selbst bestand aus einem eigentümlichen Flickwerk verschiedenster Metallplatten, ganz zu schweigen von der recht exzentrischen Bauweise des Bugs. Wo die Zugangsschleuse hätte sein müssen, befand sich etwas, das wie eine Art flacher Vorbau aussah. Als das Schiff ausgesprochen hart aufsetzte, ließ es den Boden erzittern. Das Triebwerk klang, als würde es sich jeden Moment in seine Bestandteile auflösen. (Das ist kein Kampfschiff, Liriili), beruhigte sie die *Viizaar* lächelnd in der Gedankensprache. Sie wurde zum Glück immer besser in dieser Art der Verständigung, denn gesprochene Worte wären in dem Gebrüll, das der landende Raumer veranstaltete, völlig untergegangen. (Es ist überhaupt kein Schiff irgendeiner bestimmten Art. Für mich sieht es aus wie ein zusammengeflicktes Schrotthändlerschiff.)

(Der Fremde an Bord behauptet, dass es keinen Treibstoff mehr hat), erwiderte Liriili. (Er verlangt, dass wir es wieder auftanken.)

(Ich würde ihm glauben), meinte Acorna. (Dieses Ungetüm da sieht aus, als könnte es jede Hilfe gebrauchen, die es kriegen kann.)

(Es könnte ein Trick sein), warnte Thariinye, (um uns in trügerischer Sicherheit zu wiegen.)

(Bei mir funktioniert er jedenfalls), kommentierte Großmama. (Und ... spürt es denn niemand außer mir? Ich nehme die unverkennbare Ausstrahlung eines Liinyar an Bord wahr.)

(Das habe ich auch sofort gespürt), bestätigte Liriili. (Aber irgendetwas an seiner Aura ist nicht in Ordnung. Irgendetwas ist schrecklich falsch.)

Der Landetriebwerkslärm verstummte und wurde von einer Abfolge anderer Geräusche ersetzt, zuerst einem Krachen, dann einem Zischen und dann dem bedächtigen Summen einer hydraulischen Plattform, die sich langsam aus dem mytheranischen Giftmüll-Auswurfschacht herabsenkte.

Plötzlich klatschte Maati in die Hände und deutete nach vorne. »Da, seht!«, rief sie laut. »Schaut euch den pelzigen kleinen Fremden an! Er muss von so weit hergekommen sein, mit diesem großen alten Schiff! Ich wette, er hat auch Hunger und braucht nicht nur Treibstoff.« Sie rannte zu einem Flecken leidlich gesund aussehenden Grases hinüber und rupfte ein paar Büschel davon aus, zusammen mit ein paar purpurnen Blumen, von denen Acorna wusste, dass sie sehr schmackhaft waren.

Großmama traten Tränen in die Augen, und ihre Stimme klang ein wenig erstickt, als sie sagte: »Der kleine Fremde erinnert mich an einen *Pahaantiyir.*« Acorna fing das Gedankenbild eines pelzigen, katzenähnlichen Geschöpfes auf.

»Das tut er wirklich, nicht?«, bestätigte Liriili und schien selbst den Tränen nahe zu sein. »Ich hatte einen süßen kleinen *Pahaantiyir*, als wir noch daheim lebten, aber er ist mir kurz vor der Evakuierung weggelaufen und ich konnte ihn nicht mehr rechtzeitig wieder finden.«

Maati streckte ihren Arm aus und versuchte, den ›Fremden‹ mit ihrem Büschel saftiger Gräser und Blumen zu sich zu locken. »Die werden dir bestimmt köstlich munden, fremdes Wesen«, versprach sie höflich.

»Das bezweifle ich«, wandte Acorna ein. »Das hier sieht mir sehr nach einer Makahomanischen Tempelkatze aus. Die sind Fleischfresser, glaube ich.«

Die Katze warf ihr einen entrüsteten Blick zu, machte einen zierlichen Schritt nach vorne, um an den Blumen zu schnüffeln, und begann dann eine davon zu essen. Nur eine. Sämtliche Linyaari sahen ihr voller Ehrfurcht zu. Dann setzte sich das Geschöpf auf die Hinterbacken, musterte sein Publikum selbstzufrieden und begann sich sauber zu lecken.

Acorna griff Maati über die Schulter, hob die Katze hoch, nahm sie in die Arme und reichte sie dann an Maati weiter. Die junge Linyar quiekte vor Freude, als das Wesen sich an ihren Hals kuschelte und zu schnurren begann.

»Der Fremde mag mich!«, jubelte Maati.

»Ich würde mich davon an deiner Stelle nicht allzu sehr beeindrucken lassen«, riet Acorna ihr mit einem Lächeln. »Dieser Bursche hier ist wahrscheinlich nicht der Schiffskapitän. Und ein Linyar scheint er auch nicht zu sein, also ist er wohl auch kaum dein Bruder.«

Thariinye und die anderen jungen Männer streichelten das Tier nun ebenfalls, sogar Liriili tat es ihnen nach.

»Es ist so *weich*«, meinte Maati glückselig.

»Da sie uns die Fahrstuhlplattform heruntergeschickt haben, wollen sie vielleicht, dass wir damit an Bord kommen«, mutmaßte Acorna.

»Es könnte eine Falle sein«, unkte Thariinye.

»Soweit ich gehört habe, wenden Katzen die Kunst der Gedankenbeeinflussung nur dann an, wenn sie auf der Suche nach einem Heim oder einer Mahlzeit sind«, beruhigte Acorna ihn. »Ich bezweifle sehr, dass dieser Bursche hier ein Spion ist. Ich würde aber gerne nachschauen, wer sich sonst noch im Schiff befindet. Vielleicht wissen sie ja Neues von meinen Freunden.«

»Du gehst da nicht ohne mich rauf«, widersprach Thariinye. »Außer ... äh ... außer wenn du es für das Beste hältst.«

»*Ich* finde, ihr solltet beide gehen«, mischte sich Liriili ein und verschränkte energisch die Hände hinter dem Rücken, um sich davon abzuhalten, die Katze weiter zu streicheln. »Aus genau diesem Grund habe ich ja nach euch schicken lassen. Und ihr zwei – begleitet sie.«

»Jawohl, *Viizaar*«, quittierten die zwei jungen Männer den Befehl im Chor.

»Ich möchte auch mitkommen, um nachzusehen, ob da noch mehr sind, von diesen ... Kaaats«, bat Maati.

»Miiau?«, sagte das pelzige Geschöpf.

»Du wirst so lange hier bleiben, bis wir wissen, ob es da oben sicher ist«, lehnte Liriili ab.

»Aber Sie haben doch gesagt, mein Bruder ...«

»Zumindest jemand, der behauptet, dein Bruder zu sein, ja. Es ist besser, wenn Khornya und Thariinye den Erstkontakt übernehmen.«

Achtzehn

Acorna trat auf die Plattform, und die Männer folgten ihr. Auch die Katze sprang von Maatis Armen herunter, eilte herbei und hockte sich neben sie.

Die Plattform hob sich, glitt in den darüber liegenden Vertikalschacht hinein und stieg darin weiter, bis sie auf gleicher Höhe lag wie der durch eine Schleuse führende Zugang zu einem der Decks. Dort erwartete sie ein untersetzter, lockenköpfiger Mann mit einem borstigen Schnurrbart und beobachtete ihre Ankunft. Als die Hebebühne zum Stillstand gekommen war, streckte er eine Hand aus, um Acorna hereinzuhelfen. »Hallo zusammen ... meine Dame, Jungs«, begrüßte er sie mit einer tiefen und etwas rauen Stimme. »Ich weiß nicht recht, welchen Spruch ich vom Stapel lassen soll ... ›Wir kommen in Frieden‹ oder ›Bringt mich zu eurem Anführer‹. Aari hat mir erzählt, dass ihr an fremden Besuch nicht gewöhnt seid.«

Die Katze sprang von der Plattform herunter und auf die Schultern des Mannes, wo sie sich um seinen Nacken wand. »Wie ich sehe, habt ihr unseren Anführer ja schon kennen gelernt, beziehungsweise unser selbst ernanntes, Pfoten schüttelndes Willkommenskomitee.«

Das unfreiwillig Komische war, dass er die für die Menschensprache typischen Redewendungen, die er verwendete, wortwörtlich in der Sprache der Linyaari wiedergab. Acorna verstand ihn zwar trotzdem, ebenso jedoch verstand sie den verwirrten Ausdruck auf den Gesichtern der anderen drei Linyaari.

»Mein Name ist Jonas Becker«, fuhr der Mann fort, als die

Linyaari-Männer ebenfalls von der Hebebühne ins Schiff getreten waren. »Ich bin der Kapitän der *Condor*, sowie Generaldirektor, Vorstandsvorsitzender und – bis vor kurzem – Chefkoch und Tellerwäscher der Interplanetaren Bergungs- und Wiederverwertungsgesellschaft Becker mbH. Es hatte eigentlich mal Becker und Söhne mbH heißen sollen, aber mein Vater ist nicht dazu gekommen, das Firmenschild auszuwechseln, bevor er starb, also führt der Betrieb immer noch nur einen Becker im Namen. Und wer seid ihr?«

Acorna grinste erneut und genoss den Umstand, dass Becker, den sie auf Anhieb mochte und von dem sie sehr positive Energiewellen empfing, wissen würde, dass sie damit ein freundliches Gesicht machte, während die anderen wahrscheinlich den Eindruck hatten, dass sie dem Fremden furchtlos die Zähne zeigte. Der Mann vor ihr erinnerte sie sehr an ihre drei geliebten Onkel. Er strahlte die gleiche Art von individualistischer und unabhängiger Intelligenz, Neugier und Güte aus. »Meine Pflegeväter haben mir den Namen Acorna gegeben«, antwortete sie. »Auf Linyaari – unserer Sprache – nennt man mich Khornya.«

»Bingo!«, rief er aus. »Ich meine: im Ernst? Jetzt habe ich schon so viel über Sie gehört, Dame Acorna, nichts als gute Dinge, und dann sind Sie doch glatt die erste Person, der ich bei meiner Ankunft hier begegne. Freut mich, Sie kennen zu lernen, gnädige Frau, und das meine ich ganz ehrlich. Ich war früher mal Landarbeitssklave auf Kezdet, als ich noch ein Knirps war, und was Sie für diese Kinder dort getan haben, war einfach großartig, wie man mir erzählt hat. Ihre Papas kenne ich übrigens auch. Anständige Kerle, das.«

Thariinye räusperte sich auf irgendwie bärbeißige, männliche Art. »Uns ist gesagt worden, dass man Ihnen zu landen erlaubt hat, weil Sie behauptet haben, dass ein Liinyar an Bord sei?«

Beckers Auftreten veränderte sich unmerklich, um ebenso bärbeißig wie Thariinye, jedoch doppelt so drohend zu klingen: »Ich habe das nicht behauptet. Das hat Aari selbst getan.«

Acorna legte Becker sanft eine Hand auf den Arm. »Mein Volk ist an Besucher von außerhalb nicht gewöhnt. Die Linyaari haben ein paar schlechte Erfahrungen mit Fremden gemacht, besonders in letzter Zeit. Bitte seien Sie daher nicht gekränkt. Darf ich Ihnen Botschafter Thariinye vorstellen, der zu jenen Linyaari gehört hat, die nach Maganos gekommen sind, um mich nach Narhii-Vhiliinyar zurückzubringen? Und diese beiden hier sind« – sie las rasch in ihren Gedanken – »Iiryn und Yiirl.«

Becker nickte, eine knappe, wachsame und nicht annähernd so freundliche Geste, wie er sie ihr bezeugt hatte. »Jungs«, nahm er sie zur Kenntnis. »Nun ja, Aari ist plötzlich ein bisschen scheu geworfen, als er Sie hat kommen sehen, und hat sich in die Frachträume verdrückt, um die Gebeine für den Abtransport vorzusortieren. Ich schätze, wenn wir jeder ein paar Arme voll Knochen mit runternehmen, haben wir sie in null Komma nichts ausgeladen.«

Die Erwähnung der Knochen ließ Thariinye und die beiden anderen Männer sichtlich blasser werden. Becker musterte sie gründlich von Kopf bis Fuß und Acorna auch. Dann sagte er: »Fühlen Sie sich wie zu Hause. Ich werde mal kurz nachsehen, was KEN so treibt und wo Aari bleibt. Er arbeitet da hinten wahrscheinlich so hart, dass er gar nicht mitbekommen hat, wie Sie an Bord gekommen sind.«

(Das ist ein sehr sonderbares Verhalten für jemanden, der so lange Zeit von uns getrennt war), wunderte sich Iiryn.

(Na ja, er ist eben ziemlich alt, stammt noch aus der Zeit vor der Evakuierung), erwiderte Yiirl. (Vielleicht ist er ja vergesslich.)

(Du warst diesem Becker gegenüber ja wirklich sehr freundlich), beschwerte sich Thariinye.

(Er ist ein anständiger Mann), entgegnete Acorna. (Konntest du das nicht spüren?)

(Hmpf. Nein. Mir hat er nicht die gleiche Energie entgegengebracht wie dir. Er ist sehr feindselig und misstrauisch und kann, würde ich sagen, ziemlich gewalttätig werden.)

(Wir sollten kein Urteil über ihn fällen, ohne ihn zuvor näher kennen gelernt zu haben), rügte Acorna ihn.

(Darauf besteht glücklicherweise wenig Aussicht), murrte Thariinye. (Dir ist natürlich klar, nehme ich an, dass er und sein Schiff unverzüglich wieder von hier verschwinden müssen, sobald er seine Treibstoffvorräte ergänzt hat? Ihre Gegenwart befleckt uns und bringt uns alle in Gefahr.)

(Ich sehe nicht, wie), dachte Acorna gerade zurück, als Becker mit äußerst besorgter Miene wieder auftauchte und sie mit gekrümmtem Finger zu sich winkte. Thariinye wollte schon vorpreschen, als Becker ihn zurückhielt: »Nichts da, Kumpel. Vorerst nur die Dame Acorna, bitte.« Dann begann er eine Leiter emporzuklettern, die zu den anderen Decks führte.

»Na schön«, gab Thariinye nach. »Aber versuchen Sie bloß keine komischen Sachen mit ihr, oder ich werde Sie das bitter bereuen lassen.«

(Na, na, Thariinye), tadelte Acorna ihn im Vorübergehen, (das klang aber ziemlich feindselig und aggressiv, und vielleicht sogar gewalttätig.)

Sie kletterte zum Oberdeck hinauf, wo Becker auf sie wartete.

»Aari ist ziemlich schlimm dran, um Ihnen die Wahrheit zu sagen, Dame Acorna«, begann Becker. »Als ich ihn kennen gelernt habe, war ich schwerer verletzt, als er es ist, und hatte damals noch nie normale Leute seiner Art gesehen. Aber wenn ich mir jetzt Sie so anschaue ... nun, machen Sie sich auf einiges gefasst. Diese Khleevi haben ihn ganz schön übel zugerichtet. Ihm fehlt das Horn, das ist der augenfälligste Schaden. Aber dem Aussehen von euch anderen nach sind da auch noch etliche andere Sachen, die ebenfalls nicht richtig ausgeheilt sind. So wie er es mir erklärt hat, war er ziemlich fertig, als er auf dem Friedhof zusammengebrochen ist und die geballte Kraft all dieser alten Hörner ihn geheilt hat. Aber die Khleevi haben irgendwas mit ihm angestellt, das den Heilungsprozess stark beeinträchtigt hat. Ohne jemanden, der wusste, was zu tun war und die Heilung in die richtigen Bahnen lenken konnte, sind seine Knochen einfach wieder da zusammengewachsen, wo ein gebrochenes Ende an das andere gestoßen ist, so schief, wie sie eben gerade lagen. Ich schätze, dass ihn erst jetzt, wo er beinahe wieder daheim und endgültig in Sicherheit ist und er nicht mehr ständig auf der Hut sein muss, der Schock über all das, was er durchgemacht hat, wirklich einzuholen beginnt. Ich habe ihn gerade ganz zusammengekrümmt in einer Ecke liegend vorgefunden, wie er sich die Augen ausgeweint hat. Ich dachte, wenn Sie vielleicht allein mit mir zu ihm gehen und mit ihm reden würden, ihm sagen würden, dass alles gut wird und dass seine Leute sich darauf freuen, ihn zurückzubekommen, dass es ihm dann besser gehen würde.«

»Ich werde tun, was ich kann«, versprach Acorna dem Mann, dankbar für sein Einfühlungsvermögen dem ehemaligen Gefangenen der Khleevi gegenüber.

Ihre Schritte klapperten auf den metallenen, offenen Gitterstegen, die sie auf ihrem Weg zu den Räumlichkeiten überquerten, die auf einem regulären Schiff wohl als Frachträume und Mannschaftsquartiere bezeichnet worden wären. Als sie Becker ins Innere eines dieser Frachträume folgte, vernahm sie das Klappern von Knochen auf Knochen. Dann tauchte ein Monster vor ihr auf.

Sogar als entstellte und verkrüppelte Missgestalt war Aari um etliches größer als Becker und überragte selbst Acorna. Doch seine Gelenke bildeten völlig widersinnige Winkel, und auf seinem Rücken erhob sich ein riesiger Buckel. Seine Beine beugten sich beim Bewegen falsch, und sein Kopf stand auf bizarre Weise schief – und der Anblick dieser eingebeulten, klaffend vernarbten Stirn drehte ihr beinahe den Magen um.

Sie versuchte, seinen Anblick auf einer rein physischen, optischen Ebene in sich aufzunehmen und nicht darüber nachzudenken, keinerlei Reaktion darauf zu zeigen. Der verwundete Ausdruck in seinen von furchtbaren Qualen gepeinigten Augen jedoch verriet ihr, dass er sie bereits durchschaut hatte, noch ehe sie einen einzigen Gedanken gesendet oder er ihn aufgefangen hatte.

Sie streckte ihm die Hand entgegen – eine Hornberührung wäre in diesem Fall nicht angebracht, da ihr Gegenüber doch kein Horn besaß, um diesen Linyaari-Gruß erwidern zu können. »Ich werde Khornya genannt. Ich wurde im Weltraum geboren, nach der Evakuierung, und bin selbst gerade erst hier angekommen. Aber trotzdem: Willkommen zu Hause.«

Er nickte ihr knapp zu, und obwohl er gefasst zu klingen versuchte, bebte seine Stimme doch, als er antwortete: »Ich war Aari. Ich danke dir.«

Und dann hörte sie hinter sich das Getrappel von hart besohlten Füßen auf metallenen Gitterrosten näher kommen. Die drei Linyaari-Männer traten hinter ihnen in den Frachtraum und schnappten hörbar nach Luft.

(Was *ist* das?)

(Ich glaube, mir wird schlecht!)

(Die haben dich wirklich übel zugerichtet, wie?), von Thariinye.

Acorna trat rasch auf ihn zu, ehe Aari sich noch tiefer in den Frachtraum zurückziehen konnte. Sie nahm seine Hände in die ihren, und dieses Mal legte sie ihr Horn an seine Wange, um zu heilen, zu besänftigen. (Sie sind jung und töricht und haben nicht die geringste Ahnung von der Welt da draußen), entschuldigte sie die anderen Linyaari. (Ich bin sicher, dass die Ärzte hier dich im Handumdrehen wieder gesund machen können.)

Thariinye, der zwar unbedacht, jedoch gewiss nicht vorsätzlich unfreundlich war, begriff seine Taktlosigkeit sofort. Er trat ebenfalls zu ihnen hinüber und berührte, mit nur leichtem Unbehagen, den Neuankömmling seinerseits mit seinem Horn. (Khornya hat Recht. Ich war unhöflich und grausam. Wir werden unverzüglich nach den Ärzten schicken.)

»Vielleicht möchtet ihr Leute Aari ja zuerst in ein Krankenhaus oder eine Klinik oder so was in der Art bringen, bevor wir mit dem Ausladen der Gebeine eurer Vorfahren beginnen?«, schlug Becker vor, und Acorna wurde bewusst, dass auch er, wenngleich wohl nur in eingeschränktem Maße, eindeutig die Fähigkeit besaß, Gedanken zu lesen.

»Ich werde hinausgehen und die Angelegenheit mit der *Viizaar* besprechen. Aber, mein Bruder«, meinte Thariinye zu Aari, »würdest du dich nicht wohler fühlen, wenn wir dir die Ärzte herbrächten, bevor du deine kleine Schwester und deine alten Freunde wieder triffst?«

Aari warf ihm einen von Bitterkeit erfüllten Blick zu. »Du meinst, damit ich sie nicht erschrecke? Du bist sehr rücksichtsvoll, mein Bruder.«

»Gut, das wäre also dann geklärt«, stellte Becker fest. »Ich denke, wir werden das Löschen der Knochenladung erst mal verschieben, bis eure Mediziner sich Aari angesehen haben – ob hier oder dort, ist mir gleich. Aber vorerst seht ihr zu, dass ihr von meinem Schiff runterkommt, Leute. Die Dame Acorna ist hier jederzeit willkommen und kann uns aufsuchen, wann immer sie möchte. Aber der Rest von euch tut mir einen Gefallen und wartet so lange, bis ich euch eine goldrandgesäumte, gedruckte Einladung schicke, in Ordnung? Sagt eurer Anführerdame, dass ich immer noch Treibstoff brauche und hoffe, dass sie einen ausreichend langen Schlauch haben, um das Zeug vom Tank auf dem Raumhafen bis hierher zu pumpen, da ich ja selbst nicht dahin kann.«

(Sehr feindselig und aggressiv), raunte Thariinye Acorna im Vorbeigehen zu.

»Das habe ich gehört!«, rief Becker ihm nach.

»Ich denke, ich sollte auch gehen«, sagte Acorna. »Sie werden jemanden brauchen, der zu Ihren Gunsten auftritt. Nicht dass meine Meinung bei der *Viizaar* viel Gewicht hätte, aber wenn Großmama Naadiina, die Ratsälteste, mich unterstützt, dann wird sie mir wohl oder übel doch zuhören müssen.«

Aari lächelte fast, als er aufmerkte: »Großmama weilt also immer noch unter uns?«

»Frisch und munter«, bestätigte Acorna.

»Ich würde sie gerne sehen. Sie wird nicht vor mir erschrecken, höchstens Trauer empfinden. Großmama war immer freundlich zu Laarye und mir, als wir noch klein waren.«

»Sie hat sich um deine kleine Schwester gekümmert, seit eure Eltern ...«

Schmerz durchzuckte sein Gesicht, und ihr wurde plötzlich klar, dass er, wenn seine Eltern auf der Suche nach ihm verschollen waren, bevor sie Vhiliinyar erreicht hatten, bis jetzt nicht hatte wissen können, dass er sie hier nicht wieder in die Arme würde schließen können. »Oh, das tut mir schrecklich Leid. Auf diese Weise hättest du es nicht erfahren sollen«, entschuldigte sie sich zutiefst betroffen.

Beschwichtigend legte er ihr seine zerschmetterte Hand auf die Schulter. »Ich wusste, dass sie nicht mehr am Leben sein konnten, andernfalls wären sie längst hier gewesen, um mich zu begrüßen. Es war meine Entscheidung, auf Vhiliinyar zurückzubleiben, nicht etwa ihre, mich im Stich zu lassen. Du hast nur bestätigt, was ich ohnehin schon wusste.«

Acorna beeilte sich, zu den anderen aufzuschließen, woraufhin Becker sie mit der Hebebühne wieder alle gemeinsam auf den Boden hinabließ. Dieses Mal blieb der Kater entschlossen an Bord; er saß fürsorglich zwischen Aaris Beinen.

»Es freut mich, Ihnen berichten zu können, Graf Edacki, dass die Experimentalstation jetzt voll betriebsfähig ist und dass die Testreihen bereits begonnen haben.« Admiral Ikwaskwan übermittelte seinem Auftraggeber diese Nachricht auf seinem privaten und abhörsicheren Hyperfunkkanal. »Unsere Techniker nehmen sich gerade die Bordrechner der Linyaari-Raumschiffe vor, die wir in unseren Besitz gebracht haben, und versuchen eine Methode zu entwickeln, um die darin enthaltenen Navigationsprogramme und Kursdaten zu ihrer Heimatwelt zu entschlüsseln. Aber es scheint, als ob diese Art Programme mit einem Selbstlöschungsschutz gesichert sind, der alles Wissenswerte vernichtet hat. Und wir haben noch nicht herausgefunden, wie diese ... Geschöpfe ... die solcherart vernichteten Daten eigentlich wiederherzustellen beabsichtigen, um jemals wieder auf ihre Heimatwelt zurückkehren zu können.«

»Vielleicht könnten Sie unsere Gäste ja freundlich überreden, Ihnen die aus den Computern verschwundenen Informationen verbal preiszugeben«, schlug Ganoosh vor.

»Nun, dem steht leider ein kleines Problem entgegen, Graf. Mit Ausnahme von drei Gefangenen, denselben Personen, die vor ein paar Monaten bei uns aufgetaucht sind, um dieses Acorna-Mädchen abzuholen, spricht keine dieser ... Kreaturen ... irgendetwas, das auch nur annähernd unserer Sprache ähnelt. Wir haben zwar versucht, die drei, die uns verstehen können, zu Dolmetscherdiensten zu zwingen. Aber sie verweigern sich, und es gibt keine Möglichkeit, sie umzustimmen. Folter ist wirkungslos. Sie haben keine Silbe gesagt, obwohl sie die Schmerzen unübersehbar gespürt haben. Sie werden zudem ziemlich schnell wieder gesund. Oder sterben. Wir hätten beinahe die Botschafterin ... Sowieso ... verloren, die Einhornfrau, die Acornas Tante ist. Zumindest hat sie behauptet, dass sie das wäre. So genau lässt sich das nicht sagen, sie sehen ja alle völlig gleich aus. Man hat schon Mühe, die Männer von den Frauen zu unterscheiden.«

»Hmmm ... zeigen sie sich genauso widerspenstig, wenn sie ihre anderen Kräfte demonstrieren sollen?«

»Oh nein, Graf. *Das* haben wir fest im Griff. Man steckt einfach ein oder zwei von ihnen in eine mit Giftgas geflutete Gaskammer, und schon ist die Luft da drinnen so sauber und süß wie ein Frühlingslüftchen, wenn man sie wieder rauslässt. Man flößt einem von ihnen Abflussreiniger ein, und ehe man sich's versieht, ist die Brühe schon kristallklares Trinkwasser. Das ist alles gründlich dokumentiert. Sie können künftig Giftmüll einfach in die Landschaft kippen, so viel Sie nur wollen, oder verseuchen, was immer Ihnen in den Sinn kommt – wir haben hier ein Allheilmittel dagegen. Natürlich bin ich nicht sicher, wie hoch ihre Leistungsfähigkeit außerhalb einer kontrollierten Umgebung ist.«

»Eine so gezierte Wortwahl ist doch sonst gar nicht Ihre Art, Admiral.« Ganoosh lächelte. »Sie meinen, wenn sie nicht in Gefangenschaft sind. Nun, da wären noch ein paar andere kleine Tests, die ich Sie durchzuführen bitte. Ich habe die von meinem Mündel befehligte *Midas* zwischenzeitlich auf einen neuen Kurs einschwenken lassen. Aber sie müsste bald schon bei Ihnen eintreffen, und zwar mit einem sehr wichtigen Gast an Bord, wie ich hoffe, und womöglich auch mit einigen Informationen hinsichtlich der Position des zentralen Brutstalls unserer lieben gehörnten Freunde. Darüber hinaus wird sie ein paar Hörner mitbringen, die wir ihren ursprünglichen Besitzern abgenommen haben. Ich möchte, dass Sie einige Testreihen veranlassen, um herauszufinden, welcher qualitative Unterschied zwischen der Leistungsfähigkeit des Horns auf einem lebendigen Tier und dem eines Horns besteht, das getrennt vorliegt. Wenn dieser Unterschied nicht allzu erheblich ist, nun, dann …«

»Ich verstehe vollkommen, Graf Edacki. Was ich bei dieser Gelegenheit übrigens auch noch gerne berichten würde: Ich habe mir da eine höchst interessante und unterhaltsame Methode einfallen lassen, um die Heilkraft der Hörner auf die Probe zu stellen.«

»Und die wäre?«, fragte Ganoosh neugierig.

»Indem ich das Konzept der römischen Amphitheater und der Gladiatorenwettkämpfe wieder belebt habe. Sie erinnern sich doch gewiss an meine Partnerin Nadhari Kando?«, erwiderte der Admiral.

»Sie haben sie doch nicht etwa in unser kleines Geheimnis eingeweiht, oder etwa doch? Diese Frau war im Bunde mit diesem mitleidigen Jammerlappen Delszaki Li«, warnte ihn der Graf mit Abscheu in der Stimme.

»Wir scheinen das Problem von Nadharis allzu weichem Herz vermittels einer großzügigen Verabreichung gewisser Drogen, die Feindseligkeit und Aggressionen hervorrufen, gelöst zu haben. Das scheint ihre Hemmschwellen gegen Gewaltanwendung erfolgreich auf Null zu senken, wobei diese allerdings ohnehin nie übermäßig ausgeprägt waren.« Ikwaskwan grinste wölfisch.

»Daran kann ich mich aus einem anderen Komgespräch entsinnen, das wir beide geführt hatten«, bestätigte Ganoosh anzüglich.

»Der Zufall hat uns eine Schiffsladung Kinder in die Hände gespielt, Feinde Ihres verstorbenen Partners, des Rattenfängers, wie ich hinzufügen sollte. Es hat den Anschein, dass diese Gören gehofft hatten, Nadhari als Ausbilderin anheuern zu können, um sie in der Kunst des Krieges zu unterweisen. Deshalb habe ich sie bei mir aufgenommen. – Hier, werfen Sie mal einen Blick darauf«, forderte er ihn auf.

Der Admiral schaltete ein neues Bild auf den Komschirm von Ganoosh, sodass dieser nun in eine grob zu einem Amphitheater umgebaute Biosphärenkuppel blickte, in der man entlang der Kuppelwandung eine nach außen hin ansteigende, ringförmige Zuschauertribüne aufgebaut hatte. Die auf den Tribünenbänken sitzenden Söldner waren durch schützende Mauern aus verstärktem Plastbeton von der Zentralarena getrennt. Genau in der Mitte dieser Kampfbühne, mit zwei langen, an ihrem Hals und einem Fuß angebrachten Ketten an eine dicke Säule gefesselt, stand Nadhari Kando, jene geschmeidige, gefährlich aussehende Frau, die Ganoosh das letzte Mal in Ikwaskwans Gesellschaft gesehen hatte. Sie war mit Dolchen und Peitschen bewaffnet. Ein kurzes Stück entfernt trieben ein paar mit Laser-Treibstangen bewaffnete Söldner ein hoch gewachsenes, recht hübsches junges Mädchen in die Reichweite von Nadharis Waffen. Das Mädchen war in etwas gekleidet, das offenbar Ikwaskwans Vorstellung von einer auf das absolut Nötigste reduzierten römischen Toga entsprach. Bewaffnet war es nur mit einem Dolch und einem Netz.

Ein qualvoller Schrei erhob sich von irgendwoher aus dem Hintergrund: »'Ziana! Nein!«

»Ist das ihr Name?«, fragte Ganoosh.

»Ja, Graf. Das ist Andreziana Sternenkind, die Kapitänin jener Sternenfahrerkinder, von denen ich gesprochen habe. Wie rührend. Sie versucht mit Nadhari zu reden, den Drogenschleier zu durchdringen und ihr Innerstes zu erreichen, sehen Sie? Aber Nadhari wird ihr natürlich ebenso wenig zuhören, wie die Löwen einst auf die Christen gehört haben.«

»Und die männliche Stimme, die gerade zu hören war und die ihren Namen auf so zärtliche Weise gerufen hat?«

»Das dürfte Pal Kendoro gewesen sein, Graf Edacki. Genau wie Nadhari selbst ein ehemaliger Lakai von Delszaki Linyaari. Sogar ein Freund von Nadhari. Von der alten Nadhari natürlich, nicht von diesem neuen, verbesserten Modell.«

»Es ist höchst unsportlich und ungalant von Ihnen, Admiral, dieses süße Kind da so ganz auf sich gestellt in die Arena rauszuschicken, um gegen eine kampferprobte Irre anzutreten. Darf ich Ihnen einen Verbesserungsvorschlag machen?«

»Aber natürlich, Graf, gerne.«

»Ketten Sie die beiden Liebenden aneinander und schicken Sie sie zusammen raus. Zwei verliebte Schmeißfliegen mit einem Kriegerweib schlagen, die eine an der Klatsche hat.« Er fing an zu glucksen. »Oh, das ist ganz nach meinem Geschmack! Das ist es wirklich! Ich werde auf der Stelle zu Ihnen rauskommen müssen, um diese einzigartige Darbietung mit eigenen Augen miterleben zu können. Sparen Sie dieses Schauspiel für mich auf, ja?«

»Nicht nötig, Graf. Ganz gleich, wie schlimm Nadhari sie verwundet oder, wenn sie Glück haben, einer von ihnen sie verletzt – die Linyaari werden zweifelsohne bereit sein, diese unschuldigen Geschöpfe wieder vollständig zu heilen. Wir können Nadhari und die Kinder also bis in alle Ewigkeit immer wieder einsetzen, wenn die Heilkräfte dieser Einhörner tatsächlich so gut funktionieren, wie man uns glauben gemacht hat.«

»Vortrefflich, Admiral, vortrefflich! Wie ich diese kleinen Vergnügungen vermisst habe – jene Art Spiele, die die Didis ersonnen hatten, um mein Interesse zu wecken, damals, in den alten Zeiten, bevor das Einhornmädchen aufgetaucht ist. Wie außerordentlich passend, dass ausgerechnet ihre eigene Spezies derartige Vergnügen wieder möglich und erschwinglich machen wird.«

Neunzehn

Maati wollte wissen, wo ihr Bruder war und warum er nicht mit den anderen zusammen herausgekommen war. »Er wurde verletzt, Maati«, erklärte Liriili ihr, als das Kind sich weigerte zu gehen. »Die fremde Spezies, vor der wir geflohen sind, als deine Eltern auf diesen Planeten kamen, haben ihm sehr wehgetan. Er möchte nicht, dass du ihn siehst, bevor es uns gelungen ist, ihn zu heilen.«

Alle Erwachsenen versuchten wie verrückt, sie mit besänftigenden und beruhigenden Gedankenimpulsen einzudecken. Doch als Regierungsbotin hatte Maati durchaus das eine oder andere gelernt und ließ sich daher nicht einlullen.

»Ihr wolltet nicht, dass er kommt!«, begehrte sie auf. »Ihr hattet Angst vor ihm. Aber mir würde er doch nie wehtun. Er ist der einzige Angehörige, den ich habe, und ich bin die einzige Angehörige, die er hat. Ich will ihn sehen!«

Acorna versuchte, sie zu beruhigen: »Das wirst du auch, Maati. Du wirst ihn sehen. Aber die Art, wie die Leute ihn ansehen, tut *ihm* weh, und er möchte nicht bemitleidet werden. Er möchte, dass du zu ihm aufschauen kannst, nicht, dass er dir Leid tut. Also werden wir jetzt als Erstes die Ärzte holen und sie geradewegs hierher zurückbringen, damit sie ihn heilen können.«

»Ich möchte dabei sein«, forderte Maati beharrlich. »Wir sind eine Familie, und ich möchte ihm helfen. Wenn ich verletzt wäre und er das wüsste, wette ich, dass er auch bei mir wäre. Meine Eltern wären bei ihm gewesen, nicht wahr, Großmama?«

»Ohne Frage, Maati. Und ich sehe auch keinen Grund, warum du uns nicht begleiten solltest.«

Thariinye übermittelte den Erwachsenen in der Gruppe telepathisch ein – Acornas Ansicht nach etwas verzerrtes – mentales Bild von Aari und Becker. Großmama keuchte, und Acorna, die sich seit ihrer Rückkehr aus der *Condor* angestrengt bemüht hatte, keine Gedankenbilder von dem entschlüpfen zu lassen, was sie dort gesehen hatte, fauchte ihn an.

(Nun, Großmama hat doch gesagt, sie sähe nicht ein, warum), brachte Thariinye zu seiner Rechtfertigung vor.

Die anderen beiden Männer waren fluchtartig davongehastet, ihnen war unverkennbar übel geworden.

»Thariinye«, ordnete Liriili an, »bitte ersuche die Komdiensthabende des Raumhafens, sich mit der Medizinischen Akademie in Verbindung zu setzen und von dort Baaksi Bidiila und Baaksi M'kaarin mit ihren Stäben und sämtlicher erforderlichen Ausrüstung auf der Stelle hierher schicken zu lassen.«

»Natürlich, *Viizaar* Liriili«, antwortete Thariinye, erleichtert darüber, dass er auf diese Weise von hier fortkam, selbst wenn es nur für kurze Zeit sein würde. »Sofort.«

Als er gegangen war, wandte sich Liriili an Acorna und Großmama. »Es ist nicht sehr hilfreich, dass ihr beide ihn oder mich oder die anderen dafür verurteilt, dass wir in dieser Weise auf jemanden reagieren, der so schlimm verkrüppelt wurde«, warf sie ihnen vor. »Die Khleevi haben uns seinerzeit absichtlich die Vids davon zugefunkt, wie sie unsere gefangen genommenen Brüder und Schwestern gefoltert haben, um uns damit zu terrorisieren. Wie ihr sehen könnt, hat es funktioniert. Unsere Leute sind keine Feiglinge, aber wir sind ein friedfertiges Volk. Wir sind Heiler. Wir könnten anderen Lebewesen niemals etwas so Grauenvolles antun. Allein schon der Gedanke daran erfüllt uns mit lähmendem Entsetzen. Und jetzt sogar leibhaftig zu sehen, was uns angetan werden kann, während wir noch leben und atmen und auf unseren Füßen stehen ... nun, das würde die meisten unseres Volkes so sehr aus der Fassung bringen, dass sie nicht mehr zu funktionieren im Stande wären. Ein derartiger Anblick würde das Gleichgewicht und die Harmonie, einfach alles ins Wanken bringen, was wir uns mühsam erarbeitet haben, seit wir hier sind. Außerdem ist es doch in Aaris eigenem Interesse, dass er geheilt wird, bevor er wieder in den Schoß seines Volkes zurückkehrt.«

»Wie schlimm ist es?«, wollte Maati wissen. »Ich bin seine *Schwester*. Ihr solltet nicht alle versuchen, mir die volle Wahrheit zu verheimlichen.«

Bevor Liriili ihr sagen konnte, was sie in dem von Thariinye gezeigten Bild gesehen hatte, beschrieb Acorna Aaris Verkrüppelungen lieber selbst, wobei sie besonders die Qual in seinen Augen unterstrich. Maati begann zu weinen, große Trauertränen rollten ihr die Wangen hinunter. »Neeiiin! Warum haben sie nur so etwas getan? Armer Aari! Ich möchte ihm helfen.«

Großmama tätschelte ihr die Schulter. »Das wirst du, Kind, das wirst du. Liriili, ich denke, es wäre eine gute Idee, wenn Acorna, Maati und ich zum Kompavillon hinübergehen und die *Condor* darum bitten würden, mit Aari sprechen zu dürfen.«

»Ich rate wirklich von jeglicher weiterer Kommunikation mit diesem Fremden ab, bevor wir Aari nicht in unsere Mitte zurückholen konnten«, wandte Liriili ein.

»Kind, ich verstehe ja deine Bedenken und die Verantwortung, die du dem Rest unseres Volkes gegenüber trägst. Aber in diesem Fall muss unsere Verantwortung Maati gegenüber an erster Stelle stehen. Wenn sie der Meinung ist, dass sie hiermit fertig werden kann, dann dürfen wir uns ihr nicht in den Weg stellen. Aari ist ihre Familie, fast die einzige Familie, die ihr überhaupt noch verblieben ist. Hat sie nicht schon genug verloren? Und ihr Bruder nicht auch? Wir haben ihn auf Vhiliinyar zurückgelassen, um unser aller Wohl willen – ist es da nicht gerecht, wenn jetzt er an erster Stelle steht, jetzt, wo er zu uns zurückgekehrt ist?«

»Ich beuge mich deiner Weisheit, Großmama. Aber ich glaube immer noch, dass der Anblick von Aari die Öffentlichkeit unnötig erschrecken würde. Schon allein die von Iiryn und Yiirl weiterverbreiteten Mentalbilder dürften genügen, um vielen unserer Leute Albträume zu bescheren.«

»In diesem Fall, *Viizaar*«, schlug Großmama vor, »wenn du das wirklich glaubst, dann sollte deine vordringlichste Pflicht vielleicht darin bestehen, in die Stadt zurückzukehren und unseren Leuten die zutreffende und an sich – ein Umstand, den wir bislang übersehen zu haben scheinen – ausgesprochen *frohe* Botschaft verkünden, dass einer, den wir alle verloren gewähnt hatten, nicht nur zurückgekehrt, sondern auch die allererste Person überhaupt ist, die eine Gefangennahme und Folterung durch die Khleevi überlebt hat. Dass er sich gerade in medizinischer Behandlung befindet, um seine Verletzungen heilen zu lassen, und schon bald wieder im Kreis seiner Freunde und Lieben weilen sollte. In der Zwischenzeit werden Acorna, da sie Thariinye zufolge ja als Einzige von uns im Stande ist, vernünftig mit dem streitsüchtigen Kapitän Becker zu reden, Maati als nächste Blutsverwandte und ich als Freund und alte Bekannte aus den Jugendtagen des Jungen hier bleiben, um den Ärzten bei ihrer Arbeit zu helfen und allen moralische Unterstützung zu leisten.« Großmamas Worte waren ein unverhohlener Befehl an die verstörte *Viizaar.*

»Wie du wünschst, Großmama.« Liriili zog sich zurück und machte sich auf den Weg zur Stadt. Der Rest von ihnen marschier te zum Kompavillon hinüber.

Die Kommunikationsoffizierin überließ ihnen bereitwillig ihren Platz vor der Komanlage und schaute interessiert zu, wie Acorna die *Condor* anfunkte.

»Hallo, Dame Acorna, schön, Sie zu sehen. Was kann ich für Sie tun, meine Liebe?« Das ehrliche Gesicht von Jonas Becker spiegelte Freude über ihren Anblick auf seinem Komschirm wieder.

»Kapitän Becker, hier neben mir ist Großmama Naadiina, von der Sie ja aus seinem eigenen Mund gehört haben, dass Aari sie kennt und gern mochte. Sie würde gerne mit ihm reden. Aaris jüngere Schwester, Großmamas Mündel, ist auch hier. Wir haben Maati von Aaris Verletzungen erzählt, aber sie möchte schrecklich gerne selbst mit ihm reden und ... nun, ich denke, es wäre am besten, wenn sie ihm das selbst sagen könnte.«

»In Ordnung. Wenn Sie es für das Beste halten, dann werde ich versuchen, ihn hier reinzulotsen. Aber diese Schwachköpfe, die mit Ihnen hier waren, sind an Bord dieses Schiffes nicht mehr willkommen. Ich hoffe, das haben alle verstanden.«

Acorna lächelte. »Ich glaube, Sie haben sich in dieser Angelegenheit mehr als deutlich ausgedrückt, Kapitän.« Sie sah sich um. »Thariinye scheint im Augenblick nicht hier zu sein, aber Liriili hat ihm aufgetragen, nach den Ärzten zu schicken. Sie müssten schon bald eintreffen. Wir drei würden gerne zusammen mit ihnen auf Ihr Schiff zurückkehren, mit Ihrer Erlaubnis.«

»Gewährt, mit Freuden«, antwortete er. »Warten Sie eine Minute, und ich werde mal sehen, ob Aari heraufkommt, um mit seiner Schwester zu reden.«

»Ich bin mir nicht sicher, ob dieser Kontakt autorisiert ist«, zweifelte die Komdiensthabende.

»Nicht?«, wunderte sich Großmama. »Nun, er ist es. Liriili hat Khornya und mich zu ihren offiziellen Verbindungsleuten in dieser Angelegenheit ernannt. Khornya stellt doch bereits ein großes Talent als Fremdvolk-Botschafterin unter Beweis, finden Sie nicht?«

»Doch, Großmama«, bestätigte die Funkerin kleinlaut.

»So ist's brav, Mädchen«, lobte Großmama mit einem großherzigen Lächeln.

Einen Moment später erschien Becker wieder auf dem Komschirm. Hinter ihm ragte eine große Gestalt mit einer um den Hals geschlungenen Katze auf. Maati hatte das Kinn vorgereckt und sich auf alles gefasst gemacht. Als Aaris verwüstetes Gesicht auf dem Bildschirm sichtbar wurde, blinzelte sie zweimal, doch das war alles. Aari blinzelte ebenfalls, also hatte er ihre instinktive Reaktion womöglich gar nicht gesehen. Acorna vermutete, dass er darum kämpfte, nicht wieder in Tränen auszubrechen.

»Willkommen zu Hause, großer Bruder«, sagte das kleine Mädchen, wobei sie sich weniger wie ein kleines Mädchen anhörte, als Acorna es je erlebt hatte. »Ich bin Maati; unsere Eltern haben mich hier auf Narhii-Vhiliinyar zur Welt gebracht, bevor sie zurückgegangen sind, um nach dir und unserem Bruder zu suchen. Sie ... sie haben dich nie gefunden?« Acorna erkannte, dass sie zwar versucht hatte, den letzten Satz nicht wie eine Frage klingen zu lassen, dass es ihr jedoch augenscheinlich nicht gelungen war, den winzigen Funken Hoffnung, den sie immer noch hegte, nicht in ihrer Stimme mitschwingen zu lassen.

»Zu meinem Kummer, nein. Ein nicht minder großer Kummer ist, dir berichten zu müssen, dass unser Bruder dieses Leben hinter sich gelassen hat. Aber es schenkt mir mehr Freude, als ich in all diesen *Ghaanyi* gekannt habe, dich zu sehen und deine Stimme zu hören, kleine Schwester. Ich bin Aari, geboren viele *Ghaanyi* und eine Welt vor dir, aber ich bin dein Blutsverwandter, und ich liebe dich schon jetzt.«

»Und ich dich«, sagte Maati. »Aari, wenn die Ärzte kommen, dann werde ich auch mitkommen, sag das bitte deinem Freund. Ich werde dir mein Horn auflegen und jeden Schmerz von dir fern halten und deine Heilung beschleunigen.«

Tränen rannen Aari aus den Augen, als sie das sagte. »Ich danke dir, Maati«, schluchzte er, doch seine Antwort ging fast unter, als Acorna und Großmama beide im Chor erklärten: »Und ich werde das Gleiche tun«, als Echo auf Maatis Ankündigung.

»Meinen Dank, Großmama Naadiina, und an Khornya, die schon mein ... der ich schon ewige Dankbarkeit schulde.«

»In Ordnung«, erklärte sich Becker einverstanden. »Aber wenn die drei Damen wirklich herkommen wollen, dann sollten Sie sich besser beeilen. Ich sehe nämlich gerade einen Haufen Leute die Straße raufkommen. Ich werde Ihnen die Hebebühne runterschicken, sodass Sie drei bereits an Bord sind, wenn die anderen eintreffen.«

»Danke, Kapitän Becker«, sagte Acorna.

»Ich danke *Ihnen*, Dame Acorna. Ihnen auch, meine Damen.«

Die Mediziner waren Linyaari, deren Heilkräfte die jedes durchschnittlichen Liinyar weit übertrafen, wahre Meister ihrer Kunst. Viele von ihnen, ließ Großmama Acorna wissen, hatten auf fremden Welten studiert, wo es sehr viel mehr Leiden zu heilen gab als hier. Denn die meisten Linyaari wurden nie krank oder blieben nie länger als ein paar Augenblicke verletzt, und wenn doch, dann höchstens so lange, bis sie auf den nächsten Liinyar trafen. Somit bestand der Beruf eines Arztes auf Narhii-Vhiliinyar größtenteils eher aus intellektuellen als aus praktischen Tätigkeiten. Die Mediziner schnappten nicht nach Luft, als sie Aari erblickten, doch sie schüttelten die Köpfe, musterten ihn mit klinischem Interesse, versuchten ein paar routinemäßige Schnellbehandlungen mit ihren eigenen Hörnern, die allerdings wenig Wirkung zeitigten, wandten sich dann um und betrachteten interessiert die Knochenstapel im hinteren Bereich des Frachtraumes, in dem sie sich alle versammelt hatten.

»Du sagst also, Aari, dass du dich, nachdem die Khleevi dich fast zu Tode gefoltert hatten, aus eigener Kraft bis zum Gräberfeld geschleppt hast und dass die Kraft der Hörner unserer verblichenen Vorfahren deine Verletzungen geheilt hat – zumindest bis zu einem gewissen Grade? So weit, wie es der langfristig andauernde Schaden zuließ, den die Khleevi dir zugefügt haben?«

»Richtig.«

Die Mediziner wechselten unbehagliche Blicke untereinander.

»Unglücklicherweise hat die Heilkraft der Hörner infolge der besonderen Natur jener Foltern, denen die Khleevi dich unterworfen haben, nur das wieder behelfsmäßig zusammengefügt, was zerbrochen war – die Hörner haben natürlich keinen der Brüche zuerst in eine ordnungsgemäße Lage begradigen und strecken können. Die Khleevi geben sich, wenn sie mit Linyaari arbeiten, große Mühe, unsere natürliche Heilfähigkeit durch möglichst komplizierte Frakturen und sonstige Traumata zu überlisten.«

»Das hatte ich mir auch schon zusammengereimt«, meinte Aari trocken und betrachtete seinen verwachsenen Arm.

»Aber da dein Arm jetzt nun einmal in dieser Gestalt geheilt wurde, gibt es nur noch wenig, was *wir* tun können. Das umliegende Gewebe ist nicht beschädigt, jedenfalls soweit es unsere bisherigen Untersuchungen zeigen. Und was dein Horn betrifft … nun, ein Transplantat könnte durchaus möglich sein, wenn Maati erst einmal älter ist und hierfür ein Stück ihres Horns zur Verfügung stellt. Aber gegenwärtig sind sie und ihr Horn noch zu unreif, um das wagen zu können. Außerdem wurde eine derartige Operation noch nie zuvor versucht, weißt du. Niemand aus unserem Volk hat jemals einen so schweren Schaden erlitten wie du und es überlebt.«

»Oh bitte, versuchen Sie es trotzdem mit mir!«, weinte Maati. »Es macht mir nichts aus, wenn es wehtut. Es könnte sowieso niemals so wehtun wie das, was Aari durchgemacht hat. Bitte, können Sie nicht irgendetwas für ihn tun?«

Eine der weiblichen Ärzte in der Gruppe, Bidiila, kniete neben Maati nieder und nahm ihre Hand. »Wir wünschten, wir könnten etwas tun, Kleines«, versuchte sie Maati zu trösten, und Acorna konnte sehen, dass sie dabei selbst den Tränen nahe war. »Aber ihm wurde von unseren Feinden schlimmer Schaden zugefügt. Manche werden seine Verletzungen sehen und ihm selbst die Schuld dafür geben, dass er sie erlitten hat, so irrational das auch sein mag. Aber andere werden so einsichtig sein wie du und wissen, dass er der lebende Beweis für die Tapferkeit und den Durchhaltewillen der Linyaari ist. Du musst sehr stolz auf ihn sein.«

»Das *bin* ich«, versicherte Maati, ergriff die Hand der Ärztin und versuchte, sie in Aaris zu legen. »Aber er hat so schreckliche Schmerzen – bin ich denn die Einzige, die das spürt? Kann ihm denn niemand helfen?«

Aari hob sie hoch, nahm sie auf den Arm, strich mit seiner verwachsenen Hand sanft über ihr Haar und beruhigte sie. »Ich bin inzwischen daran gewöhnt, kleine Schwester. Bitte weine nicht um mich. Hast du nicht gehört, was sie gesagt haben? Später, wenn sie mehr wissen, können sie vielleicht auch mehr tun.«

»Aber es muss doch irgendetwas geben, das sie *jetzt* tun können«, ließ das Kind nicht locker.

»Nun, eigentlich gäbe es schon etwas«, meldete sich Becker zu Wort. »Man könnte die alten Bruchstellen erneut brechen, jeweils eine zur Zeit, und dann ordnungsgemäß richten und ausheilen. Das müsste funktionieren.« Erwartungsvoll sah er die Mediziner an und hob fragend eine Augenbraue. Acorna übersetzte.

»Solche Dinge tun wir nicht, Kapitän. Nicht einmal zu therapeutischen Zwecken und um zu heilen. Ein Lebewesen vorsätzlich zu verletzen ist ein verabscheuungswürdiger Akt der Gewalt und nicht unsere Art.«

Als Acorna Becker die Antwort der Ärzte vortrug, zuckte er die Achseln und fragte: »Aber sie hätten nichts dagegen, die Sache sauber zu Ende zu führen, wenn ich die Drecksarbeit für sie übernehme, oder?«

Acorna dolmetschte. »Dagegen hätten sie keine Einwände.«

Sie fragte Becker: »Was haben Sie denn vor?«

»Nun, als Erstes möchte ich etwas sicherstellen: So wie Aari mich und SB geheilt hat, als wir verletzt waren – können sie das bei ihm in der gleichen Art und Weise hinkriegen? Ich meine, können sie es so anstellen, dass seine erneuten Verletzungen praktisch sofort wieder heilen, sodass er nichts davon spürt, jedenfalls nicht länger als höchstens einen winzigen Sekundenbruchteil lang?«

Die anderen machten zweifelnde Gesichter, Acorna jedoch, die über beträchtliche Erfahrungen hinsichtlich der Heilkünste ihres eigenen Horns besaß, nickte. »Ja. Wahrscheinlich sogar noch erheblich wirkungsvoller, als Aari Sie geheilt hat, da ihm ja nur tote Hörner zur Verfügung standen, um die Heilung zu bewerkstelligen.«

»Also, dann brauchen wir jetzt nur noch die Stellen seines Knochengerüsts noch einmal zu brechen, die schief zusammengewachsen sind, und sie danach wieder zu heilen, und zwar diesmal richtig. Mir graut davor, Aari so etwas zuzumuten, aber es ist die einzige Lösung«, stellte Becker fest. »Eure Ärzte mögen Prinzipien haben, die ihnen so etwas verbieten, ich aber nicht.«

Bidiila warnte: »Mir persönlich sind noch nie zuvor Frakturen untergekommen, die so alt sind wie diese hier. Den wenigsten von uns. Wenn man fast jede Wunde sofort wieder heilen kann, bekommt man naturgemäß nur selten alte Verletzungen zu sehen. Und selbst wenn doch, dann wurde sie in der Regel bereits vor unserem Einschreiten irgendwie medizinisch behandelt, um zu verhindern, dass diese Traumen in einem so schlimmen Zustand bleiben wie die von Aari.«

»Ich verstehe, Doktor. Ihr wollt es nicht tun, weil in eurer Sichtweise das Verletzen von Patienten das genaue Gegenteil von Heilen ist. Ich hingegen habe keine Schwierigkeiten damit, jemandem ein paar Knochen zu brechen, besonders nicht für einen guten Zweck.« Er legte Aari die Hand auf die Schulter. »Wie steht's, Kumpel?«, erkundigte er sich. »Bist du damit einverstanden, dass ich dich ein bisschen in die Mangel nehme, damit eure Mediziner dich diesmal richtig heilen können? Wegen des Horns kann ich leider nicht viel tun, aber ich habe da ein Brecheisen, das uns für ein paar wohl gesetzte chirurgische Schläge gute Dienste leisten dürfte. Sie haben versprochen, dass es nur einen Moment lang wehtun wird.«

Aari warf den Ärzten, die mit Ausnahme von Bidiila während der vorangegangenen Diskussion ein wenig zurückgewichen waren, einen unerschrockenen Blick zu. »Schmerzen, die mir ein Freund zufügt, vermag ich auszuhalten«, versicherte er. »Ein Teil der Qualen, die mir die Folter der Khleevi zugefügt hat, bestand in dem Wissen, dass sie ihre Grausamkeit beabsichtigt hatten und sich an meinen Schmerzen weideten. Sie haben die Schmerzen sogar vorsätzlich vergrößert. Bei dir hingegen weiß ich, dass du sie mit mir teilen und mir helfen wirst, sie zu ertragen.«

»Vielleicht sollten Maati, Sie und die anderen Damen jetzt besser gehen«, riet Becker Acorna.

Die Antworten brauchte sie nicht zu übersetzen. Maati schüttelte den Kopf und klammerte sich an Aari fest. Großmama verkündete schlicht, in klarer Gedankensprache, ohne zu zögern oder irgendwelche Einwände gelten zu lassen, sodass sogar Becker sie verstehen konnte: (Ihre Rücksichtnahme auf unser Zartgefühl ehrt Sie, Kapitän. Aber Aari wird unseren Beistand jetzt mehr denn je brauchen. Wir werden in ständiger telepathischer Verbindung mit ihm bleiben, während Sie Ihre Aufgabe erfüllen. Auf diese Weise wird er womöglich sehr viel weniger Schmerzen spüren.)

Becker nickte. Die anderen Ärzte begannen heftig zu protestieren, doch Bidiila rief sie scharf zur Ordnung, und obwohl sie entsetzt den Blick abwendeten, als Becker seine Brechstange in die Hand nahm, blieben sie daraufhin doch in der Nähe. Aari legte sich auf einen Tisch. Großmama, Acorna und Maati blieben dicht bei seinem Kopf stehen; ihre Hörner berührten sein Gesicht und seinen Hals, und ihre Hände lagen auf seinen Armen und Schultern. Becker ließ ohne jede Furcht oder Zimperlichkeit und mit der gleichen Effizienz, mit der er irgendein verbogenes Blech in Form gehämmert hätte, das schwere Werkzeug zielsicher auf den verwachsenen Teil von Aaris Bein niedersausen. Mit einem von einem schrillen Pfiff begleiteten Aufstöhnen stieß Aari die Luft wieder aus, die er angehalten hatte. Doch da waren die Mediziner auch schon zur Stelle, legten ihre Hörner auf die frische Bruchstelle und drückten das Bein fachgerecht in die richtige Stellung, sodass es sauber ausgerichtet wieder neu zusammenwachsen konnte.

»Alles in Ordnung, Kumpel?«, fragte Becker Aari mit sanfter Stimme.

Unter großen Mühen antwortete Aari: »Ja.« Und schon einen Augenblick später, nachdem er ein paar Mal tief Luft geholt hatte, fügte er hinzu: »Jetzt mein linkes Bein bitte, Joh.«

Maati hatte ihr Gesicht in seiner Mähne vergraben, und Acorna sah, dass ihn die Reaktion seiner Schwester weitaus mehr beschäftigte als seine Schmerzen. Dank ihres gemeinsamen Hornauflegens erreichten ihn diese nur stark gedämpft und waren ohnehin verschwindend kurz, verglichen mit den Qualen, die er hatte erdulden müssen, weil er mit schief zusammengewachsenen Knochen, verdrehten Sehnen und atrophierten, überbeanspruchten Muskeln hatte herumlaufen müssen. Jeder weitere Korrekturbruch und die nachfolgende Heilung ließen ihn leichter atmen, obgleich ihnen allen, insbesondere Aari und Becker, der Schweiß in Strömen aus jeder Pore rann. Schlimmer war fast, dass das schreckliche Geräusch von Aaris brechenden Knochen stets von dem hohen, unheimlichen Wehklagen des Makahomanischen Tempelkaters übertönt wurde, der sich unter den Tisch gekauert hatte, auf dem Aari litt.

Die ganze Behandlung dauerte mehrere Stunden, und Acorna war mittlerweile sehr erschöpft, genau wie Großmama. Acorna konnte sehen, dass Großmamas Horn und die Hörner der Ärzte allmählich immer durchsichtiger wurden, genau wie es bei ihrem der Fall gewesen war, als sie nach der Schlacht um Rushima all die im Kampf gegen die Khleevi Verwundeten geheilt hatte.

Aari schlug die Augen immer erst wieder auf, wenn er sich von dem vorangegangenen Knochenbruch erholt hatte. Becker funktionierte wie eine Maschine, zwar mit zusammengebissenen Zähnen, jedoch stets mit eisern beherrschter, allzeit sanfter und besorgter Stimme, wenn er mit Aari oder irgendeinem der anderen sprach. Er wusste, dass er seinem Freund nur Schmerzen bereitete, um seine Heilung zu ermöglichen, und musste sich eisern im Griff halten, damit ihm nicht jeder Schlag fast ebenso viele Qualen bereitete wie Aari.

Als sie schließlich fertig waren und Aari sich aufsetzte, jetzt aufrecht und einen Kopf größer, ging Acorna zu Becker und legte ihm ihr Horn auf die Stirn.

»Danke, Khornya«, sagte Aari. »Ich wünschte, ich könnte das auch tun. Du bist ja völlig ausgelaugt.«

»Wir sind alle ausgelaugt«, stellte Großmama fest.

Der Kater schoss unter dem Tisch hervor. Maati fing ihn ein, nahm ihn fest in die Arme und besänftigte ihn mit einer Berührung ihres Horns, was das Tier bald zum Schnurren brachte.

Bidiila erklärte: »Wir haben über dein Horn nachgedacht, Aari. Das ist ein uns bislang noch völlig unbekanntes Problem, wie ich schon sagte. Aber hast du nicht erzählt, dass dein Bruder auf Vhiliinyar starb und dass du seine Gebeine mitgebracht hast, um ihn hier begraben zu können? Meinst du, dass sein Geist erzürnt wäre, wenn wir ein kleines Stück von seinem Horn nähmen – das ja eine sehr ähnliche DNA wie deine aufweist und bei dem deshalb eine geringere Gefahr bestünde, dass es abgestoßen wird – und versuchen würden, es dazu anzuregen, dass es in der Wurzelhöhle deines eigenen Horns an- und nachwächst?«

Mit Aaris und Maatis Einwilligung taten sie das.

»Jetzt kannst du mit uns nach Hause kommen«, sagte Maati zu ihrem Bruder.

Er legte die Hand auf die bandagierte Stelle seiner Stirn, wo die Ärzte das Hornimplantat eingesetzt hatten. »Ich glaube nicht. Ich wäre immer noch ein Ausgestoßener.«

Acorna schlug vor: »Vielleicht könntest du ja eine Prothese tragen und diese mit einer Hornkappe kaschieren.«

»Einer was?«, entfuhr es Becker und Aari im Chor.

Acorna erklärte es ihnen, woraufhin Becker meinte: »Klar, wir könnten diese Haube mit einem falschen Horn aussteifen. Dann würde keiner den Unterschied bemerken, wenn du es nicht selbst willst.«

»Außer die Leute überall auf dem ganzen Planeten, die es bereits wissen, dank dieser beiden Leibwächter, die beim ersten Besuch von Acorna mit dabei waren«, erinnerte Aari ihn.

»Kümmere dich nicht um die. Du willst doch deine alten Freunde wieder sehen und erkunden, wie diese neue Welt so ist, oder nicht?«

Nur gut, dachte Acorna, dass Becker eine Antwort hierauf eigentlich gar nicht erst abwartete. Denn unvermittelt erwachte die Komanlage der *Condor* wieder zum Leben, und die Komdiensthabende am anderen Ende meldete: »Kapitän Becker, die Leute, die hergeschickt wurden, um die Gebeine unserer Toten in Empfang zu nehmen, sind jetzt da.«

»In Ordnung. Wir werden sie auf die Schleusen-Hebebühne bringen und Ladung für Ladung nach unten schicken.«

»Ich werde die Aufsicht übernehmen«, entschied Aari. »Ich bin der Einzige, der noch weiß, wer wo begraben war, und der sich an die Klanmarkierungen jedes Skeletts noch genau erinnern kann. Wo könnte ich so eine … Hornkappe … herbekommen?«

Bidiila griff in die Tasche ihres Ärztekittels. »Nimm meine«, bot sie an. »Ich habe noch mehr davon. Sie sind ganz praktisch, wenn man sich den ganzen Tag lang nichtige Klagen von Patienten anhören muss, die eigentlich nur hätten vernünftig genug sein müssen, sich nicht durch übermäßig gieriges Äsen den Magen zu verderben.«

Becker war inzwischen losgegangen, um mit Schweißgerät und Hammer rasch ein Stück Leichtmetallblech zu bearbeiten. Im Handumdrehen hatte er es zu einem kegelförmigen Gebilde umgearbeitet, das einem Linyaari-Horn recht ähnlich sah. Durch zwei seitliche Schlitze an der Kegelbasis fädelte er ein Band, das er unsichtbar unter Aaris Mähne versteckte und dazu benutzte, um dem Liinyar die an der richtigen Stelle der Stirn angesetzte Hornprothese am Kopf festzubinden. Als sie diesem Stirnkegel schließlich noch Bidiilas Hornkappe überstülpten, war Aari von anderen Linyaari tatsächlich kaum noch zu unterscheiden.

Die drei Frauen blieben an Bord und halfen Aari und Becker, die Robo-Hebebühne immer wieder mit neuen Ladungen zu beschicken. Dann fiel Becker plötzlich etwas ein, und er kehrte mit jemandem zurück, der wie ein weiterer Menschenmann aussah, wenn er auch ein wenig vernarbt wirkte und eine eigenartige Hautfarbe aufwies. Das, erfuhr Acorna, war ein KEN-Roboter, und er konnte fünfmal schneller und fehlerfreier arbeiten als jeder von ihnen. Bevor Becker den Androiden an die Arbeit schickte, musste ihm Aari allerdings für jede Fahrstuhlplattform-Ladung einzeln erläutern, welche Gebeine wem gehörten, damit Becker dem Roboter die richtigen Verladeanweisungen erteilte. Sobald die Hebebühne dann voll beladen war, fuhr Aari mit der Ladung abwärts, um auch am Boden die ordnungsgemäße Weiterverteilung der Gebeine zu überwachen. Auf der vom Raumhafen herführenden Straße wartete eine schier endlose Schlange von Vertretern aller Linyaari-Klans, um reihum die Gebeine ihrer jeweiligen Vorfahren abzuholen.

»Wie haben die alle so schnell davon erfahren?«, wunderte Becker sich.

»Gedankenübermittlung ist eine außerordentlich effektive und schnelle Form der Kommunikation, wenn man sie richtig einsetzt«, erläuterte Großmama. »Ich vermute, dass Liriili eine Art Relaisnetz eingerichtet hat, um alle Klans zu informieren.«

»Schau sich einer diesen Burschen an!«, staunte Becker und deutete mit dem Kopf auf Aari. »Ich habe die Schläge ausgeteilt, und er hat sie eingesteckt, aber trotzdem schuftet er dreimal so viel wie ich. Man könnte meinen, dass er den ganzen Morgen nur herumgesessen und sich die Sterne angeguckt hätte, statt sich jeden einzelnen Knochen in seinem Körper brechen und wieder reparieren zu lassen.«

»Er ist ein sehr willensstarker junger Mann«, stellte Großmama fest. »Das musste er auch sein, andernfalls hätte er all das, was er durchgemacht hat, nicht überlebt.«

Als Aari zum letzten Mal aus den Frachträumen zurückkehrte, trug er ein einzelnes Skelett auf den Armen, das er sorgsam in die Thermodecke gewickelt hatte, die Becker ihm für seine Schlafstatt gegeben hatte.

»Großmama, ich war sehr vorsichtig mit Großvater Niciirye und wollte ihn dir unbedingt selbst übergeben. Denn ich möchte dich zwar nicht bekümmern, aber sein Horn fehlt bei seinen Gebeinen.«

»Sein Horn?«, fragte Großmama tonlos, und Acorna sah, dass sie sich ihren Lebensgefährten unwillkürlich so vorstellte, wie Aari jetzt war. »Doch nicht die Khleevi?«

»Kapitän Becker wird es dir erklären«, wich Aari aus. »Ich muss jetzt wieder runter.«

»Vielen herzlichen Dank auch, Kumpel«, knurrte Becker.

Aari gestattete sich ein kleines Lächeln. »Du brauchst dir keine Sorgen zu machen, Joh. Selbst dann nicht, wenn ich dein chirurgisches Besteck nicht bereits versteckt hätte. Wir sind ein gewaltloses Volk. Großmama wird dir keinen übermäßigen körperlichen Schaden dafür zufügen, dass du die sterblichen Überreste ihres Lebensgefährten entweiht hast. Ich weiß allerdings nicht, ob das auch für die anderen gilt, deren Angehörige die Hörner ihrer Vorfahren vermissen werden. Die entsprechenden Gebeine habe ich vorerst noch in einem Frachtraum belassen. Zumindest Großvaters Gebeine jedoch kann ich schon jetzt zurückgeben.«

Seine Worte schienen zwar voll schwarzen Humors zu sein, seine Gefühle jedoch waren das genaue Gegenteil. Acorna spürte, dass ihn ohnmächtige Trauer ob der Entweihung und des Verlustes dieser heiligen Hörner der Toten erfüllte. Seine Gedanken und Gefühle waren zunehmend schwerer wahrzunehmen gewesen, je mehr Knochen und Hörner das Raumschiff verließen, und Acorna dämmerte, dass er sich augenscheinlich ohne sie einsam fühlte.

Sie wandte sich wieder zu Becker und Großmama um, die den Bergungsspezialisten mit einer eigentümlichen Mischung aus Pein und Anklage musterte. »Sie sind ein Grabräuber, Kapitän?«, forschte sie argwöhnisch.

»Ich übernehme die volle Verantwortung, gnädige Frau«, räumte Becker ein und deutete auf SB, der auf der Steuerkonsole der Hebebühne hockte und sich seiner Körperpflege widmete. »Der Kater hatte Schuld. Ihr Planet ist ein einziger Trümmerhaufen. Wir sind dort auf der Suche nach Bergungsgütern gelandet. Ein paar Hörner Ihrer Leute lagen auf dem Boden herum. Es war Nacht, die Sicht war schlecht, und ich dachte, wenn der Kater diese Steine so mag, dann sammle ich eben ein paar ein und schaue mir später an, worum es sich dabei genau handelt. Aber *ehrlich,* sie lagen wirklich einfach offen in der Gegend rum.«

»Also haben Sie sie mitgenommen?«, wiederholte sie ihre Frage, immer noch mit dem gleichen vorwurfsvollen Ton in der Stimme.

»Ich bin *Bergungs*spezialist, um Himmels willen!«, rechtfertigte er sich. »Ich klaube nun mal Sachen auf, die herrenlos sind und die niemand sonst haben will – und es hat damals gewiss nicht so ausgesehen, als ob es auf dieser Welt noch irgendwo eine einzige lebende Seele geben hätte. Ich wusste ja nicht einmal, was die Dinger überhaupt waren, und habe erst Näheres darüber erfahren, als wir nach Kezdet zurückgekehrt waren und eine Hand voller Leute glaubten, dass die Hörner der Dame Acorna oder ihren Schiffskameraden gehören müssten.«

Der Gedanke verursachte Acorna zunächst einen leichten Schauder, dann jedoch ergab er doch Sinn. Sie und später ihre Tante und die anderen von der *Balakiire* waren die einzigen Linyaari, die den Leuten auf Kezdet und Maganos je begegnet waren.

»Ein Bursche war sogar kurz davor, mich als Mörder der Polizei zu übergeben, und eine giftige kleine ... Frauensperson, eine alte Feindin von Acorna, hat mehr als einmal versucht, mich umzubringen, um mir die Hörner abzunehmen. Dann ist sie uns zu Ihrem alten Heimatplaneten gefolgt und hat sich die Hörner geholt, die ich noch bei mir hatte. Wenn sie das nicht getan hätte, das schwöre ich, hätte ich sie längst zurückgegeben, ganz gleich, wie viel sie auch wert sein mögen.«

»... *wert*, Kapitän?«, platzte Maati verstört heraus und fasste sich unwillkürlich an ihr Horn.

Großmama starrte ihn nicht minder entgeistert an, und Maati fuhr fort: »Oh nein! Sie meinen, wie in der Geschichte von den Ahnen? Wo die Leute gar nicht sie wollten, sondern nur ihre Hörner? – Aber tote Hörner? Eine Heilung mit toten Hörnern ist doch nicht annähernd so wirksam wie eine Heilung, die von einer lebenden Person durchgeführt wird!«

»Es funktioniert aber immer noch besser als ganz ohne Horn, fürchte ich, Kindchen«, wandte Becker ein. »Und es gibt da draußen in der Galaxis verteufelt viele von uns, die keine heilenden Hörner haben.«

»Sie sagen, dass diese Frau mich kannte?«, hakte Acorna nach. »Wer ist sie?«

»Kisla Manjari.« Becker schilderte ihr Kislas Versuche, ihm und SB nachzustellen.

Acorna seufzte. Sie hatte gehofft, dass Kisla, als das Mädchen seinerzeit von ihrer Adoptivmutter die Wahrheit über ihre eigene bescheidene Herkunft erfahren hatte, von einem Teil ihres Dünkels geheilt worden wäre, doch anscheinend war es im Gegenteil nur noch schlimmer geworden. Beckers Gedanken und auch die Gedankenmuster des Katers waren inzwischen nicht mehr so deutlich wahrzunehmen wie zu der Zeit, als die Gebeine noch an Bord gewesen waren. Doch soweit Acorna es Beckers Gedankenbildern entnehmen konnte, die seine Schilderung begleiteten, war Kisla heutzutage schlimmer gestört als je zuvor.

»Könnte sie Ihnen auch bis hierher gefolgt sein?«, wollte Acorna von Becker wissen.

Becker schüttelte den Kopf. »Dieses Mal haben wir sie abgeschüttelt. Aari hat sie mit einer Khleevi-Waffe verscheucht.«

Großmama sah ihn leicht schockiert an, doch Becker fuhr fort: »Sie hat unterirdische Explosionen hervorgerufen – vielleicht war es eher ein Bergbauwerkzeug als eine Waffe – er hat gesagt, dass die Khleevi Geräte dieser Art eingesetzt haben, um den gesamten Planeten zu destabilisieren. Jedenfalls hat es gewirkt, und sie ist fluchtartig abgeflogen. Sie hat uns dort auch nur aufgestöbert, weil in dem Roboter ein Pulsgeber eingebaut gewesen war. Aber den sind wir inzwischen längst ein für alle Mal losgeworden.«

Acorna seufzte. »Beruhigend.«

»Dazu kommt, dass meine Art der Raumnavigation und Kursführung ziemlich ... einzigartig und für mich meist ebenso unvorhersehbar ist wie für andere Schiffe. Außerdem hatte ich ohnehin nicht die geringste Ahnung, wohin wir eigentlich unterwegs waren. Wir haben unseren Kurs ganz nach dem ausgerichtet, was Aaris Erinnerung nach die Evakuierungsroute war, die man ihm vor der Invasion beigebracht hat.«

Großmama seufzte. »Ich denke, ich werde Niciirye auf der Wiese bestatten, die hinter meinem Wohnpavillon liegt, ganz gleich, was die anderen zu tun beabsichtigen. Und, Kapitän ... wenn Sie ... falls Sie die Hörner durch irgendeinen Zufall je wiederbekommen sollten, gäbe es dann eine Möglichkeit, dass Sie sie uns irgendwie zurückgeben könnten? Sie stellen ein sehr wichtiges Verbindungsglied zwischen uns und unseren Toten dar. Ich weiß nicht genau, warum. Unsere Wissenschaftler würden vielleicht sagen, dass in dem Hornmaterial eine außergewöhnliche hohe Konzentration von DNA-Material gespeichert ist und auf diese Weise den Tod überlebt. Aber wie auch immer das funktionieren mag, es ist eine Verbindung, und jetzt, wo …«

Sie wandte ihren Blick ab, doch Acorna konnte Großmamas Schmerz trotzdem so deutlich spüren, als wäre es ihr eigener, das plötzliche Aufklaffen einer kalten Leere, einer offenen Grube von Trauer und Leid, die sie in Großmama noch nie zuvor wahrgenommen hatte.

Zwanzig

Der Rat brauchte nach dem Ausladen der Gebeine aus der *Condor* und ihrer Übergabe an die Familienangehörigen der Verstorbenen fast eine Woche, ein *Ghiiri-Ghaanyii,* um sich darüber zu einigen, wo die erneute Bestattung der Vorfahren stattfinden sollte. In der Zwischenzeit verblieben die Gebeine in den Heimen der Nachkommen ihres jeweiligen Klans.

Die unmittelbare Gegenwart der Toten aus der Vergangenheit legte einen düsteren Schatten über die Lebenden. Dies hatte zumindest teilweise mit den Ängsten zu tun, die die Linyaari um ihre Freunde und Verwandten im All ausstanden, zu denen nun schon seit geraumer Zeit keinerlei Verbindung mehr bestand. Auf sämtlichen Komkanälen herrschte tiefes Schweigen.

Großmama hatte Aari zu einer Ratsversammlung begleitet, auf der er von der unbeabsichtigten Entweihung der Linyaari-Grabstätte auf Vhiliinyar berichtet und erzählt hatte, wie er die Gebeine vor weiteren Plünderungen in Sicherheit gebracht hatte. Er hatte die Gedankenbilder beschrieben, die er von Becker hinsichtlich des alarmierenden Interesses empfangen hatte, das einige von Beckers Artgenossen an den Hörnern bekundet hatten. Im Rat, erzählte Großmama später, war große Unruhe entstanden, als man dies hörte. Man machte sich große Sorgen sowohl im Hinblick auf eine mögliche Invasion anderer hornsuchender Fremder als auch darüber, dass irgendeine Verbindung zwischen dem Interesse der Menschen an den Hörnern der Linyaari-Toten und dem Verlust jeglichen Hyperfunkkontakts zu ihren im Weltraum weilenden Brüdern und Schwestern bestehen könnte.

Liriili hatte diese Befürchtungen jedoch (ziemlich schrill, merkte Großmama an) als Unsinn vom Tisch gewischt. »Die besagten Fremden sind eine Unendlichkeit weit weg von uns. Der eine hier hat uns nur gefunden, weil Aaris Gedächtnis ihn hierher gelotst hat. Und diese Menschen haben vor Khornya noch nie einen aus unserem Volk gesehen, warum sollten sie also an uns interessiert sein?« Die *Viizaar* sagte nicht, dass sie wünschte, die Fremden hätten auch Khornya nie gesehen, dass sie beinahe wünschte, das Kind wäre zusammen mit seinen Eltern umgekommen, statt der Auslöser dafür zu sein, dass nun ihnen allen auf diesem Planeten eine solche Gefahr drohte. Doch Großmama fing diesen Gedanken, so gut er auch abgeschirmt gewesen sein mochte, trotzdem auf. Und was noch schlimmer war, sie wusste, dass die anderen Ratsmitglieder Liriilis Ansicht teilten. Die mögliche Bedrohung der Linyaari und Narhii-Vhiliinyars durch ein neues Fremdvolk beschäftigte den Rat im Laufe der Sitzung so sehr, dass die eigentlich noch vorgesehene Debatte über die neue Ruhestätte für die Gebeine ihrer Vorfahren vorübergehend vertagt wurde.

Nach der Ratssitzung meinte Aari zu Großmama: »Ich hoffe, dass sie die Ruhestätte unserer Vorfahren an einem geschützten Ort anlegen, wo die Gräber nicht noch einmal geschändet werden können. Eine Höhle wäre gut. So wie jene, in der ich die Gebeine auf Vhiliinyar versteckt hatte. Die Knochen waren dort leicht zu bewachen, und ich hätte die Höhle jederzeit zum Einsturz bringen können, wenn Fremde aufgetaucht wären, um sie zu entweihen.«

Großmama erzählte Acorna später von alledem, als Aari mit frischen Nahrungsmittelvorräten für Becker auf die *Condor* zurückgekehrt war. »Ich hatte den starken Eindruck, dass er beabsichtigt, für den Rest seines Lebens diese Grabstätte zu bewachen.«

Acorna konnte einen Schauder nicht unterdrücken. »Ich nehme an, genau das ist jener bleibende Schaden, den die Khleevi ihm zugefügt haben und den keines unserer Hörner zu heilen vermag.«

»Ja, das könnte möglicherweise sein. Aber es ist trotzdem Unsinn. Er ist ein brillanter junger Mann. Er verkörpert das Beste, was unsere Kultur hervorzubringen vermag, und vor der Invasion hat er schon in sehr jungen Jahren als Botschafter und Lehrmeister andere Welten bereist. Er ist wie eine leere Schale, die des kleinen, in seinem Inneren hausenden Wesens beraubt wurde. Nein ... ich übertreibe. Vielleicht ist der Kern seines Wesens ja nur tief verschüttet, allerdings ist er ebenso vor ihm selbst verborgen wie vor den anderen.«

Als der Rat schließlich beschloss, dass jeder Klan selbst dafür verantwortlich sein sollte, die sterblichen Überreste seiner Klanvorfahren in getrennten Grabstätten zu bestatten, bestand Aari darauf, bei jeder einzelnen Bestattung persönlich anwesend zu sein. Jene Klans, denen Aari einige Gebeine nicht zurückgegeben hatte, weil diesen die Hörner fehlten, erwähnten dies mit keinem Wort, was Acorna sonderbar fand. Die gesamte Stadt Kubiilikhan war bereits vollauf damit beschäftigt, viel zu vorzeitig um jene Angehörigen zu trauern, die sie inzwischen für immer im All verloren glaubten. Deshalb fielen wohl eine Hand voll fehlender Toter aus der Vergangenheit einfach nicht so sehr ins Gewicht, im Vergleich zu den vielen Gebeinen, die gerettet worden waren und die es jetzt zu bestatten galt.

Acorna begleitete Aari, als er an der ersten Beisetzung teilnahm.

Der Himmel sah an diesem Tag wie eine offene Wunde aus: gelb und von riesigen roten und burgunderfarbenen Wolken durchzogen, die sich im Westen auftürmten, dort ab und zu von jenen grünen Blitzen zerrissen wurden, an die sie sich von dem Unwetter vor ein paar Tagen her erinnerte, und schließlich auch über Kubiilikhan heranjagten. Die Pavillons knarrten, als sie im Takt der stetig wechselnden Böen und Luftfeuchtigkeit ihre Zugangsrampen ein- und ausfuhren wie züngelnde Schlangen und ihre Zeltböden anhoben und wieder senkten.

Aari war sehr still, und Acorna spürte seine Verwirrung und den

Kummer, den er ausstrahlte, und sie begriff, dass dies von der Entscheidung des Rates herrühren mochte, keine zentrale Grabstätte anzulegen, sodass ihm nun selbst die Rolle als Hüter der Toten verwehrt blieb, in der er aufgegangen zu sein schien.

Sie fand ihre Mutmaßung bestätigt, als sie feststellen musste, dass er es völlig ignorierte, als ein paar Leute das Wort an ihn richteten.

»Aari«, sagte sie leise, »gerade hat Technokünstler Maarye dich gegrüßt.«

Aari wirkte ehrlich erschrocken. »Oh. Das tut mir Leid. Er war also doch echt?« Er fuhr sich mit der Hand übers Gesicht. Mit geheilten Knochen und der Hornprothese auf der Stirn, die Becker für ihn angefertigt hatte, schien er ein wahres Musterbeispiel stattlicher, kraftvoller Linyaari-Männlichkeit darzustellen.

»Natürlich war er echt«, versicherte sie ihm. »Aber du hast geradewegs durch ihn hindurchgesehen.«

»Es tut mir Leid. Ich sollte mich bei ihm entschuldigen. Ich hatte viel zu lange nur Phantome als Gesellschaft, Khornya. Und die erwarten für gewöhnlich keine guten Manieren oder gar Antworten.«

Genau in diesem Moment rollte ein mächtiger Donner über sie hinweg und ein Sturzregen brach über sie herein, der binnen weniger Sekunden alle Anwesenden bis auf die Haut durchnässt hatte. Trotzdem suchte niemand einen Unterstand auf. Dazu war dies hier ein viel zu bedeutender, feierlicher Augenblick. Ganz Kubiilikhan und auch der größte Teil des restlichen Narhii-Vhiliinyar war zugegen. Ausnahmslos alle Klans hatten mindestens ein paar Vertreter gesandt, die mit der Raumfähre hergebracht worden waren, die zu dem neuen Raumschiff gehörte, das die Technokünstler derzeit fertig stellten. Nur ein einziger Kommunikationsoffizier war im Raumhafen zurückgeblieben, und sogar dieser Wachposten wurde regelmäßig abgelöst, sodass wirklich jeder an den Begräbnisfeierlichkeiten teilnehmen konnte.

Der Regen war willkommen, sogar passend und hilfreich. Er

weichte den Boden der neuen Ruhestätte auf, in dem die alten Gebeine bestattet werden sollten. Auch die Ahnen wohnten dem Ereignis bei, und allein das hielt die endlose Schlange der Abschiednehmenden schon davon ab, ihre Schritte zu beschleunigen.

Dies hier war die Bestattungszeremonie des Klans Neeyeereeya, des Klans mit den meisten Angehörigen, die es zur Ruhe zu betten galt, und auch den meisten lebenden Mitgliedern, wenngleich der Großteil der Letzteren viel zu jung war, um sich an jene erinnern zu können, die auf einer Welt begraben gewesen waren, die sie nie kennen gelernt hatten.

Und doch war die Atmosphäre ebenso schwer von Trauer, wie der Himmel es von Wolken war. Klanmitglieder mit gegen den sintflutartigen Regen gestemmten, gesenkten Köpfen trugen die Begräbniskörbe, in denen die Überreste ihrer Anverwandten ruhten, zu einer Reihe von Gruben, die in dem langen blauen Gras der Wiese dunkel aufklafften. Acorna hatte ihren lieben verblichenen Herrn Li seinerzeit zwar sehr vermisst, doch obwohl ihr Verlust ganz neu gewesen war, während die Verluste hier schon lange zurücklagen, hatte sie dennoch noch nie zuvor einen so unverhüllten Ausdruck unendlichen Kummers erlebt, wie sie ihn jetzt von den anderen Linyaari verspürte. Anders als die Trauer der Menschen hatte dieses Gefühl nichts Morbides an sich, keinerlei Schrecken ob der Vergänglichkeit des Fleisches oder gar eine gespenstische Faszination für den Tod. Hier herrschte nirgends Rachedurst oder Zorn, nur eine Art waidwundes Staunen über das Geheimnis, dass von einem geliebten Wesen, das eben noch an dieser Seite gewandelt, geschlafen und gegessen hatte, nun nichts mehr übrig war als ein paar knöcherne Überreste.

Sie empfing überdeutliche Bilder von Gebeinen, jedoch nicht von den Knochen, die man für die jetzige Bestattung entwickelt hatte, sondern von denen der im All vermissten Linyaari, als ihre Verwandten und Lieben sich vorstellten, wie sie auch diese zu Grabe tragen müssten. Der Kummer um die längst verstorbenen Artgenossen machte nur einen Teil des hier betrauerten Verlustes aus. Die auf dem Planeten zurückgebliebenen Linyaari weinten ebenso ob künftiger wie ob vergangener Tode, ihre Trauer mischte sich mit der Angst um die vermissten Ehemänner und -frauen, Väter und Mütter, Söhne und Töchter, Brüder und Schwestern. Acorna verspürte plötzlich eine allumfassende Fürsorge für ihr Volk, fühlte sich für ihren Schutz verantwortlich, wünschte sich, dass sie etwas, irgendetwas, tun könnte, um zu helfen.

Aari stand wie versteinert da, während in stillem Gedenken Hornberührungen ausgetauscht wurden. Und dann begann, unverkennbar auch für ihn selbst völlig überraschend, ein Wehklagen aus ihm aufzusteigen, leise zuerst, dann jedoch anschwellend und wieder abfallend, bis es sich in eine Melodie verwandelte und Acorna erkannte, dass er sang. Als er zur ersten Chorzeile gelangte, erhoben sich auch andere Stimmen, um in sein Lied einzufallen, die Stimmen der älteren Linyaari, und dann, etwas zögernder, auch ein paar der Jüngeren, um ihr Klagelied für die Vermissten wie für die Toten gemeinsam zum Himmel emporschallen zu lassen.

Wo wirst du äsen, da dein Heim nun ist leer?
Ich seh dich nicht länger, wir spielen nimmermehr.
Nie mehr zusammen bei Tag und auch nicht bei Nacht.
Fort ist dein Lachen, fort deiner Augen Macht.

Dein Horn, nun so stumpf, nicht erfreut mehr mein Herz,
vermag nicht zu lindern dieser Trennung Schmerz.
Ich such dich in der Stille und in der Menge Lärm
und such dein Antlitz in der Wolken Form.

Ist das dein Lachen, das des Baches Plätschern erhellt,
aus dem wir gemeinsam tranken, als grün war unsere Welt?

Meine Farben sind dunkel nun, da du bist fort
und ich nicht mehr kann hören deiner Stimme Wort'.

Es heißt, du lebst in den Gedanken und Träumen mein
und dass eines Tages du wirst wieder geboren sein.
Meine Tränen aber fließen, bis du wieder bist bei mir,
und schwellen an zum Strom, den ich benenne nach dir.

Der Gesang setzte sich während des gesamten Begräbnisses fort, und auch beim Nächsten und wieder Nächsten, bis die Toten auch des letzten Klans bestattet waren. Der Trauerzug endete schließlich vor dem Hinterausgang von Großmamas Pavillon, wo sie und Maati neben den Begräbniskörben von Großvater Niciirye und Aaris und Maatis Bruder Laarye standen. Großmama stimmte in den Gesang ein und Maati auch. Ihre Tränen waren nicht von dem Regen zu unterscheiden, der an ihren Gesichtern herunterrann, als die Körbe schließlich sanft in den Boden hinabgelassen wurden.

Auch Acorna hatte mit ihrem Volk gesungen, als die Strophen ein ums andere Mal wiederholt wurden, von keiner anderen Musik begleitet als dem rhythmischen Stapfen der harten Linyaari-Füße über den durchweichten Boden und dem Aufprall des Schlammes, den sie auf die in die Gruben versenkten Körbe hinunterfallen ließen.

Sie weinte ebenfalls, um die Eltern, die sie nur so kurz gekannt hatte, um Delszaki Li und um all die Kinder, die sie nicht hatte retten können. Vor allem jedoch vermochte sie nun endlich nachzuempfinden, was diesen Ort so kalt und fremd und unnahbar gemacht hatte: dass ihrem Volk das Herz aus der Brust gerissen worden war, als die Linyaari die Kontinuität ihrer Ahnenreihen im Stich hatten lassen müssen, als sie gezwungen waren, ihre alte Heimat zu verlassen. Acorna weinte für die kleine Maati, die, abgesehen von Großmama und ihrem seltsamen, traurigen Bruder, ganz allein auf der Welt war. Am meisten jedoch weinte sie für Aari selbst. Für

Aari, dem Qualen widerfahren waren, die kein anderer Linyaari jemals erlitten hatte, und der sie doch überlebt hatte, der allein gelassen worden war und alles verloren hatte, was ihm jemals lieb und teuer gewesen war, einschließlich eines lebenswichtigen Teils seiner selbst. Und dessen größte Sorge, als sich ihm endlich die Chance geboten hatte, sich in Sicherheit zu bringen, nicht ihm selbst gegolten hatte, sondern der Rettung der Gebeine seines Volkes. Acorna war sich ziemlich sicher, dass er, wenn er sich nicht dieser Aufgabe verpflichtet gefühlt hätte, möglicherweise nie zu seinem Volk zurückgekehrt wäre.

Als die letzten Takte des Totenlieds zusammen mit dem Regen im Boden versickerten, stellte Acorna fest, dass die Leute jetzt dichter beieinander standen; Männer und Frauen hatten ihre Hörner aneinander gelegt, legten einander den Arm um Rücken und Hüfte, verließen die Zeremonie Seite an Seite, mit tief ineinander versunkenen Blicken. Außer Aari trug heute niemand eine Hornkappe, und die von den Pärchen ausgestrahlten Gedanken und Gefühle waren unverkennbar zunehmend amouröserer Natur.

Auch Acorna spürte, wie sie von einer unwillkürlichen Wärme durchströmt wurde, die sie ziemlich in Verlegenheit brachte. Großmama, die sich mit ihrem Gewandärmel gerade Augen und Nase abwischte, lächelte ihr zu. »Das ist eine völlig natürliche Reaktion, Kind. Unsere Zahl ist im Laufe dieser harten *Ghaanyi* immer weiter zurückgegangen, und wie es im Lied heißt, werden unsere Lieben erst in künftigen Generationen wieder zu uns zurückkehren – also teilen uns unsere Körper mit, dass es an der Zeit ist, für Nachwuchs zu sorgen.«

Ehe Acorna antworten konnte, sah sie Thariinye auf sich zukommen – und, warme Gefühle hin oder her, sie trat rasch hinter Aari und brachte sich im Innern von Großmamas Pavillon in Sicherheit. Dies schien allerdings auch nicht gerade das Klügste zu sein, was sie hätte tun können, da auch all die anderen Leute paarweise und mit einer Dringlichkeit in den nächstgelegenen Pavillons verschwanden, die keine Zweifel daran offen ließ, dass sie sich Bedürfnissen zu widmen gedachten, die weitaus interessanter waren als der bloße Wunsch, dem Regen zu entkommen.

Acorna wandte sich von der sich zerstreuenden Menge ab.

Plötzlich flog die vordere Eingangsklappe von Großmamas Pavillon auf, und Kapitän Becker stürmte herein und hetzte keuchend bis in die Mitte des Raumes, dicht gefolgt von einem uniformierten Kommunikationsoffizier.

Er brüllte: »Schon gut, schon gut, ich weiß, dass ich eigentlich gar nicht hier sein dürfte ... aber das hier ist ein Notfall! Ich muss Aari und die Dame Acor... Khornya finden. *Sofort!* Wo sind sie?«, forderte er von Acorna zu erfahren. Da das Innere des Pavillons sowohl auf Grund des Regens draußen als auch wegen der aus Achtung vor der Bestattungszeremonie abgedunkelten Innenbeleuchtung in einem trüben Halblicht lag, hatte er sie augenscheinlich nicht erkannt.

»Ich bin hier, Kapitän Becker. Ich bin's, Acorna. Was ist denn los?«

Jetzt schlüpfte auch Aari hinter ihr ins Zelt. »Joh?«

»Ich habe gerade einen Notruf aufgefangen, auf meinem leistungsstärksten Fernorter. Er stammt von einem Raumer namens *Shahrazad*, Dame Acorna, der auf einem Planeten namens Laboue registriert ist, als Eigentum des Hauses Harakamian.«

»Onkel Hafiz!«

»Richtig, das stimmt, Hafiz Harakamian. Sie werden angegriffen.«

»Das ist blanker Unsinn!«, entrüstete sich der Kommunikationsoffizier, während Beckers unverhofftes Auftauchen eine stetig wachsende Zuschauermenge anzuziehen begann, die auch Liriili einschloss. »Wir haben nicht die Spur eines derartigen Komsignals aufgefangen!«

»Ach nein? Nun, vielleicht liegt das ja daran, dass ihr nicht wollt, dass irgendwer über eure Anwesenheit hier Bescheid weiß, und ihr die Ohren deshalb auch selbst nicht sonderlich weit aufsperrt«, warf Becker ihm vor. »Aber ich habe eine Ausrüstung, mit der ich Signale sogar noch aus einer halben Galaxie Entfernung auffangen kann.« Wieder an Acorna und Aari gewandt, fuhr er fort: »Könntet ihr bitte veranlassen, dass mir endlich jemand diesen verdammten Treibstoff verkauft, damit ich denen da draußen zu Hilfe kommen kann?«

»Ich komme auch mit, Joh«, beschloss Aari. »Meine Arbeit hier ist getan, und meine Schwester ist bei Großmama in guten Händen.«

»Ich auch«, verkündete Acorna. Sie hatte eigentlich erwartet, dass jemand Einwände erheben würde, doch Liriili sah sogar regelrecht erleichtert aus.

»Ich werde ebenfalls mitkommen«, meldete sich Thariinye zu Wort.

»Auf keinen Fall«, lehnte Becker ab. »Du wärst mir auch einzeln schon zu viel, Kumpel. Sofern ihr Linyaari nicht eine Kavallerie unterhaltet, was ich, da ihr ja solche Pazifisten seid, stark zu bezweifeln wage, ist der Treibstoff das Einzige, was ich von euch anderen will, und dann seid ihr uns auch schon wieder los.«

»Geben Sie ihm, was er will«, wies Liriili mit sichtlicher Erleichterung den Komoffizier und das Raumhafenpersonal in der Zuschauermenge an. Sie gab sich nicht die geringste Mühe, ihre Gedanken zu verbergen, und so konnten Acorna und jeder andere sie klar und deutlich lesen. Liriili war begeistert von der Aussicht, den zänkischen Becker und die Unruhe stiftende Acorna endlich wieder von dannen ziehen zu sehen. Und auch Aaris Anwesenheit bereitete, ganz wie sie es vorausgesagt hatte, vielen Einwohnern von Vhiliinyar spürbar Unbehagen. Er gehörte einfach nicht mehr richtig unter normale Linyaari. Ja, der Weltraum war genau das Richtige für diesen ganzen Haufen, und soweit es Liriili betraf, sollten sie gerne so weit in die Tiefen des Alls hineinfliegen, wie es nur irgend ging.

Acorna drehte sich um, als sie hinter sich Füße herangaloppieren hörte. Maati rief ihr nach, auf sie zu warten. Das tat sie – es gab keine unmittelbare Veranlassung, sich zu beeilen. Das Betanken der *Condor* mit einer der verschiedenen Treibstoffmischungen, mit denen ihre Energie- und Antriebsanlagen betrieben wurden, war immer noch im Gange.

»Ich mag Abwechslung, falls ihr das noch nicht bemerkt haben solltet«, offenbarte sich Becker gegenüber der Welt im Allgemeinen. Einen unmittelbaren Gesprächspartner hatte er nicht, da Aari bereits ins Schiff zurückgekehrt war und Acorna sich umgewandt hatte, um auf Maati zu warten. Der Linyaari wiederum, der den Tankvorgang überwachte und steuerte, tat dies zwar flott und effizient, schenkte dem Menschen neben sich jedoch keine unnötige Beachtung. »Meine Hauptschleuse ist ein mytheranischer Giftmüll-Auswurfschacht, die Robo-Hebebühne, die ich darin eingebaut habe, stammt von einem pacheanischen Tanker, und die Bugnase ist von einem nupiakischen Asteroidenbrecher. Die *Condor* kann gut ein Dutzend verschiedene Treibstoffarten vertragen und läuft mit jedem davon oder auch mit einer beliebigen Mischung daraus gleich gut.«

Was Becker sonst noch über sein Raumschiff zu erzählen hatte, hörte Acorna nicht mehr, da seine Stimme von Maatis Forderungen übertönt wurde: »Ich will *mitfliegen*! Wie kann er mich schon wieder verlassen, wo ich ihn doch gerade erst wiederbekommen habe?«, rief sie.

Ein wenig außer Atem, holte nun auch Großmama ihr Mündel ein und gesellte sich keuchend zu ihnen.

»Maati, wir fliegen einem Raumschiff zu Hilfe, das einen Notruf abgesetzt hat. Das wird gefährlich werden. Dein Bruder wird Kapitän Becker helfen, und ich gehe mit für den Fall, dass jemand meiner Heilkräfte bedarf«, setzte Acorna dem Mädchen auseinander.

»Ich kann auch heilen!«, ließ sich Maati nicht beirren. »Ich habe Aari geholfen. Wirklich! Er hat gesagt, ich wäre die größte Hilfe von allen gewesen. Ich will auch ins All reisen und das Sternenkleid tragen, so wie er und wie du, Khornya. Mach, dass sie mich mitnehmen.«

Großmama legte Maati besänftigend eine Hand auf die Schulter. »Vielleicht beim nächsten Mal, Kind. Dieses Mal brauche ich dich hier. Wir haben schon zu viele verloren.«

»Dann soll er aber auch hier bleiben«, verlangte Maati dickköpfig. »Er ist doch gerade erst angekommen. Kapitän Becker hat ihn ja nicht schon immer dabeigehabt. Er kann seine Sachen auch allein oder mit dem Kater machen, oder ... Khornya kann ihm helfen.«

»Ich werde also für ihn eingetauscht, wie?«, fragte Acorna mit mildem, belustigtem Tadel in der Stimme. Sie kniete nieder und erklärte: »Maati, ich glaube nicht, dass Aari jetzt schon hier bleiben kann.«

»Warum nicht? Wir haben ihn geheilt. Alles, bis auf sein Horn.«

»Das haben wir eben nicht. Nicht vollständig. Er ist einfach nicht mehr daran gewöhnt, unter Leuten zu sein.«

»Ich werde dir ein Staatsgeheimnis verraten, Kind«, bot Großmama an. »Weißt du, warum der Rat beschlossen hat, die Gräber nach Klanzugehörigkeit zu verteilen?«

»Das interessiert mich nicht!«, wehrte Maati ab.

»Nein, aber Aari schon. Weißt du, dass er, wenn wir die Gebeine alle zusammen an einem einzigen Ort bestattet hätten, nichts anderes gewollt hätte, als das zu tun, was er auch während der letzten *Ghaanyi* getan hat, nämlich der Hüter der Gräber zu sein?«

»Du hast das auch gespürt?«, fragte Acorna überrascht.

»Er sendet recht gut, auch ohne Horn«, erklärte Großmama. »Ich denke, er glaubt ... dass er zu den Toten gehört, ganz gleich, wie sehr die Lebenden ihm auch zugetan sein mögen.«

»Aber das wäre khlevii!«, sagte Maati. »Warum sollte er so etwas glauben?«

»Genau das ist es, Maati«, bestätigte Acorna. »Er hat eine lange Zeit bei den Khleevi verbracht. Du hast einiges von dem gesehen, was sie seinem Leib angetan haben – aber konntest du auch fühlen, was sie ihm in seinem Innern angetan haben?«

»Ja«, gestand Maati. »Ja, aber er wird sich davon erholen.«

»Ja, das wird er«, versprach Acorna. »Aber er braucht Zeit, um sich wieder daran zu gewöhnen, am Leben zu sein. Wenn er allerdings jetzt bei unseren Leuten bleibt, werden sie nie vergessen, wie er jetzt ist, und es wird für ihn sehr viel schwerer werden, in sein neues Leben hineinzuwachsen und wieder der Mann zu werden, der er einmal war oder hätte sein können. Kapitän Becker mag nach außen hin ein bisschen khlevii sein, aber er ist ein anständiger Mann und lässt nicht zu, dass Aari sich zu sehr in sich selbst vergräbt. Ich werde die beiden begleiten und so gut ich kann sicherstellen, dass ihm kein Leid zustößt und er wieder zu dir zurückkommt. Und dann, wenn du ein wenig älter bist, kannst du auch mit uns ins All hinauskommen, wenn du das möchtest.«

»Ins All ... mit dir? Kommst du denn nicht zurück, Khornya?«

»Ich bin nicht sicher«, gab sie zu. »Im Moment ist jedenfalls mein Adoptivonkel da draußen und steckt in Schwierigkeiten.«

»Genau wie deine Tante, vergiss das nicht, Kind«, mahnte Großmama sie und hielt Maati an den Schultern fest. Das Mädchen war nur teilweise besänftigt, und später, als Acorna, Aari und Becker auf dem Panoramaschirm beobachteten, wie Vhiliinyar immer weiter unter ihnen zurückblieb, sahen sie, wie Maati dem abhebenden Schiff noch lange unverwandt nachstarrte.

Einundzwanzig

Die *Shahrazad* strahlte immer noch ihr Notsignal aus, als sie geentert wurde. Hafiz hatte das Kommando übernommen, nachdem der Kapitän bei der ersten Salve, die der Feind auf ihr Raumschiff abgefeuert hatte, von herabfallenden Trümmern getroffen worden war. Der Angriff war aus dem Nichts heraus erfolgt und hatte sie vollkommen überrascht, sodass die *Shahrazad* nicht mehr in der Lage gewesen war, ihre Schutzschirme hochzufahren. Der Angreifer war offenbar in einen Tarnschirm gehüllt gewesen.

Zum Glück war die *Shahrazad* in der Vertikalen ebenso geräumig wie der Harakamian-Palast auf Laboue in der Horizontalen. Es gab nur einen einzigen Eingang, der auf den unteren Decks lag, und zwischen dort und der bugseitigen Brücke verfügte das Schiff über ein wahres Labyrinth von Verteidigungsanlagen.

Mit einer Art entsetzter Faszination beobachtete Karina, wie in Raumanzüge gekleidete und mit riesigen, funkelnden, Furcht einflößenden Waffen ausgerüstete Individuen in die geräumige Heckschleuse eindrangen, nachdem sie deren Sicherheitssperren überwunden und sich auf reguläre Weise eingeschleust hatten, um die Atmosphäre an Bord nicht ins All entweichen zu lassen. Augenscheinlich wollten sie die Insassen der *Shahrazad* oder zumindest einen Teil von ihnen vorerst lebend in die Hände bekommen. Verblüffenderweise legte ihr Anführer, eine auffallend kleine Person, unvermittelt den Raumanzug ab und entpuppte sich als junge Frau, die in einen eng am Körper anliegenden Silberoverall gekleidet war, der stark jenen Gewändern ähnelte, wie sie die Filmsternchen in den klassischen asiatischen Weltraumabenteuerschinken trugen.

Die Piratin schüttelte ihr Haar aus und wandte sich an das Schiff als Ganzes: »Hafiz Harakamian, Ihre Gäste sind eingetroffen. Wenn Sie sich jetzt gleich ergeben, ersparen Sie sich damit später eine Menge Schmerzen.«

Hafiz lächelte und wies den Schiffscomputer und seinen Wetterzauberer mit sanfter Stimme an: »Das Dampfbad.« Dr. Hoa, der ganz in seiner Nähe stand, nickte und drückte die Steuertasten für die kleine Wetterblase, gegen deren Einsatz als Waffe er unter den gegebenen Umständen keine Einwände hatte.

Da die Besatzung der *Shahrazad* ihre Kapitulationsforderung unverkennbar ignorierte, sprengten Kisla und ihre Kämpferphalanx die Innenschotten der Luftschleuse schließlich gewaltsam auf. Ganz wie Hafiz es erwartet hatte, ohne jegliche Achtung vor seiner Investition in die modernste, sicherste und ästhetischste Technologie, die der Markt zu bieten hatte. Der Sprengsatz zerstäubte das von einem zwiebelförmigen Rundbogen gekrönte Innenportal der Schleuse zu einem Wasserfall aus Perlen, die sich schließlich mit glockenhellem Klang zu einem bloßen Energieschimmer auflösten, als die Eindringlinge den Perlenvorhang durchschritten.

Kaum hatte Kislas Bande die Luftschleuse verlassen, wurden die Piraten schon von einem Miasma aus wirbelnden Dampfschwaden eingehüllt. Das Letzte, was Karina für eine ganze Weile von Kisla und ihren Handlangern zu sehen bekam, war der Anblick von Kisla, die kopflos am Kragen ihres silbrigen Einteilers herumkrallte. Den Eindringlingen brach der Schweiß in Strömen aus jeder Pore, weshalb sie sich die Kleidung vom Leib zu reißen begannen. Verzweifelt versuchten sie zu verhindern, dass sie in der über sechzig Grad heißen Dampfhitze dieses künstlichen türkischen Bades verkochten, das durch eine Kombination von Dr. Hoas Wetterzauberei und den von Hafiz eigentlich für einen weiteren heimeligen Luxus, den er dem Inventar der *Shahrazad* hinzuzufügen geplant hatte, vorgesehenen Bordanlagen geschaffen wurde.

Nach einiger Zeit blitzten die Waffen der Invasoren jedoch neuerlich auf, und ein weiteres von Hafiz' eleganten Portalen wurde aufgeschossen. »Die Kamele, bitte«, befahl Hafiz dem Bordcomputer.

»Was werden die tun, Hafiz?«, wollte Karina wissen. »Wo hattest du überhaupt Kamele an Bord versteckt?«

»Es sind Hologramme, meine Liebste«, klärte Hafiz sie auf. »Nur Hologramme, aber wir haben es so eingerichtet, dass sie gewaltige Klumpen der übelsten und schleimigsten Mixtur auszuspeien scheinen, die jemals das hehre Bild einer Karawane verdorben haben. Bedauerlicherweise haben wir dem Zeug keine Säure oder Gift oder irgendetwas Tödlicheres beigemengt, damit wir nicht womöglich unseren eigenen Leuten Schaden zufügen. Das alles sind natürlich nur Verzögerungstaktiken, du verstehst. Aber vielleicht können wir uns damit trotzdem wertvolle Zeit erkaufen und diese Brut abschaumgeborener Skorpione lange genug ablenken, bis Hilfe eintrifft. In der Zwischenzeit löscht der Navigationsoffizier sicherheitshalber sämtliche Kursdaten aus unseren Bordcomputern.«

»Wird Yasmin die Banditen nicht längst vor genau all dem gewarnt haben?«, fragte Karina. »Du hast doch gesagt, dass sie deine Sicherheitsvorkehrungen alle gekannt hat.«

Hafiz lächelte süßlich. »Diese nicht. Der gute Dr. Hoa und ich haben uns mit der Erstellung dieser kleinen Ablenkungsmanöver nämlich erst amüsiert, seit wir Rushima verlassen haben – während du mit deinen spiritistischen Aktivitäten beschäftigt warst, oh du Quelle der Leidenschaft.«

Der Angriff der Kamele war ein Anblick, den man gesehen haben musste, um ihn glauben zu können. Sie hatten ganz gewiss das Element der Überraschung auf ihrer Seite. Hätten Hafiz und Dr. Hoa die Kamele doch nur etwas ebenso Tödliches spucken lassen können, wie es ekelhaft war, dachte Karina. Dann hätten sie diese Schurken zu ihrem Schöpfer zurückschicken können, der ihren Geistern dann den Kopf hätte zurechtsetzen und sie so auf ihre nächsten Leben als Eidechsen, Schlangen und Insekten diverser Spezies vorbereiten können.

Die Anführerin der Piraten wurde fast auf der Stelle von einem Riesenklumpen grünem Schleim eingehüllt. Schon bald wischten sich alle Invasoren die Augen, husteten Reizgasdämpfe aus und machten ihrem Missfallen über das Willkommen, das man ihnen seitens der *Shahrazad* bereitete, auf anderweitige Weise Luft. Natürlich stellten sie nur allzu bald fest, dass die Kamele nur Hologramme waren. Das verhinderte jedoch nicht, dass sie auf dem Pseudogeifer ausrutschten oder darüber stolperten und dabei ihre Waffen versehentlich abfeuerten. Zwei der Eindringlinge wurden verwundet.

Der Bordcomputer verfolgte das Fortkommen der Piraten auf einem Diagramm des Schiffsinneren mit und zeigte, dass das nächste Portal, das die Verbrecher aufschossen, sie in einen verwickelten Irrgarten aus Korridoren und Quergängen führte, der sie am Ende den Weg zurücknehmen ließ, den sie gekommen waren, wenn auch nicht mehr durch das türkische Bad.

Stattdessen erwartete sie dort diesmal das Hologramm einer ausgedehnten und endlosen Wüste und der Laufbandfußboden vor der Zugangsschleuse, der eigentlich dazu diente, das Schiff schneller be- und entladen zu können, wurde in der Art einer Tretmühle eingesetzt, um die Illusion noch perfekter zu machen. Die Eindringlinge marschierten zuerst, dann rannten sie, dann marschierten sie wieder. Dem Wüstenhologramm und seinem trockenen Klima jedoch, abermals eine Schöpfung von Dr. Hoa und dem Schiffscomputer, entkamen sie nicht. Als schließlich einer von ihnen die Geistesgegenwart hatte, einen Schuss in die simulierten Flugsanddünen unter ihren Füßen abzugeben, hingen den menschlichen Piraten schon die Zungen heraus, und ihre Haut sah aus wie sprödes Pergament, ausgedörrt und verbrannt von den an der Decke angebrachten Höhensonnen, einer Leihgabe aus dem bordeigenen Bräunungsstudio, die das künstliche Wüstenklima verstärkten.

Die Wüste verschwand, das Portal öffnete sich, und die sehr erhitzten und erschöpften Invasoren stolperten hindurch, auf die Wüstenoase zu.

»Tänzerinnen«, kündigte Hafiz an. Das Positionsdiagramm zeigte, dass die Eindringlinge durch die Wüste auf das nächsthöhere Deck vorgedrungen waren. Die Oase wirkte genauso einladend, wie es sein sollte, und zeigte ein Hologramm von Hafiz' Lieblingsgarten mit einem fünfzehnstufigen Springbrunnen in der Mitte, der wie ein Wasserfall aussah. In diesem Moment stellte Karina fest, dass mit Ausnahme von ihr selbst, Hafiz, Dr. Hoa und dem gefallenen Kapitän sämtliche Besatzungsmitglieder verschwunden waren. »Wo …?«, setzte sie zu fragen an.

»Schau hin«, unterbrach Hafiz sie. »Aus Achtung vor der pazifistischen Natur des Volkes unserer lieben Acorna haben wir keine tödlichen Waffen mitgenommen – aber das bedeutet noch lange nicht, dass meine Mannschaft alles vergessen hat, was sie im Laufe ihrer erstklassigen Ausbildung an Kenntnissen erworben hat, die sie zu wahren Meistern aller denkbaren Spielarten der waffenlosen Kampfkünste und des Nahkampfes werden ließen. Siehst du, meine Blüte, das hier ist das, was die Eindringlinge sehen werden.« Er deutete auf den Hauptschirm der Brücke, auf dem nun eine Truppe unwahrscheinlich üppig ausgestatteter und unglaublich gewandter und biegsamer Tänzerinnen zu sehen war – nun, nicht nur, da Hafiz die Schar auch um ein paar männliche Tänzer bereichert hatte, die ganz aus Muskeln bestanden, blitzende dunkle Augen hatten und Fertigkeiten bewiesen, die jenen der Frauen in nichts nachstanden. Bekleidet, wenn auch nicht sehr, waren sie mit tiefem Einblick bietenden Schleiern aus schimmernder, durchsichtiger Seide in Smaragdgrün, Saphirblau, Granat- und Himbeerrot sowie Safrangelb, und geschmückt waren sie mit glockenhell klimpernden Münzketten aus purem Gold, die zwischen fülligen Brüsten herabbaumelten, über wogende Waschbrettbäuche flossen, bei jeder

Hüftzuckung funkelnd aufblitzten, sich über sinnliche Arme und Hälse erstreckten und zwischen den Augenbrauen sowie knapp unterhalb der Augen lockten, wo zarte Gesichtsschleier ansetzten und für Schicklichkeit sorgten. Zwei Tänzer für jeden Piraten, sah Karina, und die Eindringlinge, die fraglos wussten, dass auch dies hier ein Hologramm sein musste, konnten es nicht recht über sich bringen, zu schießen. Als die Tänzerinnen und Tänzer die ausgedörrten Möchtegern-Eroberer neckisch mit kleinen schein-realen Wasserspritzern aus dem schein-realen Springbrunnen benetzten, ließen die Piraten vielmehr sogar ihre Waffen lange genug außer Acht, um zu versuchen, aus dem Brunnen zu trinken, ihre glühenden Gesichter zu kühlen und nach dem dargebotenen Fleisch zu greifen.

Diesen Augenblick machten sich die von Kopf bis Fuß in Blau gekleideten und von innen durchsichtige, von außen aber ebenfalls blaue Gesichtsmasken tragenden Mannschaftsmitglieder der *Shahrazad,* die sich als tatsächlich leibhaftige Realwesen hinter den Hologrammen der Tänzerinnen und Tänzer verbargen, zu Nutze und schlugen zu. Sie schnappten sich die Waffen und überwältigten die Piraten, ehe auch nur einer der Eindringlinge begriff, was geschehen war.

Kisla Manjari quiekte auf, als die Tanzknaben sich übergangslos in Luft auflösten und sie sich stattdessen von zwei blau gekleideten Männern in die Höhe gehoben sah.

»O Hafiz, du bist wunderbar!«, rief Karina begeistert aus. »Du hast uns gerettet! Waren es deine alten hadithianischen Ratgebergeister, die dir enthüllt haben, wie du all das hier bewerkstelligen kannst?«

»Beinahe erraten, oh du köstlicher Limonentropfen. Mein Vorbild war die in einem Vid aus meiner Sammlung seltener und ehrwürdiger Meisterwerke dieses Mediums dargestellte Strategie eines meiner Vorfahren. Er hatte sie zwar bei einem athletischen Wettstreit angewandt, aber die Prinzipien waren ziemlich die gleichen –

außer dass wir nur Hologramme und unsere bescheidenen bordeigenen Mittel einsetzen konnten, an Stelle der lebenden Kreaturen, die meinem Vorfahren zur Verfügung standen.«

»Die Piraten wurden alle gefangen genommen, und das Schiff ist wieder fest in unserer Hand, mein Gebieter«, meldete einer der blau gekleideten Mannschaftsangehörigen über das Interkom. »Was sollen wir jetzt mit ihnen anstellen?«

»Ich habe mich noch nicht entschieden«, antwortete Hafiz. »Die Krokodilgrube, oder sollen wir sie an Pfähle gefesselt in der Wüste aussetzen? Was meinst du, mein Liebling?«

»Oh, Hafiz, das ist alles so niederevolutionär. Außerdem würden die Krokodile Kisla Manjari aus Höflichkeit einer Berufskollegin gegenüber wahrscheinlich verschonen oder womöglich an verdorbenem Magen sterben. Warum sperrst du sie nicht einfach alle so lange in die Schiffskerker, bis ihnen die überirdische Gnade irgendwann Erleuchtung zuteil werden lässt?«

»Schon, mein Engel, aber ich bin ihnen doch recht gram. Ihretwegen können wir unsere Reise nicht mehr fortsetzen. Vielleicht sollten wir ihnen die Freuden der vollkommenen raumzeitlichen Freiheit offenbaren?«

»Das wäre eine Überlegung wert«, räumte Karina ein. Doch sie hatten mit ihrer Entscheidung ein wenig zu lange gezögert.

Kisla Manjari hatte sich von ihren Tanzknaben losgerissen und einen Berührungsschalter auf ihrer unbedeutenden linken Brust betätigt. »*Midas,* schicken Sie die zweite, dritte und vierte Phalanx rüber! Und passen Sie auf die Biogefahren und die Tanzmädchen auf!«

Ihre Wärter fingen sie wieder ein und drohten ihr mit ihrer eigenen Waffe. Sie lächelte sie gekünstelt unschuldig an. »Sie würden doch ein Mädchen nicht erschießen, nur weil sie einen Anruf getätigt hat, oder?«

Karina blickte ihren Gemahl hoffnungsvoll an, doch dieser schüttelte den Kopf. »Leider haben wir keinen zweiten Verteidigungswall mehr.«

»*Shahrazad,* hier spricht die *Condor.* Ist bei Ihnen noch alles in Ordnung?«

»*Condor?«,* meldete sich Hafiz. »So gerade eben noch. Aber wir erwarten jeden Moment, ein zweites Mal geentert zu werden.«

»Die kommen vermutlich durch diesen überdimensionalen Schlauch, der ihr Schiff mit der *Shahrazad* verbindet, nehme ich an?«, erkundigte sich die Stimme.

»Das scheint mir eine vernünftige Annahme zu sein«, bestätigte Hafiz.

»Von Ihren Leuten ist keiner da drin unterwegs, richtig?«

»Nein, da sind bloß Piraten drin.«

»In Ordnung, wir kümmern uns darum. Aber, *Shahrazad*?«

»Ja, *Condor?*«

»Ich erhebe Anspruch auf alles, was von dem Andocktunnel hinterher noch übrig ist. Wir sind schließlich ein Bergungsschiff.«

»Bedienen Sie sich, *Condor.*«

»Also dann. Halten Sie sich gut fest. Könnte sein, dass Sie ein bisschen durchgerüttelt werden.«

Acorna hatte das volle Ausmaß des Abenteuers, auf das sie sich eingelassen hatte, als sie Teil der wachsenden Mannschaft der *Condor* geworden war, noch gar nicht recht erfasst.

»Wie nahe sind wir an ihnen dran, Kapitän Becker?«, hatte sie gefragt.

»Gerade mal zwei Wurmlöcher weit entfernt«, gab dieser Auskunft. »Die Strecke sieht stabil aus und müsste uns in unmittelbare Eingreifnähe zum Ziel bringen. Haltet eure Hornkappen fest, Jungs und Mädels, es geht los.« Er hatte sogar das, wie er behauptete, bisher beispiellose Wagnis unternommen, den Kater anzuschnallen, eine Prozedur, die SB wenig erfreut, jedoch auffällig zurückhaltend lediglich damit quittiert hatte, dass er die Ohren flach an den Kopf anlegte. Mit dem Schwanz hätte er zwar wohl auch noch umhergepeitscht, doch das war SB mangels entsprechender Bewegungsfreiheit nicht möglich, war doch sein Hinterteil fest in einem Sessel verkeilt. »Tut mir ja aufrichtig Leid, Schiffskamerad. Aber wir müssen ein bisschen Zeit gutmachen, da kann es schon mal etwas rauer werden.«

An den Rest der Besatzung gewandt, erklärte er, während die *Condor* in das erste Wurmloch eintauchte: »Für gewöhnlich ist Bergung und Wiederverwertung ein sehr viel gemächlicheres Geschäft, versteht ihr?«

Acorna lächelte. Er erinnerte sie so sehr an ihre Onkel. Und Aari schien sich zum ersten Mal, seit sie ihn getoffen hatte, wahrhaftig zu amüsieren. Oder vielleicht auch nicht. Er entblößte die Zähne. War das jetzt eine feindselige Geste, oder war er einfach nur zu lange mit Becker zusammen gewesen? Nein, entschied sie, er war glücklich. Er *fühlte* sich für sie einfach glücklich an.

Ein Ruck ging durch das Schiff, als es wieder aus dem Wurmloch herausschoss und damit die Erste der zwei ›Falten‹, wie Becker sie nannte und die er zu durchfliegen beabsichtigte, hinter sich ließ. »Nur eine kleine Raumturbulenz, meine Damen und Herren. Schwarzwasser, wie mein Papa es zu nennen pflegte. Raum-Zeit-Stromschnellen. Juchuuh!«

Noch ein weiterer Ritt dieser Art, und plötzlich lag nicht mehr leerer, tiefschwarzer Raum vor ihnen. Sie hatten stattdessen Sichtkontakt zu zwei einander recht ähnlichen Raumschiffen, beides übergroße Luxus-Raumjachten, die durch eine lange weiße Nabelschnur miteinander verbunden waren.

Becker funkte die *Shahrazad* an. Acorna weinte fast vor Erleichterung, als sie die Stimme ihres Onkels Hafiz vernahm, der ihnen mit lakonisch knappen Worten die Lage schilderte.

Sie war gerade im Begriff, Becker darum zu bitten, sie mit Hafiz sprechen zu lassen, als der Bergungsspezialist erklärte, dass er Anspruch auf den Andocktunnel erhöbe, beschleunigte und mit der Nase der *Condor* geradewegs zwischen die beiden Raumjachten vor ihnen zielte.

Die Schleusenverbindungsröhre stellte für die nupiakische Asteroidenbrecher-Bugnase der *Condor* nicht das geringste Hindernis dar. In Raumanzüge gekleidete Gestalten purzelten aus dem überdimensionalen Nabelschlauch heraus wie Blutkörperchen aus einer geplatzten Kapillare auf einem gläsernen Mikroskopträgerplättchen. Schwerkraftstiefel hefteten sich an die Schiffshüllen, und behandschuhte Hände griffen nach den Halt suchenden, ausgestreckten Armen ihrer hilflos vorbeitaumelnden Kameraden. Acorna war froh zu sehen, dass es den meisten von ihnen gelang, sich in Sicherheit zu bringen, und noch sehr viel froher, dass die Piraten zu diesem Zweck ihre Waffen loslassen und tatenlos zusehen mussten, wie diese Rad schlagend in die Schwärze des Weltraums davondrifteten.

Acorna und Aari sahen ihnen einen Augenblick lang nach, und Acorna dachte unwillkürlich daran, wie schrecklich einsam es sein musste, mutterseelenallein im Weltraum zu treiben, bis man irgendwann starb. Sie warf Becker einen Blick zu und schaute zu den Raumanzügen an der Wand hinüber. Becker erwiderte ihren Blick einen kurzen Moment lang mit tiefem Ernst, stand dann auf, ging hinüber, warf ihnen Druckanzüge und Weltraumflugtornister zu und erklärte: »In Ordnung, Jungs und Mädels, Bergungszeit. Du kommst auch mit, KEN, mein Alter, aber du brauchst ja keinen Raumanzug, stimmt's? Als diese kleine … Frauensperson mir die Seele aus dem Leib getreten hat, haben ein paar ihrer Jungs sie davon abgehalten, es noch schlimmer zu treiben, also schätze ich, dass ich ihnen was schuldig bin. Außerdem will ich diesen Andocktunnel haben! Und anschließend werden wir Ihrem Onkel einen Höflichkeitsbesuch abstatten, Dame Acorna.«

Acorna war schon seit ihren Kindertagen, als sie noch mit ihren

Onkeln als Asteroidenschürferin gearbeitet hatte, sehr geübt im Umgang mit Raumanzügen und Manövriertornistern, und auch Aari kannte sich damit noch aus der Zeit vor seiner Gefangenschaft auf Vhiliinyar aus. Zum Glück stand Acornas Stirnhorn nicht so weit vor, als dass sie einen Spezialhelm benötigt hätte. Sich im freien Weltraum zu bewegen hatte viel Ähnlichkeit mit Schwimmen, wobei man die Manövrierdüsen des Flugtornisters als Flossen einsetzte. Gemeinsam lasen sie einen nach dem anderen jener Mannschaftsangehörigen der *Midas* auf, denen es immer noch nicht gelungen war, einen Halt zu finden, brachten sie zur *Shahrazad* hinüber und schoben sie in die Heckschleuse, bevor sie wieder kehrt machten, um den Nächsten einzufangen.

Es gelang ihnen sogar noch, zwei Piraten von der Hülle ihres eigenen Raumschiffes abzupflücken, wo sie sich wie Muscheln auf dem Kiel eines Ozeanriesen festklammerten, bevor die *Midas* sich zögernd abzusetzen begann. Als sie schließlich auch das letzte Weltraumtreibgut in die Luftschleuse verfrachtet hatten, schlug Becker vor: »Dame Acorna, vielleicht besuchen Sie ja jetzt schon mal die *Shahrazad* und versichern sich, dass Ihr Onkel wohlauf ist. Aari und KEN, sofern ihr nicht eine besondere Vorliebe für Familien-Wiedersehen habt, könnt ihr ja mit auf die *Condor* zurückkommen, wo wir unser bescheidenes Mahl aus Pflanzensamen und Katzenfutter genießen und hoffen werden, dass Acorna uns von ihrem reichen Verwandten ein paar übrig gebliebene Oberschichtleckereien mitbringt.«

Acorna winkte ihnen zu und kletterte in die Schleuse. Alle zuvor dort eingetrudelten Anhalter hatte die Mannschaft der *Shahrazad* einen nach dem anderen in Empfang genommen und in sicheren Gewahrsam abgeführt. Als Acorna ihren Helm ablegte, stand Hafiz schon selbst bereit, um sie in die Arme zu schließen und an Bord willkommen zu heißen. Als sie sich gerade in den großen Versammlungsraum des Schiffes begaben, spürte sie plötzlich einen

Ruck durch das Raumfahrzeug gehen und sah auf dem Panoramaschirm an der Wand einen Lichtblitz von der *Shahrazad* zu der zunehmend Abstand gewinnenden *Midas* hinüberzucken. Die *Midas* verschwand in einem Feuerball.

Aus dem Komlautsprecher im Kragen ihres Raumanzuges hörte sie Becker jubilieren: »Juchuuh! Sofortiges Karma für die edlen Retter, Aari, mein Junge! Schau dir bloß all dieses Bergungsgut an! Bis später, Dame Acorna!« Woraufhin die *Condor* mit einem kecken Schlenkern ihres Hecks davonschoss, um sich ihre Belohnung abzuholen.

»Nein!«, schrie Kisla Manjari auf, die in einer Ecke des Aufenthaltsraumes an Händen und Füßen gefesselt in einem Sessel hockte. »Das ist nicht fair! Der Schrotthändler kann sich doch nicht einfach mein schönes neues Schiff schnappen, das mein Onkel mir gegeben hat! Paps, stell irgendwas richtig Fieses mit ihm und seiner schrecklichen Katze an.«

Acorna sah, dass Kislas Augen nach oben verdreht waren, sodass nur noch das Weiße unter den Lidern des Mädchens zu sehen war.

»Wie du sehen kannst, liebste Acorna, spielen wir den leider eher unfreiwilligen Gastgeber für eine alte Jugendkameradin von dir.«

Acorna straffte sich, durchquerte den Raum, kniete neben Kisla nieder und blickte ihr direkt ins Gesicht. Sie wollte den Kopf des Mädchens mit ihrem Horn berühren, als Kisla reflexartig vor ihr zurückwich und mit ihren in Handschellen gelegten Armen nach ihr schlug.

»Sie muss an irgendeiner schweren psychotischen Störung leiden«, mutmaßte Acorna und rückte ein Stück von dem hässlichen Chaos ab, das im Verstand des Mädchens tobte. »Sie ist Kapitän Becker gefolgt und hat ihm die Hörner der Linyaari-Vorfahren abgenommen, die er aufgelesen hatte. Sie hat ihn beinahe umgebracht, als sie versucht hat, ihn dazu zu bringen, ihr zu verraten, wo die Heimatwelt der Linyaari liegt.«

»Und zweifellos war das der gleiche Grund, aus dem sie auch uns verfolgt hat«, stellte Hafiz mit einem tiefen Seufzer fest.

»Ich frage mich, ob sie irgendetwas über das Verschwinden der weltraumreisenden Angehörigen meines Volkes weiß?«, sinnierte Acorna.

Bevor jedoch sie oder irgendjemand anderer dieser Frage weiter nachgehen konnte, drang eine vertraute Stimme durch den Raum: »*Shahrazad,* hier spricht die *Haven.* Wir haben Ihren Notruf aufgefangen. ... *Shahrazad,* bitte kommen. ... Um der Liebe aller Monde von Mithra willen, *Shahrazad,* sagen Sie uns, dass wir nicht zu spät kommen und dass diese Explosion vorhin nicht Sie waren! Bitte melden Sie sich, Hafiz, Sie alter Kamelschänder!«

»Herr Greene«, antwortete Hafiz in den offenen Versammlungsraum hinein, »hier sind Damen zugegen! Wenn ich also bitten darf ... Und nein, zu unserer nicht unbeträchtlichen Freude war das vorhin lediglich die Detonation eines auf Graf Edacki Ganoosh zugelassenen Raumschiffs namens *Midas.* Die *Midas* hat uns überfallen und uns zu entern versucht. Wir konnten den Großteil ihrer Kapermannschaft jedoch gefangen nehmen und haben dann ihr Schiff in die Luft gejagt, als der Sicherheitsabstand groß genug war, um ein für alle Mal zu unterbinden, dass diese Piraten uns womöglich auch in Zukunft wieder Schwierigkeiten bereiten.«

Jugendlich-begeistertes Freudengeheul, Applaus und ein schriller Beifallpfiff übertönten Greenes Worte einen Augenblick lang.

»Johnny, hier ist Acorna«, nutzte sie die Gelegenheit. »Was machen du und die *Haven* denn hier draußen?«

»Wir sind ursprünglich mit der Absicht aufgebrochen, uns der *Shahrazad* anzuschließen, Acorna, und ihr als Begleitschutz sicheres Geleit zu geben. Aber die Dinge sind seither ein wenig komplizierter geworden. Was machst *du* denn da drüben?«

»Das ist auch etwas komplizierter, Johnny«, erwiderte Acorna.

»Meine Damen und Herren und Kinder jeden Alters«, schaltete

sich mit einem Knattern nun Beckers Stimme in das Gespräch ein, »ich denke, es ist dringend an der Zeit, dass wir uns alle einmal zusammensetzen und von Angesicht zu Angesicht eine kleine Konferenz abhalten. Was haltet ihr davon, wenn wir kurz zum nächsten Dreckball rüberhüpfen, dort unsere Fahrzeuge auf ihre jeweiligen Hinterteile setzen und uns alle an Bord der *Shahrazad* versammeln? Dort kann uns Herr Harakamian dann auf jene vortreffliche Weise bewirten, an die sich zu gewöhnen ganz nett wäre, während wir uns in aller Ruhe und Ausführlichkeit unsere jeweiligen Erlebnisse erzählen.«

»Ein sehr vernünftiger Vorschlag, Kapitän Becker«, war Hafiz einverstanden. »Bitte bringen Sie auch Ihre geschätzte Mannschaft mit.«

»Das Kätzchen auch, Kapitän Becker«, flötete eine junge, helle Stimme.

»Dieses Gesuch wurde Ihnen von Fräulein Juwelierin in Ausbildung Turi Reamer vorgetragen, Becker«, ergänzte Johnny Greene grinsend.

»Klar, weiß ich doch«, entrüstete Becker sich. »Ich hätte Turis Stimme überall wieder erkannt, Greene. Du solltest dich besser nicht zwischen mich und meine Damenbekanntschaften stellen, John, hörst du?«

»Herrje, ich seh schon, du bist wieder voll im Bergungsrausch, Joe. Hast wohl ganz schön was aus dem Wrack rausgeholt, wie?«

»Hab ich nicht. Das Ding ist bloß noch eine Fantastillion winziger Trümmer, die alle mit Überlichtgeschwindigkeit auseinander rasen. Lohnt die Mühe eigentlich gar nicht.«

»Meine Herren, wenn Sie mit Ihrem Verbrüderungsritual fertig sind, könnten wir uns dann womöglich auf einen Ort einigen, wo wir uns zusammensetzen können?«

»Es gibt da nicht weit von hier einen kümmerlichen, winzigen Planetoiden, der keinerlei Lebensformen aufzuweisen scheint und wohl auch keine haben will«, schlug Becker vor. »Treffen wir uns doch da.«

Das taten sie dann auch. Als Becker, Aari, SB und der KEN-Roboter an Bord kamen, hießen Acorna und die Harakamians sie herzlich willkommen.

»Was für ein prachtvolles Exemplar einer Makahomanischen Tempelkatze Sie da auf Ihrer Schulter haben, Herr Becker!«, bewunderte Karina den Kater und klatschte in die Hände. »Wie ich vernommen habe, gehören sie zu den erleuchtetsten Lebewesen überhaupt. Wenn die makahomanischen Ältesten und Priester über ihre nächsten Inkarnationen nachzudenken beginnen, so heißt es, gilt es als das Bevorzugteste aller möglichen Schicksale, als Tempelkatze wieder geboren zu werden.«

SB leckte sich die Pfote, fuhr sich damit über die Schnurrbarthaare, kniff die Augen zusammen und schnurrte wohlwollend.

Becker sprach ohne Umschweife an, was ihn am meisten interessierte. »Ich würde gerne einen Blick auf das menschliche Weltraumtreibgut werfen, das du und Aari geborgen habt, Acorna, sofern dein Onkel keine Einwände erhebt«, bat er. »Wie ich schon sagte, waren ein paar der Burschen, die Kisla Manjari dabei hatte, gar nicht mal so übel. Ich hatte irgendwie gehofft, dass sie unter den Überlebenden wären.«

Acorna war froh, dass er das ›Sie‹ und ihre Betitelung als ›Dame Acorna‹ endlich fallen gelassen hatte. Das bedeutete, dass er sie inzwischen als echte Freundin zu betrachten begann statt als sagenumwobene, unwirkliche Lichtgestalt, von der er auf Kezdet gehört hatte und als die er sie bislang angesehen und behandelt hatte.

Onkel Hafiz machte eine huldvolle Handbewegung. »Bitte betrachten Sie meine Kerker als Ihre Kerker«, willigte er ein.

Woraufhin Becker zu dem ganz in der Nähe schimmernden Energiefeld hinüberschlenderte, hinter dem Hafiz die Schurken in einem großen, leer geräumten Lagerraum eingesperrt hatte. Das Hologramm hinter ihnen zeigte die Innenansicht eines Verlieses aus der Zeit der irdischen Kreuzzüge, komplett mit zeitgenössischen Toneffekten wie etwa den im Hintergrund aufgellenden Schreien eines Delinquenten, der gerade gevierteilt wurde. Acorna war heilfroh, dass es nur ein Hologramm war.

Becker sparte nicht mit seiner Anerkennung: »Diese Umgebung gefällt mir, Herr Harakamian. Amnesty Interstellar wäre zwar gewiss weniger begeistert, aber falls die jemals an Bord kommen sollten, weil irgendwer, der das hier voll und ganz verdient hat, die Frechheit besessen hat, sich dort zu beschweren, dann wird nichts zu sehen sein, was irgendwer nachweislich als grausame oder unübliche Bestrafung auslegen könnte.« Kisla Manjari war mittlerweile in eine Einzelzelle verbracht worden. Karina Harakamian warf unablässig besorgte Blicke in Richtung der gleich nebenan liegenden Kammer, in der das gestörte Mädchen eingesperrt war.

»Könnten Sie das Innere ihrer Zelle für eine kleine Weile von jeglichem Sicht- und Hörkontakt zur Außenwelt abschotten, Herr Harakamian?«, bat Becker.

»Mein lieber Becker, wir sind beide Unternehmerkollegen, Geschäftsleute und Abenteurer. Bitte nennen Sie mich Hafiz, mein Freund, und ich nenne Sie …«

»Becker wäre schon in Ordnung, aber Aari hier nennt mich Joe.«

»Joh«, bestätigte Aari und sah Onkel Hafiz herausfordernd an. Acorna stellte erneut fest, dass sich entweder Aaris Erscheinungsbild durch seine chirurgische Behandlung, die Prothese und die Hornkappe so sehr verbessert hatte, dass die Harakamians nichts Ungewöhnliches an ihm zu entdecken vermochten, oder aber dass Aaris Verletzungen nur für Linyaari so abstoßend gewirkt hatten. Hafiz lächelte und erklärte: »Und du auch, mein lieber Junge, du musst mich auch Hafiz nennen. Unsere geliebte Acorna hier nennt mich Onkel. Ich habe sie praktisch aufgezogen, weißt du. Eigentlich bin ich damit fast so etwas wie ein Anverwandter deines Volkes.«

Acorna konnte ein Kichern nur mit Mühe unterdrücken, und Aari bedachte Hafiz mit einem langsamen Entblößen seiner Zähne, das stark an Beckers wölfischeres Grinsen erinnerte. »Ich bin Aari, Onkel Hafiz. Ich habe einen großen Teil meiner eigenen Familie verloren und werde dich gerne adoptieren, wenn du es wünschst.«

Hoppla. Sie wünschte, sie und Aari hätten sich immer noch so mühelos durch Gedankensprache miteinander verständigen können, wie sie es inmitten der Hörner der Toten vermocht hatten. Dann hätte sie ihn warnen können. Onkel Hafiz war ein in vielerlei Hinsicht sehr netter Mann, rückhaltlos vertrauen sollte man ihm jedoch lieber nicht – auch nicht, wenn man ein Bluts- oder Anverwandter war.

»Vortrefflich, vortrefflich.« Hafiz errichtete eine holografische Mauer vor Kislas Zelle und bereicherte sie mit ein paar schmückenden, hoch oben in den Fugen eingelassenen Handfesseln, von denen ein an die Wand gekettetes Skelett herabbaumelte, einer brennenden Kohlenpfanne mit ein paar darin bereitliegenden, zur Rotglut erhitzten Folterutensilien sowie als krönendem Abschluss mit einer Schale voll grünlichem Haferschleim, in dem es von virtuellen Maden nur so wimmelte. Die Kulisse ergänzte die Innenausstattung der Zelle aufs Vollendetste, obschon ein Einblick dort hinein auf Grund der glitschig wirkenden Steinmauer gegenwärtig nicht mehr möglich war. Wenn Acorna nicht mit eigenen Augen Zeugin einiger der Zustände gewesen wäre, die in den Arbeitslagern von Kisla Manjaris Adoptivvater, dem Rattenfänger, geherrscht hatten, wäre sie wohl niemals zu glauben bereit gewesen, dass menschliche Wesen einander wahrhaftig auch auf vollkommen unholografische Weise solcherart einkerkern konnten.

SB saß mit umherpeitschendem Schwanz und zu Schlitzen verengten Augen neben ihm, als Becker mit hinter dem Rücken verschränkten Händen vor der Gemeinschaftszelle nebenan auf und ab schritt und die Gesichter der Personen darin musterte, die durch Acorna und Aari vor einem einsamen Tod im Weltraum bewahrt worden waren. Es handelte sich samt und sonders um Männer, was Acorna nicht überraschte. In ihrer unmittelbaren Umgebung pflegte Kisla Manjari andere Frauen einfach nicht zu dulden. Ihr Ego war so angeschlagen, dass sie jede andere Frau automatisch als Konkurrenz betrachtete.

»Ich denke, ich erkenne ein paar von euch Burschen wieder«, begann Becker. »Entschuldigt, wenn ich mich an eure Gesichter nicht mehr ganz so genau erinnern kann. Aber ich lag damals gerade im Sterben. Ihr habt im Unterschied zu Kisla jedoch darauf verzichtet, mich noch weiter zu treten, als ich bereits am Boden lag, und zum Glück für euch achte ich ein solches Verhalten auch bei meinen Feinden. Also, ich frage mich, ob irgendwer von euch – trotz des Umstandes, dass ihr euch als Speichellecker von Kisla Manjari und ihrem Onkel verdingt habt, andernfalls würdet ihr euch ja gar nicht erst in dieser bezaubernden Unterkunft befinden – Interesse daran hat, sich noch ein wenig mehr zu rehabilitieren, indem er uns in die Pläne eurer Arbeitgeber einweiht. Ihr versteht sicher, dass wir uns gefragt haben, aus welchem Grund ausgerechnet uns die Ehre und die Auszeichnung zuteil geworden ist, als Kislas und Ganooshs Feinde auserkoren zu werden.«

Acorna sah sie zögern, und ganz ohne Scham setzte sie ein paar der neuen Fertigkeiten ein, die sie auf Narhii-Vhiliinyar erworben hatte, um ihrem gerissenen alten Onkel einen kleinen mentalen Schubs in die richtige Richtung zu geben.

»Ich kann Ihnen versichern«, versprach Onkel Hafiz plötzlich – wobei ein inneres Lächeln seine Augen aufblitzen ließ, als wäre die brillante Idee, die er gerade gehabt hatte, seine eigene gewesen, was sogar durchaus der Fall sein mochte. Möglicherweise hatte ihm, überlegte Acorna, ihr Schubs ja nur jene Art Stichwort geliefert, die etwa ein Schauspieler brauchte, um seinen ihm wohl bekannten

Text zum richtigen Zeitpunkt aufzusagen – »dass der Mann, der sich uns als größte Hilfe erweist, sich nie mehr bei irgendjemandem zu verdingen braucht.

Das Haus Harakamian wird sich für seine Dienste so dankbar erweisen und ihn so großzügig entlohnen, dass er glauben wird, den freigiebigsten Dschinn des ganzen Universums gefunden zu haben, der in der lauschigsten und am üppigsten ausgestatteten Öllampe des Universums lebt. Selbst wenn er seine eigene Mutter auf die Lippen küssen sollte, wird seine wahre Identität ihr trotzdem ein völliges Geheimnis bleiben, wenn unsere Ärzte mit seiner Ganzkörperoperation fertig sein werden. Zugleich wird er ein so stattlicher ... wie heißt diese Redewendung, die du immer so bezaubernd verwendest, oh du unvergleichliches Juwel unter Juwelen, wenn du dich auf meine persönliche körperliche und sexuelle Potenz beziehst?«

»Zuchtbulle, Herr und Meister«, antwortete Karina mit einem züchtigen Senken der Wimpern und einem gezierten Knicks.

»... ein so stattlicher Zuchtbulle sein, dass alle Frauen ihn begehren und alle Männer ihn bewundern werden. Eine sehr viel verlockendere Ruhestandsregelung als hilflos im Weltraum treibend im Stich gelassen zu werden, würden Sie nicht auch sagen, meine Herren?«

Nur einen kurzen Augenblick lang herrschte verblüfftes Schweigen, bevor einer der Männer, die Acorna gerettet hatte, mit gramerfülltem Gesichtsausdruck, was möglicherweise die Folge heftiger Gewissensbisse war, das Wort ergriff: »Ich tue es schon für eine neue Anstellung und Schutz für meine Familie, Herr Harakamian. Als man mich angeheuert hat, hat man mich glauben gemacht, ich solle als Pilot eine Konzern-Raumjacht steuern, um hochrangige Mitarbeiter des Unternehmens zu Geschäftsterminen zu fliegen. Von diesem ganzen Entführungs- und Folterungskram und davon, dass ich vortäuschen musste, ein Angehöriger der Föderationsstreitkräfte zu sein, stand keine Silbe in meinem Vertrag.«

Acorna blieb nicht lange genug, um auch die weiteren Angebote der Auktionsschlacht mitzubekommen, die sich nun entspann, als ein Gefangener nach dem anderen darum wetteiferte, am genauesten und ausführlichsten Einzelheiten dessen zu offenbaren, was ihm hinsichtlich von Ganooshs laufenden Unternehmungen und weiteren Plänen bekannt war.

Denn just in diesem Augenblick kamen Johnny Greene und das, was von der Besatzung der *Haven* noch verblieben war, an Bord der *Shahrazad.* Acorna eilte zu ihnen hinüber, um sie zu begrüßen. Es tat so gut, ihre alten Freunde wieder zu sehen! Sie konnte kaum erwarten, Pal Kendoro und 'Ziana willkommen zu heißen. Ob 'Ziana wohl mittlerweile gemerkt hatte, wie sehr Pal sie mochte? Und ob Markel und Johnny Greene auch mit herübergekommen waren?

Markel und Johnny waren da, wahrhaftig, und auch Khetala, die sogleich nach vorne stürmte, Acorna um den Hals fiel und sie mit einer überschwänglichen Umarmung an sich drückte, deren Herzlichkeit sich jedoch alsbald in Tränen auflöste. Acorna überlegte, was sie so aufgewühlt haben mochte, bis ihr bewusst wurde, dass zwar Johnny, Markel, Khetala und die rothaarige Annella da waren, sowie ein großer, rothaariger Mann mit zwei ebenso rotschöpfigen Kindern und eine große Schar sehr junger Kinder. Doch das waren auch schon alle.

»Kheti, wo sind die anderen?«, fragte Acorna mit bangen Vorahnungen. »Johnny? Sie sind nicht auf der *Haven,* oder doch? Was ist passiert?«

Johnny holte tief Luft. Becker und Hafiz hatten mittlerweile ebenfalls bemerkt, dass bei den Besuchern von der *Haven* etwas nicht stimmte, und stießen nun gleichfalls zu Acorna und Karina.

»Nun, Liebes, es gibt gute und schlechte Nachrichten«, begann Johnny. »Die schlechte Nachricht ist: Admiral Ikwaskwan arbeitet jetzt für die andere Seite. Er und eine Bande seiner falschen Föderationstruppen sind ausgerechnet dann in ihr Stammlager zurückgekehrt, als die Sternenfahrer gerade dort eingetroffen waren, um Nadhari Kando abzuholen und sie als Kampfausbilderin auf der *Haven* anzuwerben. Ikwaskwan hat Nadhari und unser Schiff unter Gas gesetzt und die meisten Sternenfahrer gefangen genommen. Wenn Markel mit seinen intimen Kenntnissen der *Haven*-Ventilationsanlagen nicht gewesen wäre, und wenn er nicht vorgeschlagen hätte, diese als Zufluchtsort zu nutzen, dann wären wir alle jetzt ebenfalls Gäste des Admirals.«

»War der letzte Teil die gute Nachricht?«, fragte Acorna wie betäubt.

Johnny schüttelte den Kopf. »Nein, die gute Nachricht – obwohl sie im Grunde auch eher gemischt ist – lautet, dass wir den Kurs kennen, den die Raumschiffe des Admirals genommen haben, als sie in ihren neuen Schlupfwinkel zurückgeflogen sind. Wir haben uns ihnen an die Fersen geheftet und wissen inzwischen ganz genau, wohin sie sich verkrochen haben. Aber mit unserer praktisch nur aus kleinen Kindern bestehenden Restmannschaft konnten wir nichts gegen sie unternehmen. Wir hatten gerade versucht zu entscheiden, was wir als nächsten Schritt unternehmen sollten, als wir den Notruf der *Shahrazad* aufgefangen haben.«

Als die Anwesenden im Zuge der von Becker vorgeschlagenen Vollkonferenz der drei Raumschiffe schließlich diese ebenso wie sämtliche anderen Informationen ausführlich ausgetauscht und einen Plan entwickelt hatten, der allerdings erforderte, dass Acorna und Aari an zwei Orten gleichzeitig würden sein müssen, stellte Hafiz Harakamian wieder einmal jene Fertigkeiten unter Beweis, mit denen er einstmals die Grundlagen seines jetzigen Vermögens geschaffen hatte.

»Meine Feinde haben viele Lügen über mich erzählt«, führte Hafiz aus. »Dazu gehört auch die Fabel, dass meine frühesten Geschäfte den Handel mit Sucht erzeugenden Substanzen beinhaltet hätten, gewürzt mit Andeutungen, dass es sich dabei um illegale Drogen gehandelt hätte. Wie jeder meiner Leute euch aber versichern kann, bin ich ein frommer Mann, der sich in allen Dingen von den Drei Büchern und den Drei Propheten leiten lässt. Ich würde etwas Derartiges also nie auch nur in Erwägung ziehen. Allerdings haben meine Feinde auf eine Art durchaus Recht. Mein Vermögen habe ich tatsächlich mit Dingen begründet, die mancher vielleicht als süchtig machend einstufen würde. Ihr habt sicherlich schon ein paar meiner Spezialeffekte hier auf der *Shahrazad* bemerkt. Herr Greene, vermute ich, wird sich noch daran erinnern können, dass ich einer Familienpflicht, ganz auf mich gestellt ein eigenes, Gewinn bringendes Geschäft aufzubauen, ehe ich zum Erben unseres Hauses ernannt werden konnte, sehr erfolgreich Genüge getan habe, indem ich mein Unternehmen von einem kleinen Laden in der Todo-Straße aus betrieben habe.«

Johnny schnippte mit den Fingern. »Harakamians Hologramme! Wir erfüllen Ihre wildesten Träume! Ich kann mich erinnern! Dieses Holo mit dem Musikauftritt in einem Dubliner Pub habe ich wirklich geliebt!«

»Ich glaube, Vater hat Ihre Firma auch ein- oder zweimal erwähnt, jetzt, wo ich darüber nachdenke«, bestätigte Becker.

»Nanu, Onkel Hafiz!«, staunte Acorna. »Ich wusste ja, dass du einen wunderbaren Geschmack hast. Aber ich hatte keine Ahnung, dass du sogar ein richtiger Künstler warst.«

»Oh doch, mein Liebes. Und jetzt werde ich mit deiner und Aaris Hilfe die Vision meines Lebens erschaffen. Für den Rest von euch heißt es in der Zwischenzeit: An die Arbeit!«

»Geht klar, Hafiz«, versicherte Becker. »Kommt schon, Leute«, wandte er sich in die Runde, woraufhin der KEN-Roboter ihm, ebenso wie die Besatzung der *Haven*, zuerst in die *Condor* folgte, um dann, schwer mit diversen Werkzeugen und Ersatzteilen beladen, in die *Haven* weiterzuziehen.

Zweiundzwanzig

Tag um Tag und Stunde um Stunde wurden die geschundenen Leiber der Kinder in die Wohnkuppel geschleift – mit bösen Quetschungen, zerschlagenen Gliedern und Schnittwunden, ein paar auch mit gerissenen inneren Organen und zersplitterten Knochen. Die jeweils Dienst habenden Linyaari der mittlerweile schichtweise arbeitenden Heiler taten ihr Bestes, um ihnen zu helfen, arbeiteten sogar dann noch weiter, wenn die Heiler den Punkt totaler Erschöpfung längst überschritten hatten.

Und während der Nacht arbeitete ein weiterer Heilerstab an Nadhari Kando, ließ ihr Fleisch und ihre Knochen wieder gesunden, läuterte ihren Geist von den Drogen, die bewirkten, dass die disziplinierte Kriegerin sich auf eine Weise gebärdete, die ihr Sinn für Ehre ihr bei wachem Verstand niemals erlaubt hätte. Die Linyaari stießen auch bei ihr allmählich an ihre Grenzen und fürchteten, dass sie bald zu ausgelaugt sein würden, um ihr weiterhin helfen zu können.

Es wäre anders gewesen, wenn den Linyaari zwischen den Schichten Zeit gegeben worden wäre, um sich auszuruhen und neue Kräfte zu sammeln. Diese Pausen gönnte man ihnen jedoch nicht. Ikwaskwans Wissenschaftler trieben die Einhornwesen stattdessen mit voller Absicht bis an die Grenzen ihres Leistungsvermögens.

Melireenya war bereits mehrmals in ihr Raumschiff gebracht und dort immer wieder über das Computersystem ausgefragt worden. Dieser Tortur wurde in unregelmäßigen Abständen jeder Liinyar unterworfen, für gewöhnlich mitten in der Nacht oder vor einer lange hinausgezögerten Mahlzeit. Nicht dass der ihnen vorgesetzte

Fraß etwa in irgendeiner Weise adäquat gewesen wäre. Alte, muffige Heuballen waren vielmehr alles, was Ikwaskwan als Nahrung für die Linyaari zur Verfügung stellte.

Nach dem Verhör pflegte man Melireenya in die Gaskammer zu stoßen. Hinterher war sie stets selbst auf Heilung durch andere angewiesen. Denn die ihr während der Befragung zugefügten Qualen hatten die Kräfte ihres Horns immer schon so erschöpft, dass sie in der Gaskammer sehr viel länger als üblich brauchte, um die Luft darin zu entgiften, und somit einen Teil der Toxine in ihren Körper aufnahm, bevor ihre Abwehrkräfte sie zu neutralisieren vermochten. Zuerst jedoch ging es stets noch weiter in den trüben Sumpf, der von den Insassen nur ›der Teich‹ genannt wurde. Dort musste sie Stunden auf dem Bauch liegend verbringen, das Gesicht fast zur Gänze in schaumiges, stinkendes Abwasser gedrückt, um auch diese Brühe zu reinigen und in klares Trinkwasser zu verwandeln.

Es gab mehrere verschiedene Gaskammern und mehrere verschiedene Teiche, sodass ihre Peiniger diese Misshandlungen gleich an einer ganzen Schar Linyaari auf einmal vornehmen konnten.

Melireenyas anfängliche Freude darüber, Hrronye, ihren Lebensgefährten, endlich wieder zu sehen, hatte rasch einen Dämpfer erlitten, als andere ihr in geflüsterter Gedankensprache mitteilten, dass man sie von ihren eigenen Familien getrennt und ihnen gedroht habe, dass sie ihre Lieben nie wieder sehen würden, wenn sie ihren Wärtern nicht die Informationen preisgäben, die sie haben wollten. Natürlich tat es trotzdem niemand. Die Position der Linyaari-Heimatwelt und die Geheimnisse ihrer Hörner waren in der Psyche der Linyaari ebenso tief verschlossen wie ihre DNA-Kodes in ihren Leibern. Wer in den Weltraum hinaus und von Planet zu Planet reiste, lernte von seinen Vorgesetzten schon früh, wie man allein mit Hilfe seines Gedächtnisses und auswendig gelernter Positions- und Kursdaten navigierte. Und dieses Wissen ging jedem alsbald ebenso in Fleisch und Blut über, wie die zu weißer Haut und silbernen

Mähnen ausbleichenden Körperfarben ein Teil dessen waren, was Linyaari-Raumfahrer ausmachte.

Inzwischen sah sie Hrronye nur noch selten und wünschte, sie hätte es seinerzeit doch gewagt, ihn zu umarmen, da die unsäglich quälende, tödliche Folter-Tretmühle, die von ihren Peinigern höhnisch ihr ›Dienstplan‹ genannt wurde, sie ohnehin dauerhaft voneinander getrennt hielt.

Das weitaus Schlimmste an der ganzen Misshandlungsmaschinerie war mittlerweile das Heilen. Anfangs war es noch nicht so dramatisch gewesen. Ein durchschnittlicher Liinyar in guter körperlicher Verfassung konnte selbst eine tiefe Wunde binnen weniger Augenblicke ausheilen. Und es gab eine Menge Linyaari in der Wohnkuppel. Jetzt jedoch wurden immer nur noch vier von ihnen gleichzeitig zum Heilerdienst eingeteilt. Der Rest von ihnen fiel durch andere ›Pflichten‹ aus oder war infolge von Schlafmangel und in zunehmendem Maße auch auf Grund von Unterernährung zu schwach, um sich oder anderen noch helfen zu können.

Neeva hatte versucht, vernünftig mit Ikwaskwan zu reden. »Was Sie unter den gegenwärtigen Bedingungen hier zu sehen bekommen, Admiral, ist keinesfalls ein angemessenes Bild von unseren Fertigkeiten«, führte sie unter Aufbietung ihrer besten Diplomatiekünste aus. »Wir könnten Ihnen so viel mehr zeigen, wenn man uns ordentlich ernähren und ausreichend ruhen ließe.«

Er hatte wahrhaftig die Hand ausgestreckt und war damit ihr Horn entlanggefahren, eine Verletzung ihrer Intimsphäre, die bei ihrem Volk als schlimmes Vergehen galt. Neeva hatte zwar versucht, vorzugeben, dass es ihr nichts ausmachte, aber natürlich tat es das doch. »Und wir könnten Sie so viel besser ernähren, meine liebe Botschafterin, wenn Sie uns die Position jenes Ortes verrieten, an dem wir Ihre heimischen Gräser und anderen Nahrungsmittel besorgen könnten. Wenn Sie jedoch weiterhin fortfahren, unsere allzu verständliche Neugier kaum zu befriedigen, nun, dann …« Er strich abermals mit den Fingern über ihr Horn, und als sie unwillkürlich vor ihm zurückschreckte, ließ er sie von zweien seiner Krieger festhalten, um seine widerliche Geste noch mehrere Male zu wiederholen. »Die Hörner werden Sie alle überdauern, wie man mir berichtet hat. Vielleicht wechseln sie ja auch nur deshalb in ihr durchscheinendes und weniger nützliches Stadium, weil sie auf einem lebendigen Angehörigen Ihrer Spezies weniger stabil sind – weil sie durch die ständige Belastung mit der Selbstheilung ihres Trägers überfordert werden. Es könnte ja sein, dass abgetrennte Hörner, die mit dieser entbehrlichen Anforderung an ihre Kräfte nicht mehr belastet sind, sich für uns als von größerem Nutzen erweisen. Es heißt zudem, dass diese Dinger aphrodisische Eigenschaften hätten. Ist das wahr?«

»Woher soll ich das wissen?«, antwortete Neeva undiplomatisch.

Er rächte sich, indem er ihr Horn mit der Faust packte und so heftig daran riss, dass sie vor Schmerz und Demütigung aufschluchzte. »Auf die eine oder andere Weise, meine liebe Botschafterin, werde ich das Ihre ganz für mich allein haben.«

Das war zu viel für ihren Lebensgefährten gewesen, der genau wie andere Linyaari, die an dem ›Teich‹ zugegen waren, an dem sie den Admiral angesprochen hatte, das ganze Gespräch aufmerksam mitverfolgt hatte.

»Lassen Sie sie in Ruhe!«, forderte Virii und trat vor, wurde jedoch sofort von zwei weiteren Roten Kriegern gepackt. Er hatte natürlich Linyaari gesprochen, doch den Sinn seines Ausrufs hatte Ikwaskwan, der ihm nun mit erhobenem Finger drohte, trotzdem sehr wohl verstanden. »Deines werde ich mir auch holen, du Zuchthengst. – Ich frage mich gerade … sind die zwei etwa ein Pärchen? Wie interessant!« Dann hatte er zum Teich genickt. »Schauen wir doch mal, wie lange die beiden brauchen, um den da zu entgiften. Sorgt dafür, dass die Brühe besonders dreckig und eklig ist.«

Die Krieger hatten sich in den ›Teich‹ entleert und dann Neeva und Virii beide mit den Köpfen tief in den Unrat gedrückt, ohne sich die Mühe zu machen, darauf zu achten, dass wenigstens ihre Nasen und Münder frei blieben. Man erlaubte niemandem, ihnen zu helfen. Es war schrecklich. In dem Zustand, in dem sie waren, brauchten die beiden fast zehn Minuten, um das Wasser zu klären, und am Ende waren sie kurz vor dem Ertrinken gewesen. Anschließend unterzog man sie einem gemeinsamen Verhör. Melireenya und die anderen hatten nicht einmal zu flüstern gewagt, als die Befragung per Vid auf der gesamten Station öffentlich übertragen wurde.

Heute ging das Gerücht um, dass etwas noch weitaus Schrecklicheres geschehen würde. Der Urheber all dieser Leiden, jene graue Eminenz, die Ikwaskwan und dessen Söldner in seinen Dienst genommen hatte, war im Laufe der Nacht auf der Mondstation eingetroffen. Ikwaskwan hatte allen erzählt, dass er sich für ihren hohen Gast ein paar ganz besonders kurzweilige Belustigungen ausgedacht habe.

(Man wünscht sich beinahe die Khleevi zurück, nicht wahr?), meinte Khaari trübsinnig. (Bei den Khleevi waren wir wenigstens nie sicher, ob sie wirklich verstanden, was sie uns antaten, oder nicht. Die vorsätzliche Berechnung hinter diesen Torturen jedoch ist von einer geradezu unsäglichen Widerwärtigkeit.)

Das Turnier sollte jeden Augenblick beginnen, und man hatte ausdrücklich Melireenya dazu bestimmt, den Heilerdienst in der Kampfarena zu übernehmen. Ihr Horn war inzwischen fast durchsichtig, kaum noch zu sehen und bei bestimmten Lichtverhältnissen sogar völlig unsichtbar. Es hatte sogar begonnen, schlaff herabzuhängen. Es war schlimm genug, befürchten zu müssen, dass die Kräfte ihres Horns versagten, wenn sie gerade bis zu den Ohren in faulig verschleimtem Wasser lag, vergiftete Luft atmete oder die Misshandlungen der Verhörspezialisten erdulden musste – doch am allerschlimmsten war für sie immer noch der Gedanke, dass ihr Horn und damit sie selbst versagen könnten, während sie gerade dabei war, die Heilung eines schwer verwundeten Kindes zu versuchen.

Bislang war das zwar noch nicht vorgekommen, mittlerweile jedoch brauchten die Heildienst habenden Linyaari bereits alle zusammen viele, viele lange Momente für jede einzelne Verletzung, die sie heilen mussten. Und die ganze Zeit über litten die Opfer schreckliche Schmerzen.

Inzwischen hatten sich die Söldner und ihre Herren auf den Zuschauertribünen der Arena versammelt, und dieses Mal hatte man auch sämtliche Linyaari und alle Kinder der *Haven* hereingeführt und zwang sie, das blutige Spektakel ebenfalls mit anzusehen. Man hatte 'Ziana, die hübsche junge Kapitänin der *Haven,* mit je einem Hand- und Fußgelenk an den jungen Mann gefesselt, der gewiss eines Tages, falls sie das hier überlebten, ihr Lebensgefährte sein würde.

Die arme Nadhari war, abgesehen von den gewaltigen Mengen Drogen, die Ikwaskwan in ihren Blutkreislauf hatte pumpen lassen, wieder geheilt. In den drei Nächten zuvor hatte sie zutiefst erschüttert erstmals andere Patienten gesehen, die Opfer ihrer vom Drogenrausch ausgelösten Raserei geworden waren und deren Heilung immer noch im Gange gewesen war. Als die Linyaari es schließlich wieder einmal geschafft hatten, ihren Kreislauf von den Drogen zu befreien, hatte sie die Einhornwesen angefleht, sie zu töten oder sie zumindest sterben zu lassen, damit sie nicht mehr länger auf diese Weise missbraucht werden konnte. Doch natürlich konnte kein Linyar etwas Derartiges tun.

Die Roten Krieger setzten gerade ihre Laserlanzen ein, um Nadhari das junge Paar zuzutreiben, als ein Söldner durch die Zuschauermenge gerannt kam und zu der Loge hinaufeilte, in der Ikwaskwan und Ganoosh saßen und darauf warteten, dass das Verstümmeln losging. Der Krieger salutierte und sagte etwas zu Ikwaskwan, der daraufhin sehr zufrieden aussah, was für alle anderen ganz und gar nicht gut war. Der Admiral nickte dem Boten zu und hob dann den Arm, um den Söldnern drunten in der Arena zu bedeuten, einen Moment lang innezuhalten. Der Bote eilte nun wieder die Stufen der Tribüne hinunter und aus der Amphitheater-Kuppel hinaus, in Richtung der Stationskuppel, in der die erbeuteten Linyaari-Raumschiffe untergebracht waren und wo die Befragungen stattfanden.

Es vergingen ein paar Augenblicke, und Melireenya fragte sich, zusammen mit allen anderen Linyaari, mit denen sie telepathisch verbunden war, mit welchen neuen Schrecken man sie nun wieder konfrontieren würde. Dann veränderte sich plötzlich das Licht in der Arenakuppel, und hoch oben unter der Kuppelmitte wurden überdimensionale Gesichter und Gestalten prächtig gekleideter Linyaari sichtbar, die vor einer Reihe farbenfroher Pavillons standen. Hinter diesen ragte ein eindrucksvoller Hügel empor, auf dem weitaus mehr eiförmige Linyaari-Raumschiffe standen, als realistischerweise auf Narhii-Vhiliinyar zurückgeblieben sein konnten.

»Meine lieben Botschafter, Handelsvertreter, Studenten und Wissenschaftler, hier spricht eure *Viizaar*«, verkündete die Frau in der Mitte, die eindeutig *nicht* die *Viizaar* war – jedenfalls nicht, sofern Khornya nicht urplötzlich an die Macht gelangt war. Sie sprach ihre eher gebrochene Version des Linyaari, sodass Melireenya geneigt war, Zweifel daran zu hegen, dass sie wirklich zur Administratorin des Planeten aufgestiegen war. Neben ihr stand ein Bursche, der ihr vage bekannt vorkam und doch zugleich auch irgendwie verändert aussah. Melireenya war jedoch viel zu erschöpft, um ihn richtig einordnen zu können. »Dr. Vaanye« – Khornya deutete auf den Mann neben ihr, der schwerlich alt genug war, um jener Dr. Vaanye zu sein, der Khornyas eigener Vater gewesen war – »ist es endlich gelungen, die Bandbreite unserer Hyperfunksignale zu erweitern, sodass sie die verschiedenen Planeten erreichen können, auf denen ihr gegenwärtig stationiert sein müsstet. Wir haben schon seit einer geraumen Weile nichts mehr von euch gehört. Habt ihr euch auf dem Weg nach Hause verirrt? Habt ihr vergessen, wie ihr mit euren Lieben Verbindung aufnehmen könnt? Für den Fall, dass ein derartiges Unglück tatsächlich eingetreten ist, werden wir euch im Anschluss an diese Botschaft die Koordinaten unserer Heimatwelt auf diesem, und nur auf diesem Komkanal noch einmal neu übermitteln.«

Ikwaskwan winkte ungeduldig einen Söldner zu sich, der gerade Neeva und Virii in die Arena zerrte, die genau wie das junge Sternenfahrerpärchen an Hand- und Fußgelenk aneinander gefesselt waren.

»Nun, Botschafterin? Was besagt diese Botschaft?«

Neeva hob das schmutzverkrustete Gesicht; ihre Mähne war stumpf und stellenweise ausgerupft, ihr Horn kaum noch zu sehen.

Sie spuckte vor ihm aus.

Ikwaskwan brüllte: »Überlasst die beiden Nadhari und bringt mir ihre Hörner, wenn sie mit ihnen fertig ist!«

Melireenya und Khaari tauschten telepathisch ein Signal aus, worauf Melireenya aufsprang und rief: »Nein! Admiral, bitte tun Sie ihnen nicht mehr weh! Ich werde Ihnen verraten, was die *Viizaar* gesagt hat! Ich weiß, dass dies dem Rest meines Volkes schaden wird, aber ich halte das alles hier einfach nicht mehr aus! Bitte lassen Sie Neeva und Virii gehen, dann werde ich Ihnen alles sagen, was Sie wissen wollen.«

Khaari rannte hinter ihr her, folgte ihr bis in die Zentralarena hinein und versuchte, sie zurückzuzerren. »Melireenya, du weißt nicht, was du sagst. Du darfst nicht für einen Einzelnen unserer aller Gemeinschaft verraten, nicht einmal für Neeva.«

Vielleicht würde es dem Admiral in der Hitze des Augenblicks nicht auffallen, dass sich auch Khaari der Menschensprache bedient hatte, um ihrer Kameradin Melireenya ins Gewissen zu reden, damit Ikwaskwan sie ebenfalls verstand.

Die unter dem Kuppeldach gezeigte Vidbotschaft wurde in einer Endlosschleife ausgestrahlt, wiederholte sich wieder und wieder. Stammelnd und über ihre eigenen Worte stolpernd, zuweilen die Menschensprache vergessend, die sie von Khornyas Volk vor einer Zeit gelernt hatte, die ihr nun *Ghaanyi* und *Ghaanyi* zurückzuliegen schien, übersetzte Melireenya Ikwaskwan, was die Botschaft zum Inhalt gehabt hatte. Sie zögerte, als sie auf die Koordinaten ihrer Heimatwelt zu sprechen kam, bis er Neeva und Virii von neuem bedrohte, woraufhin sie sich gestattete, unter dem Druck seiner Grausamkeit zusammenzubrechen, wie sie es schon seit Tagen fast getan hatte, und ihm die so heiß begehrten Koordinaten preiszugeben.

Danach lag sie im Dreck dieses seltsamen Mondes neben ihren armen gefolterten Freunden und weinte, weinte, weinte, bis sie schon glaubte, ihr Weinen würde niemals enden. Als endlich jemand – Khaari – sie telepathisch berührte und sie wieder aufblicken konnte, hatte sich die Szenerie um sie herum vollständig verändert. Der auffälligste Unterschied war, dass die Zuschauertribünen sich fast zur Gänze geleert hatten, da der größte Teil der Roten Krieger sowie Ikwaskwan und Ganoosh verschwunden waren. Obschon die Kombotschaft über ihnen immer noch ein ums andere Mal abgespielt wurde, war die Kuppel jetzt von sehr viel mehr Licht durchflutet. Melireenya wurde bewusst, dass dies daran lag, dass das Biosphärenmodul nicht länger im Schatten der hoch aufragenden, geschossähnlichen Kampfraumschiffe und Truppentransporter der Roten Krieger lag, welche die Arenakuppel bislang wie ein bedrohlicher Todeslagerzaun umringt hatten. Diese Schiffe waren jetzt samt und sonders fort, und das Vakuum draußen vor der Kuppel wurde nur noch von langsam wieder zu Boden sinkendem Staub und Gesteinstrümmern erfüllt. Die Biosphärenkuppeln der Mondstation hallten immer noch vom Lärm wider, den die Triebwerke der Kriegsraumer bei ihrem Alarmstart veranstaltet hatten.

Dieses Dröhnen schien eine schrecklich lange Zeit nachzuklingen, dachte Melireenya. Da die Gladiatorenspiele nun zu Ende waren, warfen die Linyaari Nadhari ein Netz über und stellten sie mit einem milden Betäubungsmittel ruhig. Dann begannen Melireenya und die anderen drei Heiler ihrer Schicht unverzüglich damit, sie zu heilen. An diesem Tag wies Nadhari abgesehen von den psychischen Wunden, die ihr die Drogen und die Scham darüber beigebracht hatten, auf so grausame Weise missbraucht worden zu sein, keine Verletzungen auf. Bislang hatte sie am heutigen Tag auch noch niemand anderes verstümmelt.

Der einsame Wachtposten, der zurückgelassen worden war, um die Hangarkuppel mit den Linyaari-Raumern zu bewachen, war überrascht, so kurz nach dem Abflug der Flotte schon wieder zwei Schiffe der Roten Krieger landen zu sehen. Er glaubte zu verstehen, als er den in die vermeintlichen Uniformen der Föderationsstreitkräfte gekleideten Trupp Krieger und Kriegerinnen erblickte, der von einem der Raumer kam, sich in die Stationskuppel einschleuste und eines dieser Hornwesen vor sich herscheuchte. Dieses hier beschimpfte seine Wärter unaufhörlich.

»Hier haben wir noch ein lebendes Prachtexemplar für den Admiral«, meinte der untersetzte Stabsfeldwebel. »Die hier wird er sogar ganz persönlich verhören wollen.«

»Nun, das wird dann wohl warten müssen, bis er wieder von der Linyaari-Heimatwelt zurück ist«, feixte der Wachtposten.

»Was?«

»Habt ihr die Kombotschaft denn nicht mitbekommen? Diese schwachköpfigen Horntrottel haben einen Rundruf an alle ihre Schiffe und Außenposten abgeschickt, den wir natürlich abgefangen haben und der auch die Koordinaten ihres Heimatplaneten enthalten hat. Der Admiral und der Boss sind mit dem größten Teil unserer Leute aufgebrochen, um sich das mal anzusehen.«

»Im Ernst? Nun, dann werden wir sie eben einfach bei den anderen abladen. Was gab's denn heute in der Kantine?«

Der Wachtposten sagte es ihm, während der Rest des Gefangenen-Begleittrupps das Einhorn an ihm vorüber und weiter an den Schiffen vorbeiführte, bis in jenes Biosphärenmodul hinein, wo man den größten Teil ihrer Artgenossen eingepfercht hatte.

»Wo habt ihr sie gefunden?«

»In einem Freudenhaus auf Rahab Drei.«

»Wirklich? Ihr meint, jemand wollte es wirklich mit einem von ...« Der Wachtposten sollte seinen Satz nie zu Ende bringen. Irgendetwas knallte gegen seine Kniekehlen und ließ ihn dem Feldwebel entgegenstürzen. Das Letzte, was er sah, war die Gürtelschnalle des Feldwebels, als der Neuankömmling beide Fäuste hob und sie mit aller Kraft auf den Hinterkopf des Wachtpostens niedersausen ließ.

Acorna hörte, wie der Wachtposten mit einem dumpfen Laut zu Boden ging, und nahm nur eine kurz aufblitzende Bewegung wahr, als Aari in die Stationskuppel vor ihnen eindrang. Er besaß eine unheimliche Begabung dafür, die Farbe seiner Umgebung anzunehmen, sah sie. Zur Unterstützung dieser Fähigkeit hatte er sich zwar auch noch mit Mondstaub eingerieben, doch das eigentliche Geheimnis lag in der Art und Weise, wie er regelrecht zu dem *wurde*, was auch immer um ihn herum war – obgleich sie wohl versichert hätte, wenn sie vorher jemand gefragt hätte, dass es unmöglich sei, mit einer Plastikkuppel zu verschmelzen.

Khetala tischte dem nächsten Roten Krieger, dem sie begegneten, die gleiche Geschichte auf, die Becker über Acorna erzählt hatte: dass sie eine Sondergefangene sei, die sie in einem Freudenhaus gefunden hätten. In der Zwischenzeit geleitete Reamer sie und den Resttrupp tiefer in die Biosphärenkuppel hinein, wo man viele weitere Linyaari in Räumen eingekerkert hatte, die viel zu eng für sie waren. Sie wirkten alle sehr bedrückt. Zuerst dachte sie, dass sie alle Hornkappen trügen, um ihre Gedanken zu dämpfen, weil sie kaum etwas von ihnen empfing. Dann jedoch sah sie, dass ihre Hörner ebenso wie die Linyaari selbst allesamt in einem schrecklichen Zustand waren – sie alle waren so ausgemergelt und verdreckt, dass man die Knochen unter ihrer Haut hervorstehen sehen konnte und sie sich nur noch in schlaffer und in sich zusammengesunkener Haltung umherschleppten.

Sie begann jene herauszusuchen, die ihr am stärksten und muntersten zu sein schienen, und wandte behutsam die Kraft ihres Hornes bei ihnen an, während sie die Bemitleidenswerten telepathisch ansprach: (Wir sind gekommen, um euch nach Hause zu holen. Bitte haltet euch bereit. Folgt unseren Anweisungen, und wenn wir nur ein bisschen Glück haben, werden wir alle sicher hier herauskommen.)

(Khornya?) So wie ihre Tante den Namen telepathisch aussprach, klang es, als hielte Neeva sie für einen Geist. Acorna schob sich durch die Menge der apathischen Gefangenen, bis sie auf eine angrenzende Stationskuppel stieß, in der vier Linyaari Neeva und einen männlichen Liinyar mit ihren Hörnern berührten, sowie noch jemanden, der sie entfernt an jene Rote Kriegerin erinnerte, die einstmals Delszaki Lis Sicherheitschefin gewesen war, Nadhari Kando.

(Neeva!)

(Wir tun für sie, was wir können, Khornya. Aber sie und Virii sind aufs Übelste misshandelt worden.)

(Melireenya! Khaari! Ich bin so froh, euch wieder gefunden zu haben. Tretet einen Augenblick zur Seite ... nein, wartet.) Sie legte jedem reihum ihr Horn auf, und schon ein paar Augenblicke später hatten sie sich, abgesehen davon, dass sie weiterhin schrecklich dünn aussahen, so weit erholt, dass sie wieder mehr Ähnlichkeit mit ihren alten Schiffskameraden und ihrer Tante hatten.

(Oh, Khornya! Du siehst, wie tief wir gesunken sind. Dem Schicksal sei Dank, dass dein Horn noch voller Kraft ist. Kannst du Nadhari helfen? Sie haben sie beinahe umgebracht mit diesen heimtückischen Drogen, unter deren Einfluss sie dazu gebracht wurde, uns allen schreckliche Dinge anzutun.)

Nadhari hatte Fieber, und ihre Augen starrten blicklos ins Leere. Die Blutgefäße an ihrem Hals und im oberen Brustbereich standen angeschwollen vor, ebenso wie jene auf ihren Armen, da sie augenscheinlich an heftigen Krämpfen litt. Acorna legte ihr Horn auf die betroffenen Stellen, und schon kurz darauf entspannte sich Nadhari.

Becker streckte den Kopf herein. »Khetala, Reamer, Markel und die Leute von Hafiz haben sich um die Wachen gekümmert. Hast du genug Piloten für die Linyaari-Raumschiffe zusammen?«

»Ja. Aber keiner von ihnen ist sonderlich belastbar.«

»Das ist schon in Ordnung. Sie brauchen ja nicht weit zu fliegen. Ich habe alle Schiffe bereits nach Peilsendern oder Pulsgebern durchsucht. Diese Lektion habe ich ein für alle Mal gelernt! Sie sind sauber. Also los, brechen wir auf!«

»Zum Glück sind nicht alle meine Gärten an Bord holografische Illusionen«, äußerte Hafiz, als er zusammen mit Acorna und Aari zuschaute, wie die ehemaligen Linyaari-Gefangenen über seine Hydroponik-Gärten herfielen wie Heuschrecken über ein Maisfeld. Die Gärten in den Linyaari-Raumschiffen, die den Gefangenen auch während ihrer Leidenszeit mehr als genug gesunde Nahrung hätten liefern können, waren von Ikwaskwans Männern längst zerstört worden, oder man hatte sie einfach eingehen lassen.

»Ein großes Glück«, pflichtete Acorna ihm bei. »Unsere Leute sehen schon viel besser aus. Aber wir müssen sie schnellstmöglich nach Hause schaffen, damit sie dort grasen und ruhen und die Wunden ihres Geistes pflegen lassen können.«

»Ich hoffe«, merkte Aari mit einer so beklommenen Stimme an, dass sie sich richtig schrill anhörte, »dass ihre Familien sich nicht auch vor ihnen fürchten werden.«

Acorna legte ihm ihr Horn auf die Schulter. »Deine Familie hat sich nicht vor dir gefürchtet. Maati war geradezu am Boden zerstört, dass wir sie nicht mitgenommen haben.«

Im großen Versammlungsraum und auf dem Messendeck probierten die Sternenfahrer derweil sämtliche der unzähligen Feinschmeckermenüs durch, mit denen die Replikatoren der *Shahrazad* programmiert waren. Währenddessen waren Karina und die Stammbesatzung des Harakamian-Raumers an anderen Replikatoren und in anderen Teilen des Schiffs fleißig dabei, Esspakete für die jungen Raumfahrer von der *Haven* zusammenzustellen, die sie ihnen auf dem Weg nach Hause mitzugeben gedachten.

Becker steckte den Kopf durch das zwiebelförmig gegiebelte Luk, nickte Aari und Acorna zu und verkündete: »Schwingt die Hufe, Leute. Zeit, wieder in den Himmel aufzufahren.«

Also ließen sie die vormaligen Gefangenen, sowohl die Menschen als auch die Linyaari, in der Obhut von Hafiz und der *Haven* zurück und begaben sich abermals auf die *Condor*, um mit ihr Kurs auf die Koordinaten zu nehmen, die das *Viizaar*-Hologramm als jene von Narhii-Vhiliinyar ausgegeben hatte.

Acorna war ein wenig überrascht, an Bord von Beckers Schiff auf Nadhari Kando, Neeva und Virii sowie 'Ziana und Pal zu stoßen. »Ich staune ja, dass Johnny Greene nicht auch hier ist.«

»Der ist immer noch auf der *Shahrazad* und damit beschäftigt, neue Varianten dieser Kombotschaft mit den Koordinaten zu erstellen. Damit er ab und zu aktualisierte und hinreichend veränderte Holovids rausfunken kann, um zu verhindern, dass Ganoosh und Ikwaskwan womöglich das Interesse verlieren oder Verdacht schöpfen«, klärte Becker sie auf. »Ich schätze, dass die Roten Krieger mittlerweile schon rund achtundvierzig Stunden unterwegs sind. Aber wenn wir uns meiner ganz speziellen Navigationsmethoden bedienen, werden wir trotzdem mehrere Stunden vor ihnen am Ziel ankommen.«

Er hatte Recht – wie üblich, wie Acorna zunehmend lernte. Die *Condor* traf lange vor der Söldnerflotte über dem Außenposten der Föderation ein. Als der dortige Stationskommandant hörte, was ihm die Linyaari-Botschafterin, die legendäre Nadhari Kando und die jungen Sternenfahrer berichteten, war er anfänglich zwar noch zögerlich. Acorna jedoch gab schließlich den Ausschlag, als sie erklärte: »Ich kann Ihnen zur Bestätigung dieser Zeugenaussagen nur das Wort meines Onkel geben, den das Volk der Linyaari als eine Art Ehrenverwandten betrachtet und der sämtliche Angehörige meines Volkes unter seinen persönlichen Schutz gestellt hat, solange sie sich außerhalb ihres eigenen Territoriums aufhalten.«

»Sicher, gnädige Frau«, meinte der Föderationskommandant. »Und dieser Onkel, um wen handelt es sich dabei genau?«

»Hafiz Harakamian«, sagte sie. »Sie haben vielleicht schon von ihm gehört. Oberhaupt im Ruhestand des Hauses Harakamian! Mein anderer Onkel, Rafik Nadezda, ist der gegenwärtig amtierende Chef dieses Hauses, und er unterstützt das Ersuchen von Onkel Hafiz selbstverständlich in jeder Hinsicht. Herr Kendoro und Frau Kando hier sind zudem beides enge persönliche Freunde von Onkel Rafik, ebenso wie von mir.«

Das Verhalten des Kommandanten veränderte sich schlagartig. »Sie sind die Dame Acorna Harakamian-Li! Auf Betreiben von Herrn Rafik Nadezda hat die Föderation schon seit einiger Zeit Untersuchungen hinsichtlich gewisser Verstöße gegen die Föderationsgesetze in Verbindung mit Verbrechen an nicht mit ihr assoziierte Fremdvölkern eingeleitet.«

Acorna nickte.

»Und ... ähm ... zwei weitere Ihrer Onkel – Ihre Eltern scheinen eine Menge Brüder gehabt zu haben, gnädige Frau?« Acorna nickte. »Zwei weitere Ihrer Onkel also haben uns so hartnäckig bedrängt, Föderationstruppen auszuschicken, dass eine größere Abteilung unserer Raumstreitkräfte bereits auf dem Weg hierher ist.

Ihre Onkel waren sogar so erregt, fürchte ich, dass man sie mit Gewalt daran hindern musste, gleich mit diesen Truppen mitzufliegen. Aber auf Militärschiffen sind nun mal keine Zivilisten erlaubt, gnädige Frau. Das verstehen Sie sicher.«

»Wenn Sie ihnen einfach eine Nachricht zukommen lassen könnten, dass Sie mit mir gesprochen haben und dass ich ...«, sie wollte schon ›in Ordnung bin‹ sagen, berichtigte sich dann aber zu: »... dass ich überlebt habe, dass Herr Harakamian in Sicherheit ist und dass wir alle unter Freunden sind? Ich wäre Ihnen sehr verbunden.«

»Geht klar, gnädige Frau.« Binnen weniger Stunden begannen echte Kampfraumschiffe der Föderationsstreitkräfte einzutreffen, die von anderen Außenposten in sämtlichen benachbarten Quadranten ausgesandt worden waren und die nach und nach ein eindrucksvolles Begrüßungskomitee für Ikwaskwans falsche Föderationsschiffe bildeten.

Als schließlich auch Ikwaskwans waffenstarrende Söldnerschiffe eintrafen und ihre geheuchelten Friedensworte auf den Planeten hinunterfunkten, den sie für die Heimatwelt der Linyaari hielten, wurden sie kurzerhand von den auf der Lauer liegenden Föderationsraumern eingekesselt. Nach einem kurzen Scharmützel, das Ikwaskwan verlor, nahmen die Föderationsschiffe die Roten Krieger mit Traktorstrahlen ins Schlepptau und zwangen sie auf dem Raumhafen des Außenpostens zur Landung. Das Feuergefecht, auf das Ikwaskwan sich eingelassen hatte, obwohl die Föderationsraumer den Roten Kriegern zahlen- und kräftemäßig weit überlegen waren, hatte zumindest für Becker einen Vorteil. Es versorgte ihn mit so viel Bergungsgut, dass er gar nicht alles an Bord unterbringen konnte und den Rest ebenfalls mit einem Traktorstrahl hinter der *Condor* herschleppen musste.

»Also, Aari, hier ist ein kleiner Tipp, den mein Vater mich gelehrt hat, über das Schleppen von Bergungsgut: Man schleppt es grundsätzlich in einem Winkel von dreißig Grad seitab der eigenen Flugrichtung. Weißt du, warum?«

»Vielleicht, damit das Schleppgut nicht mit dem eigenen Schiff kollidiert, wenn man plötzlich die Geschwindigkeit reduzieren oder auf Gegenkurs gehen muss?«, mutmaßte Aari.

Becker sah enttäuscht aus, dachte Acorna. Er liebte es, Vorträge zu halten. »Sehr gut. Aber das ist nicht alles. Weißt du, warum außerdem noch?«

»Nein, Joh«, gab Aari zu.

»Nun, wegen der Ionen, die wir in unserem Kielwasser hinterlassen. Sie würden manche Metalle entfärben und andere porös machen, was eine gute Ladung Bergungsgut so vollständig ruinieren kann, dass sie keinen Pfifferling mehr wert ist. Wenn man die Ladung aber im Winkel nachschleppt, rammt man sie sich weder in den Arsch noch röstet sie im eigenen Triebwerksstrahl. Das einzige Problem dabei ist, dass wir mit solchem abgewinkeltem Schleppgut weder Wurmlöcher noch Raum-Zeit-Falten benutzen können, sodass wir den langen Weg außen herum nehmen müssen.«

»Joh«, warnte Aari ihn. »Die Ortungsgeräte!«

Die Nahbereichorter hatten ein Raumschiff direkt voraus entdeckt, das in einen Tarnschirm gehüllt war, sich jedoch gerade enttarnte, um in ihre Richtung zu drehen. Der Komschirm sprang nicht an, angefunkt wurden sie also nicht. Das war auch nicht nötig.

»Ahh«, stellte Nadhari mit heiserer, gebrochener Stimme fest. Sie hatte auf dem Föderations-Außenposten Stunden damit zugebracht, den Behörden ihre Aussage zu Protokoll zu geben. »Ikkys Flaggschiff.«

Becker fletschte die Zähne zu jenem Grinsen, das Aari nachzuahmen gelernt hatte. »Also, Nadhari, ich habe gehört, was dein alter Arbeitgeber und Liebhaber dort vorne dir angetan hat. Wie wär's, wenn wir ihm einen kleinen Liebesbrief schicken würden?«

Nadhari erwiderte das Grinsen. Es war das erste Mal, dass Acorna sie lächeln sah, seit sie die Biosphärenkuppeln des Folterlagers der Roten Krieger hinter sich gelassen hatten. »Im Ernst, Becker, mein Süßer, *geht* das?«

»Für dich ist mir kein Opfer zu groß«, versicherte Becker ihr. »Das hier ist ein guter Ort zum Sterben – für die da. Wir haben Schwarzwasser hinter uns ... alle Mann anschnallen!«

Acorna griff nach SB, um auch den Kater wieder in seinen Sessel zu schnüren, doch dieser hatte andere Vorkehrungen getroffen. Er lag bereits behaglich im gleichen Sicherheitsgeschirr, das auch die ungesund hagere Gestalt von Nadhari Kando festhielt.

Becker meinte: »Nadhari? Hübscher Name. Makahomanisch, nicht?«

Ein Lichtblitz schoss auf sie zu.

Sie nickte bestätigend, kurz bevor er fortfuhr: »In Ordnung, es geht los ... drei ... zwei ... eins ... *Gegenschub*!«

Danach ging alles so schnell, dass Acorna es gar nicht richtig mitbekam. Eben ragte Ikwaskwans Flaggschiff auf dem Panoramaschirm noch wie ein riesiges Gebirge über ihnen auf, das jeden Moment auf sie herabzustürzen drohte, während die *Condor* wie gelähmt stillzustehen schien. Im nächsten Moment verblasste Nadharis Lächeln, alle schnallten sich los und Aari deutete auf den Außensichtschirm. Dort war zu sehen, wie etliche Tonnen Raumschiffschrott, den sie zuvor noch schräg rechts hinter sich im Schlepptau gehabt hatten, von ihrem Steuerbord-Traktorstrahl wie von einer Steinschleuder nach vorne katapultiert wurden.

Einen oder zwei weitere Momente später verlangsamte die *Condor* ihre kurzzeitige Rückwärtsbewegung wieder, und sie nahmen erneut Fahrt in ihre ursprüngliche Richtung auf. Sie tauchten genau in dem Augenblick wieder aus dem ›Schwarzwasser‹ auf, als der große rote Feuerball sich in nichts auflöste und die daraus auftauchenden Trümmer von Ikwaskwans Flaggschiff den Weltraum vor ihnen zu einem gefährlichen Aufenthaltsort machten.

Nadhari Kando lachte auf, und Becker zwinkerte ihr zu. »Ihnen eine geballte Ladung Altmetallfetzen entgegenzuschleudern hat ihren Schuss wahrhaftig abprallen und geradewegs nach hinten losgehen lassen.« Er schüttelte ein wenig betrübt den Kopf. »Das passt zu diesem abartigen Lamettabock: in zu viele Teile zu explodieren, als dass es sich lohnen würde, sie einzusammeln.«

»Ich weiß dein Opfer zu würdigen, Becker«, bedankte sich Nadhari.

»Dann war es das wert«, stellte er mit grimmiger Befriedigung fest.

Es war Karina, die auf die brillante Idee kam, ein paar Proben von jeder Lieblingsgrasart der Linyaari zu nehmen und sie in den Mustererkenner des Replikators zu legen. Becker und Aari wiederum erinnerten sich verspätet an die Säcke mit Saatgut, die in den Mannschaftsquartieren der *Condor* gestapelt gewesen waren, ehe der KEN-Roboter sie dort herausgeholt und in einem Frachtraum verstaut hatte, um Platz für die Gebeine zu schaffen.

Mit Hilfe dieser zusätzlichen Nahrungsquellen kamen die Linyaari bald wieder einigermaßen auf die Beine.

Karina bot Acorna erneut ihre und Hafiz' Dienste an, um sie bei ihrer spirituellen Weiterbildung anzuleiten. Neeva, die das Angebot zufällig mitgehört hatte, riet Acorna telepathisch: (Bitte sie doch, dir zu verraten, wie es ihr gelingt, ihre Gedanken so gut abzuschirmen, Khornya. Als wir ihr das erste Mal begegnet sind, war ihr Geist nämlich just in dem Augenblick, in dem wir schon geglaubt hatten, eine Verbindung hergestellt zu haben, völlig leer.)

»Karina, du warst der erste Mensch, dem meine Artgenossen persönlich begegnet sind, als sie mich abholen kamen«, erkundigte sich Acorna daher. »Du hast die Gedankensprache noch vor mir erlernt, haben sie mir erzählt.«

»Ganz richtig«, bestätigte Karina. »Dank meiner höheren Stufe der Erleuchtung war ich im Stande, mich mit deinem Volk auf Anhieb zu verständigen.«

»Hast du es denn überhaupt nicht als schwierig empfunden? Ich jedenfalls schon – ich hatte große Mühe, zu lernen, die Gedanken der anderen um mich herum voneinander zu unterscheiden und nicht jede meiner kleinsten Verstandes- oder Gefühlsregungen gleich in alle Welt hinauszusenden.«

»Ich hatte genau das umgekehrte Problem, um ehrlich zu sein«, zog Karina sie ins Vertrauen. »Ich fing an, ihre Gedanken zu empfangen, und im Bewusstsein, dass sie mich zu erreichen versuchten, habe ich meinen Geist natürlich weit geöffnet und vollständig entleert, um stattdessen ihre Gedanken in mich aufnehmen zu können – und dann konnte ich plötzlich überhaupt nichts mehr von ihnen empfangen.«

»Hmmm«, überlegte Acorna. »Das muss ich mal ausprobieren.«

»Wie bitte?«

»Ich sagte: ›Man stelle sich das vor!‹«, schwindelte Acorna. »Wo du doch damals genau das Gegenteil erwartet hattest, meine ich.«

Während alle sich bemühten, wenigstens so weit zu Kräften zu kommen, um möglichst bald ihre Heimreise antreten zu können, hatten Acorna und ihre Tante endlich Gelegenheit, sich ausführlich auszutauschen.

Acorna war ziemlich verdutzt, als sie herausfand, dass von all den Dingen, die sie seit dem Zeitpunkt ihrer Ankunft auf Narhii-Vhiliinyar erlebt hatte, Aari und das, was man ihm angetan hatte, das war, worüber sie am meisten reden wollte. In Anbetracht der Leiden, die ihre Tante durchlebt hatte, glaubte Acorna, dass Neeva gewiss verstehen würde, was Aari durchgemacht hatte. »Vielleicht kannst du unserem Volk sein Schicksal begreiflich machen und ihm helfen, sich wieder einzuleben«, hoffte Acorna.

»Meinst du wirklich, dass das überhaupt noch nötig ist?«, bezweifelte Neeva. »Schau doch. Sieht das für dich etwa aus, als hätte er Schwierigkeiten, von den anderen akzeptiert zu werden?«

In der Tat, das hatte er nicht. Vielmehr weidete er gemeinsam mit den anderen, hörte ihnen zu und nickte, trug gelegentlich sogar selbst etwas zum Gespräch bei.

»Im Augenblick scheint er sich wohl zu fühlen. Aber wenn wir wieder nach Hause kommen, wenn alles wieder zur Normalität zurückkehrt, werden sie dann nicht so sehr von den Erinnerungen an ihre eigene Leidenszeit verfolgt werden, dass sie sie verdrängen wollen und befürchten, dass der bloße *Anblick* von ihm – oder mir – ihnen diese ins Gedächtnis zurückrufen könnte, dass sie Angst davor haben werden … nun, insbesondere ihn wieder anzusehen?«

»Khornya, wir sind nicht alle so. Du musst begreifen, dass die jüngsten Geschehnisse dich und die Leute daheim ebenso verändert haben wie uns hier. Wir, die wir im Weltraum geboren wurden oder ihn zu unserer Wahlheimat erkoren haben, sind die eigentlichen Linyaari *deiner* Art. Aber auf Grund der Umstände ist keiner von uns auf Narhii-Vhiliinyar verblieben, als du dort warst. Daher hast du dort nur die konservativsten Angehörigen unserer Gesellschaft kennen gelernt. Und zugleich die Ängstlichsten, denn sie suchen ihre Kraft in der Vergangenheit. Sie hegen eine starke Abneigung gegen Veränderungen jeglicher Art. Und sie mögen es nicht, wenn jemand auch nur im Geringsten anders ist. Aber versteh mich bitte nicht falsch, es ist notwendig und richtig, dass es bei uns beides gibt: sowohl traditionelle oder agrarische als auch progressive, technologische oder wissenschaftliche Linyaari. Den Traditionalisten verdanken wir unsere Stabilität und den Sinn für unsere Identität, und wir … wir geben ihnen die Möglichkeit, ihr gewohntes Leben fortzuführen. Ich nehme an, dass sie beispielsweise nicht erwähnt haben, dass es erforderlich war, Narhii-Vhiliinyar mit großem Aufwand durch hoch entwickelte Technologien teilweise grundlegend umzugestalten, um den Planeten überhaupt erst zu einem für unser Volk bewohnbaren Ort machen zu können?«

»Nur sehr flüchtig«, bestätigte Acorna.

»Nun, so war es aber. Dank sei den Ahnen, dass wenigstens Großmama da war, um dir beizustehen.«

»Und Maati.«

»Und Maati«, gab ihr Neeva Recht. »Worauf ich aber hinaus will, ist einfach, dass du eine von uns bist. Aari ist einer von uns. Nichts kann das ändern, niemals, weder Entfernung noch Zeit, nicht einmal jene Dinge, die Aari zugestoßen sind – und nun auch fast allen anderen von uns hier. Wo auch immer du sein magst, wo auch immer *wir* sein mögen, du bist und bleibst eine von uns, und wir sind und bleiben dein Volk.«

Abgesehen von der zusätzlichen Gegenwart der *Condor* war Acornas zweite Heimkehr beinahe eine spiegelbildliche Umkehr ihrer Ersten. Dieses Mal sprangen die farbenprächtigen Fabergé-Eierschiffe auf Narhii-Vhiliinyar *zu*, statt ihr von dort entgegenzukommen. Und nur ein einsames Raumschiff, jener Neubau, an dem sie die Technokünstler hatte arbeiten sehen, sprang ihnen geschmückt mit den Klanfarben von Acornas berühmter Vorfahrin von der Oberfläche des Planeten entgegen. Thariinye war an Bord und strahlte sie vom Komschirm herab an, bis Becker diesen abschaltete.

»Ich mag den Kerl nicht«, grollte er.

Die Linyaari-Musikkapelle war auch wieder da, diesmal jedoch, um mehr als nur eine Person willkommen zu heißen, wie Acorna auf dem Panoramaschirm der *Condor* sehen konnte, als sie auf dem Planeten gelandet waren, diesmal sogar in unmittelbarer Nähe des Raumhafens. Großmama und Maati lösten sich aus der Menge, kamen über das Feld zu ihnen herüber und warteten draußen darauf, dass die Robo-Hebebühne sich absenkte und Acorna und Aari sich zu ihnen gesellten. Die *Viizaar* höchstselbst hatte die Einladung zur

Willkommensfeier sogar auf Becker ausgeweitet. Doch selbst falls sie ihre Meinung über Becker geändert haben sollte, galt dies noch lange nicht für seine Meinung über sie.

»Bürokraten!«, schimpfte er. »Die sind alle gleich.«

Maati legte ihr Horn nur flüchtig an das von Acorna und stürmte dann auf Aari zu und schlang beide Arme um die Körpermitte ihres Bruders, bis er sie aufhob, auf den Arm nahm und sie eng an sich zog. Acorna legte ihr Horn zum Horngruß an das von Großmama. »Vielleicht lassen wir sie besser kurz allein. Sie können ja nachkommen und uns immer noch einholen«, schlug Großmama vor.

Sie gingen langsam und schweigend auf die Menge zu. Die zu ihrem Empfang versammelten Linyaari legten den Heimkehrern Blumenkränze um, und es gab eine Menge Tränen und noch mehr freudiges Lachen. Neeva versuchte Liriili begreiflich zu machen, dass ihre Leute ohne die ›guten‹ oder ›linyarii‹ Barbaren die Gefangenschaft durch die ›bösen‹ oder ›khlevii‹ Barbaren niemals überlebt hätten.

»Tatsächlich«, verkündete sie laut genug, dass es auch alle Umstehenden hören konnten, »haben wir Linyaari jetzt sogar einen Anverwandten unter den Barbaren. Khornyas Onkel Hafiz, der uns mit Nahrung versorgt und uns nach unserer Gefangenschaft half, unsere Gesundheit wiederzuerlangen, hat erklärt, dass er als Khornyas Adoptivverwandter findet, dass hierdurch mittelbar auch der Rest von uns Mitglieder seines Klans sind, eines sehr wohlhabenden und aristokratischen Geschlechts von Kaufleuten und Händlern.«

»Hmmm«, sinnierte Liriili. »Es ist altehrwürdig und weise, vorzugsweise die eigene Familie zuerst zu begünstigen. Vielleicht sollten wir Botschafter zu diesem neuen Onkel unseres Volkes ausschicken, um mit ihm ein beiderseitig vorteilhaftes Meistbegünstigten-Handelsabkommen auszuhandeln.«

»Ich glaube, das würde ihm außerordentlich gefallen«, bejahte

Neeva. »Einige von uns, die für gewöhnlich viel Zeit auf fremden Welten zubringen, um dort zu studieren sowie neue Technologien und Handelsgüter zu uns zurückzubringen, werden eine Weile mehr Zeit zu Hause verbringen müssen, damit wir vollends gesunden können. Dieser Harakamian ist ein wahres Genie in der Kunst, Hologramme zu erschaffen. Vielleicht könnte er ja überredet werden, ein paar holografische Lernprogramme für die verschiedenen Gilden zu entwickeln, sodass wir das Wissen der Fremden auch daheim auf Narhii-Vhiliinyar studieren können?«

Liriili bedachte Acorna mit einem schuldbewussten, gleichwohl jedoch immer noch leicht eisigen Lächeln. »Vielleicht. Vielleicht hätte ja Khornya Interesse, dies mit ihm zu besprechen? Jetzt, da sie bereits einige Zeit bei uns verbracht hat, ist sie meiner Einschätzung nach so weit, ihr eigenes Amt als *Visedhaanye* übernehmen zu können.«

»Vielleicht«, sagte Neeva.

»Aber gewiss wird sie noch einige Zeit zu Hause bleiben und sich ausruhen wollen«, warf Großmama ein.

In diesem Moment schweifte Acornas Blick zufällig über das Landefeld, wo sie Maati langsam zu ihnen herüberkommen sah – allein. Acorna bahnte sich einen Weg durch die Menge zu der großen Komanlage, die man eigens neben dem Begrüßungskomitee im Freien aufgestellt hatte, um mit den heimkehrenden Schiffen Verbindung aufzunehmen, und rief von dort aus die *Condor.* Großmama, Neeva und sogar Liriili folgten ihr.

»Da bist du ja, Acorna. *Falls* du dich von der Meute da draußen losreißen kannst, möchtest du dich vielleicht mir und Aari und dem Kater wieder anschließen. Die Fernorteranzeigen hier leuchten plötzlich wie ein Weihnachtsbaum. Wir scheinen da ein paar viel versprechende Bergungsgelegenheiten an der Hand zu haben, und die werden nicht ewig auf uns warten. Dableiben oder Mitkommen – was ist dir lieber?«

Acorna, Großmama und Neeva wechselten Blicke und tauschten Gedanken aus. Dies hier war ihr Volk, waren ihre Leute, das stimmte. Doch das galt ebenso für Onkel Hafiz, Rafik, Gill, Calum, die Kendoros und so viele andere.

Auf dem Komschirm erblickte sie hinter Beckers Schulter Aaris Gesicht, auf dem sich Bedauern und Kummer mit der Erwartung einer Abfuhr mischten sowie mit – nur ein ganz klein wenig – Hoffnung.

Großmamas Augen funkelten.

Acorna schaute zur *Condor* hinüber und drehte sich dann zu Liriili um: »Ich fühle mich natürlich geehrt durch dieses Angebot eines Botschafteramtes. Aber im Augenblick gibt es da noch etwas, das ich zu …«, sie warf abermals einen Blick auf den Komschirm, auf den ungeduldig wedelnden Schwanz des Katers, auf Beckers einladende Miene und vor allem auf Aari und erklärte laut, als Antwort auf Beckers Frage, »… bergen versuchen muss.«

Glossar

Aagroni – Linyaari-Wort für ein Metier, das eine Kombination aus Ökologe, Agronom, Botaniker und Biologe darstellt. Es ist der Ehrentitel für jene Linyaari, die für die physische, atmosphärische, klimatische und biologische Umwandlung neuer Welten verantwortlich sind, um sie für ihre Spezies bewohnbar zu machen. Ihrer Verantwortung obliegt auch die spätere Pflege und Aufrechterhaltung der Klima- und Ökostruktur bereits umgewandelter und besiedelter Planeten.

Aari – ein Liinyar vom Klan der Nyaarya, der im Zuge der Invasion Vhiliinyars von den Khleevi gefangen genommen, gefoltert und schließlich als tot auf dem ausgestorbenen Planet zurückgelassen wurde. Er ist Maatis Bruder. Aari hat überlebt und wurde von Jonas Becker und Satansbraten gerettet und zu seinem Volk zurückgebracht. Aaris Andersartigkeit jedoch, die physischen und psychischen Narben, die ihm die Khleevi und seine spätere Leidensgeschichte zugefügt haben, machen es ihm schwer, sich wieder bei den Linyaari einzuleben.

Acadecki – das Raumschiff, mit dem Calum und Acorna sich im Band »Die Fahrt zu den Sternen« auf die Suche nach dem Volk und der Heimatwelt des Einhornmädchens machen.

Acorna – eine wegen des kegelförmigen Spitzhorns auf ihrer Stirn auch »Einhornmädchen« genannte Angehörige einer menschenähnlichen Fremdspezies. Sie wurde als Kleinkind von den drei Erzschürfern Calum, Gill und Rafik in einer Rettungskapsel gefunden, die herrenlos durchs All trieb. Ganz wie das Einhorn aus den Sagen der Erde kann sie mit ihrem Horn unter anderem Kranke und Verletzte heilen, Luft und Wasser reinigen sowie Gifte neutralisieren. Ihre einzigartigen Fähigkeiten und ihr mitfühlendes Wesen haben großen Eindruck auf den von Menschen besiedelten Teil der Galaxis gemacht, besonders den Planeten Kezdet, in dessen Gesellschaft sie tief greifende Umwälzungen bewirkte. Mittlerweile ist sie eine voll ausgewachsene junge Frau und auf dem Weg zu ihrem Volk.

Ahnen – eine Einhorn-ähnliche intelligente Spezies. Von ihnen stammen die Linyaari ab. Auch als *Ki-lin* bekannt.

Almah – Rocky Reamers verstorbene Frau.

Andreziana – eine Sternenfahrerin der Zweiten Generation, Tochter der ermordeten Andrezhuria und Ezkerra. Ihr Rufname ist 'Ziana.

Annella Carter – eine Sternenfahrerin der Zweiten Generation.

Baird – siehe Calum Baird.

Balaave – ein Linyaari-Klan.

Balakiire – das Linyaari-Raumschiff, mit dem die in den von Menschen besiedelten Teil der Galaxis entsandten Linyaari-Botschafter Acorna zu ihrem Volk zurückbringen.

Becker – siehe Jonas Becker.

Becker, Theophilus – siehe Theophilus Becker.

Beschützer der Ahnen – eine uralte, raumfahrende Spezies, welche die Ahnen der Linyaari vor der Ausrottung gerettet und sie auf der ursprünglichen Heimatwelt der Linyaari angesiedelt hat. Durch selektive Kreuzung und Gen-Manipulationen schufen die Beschützer später aus ihrer eigenen Spezies und jener der Ahnen die heutigen Linyaari.

Caabye – ein Planet im ursprünglichen Heimatsystem der Linyaari, von der Sonne aus gerechnet der Dritte.

Calum Baird – einer der drei Erzschürfer, die Acorna gefunden und sie aufgezogen haben.

Carter, Annella – siehe Annella Carter.

Clackamass 2 – ein lebloser Planet in der Nähe des Kezdet-Systems, der als Müllabladewelt genutzt wird.

Condor – Jonas Beckers Bergungsraumschiff, ein vielfach umgebautes Gefährt, in das sein Kapitän und Eigner zahllose »Fundstücke« installiert hat, auf die er im Zuge seiner Weltraumreisen stieß und die er als Bereicherung seiner Bordausstattung erachtete.

Declan Giloglie – einer der drei Erzschürfer, die Acorna gefunden und sie aufgezogen haben. Sein Rufname ist Gill.

Deeter Reamer – der fünf Jahre alte Sohn von Rocky Reamer.

Delszaki Li – der reichste Mann von ganz Kezdet, der sich als vehementester Gegner der Kinderausbeutung viele Feinde geschaffen hatte. Aufgrund einer fortschreitenden Nervenkrankheit zunehmend gelähmt, konnte er sich am Ende nur noch mit Hilfe eines Antigravsessels fortbewegen. Er war ebenso hochintelligent wie gerissen und hatte Acorna einst zugleich entführt und gerettet – und ihr dann eine Aufgabe gegeben: die Kinder von Kezdet zu retten. Sein kürzlicher Tod ist für Acorna immer noch ein andauernder Grund zu großer Trauer.

Didi – auf Kezdet gebräuchlicher Titel für die Leiterin eines Bordells oder für eine Frau, die Bordelle mit Kindern beliefert.

Edacki Ganoosh – ein korrupter Kezdeter Graf, der Onkel und jetzige Vormund von Kisla Manjari.

Enye-ghanyii – ein Zeitmaß der Linyaari, eine Unterteilung des Linyaari-Jahrs, also eines Ghaanye.

Epona – keltische, mit Pferden assoziierte Schutzgöttin; manche der einstigen Schuldknechtkinder von Kezdet halten Acorna für eine Inkarnation dieser Gottheit.

Ferrila – Acornas verstorbene Mutter. Sie gehörte dem Renyilaaghe-Klan an.

Ganoosh – siehe Edacki Ganoosh.

Geeyiinah – ein Linyaari-Klan.

Ghaanye (Plur.: Ghaanyi) – ein Linyaari-Jahr, entspricht etwa eineindrittel Erdjahren.

Gheraalye malivii – ein Linyaari-Titel: Navigationsoffizier/in.

Gheraalye ve-khanyii – ein Linyaari-Titel: Leitende/r Kommunikationsoffizier/in.

Giirange – ein Ehrenamt des Irriinje-Ordens der Linyaari.

Gill – der Rufname von Declan Giloglie, einem der drei Erzschürfer, die Acorna gefunden und sie aufgezogen haben.

Giloglie – siehe Declan Giloglie.

Giryeeni – ein Linyaari-Klan.

Greene – siehe Johnny Greene.

GSS – Gravitations-Stabilisierungssystem.

Harha Liirni – Linyaari-Wort für Weiterbildung und Erwerb eines höheren Wissens, dem sich die Linyaari für gewöhnlich im Erwachsenenalter widmen und für den sie vielfach eine Auszeit von ihrer bisherigen Haupttätigkeit nehmen.

Haarilnyah – der älteste aller Linyaari-Klans.

Hafiz Harakamian – Rafiks Onkel, das Oberhaupt des Hauses Harakamian und dessen interstellaren Finanz- und Geschäftsimperiums. Er ist ein leidenschaftlicher Sammler von Raritäten aus der ganzen Galaxis und begeisterter Anhänger des altertümlichen Pferderennsports. Obwohl er gerissen und verschlagen genug ist, um selbst die größten Gauner und Betrüger in den Schatten zu stellen, ist er doch ein aufrichtiger Freund von Rafik und Acorna. Mittlerweile hat er Rafik zu seinem Erben und zum amtierenden Oberhaupt seines Wirtschaftsimperiums eingesetzt, während er selbst sich in den Ruhestand und die Freuden der Ehe mit seiner neuen Gemahlin Karina zurückgezogen hat.

Harakamian – Siehe Hafiz Harakamian.

Haven – ein Großraumer, der von den Sternenfahrern zu einem für überlichtschnelle Interstellarreisen tauglichen Generationsschiff ausgebaut wurde und den sie zu ihrer Heimat gemacht haben, nachdem ihre Elterngeneration von ihrem ursprünglichen Siedlungsplaneten vertrieben wurde.

Hoa, Dr. Ngaen Xong – ein Wissenschaftler von Khang Kieaan, der eine Technologie zur Wetterkontrolle erfunden hat. Er hatte Asyl auf der *Haven* gesucht, weil er befürchtete, dass die einander bekriegenden Regierungen seiner Heimatwelt seine Forschungen missbrauchen könnten. Als auf der *Haven* palomellanische Verbrecher die Macht an Bord an sich rissen, missbrauchten sie stattdessen seine Erfindung, um den Planeten Rushima zu verwüsten. Die Meuterer wurden später jedoch besiegt, und Dr. Hoa arbeitet seither daran, das Klima auf Rushima wieder in seinen ursprünglichen Zustand zurückzuversetzen.

Hrronye – Melireenyas Lebensgefährte.

Iirtye – Leitender Aagroni von Narhii-Vhiliinyar.

Ikwaskwan – selbst ernannter »Admiral« und oberster Anführer der Roten Krieger von Kilumbemba.

Johnny Greene – ein alter Freund von Calum, Gill und Rafik, der sich den Sternenfahrern angeschlossen hat.

Jonas Becker – interstellarer Bergungskünstler; auch als Weltraumschrotthändler bezeichnet. Kapitän der *Condor,* Generaldirektor der Interplanetaren Bergungs- und Wiederverwertungsgesellschaft Becker mbH, einer Ein-Mann-und-Ein-Kater-Bergungsfirma, die Jonas von seinem Adoptivvater geerbt hat. Seine frühe Jugend verbrachte er in einem landwirtschaftlichen Schuldknecht-Arbeitslager auf Kezdet, ehe er im Alter von zwölf Jahren von Theophilus Becker dort herausgeholt und adoptiert wurde.

Judit Kendoro – früher selbst ein Schuldknechtkind auf Kezdet, hat sie das Einhornmädchen Acorna einst vor dem sicheren Tod bewahrt. Wenig später schloss sie sich Delszaki Li und seiner Sache an, wo sie auch Gill wieder traf und sich schließlich in ihn verliebte. Gemeinsam mit dem einstigen Erzschürfer kümmert sie sich mittlerweile um das Wohl der in der Maganos-Mondbasis lebenden, arbeitenden und lernenden Kinder.

Kando – siehe Nadhari Kando.

Karina – eine füllige Schönheit, Möchtegern-Geisterbeschwörerin und -seherin mit einem Ansatz tatsächlicher telepathischer Fähigkeiten sowie einer großen Begeisterung für Profit. Seit kurzem mit Hafiz Harakamian verheiratet. Es ist ihre erste und seine zweite Ehe.

KEN – eine allzwecktaugliche, mit einem menschlichen Äußeren versehene Roboter-Modellreihe, die auf entsprechenden Kundenwunsch teilweise mit Sonderausstattungen ausgerüstet ist und deren Exemplare durch fortlaufende Nummerierung voneinander unterschieden werden – z. B. als KEN640.

Kendoro, Judit – siehe Judit Kendoro.

Kendoro, Mercy – siehe Mercy Kendoro.

Kendoro, Pal – siehe Pal Kendoro.

Kezdet – ein abgelegener Kolonialplanet mit rückständiger Gesellschaftsordnung und Wirtschaft, die vordem zu großen Teilen auf der gewissenlosen Ausbeutung von Kinderarbeit basierte. Gegenwärtig durchlebt Kezdet eine Zeit großer wirtschaftlicher und sozialer Umbrüche, weil Delszaki Li und Acorna das dortige System der Schuldknechtschaft ein für alle Mal zerschlagen haben.

Khaari – eine der vier Linyaari-Abgesandten, die Acorna mit der *Balakiire* zu ihrem Volk zurückgebracht haben. Sie gehört dem Giryeeni-Klan an und ist die Navigationsoffierin des Linyaari-Raumschiffes.

Khetala – eine ehemals auf Kezdet in Schuldknechtschaft zur Fronarbeit in einem Bergwerk gepresstes Waisenkind, das später an eines der vielen Bordelle des Planeten verkauft wurde. Von

Acorna daraus befreit, ist sie inzwischen zu einer schönen jungen Frau herangewachsen. Ihr Rufname ist Kheti.

Kheti – siehe Khetala.

Khleevi – der Name, den Acornas Volk jener feindlichen, raumfahrenden Spezies gegeben hat, deren insektenähnliche Angehörige die Linyaari seit langer Zeit erbarmungslos verfolgen.

Kii – ein Zeitmaß der Linyaari, es entpricht einem Zeitraum von 57 Minuten Galaktischer Standardzeit, also grob gerechnet einer Stunde.

Ki-lin – der orientalische Name für ein Einhorn; zuweilen wird auch Acorna Ki-lin genannt.

Kilumbemba-Imperium – ein kriegerisches Sternenreich, dessen Machtbasis ein stehendes Söldnerheer ist, die Roten Krieger. Die Kilumbembaner verdingen ihre Söldner häufig auch an zahlungskräftige auswärtige Auftraggeber.

Kisla Manjari – die magersüchtige und hochnäsige junge Frau wurde als vermeintlich leibliche Tochter von Baron Manjari auf Kezdet aufgezogen. Für sie brach eine Welt zusammen, als ihr Vater wegen Acornas Kampf gegen die Schuldknechtschaft den Großteil seines Vermögens verlor und obendrein die Wahrheit über ihre niedere Geburt offenbar wurde.

Kubiilikhan – die Hauptstadt von Narhii-Vhiliinyar.

Laanye – ein von den Linyaari entwickelter Sprachlern- und Übersetzungs-Gerätetyp. Einige LAANYE-Modelle können schon anhand von nur wenigen Sprachproben jede beliebige Fremdsprache analysieren und sie den Linyaari in einer Lernschlafsitzung über Nacht beibringen.

Laarye – Maatis und Aaris Bruder. Er starb zur Zeit der Khleevi-Invasion auf Vhiliinyar. Er war während der allerletzten Phase der planetaren Evakuierung in einer weit vom Raumhafen entfernt liegenden Höhle durch herabstürzendes Gestein schwer verletzt und verschüttet worden und vermochte sich nicht mehr aus eigener Kraft zu befreien. Aari blieb auf dem Planeten zurück, um ihn zu retten und zu heilen, wurde jedoch von den Khleevi gefangen genommen und gefoltert, ehe er seine Absicht verwirklichen konnte. Laarye starb, bevor Aari den Khleevi entkommen und zu ihm gelangen konnte.

Laboue – der Planet, auf dem Hafiz Harakamian lebt und von dem aus er sein Wirtschaftsimperium regiert.

Li – siehe Delszaki Li.

Linyaari – Acornas Volk.

Liriili – die *Viizaar* von Narhii-Vhiliinyar.

Lukia aus dem Licht – eine Schutzgöttin; manche der einstigen Schuldknechtkinder von Kezdet halten Acorna für eine Inkarnation dieser Gottheit.

Ma'aowri 3 – ein von katzenähnlichen Wesen bevölkerter Planet.

Maati – ein junges Linyaari-Mädchen vom Klan der Nyaarya, die während der Khleevi-Invasion den Großteil ihrer Familie und später auch ihre Eltern verlor. Sie ist Aaris Schwester.

Maganos – der größte der drei Monde von Kezdet und Standort einer von Delszaki Li für die einstigen Schuldknechtkinder von Kezdet errichteten Arbeits- und Wohnstation. Hier werden sie liebevoll umsorgt, können gegen gerechten Lohn in menschenwürdigen Verhältnissen arbeiten und erhalten eine ordentliche Ausbildung, um eines Tages ganz auf eigenen Beinen stehen zu können.

Makahomanische Tempelkatzen – eine auf dem Planeten Makahoma beheimatete Katzenrasse, die der Legende nach von einem archaischen Katzengott erschaffen wurde, um die Tempel dieses Katzengottes zu schützen und zu verteidigen. Sie sind im Vergleich zu anderen Hauskatzenarten ungewöhnlich groß, dazu unverbrüchlich treu, bemerkenswert intelligent und auch gefährlich, wenn man sie reizt.

Manjari – ein Baron der Kezdeter Aristokratie und einer der Haupt-

Hintermänner der illegalen Kindersklaverei auf Kezdet. In dieser Unterwelt trat er unter dem Decknamen »der Rattenfänger« auf. Er ermordete vor den Augen seiner Adoptivtochter Kisla seine Frau und beging danach Selbstmord, als sein Doppelleben offenbar und seine kriminelle Organisation zerschlagen wurde.

Markel – ein Sternenfahrer der Zweiten Generation, der Sohn des ermordeten Ersten Ratssprechers Illart.

Melireenya – eine der vier Linyaari-Abgesandten, die Acorna mit der *Balakiire* zu ihrem Volk zurückgebracht haben. Sie gehört dem Balaave-Klan an, ist die Leitende Kommunikationsoffizierin des Linyaari-Raumschiffes und die Lebensgefährtin von Hrronye.

Mercy Kendoro – die jüngere Schwester von Pal und Judit Kendoro war ebenso wie diese einstmals ein Schuldknechtkind auf Kezdet und wurde von Judit freigekauft, woraufhin sie sich Delszaki Li und seinem Kampf gegen die Kindersklaverei anschloss. Sie lebt und arbeitet heute wie ihre Schwester auf Maganos.

Midas – Graf Edacki Ganooshs private Raumjacht, die er seinem Mündel Kisla Manjari anvertraut hat, um Becker und seiner *Condor* zu folgen.

Mitanyaakhi – das Linyaari-Wort für eine unbestimmt riesengroße Zahl; es hat eine ähnliche Bedeutung wie bei den Menschen das Wort Zillion.

Naadiina – meist Großmama genannt, eine der ältesten lebenden Linyaari überhaupt. Sie gehört dem Regierungsrat von Narhii-Vhiliinyar an und hat sowohl Maati als auch Acorna bei sich aufgenommen.

Nadezda, Rafik – siehe Rafik Nadezda

Naarye – ein Technokünstler der Linyaari. Er leitet die Endfertigung der Linyaari-Raumschiffe.

Nadhari Kando – bis zu seinem Tod Delszaki Lis persönliche Leibwächterin. Inzwischen ist sie im Rang eines Obersten als Ausbilderin bei den Roten Kriegern von Kilumbemba tätig, denen sie angeblich schon früher angehört hatte.

Narhii-Vhiliinyar – die neue Heimatwelt der Linyaari.

Neeva – eine der vier Linyaari-Abgesandten, die Acorna mit der *Balakiire* zu ihrem Volk zurückgebracht haben. Sie gehört dem Renyilaaghe-Klan an, ist die Sonderbotschafterin des Linyaari-Raumschiffes und Acornas Tante sowie die Lebensgefährtin von Virii.

Neo-Hadithianer – eine ultrakonservative, fanatische religiöse Sekte.

Ngaen Xong Hoa – siehe Hoa, Dr. Ngaen Xong

Niciirye – Großmama Naadiinas verstorbener, auf Vhiliinyar begrabener Lebensgefährte.

Niikaavri – Acornas Urgroßmutter aus dem Klan Geeyiinah. Sie war Raumschiffkonstrukteurin.

Nirii – eine mit den Linyaari Handel treibende Welt, die von zweihörnigen Intelligenzwesen bevölkert ist. Die Niriianer sind technologisch hoch entwickelt, können sich telepathisch verständigen und haben ein behäbiges Temperament.

Nueva Fallona – eine von Palomella stammende Kriminelle, die sich den Sternenfahrern gegenüber als politischer Flüchtling ausgab. Ihre eigentliche Absicht war jedoch von Beginn an, bei günstiger Gelegenheit einen Handstreich zu unternehmen, der ihr und ihrer Bande die alleinige Herrschaft an Bord der *Haven* verschaffen sollte. Die Meuterei gelang ihr zwar zeitweilig, am Ende wurde sie jedoch mitsamt ihren Mordgesellen von den Kindern der Sternenfahrer besiegt und einer gerechten Strafe zugeführt.

Nyaarya – ein Linyaari-Klan.

Pahaantiyir – ein Puma-ähnliches, auf der Ursprungswelt der Linyaari beheimatetes Tier.

Pal Kendoro – der ehemalige persönliche Assistent von Delszaki Li ist der Bruder von Mercy und Judit. Er ist ein enger Freund Acornas und empfand eine Zeit lang sogar romantische Gefühle für sie, was sie jedoch beide nie vertieften, da sie verschiedenen Spezies angehören und das womöglich zu großen Problemen geführt hätte. Inzwischen ist er in 'Ziana verliebt, die Kapitänin der Sternenfahrer. Er lebt und arbeitet ebenfalls auf der *Haven.*

Pandora – eines von Graf Edacki Ganooshs Privatraumschiffen. Mit dem Auftrag, die Heimatwelt der Linyaari ausfindig zu machen, hat er das Schiff Hafiz Harakamians *Shahrazad* hinterhergeschickt.

Rafik Nadezda – einer der drei Erzschürfer, die Acorna gefunden und sie aufgezogen haben.

Renyilaaghe – ein Linyaari-Klan.

Rocky Reamer – interplanetarer Mineralien- und Edelsteinhändler. Er ist der Vater von Deeter und Turi.

Rote Krieger – Söldner aus dem Kilumbemba-Imperium. Sie bilden die wahrscheinlich härteste und bösartigste Kampftruppe im gesamten von Menschen besiedelten Teil der Galaxis.

Rushima – ein von der Shenjemi-Föderation besiedelter Agrarplanet.

Satansbraten – meist nur SB genannt. Der Makahomanische Tempelkater wurde als einziger Überlebender einer Weltraumhavarie von Jonas Becker gerettet und als zweites Besatzungsmitglied auf seiner *Condor* aufgenommen.

SB – siehe Satansbraten.

Shahrazad – Hafiz Harakamians private Luxus-Raumjacht.

Sita Ram – hinduistische Erd- und Schutzgöttin; manche der einst im Bergbau versklavten Schuldknechtkinder von Kezdet halten Acorna für eine Inkarnation dieser Gottheit.

Skarrness – der Ursprungsplanet der berühmten und seltenen Singenden Steine, einer trotz ihres unscheinbaren Äußeren sogar hochintelligenten, wenn auch sehr gemächlichen und selbstgenügsamen Lebensform. Jeder Stein gibt einen einzelnen, vollkommen harmonischen Ton von sich, wenn man auf ihn tritt (was ihnen weder schadet noch sie stört). Sammler legen sich in der Regel gleich eine oder mehrere Oktaven dieser Steine auf einmal zu, samt zugehörigen Ober- und Unter-Halbtönen, um sogar vollständige Melodien darauf hüpfen zu können.

Sternenfahrer – diesen Namen haben die Siedler von Esperantza angenommen, als sie infolge von Machenschaften eines Bergbaukonzerns ihren Kolonialplaneten verlassen mussten. Sie rüsteten daraufhin ihr größtes Raumschiff, die *Haven,* in eine zu Interstellarreisen fähige Weltraumkolonie um, mit dem sie fortan eine gewaltfreie Protestkampagne gegen das ihnen zugefügte Unrecht von Welt zu Welt trugen, ehe ihre Kinder nach der traumatischen Episode mit Nueva Fallona und ihren Leuten beschlossen, den Weltraum und die *Haven* für immer zu ihrer Heimat zu machen.

Ta'anisi – das Flaggschiff der Roten Krieger von Kilumbemba.

Taankaril – eine Berufskollegin von Neeva, die für den Gamma-Sektor des Linyaari-Raumgebiets zuständige *Visedhaanye ferilii.*

Tapha – der unfähige Sohn von Hafiz Harakamian versuchte mehrmals vergeblich, seinen Vetter und Rivalen um das Harakamian-Erbe Rafik zu ermorden, ehe er bei einem letzten Attentatsversuch selbst ums Leben kam.

Thariinye – einer der vier Linyaari-Abgesandten, die Acorna mit der *Balakiire* zu ihrem Volk zurückgebracht haben. Er ist der einzige männliche Liinyar an Bord, ein stattliches, jedoch zu Überheblichkeit neigendes junges Exemplar seiner Spezies, der Besitzansprüche auf Acorna erheben zu können glaubt, was diese jedoch ganz anders sieht.

Theophilus Becker – Jonas Beckers verstorbener Adoptivvater, ein Bergungsspezialist und Astrophysiker, den nichts aufzuhalten vermochte, wenn es wieder einmal ein neues, bislang unbekanntes Wurmloch zu erforschen gab.

Turi Reamer – die sieben Jahre alte Tochter von Rocky Reamer. Sie besitzt bereits großen Geschäftssinn.

Twi Osiam – dieser Planet ist Standort eines bedeutenden Finanz- und Handelszentrums.

Vaanye – Acornas verstorbener Vater. Er gehörte dem Renyilaaghe-Klan an.

Vhiliinyar – der ursprüngliche Heimatplanet der Linyaari. Er wurde von den Khleevi erobert und völlig unbewohnbar gemacht.

Viizaar – ein hohes politisches Amt bei den Linyaari, in etwa vergleichbar mit einem planetaren Präsidenten oder Premierminister.

Virii – Neevas Lebensgefährte.

Visedhaanye ferilii – ein Linyaari-Titel, der sich in etwa mit »Sonderbotschafter/in« übersetzen lässt.

Wahanamoianische Schlafblüte – Klatschmohn-ähnliche, seltene Blume, deren zermahlene Pollen ein höchst wirkungsvolles Betäubungsmittel ergeben.

Yasmin – Hafiz Harakamians erste Frau, Taphas Mutter, täuschte ihren eigenen Tod vor und lief ihrem Gatten davon, um ihre frühere lukrative Karriere in der Unterhaltungsindustrie wieder aufzunehmen. Nachdem ihr Stern mit zunehmendem Alter ins Sinken geriet und sie Didi wurde, wofür sie schließlich in einem Kezdeter Gefängnis landete, taucht sie nun unverhofft wieder bei Hafiz auf, um ihn zu erpressen.

'Ziana – siehe Andreziana.

Eine kurze Anmerkung zur Sprache der Linyaari

Von Margaret Ball

Als Mitarbeiterin von Anne McCaffrey bei der Transkription der ersten zwei Geschichten über Acorna habe ich mich sehr gefreut, dass das zweite dieser Bücher mir die Gelegenheit gab, meine lange brachliegenden Fertigkeiten in linguistischer Feldforschung neu zu beleben. Diese Aufgabe erforderte ein scharfes Ohr und ein gewisses Gespür für linguistische Analysen, um aus den subtilen Klangwechseln, mit denen die Sprache der Linyaari syntaktische Wechsel signalisiert, eine Struktur ableiten zu können, die einen Sinn ergibt; diese Herausforderung hat mir viel Spaß gemacht.

Die nachstehend aufgelisteten Erkenntnisse über die Strukturmerkmale der Linyaari-Sprache stellen meine erste und notwendigerweise noch vorläufige Analyse einiger Organisationsmuster der Linyaari-Phonemik und Morphophonemik dar. Sollten daher irgendwelche Widersprüche zwischen dieser Analyse und den in den späteren Abenteuern von Acorna zu Hilfe genommenen Transkriptionen der Linyaari-Sprachmuster auftreten, so bedenken Sie bitte zum einen, dass die Datenmenge, die mir für meine Analyse zur Verfügung stand, nur einen sehr kleinen Ausschnitt des Gesamt-Vokabulars und der syntaktischen Usancen der Linyaari darstellte. Und zum anderen, dass ich, was vielleicht noch schwerer wiegt, eine ganz entschieden nicht-menschliche Sprache mit Hilfe der einzigen Paradigmen zu analysieren versuchen musste, auf die ich mich stützen konnte: die im zwanzigsten Jahrhundert entwickelten linguistischen Modelle, die naturgemäß ausschließlich auf der Grundlage und nach dem Vorbild der menschlichen Sprachen entstanden. Das

Ergebnis dürfte somit sehr wahrscheinlich ebenso ungenau sein, wenn nicht gar noch schlimmer, wie die ersten Versuche, die Syntax des Englischen zu beschreiben, indem man versuchte, ihm die Sprachregeln des Lateinischen überzustülpen. Meine Kollegin Elizabeth Ann Scarborough hat dem schmalen Fundus der uns bekannten Linyaari-Namen und -Äußerungen mittlerweile ihre eigenen Erkenntnisse hinzugefügt, und es mag daher sehr wohl sein, dass wir auf diesem Wege im Laufe der nächsten Dekade einen hinreichend großen Datenbestand angehäuft haben werden, um ein wahrhaftig verbindliches Wörterbuch und eine korrekte Grammatik des Linyaari veröffentlichen zu können. Ein Unterfangen, das zweifelsohne von unschätzbarem Wert sein wird, nicht nur für jene Angehörigen unserer Spezies, die mit den diplomatischen und Handelsbeziehungen zu diesem faszinierenden außerirdischen Volk befasst sind, sondern auch für jeden anderen, der sich für das Studium von Sprachen interessiert.

Strukturmerkmale der Linyaari-Sprache

1. Die Betonung eines Linyaari-Wortes liegt stets auf der mit Doppelvokal hervorgehobenen Silbe. Beispiele: ***Aa*****vi, Ab*****aa*****nye, khle*****vii***.
2. Die Betonung eines Wortes ist immer zugleich auch Indikator für seine syntaktische Funktion: bei Substantiven wird stets die vorletzte Silbe, bei Adjektiven die letzte und bei Verben die erste Silbe betont.
3. Ein intervokalisches »**n**« wird immer palatalisiert.
4. Um den Plural eines Substantivs zu bilden, das mit einem Konsonanten endet, wird der Singularform ein Endvokal *hinzugefügt*, in der Regel ein »**i**«. Beispiel: ein **Liinyar**, zwei **Linyaari**. Weil sich durch den zusätzlichen Endvokal die Silbenzahl des Wortes erhöht, führt die Pluralbildung automatisch zu einem Wechsel der betonten Silbe (in unserem Beispiel: von *LI-nyar* zu *Li-NYA-ri*) und folglich zu einer Verschiebung der Vokalverdoppelung. Bei Substantiven hingegen, deren Singularform mit einem Vokal endet, wird zur Pluralbildung der ursprüngliche Endvokal durch die Pluralendung »**i**« *ersetzt*. Beispiel: ein **Ghaanye**, zwei **Ghaanyi**. Da sich in diesen Fällen die Anzahl der Wortsilben nicht ändert, gibt es auch keine Veränderung hinsichtlich der Betonung bzw. der doppelvokalisierten Silbe.
5. Das einem Substantiv zugehörige Adjektiv wird aus der Singularform dieses Substantivs abgeleitet: Wenn das Substantiv mit einem Konsonanten endet, wird einfach der verdoppelte Endvokal »**ii**« *hinzugefügt*. Bei Substantiven hingegen, deren Singularform mit einem Vokal endet, wird der ursprüngliche Endvokal

durch die adjektivische Endung »**ii**« *ersetzt*. Beispiele: **Maliive, malivii; Liinyar, linyarii**. Auch hierbei hat der Betonungswechsel auf die Endsilbe zur Folge, dass der vormalige Doppelvokal der vorletzten Silbe zu einem Einzelvokal wird.

6. Bei Substantiven, die eine Kategorie oder Spezies benennen, wie z. B. **Liinyar**, kann auch die Pluralform des Substantivs adjektivisch benutzt werden (beispielsweise als Bestandteil von zusammengesetzten Wörtern), wenn nämlich damit die Bedeutung »dieser Kategorie zugehörig« ausgedrückt werden soll – und nicht die übliche adjektivische Bedeutung »besitzt die Eigenschaften dieser Kategorie«. Beispiel: die Linyaari-Sprache (die von den Linyaari gesprochene Sprache); ebenso kann beispielsweise zwar Acorna als »eine Linyaari-Frau« (eine Frau des Volkes) bezeichnet werden, Judit hingegen, weil sie ein Mensch ist, nur als »eine linyarii Frau« (eine Frau, die »ebenso zivilisiert wie eine echte Angehörige des Volkes« ist).
7. Das einem Substantiv zugehörige Verb wird aus der Singularform dieses Substantivs abgeleitet, indem man ihm ein nach folgendem Muster gebildetes Präfix voranstellt: [Erster Konsonant des Substantivs] + »**ii**« + »**nye**«. Beispiel: Das Substantiv **Faalar** (Trauer) wird zum Verb **fiinyefalar** (trauern). Da Verben stets auf der ersten Silbe betont werden (dem Präfix-»**ii**«) wird der vormalige Doppelvokal des Substantiv-Wortstamms automatisch zu einem Einzelvokal.
8. Zur Partizipialbildung wird das Verb um die Nachsilbe »**an**« oder »**en**« erweitert: Beispiel: **thiinyethilel** (zerstören) wird zum Partizip **thiinyethilelen** (zerstörend, zerstört). Hierbei kommt es zu keiner Betonungsverschiebung, weil das Partizip als eine Abart des Verbs gilt und die Betonung daher auf der ersten Silbe verbleibt.

Anwendungsbeispiele der Regeln 1–8:
Faalar – Trauer.

fiinyefalar – trauern.
fiinyefalaran – trauernd, getrauert.
Ghaanye; Plur.: **Ghaanyi** – Linyaari-Jahr.
Enye-ghanyii – Zeitmaß, Teil eines Linyaari-Jahrs.
Khleev; Plur.: **Khleevi** – ursprünglich der Name eines auf der Ursprungswelt der Linyaari beheimateten, kleinen, bösartigen, Aas fressenden Tiers mit giftigem Biss; jetzt der Name, mit dem die Linyaari die Invasoren bezeichnen, die ihre Heimatwelt verheert haben.
khlevii – barbarisch, unzivilisiert, grundlos bösartig.
Liinyar; Plur.: **Linyaari** – ein/e Angehörige/r des Volkes.
linyarii – zivilisiert, einem Liinyar gleichend.
Vhiliinyar – der ursprüngliche Heimatplanet der Linyaari. Er wurde von den Khleevi erobert und besetzt.
narhii – neu.
Narhii-Vhiliinyar – die neue Heimatwelt der Linyaari.
Thiilir; Plur.: **Thiliiri** – kleine, auf Bäumen lebende und auf der Ursprungswelt der Linyaari beheimatete Säugetiere.
Thiilel – Zerstörung, Vernichtung.
thiinyethilel – zerstören.
thiinyethilelen – zerstörend, zerstört.
Gheraalye malivii – Navigationsoffizier.
Gheraalye ve-khanyii – Leitender Kommunikationsoffizier.
Visedhaanye ferilii – Sonderbotschafter/in.

9. Wie bei allen Sprachen gibt es natürlich auch im Sprachschatz der Linyaari eine ganze Reihe von unregelmäßigen Wortkonstruktionen, die nur auf einer Einzelfallbasis erklärt werden können.